Abigail Gibbs
Autumn Rose

PIPER

Zu diesem Buch

Autumn Rose lebt in einer verschlafenen Küstenstadt, aber tief unter der Oberfläche ihres beschaulichen Lebens sieht es ganz anders aus. Ihre Großmutter wurde vor achtzehn Monaten ermordet, und das lebhafte London, in dem sie aufgewachsen ist, scheint Welten entfernt. Als wäre das nicht schon schlimm genug, wird sie auf ihrer neuen Schule gemieden und verachtet. Denn Autumn gehört dem magischen Volk der Sage an, und ist damit vielen Menschen unheimlich. Wegen der ständigen Anfeindungen zählt Autumn bereits ungeduldig die Tage bis zu ihrem Abschluss, als sich plötzlich die Ereignisse überschlagen: Ein weiterer Sage erscheint in ihrer Schule und zerrt sie ins Rampenlicht. Feinde tauchen auf. Und dann sind da noch diese wiederkehrenden Träume von einer jungen Frau mit violetten Augen, die von einem dunklen Prinzen entführt wird … Wird Autumn sie retten können, bevor es zu spät ist?

Abigail Gibbs hat im Alter von nur 18 Jahren einen Bestseller verfasst: Ihr Debüt »Dark Heroine. Dinner mit einem Vampir« erschien erstmals auf der englischen Schreibplattform Wattpad, wo das Manuskript über 17 Millionen Mal gelesen wurde. Kurz darauf erhielt Abigail Gibbs einen Verlagsvertrag; seitdem wurde »Dark Heroine« in 17 Sprachen übersetzt. In ihrer spektakulären Fortsetzung, »Autumn Rose«, führt uns die Autorin tiefer in die Welt der Dunklen Heldinnen. Die Autorin lebt in England und studierte an der University of Oxford.

Abigail Gibbs

AUTUMN
DARK HEROINE
ROSE

Aus dem Englischen
von Diana Bürgel

PIPER
München Berlin Zürich

Entdecke die Welt der Piper Fantasy:

Piper Fantasy.de

Von Abigail Gibbs liegen bei Piper und ivi vor:
Dark Heroine
Dark Heroine. Autumn Rose

MIX
Papier aus verantwortungsvollen Quellen
FSC www.fsc.org FSC® C083411

Ungekürzte Taschenbuchausgabe
August 2016

Titel der englischen Originalausgabe:
»Autumn Rose« Harper Collins Publishers, New York 2014

Umschlaggestaltung und -abbildung: www.buerosued.de
Satz: psb, Berlin
Druck und Bindung: CPI books GmbH, Leck
Printed in Germany ISBN 978-3-492-28083-9

O Engel, verführe mich in meiner Jugend!
Raube mir den Verstand
Und lasse mir nur die ursprünglichste aller Freuden,
Denn ich gehöre dir,
Bis zu jenem Tag, an dem Gott mich zu sich ruft.

Prolog

Ich habe wohl immer gewusst, dass ich anders bin;
dass mein Schicksal in Stein geschrieben ist und dass ein kalter, harter Thron einst der meine sein würde.
Ein Symbol dessen, was ich bin. Eine Königin meines Volkes.

Eine Göttin unter vielen.

Ich schlief. Eine grüne Wiese breitete sich vor mir aus, und ich rannte, schrie ihren Namen in einer Sprache, deren Klang mir ebenso vertraut war wie der dunkle Umriss des vor mir aufragenden grauen Steingebäudes. Tränen liefen mir über die Wangen, während ich mich die Eingangstreppe emporkämpfte und das Stimmengewirr vernahm, das durch die geschlossene Flügeltür herausdrang. Ein monotones Plätschern wie das des Baches, der am Haus vorbeifloss und während der winterlichen Regenfälle anschwoll. Meine polierten, klobigen Schuluniformschuhe gaben ein protestierendes Quietschen von sich, als ich die Türen aufstieß und mich jenem Anblick stellte, den ich schon tausendmal gesehen hatte. Hunderte von Gesichtern wandten sich mir zu. Dann senkte sich Schwärze über alles. Atemlos wartete ich darauf, dass alles wieder von vorn beginnen würde, wie schon so oft.

Aber dieses Mal geschah etwas anderes. Statt schweißgebadet und mit tränennassen Wangen in einem zerwühlten Bett zu erwachen, glitt ich in eine andere Szene hinüber. Jetzt ragte eine riesige Statue vor mir empor. Sonnenlicht ließ das helle Pflaster des Platzes, auf dem ich stand, erstrahlen und glitzerte auf dem Wasser der beiden vollkommen identischen Brunnen neben mir. Als hätte jemand die Vorspultaste gedrückt, beschleunigte sich plötzlich das Geschehen um mich herum, und starr beobachtete ich, wie Tausende von Geschäftsleuten und mit Fotoapparaten bewaffnete Touristen den Platz überquerten. Die Wolken segelten über den grauen Himmel, bis er schließlich dunkel wurde und sich die Nacht über den Platz senkte. Die Statue von Admiral Nelson erstrahlte auf ihrer Säule im Scheinwerferlicht, und die Menschenmassen verloren sich. Schließlich war der Trafalgar Square vollkommen verlassen, abgesehen von ein paar Tauben und einem einsamen Mädchen.

Die Szene verlangsamte sich wieder und konzentrierte sich jetzt auf jenes Mädchen. Dunkles Haar umrahmte ihr Gesicht, und sie trug einen halb aufgeknöpften Mantel, der den Blick auf ein tiefes Dekolleté freigab. Immer wieder versuchte sie, den Rocksaum ihres schwarzen Kleides herunterzuziehen, um mehr Haut zu bedecken. Sie war weder besonders blass noch gebräunt, und das Auffälligste an ihr waren eindeutig ihre Augen. Violett leuchteten sie im Schein ihres Handydisplays.

Sie schob ihr Telefon in die Manteltasche und setzte sich auf eine der langen Steinbänke unter den Bäumen, die den Platz säumten. Kurz darauf zuckte sie zusammen und hob alarmiert den Kopf.

Plötzlich wechselte die Szene erneut, und ich sah eine dunkle, gerinnende Flüssigkeit, die das Pflaster bedeckte und das Wasser der Brunnen rot färbte. Überall lagen Tote und

Sterbende, deren letzte Lebenskraft aus klaffenden Wunden an ihren Hälsen sickerte und die Steine der Stadt tränkte, jener Stadt, die ich so gut kannte und so sehr liebte. *Die Stadt, aus der man mich vertrieben hat …*

Ich fuhr hoch und erwachte aufrecht sitzend im Bett. Überrascht tastete ich nach dem Lichtschalter meines Weckers. Es war gerade ein Uhr morgens.

Schweißgebadet und schwer atmend drückte ich den Wecker an mich, dessen Licht nun das Zimmer erhellte. Hier war nichts, aber jedes Mal wenn ich blinzelte, sah ich es wieder: das Blut, die Leichen und die violetten Augen …

Stöhnend griff ich nach einem Stift, streckte mich nach dem Kalender, der über meinem Bett hing, und strich ein weiteres Kästchen durch. Der nächste Tag der geradezu vorüberfliegenden Sommerferien hatte begonnen. Heute war der 31. Juli.

Kapitel 1 Autumn

»Seht nur, wer da kommt: unsere Lieblingseinsiedlerin.« Eine Schürze segelte auf mich zu. Ich fing sie auf, faltete sie auseinander und band sie mir um.

»Guten Morgen, Nathan.«

»Hast du das gehört, Sophie?«, fragte er und wandte sich der neuen, jungen Kellnerin zu, auf deren Armen ein Stapel sauberer weißer Teller wuchs, während der viel ältere Nathan die Spülmaschine ausräumte. »Heute ist ein *guter* Morgen. Wie ungewöhnlich.«

Ich musterte Sophie und versuchte zu entscheiden, ob ich sie zuvor schon einmal gesehen hatte oder ob sie nur einfach nicht von den anderen dürren Mädchen zu unterscheiden war, die hier an den Wochenenden arbeiteten.

»Und was meinst du mit Einsiedlerin?«, fragte ich Nathan, ohne den Blick von ihr zu lösen.

Sie starrte mich aus großen Augen an und tippte nervös mit dem Finger auf den Tellerrändern herum. Als ich einen Schritt zur Seite machte und nach einem Stapel Speisekarten hinter ihr griff, kiekste sie schrill und stolperte zurück. Die Teller fielen ihr aus den Händen.

Dann kennen wir uns also noch nicht.

Eine Bewegung mit meinem Finger, und schon erstarrten

die Teller mitten in der Luft, glitten dann elegant zur Arbeitsplatte und stapelten sich darauf. Bevor das Mädchen reagieren konnte, hatte ich die vollgestopfte Küche bereits wieder verlassen und trat in den Hauptraum des *Harbour Cafés* hinaus. An der Eingangstür drehte ich das »Geschlossen«-Schild um, sodass nun von außen »Geöffnet« zu lesen war. Es war Ende August, und obwohl es noch immer sehr früh war, bevölkerten bereits erste Touristen den viel benutzten Fußgängerweg zwischen den Docks und dem exklusiveren Jachthafen. In der Ferne drängten sich Fischdampfer zwischen den Stegen und brachten den Geruch ihres Tagesfangs mit sich. Das Glas der Frontscheibe hielt auch das Klirren der Masten und die Schreie der Möwen nicht ab, die ausgeschwärmt waren, um sich ihren Anteil am Fisch zu holen. Dies war der Soundtrack, der unabdingbar zu einem Morgen im geschäftigen Brixham gehörte.

Nathan kam hinter dem Tresen hervor und durchquerte das Café mit wenigen großen Schritten, was ihm aufgrund seiner langen, schlaksigen Gestalt nicht schwerfiel. Mit entschuldigender Miene legte er den Kopf schief.

»Bevor du gekommen bist, hat sie mir erzählt, sie habe noch nie eine Sage gesehen«, erklärte er leise.

Ich zuckte mit den Schultern. Ihre Reaktion war keine Überraschung. In den Monaten, die ich nun schon im Café arbeitete, war Nathan der Einzige gewesen, der keinen großen Bogen um mich gemacht und kurz darauf wieder gekündigt hatte. Ich hatte meinen Job nur deshalb noch, weil es sich meine Chefin aus diesem Grund leisten konnte, mich nicht anständig zu bezahlen. Allerdings war sie die Einzige in der ganzen Stadt, die überhaupt bereit gewesen war, mich einzustellen, also beklagte ich mich nicht.

Als ich mich an ihm vorbeischieben wollte, legte mir

Nathan seine tätowierte linke Hand auf den Arm. »Und Einsiedlerin deshalb, weil du seit einem Monat nicht mehr auf meine SMS antwortest.«

»Du warst in Island und ich in London.«

»Trotzdem hättest du antworten können.«

Ich griff nach dem Ärmel seines Kochkittels – der nicht weiß, sondern schwarz war – und zog seine Hand fort. Dann verteilte ich die Tageskarten auf die Tische. Nathan folgte mir, während ich mich durchs Café arbeitete.

»Wie war's in Island?«, fragte ich endlich, um die Stille zu brechen.

»Schön. Demokratisch.«

Ich seufzte und rollte mit den Augen, hielt ihm jedoch weiterhin den Rücken zugewandt.

»Menschen und Sage leben dort zusammen in einer Gemeinschaft, nicht getrennt voneinander wie hier.« Ich drehte mich zu ihm um, und er deutete mit dem Daumen in Richtung Küche, aus der sich Sophie noch immer nicht herausgetraut hatte. »Oder überall sonst«, fügte er dann noch hinzu.

Ich hatte mir seine Theorien über die Beziehungen zwischen Menschen und Sage schon oft angehört, aber er hatte so lange für diesen Urlaub gespart, dass ich seine rosa Seifenblase eigentlich nicht platzen lassen wollte. Trotzdem …

»Sage? Dort leben doch nur Extermino.«

Ich konnte seine Augen nicht sehen, weil ihm seine braunen, fast schulterlangen Locken tief in die Stirn fielen, aber ich war mir sicher, dass er den Blick senkte.

»Extermino sind auch Sage, sie glauben nur an andere Dinge.«

»Ja klar, und ihre Narben sind nur deshalb grau, weil sie mit den Menschen Friede, Freude, Eierkuchen spielen«, spottete ich, obwohl an der Sache eigentlich gar nichts lustig war.

»Sie sind gewalttätige, extremistische Rebellen, Nathan. Sie sind Feinde der Monarchie in Athenea und aller anderen dunklen Wesen. Vergiss das nicht.«

Er sah zu Boden und schob seine aufgerollten Ärmel zurecht. »Ich meine doch nur, dass die Dinge, so wie sie stehen, nicht unbedingt ideal sind, solange du und deinesgleichen ausgegrenzt werden …«

Das Klingeln eines Glöckchens unterbrach ihn, und wir wandten uns überrascht der Tür zu, als wäre es bemerkenswert, dass tatsächlich Kundschaft im Anmarsch war. Drei Mädchen blieben im Türrahmen stehen, offenbar ebenso stutzig wie wir, dann steuerten sie den Tisch am Fenster an.

»Viel Glück«, murmelte mir Nathan zu und zog sich in die Küche zurück.

Ich atmete tief durch, holte meinen Notizblock hervor und näherte mich dem Tisch.

»Guten Morgen, was darf's sein?«, zwitscherte ich und tat dabei so, als würde ich die Mädchen nicht kennen.

Eine von ihnen warf sich ihr langes schwarzes Haar über die Schulter und funkelte mich unter ihrem schweren Pony hervor an. Sie war groß und breitschultrig und musste nicht einmal den Kopf in den Nacken legen, um mich anzusehen.

»Das Übliche, Hexe.«

Mein Griff um den Stift verkrampfte sich, und ich versuchte, mich auf das stetige Schlagen der Wellen gegen die Hafenmauer zu konzentrieren, das durch die Glasscheibe hereindrang.

»Ich war einen Monat nicht hier und weiß leider nicht mehr, was du und deine Freundinnen immer bestellt, Valerie«, knurrte ich zwischen zusammengebissenen Zähnen.

Valerie Danvers war das, was man landläufig eine Tyrannin nannte. Meine persönliche Schultyrannin.

Der verdammte Kaffee war nicht mein Problem, sondern eher das, was sie sich immer zu essen bestellte.

Sie murmelte irgendetwas, aus dem ich das Wort »Sage« heraushörte, und orderte dann ein Gericht, strich dabei aber mindestens die Hälfte der Zutaten. Ihre Freundinnen waren kaum weniger unangenehm.

Ich brachte ihnen die Getränke, was mit dem üblichen geknurrten Dank quittiert wurde. Kurz darauf lehnte ich mich im Toilettenraum mit dem Rücken gegen die Tür und zwang mich dazu, tief durchzuatmen. Dieses Samstagmorgenritual bestand bereits, seitdem Valerie Danvers herausgefunden hatte, dass dieses Café der perfekte Ort war, um mich zu foltern.

Mit geschlossenen Augen konnte ich beinahe den Umriss jener zierlichen Frau – meiner Großmutter – vor mir sehen, die zwar nicht mehr die Jüngste, aber trotzdem noch in den besten Jahren war. Sie beugte sich zu einem kleinen Mädchen hinab und sprach. Immer sprach sie.

Sage-Kinder sind wie Efeu. Sie wachsen schnell und leben sehr lang. Menschenkinder sind eher wie Schmetterlinge. Als Larven sind sie hässlich, bis sie sich verpuppen und als Erwachsene wieder zum Vorschein kommen. Und die hässlichen Larven sind natürlich eifersüchtig auf den Efeu, verstehst du?

Ich kniff die Augen noch fester zusammen. *Atmen …*

Ein Hämmern an der Tür hinter mir riss mich in die Wirklichkeit zurück. Es war noch immer dunkel in dem kleinen Raum, und rasch zog ich an der Lampenschnur, woraufhin sich grelles, künstliches Licht ausbreitete.

»Autumn, ich weiß, dass du da drin bist. Komm sofort raus!«

»Nathan«, stöhnte ich. Er wusste doch genau, wie furchtbar Valerie war, warum ging er mir dann auf die Nerven?

»Da draußen stimmt etwas nicht!«

Meine Haut wurde heiß und prickelte, als Blut und Magie in meine Hände rauschten. Die Wände wurden durchlässig … aus weiter Ferne konnte ich einen Herzschlag hören, der immer schneller heranraste … und es war kein menschliches Herz.

Ich öffnete die Tür und lugte hinaus. Nathan stand blass davor, ansonsten war das Café leer. Ich trat hinaus und erkannte, dass sich Valerie und ihre Freundinnen über die Hafenmauer beugten und einen Tumult draußen auf dem Wasser beobachteten.

Ich rannte auf die Straße, und eine kalte Meeresbrise vertrieb die Hitze auf meiner Haut. Auch mein Herz schien einzufrieren. Einer der Stege vor mir war in eine dichte Nebelwolke gehüllt. Es sah aus, als hätte man ein Feuer entzündet, dessen Rauch den Steg vollständig verschluckte. Lichtblitze tanzten in der Wolke, und Schreie drangen heraus. Schreie um Gnade.

Ich erstarrte. Der rationale Teil meines Gehirns wusste, dass ich irgendwie helfen musste, aber meine Beine wollten sich nicht rühren.

Plötzlich rannte Nathan an mir vorbei, an der Hafenmauer entlang auf die Schreie zu. Das zerriss die Fesseln aus Angst, und ich warf mich in die Luft und flog über den Hafen, bis ich hart neben der Wolke landete.

Ich wusste nicht, was das für ein Nebel war, aber ich wagte es nicht, einen Magiestoß hineinzuschicken, weil er genauso gut einen der Menschen darin treffen konnte … also streckte ich stattdessen vorsichtig eine Hand aus, während hinter der anderen ein Feuerball lauerte.

Von Nahem sah es aus wie feiner Sprühregen, aber als ich es berührte, fühlte ich keine Feuchtigkeit …

Da spürte ich, wie sich die Grenze zwischen den Dimensionen öffnete, als würde ein Laken zerrissen. Diese Grenze konnte man nur mit Magie überwinden – mit starker Magie. Schwächere dunkle Wesen und Menschen konnten sie nicht durchdringen.

Die Furcht in meinem Herzen verdoppelte sich, als ich begriff, mit was für Feinden ich es hier zu tun hatte. Dagegen war ich machtlos.

Der Sog der Grenze riss mich nach vorn, und ich stolperte, wehrte mich dagegen, bis die weiße Wolke plötzlich in einem sich rasch schließenden schwarzen Loch verschwand. Es ging so schnell, dass ich nicht erkennen konnte, wer dies alles heraufbeschworen hatte.

Die Szene, die sich nun offenbarte, war furchtbar. Etwa zehn Menschen kauerten dort, einige lagen auf dem Boden, und ein paar von ihnen bluteten. Verwirrt und orientierungslos sahen sie sich um und blinzelten im hellen Sonnenlicht. Zwischen ihnen lag ein Mann auf dem Rücken. Um seinen Kopf sammelte sich eine Blutlache, doch ansonsten wirkte er unversehrt.

Eine Frau beugte sich über ihn und rüttelte an seiner Schulter, eine weitere Frau presste die Finger an sein Handgelenk. Dann legte sie der anderen eine blasse Hand auf den Arm und schüttelte den Kopf.

»Autumn, tu doch was!«, verlangte Nathan, der mich inzwischen eingeholt hatte.

Jetzt erst bemerkten mich die Menschen.

»Nein, Nathan, es ist zu spät für ihn. Ich kann nicht …«

Mit zornig funkelnden Augen schob mich Nathan vor. »Du bist eine Sage, natürlich kannst du. Sage können alles.«

Ich sah auf den Mann am Boden hinab und schüttelte mit Tränen in den Augen den Kopf. *Warum tut er das? Nathan weiß doch, dass ich die Toten nicht zurückholen kann!*

»Es ist deine Pflicht«, fuhr Nathan unbarmherzig fort.

Die Frau konnte gerade lange genug aufhören zu weinen, um ein paar Worte hervorzustoßen. »Sie hatten graue Narben ... es waren zwei. Sie haben ihn mit einem schwarzen Lichtblitz getroffen.«

Graue Narben – Extermino! Und schwarzes Licht ... Das war ein Todesfluch!

»Es tut mir leid, ich kann wirklich nicht ...«

Ich wich zurück. Es gab nichts, was ich tun konnte, selbst wenn ich nicht wie gelähmt vor Angst vor den Extermino gewesen wäre ... *in Brixham. Sie haben Menschen angegriffen.* Es ergab keinen Sinn. Irgendetwas sagte mir, dass sie es in Wahrheit auf einen Sage abgesehen hatten ... und die einzige Sage hier weit und breit war ich.

Die Frau schrie auf und schüttelte den Mann an den Schultern. Ich konnte es nicht mehr ertragen und wandte mich ab. Den fassungslosen Nathan hinter mir lassend, schwang ich mich in die Luft hinauf und floh vor all dem Grauen.

Kapitel 2 Autumn

Hausarbeit: »Mein Leben und meine Aufgabe«

Ich heiße Autumn Rose Al-Summers. Ich bin fast sechzehn Jahre alt und eine Sage. Als Wächterin besteht mein einziger Lebenszweck darin, die Menschen – genauer gesagt, die Schüler des Kable Community College – vor den Extermino zu beschützen. Die Extermino sind eine Gruppe von Sage, die nicht nach den Regeln unseres Königs leben und deren Narben wegen ihrer furchtbaren Verbrechen grau geworden sind.

Meine Großmutter, bei der ich acht Jahre lang in der St. Sapphire's School in London gelebt habe, ist tot. Deshalb und weil ich nach dem Menschengesetz noch minderjährig bin, muss ich nun bei meinen Eltern in einer verschlafenen Kleinstadt an der Südküste Devons leben. Es gibt wohl nirgendwo sonst auf der Welt so wenige Sage wie hier.

Mein Volk wird von den Menschen dieser Dimension gefürchtet, verachtet und gleichzeitig mit Ehrfurcht betrachtet, was in erster Linie daran liegt, dass sie aus eigener Schuld rein gar nichts über unsere Kultur wissen – was meine Erfahrungen als Wächterin auf treffendste Weise demonstrieren. Vor einem Jahr habe ich in Kable angefangen und bin seither

Opfer unablässiger Sticheleien geworden. Freunde habe ich nur wenige.
Dankenswerterweise endet nach dem kommenden Jahr die Schulpflicht für mich, was bedeutet, dass ich nur noch zehn weitere Monate der Folter ertragen muss, bis ich frei bin und die vorgeschriebenen zwei Jahre als Wächterin hinter mich gebracht habe. Obwohl ich diese Schule verabscheue, drängen Sie mich fortwährend, bis zum Abschluss zu bleiben. Aber ich kann Ihnen versichern: Eher legen die Verdammten ihre Messer nieder, als dass es so weit kommt.
Fahren wir fort. Ich habe blondes Haar mit kastanienfarbenen Strähnchen. Alles Natur, wie ich anmerken möchte. Bernsteinfarbene Augen. Meine Beine sind zu kurz. Ich kriege leicht Sonnenbrand. (Dies hier sind, wie ich betonen darf, die kurzen Sätze, die mein Schreibstil Ihrer Meinung nach vermissen lässt.)
Und was ist das Schlimmste von allem? (Sogar eine rhetorische Frage habe ich eingefügt. Ist es so richtig?) Das, was mich sofort als Sage kennzeichnet und zur öffentlichen Zielscheibe macht? Das, was mich grundlegend von den Menschen unterscheidet?
Meine Narben.
Alle Sage tragen sie auf der rechten Körperseite. Sie sind so individuell wie ein Fingerabdruck und dienen als Erinnerung an das, was wir sind, was wir besitzen und was wir beherrschen.
Bitte schön. Das ist mein Leben.

PS: Ich weigere mich, diese Arbeit abzutippen, also wird Ihnen – und dem Zweitprüfer, sollte er denn zurate gezogen werden – nichts anderes übrig bleiben, als meine elegante, verschlungene Handschrift, die ich im Alter von sechs Jahren erlernt habe, zu entziffern, wie Sie es nennen. Darüber hinaus empfinde ich diese Hausarbeit als eine Beleidigung meiner Intelligenz. Sie hätte in einer halben Schulstunde bewältigt werden können. Als Hausarbeit über den Sommer ist sie also vollkommen unnötig.

Ich überflog die Seite noch einmal und presste die Lippen aufeinander. Gefasel. Es war ein einziges Gefasel – wahres Gefasel zwar, aber diese Schimpftirade würde mir sicher Nachsitzen eintragen oder zumindest eine Verwarnung. Trotzdem konnte ich es mir einfach nicht verkneifen. Also schob ich das Blatt in eine Klarsichthülle und legte es auf meine Tasche, bereit für den ersten Tag des neuen Schuljahres.

Dann wandte ich mich wieder dem Spiegel zu und begann grob meine Haare zu bürsten. Es ziepte schmerzhaft, und ich zuckte zusammen. Ich beschloss, dass ich mich damit nicht weiter herumschlagen würde, murmelte ein paar Worte und sah zu, wie sich meine Locken von selbst glätteten. Nachdem ich meine Augen mit einem Kajalstift umrandet hatte, griff ich mir meine Tasche und sprang die Treppe mit einem Satz hinunter. Ich war spät dran.

»Mum! Ich fliege zur Schule, du musst mich also nicht an der Fähre absetzen.«

Da ich keine Antwort bekam, betrat ich die Küche, die jedoch leer war. Ich schnappte mir einen frisch gerösteten Toast und stopfte ihn mir in den Mund.

»Mum!« Das Wort kam durch das hastige Frühstück nur sehr gedämpft aus meinem Mund.

Da hörte ich jemanden »Wohnzimmer!« rufen und eilte durch den Flur. Als ich die Wohnzimmertür aufstieß, fand ich sie auf dem Diwan sitzend, den Laptop auf dem Schoß und eifrig tippend. Merkwürdige Zeichen und Symbole füllten den Bildschirm, und ich runzelte die Stirn.

»Ich fliege zur Schule.«

Sie seufzte, stellte den Laptop beiseite und stand auf, um mir einen Kuss auf die Wange zu geben. Als sie meinen Gesichtsausdruck bemerkte, klappte sie den Computer zu. »Nur etwas für die Arbeit. Apropos, du weißt doch noch, dass du fast die ganze Woche allein hier sein wirst, weil dein Vater und ich in London sind? Also keine wilden Partys. Verstanden?«

Entnervt seufzte ich auf, was in Gegenwart meiner Mutter häufiger vorkam. »Hätte sowieso keinen Sinn, Leute einzuladen, weil ja doch niemand kommen würde.«

»Hm«, machte sie und musterte mich kritisch. »Sei trotzdem brav. Wenn du heimkommst, sind wir wahrscheinlich schon weg, aber der Kühlschrank ist voll, und ich habe auch Pizzen geholt, falls du eine Freundin einladen willst, okay? Du musst also nicht einkaufen gehen, und am Donnerstag sind wir wieder da. Autumn, hörst du mir überhaupt zu?«

Ich war damit beschäftigt, einen Zauberspruch zusammenzureimen, um meine Tasche zur Schule zu transportieren, also hörte ich eindeutig nicht zu. »Ich schaffe es bestimmt irgendwie, die vier Tage zu überleben. Ist ja nicht so, als wärt ihr noch nie weg gewesen.«

Meine Tasche löste sich in Luft auf, und ich trat wieder hinaus in den Flur, wo ich mein Schwert samt Scheide von der Garderobe nahm und es mir um die Hüfte band. Normalerweise nahm ich zwar weder Schwert noch Messer mit zur Schule, aber heute war immerhin der erste Tag, da konnte es nicht schaden, den Schein zu wahren und die neuen Schüler zu beeindrucken. Ich zupfte meine Bluse zurecht und rollte meinen Rock ein gutes Stück hoch, dann schlüpfte ich in meine Ballerinas und strich mir eine Haarsträhne zurück.

»O Autumn, ich weiß wirklich nicht, warum du das tust«, sagte meine Mutter, die ebenfalls in den Flur getreten war und mich betrachtete. »Du bist auch ohne das ganze Make-up schön, und wenn du deine Locken nicht glatt ziehst, siehst du genau wie deine Großmutter aus.« Sie legte mir die Hände auf die Schultern und massierte sie leicht. Ich schüttelte sie ab.

Gegen ihre strahlende Eleganz und Feinheit bin ich gerade mal ein Streichholz im Dunkeln.

»Das machen alle Mädchen, also reg dich ab.«

Sie trat zurück. »Du musst keine kurzen Röcke und Eyeliner tragen, um dazuzugehören, Autumn. Sei einfach du selbst, dann werden sie dich schon akzeptieren.«

Ich schnaubte und vermied es, in den Spiegel zu sehen, denn er würde mir nur die Narben zeigen, die meine gesamte rechte Körperhälfte bedeckten. Unter meiner Strumpfhose wanden sie sich in kräftigem Rot und wurden zu den Spitzen hin immer dunkler. *Wie bei dem Blutgras im Garten*, hatte meine Großmutter immer gesagt. *Imperata cylindrica. Latein ist wichtig.* Auf meinen Armen verblassten sie zu Ocker und Gelb, und in meinem Gesicht schimmerten sie nur noch in einem blassen Goldton.

»Nur dass ich eben eine Sage bin und niemand hier die Sage besonders mag.«

Daraufhin rollte ich meinen Rock noch ein Stück weiter hoch, nur um meinen Standpunkt zu unterstreichen, und griff nach der Türklinke.

»Dann nimm wenigstens einen Mantel mit, heute soll es regnen.« Sie nahm einen von der Garderobe und streckte ihn mir hin. Ich starrte ihn nur an, als könnte er jeden Moment explodieren, bis sie die Hand schließlich wieder sinken ließ.

»Es wird aber nicht regnen.«

»Du solltest trotzdem einen mitnehmen.«

»Aber es wird nicht regnen«, wiederholte ich und funkelte sie an.

»Aber in der Wettervorhersage …«

»Mum, meine Magie kommt von den Elementen, ich weiß, ob es regnen wird oder nicht!«, fauchte ich, und über meine Fingerspitzen tanzten Funken. Meine Mutter, die an meine Launenhaftigkeit gewöhnt war, stemmte nur die Hände in die Hüften, und ich wusste, dass mir eine weitere Lektion über Brandschutz drohte. Um ihr zu entgehen, öffnete ich rasch die Tür und bahnte mir einen Weg durch die in letzter Zeit vernachlässigten, wuchernden Fuchsien.

»So ein Benehmen dulde ich in meinem Haus nicht, Autumn Rose Summers! Ich bin deine Respektlosigkeit leid!«

Ich schloss das kleine, weiß gestrichene Gartentor und trat auf die von Eichen und Ahornbäumen gesäumte Straße. Die Blätter waren schon gezeichnet vom nahenden Herbst. Ich hielt doch noch einmal inne.

»Mein Name ist *Al*-Summers, nicht Summers.«

Dann verschwand sie aus meinem Blickfeld, aber die zuknallende Tür verriet mir, dass sie mich gehört hatte.

Deine Mutter ist nicht wie wir, Autumn. Sie ist ein Mensch. In ihren Adern fließt kein Sage-Blut wie in unseren oder in denen deines Vaters.

Aber Vater kann keine Magie rufen, Großmutter.

Während ich den Gehweg entlanglief, sank meine Stimmung immer weiter. Die Aussicht auf den kommenden Schultag war nicht besonders erhebend.

Manchmal überspringt die Magie ein paar Generationen.

In Kable herrschte Zucht und Ordnung, und ich hasste jede einzelne spottbeladene Stunde, die ich dort verbringen und mich begaffen lassen musste, während mir das Getuschel folgte wie Wind dem Regen.

Aber warum, Großmutter?

Auch der Lehrplan war langweilig, aber eines hatte ich trotzdem gelernt: Um zu überleben, musste man sich anpassen.

Dafür gibt es gute Gründe, mein Kind.

»Morgenrot mit Regen droht«, rief mir unser vertrottelter Nachbar Mr. Wovarly über seinen Gartenzaun hinweg zu und deutete auf den pfirsichfarbenen Himmel. »Später wird es nass. Pass ja auf, dass du dich nicht erkältest, Liebes!«

Ich zwang mich zu einem Lächeln und nickte betont übertrieben. »Mache ich, Mr. Wovarly.«

Ich machte einen Bogen um seinen winzigen Terrier, der am Zaun hochsprang und wie verrückt kläffte. Dann ließ ich das Lächeln verblassen und rannte das letzte Stück die Straße hinunter, bevor ich mich in die Luft schwang und das vertraute Hochgefühl genoss. Während ich immer weiter aufstieg, zerzauste mir der Wind das Haar, doch ich rauschte höher und höher und ließ die Bäume der Straße weit unter mir zurück.

Kapitel 3 Autumn

Ich landete auf dem Schulparkplatz, sank in die Hocke und gewann taumelnd mein Gleichgewicht zurück – nicht gerade besonders elegant. Dann richtete ich mich auf, strich meine Schuluniform glatt und blickte zur Eingangstür hinüber. Ich musste schnell gewesen sein, denn in der Schule war es noch ziemlich ruhig. Ich beschloss, lieber nachzusehen, wie sehr der Wind meinen Haaren zugesetzt hatte, und steuerte die Mädchentoilette an. Fassungslose Blicke folgten mir von ein paar der neuen Schülerinnen. Ihre geringe Körpergröße, die weißen Rüschensöckchen und die braven Haarknoten wiesen sie eindeutig als Frischlinge aus. Sie starrten mich an und wichen vor mir zurück, als hätte ich eine ansteckende Krankheit, aber ich wusste es besser. Wahrscheinlich hatten sie einfach noch nie eine Sage gesehen. Und schon gar nicht beim Fliegen.

Noch so jung und unschuldig.

Doch als ich am Schulgebäude entlangging, beschlich mich ein ungutes Gefühl. All der aufgestaute Widerwillen, den ich den ganzen Sommer über verdrängt hatte, kochte hoch und erinnerte mich daran, was mir bevorstand. Außerdem erregte ich immer mehr ungewollte Aufmerksamkeit. Mädchen, fast immer waren es Mädchen, betrachteten mich voller Abscheu, als ich vorüberging. Dann wandten sie sich rasch einander zu, tuschelten eifrig und starrten mich weiter an, wenn sie glaubten, ich würde es nicht merken.

Ich fühlte mich befangen, und mir war leicht übel. Ich schlang die Arme um meinen Körper und wusste, dass mich auch das Schwert an meiner Hüfte, die Schutzschilde um meinen Geist und die Magie in meinem Blut nicht vor den drohenden Beschimpfungen schützen konnten.

Als ich die Mädchentoilette erblickte, eilte ich hinein und bemerkte, dass es hier drinnen ausnahmsweise mal nicht wie in einem Aschenbecher roch. Ich nahm auch keinen Geruch von Blut wahr, wozu ich als Sage in der Lage gewesen wäre. Stattdessen stank es nach Bleichmittel, was auch nicht viel besser war.

Ich umklammerte den Rand des Waschbeckens und starrte in den Spiegel, überprüfte den Sitz meiner Haare und mein Make-up. Wenn nicht alles perfekt war, würde es ihnen auffallen. Es fiel ihnen immer auf. Die Pickel auf Christys Stirn oder den Sonnenbrand auf Gwens Dekolleté bemerkten sie nicht, aber bei mir genügte eine lose Wimper, ein abgesplittertes Stück Nagellack an meinem Daumen oder der Duft des billigen Parfums, das ich jetzt trug, weil ich all mein Erspartes in London ausgegeben hatte.

Ich seufzte. Ich musste mich zusammenreißen, und zwar schnell. Das neue Schuljahr hatte begonnen, und es war meine Pflicht, die Menschen hier zu beschützen, aller gegenseitigen Abneigung zum Trotz.

Ich musste wachsam sein. Die geflüsterten Gerüchte, die ich in London gehört hatte, gingen mir nicht aus dem Kopf. Wir alle hatten davon gehört. Die Extermino wurden stärker und dreister, und ihr Angriff auf meine Kleinstadt bewies das … Was für ein Interesse hatten sie bloß an diesem winzigen ländlichen Außenposten?

Und was war mit dem Gerede über die dunklen Wesen der zweiten Dimension? Man munkelte, die königliche Familie der Vampire hätte ein Menschenmädchen gekidnappt. Die zweite Dimension war die einzige, in der die Menschen nichts von der Existenz der dunklen Wesen wussten. Ein Mädchen zu entführen brachte uns alle in Gefahr. Ein Krieg drohte, und was dann? Auch in den anderen Dimensionen hatten es die dunklen Wesen nicht leicht. Das Volk der Verdammten war jahrelang von den *Menschen* verfolgt und ermordet worden, nur weil sie Blutmagie praktizierten. Es gab nur noch sehr wenige von ihnen. Die Elven Fae litten unter dem Klimawandel, den die *Menschen* verursacht hatten. Und wir, die Sage, mussten uns dauernd darum kümmern, anderen dunklen Wesen aus der Patsche zu helfen, nur weil irgendein Diplomat wieder irgendwelche Dummheiten von sich gegeben hatte.

Doch jetzt war etwas in Bewegung gekommen, das die dunklen Wesen stärker in Unruhe versetzte als jemals zuvor in meinem kurzen Leben.

Ich seufzte und legte meine Stirn an den Spiegel, der ausnahmsweise mal nicht mit Lippenstiftgekritzel beschmiert war. Die Dinge veränderten sich, und jedes einzelne dunkle Wesen fühlte es. Wir verloren uns, gingen unter in Traditionen und neuen Technologien, gefangen zwischen den Welten.

Der Wandel war in vollem Gange, und ich fürchtete, dass dies nur die Ruhe vor dem Sturm war. Wenn es zum Schlimmsten kam, würden uns noch so viele Verträge nicht vor unseren Feinden schützen können … vor den Extermino … vor den Menschen.

Als mir bewusst wurde, was ich da dachte, verscheuchte ich die düsteren Bilder mit einem Kopfschütteln, wie es mich meine Großmutter gelehrt hatte.

Wer der Vergangenheit nachsinnt oder sich den Kopf darüber zerbricht, was kommen mag, raubt sich selbst die Zukunft, hatte sie immer gesagt.

Da die Schulbusse bald ankommen mussten, trug ich rasch noch eine Schicht Mascara auf und verließ die Toilette dann wieder. Ich verfluchte mich dafür, dass ich nicht daran gedacht hatte, mein Handy aus der Tasche zu nehmen, bevor ich sie ins Klassenzimmer vorausgeschickt hatte. Gern hätte ich Jo jetzt wenigstens eine SMS geschickt.

Während ich die Gänge entlanglief, teilte sich die Menge vor mir, und ich tat mein Bestes, das Starren der jüngeren Schüler zu ignorieren, bis ich mich plötzlich vor einer Bronzeplakette unter einem großen Kirschbaum wiederfand, der in der Mitte des Hofes thronte. Die klar zu lesenden Worte erinnerten mich daran, warum es in dieser Gegend keine Sage gab.

Dieser Baum wurde in liebevoller Erinnerung an
Kurt Holden gepflanzt.
Gestorben am 23. April 1999.
Mitschüler, Freund und Bruder.
Durch Magie zu früh von uns genommen.

Natürlich kannte ich die Geschichte. Jeder kannte sie. Kurt war durch einen Unfall ums Leben gekommen, als der damalige Wächter gezaubert und dabei nicht die notwendigen Schilde hochgezogen hatte. Danach hatte sich die Schule jahrelang geweigert, einen Sage aufzunehmen, bis die Gerüchte über die Extermino aufkamen und ein neuer Wächter unabdingbar wurde. Sechs Monate später, frisch aus der St. Sapphire's School der Sage und noch immer um den Verlust meiner Großmutter trauernd, war ich gekommen.

Aber natürlich hatte niemand vergessen, was mein Vorgänger getan hatte, und sie nahmen einfach an, ich wäre genauso.

»Du kannst nicht ändern, was passiert ist, weißt du.«

Ich seufzte, aber an meinen Mundwinkeln zupfte ein Lächeln. »Aber es schadet ja auch nicht, es sich trotzdem zu wünschen.«

Ich drehte mich um. Vor mir stand eine der wenigen Personen hier, die niemals ein böses Wort über mich gesagt hatten: Tammy. Allerdings widersprach sie mir in jedem Punkt, konnte weder meinen Musikgeschmack noch meine Vorlieben bei Jungs verstehen und fand es grässlich, dass ich ihre Gedanken lesen konnte. Wir waren grundverschieden, aber sie verurteilte niemanden, und das schätzte ich so an ihr.

Ich umarmte sie knapp.

»Wie war dein Sommer?«, fragte ich reumütig, weil ich es wüsste, wenn ich mich auch nur ein einziges Mal bei ihr gemeldet hätte.

»Ich muss dir ja so viel erzählen.« Sie wartete meine Erwiderung gar nicht erst ab, sondern plapperte sofort drauflos. »Ich habe einen Jungen geküsst.« Sie zog mich am Ärmel hinter sich her in den Schutz des Baumes und sprach mit gedämpfter Stimme weiter. »Aber dabei ist es nicht geblieben.« Sie deutete auf den obersten Knopf ihrer Bluse, die ihre zierliche Gestalt und die noch vollkommen flache Brust verhüllte.

Scharf holte ich Luft, als ich Bilder aus ihrem Gedächtnis auffing, die deutlich zeigten, was sie und dieser Typ noch so alles miteinander angestellt hatten.

»Und schau mal.« Sie schob ihre dichten braunen Locken zur Seite und entblößte mehrere dunkelrote Flecken an ihrem Hals, die äußerst unwirksam mit einer Puderschicht überdeckt worden waren.

»Ich hab versucht, sie zu überschminken, hat aber nicht besonders gut geklappt, oder? Es hat sich irgendwie so, na ja, gut angefühlt, als er meinen Hals geküsst hat, und ich wollte nicht, dass er damit aufhört.«

»Bist du sicher, dass er kein Vampir ist?«, fragte ich scherzhaft.

Sie strafte die Bemerkung mit einem ihrer bösen Blicke und einem sarkastischen Lächeln ab. »Wenn er ein Vampir wäre, hätte ich das ja wohl bemerkt.«

»Nicht unbedingt«, gab ich zurück, ließ das Thema dann aber fallen, weil Gwens schrilles Gekicher und das etwas dezentere Lachen von Tee und Christy zu uns herüberdrangen, die sich ihren Weg zu uns bahnten. Gwens dunkles Haar schimmerte in der Spätsommersonne, und ein breites Grinsen lag auf ihrem Gesicht, während sie mit beiden Händen eine sehr rüde – und sehr eindeutige – Geste vollführte.

»Na, wie geht es unserem frisch entjungferten Mädchen denn heute so?«

Tammy wurde knallrot. »Ich habe *es* nicht mit ihm gemacht! Echt nicht!«

»Ja klar.« Gwen nickte, wiederholte die Geste dabei jedoch. Hoffentlich sahen die jüngeren Schüler alle gerade woandershin.

»Ich hab's nicht getan. Hör auf damit, Gwendolen!«

Gwen hörte tatsächlich auf und funkelte Tammy wütend an. Sie konnte es nicht leiden, wenn jemand ihren vollen Namen aussprach.

Dann begann ein munterer Schlagabtausch zwischen den beiden, und ich trat erleichtert einen Schritt zurück. Jetzt konnte ich mich immerhin darauf konzentrieren, Ordnung in das Chaos aus den Gedanken Hunderter Schüler zu bringen und die Schutzschilde um meinen Geist wieder aufzubauen, die ich während der Sommerferien vernachlässigt hatte. Ich bemerkte nicht einmal, dass ich die Augen schloss, während sich mein Bewusstsein klärte und über das aufgeregte Geschnatter der Schüler und die koffeinbefeuerte Entschlossenheit der Lehrer emporschwang. Mein Geist ließ die grünen Wiesen, die unsere Schule umgaben, hinter sich und rollte wie eine Welle über die Hügel und den Fluss dahin, der mich von meinem Zuhause trennte. In unserer Kleinstadt an der Flussmündung waren die Straßen von Touristen überfüllt, und eine zweite Fähre hatte den Dienst aufgenommen, um den Ansturm zu bewältigen. Auf den Geländern, die das Ufer säumten, saßen Möwen wie Geier, die auf leichte Beute warteten.

Der Klang meines Namens holte mich zurück ins Hier und Jetzt, und ich schlug die Augen auf.

Eine dunkle Hand hatte sich auf meine gelegt, und braune Augen sahen unter einem mit Zöpfchen durchflochtenen Lockenschopf zu mir auf.

»Tee«, rief ich und begrüßte das jüngere Mädchen neben mir. Sie war gerade erst zwölf geworden und schlang die dünnen Arme so fest um mich, als wäre ich ihre ältere Schwester. Tatsächlich fühlte ich mich manchmal auch so. Zwar schaffte ich es einfach nie, mich gegen die Lästereien der anderen zu wehren, aber bei Tee sah das anders aus: Als ich einmal ein paar rassistische Kommentare über sie mit angehört hatte, war ich echt sauer geworden. Daraufhin hatte mich Tees Cousine Tammy prompt zur Freundin auserkoren und mich auch mit Christy und Gwen bekannt gemacht.

»Wie war dein Sommer?«, fragte ich, als nun auch Christy um die beiden zankenden Mädchen herumtrat und sich zu mir stellte.

»Langweilig und verregnet«, antwortete sie. Es war wirklich ein außergewöhnlich mieser Sommer gewesen, endlose Stürme, nur gelegentlich von Sonnentagen wie heute unterbrochen. Vielleicht wollte uns das Wetter ja den Schulbeginn ein wenig versüßen. Tee nickte zustimmend.

»Ich hab doch gesagt, ich habe *es* nicht getan!«

Ein Schauer kroch mir den Rücken herauf. Mein Blick flog zu dem herbstblühenden Kirschbaum und ich sah, wie einige der zarten rosa Blütenblätter langsam kreiselnd zu Boden fielen. Eine Brise strich mir durchs Haar.

»Gwen, ich will nicht darüber reden.«

Ich schlang die Arme um mich und fühlte, wie mich eine Gänsehaut überkam. Die Sonne wurde von einer tief hängenden, dräuenden Wolkendecke ausgelöscht, die grau und regenschwer vom Meer herangetrieben kam.

Tee schauderte, und Tammy band den Pulli los, den sie sich um die Hüfte geschlungen hatte, und zog ihn an.

»Tammy, du musst nicht …«

»Gwen, halt die Klappe!«

»Ich wollte doch nur …«

»Nein, schau dir mal Autumn an!«

Die Umrisse des Baumes und der Menschen um mich herum verschwammen, nur die fallenden Blütenblätter blieben klar und deutlich. Ein zu Boden sinkender Schleier, immer langsamer, so langsam, dass ich die Hand ausstrecken und jedes Blütenblatt einzeln aus der Luft hätte pflücken können.

»Scheiße! Autumn, sag doch was!«

Ich konnte sämtliche Schritte auf dem Schulhof hören, die sich zu einem Rhythmus vereinten. Das Heben und Senken meiner Brust füllte die Pausen im Takt, während ich darum rang, ruhig weiter zu atmen. Langsam schlossen sich meine Finger um den Griff meines Schwertes, der sich glatt und blank poliert vom jahrelangen Training perfekt in meine Handfläche schmiegte. Zwischen dem Metall und meiner Haut sprangen Funken, und auf meinen Lippen formten sich bereits Worte.

»Autumn!«

In meiner freien Hand fühlte ich ein Herz schlagen. Ich wusste, dass es der Puls eines nicht menschlichen Wesens war – eines Wesens, das sich rasch näherte.

Der Tod tanzte auf meinen Lippen, und ich gestattete der Magie, aus meinem Körper zu fließen und Schilde um so viele Schüler wie möglich zu errichten. Dann, ohne den Blick von den Blütenblättern zu lösen, ließ ich das Schwert los und zog stattdessen mit der rechten Hand das Messer, während ich in der linken den Fluch bereithielt. Dann wartete ich.

Das ängstliche Geplapper erstarb, und ich hörte nur noch den Herzschlag desjenigen, der sich mir näherte – wer auch immer er war.

Ich musste nicht lange warten. Ich hörte ihn hinter mir atmen, fühlte eine fremde Magie und hörte eine Stimme.

»Herzogin.«

Ich fuhr herum und riss das Messer hoch. Die Schneide lag am Kiefer eines jungen Mannes, der nicht viel älter sein konnte als ich. Weiter kam ich nicht.

Der Wind riss mir den halb geformten Todesfluch von den Lippen, und ich schnappte nach Luft. Dann ließ ich das Messer los, das klappernd auf dem Boden landete.

Die Hand noch immer erhoben, schürzte ich die Lippen, und allmählich löste langsames Begreifen den Schrecken ab. Es vergingen einige Sekunden, in denen sich niemand rührte, dann endlich fiel mir ein, dass ich mich wohl besser auf ein Knie sinken lassen sollte – wobei mein kurzer Rock gefährlich hochrutschte. »Verrat«, wisperte der Wind in den Zweigen.

»Euer Hoheit«, brachte ich schließlich heraus, den Blick fest auf eines der Blütenblätter am Boden gerichtet.

»Herzogin«, wiederholte er so leise, dass nur ich es hören konnte. Kurz hob ich den Blick, wagte aber nicht, ihn anzusehen.

Vergiss nie, wo dein Platz ist, Autumn. Etikette ist alles, mein Kind.

Meine Gedanken verknoteten sich. *Er sollte nicht hier sein. Er hat keinen Grund dazu.* Aber ich konnte weder die lederne Schultasche übersehen, die er bei sich trug, noch den Ordner mit dem Kable-Logo, den er in der Hand hielt. Er hatte zwar keine Schuluniform an, aber das mussten die oberen Klassen ja auch nicht mehr. Ein Kloß formte sich in meiner Kehle.

»Begrüßt Ihr alle Leute so, oder bin ich eine Ausnahme?«

Er hatte einen kanadischen Akzent und musste die Stimme heben, um das Getuschel der Schüler um uns herum zu übertönen. Sie waren nicht dumm. Sie lasen Zeitschriften und sahen Nachrichten, und deshalb wussten sie genau, wer da vor ihnen stand.

»Verzeiht mir, Euer Hoheit, ich habe Euch nicht erwartet.«

»Nein, mir tut es leid, ich wollte Euch nicht erschrecken.«

Ich nickte und starrte weiter zu Boden. Gern hätte ich mein Messer wieder aufgehoben, aber das ließ ich wohl besser sein.

Die Glocke schrillte, aber niemand rührte sich. *Die Atheneas. Nicht jetzt. Nicht hier.* Erst als die Lehrer auftauchten, kam Bewegung in die Menge. Wenn sie überrascht waren, was sich hier abspielte, ließen sie es sich nicht anmerken.

»Gut, wie ich sehe, seid ihr euch schon begegnet.«

Die Stimme des Rektors brachte mich endlich dazu aufzustehen, wobei ich mir die Fingernägel in die Handflächen bohrte, um ruhig zu bleiben.

»Autumn, das hier ist …«

»Ich glaube, die beiden müssen einander nicht vorgestellt werden, Herr Direktor«, warf ein zweiter Lehrer ein. Es war Mr. Sylaeia, mein Englisch- und Literaturlehrer, der gleichzeitig auch mein Betreuer war. Jeder Schüler hier bekam einen

Lehrer zugewiesen, der sich persönlich um ihn kümmern sollte. »Sie haben sich bestimmt bei Hof kennengelernt.«

Anders als die anderen Lehrer verbarg Mr. Sylaeia seine Überraschung nicht. Er hob die Brauen, als sein Blick von dem Messer am Boden zu mir und dann zu dem jungen Mann wanderte, der in verwaschenen Jeans und einem weißen T-Shirt vor mir stand.

»Ich fürchte, das Wetter hier ist nicht ganz mit dem in Australien zu vergleichen, Euer Hoheit. Ich würde Euch in Zukunft zu einer Jacke raten«, erklärte Mr. Sylaeia schließlich.

»Bitte nennen Sie mich Fallon«, entgegnete der Prinz, jedoch ohne dabei den Blick von mir zu lösen. Meine Gedanken rasten, ich begriff einfach nicht, was hier vorging. Ich starrte Mr. Sylaeia an und ließ die Schutzmauern gerade weit genug sinken, um ihn hereinzulassen. Er war ein Halbblut, nur zum Teil ein Sage, und obwohl er keine Narben hatte, verfügte er doch über viele unserer Fähigkeiten.

»Du weißt doch, was das zu bedeuten hat«, sagte er. Es war eine Feststellung, keine Frage.

»Warum?«, fragte ich. Furcht bohrte sich durch meine Rippen und machte mir das Atmen schwer.

»Seine Eltern wollen, dass er ein Jahr als Wächter an einer britischen Schule verbringt. Und er hat um eine öffentliche Schule gebeten.«

»Aber es gibt Tausende von öffentlichen Schulen. Und Hunderte davon haben überhaupt keinen Wächter.«

Er erwiderte meinen Blick, und sein Schweigen verriet mir, dass es da noch mehr gab – was er mir allerdings nicht mitteilen würde.

»Autumn, Fallon wird ein Jahr hier verbringen und die Prüfungskurse besuchen«, erklärte der Rektor. »Ich möchte, dass du ihn während der ersten Wochen betreust und dafür sorgst, dass er sich bei uns in Kable wohlfühlt.«

Das kann ich nicht, dachte ich. Aber ich nickte mit fest aufeinandergepressten Lippen, um nicht aus Versehen etwas Falsches zu sagen.

»Tja. wenn Sie uns entschuldigen würden, Direktor, ich glaube, meine Schüler warten auf mich. Autumn, Fallon, nach euch, bitte.« Mr. Sylaeia deutete auf das zweistöckige Gebäude, in dem Englisch unterrichtet wurde, und ich hastete voraus, damit sie meine verzweifelte Miene nicht sehen konnten. Wie in Trance erklomm ich die düstere Treppe, die zum Klassenraum hinaufführte, ohne darauf zu achten, wohin ich die Füße setzte, unfähig zu glauben, dass dies hier nicht einfach nur ein Albtraum war.

Aber es war die Wirklichkeit: Ein Mitglied der königlichen Familie der Sage war hier, ein Prinz aus Athenea, hier in Kable, um Prüfungskurse zu belegen.

Irgendwo hinter mir erklang lautes Kichern, als uns Christy, Gwen, Tammy und Tee einholten. Man brauchte nicht viel Phantasie, um sich auszumalen, worüber sie sich so amüsierten. Es gab einen Grund dafür, warum gerade dieser Abkömmling Atheneas so oft in den Zeitschriften erschien.

Ich rauschte in den Klassenraum und ignorierte die verdutzten Blicke der anderen Schüler, die ängstlich zwischen mir und dem Prinzen hin und her schauten. Ein Mädchen, das noch viel zu jung aussah, um auf der weiterführenden Schule zu sein, sprang sogar auf und hastete um einen Tisch herum zu ihrer Freundin.

Die älteren Mädchen reagierten allerdings komplett anders. Ich beobachtete, wie ihre Blicke über seine burgunderroten Narben, sein T-Shirt und die muskulösen Arme strichen. Dann sahen sie mich an. Ich setzte mich rasch an meinen

Tisch und gab dem Prinzen einen Wink, dasselbe zu tun. Er nahm mir gegenüber Platz. Christy witterte ihre Chance und ließ sich neben ihm nieder. Tammy setzte sich zu mir, und um nicht außen vor zu sein, schnappte sich Gwen rasch einen Stuhl vom Nebentisch und gesellte sich dazu. Sogar Tee winkte eine ihrer Freundinnen heran, und schließlich saßen wir zu siebt an einem Tisch, der eigentlich für vier gedacht war. Ich war ein bisschen erschrocken und außerdem beleidigt. Meinetwegen unternahmen sie diese Anstrengungen jedenfalls nicht.

Erst waren sie alle noch etwas schüchtern, aber schon bald schnatterten sie über die Sommerferien, stellten sich Prinz Fallon vor und fielen sich schließlich sogar gegenseitig ins Wort, um ihm Fragen zu stellen.

»Du kommst doch aus Kanada, stimmt's?«, wollte Christy wissen, »Euer Hoheit«, fügte sie dann rasch hinzu.

»Bitte, einfach Fallon. Und nicht direkt. Athenea ist ein Teil von Vancouver Island, aber es ist ein eigener Staat und gehört nicht zu Kanada.«

»Dann sprichst du also ... Kanadisch?«, fragte Gwen und wickelte sich eine Strähne ihres dunkel gefärbten Haars um den Finger. Verblüfft sah er sie an, und ich konnte nicht verhindern, dass sich ein Lächeln auf meine Lippen stahl. Um es zu verbergen, tat ich rasch so, als würde ich in meiner Tasche nach meinem Spindschlüssel suchen.

»Ähm, nein, wir sprechen Sagean und Englisch; nur diejenigen, die aus dem Osten Kanadas stammen, sprechen Französisch«, hörte ich ihn sagen, während ich die Spinde in der Ecke des Raums ansteuerte.

Du musst geduldig sein mit denen, die nicht mit deiner Intelligenz gesegnet sind.

Aber Großmutter, sie stellen so dumme Fragen! Ich sterbe noch vor Langeweile.

»Ich habe noch nie jemanden Sagean sprechen hören«, fuhr Gwen deutlich kleinlauter fort.

»So'yea tol ton shir yeari mother ithan entha, Herzogin?«

Ich erstarrte, als ich meine Muttersprache zum ersten Mal seit Langem wieder hörte. Über die geöffnete Spindtür hinweg sah ich ihn an. Er erwiderte meinen Blick, einen Finger nachdenklich an die Lippen gelegt.

Warum fragt er mich das? Weiß er denn nicht, wie es hier ist? Ich spreche meine Muttersprache nie, weil es hier niemanden gibt, der sie versteht.

Ich wandte mich wieder meinem Spind zu. *»Arna ar hla shir arn mother ithan entha,* Euer Hoheit.«

Ich wusste, dass es abgehackt und holprig klang. Sagean fühlte sich inzwischen fast falsch für mich an, wie eine Fremdsprache, die ich mühsam zu erlernen versuchte.

»Natürlich«, erwiderte er, als ich meine Tasche hervorholte und den Spind wieder verschloss. Als ich mich zu ihm umdrehte, ruhte der Blick seiner kobaltblauen Augen noch immer auf mir. Ich stellte die Tasche auf meinem Stuhl ab, sah ihn an und zog die Schutzschilde um meinen Geist noch höher, um zu verhindern, dass er meine Gedanken las.

Ich weiß, dass du es weißt, dachte ich. *Ich weiß, dass du von ihr weißt. Und dafür hasse ich dich.*

Dann bat mich Mr. Sylaeia, ihm beim Verteilen der Stundenpläne zu helfen, und ich entfernte mich von dem Tisch, an dem die Mädchen mit ihren Haaren spielten und Übersetzungen ins Sagean verlangten. Sie kicherten und machten dumme Bemerkungen über seinen Akzent. Die Tatsache, dass er ein Sage war und dass sie Angst vor den Sage hatten, war längst vergessen.

Während ich die Blätter verteilte, verglichen Freunde und Freundinnen sie untereinander, und angewidertes Stöhnen kam von denjenigen, die einen der unbeliebteren Lehrer erwischt hatten. Zwei Jungs aus der Zehnten freuten sich darüber, dass sie kein Geschichte mehr hatten, und drei Mädchen aus der Elften verglichen ihre Freistunden und besprachen ausgiebig, dass sie in dieser Zeit, sobald die Älteste von ihnen den Führerschein hatte, nicht mehr lernen, sondern in die Stadt fahren würden.

Ganz unten im Stapel stieß ich auf den randvollen Stundenplan von »Haus von Athenea, Prinz Fallon«, worauf eine lange Liste von Abkürzungen und Titeln folgte. Der erste davon war »S.K.H.A.«: Seine Königliche Hoheit von Athenea.

Warum hat mir die Schule nicht gesagt, dass er kommt? Aber diese Frage beantwortete ich mir sofort selbst. *Weil ich dann niemals zurückgekommen wäre.*

Er hatte kaum Freistunden, was für einen Schüler der dreizehnten Klasse ungewöhnlich war. Nach einem Blick auf seine Fächer verstand ich es allerdings.

Englische Literatur, Französisch, Geschichte, Mathematik und Chemie. Fünf. Aber niemand *wählt gleich fünf Prüfungskurse. Entweder war er verrückt oder versessen auf richtig harte Arbeit.*

Da auch die anderen auf ihre Stundenpläne warteten, legte ich das Blatt rasch vor ihm ab. Darunter kam mein eigener Plan zum Vorschein, den ich ebenfalls auf den Tisch legte, bevor ich den Rest austeilte. Aber ehe der Zettel richtig lag, hatte ihn sich Tammy schon geschnappt, um ihn mit ihrem eigenen zu vergleichen.

»Wir haben alles zusammen«, informierte sie mich, sobald ich mich wieder hingesetzt hatte. Ich fühlte mich irgendwie bedrängt, und als ich umherblickte, erkannte ich, dass fast alle Schüler plötzlich näher bei uns saßen; näher bei ihm.

»Außer im Prüfungskurs Französisch und im Prüfungskurs

Englische Literatur.« Sie seufzte. »Du bist doch verrückt, gleich zwei Kurse zu belegen.«

Ich nahm dies mit einem Nicken zur Kenntnis und beschäftigte mich damit, meinen Namen auf den Hausaufgabenplaner zu schreiben, den Mr. Sylaeia gerade vor mich hingelegt hatte.

»Ihr belegt den Prüfungskurs in Literatur, Lady Autumn?«, fragte der Prinz.

Tammy reichte ihm meinen Stundenplan. Ich war noch immer mit meinem Hausaufgabenplaner beschäftigt, beobachtete ihn aber unter gesenkten Lidern hervor. Ich hatte sehr wohl registriert, dass er nicht mehr meinen Titel, sondern die formelle Anrede gebraucht hatte.

»In diesem Fall haben wir den Kurs wohl zusammen.«

Mein Stift hing reglos über dem Papier. Ich sah auf und zwang mich zu einem desinteressierten Lächeln, als wäre es absolut nichts Besonderes, dass ein Prinz eine winzige Schule auf dem Land besuchte. Dann vervollständigte ich meine Adresse auf der Innenseite des Hausaufgabenplaners und holte mir meinen Stundenplan zurück, um ihn abzuschreiben.

»Du hast aber nicht besonders viele Freistunden, was?«, kommentierte Gwen und beugte sich so tief über seine Schulter, wie es nur ging, ohne ihn direkt zu berühren. Ihr Haar fiel ihm auf die Schulter, woraufhin er ein Stück von ihr abrückte und sich sein eigenes, blondes Haar zurückstrich.

Das hatte ich nicht erwartet. Gwen schien zwar getroffen, aber sie verbarg es meisterlich, indem sie sich zu drei Zwölftklässlerinnen umdrehte, die fortwährend den Prinzen anstarrten, und mit ihnen plauderte. *Bewundernswert.*

Dann richtete sich meine Aufmerksamkeit allerdings auf Mr. Sylaeia, der hinter das Pult trat und seinen Namen an die Tafel schrieb. »Guten Morgen, Ladys und Gentlemen, willkommen und willkommen zurück in Kable. Ich bin dieses Jahr euer Betreuer, und ich werde euch jeden Morgen hier begrüßen, das heißt, wir werden uns wohl gut kennenlernen. Für diejenigen unter euch, die es nicht wissen: Ich bin Mr. Sylaeia, und das schreibt man so.« Der Filzstift quietschte über die Plastiktafel. »Ich bin zur Hälfte ein Sage, und wie man mir versichert hat, ist mein Name ein echter Zungenbrecher, ihr dürft mich also Mr. S. nennen, wenn ihr wollt.«

Er legte den Stift ab und griff nach der Namensliste. »Wir haben einige neue Schüler dieses Jahr, fangen wir am besten bei ›A‹ an. Ja, einige von euch kennen den Ersten hier auf der Liste vielleicht sogar. Er heißt … ähm … A-athana? Athena? Keine Ahnung, echt schwierig auszusprechen.« Er ließ das Blatt sinken und sah den Prinzen an. »Und da sind eine ganze Menge merkwürdiger Buchstaben vor deinem Namen. S.K.H.A., kann damit jemand etwas anfangen? Was soll das denn bedeuten?«

Inzwischen konnte die Klasse ihre Heiterkeit kaum noch im Zaum halten und brach in schallendes Gelächter aus, in das der Prinz ein wenig verlegen einstimmte, wobei er den Blick senkte und errötete.

»Kleiner Scherz. Aber, ja, Fallon wird dieses Jahr als weiterer Wächter an unserer Schule weilen, und wir alle können uns *außerordentlich* glücklich schätzen, gleich zwei so mächtige junge Sage bei uns zu haben, die in diesen gefährlichen Zeiten über uns wachen.« Das Lachen erstarb, und eine ernste Stille breitete sich aus. »Einige von euch haben sicher von dem kürzlich erfolgten Angriff der Extermino gehört. Im ganzen Land gab es solche Angriffe. Und zweifellos wissen die meisten von euch von den Gerüchten über das entführte Menschenmädchen, Violet Lee. Vielleicht habt ihr Angst oder seid verunsichert, was das für euch bedeuten könnte. Das ist nur allzu verständlich, aber es bedeutet jedenfalls nicht, dass Ausschweifungen toleriert werden. Benehmt euch einfach weiterhin wie die vernünftigen Menschen, die ihr, wie ich weiß, alle seid. Und bitte, respektiert die Privatsphäre unserer Wächter und seht sie nicht nur im Licht der vielen Buchstaben vor ihren Namen. Sie sind nicht so viel anders als ihr. Wenn ihr sie einfach ihren Job machen lasst, werden wir alle mit ein bisschen Glück ein tolles Schuljahr haben.«

Mit ein bisschen Glück, dachte ich, werden wir alle dieses Schuljahr überleben.

Ich zog die Riemen meiner Tasche straff und hielt dabei sorgsam den Blick gesenkt. Die Wirklichkeit war noch immer nicht ganz bis zu mir durchgedrungen, und meinetwegen konnte sie sich auch ruhig noch Zeit damit lassen. Ich bildete mir ein, dass er, wenn ich aufblickte, einfach verschwunden sein würde, dass alles wieder normal sein und sich dieses ungute Gefühl in meinem Magen gelegt haben würde.

»Autumn, Fallon, auf ein Wort, bitte.«

Dieses Mal hatte ich kaum eine andere Wahl, als aufzusehen, und sofort fiel mein Blick auf den Prinzen, der sich die Schultasche bereits auf den Rücken geschwungen hatte. Mr. Sylaeia stand hinter seinem Pult.

»Wir warten im Hof«, murmelte mir Tammy zu und trieb die anderen hinaus. Mr. Sylaeia winkte uns zu sich.

Ich umklammerte den Riemen meiner Tasche so fest, dass meine Knöchel weiß wurden, und mir kam der Gedanke, dass ich diesem Jungen zuletzt bei der Beerdigung so nah gewesen war.

Warst du da noch ahnungslos?

Mr. Sylaeia wandte sich ab und wischte die Tafel mit einem Lappen sauber. »Wie Autumn weiß, bin ich an dieser Schule für alle Sage verantwortlich. Deswegen, Fallon, möchte ich dich dringend darum bitten, Schilde zu benutzen, wann immer du Magie einsetzt, und darüber hinaus die Privatsphäre der Gedanken aller Menschen hier zu respektieren. Die Menge an Papierkram, den ich im Falle eines Unfalls ausfüllen muss, würde genügen, um jeden Menschen oder Sage frühzeitig ins Grab zu bringen, und ich würde meinen vierzigsten Geburtstag gern noch erleben.« Der Prinz nickte. Ich verstärkte meinen Griff um den Riemen. »Und, Autumn, das hier habe ich im Sommer gelesen. Ich dachte, es könnte dich interessieren. Eine äußerst anschauliche Interpretation der Frauenfeindlichkeit in *Die Zähmung des Biests.*« Er reichte mir ein dickes Taschenbuch, das schon reichlich zerlesen aussah. Ich murmelte einen Dank und schob es in meine noch fast leere Schultasche.

Da dies offenbar alles war, wandte ich mich zum Gehen. Aber als ich die Tür erreichte, hallte Mr. Sylaeias Stimme in meinem Kopf. *»Es wird schon nicht so schlimm werden, wie du glaubst.«*

Ich zwang mich dazu weiterzugehen, warf aber einen Blick über die Schulter zurück zu ihm. Doch er sah mich nicht an, sondern tippte etwas in seinen Computer. Ich wandte mich wieder um und durchquerte den kurzen Korridor, bis ich die Tür zum Treppenhaus erreichte.

Er ist ein kluger Mann, aber dieses Mal kann er es einfach nicht verstehen.

»Herzogin!«

Ich unterdrückte ein Seufzen und stieß die Tür auf. Sie fiel hinter mir ins Schloss, wurde jedoch sofort wieder geöffnet.

Nein, ich bin mir ziemlich sicher, dass alles sogar noch viel schlimmer wird, als ich glaube.

»Lady Autumn?«

Ich konnte ihn sowieso nicht lange ignorieren, also drehte ich mich zu ihm um, allerdings so langsam, dass mir genug Zeit blieb, eine einigermaßen höflich interessierte Miene aufzusetzen.

»Euer Hoheit?«

Er schüttelte leicht verwirrt den Kopf. »Auf Eurem Stundenplan wird nirgendwo Euer Titel erwähnt, und vor Eurem Vornamen fehlt das *Lady* ebenso wie das *Haus* vor Eurem Nachnamen. Ist dies vielleicht ein Fehler, den Ihr noch korrigieren lassen wollt?«

Während dieser kurzen Rüge – denn sein verärgerter Tonfall machte es eindeutig zu einer solchen – starrte ich stur auf einen Fleck auf dem verblichenen braunen Teppich, den Tausende von Schülerschuhen abgenutzt hatten.

»Es ist kein Fehler, Euer Hoheit.« Ich zwang mich dazu, ihn anzusehen, um diese Aussage zu unterstreichen.

»Kein … Fehler?« Die Worte rollten über seine Zunge, als gehörten sie zu einer fremden Sprache.

»Nein. Ich ziehe es vor, meinen Titel nicht zu gebrauchen, und ich wäre Euch sehr verbunden, wenn Ihr es auch nicht tun würdet.«

Damit wandte ich mich ab und eilte weiter die Treppe hinunter, während ich ihn hinter mir »Sehr verbunden?« murmeln hörte. Als ich den Absatz auf halber Strecke erreicht hatte, sprang er plötzlich vor und lehnte sich über das Geländer.

»Wollt Ihr damit etwa sagen, dass niemand hier weiß, wer Ihr seid? Wie können sie es nur nicht wissen?«

Ich ruckte den Riemen über meiner Schulter zurecht und wählte meine Worte mit Sorgfalt. »Die Klatschblätter haben nie etwas darüber gebracht, also kennt mich hier jeder als Autumn, Euer Hoheit. Nur als Autumn.« Dann machte ich einen raschen Knicks und floh, wobei ich die anderen draußen geflissentlich ignorierte. Sicher würde es eine ganze Menge anderer Mädchen geben, die mit Freuden meine Aufgabe übernehmen und ihn herumführen würden.

Kapitel 4 Autumn

Die Atmosphäre im Nähzimmer knisterte fast vor Spannung. Kable war eine kleine, ländliche Schule, was bedeutete, dass sich Neuigkeiten in Rekordzeit verbreiteten. Und natürlich drehten sich zurzeit alle Unterhaltungen um den Prinzen. Falls irgendjemand vor dieser Stunde noch nichts von seiner Ankunft gewusst hatte, war er spätestens sechzig Sekunden, nachdem er diese Tür durchquert hatte, auf dem Laufenden. Die beiden Mädchen, die am Tisch direkt neben dem Eingang saßen, stürzten sich auf jeden Neuankömmling und bettelten um frische Details. Ich betete darum, dass niemandem einfallen würde, dass meine Wenigkeit wohl am ehesten über solche Details verfügte. Es half, dass ich mit voller Absicht den allerhintersten Tisch gewählt hatte, mich hinter meinem dichten Haar versteckte und mich tief über den Skizzenblock beugte. Ich zeichnete den Entwurf eines Kleides, das ich im Laufe dieses Schuljahres schneidern sollte.

»Autumn, *du* müsstest das doch wissen.« Christy wirbelte auf ihrem Stuhl herum und schob den Stoffhaufen, den sie sich zuvor aus den Schulvorräten geholt hatte, beiseite, um sich weiter zu mir vorbeugen zu können. »Er ist drei Jahre lang in Australien zur Schule gegangen, stimmt's? Muss er ja wohl, bei der braunen Haut.«

Ich drückte den Bleistift unwillkürlich so fest auf, dass die Spitze abbrach. Ich schnippte sie beiseite und schlug einen vollkommen unbeteiligten Ton an. »Wer?«

Sie hob eine Braue. »Das weißt du genau.«

»Ja, ist er.«

»Und er hatte dort eine Freundin, richtig? Aber sie haben sich getrennt.«

Die Stuhlbeine scharrten über den Boden, als ich mich abrupt erhob und mit Bleistift und Spitzer zum Mülleimer hinüberging. »Christy, warum liest du nicht einfach die *Quaintrelle* oder irgendein anderes Klatschheftchen, wenn du seine Lebensgeschichte wissen willst?«

»Meine Güte, komm wieder runter, war doch nur eine Frage.«

»Aber du kennst ihn doch besser als die Klatschheftchen, oder?«, fragte Tammy, und ich war überrascht angesichts ihrer Scharfsinnigkeit – ich hatte nicht erwartet, dass jemand bemerken würde, dass wir mehr waren als flüchtige Bekannte.

»Wir haben als Kinder miteinander gespielt, wenn ich bei Hof zu Besuch war. Aber das ist lange her, deshalb will ich also nicht so tun, als wären wir die besten Freunde.«

Wieder brach die Bleistiftspitze ab, diesmal, weil ich den Spitzer etwas zu heftig gedreht hatte.

»Und müssen wir jetzt vor ihm knicksen oder so?«, fragte Gwen, und der plötzlichen Stille nach zu urteilen schien mittlerweile die halbe Klasse zuzuhören.

»Kannst du, wenn du möchtest, aber zwingend ist es nicht.«

»Okay, also, sagen wir mal, ich heirate ihn. Wie reich bin ich dann?«

Angesichts dieser für Gwen so typisch unbekümmerten

Frage konnte ich mir ein Lächeln nicht verbeißen. »Unglaublich reich.«

»Tja, Gwen«, rief Mrs. Lloyd, die in diesem Augenblick in der Tür erschien, eine große mit Deckel versehene Teetasse in der Hand. »Wenn du dich dieses Jahr nur ein bisschen mehr anstrengen würdest, könntest du dir gleich dein Hochzeitskleid selbst schneidern.«

»Ich denke da an so eins, wie es Kate Middleton getragen hat, nur in Schwarz«, sinnierte Gwen und hielt eine spitzenbesetzte Stoffprobe hoch, die sie mitgebracht hatte.

»Du kannst doch bei deiner Hochzeit kein Schwarz tragen!«, protestierte Christy, und schon ging die Kabbelei los.

»Mädels«, rief Mrs. Lloyd und übersah dabei wie immer geflissentlich die drei anwesenden Jungs. »Da uns die Verantwortlichen dieses Jahr nur eine Stunde pro Woche gewährt haben, wird euch wohl kaum genug Zeit bleiben, etwas so Extravagantes wie ein Hochzeitskleid zu nähen. Allerdings erwarte ich von jeder hier, dass sie das zusätzliche Tutorium am Donnerstagnachmittag belegt. Wer sich dort nicht mindestens zweimal pro Monat zeigt, wird von der Kursliste gestrichen.«

Ein kollektiver Protest ertönte, und jeder Gedanke an den Prinzen war vergessen, jedenfalls für den Moment.

»Ruhig, Mädels. Wenn euch das nicht gefällt, dann legt euch mit denen an, die eure Stundenpläne entworfen haben. Autumn, was treibst du da eigentlich?« Ich hob erklärend den Bleistift, aber sie achtete gar nicht darauf und fauchte mich nur an, ich solle mich gefälligst setzen.

Also trottete ich zurück zu meinem Platz und ließ mich wenig anmutig auf den Stuhl fallen. Als ich mich schließlich wieder meiner Skizze zuwandte, hörte ich Gwen auf dem Platz mir gegenüber kichern. »Der Prinz hat donnerstagnachmittags auch ein Tutorium. Hab ich auf seinem Stundenplan gesehen.«

Es gelang mir, dem Prinzen fürs Erste auszuweichen, was allerdings kaum mein Verdienst war. Um auch nur in seine Nähe zu kommen, hätte ich mich erst durch eine ganze Horde Mädchen (unter denen sich sogar ein paar Lehrerinnen befanden) bahnen müssen.

In der dritten Stunde hatte ich Englisch und musste mich dem missbilligenden Blick von Mr. Sylaeia stellen, der mit hochgezogenen Brauen meine Hausarbeit einsammelte. Er sagte jedoch nichts und legte sie nur auf den Stapel der übrigen Aufsätze.

Das Mittagessen war der kniffligste Teil. Wir saßen auf unserem üblichen Platz am Hang, der das Leichtathletikfeld umgab, und mein Magen knurrte vernehmlich, weil sich in der Cafeteria nichts Veganes für mich gefunden hatte – mal wieder. Die anderen sahen dem Fußballteam gespannt beim Trainieren zu und redeten dabei über den Prinzen. Nach ungefähr zehn Minuten entdeckte ich einen kleinen Menschenauflauf bei den Tennisplätzen. Ich wollte lieber nicht abwarten, um selbst zu sehen, was der Grund dafür war, ich ahnte es bereits.

Rasch stand ich auf und steuerte einen der Durchgänge im Zaun an, hinter dem sich das Schulgebäude erhob, doch da hörte ich, wie mich jemand – ein Junge – bei meinem Titel rief. Kurz darauf erklang die Stimme noch einmal, lauter und näher, gefolgt von einer sanften Berührung eines fremden Bewusstseins, das gegen meine Schutzschilde drückte.

Der Teil in mir, der am liebsten so tun wollte, als wäre dies alles nur ein böser Traum, flüsterte mir ein, den Mund zu halten und weiterzugehen, doch der rationale Teil befahl mir, ihm zu antworten. Er war immerhin ein Prinz. Mein Prinz.

Ich drehte mich um. »Euer Hoheit.« Ich sank in einen flüchtigen Knicks, wobei mir deutlich bewusst war, dass uns seine Entourage sowie meine Freundinnen und die gesamte Fußballmannschaft zusahen.

»Du hast das hier verloren.« In der Hand hielt er das Seidenband, das normalerweise am Riemen meiner Schultasche befestigt war.

Ich wurde rot. *Ich habe ihn ignoriert, obwohl er mir nur mein Band zurückgeben wollte?*

»Danke. Dafür bin ich Euch sehr verbunden.«

Ich griff nach dem Band, aber er ließ es nicht los. Ich zog leicht daran, aber er hielt es weiter fest.

»Du bist mir für alles Mögliche sehr verbunden, nicht wahr?«

Ich wusste genau, was er damit meinte, und mir stockte der Atem. Wenn er es den anderen verriet, wäre es mit dem letzten Hauch von Normalität in meinem Leben vorbei, den ich mir hier bewahrt hatte, so weit fort von dem gesellschaftlichen Trubel, in dem ich *Herzogin* war, nicht Autumn. Ich riss die Augen auf – *er wird doch nicht?* – und zerrte an dem Stoff.

Er lachte. »Du willst also nicht, dass ich es behalte? Als Pfand?«

Allmählich ging mir die Geduld aus. *Wenn er es nicht sofort loslässt, gehe ich eben ohne das Band.*

Ein verächtliches Schnauben kam vom Spielfeldrand, wo Valerie Danvers stand. Sie hatte sich gerade auswechseln lassen und rieb sich den Ellbogen. »Gib dir keine Mühe mit der da, Fallon. Das ist sie nicht wert. Sie sagt sowieso nie ein Wort.«

Da endlich ließ der Prinz los. Ich ergriff die Gelegenheit und verschwand mitsamt dem Band durch die Lücke im Zaun. So schnell ich konnte, ließ ich das Spielfeld hinter mir. Als ich noch einen letzten Blick zurückwarf, war der Prinz verschwunden.

Kapitel 5

Autumn

Als ich zu Hause ankam, war es still in Brixham. Für Touristen und jüngere Schulkinder war es zu spät, doch der Berufsverkehr hatte noch nicht eingesetzt, und es parkten nur wenige Autos am Straßenrand. Lediglich vor dem gegenüberliegenden Haus erzählte ein Vater seinem Sohn mit leiser Stimme von seiner Nachtschicht am Fischmarkt. Hinter unserem weißen Gartenzaun war alles ruhig. Nachdem die Haustür hinter mir ins Schloss gefallen war, hallte der Knall noch lange durch die leeren Räume, durchbrach die Stille dieses so oft verlassenen Hauses.

Großmutter, warum leben Mum und Dad so weit weg von London, obwohl sie dort arbeiten?

Weil dein Vater die Londoner Gesellschaft nicht mag, mein Kind.

Er mag sie nicht? Was kann man denn daran nicht mögen?

Ich nahm mein Schwert mit nach oben, in Gedanken noch immer mit der Ankunft des Prinzen beschäftigt. *Warum?*, war die Frage des Tages. Wann immer es um die Atheneas ging, gab es ein Warum, und dieses Mal würde es nicht anders sein. Während ich das Schwert unter dem Bett verstaute, dachte ich an die Gerüchte in London. *Die Extermino versammeln sich …*

Meine Hand lag noch immer auf der Schwertscheide, und kurz entschlossen zog ich die Waffe wieder hervor und stellte sie zwischen Bettpfosten und Nachttischchen ab. Ein kleiner Trost in diesem leeren Haus.

Im Kühlschrank fand ich mehrere Dosen, auf deren Deckeln Post-its mit meinem Namen klebten. Ich zog eine davon heraus. Tomatensoße. Und dahinter frische Pasta ohne Ei. Aus der bunten, mit Obst und Gemüse bedruckten Pappkiste auf dem obersten Regalbrett holte ich ein paar Pilze und eine Zwiebel. Dann angelte ich nach einer der schweren Kupferpfannen, die an Haken an der Wand hingen.

Hier konnte man Anzeichen dafür finden, dass vor meinem Nachnamen ein *Haus von* stand. Dass ich eine *Al-Summers* war und dass unsere Familie über ein beträchtliches Vermögen verfügte. Die Pfanne, die ich gerade mit Wasser füllte, kostete gut und gern dreihundert Pfund. Unsere gesamte Küchenausstattung – aufgrund der Vorliebe meines Vaters fürs Kochen sehr ausgedehnt – war kostspielig. Jeden Tag wurde eine Kiste mit frischem Obst und Gemüse von einem Biohof gebracht. Die Arbeitsplatten waren brandneu, die alten waren nach kaum einem Jahr ausgetauscht worden.

Wir waren zwar kein geschäftiger Londoner Haushalt von dreißig Leuten und wir weilten auch nicht in Athenea am Hof, aber nur, weil sich mein Vater dagegen entschieden hatte.

Was für eine Wahl hat er da treffen müssen?

Es dauerte nicht lange, bis die Pasta fertig war, gegessen hatte ich sie sogar noch schneller. Dabei blätterte ich die *Times* durch, in der jedoch nichts Interessantes stand. Auch *Arn Etas*, das Schwesternblatt in Sagean, hatte nichts zu vermelden, nicht einmal in der *Quaintrelle* fand ich etwas. Das überraschte mich. Ich hatte fest damit gerechnet, dass der Umzug des Prinzen erwähnt werden würde, wo doch die Trennung zwischen ihm und seiner australischen Freundin im Juni in voller Länge durchgekaut worden war.

Schließlich stellte ich meinen Teller in die Spülmaschine, deren Gebrauch ich seit genau einem Jahr beherrschte – seit mich meine Eltern zum ersten Mal wegen einer Geschäftsreise allein gelassen hatten. Ich lächelte. Wenn es der Prinz schon für einen Fauxpas hielt, dass ich meinen Titel nicht benutzte, was würde er dann erst davon halten, dass eine *Lady* Sage – *nein, noch schlimmer, eine Herzogin* – selbst kochte, putzte und sich ankleidete? Nicht gerade vornehm.

Nein … Ich sollte eigentlich eine Eliteschule besuchen, Politik und Jura studieren und mich auf meinen ersten Ratsbesuch vorbereiten, der an meinem sechzehnten Geburtstag stattfinden sollte. Also diesen November.

Ich würde nicht hingehen. Es war keine bindende Verpflichtung, und in meiner Abwesenheit würde einer der Atheneas meinen leeren Platz füllen und Entscheidungen für mich treffen. So hatten alle etwas davon. Die Atheneas eine größere Entscheidungsgewalt und ich meine Ruhe. Niemand würde sich beklagen.

In meinem Zimmer klappte ich den Laptop auf und stellte eine Tasse mit starkem Tee daneben. Der Duft von Jasmin füllte den Raum, und eine Ecke des Laptops beschlug vom Wasserdampf. Ich faltete meinen Rock und meine Bluse zusammen und legte sie auf die Truhe am Fuß meines Doppelbettes. Dann öffnete ich den Mahagonischrank in der Zimmerecke, das einzige Möbelstück, das ich aus der Wohnung in St. Sapphire's hatte mitbringen dürfen. Ich strich über die Kleidungsstücke darin. Bunte Kleider, schwarze Hosen für die Arbeit, Schulpullover und Röcke in allen Farben – und ganz an der Seite, in Schutzhüllen verpackt, Ballkleider, die mir inzwischen zu klein waren, und Korsetts, die zwar geschmeidig, aber dennoch so eng waren, dass man darin kaum atmen, geschweige denn etwas essen konnte.

In einer der Hüllen hing ein blassgelbes Kleid mit weißen, ellbogenlangen Handschuhen. Dazu gehörten Satinschuhe mit weißen Bändern. Dieses Kleid hatte ich mit zwölf bei Hof getragen. Es war nicht mein erster Besuch dort gewesen – meine Großmutter hatte den Atheneas sehr nah gestanden –, aber erst damals hatte ich zum ersten Mal ausführlich mit den Kindern dort gesprochen; erst damals hatte ich begriffen, wer ich war und was aus mir werden würde. Erst damals, als mich die anderen Mädchen neidisch beobachtet und die Erwachsenen sowohl mich als auch meine Großmutter mit Ehrerbietung behandelt hatten, war mir bewusst geworden, was es bedeutete, zum Haus von Al-Summers zu gehören. Wir mussten uns nur vor den Atheneas selbst verbeugen.

Erinnert er sich noch an jene Wochen, die meine Großmutter, die Herzogin, und ich in seinem Haus verbracht haben?

In einer anderen Hülle, ganz hinten verborgen, ruhte ein schwarzes Kleid. *Ein Trauerkleid. An jenen Tag erinnert er sich zweifellos.*

Entschlossen schob ich diese Gedanken beiseite und nahm ein gemütliches Kleid aus dem Schrank. Ich zog es über und machte es mir vor meinem Laptop bequem, um eine ausführliche E-Mail an Jo zu schreiben und ihr mein Herz auszuschütten. Jo war eine Sage und eine alte Freundin, und sie war unendlich weit weg, jetzt, wo ich sie so dringend brauchte.

Kapitel 6

Autumn

Am nächsten Tag hatte ich Literatur in der ersten Stunde. Gemeinsam mit dem Prinzen. Als hätte ich einen Kirschkern verschluckt, spürte ich einen Kloß im Hals, der sich langsam bis zu meinem Magen hinunterarbeitete, während ich im Kopf überschlug, wie viele Kursteilnehmer sich bereits seiner festen Gefolgschaft angeschlossen hatten. Mehr als die Hälfte. Der Kloß wurde noch größer.

Meine morgendliche Routine hatte sich kaum von der am Vortag unterschieden, nur eine nörgelnde Mutter hatte es heute nicht gegeben. Der oberste Blusenknopf blieb offen, mein Rock wurde am Bund zweimal umgekrempelt, und Eyeliner umrandete meine Augen. Ich musste wieder zur Schule fliegen, weil niemand da war, der mich zur Fähre hätte bringen können, und weil ich den Bus längst verpasst hatte.

In der Schule schien ungewöhnlich viel Betrieb zu herrschen. Die Busse waren bereits eingetroffen, und anscheinend hatten sich ausnahmslos alle Schüler im Hof versammelt. Sie hingen über den Treppengeländern der Eingangsstufen, oder hatten es sich auf den Bänken bequem gemacht. Die meisten standen allerdings einfach herum. Als ich mir meinen Weg durch die schnatternde Menge gebahnt hatte, begriff ich, warum hier so viel los war. Lässig gegen eine der Bänke gelehnt, stand dort der Prinz, umgeben von seinen Bewunderern, unter denen sich sehr zu meinem Ärger auch meine Freundinnen befanden.

Er erkannte mich vor allen anderen, und er war auch derjenige, der zuerst das Wort ergriff.

»Fallon«, kam er mir zuvor, da er meine förmliche Anrede offensichtlich vorausgeahnt hatte. Statt zu antworten, sank ich in einen Knicks, dankbar, dass er meinen Titel nicht verwendet hatte.

Gwen, der es offenbar gar nicht gefiel, unterbrochen worden zu sein, setzte eine beleidigte Miene auf und versuchte, ihn wieder in eine Unterhaltung zu verwickeln. Aber der Prinz ignorierte ihre Bemühungen – falls er sie überhaupt bemerkt hatte – und sah stattdessen mich an, als wäre ich ein Problem, das er erfassen und lösen musste.

»Dein Schwert. Trägst du es immer bei dir?«

»Manchmal.«

»Darf ich es mal sehen?« Erwartungsvoll streckte er die Hand aus, aber ich kam seiner Bitte nicht nach. Stattdessen fühlte ich, wie sich meine Hand instinktiv um den Knauf schloss. Wieder wirkte er verwirrt, schien dann jedoch zu begreifen und löste sein eigenes Schwert vom Gürtel, um es mir im Tausch anzubieten. Diesmal zögerte ich nicht, reichte ihm meine Waffe, und er wog sie in den Händen.

»Leicht, sehr leicht. Aber zu breit für ein Rapier und zu lang für einen Degen.« Auch ich untersuchte sein Schwert, sprach meine Gedanken jedoch nicht laut aus. *Zu schwer und zu gedrungen für meinen Geschmack. Ein Rapier, aber mit beidseitig geschärfter Klinge, wie bei meiner eigenen Waffe.* »Abgeschrägter Griff, sehr kunstvoll. Am Knauf ist dein Wappen eingraviert. Das Schwert deiner Großmutter, nehme ich an?«

Ein wohlvertrautes Brennen breitete sich in meiner Brust aus. Ich schluckte. »Ja.«

»Dachte ich es mir doch. Es wurde dir am Tag des Begräbnisses überreicht, nicht wahr? Ich erinnere mich daran, wie es auf ihrem Sarg gesegnet wurde.«

Mir war nicht einmal bewusst, wie dumm das war, was ich als Nächstes tat. Ohne Zögern hob ich seine Klinge und setzte sie ihm an die Kehle. Mein Atem bebte, aber meine Hand war ganz ruhig. Er wirkte vollkommen verblüfft, als hätte er keine Ahnung, was er gesagt haben könnte, um diese Reaktion zu provozieren, doch dann wich seine Verwirrung gelassener Selbstsicherheit.

»Du solltest das jetzt besser wieder runternehmen.«

Ich rührte mich nicht. Seine Stimme klang sanft, aber seine Autorität drang aus jedem Wort. »Vergesst nicht, wer ich bin, Herzogin. Nehmt die Waffe runter.«

Ich weiß, dass du es weißt.

»Das ist ein Befehl!«

Hinter ihm strich der Wind durch die Blüten des Kirschbaums, pflückte sie von den Zweigen und ließ sie zu Boden trudeln.

Unter den Baumkronen erstreckte sich ein schwarzes Meer, aus dem alte Steinquader in merkwürdigen Winkeln herausragten. Zwischen diesen dunklen Säulen stand reglos ein Mädchen, halb Kind, halb Frau, in ein dunkles Kleid mit einem Schleier gehüllt, hinter dem sie die ungeweinten Tränen verbarg. Hinter ihr erhob sich das Familiengrab, in dem ihre Großmutter jedoch nicht liegen würde, da man sie als Zeichen der Ehrerbietung in der Kathedrale von Athenea beisetzen würde. Der Sarg ruhte auf einem Sockel, geschmückt mit der dunklen Rose, der Todeshauch, *und in ein samtenes königsblaues Banner gehüllt, auf dem das Wappen der Al-Summers prangte. Auf dem Sarg lagen das Schwert und der Dolch der verstorbenen Herzogin neben ein paar Andenken, die ihr einige Trauernde hatten mitgeben wollen.*

»Gibt es den Tod? Im Abendrot schwindet das Licht des Tages; aus der Erde ewiger Finsternis erblühen Blumen; knospen, blühen und welken dahin, und schon bald hat selbst der Ort, an dem sie einst blühten, sie vergessen; hingerafft sind sie von herbstlichem Frost; Asche zu Asche, Staub zu Staub!«

Der Segen erklang, und die Trauernden schwankten in der leichten Brise, die einen Hauch von Regen mit sich brachte. Die dunklen Wolken schienen dräuend über der sich hinziehenden Andacht zu hängen, eine endlose Tortur für jene, die am meisten trauerten.

»Komm, Autumn, du musst jetzt die Erde streuen. Tritt vor, damit sie dich alle sehen.«

Mit zitternden Knien, die Unterlippe zwischen den Zähnen, trat das Mädchen vor, nahm eine Handvoll Erde aus einer Silberschale und ließ sie auf die Rosen hinabrieseln. Dann wiederholte sie die Geste noch zweimal, wie es die Zeremonie vorschrieb. »Erde zu Erde, Asche zu Asche, Staub zu Staub.«

Bei diesen Worten traten die Sargträger vor, während das Mädchen in einen letzten, tiefen Knicks sank. Der Sohn der Herzogin und fünf der Prinzen hoben sich den Sarg auf die Schultern und führten die langsame Prozession zur Kathedrale an, die gerade noch über den Baumkronen zu sehen war. Hunderte von Trauergästen verneigten sich, als sie vorüberschritten, und König Ll'iriad Athenea selbst schloss sich dem Zug an, in einer Geste der Zusammengehörigkeit, die nur ein Staatsbegräbnis wachrufen konnte.

Hinter ihrem Schleier rann der jungen Herzogin eine Träne über die Wange.

»Autumn?«

Der Klang meines Namens riss mich aus meiner Trance, und als ich wieder klar sehen konnte, erkannte ich, dass die schimmernde Schwertspitze noch immer unter seinem Kiefer lag.

»Autumn, zwing mich nicht, dir wehzutun.«

Da musste er sich keine Sorgen machen, denn schon wurde mein Arm vollkommen schlaff, und er nutzte die Gelegenheit, um vorsichtig die linke Hand zu heben und die Klinge so behutsam von sich fortzuschieben, als wäre ich ein wildes Tier, das jeden Augenblick angreifen konnte. Ich wehrte mich nicht.

»Autumn, ich wollte dich nicht beleidigen …«

Rasch drückte ich ihm sein eigenes Schwert wieder in die Hand, griff nach meiner Waffe und schob sie zurück in die Scheide. Ich wollte irgendeine Entschuldigung murmeln, aber die Worte kamen einfach nicht, und so floh ich beschämt. Ich begriff nicht, wie ich hatte zulassen können, dass mich meine Gefühle derartig überwältigten.

Kapitel 7 *Fallon*

Während der ganzen ersten Stunde sagte sie kein Wort zu mir. Es schien, als würde sie sich alle Mühe geben, meine bloße Existenz aus ihrem Kopf zu verbannen. Warum?

Als der Englischprüfungskurs anfing, streckte sie die Hand nach den Blättern aus, die ausgeteilt worden waren, und ich tat im gleichen Augenblick dasselbe. Als sich unsere Hände berührten, glaubte ich einen Moment lang, ein Feuerfunken von meinen Fingerspitzen hätte ihre Fingerknöchel gestreift und sie verbrannt – ein Funke der ganz anderen Art lief meinen Arm entlang –, denn sie hielt ihre Hand an den tiefen Ausschnitt ihrer Bluse, als hätte ich ihr wehgetan. Es lag jedoch kein Schmerz in ihrem Gesichtsausdruck – jedenfalls kein physischer Schmerz. Stattdessen öffneten sich ihre Lippen zu einem O, und ihre Augen weiteten sich.

Sie drehte sich schnell weg, und ich meinte, sie »Idiot« flüstern zu hören.

Ich fuhr erschrocken zusammen, sagte aber nichts. Ich konnte das Bild dieser jungen Frau einfach nicht mit dem des zwölfjährigen Mädchens zusammenbringen, das selbst damals schon in der Lage gewesen war, den Hof mit seinem Aussehen und seiner Persönlichkeit zu verblüffen.

Wo ist die Enkelin der alten Herzogin, die niemals einem

Oberen widersprochen hätte, ganz zu schweigen davon, ihm ein Schwert an den Hals zu drücken?

»Ich möchte, dass ihr in Zweiergruppen den Monolog analysiert, den ich euch auf den Tisch gelegt habe«, sagte Mr. Sylaeia. »Fangt an.«

Ich richtete meine Aufmerksamkeit auf das Blatt.

»Sein oder Nichtsein, das ist hier die Frage …«

Ich stöhnte, als ich Hamlets dramatische Erörterung der Vor- und Nachteile des Selbstmords las, und richtete den Blick wieder auf Autumn. Sie sah mich kurz an.

»Was?«, fragte sie wütend. »Warum guckst du mich immer an?«

Bei den Mächten der Erde, ist es jetzt schon illegal, sie anzusehen?!

Ich überlegte rasch und überflog die Seite. »Krankheitsmetaphorik.« Mein Stift schwebte über dem Papier. »Da.«

»Ich brauche keine Hilfe«, behauptete sie trotz ihrer leer aussehenden Seite.

Ich runzelte ein wenig die Stirn. »Er hat gesagt, in Zweiergruppen analysieren.«

Sie senkte den Kopf, versteckte sich hinter einem Vorhang aus Haaren und fing hastig an zu schreiben.

Sie will also nicht zusammenarbeiten? Na gut.

Ich übernahm ihre Taktik.

Sie sagte kaum etwas, nachdem wir mit dem Monolog fertig waren, und beantwortete Fragen nur, wenn sie aufgerufen wurde. Als die Klingel ertönte, wiederholte sie ihr Ritual, ihre Tasche langsam, geradezu träge zu packen, als wäre sie sehr müde – oder als hoffte sie, dass ich vor ihr gehen würde. Aber ich ging nicht (ich hatte keine Lust, mich in die Menge zu stürzen), sondern blieb an der Tür stehen, als Mr. Sylaeia sie zu sich ans Pult rief. Sie trödelte, ihre Hand umklammerte den Riemen ihrer Tasche so fest, dass ihre Fingerknöchel weiß wurden. Sie schien zu wissen, was auf sie zukam.

»Altklug. Anmaßend. Unverschämt.« Er gab ihr etwas zurück, was wie ein Aufsatz aussah. Sie ließ den Kopf hängen. »Ganz abgesehen davon, dass es weit unter deinem üblichen Niveau ist.« Er sah zu mir. Ich lungerte noch immer neben der Tür des Klassenzimmers herum, das jetzt abgesehen von uns leer war. Ich tat so, als interessierte ich mich sehr für eine Erläuterung von Adverbien an der Wand. »Autumn, ich bin enttäuscht. Ich bin die einzige Person an dieser Schule, die deine schwierige Lage wirklich verstehen kann – glaubst du, es wäre im Lehrerkollegium anders? –, doch du dankst es mir mit einer solchen Unhöflichkeit.« Ich zog die Augenbrauen hoch und fragte mich, was in aller Welt in diesem Aufsatz stand, das ihn so sehr traf.

»Es tut mir leid, Sir«, hörte ich sie murmeln.

»Nach dem Nachsitzen am Donnerstagabend wird es dir leidtun.«

Sie schnappte nach Luft, und ich fand, es wäre jetzt kein Problem, mich umzudrehen. »Nein, Sir, bitte! Ich muss an dem Abend arbeiten und habe da sowieso schon ein Handarbeitstutorium.« Ihr Gesichtsausdruck war entsetzt und panisch, ihre Augen waren groß und mandelförmig. Ich war aus einem anderen Grund entsetzt. *Sie hat einen Job?!*

»Dann wirst du eben nach dem Tutorium nachsitzen und bei der Arbeit fehlen müssen.«

»Ich bitte Sie, Sir, jeder andere Abend oder sogar in der Mittagspause. Bitte, Sie drohen jetzt schon immer damit, mich zu feuern!«

»Wegen häufigem Fehlen?«

Sie ließ den Kopf wieder hängen.

»Das habe ich mir gedacht. Ich frage mich, Fallon, ob du

vielleicht am Donnerstag auch länger bleiben könntest? Du hast viel Arbeit vom Sommer aufzuholen, und Autumn wird dich sehr schnell auf den neuesten Stand bringen.«

Ich antwortete nicht sofort. Sie wollte protestieren, so viel war klar, aber ihr Anstand verhinderte, dass sich die perfekte gerade Linie, die ihre Lippen formten, verzog. Ich spürte einen Anfall von Unmut – *was habe ich denn getan?* –, aber ich nickte. »Klar.«

Dieser Unmut verstärkte sich noch, als das Zimmer still wurde, weil sie im Geist miteinander sprachen und mich außen vor ließen. Er verflüchtigte sich jedoch, als ich sah, wie ihre Lippen zitterten, während sie sich wegdrehte und ihre Hand zu ihrem Gesicht flog.

»Fallon, würdest du bitte für einen Moment nach draußen gehen?«

Ich wollte nicht. Aber dann dachte ich daran, wie gequält ihr Gesichtsausdruck gewesen war, als sie mir das Schwert an den Hals gehalten hatte, und ich tat, was man von mir erwartete.

Draußen vor der Tür, die mit einem selbstschließenden Mechanismus zuschlug, versuchte ich zu enträtseln, was an diesem Morgen passiert war. Je tiefer ich jedoch grub, desto weniger Sinn ergab es. Wir waren als Kinder Freunde gewesen! Wir hatten Kussjagd und Hochzeit gespielt und einander herumkommandiert. Jetzt schien sie mich zu hassen.

Ein paar Minuten später ging die Tür auf, und ein blonder Schatten huschte, ohne anzuhalten, vorbei. Sie war schon vorüber, bevor ich mich von der Wand lösen konnte, an der ich lehnte. Ich eilte hinter ihr her die Treppe hinunter. Sie sah über die Schulter zu mir und lief doppelt so schnell, sprang halb die letzten Stufen hinab.

»Autumn!« Sie blieb nicht stehen. »Autumn, ich habe mich

nur gefragt, ob ich dich am Donnerstag nach Hause bringen soll? Es wird spät werden …«

Ich beendete den Satz nicht, weil sie herumwirbelte, mit offenem Mund, die roten, verquollenen Augen zusammengekniffen, sodass sie schräg standen. Sie sagte kein Wort, aber ihr Gesichtsausdruck sagte mehr, als es Worte könnten. Sie blieb ein paar Sekunden so stehen, drehte sich dann um und ging davon. Ihre Bewegungen waren wieder langsam und träge.

Kapitel 8 Autumn

Wie jeder Anlass mich verklagt.

Prinz Fallon erschien in meiner Geschichtsstunde. Genau genommen erschien der komplette Prüfungskurs in meiner Geschichtsstunde. Die Erklärung war einfach: Die Lehrerin des Prüfungskurses war in Mutterschaftsurlaub, und im Augenblick war Sage-Geschichte das Thema beider Kurse, also hatte man sie kurzerhand zusammengelegt und Mr. Sylaeia als Lehrer eingesetzt. Ich wusste, dass meine Miene bei seinem Eintreten weder die Wut noch das Gefühl, verraten worden zu sein, verbergen konnte. Eine schlimmere Strafe als Nachsitzen mit dem Prinzen hätte er sich wirklich nicht einfallen lassen können. Als Letzterer ins Zimmer geschlendert kam, brachte ich Tammy und Christy dazu, schnell die Plätze rechts und links von mir zu besetzen. Es schien ihnen nicht besonders gut zu gefallen, dass jetzt in unserer Reihe kein Stuhl mehr für ihn frei war, aber es spielte ohnehin keine Rolle. Er steuerte geradewegs die andere Seite des Klassenzimmers an und setzte sich zu den übrigen Schülern des Prüfungskurses. Ich war gleichzeitig überrascht und erleichtert. Da die Tische jedoch hufeisenförmig angeordnet waren, bedeutete dies, dass wir uns genau gegenübersaßen. Ich rückte meinen Stuhl so zurecht, dass ich die Tafel anschaute.

Es wäre eine glatte Untertreibung, zu behaupten, dass Sage-Geschichte ein unbeliebtes Thema war. Allgemeines Ächzen erfüllte den Raum, nachdem es Mr. Sylaeia angekündigt hatte, und ich fühlte, wie mein Gesicht vor Scham brannte. Sogar dem Prinzen schien es unangenehm zu sein, auch wenn er es geschickt verbarg.

Rasch senkte ich den Blick auf die Tischplatte und ärgerte mich, dass ich ihn angesehen hatte. Ich hob den Kopf erst wieder, als das ausgeteilte Geschichtsbuch in meinem Gesichtsfeld erschien. Ich schlug es auf und las die Paragrafen, deren Thema mir so vertraut, den meisten anderen im Raum aber vollkommen fremd war. Früher, an meiner anderen Schule, hatte es ganz ähnliche Bücher über die Menschen gegeben. Als ich aufsah, fing der Prinz meinen Blick auf. Er grinste, sah rasch auf das Buch hinab und dann wieder zu mir.

Mr. Sylaeia begann mit der gleichen Einführung über den Prinzen wie schon am Morgen, und als die Sprache auf die Extermino kam, breitete sich ängstliches Schweigen aus … und mir wurde kalt ums Herz.

Mr. Sylaeia schrieb drei Worte an die Tafel: DIE DUNKLEN WESEN. »Ich weiß, dass ihr dieses Thema nicht besonders gut leiden könnt, aber es ist nun mal vorgeschrieben. Also, fangen wir mit etwas Einfachem an. Kann mir jemand ein bisschen was über die Dimensionen, die dunklen Wesen und ihre Kräfte erzählen?«

Obwohl jeder eine Antwort darauf haben *musste*, meldete sich niemand, bis ich schließlich zögerlich die Hand hob.

»Es gibt neun Dimensionen, und jede davon wird von Menschen bewohnt. Alle Dimensionen verlaufen parallel zueinander, und wir alle teilen dasselbe kulturelle Erbe, da sich die menschliche Geschichte in allen Dimensionen identisch entwickelt. Die neun Dimensionen bilden zusammen ein

Ganzes. Menschen und dunkle Wesen arbeiten im Interdimensionalen Rat zusammen, dem …«

Ich zögerte und suchte Mr. Sylaeias Blick, unsicher, ob ich alles verständlich erklärte und fortfahren sollte. Obwohl ich ihn eigentlich ignorieren wollte, sah ich rasch auch zum Prinzen hinüber, ein wenig beschämt, dass ich etwas erklärte, über das er vermutlich genauer Bescheid wusste.

Mr. Sylaeia nickte mir ermutigend zu.

»Wir leben in der ersten Dimension, dem Gebiet der Sage. Unter den dunklen Wesen gibt es keine feste Hierarchie, aber unsere Magie ist die stärkste und vielseitigste. Wir können beinahe alles erreichen, solange es die Ressourcen der Natur nicht auslaugt, aus der wir unsere Kraft ziehen, wenn die Magie in unserem Blut nicht ausreicht. Wir werden von den … von den Atheneas regiert, die aus dem kleinen, gleichnamigen Land im Norden von Vancouver Island stammen.«

Jetzt wurde ich richtig rot. Er sollte das alles erklären!

»Dann gibt es noch die Vampire der zweiten Dimension, die von den Varns in England regiert werden. Und ja, genau die haben Violet Lee entführt. Die Vampire müssen Blut trinken, um ihre Magie zu nähren, die sie am Leben hält. Die Verdammten der dritten Dimension sind ebenfalls aktive Magier, allerdings brauchen sie Blutopfer, um Zauber wirken zu können. Indem sie der Erde Blut zurückgeben, bekommen sie große Macht verliehen.«

Endlich stimmte der Prinz ein. »In der vierten Dimension leben die Gestaltwandler, die zwischen ihrer menschlichen und der Form ihres Totemtieres hin und her wechseln können. Wenn sie das tun, sehen sie aus wie Geister, und sie leben hauptsächlich in den Bergen Zentralasiens. Bevor sie sich den Menschen vor ein paar Hundert Jahren zu erkennen gaben, hielt man sie für Dämonen.« Seine Augen leuchteten auf, als sich alle Aufmerksamkeit ihm und seinen sehr viel spannenderen Erläuterungen zuwandte.

»Die fünfte und sechste Dimension sind sich sehr ähnlich, denn dort gibt es vergleichsweise noch viele unberührte Waldgebiete. Diese sind die Heimat der Schwingenträger und der Elven Fae. Beide Völker sind außergewöhnlich schön und zudem nomadisch. Sie haben keine Monarchie und brauchen keine moderne Technologie, da sie mit der Natur vollkommen im Einklang leben.

Die Wölfe der siebten Dimension können sich nach Belieben in menschenähnliche Wesen verwandeln, und die Maengu der achten Dimension sind Geschöpfe des Wassers, die an Land aber ebenfalls die Gestalt wechseln können. Und in der neunten Dimension … nun ja, wir nennen sie die Phönixe, und sie können nur alle neun Monate ihre menschliche Form annehmen.«

Dabei beließ er es.

Wie Schauspieler in einem Stück sprachen der Prinz und ich abwechselnd, wenn uns Mr. Sylaeia das Stichwort gab, der Rest der Klasse schwieg jedoch beharrlich, was mich zornig machte. Sie wussten nichts, nicht einmal die simpelsten Grundsätze, die eigentlich jedem Menschen vertraut sein müssten.

Schließlich gab es Mr. Sylaeia auf und wandte sich leise direkt an mich. »Die *Fas* oder Grundregeln bitte, Autumn.«

»Übung im Einsatz der Energien, Schutz der Natur, Treue zu Athenea, Ehrfurcht vor Rang und Stellung sowie strikte Einhaltung der Terra-Verträge.«

Obwohl das Sagean nicht mehr meine bevorzugte Sprache war, fühlten sich jene Worte auf Englisch doch fremd an, nachdem ich sie als Kind so oft in meiner Muttersprache wiederholt hatte. Sie gehörten nicht ins Englische. Es konnte die Schönheit und Macht dieser Worte nicht übermitteln.

Mr. Sylaeia zog einen Filzstift aus seiner Brusttasche und schrieb die *Fas* an die Tafel. »Der erste Teil ist wohl ziemlich selbsterklärend: Magie, Respekt vor der Natur, besonders in Bezug auf die Ernährung und seit Kurzem auch auf den Klimawandel. Etikette und Treue zur Königsfamilie. Weiß jemand, was die Terra-Verträge sind?«

Ich sah, wie Prinz Fallon den Kopf hob, sich im Raum umsah und dann überrascht die Augen aufriss.

»Niemand?« Mr. Sylaeia steckte klickend die Hülle des Filzstifts auf. Ich wusste, dass sie in vielen Dingen ahnungslos waren. Mal abgesehen davon, wie attraktiv die Königsfamilie war und wer gerade mit wem ging, interessierten sie sich nicht für mein Volk. Aber nicht über die Terra-Verträge Bescheid zu wissen …

Schließlich beantwortete Mr. Sylaeia selbst seine Frage. »Die Terra-Verträge bezeichnen eine ganze Reihe von Abkommen, die im frühen neunzehnten Jahrhundert in allen Dimensionen zwischen Menschen und dunklen Wesen geschlossen wurden. Damit wurde den unkoordinierten Gesetzen, die es auch zuvor schon gegeben hatte, zum ersten Mal eine formale Gestalt gegeben. Die Terra-Verträge sind der Grund, warum Autumn und Fallon hier sitzen und die Schule als Wächter beschützen. Die Terra-Verträge sind es, die es allen dunklen Wesen unter Androhung der Todesstrafe verbieten, Menschen etwas anzutun, außer um ihr eigenes Leben zu schützen. Die einzige Ausnahme stellen die Vampire dar, die andernfalls nicht überleben könnten. Die Terra-Verträge sind es, die den Frieden schützen, den ihr genießen dürft.«

Niemand sprach. Aber es war kein schockiertes Schweigen, sondern ein gelangweiltes. Dies alles bedeutete ihnen nichts, es war nur reine Politik, langweilig und einschläfernd, die – von dem attraktiven Prinzen mal abgesehen – keinen Anteil an ihrem abgeschiedenen Leben hatte. Ich dagegen erschauerte bei diesen Worten. Und ich konnte mich noch gut an das Geflüster erinnern, das sich bei solchen Vorträgen immer in St. Sapphire's erhoben hatte. Der Stolz darauf, dass es unser Volk geschafft hatte, Frieden und Sicherheit für alle dunklen Wesen auszuhandeln. Doch nun bargen die Terra-Verträge nicht mehr viel Sicherheit. Sie waren bedeutungslos geworden.

»Aber der Frieden wird nicht mehr lange halten, nicht wahr?«, sagte ich, bevor ich mir auf die Zunge beißen konnte. Es wollte hinaus. *Warum sollte man sie in falscher Sicherheit wiegen?* »Überall gibt es Konflikte zwischen Menschen und dunklen Wesen. Und Ereignisse wie die Entführung von Violet Lee machen alles nur noch schlimmer! Und in der Zwischenzeit sammeln sich unser aller Feinde, die ihren Vorteil aus den Streitigkeiten ziehen, die Terra-Verträge kippen und einen Krieg anzetteln wollen … Feinde, vor denen ich euch zu beschützen versuche.« Meine Stimme wurde leise, und ich senkte den Blick wieder auf mein Buch.

Endlich brach die Klasse ihr Schweigen, und heftiges Gemurmel erklang, gefolgt von Rufen, dass dies ja wohl nicht die Schuld der Menschen sei. Mr. Sylaeias Augen wurden groß, doch egal, wie oft er gegen die Tafel klopfte, die Klasse wollte sich einfach nicht wieder beruhigen.

Ich vergrub den Kopf zwischen den Armen. *Warum konnte ich nicht einfach den Mund halten?!* Jetzt glaubten sie alle, ich würde sie hassen, und ich war auch so schon unbeliebt genug …

Ich bemerkte nicht einmal, dass der Prinz aufgestanden war, bis plötzlich alle wieder verstummten.

»Autumn hat recht. Die Terra-Verträge werden nicht mehr lange halten. Die Welt hat sich verändert, und es gibt Konflikte zwischen uns dunklen Wesen. Es könnte Krieg geben. Aber das wird es nicht. Das Schicksal wird es nicht so weit kommen lassen. Wofür glaubt ihr, gibt es die Prophezeiung der Dark Heroines, der Dunklen Heldinnen?«

Ich stieß mich so hart vom Tisch ab, dass er ein Stück vorrutschte und mein Stuhl beinahe umkippte. Als ich nun ebenfalls stand, fühlte ich mich plötzlich gehemmt, aber es war eine alte Angewohnheit aus meiner Zeit in St. Sapphire's, und außerdem wollte ich nicht sitzen, während er stand. »Und wie soll eine Handvoll Mädchen die Terra-Verträge wieder stabilisieren und einen Krieg verhindern? Was, wenn sie nicht rechtzeitig kommen? Was, wenn sie versagen?«

»Das werden sie nicht«, beharrte er, und zum ersten Mal in dieser Stunde sahen wir uns direkt an. Eine Zornesfalte zog sich über seine Stirn, und ich fühlte, wie die Magie mein Blut wütend erwärmte.

»Bisher sind jedenfalls noch keine Heldinnen aufgetaucht. Wenn die Vampire Violet Lee umbringen, dann kann nichts mehr einen Krieg verhindern. Was dort geschieht, geht uns alle an!«

Ich verstummte, hielt den Atem an und hoffte fast, er würde mir widersprechen. Ich *wusste*, dass ich recht hatte. Ich hatte die Bedrohung mit eigenen Augen gesehen: den Hass der Menschen, die Extermino … und Violet Lee, dieses merkwürdige Mädchen aus meinen Träumen, das ich einfach nicht loswurde.

»Du irrst dich …«

Zu Anfang des Schuljahres brachte es die Schulglocke immer noch fertig, alle zusammenfahren zu lassen, und genau das geschah in diesem Augenblick.

So schnell ich konnte, packte ich meine Sachen zusammen und eilte um die Tische herum, begierig zu verschwinden, bevor er seinen Satz zu Ende bringen konnte. Aller Mut, den der Zorn mir verliehen hatte, war verschwunden, und ich floh.

»Autumn!«

Dreh dich um, verdammt noch mal! Ich fühlte, wie er sich mir näherte, den Rest der Klasse auf den Fersen.

»Herzogin!«

Dann erklang der Ruf, der mich innehalten und auf der Stelle herumwirbeln ließ. Es war der Ruf, der aus den Grundfesten der Erde zu hallen schien, deren Wurzeln mich an Ort und Stelle hielten, um mir anzuhören, was jetzt kam.

»Warum nennst du sie denn immer Herzogin?« Eine so unschuldige Frage. Tee, die sich gerade zu ihrer Cousine gesellt hatte, konnte nicht wissen, wie sehr ich mich vor ebenjener Frage gefürchtet und wie verzweifelt ich während der letzten vierundzwanzig Stunden gebetet hatte, niemand würde je bemerken, wie mich der Prinz ansprach.

Stumm flehte ich *nein, nein*, immer wieder, aber als er erst das Mädchen und dann mich mit seinen kobaltblauen Augen ansah – man sagte, die Mitglieder der Königsfamilie könnte man immer an den Augen erkennen –, wusste ich, dass er mich nicht erhören würde.

»Weißt du das denn nicht? Sie ist die Herzogin von England.«

Ich wartete nicht auf das überraschte Keuchen und die Fragen, die ich einfach nicht ertragen konnte. Stattdessen wandte ich mich um, nahm Anlauf und stieg in die Luft empor.

Vergiss nicht, wer du eines Tages sein wirst, mein Kind!

Aber an diesen Tag will ich nicht denken, Großmutter. Ich will nicht daran denken.

Warum hat er das getan? Warum ist er absichtlich grausam? Warum hat er meine Entscheidung in diesem Punkt nicht akzeptiert? Wenigstens war die Schule vorbei, und ich konnte davonlaufen. Entkommen. Ihm entkommen.

Obwohl die Sonne ein Muster aus Licht und Schatten auf die Stadt unter mir warf, war die Luft kalt. Der Wind vom Meer fing sich im Becken der Flussmündung, pfiff durch das immer schmaler werdende Tal und wiegte die Masten der großen Schiffe am Dartmouth-Ufer. Er trug ihr Klingen weiter und mischte es mit dem Rauschen des Kielwassers der alten Fähre und dem schrillen Pfeifen der Dampflok, deren Waggons sich Richtung Kingswear dahinschlängelten. Die Kleinstadt mit ihren bunten Cottages erhob sich als stolzer Kontrast zu Dartmouth am anderen Flussufer.

Es war eine vollkommen abgeschiedene Welt, die sich auf ihre Schönheit und die angelockten Touristen verließ. Doch diese Isolation war auch gefährlich.

Endlich, als sich mein Schreck etwas gelegt hatte, erreichte ich das andere Flussufer. Große Bäume erhoben sich hier, doch viele waren verwittert und lagen umgestürzt im Schlick. Es war eine Schande, dass die Blätter dieses Jahr so früh gefallen waren. Es war ja gerade erst September. Leere Flaschen und Sandwichpapiere zeugten noch von den Sommernächten. Aber dies war das Schicksal der Bäume am Flussufer. Sie verrotteten. Sie starben.

Warum? Warum musste er es allen erzählen, obwohl ich ihn doch gebeten habe, es nicht zu tun? Was hat er dadurch gewonnen?

Als ich mich vom Meer entfernte, ließ die Kälte nach, dafür kroch Nebel heran, als der Turm in der Nähe unseres Hauses und der Hafen dahinter in Sicht kamen.

Ich konnte noch immer nicht fassen, was heute geschehen war. Es fühlte sich an, als wären seit dem Morgen mehrere Tage vergangen und als wäre es noch nicht ganz real. Aber mein Körper fühlte den Stich, und alles war irgendwie taub – eine Strategie meines Geistes, um mich vor dem schlimmsten Schock zu schützen, nahm ich an.

Ich sah zur Turmuhr und war überrascht, wie lange ich für den Flug nach Hause gebraucht hatte. Die Zeit schien einfach nicht mehr gleichmäßig zu vergehen.

Als ich mein Zimmer betrat, lockte mich das blinkende Licht auf meinem Laptop, also setzte ich mich davor und rief meine Mails auf. Und tatsächlich hatte mir Jo eine ellenlange Antwort geschrieben, durch die ich mich lange hindurchscrollen musste. Trotz ihrer Abstammung – halb Frankokanadierin, halb Deutsche – und der Tatsache, dass sie gerade als Wächterin in einem Schweizer Internat postiert war, beherrschte sie das Englische perfekt, was sie den acht Jahren auf St. Sapphire's zu verdanken hatte.

Die ersten drei Abschnitte waren dem Prinzen gewidmet, der ja so absolut heiß sei. Sie meinte, ich solle mich *glücklich* schätzen, die Chance zu bekommen, ihn *näher* kennenzulernen. Der Rest war im Großen und Ganzen eine Warnung: Was ich über ihn und seine Familie dachte, sei eine schwerwiegende Anschuldigung, und ich solle vorsichtig damit umgehen. Sie endete mit ihrer eigenen Theorie darüber, warum er in Kable war, doch die verwarf ich mit roten Wangen sofort wieder.

Ich lehnte mich zurück, unsicher, was ich ihr antworten sollte. Ich überlegte, ihr von meinem kleinen Ausbruch heute Morgen zu berichten, entschied mich aber dagegen, da ich keine Gerüchte in die Welt setzen wollte. Es gab auch keinen Grund, ihr zu erzählen, wie mich der Prinz verraten hatte, denn sie wusste nicht, dass ich meinen Titel geheim hielt. *Geheim gehalten hatte.*

Ich stand auf und ließ mich auf die gepolsterte Fensterbank sinken und sah hinaus in den Ahornbaum im Garten, dessen Äste sich direkt vor meinem Fenster verzweigten. Als ich noch ein Kind gewesen und nur widerwillig an den Wochenenden nach Hause gekommen war, hatte ich mich immer dort versteckt. Der Stamm des Baumes teilte sich an einer Stelle in vier Äste, was eine gemütliche kleine Kuhle ergab, perfekt, um sich dort einzurollen. Es war mein Geheimplatz, den ich mit frisch gepflückten Blumen und Traumfängern dekorierte, die ich früher massenweise gebastelt hatte. Einige davon hatten sogar bis heute überlebt und baumelten jetzt von der Vorhangstange.

Mir war klar, dass ich es nicht über mich bringen würde, am nächsten Tag in die Schule zu gehen. Ich konnte mich den Fragen und der wachsenden Furcht vor dem Nachsitzen am Donnerstag nicht stellen. Ein Tag Pause würde den Schock mildern und den Trubel um meinen Titel etwas abflauen lassen. *Soll doch der Prinz die Fragen beantworten*, dachte ich. *Soll er diese Suppe selbst auslöffeln.*

Kapitel 9

Autumn

»Autumn, warum hast du es uns nicht erzählt?«

»Ihr habt nie danach gefragt.«

»Darum geht's nicht«, rügte mich Gwen. »Du bist *die* Herzogin von England, und wir haben nichts davon gewusst. Ich meine, damit bist du die mächtigste Adlige des Landes. Nur die Königsfamilie ist hochrangiger. Ähm, hallo?«

»Ich dachte, der Titel wäre vor ein paar Jahren mit dieser alten Dame gestorben. Da war doch irgendetwas über ein Staatsbegräbnis in den Nachrichten, wisst ihr noch?«

Ich warf Tammy einen Blick zu, und allmählich schien sie zu begreifen.

»O mein Gott, sie war deine Großmutter, nicht wahr? Und warum ist der Titel dann nicht auf deinen Vater übergegangen?«

»Weil er ein Mensch ist.«

Ich hatte mich geirrt. Der Trubel hatte sich nicht gelegt, meine Abwesenheit hatte die Gerüchteküche nur noch weiter angefacht. Die Fragerei hörte den ganzen Tag nicht auf, nur auf der Toilette hatte ich Ruhe – und wenn der Prinz in der Nähe war, denn dann richteten sich alle Fragen ausschließlich an ihn. Aus ihm konnten sie wohl mehr Informationen herausholen als aus mir.

Zum Glück ging der Tag wenigstens schnell vorüber. Es gelang mir sogar, im Literaturkurs kein Wort mit dem Prinzen wechseln zu müssen. Er versuchte nicht einmal, so etwas wie ein Gespräch anzufangen.

Fünf Uhr war längst vorbei, als ich endlich den Nähraum verließ, und ich machte mich darauf gefasst, dass es ein langer Abend werden würde.

Im Gegensatz zu der Hausarbeit, mit der ich mir dieses Nachsitzen eingehandelt hatte, war ein Aufsatz in einem Prüfungskurs harte Arbeit. Und es half auch nicht besonders, dass der Prinz weder das behandelte Theaterstück noch eines der Gedichte kannte, mit denen wir uns befassen mussten, sodass ich ihm alle erklären musste. Von seinem Schreibtisch aus warf uns Mr. Sylaeia gelegentlich Blicke zu, und als der Stundenzeiger der Uhr die Sieben hinter sich gelassen hatte und allmählich auf die Acht zukroch, verkündete er, dass wir gehen könnten.

Der gesamte Inhalt meines Ordners hatte sich mittlerweile quer über den Tisch ausgebreitet, und in den wenigen Minuten, die ich brauchte, um alles wieder zu sortieren und einzuheften, verblich draußen das Licht, und der schmutzig graue Himmel färbte sich dunkellila. Es begann zu regnen. Ich sah aus dem Fenster, konnte aber nicht einmal mehr das Dach des Jugendstilgebäudes gegenüber erkennen. Ein Knoten formte sich in meinem Hals.

Draußen auf dem Flur kam mir das Wetter gar nicht mehr so schlimm vor, da die dicken Türen das Heulen des Windes dämpften. Als ich jedoch die Treppen hinunterging, begriff ich, wie stark das Unwetter tatsächlich tobte. Der Regen prasselte so heftig nieder, dass die Tropfen von Boden und Bänken abprallten und mindestens einen Meter wieder in die Höhe sprangen. Dort, wo der Asphalt bröckelte oder sich abgesenkt hatte, bildeten sich bereits große Pfützen.

»In diesem Wetter willst du doch nicht fliegen, oder?«

Ich blieb stehen, während der Prinz zu mir aufschloss. Beide starrten wir in den Regen hinaus.

»Ich nehme den Bus.«

Er musterte mich skeptisch, und ich wusste, dass ich in Bluse, Rock und dünner Strumpfhose nicht gerade passend für einen Sturm gekleidet war.

»Du wirst klitschnass. Und dunkel ist es außerdem. Du solltest nicht allein an der Haltestelle warten.«

»Ich komme schon klar …«

»Im Ernst, ich kann dich mitnehmen.«

Daraufhin steuerte ich direkt die Tür an, rückte den Riemen meiner Tasche auf meiner Schulter zurecht und machte mich bereit, einen Sprint durch den Regen hinzulegen. »Meine Eltern haben mir verboten, zu Fremden ins Auto zu steigen.«

Er zuckte zurück, und dieser verwirrte Ausdruck erschien wieder auf seinem Gesicht. »Aber ich bin doch kein Fremder.« Es klang fast wie eine Frage, als wäre er sich da selbst nicht ganz sicher.

Du bist mir so gut wie fremd, dachte ich.

Kurz zögerte ich, wartete, ob er noch etwas sagen würde. Als er es nicht tat, stemmte ich mich gegen die Tür und drückte sie in der Hoffnung auf, sie in diesem Sturm lange genug halten zu können, um ins Freie zu schlüpfen. Ich konnte es nicht. Sobald sich der Wind in der Tür fing, riss er sie auch schon aus meinem Griff, und ich stand schutzlos und klatschnass direkt unter der überlaufenden Regenrinne. Das Wasser schlug mir so heftig ins Gesicht, dass es stach, es rann mir in die Augen und ließ alles verschwimmen. Ich erkannte gerade noch, dass die Tür nun wieder auf mich zuraste, und stolperte rückwärts. Jemand riss mich am Arm zurück, und ich landete am Boden und schaffte es gerade noch, meine Füße aus der

Gefahrenzone zu bringen, als die Tür so heftig ins Schloss krachte, dass die untere Glasscheibe klirrend zerbarst.

»Alles in Ordnung?«, hörte ich den Prinzen fragen, während ich wie betäubt die Tür anstarrte und spürte, wie der durch die zersplitterte Scheibe hereinströmende kalte Wind über meine Beine und die zerrissene Strumpfhose strich. »Ich fahre dich heim, und damit basta!«

Ich widersprach nicht. Es wäre sinnlos gewesen, denn mein missglückter Abgang eben hatte bewiesen, dass er recht hatte. Er half mir auf.

»Vorsicht mit den Scherben«, sagte er und stieß die Tür dann erneut auf, wobei er sich gegen den Rahmen stemmte. Ich sprang über die Scherben hinweg und rannte auf einen überdachten Eingang zu, der auf halbem Weg zum Parkplatz lag. Hinter mir hörte ich die Tür wieder zuschlagen, gefolgt von einem vom Wind halb verschluckten Fluch. Dann erklangen rennende Schritte hinter mir.

Plötzlich griff jemand nach meiner Hand und zog mich unter das Dach des Eingangs, wo wir zitternd stehen blieben. Der Prinz rieb sich über die Oberarme.

»Bereit?«, fragte er dann und streckte mir wieder die Hand entgegen.

Ich sah erst seine Hand, dann den Regenschleier vor uns an. Da tauchte ein greller Blitz den vor uns liegenden Parkplatz in helles Licht.

»Komm schon«, rief er und packte meine Hand, dann zog er mich vorwärts, gerade als der unvermeidliche Donner folgte. Heftig blinzelnd hielt ich nach einem Auto Ausschau, bis plötzlich zwei Scheinwerfer in der Düsternis aufleuchteten. Ich erhaschte einen kurzen Blick auf einen überraschend dezenten Sportwagen, auf dem – was noch überraschender war – kein Wappen der Atheneas prangte.

Er gab mir einen leichten Schubs in Richtung Beifahrertür und stieg auf der anderen Seite ein. Rasch streifte ich die Tasche von der Schulter und tat es ihm gleich. Ich stellte sie zu meinen Füßen ab, behielt den Riemen aber fest in der Hand und ließ ihn nur kurz los, um mich anzuschnallen. Er hatte den Motor bereits angelassen, schaltete sofort die Heizung ein und drehte sie voll auf. Die anfänglich noch kühle Luft strömte mir entgegen, und ich neigte mich instinktiv der zu erwartenden Wärme zu. Mit heftig arbeitenden Scheibenwischern fuhr er los.

»Du wohnst in Brixham, richtig?« Ich nickte, und er setzte den Blinker nach rechts. Der prasselnde Regen auf dem Dach und der ständig grollende Donner machten eine Unterhaltung unmöglich, also sah ich aus dem Fenster. Bei jedem Blitz leuchtete das Tal unter uns taghell auf, und Felder und Häuser wurden enthüllt.

Die steil abfallende Hauptstraße, die in die Stadt hinabführte, war vollkommen ausgestorben. Dann erkannten wir, dass dies auch für den Anlegeplatz der Fähre galt. Als wir die Auslaufbahn erreichten, wurde auch klar, warum. Der Fährverkehr war aufgrund des schlechten Wetters eingestellt worden. Der Prinz fluchte leise.

»Versuch's bei der anderen Fähre«, murmelte ich, obwohl es mir nicht leichtfiel, das Wort zu ergreifen. Fragend sah er mich an. »Immer am Ufer entlang«, fügte ich hinzu, obwohl ich nicht viel Hoffnung hatte. Wenn schon die große obere Fähre nicht mehr fuhr, dann würde es die klapprige, alte untere Fähre bestimmt auch nicht tun. Ich behielt recht. Als wir den ältesten Stadtteil erreichten, in dem sich die betagten Gebäude bedenklich über das Kopfsteinpflaster neigten und kleine Fischerhäuschen die Straßen säumten, sah ich gerade noch, wie sich einer der Fährleute – gebückt, um sich vor dem Regen zu schützen – von seinem Posten entfernte. Draußen auf dem aufgewühlten Fluss glommen die Lichter der Fähre, die gerade zu ihrem Anlegeplatz zurückkehrte.

Der Prinz seufzte. »In dem Fall müssen wir außenherum fahren. Sag mir, wo's langgeht, ja?« Ich nickte, und er fuhr fort: »Normalerweise biege ich bei Totnes Richtung Dartmoor ab. Bisher bin ich noch nicht mal bis nach Torbay gekommen.« Aus dem Augenwinkel erkannte ich, dass er mir einen Blick zuwarf. Vermutlich hoffte er, ich würde den Faden aufnehmen, aber ich schwieg.

Als wir die Hügelkuppe erreichten, fing ich erneut seinen Blick auf. Er öffnete den Mund, schloss ihn dann aber wieder und entschied sich endlich, doch das Wort zu ergreifen. »Ich wohne hier bei meiner Tante und meinem Onkel – ich nehme an, du kennst sie als die königlichen Hoheiten von Athenea, den Herzog und die Herzogin von Victoria, nicht wahr?« Es klang sarkastisch. Titel schien er eindeutig unnötig zu finden. Außer meinem natürlich. »Sie haben ein Haus draußen im Moor gekauft, in der Nähe von Princetown.« *Wie passend.* »Als ich das hörte, habe ich die Gelegenheit beim Schopf ergriffen. Ich wollte schon immer gern einmal in England studieren, und in Australien war es mittlerweile unerträglich mit all den Paparazzi. Ich wusste, dass dieser Landstrich völlig abgeschieden ist, und weil du auch in Kable bist, hielt ich es für eine gute Wahl. Also haben wir sofort eine Unterlassungsverfügung gegen die Medien erwirkt, bei Hof das Gerücht in Umlauf gebracht, dass ich nach Sydney zurückkehren wolle, und da sind wir. Keine Bodyguards, keine Paparazzi.«

Ich nickte langsam. *Ich habe in London tatsächlich nichts von ihrem Umzug hierher mitbekommen. Sie müssen sich wirklich sehr nach einem ruhigen Leben sehnen, wenn die Buschtrommel nicht das leiseste Gerücht aufgeschnappt hat.* Doch irgendwann würde es sich nicht mehr vermeiden lassen. Diese Sache hier war eine tickende Zeitbombe, und wenn sie hochging, würde auch ich ins Rampenlicht gedrängt werden.

Das sollte wohl wieder ein Versuch sein, mich in ein Gespräch zu verwickeln, aber ich wusste nicht, was ich sagen sollte. Alles, was mir durch den Kopf ging, war unaussprechlich, sogar gefährlich.

»Und du bist wegen deiner Eltern hier«, stellte er fest. Es war keine Frage.

Dann schwieg er wieder. Ich wusste, dass er nur auf ein Wort von mir wartete, um fortzufahren, aber ich beließ es dabei. In diesem Augenblick war es schwer vorstellbar, dass ich mit zwölf Jahren noch ungehemmt sowohl mit Gleichgestellten als auch mit Höherrangigen hatte plaudern können und mir nicht einmal etwas dabei gedacht hatte. Es war eine Gabe der Adligen, die mir angeboren war. Aber im Widerstreit meiner beiden Sprachen waren die Worte irgendwie verloren gegangen.

»Vermisst du sie?«, murmelte er plötzlich, und seine Hände umklammerten das Lenkrad dabei fest. Kurz starrte ich darauf, bevor ich den Blick wieder zur Windschutzscheibe hob und die kleinen Lichter beobachtete, die die Fahrbahnmitte markierten.

»Ja, sehr«, flüsterte ich, nicht einmal sicher, dass er es durch den trommelnden Regen und den dröhnenden Motor hören konnte.

Doch er nickte verstehend. »Was da passiert ist, war schrecklich. Es … Du warst noch so jung. Erst vierzehn. Ein solcher Verlust muss …«

Er beendete den Satz nicht. Das war auch nicht nötig. Ich wusste schließlich, wie es sich anfühlte, und er versuchte offenbar gerade, es sich vorzustellen.

»Mord«, sagte er nach einer Weile. »Hast du jemals ... hast du jemals an Rache gedacht?«

»Das würde ich vielleicht, wenn ich wüsste, wer das getan hat«, fauchte ich, selbst überrascht von meinem wütenden Tonfall.

Der Prinz sah mich so lange an, wie es beim Fahren nur möglich war. »Entschuldige, aber habe ich vielleicht irgendetwas gesagt, das dich beleidigt hat? Ich weiß, dass wir uns schon lange nicht mehr gesehen haben, aber früher sind wir doch einmal Freunde gewesen, und jetzt behandelst du mich, als hätte ich die Pocken.«

»Ihr meint, abgesehen davon, dass Ihr meinen Titel verraten habt, Euer Hoheit?«, schoss ich zurück.

Er stieß hörbar die Luft aus. »Ich wollte dir nur helfen ...«

»Warum?«

Er steuerte durch eine scharfe Linkskurve und beschleunigte, als die Straße zweispurig wurde.

Mit gerunzelter Stirn schüttelte er leicht den Kopf. »Na ja, wir kennen uns schon eine ganze Weile, du warst oft bei Hof. Warum sollte ich dir also nicht helfen wollen?«

Ich strich über die beschlagene Scheibe des Seitenfensters, um hinaussehen zu können. »Ich mag dich nicht.«

Darauf folgte eine lange Stille, nur unterbrochen von dem Quietschen der Scheibenwischer. Ich sah ihn nicht an und fragte mich, wie oft er das wohl schon gehört hatte – wenn es denn überhaupt schon mal jemand gewagt hatte, ihm das zu sagen.

Schließlich gab er einen kehligen Laut von sich. »Darf ich fragen, warum nicht?«

So weit hatte ich nicht gedacht. Es war eine impulsive Äußerung gewesen, dieses eine Mal hatte ich zugelassen, dass meine Gefühle schneller waren als mein Verstand. Aber jede

Antwort wäre eine Anschuldigung, schlimmer noch, sogar eine hochverräterische Anschuldigung. *Aber was, wenn das meine einzige Chance ist, ihn zu fragen?*

»Ich glaube, dass du, die gesamte Königsfamilie und auch der Rat mir Informationen vorenthaltet. Ich glaube, dass ihr wisst, warum meine Großmutter ermordet wurde und von wem. Ich glaube das, weil ich auf der Beerdigung Gemurmel darüber gehört habe. Und wie ist es sonst zu erklären, dass es seitdem angeblich keine neuen Erkenntnisse gegeben hat?«

Wieder umklammerte er das Lenkrad fest, und sein erbleichendes Gesicht machte achtzehn Monaten der Ungewissheit ein Ende. »Warum glaubst du, dass ausgerechnet ich darüber Bescheid wissen sollte?«

»Du bist der Zweite in der Thronfolge. Du bist ein guter Politiker, besser als der Thronerbe. Ich glaube, dass es dir deine Eltern anvertrauen würden.«

Rasch wandte ich nach diesem unfreiwilligen Kompliment den Blick ab. Ich wartete. Doch schließlich ließ ich den Kopf resigniert gegen die Fensterscheibe sinken.

»Ich darf es dir nicht sagen«, erklärte er steif.

Ich schnappte nach Luft, und die Welle aus Hass und Schmerz, die mich bei der Erinnerung an sie stets durchflutete, schien auf ihr Dreifaches anzuschwellen. Ich wollte etwas erwidern, brachte aber nichts heraus. Eine Träne rann an meiner Wange herab. Ich schloss die Augen, um weiteren Tränen Einhalt zu gebieten. Mein nasses Haar, das sich bereits zu locken begann, schirmte mich gegen seinen Blick ab.

Da fühlte ich eine tröstliche Hand auf meinem Knie. Ich zuckte zurück und hob demonstrativ die Tasche auf den Schoß, während mein Gesicht flammend rot wurde. Seine Hand hing zwischen Steuerknüppel und Lenkrad in der Luft, als wüsste er nicht, wohin damit. Er entschied sich für das Lenkrad.

»Es tut mir leid. Wirklich. Und dass ich deinen Titel verraten habe, tut mir auch leid. Das war falsch von mir.« Ich wartete darauf, dass er fortfuhr, und er schien es zu spüren, denn er redete tatsächlich weiter. »Ich dachte, das könnte die Spannung zwischen dir und den anderen Schülern verringern, und auch wenn das jetzt selbstsüchtig klingt, ich wollte dich gern als Gleichgestellte behandeln. So etwas wird im Allgemeinen eher akzeptiert, wenn alle Beteiligten Titel aufweisen können.«

Ich öffnete und schloss den Mund wie ein Fisch auf dem Trockenen.

»Ich habe wohl einfach nicht begriffen, dass du ...« Er schien nach dem richtigen Ausdruck zu suchen. »Na ja, dass du wie ein Mensch leben möchtest.«

Ärger und Verblüffung mischten sich in meiner Brust. »Das möchte ich auch nicht.«

»Sicher nicht? Wann hast du das letzte Mal fortgeschrittene Magie praktiziert? Und ich meine damit nicht, um deine Haare zu frisieren.«

Da ich nicht einmal diese einfache Frage beantworten konnte, ließ ich mich in den Sitz zurücksinken.

»Genau das meine ich. Warum übst du dich nicht in der Magie?«

Wieder musste ich ihm die Antwort schuldig bleiben, bis wir uns endlich meiner Straße näherten und ich ihn anwies, rechts abzubiegen. Wir ließen die Kirche und den angrenzenden Friedhof hinter uns und bogen schließlich in die von Bäumen gesäumte Wohnstraße ein. Ich bemerkte, wie er sich prüfend umsah. Er musste dies alles wenig beeindruckend finden. Obwohl die roten Backsteinhäuser einen imposanten viktorianischen Baustil aufwiesen und komfortabel und groß waren, entsprachen sie dennoch nicht meinem Stand.

Er hielt an, und ich löste den Gurt. Meine Hand lag bereits am Türgriff, als ich zögerte.

Manieren, mein Kind, hörte ich ihre Stimme sagen. *Manieren sind alles.*

Ich schürzte die Lippen. »Es tut mir leid, dass Euch meine Art zu leben missfällt, Euer Hoheit. Es tut mir leid, dass Ihr glaubt, Euer Verhalten sei nicht dazu angetan, mich zu erzürnen, aber ich fürchte, in diesem Punkt habe ich kaum eine Wahl.« Er fuhr zu mir herum, und ich drückte mich erschrocken gegen die Tür. Er wirkte fassungslos, aber dann weiteten sich seine Augen, und es lag fast so etwas wie Verstehen darin. »Danke fürs Mitnehmen.« Mit diesen Worten stieg ich rasch aus, eilte ums Auto herum und flüchtete mich unter den Schutz eines Baumes. Als ich das Gartentor hinter mir zuzog, wendete er und fuhr davon. Ich sah dem Auto nach, bis es um die nächste Kurve verschwand, und ließ seine heftige Reaktion noch einmal Revue passieren.

Ein Lächeln erschien auf meinem Gesicht, aber es war ein bitteres Lächeln, nur dem kurzen Triumphgefühl geschuldet.

Dann weißt du es also wirklich. Du weißt, warum sie tot ist. Und ich werde es aus dir herausbekommen. Solange ich das nicht geschafft habe, werde ich dich nie leiden können!

Hinter mir ergoss sich Licht auf den Rasen vor dem Haus, und zwei Autos standen in der Einfahrt. Meine Eltern waren zurück. Stöhnend wappnete ich mich für die bevorstehende Auseinandersetzung.

Die Tür war nicht abgeschlossen, und ich versuchte, sie so leise wie möglich zu öffnen. Ich streifte die Schuhe ab und hatte gerade einen Fuß auf die erste Stufe gesetzt, als meine Mutter in der Tür zum Wohnzimmer erschien, von wo aus sie meine Ankunft zweifellos beobachtet hatte.

»Und wo bist du gewesen? Es ist fast neun!«

»Mr. Sylaeia hat mich gebeten, einem seiner Schüler Nachhilfe zu geben.« Ich hängte meine nasse Tasche an einen Haken über der Heizung und wandte mich meiner Mutter zu. Dabei hoffte ich, sie würde sich mit ihrer Gardinenpredigt beeilen, damit ich mir etwas Trockenes zum Anziehen besorgen konnte.

»Und ich nehme mal an, dass mir Mr. Sylaeia das bestätigen würde, wenn ich ihn jetzt anrufe?«, fragte sie spitz.

»Ja.« Ich war mir sicher, dass er mich nicht verraten würde. Er hatte mich schon genug bestraft.

Sie schnaubte und deutete auf die geschlossene Eingangstür. »Und wer hat dich da nach Hause gefahren?«

»Eine Freundin.«

Sie fiel nicht darauf herein. »Keine deiner Freundinnen ist alt genug für den Führerschein.«

»Es war eine Bekannte aus der Oberstufe«, korrigierte ich schnell, aber sie nahm es mir noch immer nicht ab. Offensichtlich waren sie gerade erst heimgekommen, denn sie trug noch immer ihr Kostüm, und ihr Haar, das sie während ihrer Meetings immer zu einem glatten Bob frisierte, hatte sich noch nicht wieder gelockt. Sie trat an den Spiegel, um sich die Ohrringe abzunehmen.

»Ich kenne nicht viele Oberstufenschülerinnen, die sich einen Mercedes leisten können, Autumn.«

Ich rollte mit den Augen und atmete tief durch. »Na gut. An der Schule hat ein anderer Sage angefangen.«

Sie lächelte ihr mütterliches, gönnerhaftes Lächeln, das sie für jene Augenblicke reservierte, in denen sie mich geschlagen hatte. »Aha, jetzt rücken wir also endlich mit der Wahrheit heraus.«

Ich erwiderte das Lächeln und wollte mich schon nach

oben in mein Zimmer verziehen, als die Stimme meines Vaters aus der Küche erklang.

»Worüber streiten sich meine Mädels denn nun wieder?« Er erschien im Flur, ein Glas und ein Geschirrtuch in den Händen.

Ich biss mir auf die Zunge und wünschte, sie würden mich einfach gehen lassen, damit ich mich umziehen konnte, bevor ich noch alles volltropfte.

»Ein neuer Sage hat an der Schule angefangen«, wiederholte ich.

Er wirkte milde interessiert, während er weiter das Glas abtrocknete. »Das ist doch schön für dich, oder? Aus welcher Familie denn?«

Dieses Mal zögerte ich und biss mir nervös auf die Zunge. Aber schließlich fügte ich mich in das Unvermeidliche. Ich sah von einem zum anderen. »Athenea.«

Das Glas zerbarst auf dem Boden, und kurz darauf bedeckte das Geschirrtuch die Scherben. Meinem Vater klappte der Mund auf. Dann schloss er ihn rasch wieder in dem vergeblichen Versuch, seine Gefühle zu verbergen.

»Mein Gott«, keuchte er und griff sich an die Brust. Schnell trat meine Mutter zu ihm und rieb ihm beruhigend über den Rücken, wobei sie jedoch ebenso erschrocken wirkte wie er. »Wer von ihnen?«

»Fallon.«

»Der Siebzehnjährige?«, fragte meine Mutter, und ihre Augen wurden groß.

Ich nickte.

»Aber er ist der Zweite in der Thronfolge. Was macht er bloß hier?«

Ich zuckte mit den Schultern, aber da ich nun schon einmal dabei war, konnte ich ihnen auch gleich alles erzählen.

»Er sagt, er wolle der Presse entkommen. Er wohnt bei dem Herzog und der Herzogin von Victoria.« Ich holte tief Luft. »Und sie haben ein Haus in Dartmoor gekauft.«

Die beiden tauschten besorgte Blicke, bevor sie sich mir zuwandten. Ich hatte nicht viel mit meinen Eltern gemeinsam, aber in diesem Punkt waren wir uns einig. Wir wollten die Atheneas nicht um uns haben.

»Und obwohl ich ihn gebeten habe, es nicht zu tun, hat er in der Schule erzählt, dass England unser Herzogtum ist.« Das stimmte nicht so ganz. Genau genommen war England *mein* Herzogtum, aber solange ich noch minderjährig war und mein Vater meine Finanzen regelte, führte er einen Ehrentitel.

Das war zu viel für ihn. Er ließ sich gegen das Treppengeländer sinken. Meine Mutter führte ihn zum Sofa im Wohnzimmer, und ich nutzte die Chance zu entkommen. Sie taten mir nicht besonders leid. Sie mochten die Atheneas zwar auch nicht, aber immerhin mussten sie sich nicht so unmittelbar mit ihnen auseinandersetzen wie ich.

In meinem Zimmer angekommen, zog ich mich aus und schlüpfte in mein längstes Nachthemd und dicke Wollsocken. Aber obwohl die Heizung auf Hochtouren lief, fror ich noch immer.

»Inceandia«, murmelte ich, und eine ovale Flamme züngelte in meiner Handfläche auf. Ich ließ sie zur Zimmerdecke aufsteigen und wachsen, bis sie zu einem Feuerball wurde, der die Luft sofort erwärmte.

Während ich die glühende Kugel betrachtete, fiel mir wieder ein, was der Prinz gesagt hatte, und mit einem einzigen Wink meiner Hand verlosch das Feuer. Ein Fluch auf Sagean stahl sich über meine Lippen, und ich warf mich bäuchlings aufs Bett und trommelte mit den Fäusten auf die Matratze ein und weinte.

Kapitel 10

Autumn

Ein grunzendes Stöhnen drang an meine Ohren, rhythmisch, beständig und ohne sich von dem wie ein Echo aufsteigenden Wimmern beeinträchtigen zu lassen.

Es ist nur ein Traum, sagte ich mir, während die verschwommene Szene langsam Konturen annahm. Baumstämme tauchten auf und verschwanden wieder in der Dunkelheit, als ich auf die Quelle der Geräusche zuschwebte, obwohl ich mir nichts sehnlicher wünschte, als weit fort zu sein.

Zwei der Bäume standen sehr nah beieinander, und wie durch die Gitter einer Zelle sah ich zwischen ihnen hindurch den Umriss einer Gestalt, grotesk und bucklig, mit den Haaren und Röcken einer Frau. Die Kreatur schien sich immer wieder gegen einen der Bäume zu werfen, ihn zu attackieren, dabei stieß sie jene Geräusche aus, die mich hergeführt hatten.

Baumrinde rieselte zu Boden, als weiße Haut darüberschrammte, und schließlich mischte sich Blut darunter, troff von bleichen Fingern auf das Moos.

Als ich durch die beiden eng stehenden Bäume hindurchglitt, erkannte ich jedoch die schreckliche Wahrheit, die die Dunkelheit zuvor verborgen hatte.

Es war nicht eine Gestalt, sondern zwei. Ein Mann, von dem ich nur den Rücken sah, der sich über den erschlaffenden

Körper einer Frau beugte, deren zerrissene Röcke sich um ihre Oberschenkel bauschten. Sie war es, der er Gewalt antat, nicht der Baum.

Ich umrundete sie, versuchte näher heranzukommen, schaffte es aber nicht. Stattdessen sah ich sie plötzlich klarer, ihr dunkles, fast schwarzes Haar und die verstörend vertraute Farbe ihrer tränennassen Augen: violett.

Ich schloss die Augen und wünschte, ich könnte diesem Anblick so entgehen, aber das Bild der beiden Gestalten hatte sich in die Innenseite meiner Lider gebrannt. Erst da fiel mir ein zu schreien, und das tat ich auch. Ein furchtbarer, grauenvoller, schauriger Schrei, der nicht von mir selbst zu stammen schien, hallte durch leere Korridore.

Der pfeifende Kessel aus der Küche unten weckte mich. Obwohl es laut meines Weckers schon sieben Uhr war, rührte ich mich nicht. Wieder einer. Schlimmer als sonst. Vor meinem inneren Auge versuchte ich, das dunkle, wirre Haar der jungen Frau aus meinen Träumen mit den glatten, glänzenden Strähnen jenes Mädchens in Einklang zu bringen, das ich als Violet Lee kannte. Ich hoffte, dass es mir deshalb so schwerfiel, weil sie es nicht gewesen war.

Ich wusste, dass ich es heute auf keinen Fall fertigbringen würde, zur Schule zu gehen. Also stieg ich aus dem Bett, zog einen Morgenmantel über und stellte mich vor den Spiegel, um zu sehen, welchen Schaden ich meinem Äußeren zu diesem Zweck würde zufügen müssen. *Jedenfalls keinen besonders großen mehr. Ich sehe schrecklich aus.* Meine Augen waren rot und geschwollen, als hätte ich im Schlaf geweint. Nase und Wangen waren ebenfalls gerötet von der Kälte am Abend zuvor. Außerdem standen meine Haare in alle Richtungen ab.

Ich schlappte in die Küche, wo sich meine Eltern mit Papierkram beschäftigten. Auf dem Weg zum Kühlschrank schlurfte ich noch ein bisschen lauter über den Kachelboden. Ich überlegte schon, ob ich vielleicht auch ein kleines, effektvolles Husten wagen sollte, doch da stellte sich mir mein Vater schon in den Weg und drückte mir eine Hand auf die Stirn.

»Du hast Fieber, Autumn.« Er musterte mich eingehend. »Ich glaube, du gehst heute besser nicht zur Schule. Du musst dir gestern im Regen eine Erkältung geholt haben.« Aus dem Augenwinkel sah ich, wie meine Mutter die Stirn runzelte.

Rasch heuchelte ich einen schwächlichen Protest. »Aber, Dad …«

»Keine Widerrede – wir können ja einfach dem Prinzen die Schuld geben«, scherzte er, aber ich bemerkte wohl, dass auch seine Augen geschwollen waren. Er beugte sich vor und küsste mich auf den Scheitel, dann drehte er mich an den Schultern um und schob mich wieder in den Flur hinaus. »Ab ins Bett mit dir.«

Kurz darauf gingen die beiden, und sobald ich die Haustür ins Schloss fallen hörte, zog ich mir frische Klamotten an und wusch mir die Wimperntuschereste aus dem Gesicht. Dann machte ich es mir auf meinem Fenstersitz bequem und sah zu, wie die Menschen in meiner Straße ihren Arbeitstag begannen. Mülltonnen wurden umhergeschoben, Autos angelassen und Schulkinder den Gehweg entlanggescheucht. Gegenüber lud der Sohn des Fischers gerade Hummerfallen in seinen Transporter und trat seine Zigarette aus.

»Du hast recht, Fallon Athenea«, flüsterte ich. »Ich möchte wie ein Mensch leben.«

Es kostete mich meine gesamte Willensstärke, am nächsten Tag zur Arbeit ins Café zu gehen. Aber mir war klar, dass ich mich nach meiner Absage am letzten Donnerstag ohnehin schon auf sehr dünnem Eis bewegte, und einen anderen Job würde ich nicht kriegen.

Die Luft war noch immer feucht, und es nieselte, aber ich machte mich trotzdem zu Fuß auf in die Stadt: Der Bus war keine Option, weil ich ziemlich knapp bei Kasse war – ohne die Erlaubnis meiner Eltern hatte ich keinen Zugriff auf mein Vermögen, und auf einen Zuschuss durfte ich nicht hoffen.

Auf dem Weg kam ich an einem Kiosk vorbei und überflog die Titelseiten der Zeitungen und Klatschblätter. Keine Spur von Nachrichten über die Atheneas. Die seriösen Tageszeitungen hatte ich beim Frühstück schon durchgesehen. Auch dort war nichts zu finden gewesen. *Die Nachrichtensperre scheint ja bestens zu funktionieren.*

Das »Geschlossen«-Schild hing noch an der Eingangstür, als ich beim Café ankam. Drinnen funkelte mich meine Chefin übellaunig über einen Stapel Gehaltsabrechnungen hinweg an, den sie gerade durchging. Ich senkte den Blick und hoffte, dass sie nur wegen meiner Absage so miesepetrig war und nicht wegen der Vorfälle, die sich während meiner letzten Schicht ereignet hatten.

Sophie war auch wieder da, und als ich die Küche betrat, ging sie hinter Nathan in Deckung.

Also keine überflüssigen Nettigkeiten heute.

»Du hast schon wieder nicht auf meine SMS geantwortet«, schimpfte Nathan zur Begrüßung.

Ich blieb im Türrahmen stehen. »Du hast diesen Menschen Hoffnung gemacht, obwohl du *wusstest*, dass ich dem armen Mann nicht helfen konnte!«

»Ich habe wenigstens versucht, etwas zu tun«, konterte er.

»Du hast mich wie eine Versagerin dastehen lassen. Und das musste ich in der Schule büßen.«

»Sorry«, murmelte er, aber es klang nicht so, als täte es ihm leid.

Ich zuckte mit den Schultern und machte mich daran, die Tische vorzubereiten. Obwohl mich der Anblick des Toten auf schreckliche Weise an den Verlust meiner Großmutter erinnert hatte, war es nicht das, was mir jetzt so zu schaffen machte. Auch nicht das Erscheinen der Extermino. Das, was mir in diesem Augenblick zusetzte, war Nathans Reaktion. Sein Verhalten letzte Woche hatte ihm so gar nicht ähnlich gesehen. Und auch die Szene in der Küche gerade eben passte nicht zu ihm. Er war zu kaltschnäuzig, nicht der fröhliche junge Mann, den ich kannte.

Als ich wieder in die Küche zurückkam, schien er sich aber davon erholt zu haben.

»Also, schieß los«, sagte er und lehnte sich gegen die Spüle. »Was war so wichtig, dass du uns am Donnerstag hast sitzen lassen?«

»Da ist so ein neuer Typ in der Schule …«

»Ach, da ist also ein neuer Typ, ja?« Er strich sich die wirren Strähnen aus der Stirn, und der Schalk blitzte in seinen Augen.

»Ein neuer *Sage*, dem ich in englischer Literatur helfen sollte.«

Das Funkeln in seinem Blick verlosch, und er stockte. Es wunderte mich nicht. Ein einzelner Sage-Teenager war für die menschliche Bevölkerung hier schon mehr als genug. »Irgendjemand, den man kennt?« Er sah flüchtig zu Sophie hinüber, die aufgehört hatte, Teller zu stapeln, und die Ohren zu spitzen schien.

Ich antwortete nicht und biss mir vorsichtshalber auf die Zunge.

Nathan bemerkte es. »Ihr Sage und eure Geheimniskrämerei! Jetzt mal ehrlich, wem sollte ich es denn schon erzählen? Ich bin ein Computerfreak, der das Studium geschmissen hat. Ich habe keine Freunde. Und Sophie wird es schon nicht weitersagen, oder, Soph?«

Sophie errötete und schüttelte den Kopf, und als ich sie ansah, wandte sie sich rasch wieder dem Geschirr zu.

Ich seufzte. »Er ist von höherem Rang als ich.«

Als er begriff, fluchte er ausgiebig. Ich musste ihm nichts mehr erklären. Nathan war bis vor Kurzem der einzige Mensch außerhalb meiner Familie gewesen, der von meinem Titel wusste – er hatte »aus Versehen« meine gelöschte Wikipediaseite gefunden. Außerdem wusste er auch, welchen Rang ich damit einnahm. Er wartete, bis Sophie die Küche verlassen hatte, bevor er wieder das Wort ergriff. »Verdammt, was soll das heißen? *Hier?* Welcher von ihnen?«

»Keine Chance. Ich hab dir auch so schon zu viel verraten.«

Er lehnte sich gegen den Tresen und umklammerte fest die Kante. »Und freut dich das nicht? Sie sollen doch ziemliche Mädchenhelden sein, oder?«

Ich lachte trocken auf und sammelte die Salz- und Pfefferstreuer ein, um sie auf den Tischen zu verteilen. »Ich glaube, die anderen Mädchen freut es tatsächlich. Mich nicht.« Er lächelte verwirrt, und ich fuhr mit gedämpfter Stimme fort. »Wenn die Presse herausfindet, wo er ist, dann werde früher oder später auch ich da hineingezogen. Kannst du dir vorstellen, was das für ein Festtag für *Arn Etas* wird, wenn sie erfahren, dass ich in einem *Café* arbeite?« Das war zwar nur ein Teil der Wahrheit, aber von den Lügen der Atheneas über den Tod meiner Großmutter würde ich ihm ganz sicher nichts erzählen.

Sein Lächeln verblasste. »Was ist denn so schlimm daran?«

Er folgte mir, während ich letzte Hand anlegte und schließlich das Türschild auf »Geöffnet« drehte. Auch als ich mich an Sophie vorbei zurück in die Küche schob, blieb er mir auf den Fersen und wartete auf meine Antwort.

»Ich bin eine Herzogin, keine Dienstmagd«, murmelte ich und blieb stehen. »Dieses Leben hier gefällt mir zwar nicht besonders, aber solange ich aus dem Rampenlicht bin, ist es immerhin okay.«

Er schüttelte den Kopf, sodass seine Stirnfransen wippten. »Ich schwöre, du hättest besser als Mensch zur Welt kommen sollen. Aber egal, warum macht dich das so fertig? Geh ihm doch einfach aus dem Weg. Und wenn er dich nervt, dann sag ihm, dass dein Freund den lila Gürtel in Karate hat und ihn verprügelt, wenn er nicht Leine zieht.«

Ich musterte seine dünne, schlaksige Gestalt und hob eine Braue. »Oder ich verhexe ihn einfach.«

»Oder das. Wie auch immer, Kopf hoch, da kommt Valerie.« Er deutete durch die Tür in Richtung Eingang.

Ich stöhnte. *Was für eine Woche!*

Kapitel 11

Autumn

Es gelang mir vorerst, Nathans Rat zu folgen, indem ich bis Donnerstag die Schule schwänzte. Als ich wieder hinging, konnte ich dem Prinzen zwar nicht völlig aus dem Weg gehen – immerhin sah ich ihn jeden Morgen bei Mr. Sylaeia und saß im Literaturunterricht schweigend neben ihm –, aber er bedrängte mich nicht mehr, und allmählich glaubte ich, dass ich meinen Standpunkt ihm gegenüber deutlicher gemacht hatte als vermutet.

Nach der Schule stand mir das Handarbeitstutorium bevor, was einen ganzen Raum voller tratschender Mädchen bedeutete. Der Rummel um den Prinzen hatte sich noch immer nicht gelegt, und sogar ich musste die unglaubliche Geduld anerkennen, mit der er der Schülerschar begegnete, die ihn ständig verfolgte. Dagegen schienen die Paparazzi irgendwie das geringere Übel zu sein.

Die Unterrichtsstunde vor der Mittagspause zog sich hin, und als wir endlich gehen durften, musste ich feststellen, dass die meisten anderen schon gegessen hatten. Dankenswerterweise hatte die Cafeteria endlich begriffen, dass sich inzwischen schon zwei Veganer an der Schule befanden, und ich fand eine reiche Auswahl Sandwiches. Ich suchte mir eines aus, bezahlte und stopfte es in meine Tasche, um dann den Spießrutenlauf durch die Tische hindurch zum Ausgang anzutreten. An einem der runden Tische, an denen die Fußball- und Rugbymannschaften saßen, hob der Prinz die Hand, als wollte er mich zu sich winken, aber ich sah rasch weg und beschleunigte meine Schritte.

Tammy und die anderen saßen draußen beim Spielfeld, um die seltenen Sonnenstrahlen zu genießen, und ich machte mich auf den Weg zu ihnen. Ich bahnte mir meinen Weg durch die Schülerschar, die sich vor mir teilte. Das hatten sie auch früher schon getan, aber jetzt stolperten sie und sahen mich ungläubig an, als könnte ich unmöglich diejenige sein, für die mich der Prinz ausgegeben hatte.

»Freak! Hey, Freak!«

Der Ruf erscholl von der anderen Seite des Hofs. Ich ging einfach weiter.

»Freak!«

Kurz schloss ich die Augen. *Valerie Danvers.* Ich war überrascht, dass sie nicht schon früher auf mich losgegangen war, wenn man bedachte, wie viel frische Munition ihr die Enthüllung meines Titels geliefert hatte.

»Hey, Versagerin! Du hast diesen Mann doch absichtlich sterben lassen, nicht wahr? Du hast ihn also praktisch umgebracht! Genau wie der letzte Wächter Kurt ermordet hat!«

Weitergehen. Einfach ignorieren.

»Hey, Herzogin! Bist du jetzt zu gut für uns, oder was? Herzogin, wo ist eigentlich deine Oma? Komm schon, erzähl's uns. Sei keine Spielverderberin! Fragen wird man ja wohl noch dürfen.«

Ich sprang die Stufen zum Sportplatz hoch und ging so schnell ich konnte weiter.

»Ist deine Oma tot, Freak? Wurde sie umgebracht?«

Mein Atem kam abgehackt. Mittlerweile rannte ich fast.

»Wurde sie umgebracht, weil sie auch nur ein Freak war, wie du?«

Ich fuhr mir mit der Zunge über die trockenen Lippen.

»Scheiß Hexe, sie hat es verdient zu sterben.«

Stock und Stein brechen mein Gebein, hatte sie immer gesagt. *Doch Worte bringen keine Pein.*

»Mortana!« Der Fluch flog von meinen Lippen, bevor ich es verhindern konnte, und ein wirbelnder Ball geschmolzener blauer Energie, der in meiner schweißnassen Handfläche gelauert und gegen meine verkrampften Finger gedrückt hatte, brach hervor und raste auf Valerie zu.

Doch er fand sein Ziel nicht. Ein Schild erschien aus dem Nichts und wölbte sich wie eine Kuppel über Valerie und ihre Freundinnen. Als mein Fluch die Kuppel traf, kräuselte sich ihre Oberfläche wie Wasser, der blaue Energieball zerbarst mit dem Geräusch zerspringenden Glases und floss in schwarzen Schlieren über den Schild, bevor sich alles wieder in Luft auflöste.

Japsen und sogar Schreie erschollen, und überall sprangen Schüler erschrocken auf. Ein Stück entfernt stand der Direktor wie angewurzelt da, schneeweiß im Gesicht und schwitzend. Ein Lehrassistent starrte zu Valerie und ihren Freundinnen hinüber. Niemand außer dem Prinzen rührte sich, der jetzt seine ausgestreckte Hand senkte und mich zornig ansah. Ich versuchte, seinen Blick zu erwidern, erschrocken oder reuevoll auszusehen, doch es gelang mir nicht. Allein beim Gedanken an Valerie sprangen erneut Funken in meiner Handfläche hin und her.

»Geh«, knurrte er, als wäre ich eine seiner Dienstmägde, die er herumkommandieren konnte. Doch ich rührte mich nicht.

»Das ist ein Befehl, Herzogin!«

Ehrfurcht vor Rang und Stellung, Treue zu Athenea und strikte Einhaltung der Terra-Verträge.

Endlich setzte ich mich mit gesenktem Blick in Bewegung. Aus dem Augenwinkel sah ich, wie sich Valerie aufrichtete und offenbar zum Gegenangriff übergehen wollte.

»Wag es nicht, ihr auch nur nahe zu kommen, Valerie.«

Mein Kopf ruckte zum Prinzen herum, und seine Miene wurde weicher. Ich versuchte, die anderen Schüler auszublenden, während ich immer schneller lief. Nur weg hier, denn ich hatte Angst, was mein Zorn sonst noch anrichten könnte. Ich stolperte die Treppen hinunter und hörte die Schritte des Prinzen hinter mir.

Sie hat es verdient.

Mein Atem ging keuchend, und die Wut in meiner Brust schien sich auszudehnen. Wenn er nicht gewesen wäre, die Verkörperung der Autorität Atheneas, hätte ich wahrscheinlich auf dem Absatz kehrtgemacht und sie erledigt.

Plötzlich packte der Prinz meine Hand und zog mich hinter die Sporthalle, dorthin, wo uns niemand stören würde.

»Das ist sie nicht wert«, hörte ich ihn sagen, dann wirbelte er mich herum, sodass ich mit dem Rücken zur Wand stand, und baute sich mit verschränkten Armen vor mir auf. Ich sah den Zorn in seinem Blick, doch das war nichts im Vergleich zu meiner eigenen Wut. Mein Atmen ging immer schneller, und ich spürte weiterhin Funken in der Handfläche brennen. Auf meiner Zunge tanzten all die Flüche, die sie zumindest ins Krankenhaus schicken würden, wenn nicht Schlimmeres.

»Autumn, du hast dich nicht im Griff, du musst …«

Lautes Stimmengewirr wehte zu uns herüber, und er verstummte, wartete, bis die Schüler vorbeigegangen waren, und sprach dann auf Sagean weiter.

»*Aclean.* Ganz ruhig. Atme tief durch.«

Ich schloss die Augen, zwang Luft in meine Lunge und wartete darauf, dass der Zorn verebbte. Ich versuchte, nicht an sie zu denken; ich versuchte, an gar nichts zu denken, vollkommen taub zu werden, aber es war unmöglich, solange ich seinen rauen Atem neben mir hörte, der noch abgehackter ging als meiner. Ich lauschte darauf und fühlte, wie die Wut tatsächlich nachließ. Dann kam die Scham. Und dann die Angst, als mich das volle Ausmaß meiner Tat traf.

Der frühere Wächter in Kable war verbannt worden, weil er versehentlich einen Schüler tödlich verletzt hatte. Ich dagegen hatte *absichtlich* versucht, einem Menschen Schaden zuzufügen, und darauf stand laut der Terra-Verträge eine weit schlimmere Strafe. *Der Tod.*

Langsam öffnete ich die Augen wieder. Er stand noch immer reglos vor mir, seine Beherrschtheit war jedoch dahin.

»Bist du wahnsinnig?«, explodierte er plötzlich. Er trat drohend auf mich zu. Ich ging rückwärts und drückte mich gegen die Wand. »Hast du irgendeine Vorstellung davon, was du da gerade getan hast?«

Die Luft, die ich einsog, schien meine Lunge nur zur Hälfte zu erreichen, und meine Unterlippe begann zu beben, während ich den Kopf schüttelte. »Es war ein Unfall, sie hat mich provoziert …«

»Wie lange schikaniert sie dich schon?« Seine Hand krachte gegen die Mauer neben meinem Kopf, und er beugte sich über mich.

Nervös sah ich auf seine gespreizten Finger neben mir. »W-was?«

»Du bist eine Herzogin, du wurdest nicht dazu erzogen, so leicht die Fassung zu verlieren. Sie muss dir schon eine ganze Weile zusetzen. Wie lange?«

Wieder schüttelte ich den Kopf und sah zu Boden, um seinem flammenden Blick zu entgehen. »Etwa ein Jahr.«

»Seit du hier bist? Warum hast du das nicht gemeldet? Ich habe gehört, was sie gesagt hat. Das war mehr als eine Provokation, das war Rassismus!«

»Es war gar nichts.«

»Gar nichts?«, wiederholte er, hob die freie Hand und brachte Daumen und Zeigefinger ganz nah zusammen. »Autumn, du warst so dicht davor, sie in Stücke zu reißen! So dicht davor, die Terra-Verträge zu brechen! Ich werde dich nicht melden, aber wenn dein Fluch sie getroffen hätte, könnte dich nichts und niemand jetzt noch retten.«

Ich blinzelte die Tränen zurück und fühlte eine Mischung aus Erleichterung und Entsetzen in mir aufsteigen, denn was er da sagte, war nur allzu wahr. Wer die Terra-Verträge brach, konnte seiner Strafe nicht entgehen. Die Gerichtshöfe kannten in diesem Punkt keine Gnade, denn nur sie wahrten noch den brüchigen Frieden zwischen uns und den Menschen.

»Ich weiß«, flüsterte ich. »Ich weiß.«

Er schloss kurz die Augen und stöhnte, dann stemmte er auch die zweite Hand neben meinem Kopf gegen die Mauer, sodass ich zwischen seinen Armen gefangen war. »Willst du etwa sterben? Nach dem, was du da getan hast, sieht es nämlich fast danach aus.«

»I-ich …« Ich konnte weder antworten noch den Kopf schütteln. Stattdessen gab ich den Kampf gegen die Tränen auf, und sie strömten mir über die Wangen und tropften zu Boden, als ich den Kopf hängen ließ.

»Autumn?«

Nun konnte nichts mehr den Kummer aufhalten, das wusste ich. Die Trauer war eine unersättliche Bestie, doch in letzter Zeit waren ihre Berührungen fast sanft gewesen, während wieder Hoffnung in mir erwacht war. Aber es war alles Täuschung gewesen, das zarte Streicheln nur ein Locken, das mich einlullen sollte. Jetzt war sie zurück. *Und doch.* Nicht ich war es gewesen, die sie wachgerufen hatte. *Nein. Er* war es. *Der Prinz.*

»Autumn Rose? Sag mir, dass das nicht wahr ist.«

Nun erschien mir der flüchtige vertraute Augenblick im Auto vor einer Woche widerlich und abstoßend, denn der Prinz war es, der an so vielem rührte, das besser verborgen blieb. Zu meinem Schutz und zum Schutz meines Verstandes.

»Bitte?«

Ich konnte nichts sagen.

»Autumn? Du meinst, du willst dir das Leben nehmen? *Mortalitas voltana?*« Seine Miene verzerrte sich, er legte die Hände auf meine Oberarme und schüttelte mich leicht.

Ich hob eine Schulter, wollte achselzuckende Lässigkeit demonstrieren, brachte es aber nicht fertig.

»Du hast also wirklich daran gedacht?«

Ich nickte schwach.

»A-aber warum? Was ist los? Ist es wegen deiner Großmutter?« Wieder schüttelte er mich, und als ich nicht antwortete, zog er mich in eine feste Umarmung. Ich drückte mich wieder gegen die Wand und schluchzte auf bei dem Versuch, so viel Abstand wie nur möglich zwischen uns zu bringen. »Autumn? Was ist los? Sag es mir!«

Du bist es!, wollte ich schreien, und ich hätte es getan, wenn es wahr gewesen wäre. Aber das war es nicht. Es war einfach *alles.*

»E-extermino ... Der Mann, den ich nicht retten konnte ... Valerie ... Deine dummen Befehle wegen meiner Großmutter! Ich hasse deine dummen Befehle!«

Ich blinzelte heftig und erkannte durch den Tränenschleier,

dass er mich entsetzt anstarrte. Ich sammelte die Magie, die noch immer durch mein Blut jagte, und schwang mich in die Lüfte.

Lass mich wieder taub sein, dachte ich. *Lass mich die Trauer wieder verdrängen, so gut ich kann. Verdrängen ist immer noch besser als das hier.*

Der Wind peitschte mir gegen die Wangen, doch hinter meinen geschlossenen Augenlidern war nicht er es, sondern eine Hand, die mich schlug. Einmal, zweimal. Heftig genug, um einen Abdruck zu hinterlassen.

»Reiß dich zusammen, Mädchen! Freundlichkeit gewährt man dir nur, wenn du Stärke zeigst, denn wenn du erwachsen bist, wird das Gewicht der ganzen Welt auf deinen Schultern ruhen! Du bist meine Erbin, wie kannst du es wagen zu weinen? Wie kannst du es wagen, solche Schwäche zu zeigen? Wie kannst du es wagen, deine Maske zu verlieren?«

Kapitel 12 *Fallon*

Ich atmete nicht aus, bis sie hoch oben in der Luft war, ein verschwindend kleiner Punkt. Um mich herum nahm ich Stimmen wahr, eine zusammenhanglose Überlagerung in weiter Ferne, während ich versuchte, meinen Geist wieder auf das Englische einzustellen – ob diese Stimmen aus einem menschlichen Geist oder Mund stammten, konnte ich nicht sagen. Ich konnte kaum denken.

Selbstmord. Jeder Idiot konnte sehen, dass sie nicht glücklich war. Aber es gab einen riesigen emotionalen Unterschied zwischen Unglücklichsein und … und … dem hier. Zwischen Niedergeschlagenheit und Verzweiflung, zwischen Unzufriedenheit und dem kompletten Verlust des Lebenswillens.

Eine Welle von Adrenalin durchfuhr mich. Sie sollte auf keinen Fall allein sein, nicht in dem Zustand, in dem sie jetzt war.

Ich ließ meine Tasche von der Schulter rutschen; sie war verschwunden, bevor sie den Boden berührte. Ich hatte heute Nachmittag eigentlich eine Stunde Mathe und sollte danach Stoff aufholen; jetzt zu gehen bedeutete, mein Auto bis zum nächsten Tag stehen zu lassen, aber nichts von alldem war wichtig. Schule war nicht der Grund, warum ich hier war.

Ich wusste, dass die Zeit drängte, und stieg in die Luft, um ihr zu folgen. Ich betete, dass sie nach Hause wollte. Aber als ich hoch über dem Campus schwebte, konnte ich sie nirgends entdecken, und als ich mein Bewusstsein erweiterte, in der Hoffnung, ihres zu berühren, fand ich nichts. Ich traf eine blitzschnelle Entscheidung und machte mich auf den Weg zum Fluss. Ich fragte mich, wie sie in weniger als einer halben Minute hatte verschwinden können.

Als die Stadt in Sicht kam, suchte ich nach der Kirche und dem Friedhof, an dem wir vorbeigekommen waren, als ich sie abgesetzt hatte. Zu meiner großen Erleichterung hastete die junge Herzogin gerade über den Kirchhof. Ich wartete, bis sie durch das Tor in der Bruchsteinmauer gegangen war, und ließ mich dann hinter dem Turm zu Boden fallen.

Sie blieb nicht stehen, als sie den Weg erreicht hatte – allerdings floh sie nicht so schnell, wie es ihr die Magie erlaubt hätte, sondern beschränkte sich auf rasches Laufen. Ich folgte ihr, so leise ich konnte, verfluchte den knirschenden Kiesweg und entschied mich stattdessen für den grasbewachsenen Rand, der zwischen den Gräbern verlief. Überall standen welke Blumen in den vielen Vasen.

Ich blieb am Tor stehen und wartete, bis sie oben auf dem Hügel am Ende des Weges war. Als sie die Kuppe überquerte, begann ich ebenfalls zu laufen und kam schnell an der Abzweigung heraus, zu der sie uns letzte Woche geführt hatte. Ich sah, wie sie auf der anderen Straßenseite zwischen die wilden Sträucher in ihrem Garten tauchte, und hörte eine Tür zuschlagen.

Ich seufzte erleichtert auf, aber es war nicht genug. Ich konnte sie nicht allein sein lassen, nicht wenn ihr diese Gedanken durch den Kopf schossen.

Als ich jedoch auf dem gegenüberliegenden Gehweg ankam, ließ mich etwas innehalten. Es gab keine Tore, keine Wachen, keine Pförtnerhäuschen, aber als ich an dem Schild vorbeikam, auf dem der Straßenname stand, wurde mir sehr bewusst, dass das hier ihr Territorium und ich ein Eindringling war. Es war, als wäre ich wieder ein Kind, das versucht, Äpfel aus den königlichen Obstgärten zu klauen. Sie waren nicht eingezäunt, und uns wurde nie gesagt, wir dürften nicht dorthin gehen, aber wir wussten, dass es falsch war, was wir taten.

Ich machte ein paar vorsichtige Schritte und sah mich nervös um. Es war lange her, seit ich in einer Wohngegend allein und unbewacht herumgelaufen war.

Ich blieb stehen, als ich den Rand ihres Vorgartens erreichte. Es war kein hässliches Haus – es war klein und auf eine rustikale Art ganz reizvoll –, aber es war kaum zu glauben, dass die Herzogin von England, bei all dem Reichtum und Besitz ihrer Familie, hier wohnte. Es fiel nicht schwer, sich vorzustellen, was für einen großen Tag die Paparazzi hätten, wenn sie die Einzelheiten ihres Lifestyles erführen.

Ich umfasste einen Pfosten des weißen Lattenzauns. Es war allgemein bekannt, dass das Haus von Al-Summers immer jeglichen Prunk abgelehnt hatte, aber das hier …

Dann fiel mir etwas auf, das mir das Blut in den Adern gefrieren ließ. In der Einfahrt standen zwei Autos.

Es dauerte eine Minute, bis mein Herz aufhörte zu rasen. Ich wusste, dass ihre Eltern weit weg in London arbeiteten. Mir war nie auch nur in den Sinn gekommen, dass sie tatsächlich wegen ihr zu Hause sein könnten.

Ich schüttelte den Kopf und atmete tief aus. Sie war nicht allein. Ich konnte gehen. Aber gleichzeitig schien es mir eine perfekte Gelegenheit zu sein. Menschlich oder nicht, ihre Eltern waren adlig, und ich würde mich irgendwann vorstellen müssen. Es wäre ein vorteilhafter Schritt.

Aber schon als ich meine Hand auf das Tor legte, wusste ich, dass ich es nicht konnte. Ich konnte ihnen nicht gegenübertreten, ihnen in die Augen sehen und ihrem Vater die Hand schütteln. Schuldgefühle – im Moment zumindest – hielten mich davon ab, mich weiter in ihr Leben einzumischen.

Ich sah zum Haus hinauf. Halb erwartete, halb hoffte ich – aber ich wusste, dass es besser wäre, wenn es nicht geschah –, etwas Goldenes aufblitzen zu sehen. Da war nichts.

Sie ist jetzt in Sicherheit. Ihre Eltern werden sich um sie kümmern.

Also ließ ich das Tor los, drehte mich um und ging.

»Nach deinem Geist zu urteilen würde ich sagen, du warst mit einem Vampir beim Dinner und selbst der Hauptgang.«

Ich antwortete nicht. Hinter meinen geschlossenen Lidern war alles dunkel.

»Fal, ich bin dein Cousin. Was ist los?«

»Du erinnerst dich an Autumn Rose als Kind, oder? Wie würdest du sie beschreiben?«

»Selbstsicher, überheblich, vielleicht rechthaberisch. Konnte gut reden.«

»Ja, so war sie. Aber das ist nicht das Wrack, mit dem ich zur Schule gehe. Das ist nicht das Mädchen, dessentwegen wir hierhergekommen sind.«

Es war still. »Es ist dieser Ort, Fal. Es ist ein gottverlassenes Nest.«

Kapitel 13

Autumn

Meine Eltern waren zu Hause, und dieses Mal konnte ich nicht so tun, als wäre ich krank, denn meine Mutter glaubte nicht an Erkältungen, die allzu gelegen kamen. Eine Grippe, die pünktlich zu meiner Schicht im Café am Samstag besser wurde und die dann eine gute Woche später genau zu Schulbeginn wieder einsetzte, war einfach nicht besonders überzeugend. Deshalb stand ich am Montag schon bei Tagesanbruch auf und war bereits in der Schule, bevor die Türen aufgeschlossen wurden.

Die Sonne stand noch nicht hoch genug, um die Bank, auf der ich saß, zu bescheinen, also streckte ich die Beine aus und genoss die Wärme, die allmählich bis zum Saum meines Rocks emporkroch, während die Schatten wichen. Schließlich ließ ich den Kopf nach hinten gegen die Lehne sinken und schloss die Augen.

Er war noch nicht hier, und die Busse würden erst in gut einer halben Stunde eintreffen.

Warum hatte er nur davon *anfangen müssen?* Es war mir unangenehm – mehr als unangenehm. Ich hatte einem Fremden Einblicke in meine intimsten Gedanken gewährt, denn sosehr er anscheinend vom Gegenteil überzeugt war, wir waren Fremde. Nur weil wir als Kinder miteinander gespielt hatten, um uns die Zeit zu vertreiben, waren wir noch lange keine

Freunde. Ich erinnerte mich nicht einmal besonders gut daran, und ich war auch bei Weitem nicht das einzige Kind gewesen, das gelegentlich bei Hof zu Besuch war. Es hatte Dutzende von uns gegeben.

Und doch wusste er nach gerade mal zwei Wochen mehr über mich als alle anderen hier. *Wie kann das sein?*

Ich sammelte Wassermoleküle aus der Luft in meiner Hand, bis eine erbsengroße Perle daraus geworden war. Dann ließ ich die Wasserperle über meinen Handteller rollen, hin und her, ohne dass sie herunterfiel oder platzte. Es hatte eine beruhigende Wirkung auf mich – ein kleiner Trick, mit dem mich meine Großmutter während der ersten Monate bei ihr immer ins Bett gebracht hatte.

Ich fühlte Schatten auf meinem Gesicht, als sich Wolken vor die Sonne schoben, und öffnete widerstrebend die Augen, weil es wohl langsam Zeit wurde, sich bis zur ersten Stunde irgendwo zu verstecken. Ich blinzelte ein paarmal, dann zerplatzte die Perle, und ich stand auf.

An eine der anderen Bänke gelehnt stand der Prinz vor mir. Das Lächeln auf seinem Gesicht verschwand, als sich unsere Blicke trafen, und er stammelte eine Entschuldigung, als fühlte er sich irgendwie ertappt.

Rasch sank ich in einen tiefen Knicks, weil ich nicht recht wusste, was ich sonst tun sollte.

»Nicht«, murmelte er. »Lass das.«

Doch anstatt mich wieder aufzurichten, ließ ich mich zurück auf die Bank sinken.

Er setzte sich neben mich. »Sag mir, dass du es nicht tun würdest.« Es war beinahe ein Flüstern.

Ich zuckte mit den Schultern.

»Warst du deswegen mal in Therapie? Bei einem Psychologen?«

»Direkt nach ihrem Tod. Hat nicht geholfen.«

»Aber da muss sich etwas ändern. Denk mal an letzten Donnerstag!«

Ich sagte eine ganze Weile lang nichts, stützte die Ellbogen auf die Knie und senkte den Kopf. So musste ich ihn nicht anschauen. »Schon mal was von destruktiven Verarbeitungsmechanismen gehört?« Sein Schweigen war Antwort genug. »Manchmal sind Verhaltensmuster und Gefühle, die normalerweise als destruktiv empfunden werden, der einzige Weg, wie man etwas verarbeiten kann.«

Als ich ihm einen raschen Blick zuwarf, schüttelte er den Kopf.

»Aber warum lässt du zu, dass dich das immer noch so mitnimmt? Warum schaust du nicht nach vorn statt zurück?«

»Es geht nicht nur um sie.«

»Um was denn noch?«

Ich blieb stumm. Er seufzte, dann hörte ich die Bank knarren, als er sich ebenfalls vorbeugte. Aus dem Augenwinkel sah ich seine Arme, die in einem Schuluniformpullover steckten. Er war mir so nah, dass er mich fast berührte.

»Du hast also einen Job.« Das war eine Feststellung, keine Frage. »Scheint in der Familie zu liegen, was?« Er lachte leise, verstummte dann aber. »Es war ein großes Glück für St. Sapphire's, dass deine Großmutter dort unterrichtet hat. Sie war die beste Lehrerin von allen.«

»Ja.«

Seine Arme verschwanden wieder aus meinem Sichtfeld. »Macht es dir nichts aus, dass deine Eltern in London arbeiten?«

Ich zuckte mit den Schultern.

»Hör mal, hast du vielleicht Lust auf ein kleines Duell in der Mittagspause? Nur bis einer von uns aufgibt, nicht bis das erste Blut fließt. Ich kläre das mit Mr. Sylaeia, wenn … nur wenn du möchtest, natürlich.«

Wieder schwieg ich eine Weile und hörte ihn neben mir hin und her rutschen.

»Die Extermino können jederzeit wieder angreifen. Wir sollten bereit sein.«

Ich schnaubte. »Wir hätten keine Chance gegen sie. Aber ja, bei einem Duell wäre ich dabei.« Ich stand auf, als das lauter werdende Stimmengewirr der nahenden Schülerschar von den Bushaltestellen herüberwehte.

»Ich hätte schon ein paar Tricks gegen sie auf Lager. Hey, warte, wohin willst du denn?« Hastig erhob er sich ebenfalls.

»Eure Entourage ist eingetroffen, Euer Hoheit.« Ich nickte in Richtung Eingang und knickste, als er mit verengten Augen der heranstürmenden Menge entgegensah.

»Meine was?«, fragte er, aber da hatte ich mich schon abgewandt und die Flucht ergriffen. Aus dem Geschnatter hörte ich sowohl seinen als auch meinen Titel heraus. Dann war er auch schon in der Menschentraube verschwunden.

»Ich werde nicht gehen! Und du kannst mich nicht dazu zwingen!«

Das Mädchen band sich die Bänder ihres Strohhuts unter dem unordentlichen Haarknoten zusammen. Normalerweise machte sie eine hübsche kleine Schleife, aber das schaffte sie im Laufen nicht, besonders nicht, wenn sie so schnell lief und so hart auftrat, damit auch nur ja jeder Schritt deutlich vernehmbar widerhallte. Sie lief die Treppe hinauf und hatte vor, im Schülergewirr im Speisesaal unterzutauchen, aber ihre Großmutter ließ sich nicht abschütteln. Das Echo ihrer Schritte folgte dem Mädchen unbarmherzig.

»Kind, heute ist dein zehnter Geburtstag! Dieses Mal kannst du dich nicht davor drücken.«

Das Mädchen wandte sich nicht um und schob sich zwischen den Schülern zum Kopfende des mittleren Tisches hindurch.

»Warum nicht?«

»Weil du deine Eltern schon ignorierst, wenn sie geschäftlich in der Stadt sind.«

Jetzt lächelte das Mädchen und wirkte dabei viel älter, als es eigentlich war, trotz der Zahnlücke, die es damit offenbarte.

»Genau wie du, Großmutter.«

»Mr. Sylaeia ist einverstanden. Er sagt, wir sollten unbedingt Verteidigungsmagie üben, nur für alle Fälle.« Der Prinz ging neben mir über den Hof. »Aber der Direktor hat es mir wirklich nicht leicht gemacht. Warum wehrt er sich so dagegen, obwohl die Extermino jederzeit an die Tür klopfen können?«

»Kurt Holden«, sagte ich leise.

»Schon, aber das ist Jahre her, oder?«

»Valerie erinnert sich jedenfalls noch gut daran«, murmelte ich, während ich mir der Tatsache, dass die Anhängerschar des Prinzen mittlerweile fast die gesamte Schülerschaft zu umfassen schien, überdeutlich bewusst war. Der Buschfunk hatte wieder funktioniert, und sie hatten sich alle beim Fußballplatz eingefunden. Die meisten saßen zwar ganz hinten, so weit wie möglich vom Spielfeld entfernt, aber ein paar mutigere Oberstufler wagten sich nach vorn. Am Randstreifen blieben wir stehen und legten unsere Sachen ab.

»Okay, keine Waffen, und wer aufgibt, hat verloren. Aber überanstrenge dich nicht, wir müssen den Schild intakt halten, um die Schüler zu beschützen.« Er löste seine Schwertscheide vom Gürtel, und ich ertappte mich dabei, wie mein Blick ungefragt an ihm hinunterwanderte. »Ich nehme an, du bist nicht der Typ für Wetten?«

Ich blinzelte, schüttelte hastig den Kopf und legte mein

eigenes Schwert ab. Dann auch meine Schuhe, die das hier kaum überstehen würden.

Er entfernte sich von mir, und ich spürte das Vibrieren eines Schildes, das sich wie eine zehn Meter hohe Kuppel um und über uns schloss. Er ging noch weiter zurück, und ein Lächeln erschien auf seinem Gesicht. Ich kannte dieses Lächeln: Es war jenes schiefe Grinsen, das er immer für die Medien aufsetzte. Es demonstrierte stille Überlegenheit.

»Ich sollte Euch warnen, Herzogin: Ich werde Euch nicht schonen.«

»Natürlich nicht, Euer Hoheit«, entgegnete ich und ließ meine eigene Magie in den Schild fließen. Meine Muskeln spannten sich, und ich war erschrocken, wie rasch meine Kräfte schwanden. Und dann dämmerte mir plötzlich, was ich hier überhaupt tat. Erst vor Kurzem hatte ich ihm gegenüber während der Autofahrt praktisch zugegeben, dass ich seit über einem Jahr keine ernsthafte Magie mehr gewirkt hatte. Er dagegen hatte diszipliniert trainiert und die beste Ausbildung genossen, die man für Geld bekommen konnte.

Plötzlich schien ein Blitz die Kuppel zu durchzucken, und das Geräusch von zersplitterndem Glas erklang, genau wie gestern, als mein Fluch an seinem Schild zerborsten war. Dort, wo der Blitz seinen Ursprung hatte, erkannte ich Christy und Gwen, die flach auf dem Rücken im Gras lagen. Der Prinz lachte, als sie sich verwundert wieder aufrappelten und sich vollkommen verdattert umsahen, bis sich der Schild leicht kräuselte und so sichtbar wurde. Beide Mädchen liefen dunkelrot an und eilten rasch weiter, dicht gefolgt von Tammy und Tee.

Ich war nicht ganz so vergnügt wie mein Gegner. Hinter meinen Freundinnen erkannte ich Valerie und ihre Anhängerinnen, und ihr bösartiges Grinsen entfachte sofort jenen

Zorn in mir, den ich auch letzte Woche schon verspürt hatte. Sie *wollten*, dass ich versagte.

Der Prinz folgte meinem Blick und räusperte sich. Sofort wandte ich mich wieder ihm zu und knickste, während er sich verbeugte, ganz wie es die Regeln vorschrieben.

»Was sind die drei Arten des Zauberns?«

Ich war überrumpelt. Eine Befragung hatte ich nicht erwartet, und es dauerte einen Augenblick, bis mir die Antwort einfiel, obwohl das zum Basiswissen gehörte.

»Durch den Geist, durch die Stimme und durch die Hände.«

»Und welche davon lernt jeder Sage zuerst?«

»Durch den Geist.«

»Warum?« Bevor ich antworten konnte, flammte ein orangeroter Blitz auf – aller Wahrscheinlichkeit nach ein Fluch – und schoss direkt auf meine Brust zu. Es war vollkommen still.

Ich konnte mich nur noch auf meinen Instinkt verlassen, und er versagte mir den Dienst nicht. Im Bruchteil einer Sekunde legte sich ein Schild wie eine zweite Haut um mich. Der Fluch prallte ab und raste wieder auf den Prinzen zu. Natürlich war er bereit. Auch ihn hüllte ein Schild ein, und mit einer geradezu lässigen Handbewegung schleuderte er den Fluch gegen die Kuppel, wo er zerbarst.

Dann beantwortete er seine eigene Frage. »Schilde.« Wir beide spannten unsere Körper an. Obwohl ich wusste, dass es ein Fehler war, ließ ich den Blick zu den Schülern am Spielfeldrand flackern. Sie wirkten zwar nicht verängstigt, aber erschrocken. Es war definitiv beeindruckend, wenn man zum ersten Mal einen Sage zaubern sah, der dazu weder die Lippen noch die Hände bewegte. Ich erinnerte mich daran, dass auch ich als Kind davon eingeschüchtert gewesen war.

Halb erwartete ich, dass er in dem Augenblick angreifen

würde, in dem ich abgelenkt war, doch er tat es nicht. Flüchtig überlegte ich, ob er mich wohl noch etwas fragen würde. Stattdessen erwiderte er meinen Blick vollkommen ausdruckslos, bis ich endlich begriff, dass er auf meinen Angriff wartete. Darauf war ich nicht vorbereitet. Jeder wusste, wie schnell die Prinzen waren, und ein offensiver Angriff würde es ihm *viel* zu leicht machen. Ich musste zuschlagen, wenn er sich selbst gerade auf einen Zauber konzentrierte, das war meine einzige Chance.

Ich fühlte, wie die Feuchtigkeit des Grases allmählich durch meine Strumpfhose drang, und machte vorsichtig einen Schritt nach vorn. Wie eine zum Leben erwachte Statue ahmte er meine Bewegung nach und trat ebenfalls langsam und vorsichtig vor. Dann schlug er zu, feuerte einen Fluch nach dem nächsten ab, und ich erkannte, dass ich *keine* Chance hatte. Seine Hände bewegten sich unglaublich schnell, aber es tauchten sogar mehr Flüche auf, als er durch seine Gesten rief, und mein Schild entzog mir binnen Sekunden alle Kraft. Ich fühlte mich, als wäre ich gerade einen Marathon gelaufen. Meine Muskeln brannten, und ich wurde so schwach, dass die Erde zu schwanken schien, bis ich schließlich ein paar Schritte zurückweichen musste.

Mein Stolz verhinderte, dass ich selbst angriff, denn mittlerweile würde ich ohnehin nur noch einen ziemlich erbärmlichen Fluch zustande bringen, der vermutlich nicht einmal ein Haar auf seinem hochwohlgeborenen Haupt krümmen würde. Es war erschreckend, dass jemand in meinem Alter, dessen Ausbildungsstand in etwa meinem eigenen entsprach, mich so leicht überwältigen konnte.

In diesem Augenblick spaltete sich mein Verstand: Die eine Hälfte erwog, einfach aufzugeben, die andere bestand jedoch darauf, wenigstens ein einziges Mal zurückzuschlagen, um einen Rest von Würde zu wahren. Das Echo von Valeries verächtlichen Worten hallte durch meinen Kopf, und damit war die Entscheidung gefallen.

Ich wusste, was ich versuchen wollte, aber es war fast unmöglich, dabei auch noch zwei Schilde aufrechtzuerhalten. Dennoch konnte es funktionieren. Ich musste ihn nur lange genug in Schach halten. Es hatte bisher immer geklappt.

Ich löste den Schild von meinem Körper und faltete den Teil, der bisher meinen Rücken geschützt hatte, nach vorn, sodass eine Art milchige Scheibe entstand. Ich duckte mich dahinter und drückte eine Hand mit gespreizten Fingern flach auf den Boden. Der Ansturm auf mein Schild versiegte. Ich erschrak und fragte mich, wie schnell er sich wohl um mich herumbewegen konnte und was er von ritterlichem Benehmen hielt.

Aber zu meiner Überraschung setzte der Flüchehagel auf mein Schild dann wieder ein, und er versuchte nicht einmal, mich von hinten anzugreifen. Vermutlich nahm er an, ich hätte meinen Rücken irgendwie anderweitig geschützt.

Während ich seine verschwommene Gestalt durch den Schild scharf im Auge behielt, flüsterte ich ein paar Worte und fühlte sofort ein Prickeln in der Hand. Wärme floss über meine Haut, während eine Welle wilder, ursprünglicher Energie in meinem Arm aufstieg und bis in meine Brust drang. Sofort hörte ich auf zu keuchen, und der Schmerz in meinen Muskeln verschwand. Rasch versprach ich den Bäumen um mich herum, ihnen diese geliehene Kraft zurückzugeben, und erhob mich. Ich musste schnell sein – wenn ich zu lange zögerte, würde sich die geborgte Energie nicht mehr zähmen lassen.

Ich senkte meinen Schild und ließ ein paar Flüche los. Zu meiner Überraschung traf einer von ihnen tatsächlich ins Schwarze, und der Prinz stolperte ein paar Schritte rückwärts, bevor er seinen Schild wieder hochzog und zum Gegenangriff überging. Doch diese kostbaren Augenblicke waren alles, was ich brauchte.

»Terra«, murmelte ich, formulierte den Rest des Spruchs jedoch stumm und hielt die Hände so ruhig wie nur möglich. Ich wollte nicht, dass er ahnte, was ich vorhatte.

Die Erde unter meinen Füßen bewegte sich. Ich fuhr so lange fort, bis sie wieder still war, dann zog ich meinen Schild so nah wie möglich an meinen Körper und ließ die manipulierte, fremde Energie wieder zurückfließen.

Ihm blieb keine Zeit zu reagieren. Bevor er auch nur den Blick gesenkt hatte, durchbrachen Baumwurzeln den Boden und schlangen sich um seine Knöchel und seine Taille. Ein Schild schützte nur vor Magie, nicht vor physischen Angriffen, und so wurde der Prinz hochgerissen und wie von einer Schleuder mit voller Wucht gegen das Kuppeldach geschmettert. Dann versanken die Wurzeln wieder in der Erde, und der Prinz rutschte am Schutzschild hinab und blieb reglos im Gras liegen.

Mein Herzschlag setzte aus. Der Wind wehte mir das Wispern der Bäume zu. *Hochverrat*, flüsterten sie. Bevor ich begriff, was ich tat, rannte ich schon stolpernd auf ihn zu. Wenige Schritte vor ihm stürzte ich und kämpfte mich auf Händen und Knien weiter, bis ich ihn stöhnen hörte und mein Herz seine Arbeit wieder aufnahm. Ächzend umklammerte er seine Taille.

»Bist du okay?«, sprudelte ich hervor und schob mich weiter auf ihn zu, um ihn nach Wunden zu untersuchen.

Beim Klang meiner Stimme schlug er die Augen auf und hob kurz den Kopf, ließ ihn jedoch gleich wieder ins Gras sinken.

»Bestens«, brachte er gequält heraus. »Nur ein bisschen außer Atem.«

Noch während er sprach, sah ich die tiefen Schnitte an seinen Knöcheln, wo ihn die Wurzeln gepackt hatten. Die Haut schloss sich jedoch bereits wieder, dünne Goldfäden woben sich hindurch, als würde eine unsichtbare Hand die Wunden nähen. Übrig blieb lediglich eine schmale rote Linie, die das Muster seiner Narben teilte.

»Es tut mir so leid«, sagte ich, den Blick fest auf die Matschflecken auf seinem Pullover geheftet.

Sein leises Lachen ging in ein Husten über. »Es tut dir leid? Du hast gewonnen!«

»Aber du bist verletzt.«

Langsam richtete er sich auf, bis er saß. »Ich habe dich eigentlich nicht für eine Zockerin gehalten. Aber du hast hier gerade mit den Kräften der Natur geschachert.«

Ich ließ mich zurück in die Hocke sinken. Die Kuppel um uns löste sich auf.

»Das war weit fortgeschrittene Magie«, fuhr er fort. »Wer hat dir das beigebracht?«

Ich sank in mich zusammen. Meine Sorge wich dem dringenden Wunsch zu fliehen. »Meine Großmutter.«

Er erwiderte nichts, sondern sah sich nach der Menge um, die langsam auf uns zukam. »Komm schon. Wir holen lieber schnell unsere Sachen.«

Ich stand auf und streckte ihm meine Hand entgegen, aber er kam allein und so geschmeidig auf die Füße, als wäre er nie verwundet gewesen. Ich ging einen Schritt hinter ihm zu dem Fleck, wo wir unsere Schwerter zurückgelassen hatten. Christy, Gwen, Tee und Tammy erwarteten uns dort bereits, und Gwen sprang vor und umarmte mich kieksend.

»Du warst phantastisch!« Dann ließ sie mich schnell wieder los und lächelte verlegen, als wäre sie selbst überrascht von ihrem Ausbruch. »Ihr aber auch, Euer Hoheit«, fügte sie verlegen an den Prinzen gewandt hinzu.

Er band sich sein Schwert wieder um. »Montag wieder, selbe Zeit? Aber noch mal lasse ich dich mit diesem Trick nicht durchkommen.« Er lächelte, und zum ersten Mal bemerkte ich, wie spitzbübisch dieses Lächeln war.

Ich nickte und ließ mich von Gwen davonziehen, die fast platzte vor Plauderlust.

»Ach, und Autumn?«, hörte ich ihn rufen, blieb zögerlich stehen und wandte mich um. »Du hättest eindeutig eine Chance.«

Die vier Mädchen um mich brachen in lautes Gekicher aus, und ich fühlte, wie ich knallrot anlief. Rasch senkte ich den Kopf und eilte mit ihnen davon, um mein dämliches Grinsen vor ihm zu verstecken.

Kapitel 13

Autumn

Der Prinz hielt Wort. Von den beiden Duellen, die wir bis zum nächsten Mittwoch austrugen, gewann er eines, und das andere endete unentschieden mit uns beiden flach auf dem Rücken. Das Publikum wuchs beständig, als Neugier und Nervenkitzel in echtes Interesse umschlugen. Für meine Freundinnen war es außerdem eine Gelegenheit, auch außerhalb des Unterrichts mit dem Prinzen zu plaudern.

Nathan tauchte am Wochenende nicht bei der Arbeit auf, und weil er sich nicht einmal abgemeldet hatte, musste ich nicht mehr die Hauptlast des Zorns meiner Chefin tragen.

Am Mittwoch beruhigten sich die Dinge allmählich. Der Wirbel um den Prinzen legte sich, wenn auch nicht das Getuschel über meinen Titel. Immerhin wurden Valeries Beleidigungen lahmer, und sie versteifte sich schließlich darauf, mich wegen meines Vermögens zu triezen. Damit konnte ich umgehen.

Mit dem, was Mittwochnacht geschah, allerdings nicht.

Tick, tack …

Ich stand in einem Wald, doch die Geräusche, die mich umgaben, passten nicht dazu. Die Uhr tickte unablässig, und das Stöhnen des Mannes ließ nicht nach. Falls das Mädchen geschrien hatte, dann hatte ich es nicht gehört.

Aber ich sah sie – ihr Haar, dunkelbraun, zerzaust; sie trug nur noch einen silbern schimmernden Schuh, der Strumpf an ihrem anderen Fuß war durchnässt und schlammig. Sie lehnte mit ihrem ganzen Gewicht an seinem Körper, der sie aufrecht hielt.

Jedes Mal, wenn sie mich in meinen Träumen heimsuchte, wuchs die Gewissheit, dass dieses Mädchen Violet Lee war.

Ich war wütend, aber ich spürte auch ihren Zorn. Ich machte zwei Schritte auf sie zu, doch dann gaben die Knie unter mir nach, und ich brach zusammen. Etwas Warmes, Klebriges rann an der Innenseite meiner Schenkel herab, und ich merkte, wie sich meine Bewegungen immer mehr verlangsamten, dann wurde alles schwarz.

Ich sah den Umriss eines sich bauschenden Umhangs vor dem Hintergrund meiner geschlossenen Lider, durch die das Sonnenlicht drang. Der Umriss entfernte sich, wurde kleiner und kleiner, bis er schließlich verschwand. Im selben Augenblick wurde das Ticken der Uhr lauter, das Plätschern von Wasser, das in ein Becken gegossen wurde, erklang. Die Geräusche wurden noch lauter, der Schein hinter meinen Lidern glühte immer heller, bis beides unerträglich wurde. Ich fuhr hoch und saß schwer atmend im Bett.

An diesem Tag ging ich nicht zur Schule. Meine Eltern waren nicht da, und kurz nach dem Aufwachen überfiel mich eine so heftige Migräne, dass ich auf dem Weg nach unten in die Küche, wo ich mir eine Schmerztablette holen wollte, die letzten paar Stufen hinunterstolperte. Dann schlief ich bis zum Mittag.

Sogar nach einer kalten Dusche fühlte es sich noch immer

an, als würde das grelle Licht aus meinem Traum meine Haut versengen, und ich schlüpfte nur in einen Slip und ein Spaghettiträgertop.

Der Nachmittag zog sich dahin, und ich erledigte keine einzige meiner Hausaufgaben, obwohl ich es mir fest vorgenommen hatte. Ich tat gar nichts, lag nur auf dem Bett und analysierte meinen Traum. Er war einfach zu *real* gewesen, um es nicht zu tun.

Gegen vier Uhr hörte ich, wie ein Auto in die Einfahrt fuhr und das Gartentor auf- und zuging. Mein Herz machte einen Satz. Meine Eltern hatten erwähnt, dass sie heute vielleicht früher als gewöhnlich heimkehren würden, und eigentlich hätte ich gerade erst aus der Schule kommen sollen. Ich stürzte zum Schrank, zog ein frisches Schulhemd heraus und zerknüllte es, als es an der Tür klingelte. Ich hatte die Kette vorgelegt und musste sie reinlassen. Ich warf das Hemd auf den Stapel mit Schmutzwäsche und streifte mir meinen verschlissenen, mittlerweile viel zu kurzen Satinmorgenmantel über, damit es so aussah, als wäre ich gerade dabei, mich umzuziehen. Dieses Ding hatte ich, seit ich zwölf war, und der Gürtel war längst irgendwo verloren gegangen, also ließ ich den Mantel einfach offen. Ich lief die Treppe hinunter, als es schon wieder klingelte.

»Ich komm ja schon«, sagte ich, mehr zu mir selbst als zu ihnen. In den letzten Tagen war einfach so viel passiert, dass ich meine Eltern fast vergessen hatte.

Ich löste die Kette und öffnete die Tür in der Hoffnung, dass sie mich bald wieder aus den Fängen lassen würden. Doch dann blieb ich wie angewurzelt stehen.

Erschrocken machte er einen Schritt zurück. In der Sekunde, die ich brauchte, um die Situation zu erfassen, hatte er genug Zeit, meine Erscheinung ausführlich zu begutachten, auch wenn er offensichtlich wegzuschauen versuchte und sofort rot anlief. Auch meine Wangen brannten, und ich umklammerte die Tür.

»Was machst du denn hier?«, fragte ich und begriff endlich, dass ich mich lieber schleunigst bedecken sollte. Als ich aber versuchte, den Morgenmantel zuzuziehen, wurde sehr deutlich, wie kurz und eng er war. Ich konnte ihn nicht einmal ganz über der Brust schließen, und jetzt wurde mir auch bewusst, dass ich keinen BH trug.

»Ich soll dir die Hausaufgaben bringen. Hat Mr. Sylaeia gesagt.«

Ich streckte die Hand nach den Papieren aus, die er umklammerte, aber er reichte sie mir nicht. Mein Morgenmantel ging wieder auf.

»Kann ich reinkommen?«, fragte er und warf einen Blick hinter mich.

»Nein.«

Er seufzte. »Okay, dann bleibe ich eben einfach hier stehen.«

Ich hob den Blick zum Himmel und bat stumm um Geduld. »Schon gut«, zischte ich und öffnete die Tür weiter. »Ich gehe nur schnell und …« Ich machte eine Handbewegung, die meine stoffarme Mittelpartie einschloss, und dann zeigte ich auf die Treppe, bevor ich hinaufstürmte.

»Was du anhast, ist prima«, rief er mir nach.

Ich musste mich schwer zusammenreißen, um nicht die Tür hinter mir zuzuknallen. Dann lehnte ich mich von innen dagegen und zwang mich dazu, tief durchzuatmen. Ich erwog ernsthaft, einfach nicht mehr zurück nach unten zu gehen.

Der Prinz von Athenea stand unten in meiner Küche, in meinem gepflegten kleinen Haus, und ich hatte ihm gerade in wenig mehr als Unterwäsche die Tür geöffnet.

Im Spiegel erkannte ich, dass meine Wangen rot glühten, und die restliche Haut war fleckig von der Überdosis an Stresshormonen. Doch ich verdrängte das sofort aufflammende Bedürfnis, eine dicke Schicht Make-up aufzulegen. Ich wollte nicht, dass er glaubte, ich würde mich für ihn aufbrezeln, wie all die anderen Mädchen in der Schule. Ich wollte nur, dass er wieder verschwand.

Rasch schlüpfte ich in Jeans, BH und einen dünnen Pulli. Meine Haare ringelten sich in engen Korkenzieherlöckchen, und sie mit Magie zu glätten wäre mindestens so schlimm wie Make-up.

Ich könnte vom Fenster aus auf den Baum klettern und abhauen. Das wäre gar nicht mal so schwer. Die Küche lag zur anderen Seite. Er würde mich nicht sehen. Oder ich könnte einfach davonfliegen.

Ich durchdachte noch weitere Möglichkeiten, während ich aus dem Fenster sah. Sein Mercedes parkte direkt neben unserem Gartentor, und selbst in dieser relativ noblen Nachbarschaft wirkte er irgendwie fehl am Platz.

Natürlich war mir klar, dass ich nicht entkommen konnte. Ich würde ihm spätestens in der Schule gegenüberstehen, und wie sollte ich mein plötzliches Verschwinden dann erklären? Also atmete ich noch ein paarmal tief durch und ging nach unten. Als ich die Küche betrat, saß er auf einem der Hocker an der Kochinsel und ließ den Blick durch den Raum schweifen.

»Ziemlich klein alles, oder?«, fragte er.

»Ach, wirklich?«, gab ich sarkastisch zurück. »Ist mir gar nicht aufgefallen.« Ich zwängte mich zwischen ihm und der Wand hindurch, um zum Kühlschrank zu gelangen.

»Es ist eben einfach nicht Manderley Manison, dein echtes Zuhause.«

Ich zog einen Karton mit Orangensaft aus dem Kühlschrank und schenkte ihm ein Glas ein. Dann reichte ich es ihm, doch als er danach griff, zog ich die Hand noch einmal zurück. »Ich biete dir nur etwas zu trinken an, weil sich meine Großmutter im Grab umdrehen würde, wenn ich es nicht tue. Aber ich mag dich trotzdem nicht.«

Er hob eine Augenbraue und griff nach dem Glas. »Aha. Versuchst du vielleicht, dich selbst davon zu überzeugen, indem du das ständig wiederholst?« Er zuckte mit den Schultern. »Ich kann dich nicht dazu zwingen, mich zu mögen.«

Damit verstummte er, und ich sah keinen Anlass, die Unterhaltung fortzuführen. Vielleicht würde das Schweigen seinen Besuch ja vorzeitig beenden. Stattdessen trank er in aller Ruhe sein Glas aus.

»Wie geht es dir?«, fragte er plötzlich.

Ich riss den Kopf hoch. »Was?«

Um seine Mundwinkel zuckte es. »Ich habe nur gefragt, wie es dir geht. Du warst nicht in der Schule, also dachte ich, du bist vielleicht krank.«

Ich fühlte meine Ohren heiß werden und fuhr mir rasch durchs Haar, um sie zu verdecken. Ich nahm den Saftkarton, stellte ihn zurück in den Kühlschrank und versuchte, ganz nebensächlich zu klingen. »Ach so, ich hatte eine Migräne. Ist aber schon wieder vorbei.«

»Eine Migräne? Was war denn der Auslöser?« Er klang jetzt angespannt, und ein kurzer Blick sagte mir, dass er auch aufgehört hatte zu lächeln. Um mich zu beschäftigen, schob ich ein paar der Dosen im Kühlschrank hin und her.

»Hab letzte Nacht nicht viel Schlaf bekommen.«

»Warum nicht?«

Entnervt riss ich die Augen auf. »Das geht dich nichts an«, fauchte ich.

Er hatte sich quasi selbst in mein Haus eingeladen, war schon viel länger geblieben, als schicklich gewesen wäre, und jetzt fragte er mich auch noch aus.

»Wir können das hier auf die leichte Tour machen, oder ich fahre die Ich-bin-dein-Prinz-Masche auf, ganz wie du willst. Warum hast du letzte Nacht nicht viel Schlaf bekommen?«

Ich knallte die Kühlschranktür heftiger zu als notwendig. »Hab schlecht geträumt.«

»Was war das für ein Traum?«

Das ging zu weit, ich antwortete nicht. Stattdessen wusch ich mein Glas aus und stellte es in die Spülmaschine.

»Ging es um deine Großmutter?«

»Nein.«

»Sag es mir, Autumn.«

Ich biss mir auf die Zunge und drehte mich noch immer nicht zu ihm um. »Ich habe eine junge Frau gesehen, die angegriffen wurde.«

Ich hörte ihn leise auf Sagean fluchen. Ich hatte im Traum ihre Wut gefühlt, und nun teilte ich ihre Scham. Es kostete mich einige Überwindung, mich zu ihm umzudrehen.

»Hattest du solche Träume schon früher?«

»Ein-, zweimal.« Ich blinzelte die Tränen zurück.

Etwas Unausgesprochenes ging zwischen uns vor, und ich musste nicht erst in seinen Geist eindringen, um zu wissen, dass er dasselbe dachte wie ich. Es war ein unangenehmer Gedanke, den ich sofort wieder weit von mir schob.

Vermutlich sah er den verräterischen Glanz meiner Augen, denn er wandte sich ab. »Es tut mir leid, ich hätte nicht …«

»Schon gut. Mach dir keine Gedanken.«

Er ließ den Blick durch die Küche wandern, und eine unangenehme Stille breitete sich aus. Zweimal sah er kurz zu mir, aber ich wandte mich ab, trat ans Spülbecken und räumte die Gläser auf dem Abtropfbrett in den Geschirrschrank.

Ich wünschte, er würde verschwinden. Warum geht er nicht?

Als ich mich wieder zu ihm umdrehte, griff er gerade nach unserer Ausgabe der *Times*. Auf der Titelseite prangte das Foto eines Mädchens in einem schwarz-roten Blazer, der einen scharfen Kontrast zu dem gräulichen Hintergrund bildete. Ihre Haltung war unnatürlich steif, und sie hielt die Schulter ein wenig schief – ein Schulporträt. Sie lächelte uns unter der Schlagzeile hervor zu.

»Varnley räumt Geiselnahme ein, streitet Verantwortung für Londoner Blutbad jedoch weiterhin ab.«

Darüber befand sich ein kleineres Foto, das den Trafalgar Square der zweiten Dimension zeigte, sechs Wochen nach dem furchtbaren Gemetzel, das dort stattgefunden hatte. Das Erste, was mir aufgefallen war, als die Zeitung gestern Morgen auf der Fußmatte gelegen hatte, war der furchtbare, schwache rote Schimmer des Pflasters.

Ich war zwar froh, ein Thema gefunden zu haben, das sich nicht direkt um mich drehte, aber die Vampire und die schrecklichen Morde, die sie begangen hatten, waren auch nicht viel besser. Diesen Traum hätte ich lieber vergessen.

»Es ist doch vollkommen überflüssig, dass der Rat jetzt, so spät, noch eine offizielle Erklärung abgibt. Violet Lee ist schließlich schon seit Wochen in allen Zeitungen.«

Der Prinz runzelte die Stirn und überflog die ersten Zeilen des Artikels. »Varnley hat das alles so lange hinausgezögert, weil die britische Regierung ihrer Dimension eng mit der britischen und der kanadischen Regierung dieser Dimension zusammenarbeitet. Sie waren besorgt, dass ein Medienhype unsere menschlichen Regierungen dazu bringen könnte, sich in die Verhandlungen einzumischen.«

»Aber ich dachte, unsere Regierungen hätten ein Nichteinmischungsabkommen mit der zweiten Dimension? Weil die Menschen dort doch als Einzige nichts von den dunklen Wesen wissen.«

»Schon, aber das kann sich ja jederzeit ändern. Den Varns und ihren Adligen und Ratsmitgliedern passt es ziemlich gut, dass die Menschen dort im Dunkeln gehalten werden. Diesen Vorteil werden sie wegen eines Menschenmädchens nicht aufs Spiel setzen wollen.«

»Warum ... bringen sie Violet dann nicht einfach um?«

Der Prinz riss den Kopf hoch und musterte mich. Mein Herz hämmerte. Endlich schien er zufrieden zu sein und ergriff wieder das Wort. »Wegen der Terra-Verträge natürlich. Eine Geisel zu töten würde reichen, um sie vor den Interdimensionalen Gerichtshof zu bringen. Aber es kommt noch schlimmer.«

»Noch schlimmer?«

Er senkte die Stimme und sprach äußerst eindringlich. »Weißt du, wer ihr Vater ist?«

Ich rief mir den Artikel in Erinnerung, den ich am Tag zuvor gelesen hatte. Er war nicht besonders informativ gewesen und hatte im Wesentlichen nur zum wiederholten Mal verlauten lassen, dass Violet lebte und es ihr gut ging. Es war deutlich spürbar, dass jemand der Presse einen Knebel verpasst hatte. Aber trotzdem fiel mir wieder ein, dass ihre Familie tatsächlich kurz erwähnt worden war.

»Irgendein Politiker?«

»Er ist der britische Verteidigungsminister der zweiten Dimension und außerdem Mitglied des Interdimensionalen Rats. Dementsprechend gehört er zu den wenigen Menschen der zweiten Dimension, die über uns Bescheid wissen. Er ist politisch äußerst rechts orientiert. Wenn es nach ihm ginge, wäre das Verhalten der Regierung den Vampiren gegenüber nicht defensiv, sondern aggressiv. Nur der Premierminister hält ihn noch in Schach, und wir überwachen ihn, weil er mit den Pierres, diesem Slayer-Clan, verbündet ist und vielleicht auch mit den Extermino … Jetzt, wo die Angriffe dieser Gruppen immer häufiger werden, müssen wir Menschen wie ihn gut im Auge behalten.«

Ich wollte etwas erwidern, aber er schnitt mir das Wort ab.

»Aber von alldem weißt du natürlich nichts, besonders nicht von mir, okay?«

Ich begriff und nickte. »Aber was hat das mit seiner Tochter zu tun?«

»Wenn sie ihr etwas antun, dann hat er einen Grund für einen Angriff.«

»Warum lassen sie Violet dann nicht einfach gehen?«

»Und riskieren damit, dass sie und ihre Familie vielleicht die Existenz der Vampire enthüllen?«

»Und was werden sie stattdessen tun?«

»Warten, bis sich Violet freiwillig dazu entschließt, zum Vampir zu werden.«

Erschrocken schwieg ich. Bei all den Geschichten über das impulsive Verhalten der Varns hätte ich mir nie vorstellen können, dass sie einfach *nichts* tun würden.

»Im Ernst?«, brachte ich heiser flüsternd heraus.

Er nickte, stand auf und füllte sich sein Glas am Wasserhahn.

»Wenn es um Politik geht, wirst du also plötzlich gesprächig«, sagte er unvermittelt. »Das werde ich mir merken.«

Ich errötete und begann irgendetwas zu stottern, aber er fiel mir ein weiteres Mal ins Wort.

»Nein, ich verstehe schon, warum du neugierig bist. Violet Lees Entführung könnte unsere ganze Gesellschaftsstruktur verändern. Sie könnte einen Krieg auslösen. Das Verhältnis zwischen Menschen und dunklen Wesen wird nie wieder so sein wie vorher. Wir alle sollten uns dafür interessieren.«

Ich nickte nachdrücklich. Eigentlich war es gar nicht so übel, sich mit ihm zu unterhalten, wenn er das Gespräch nur nicht dauernd auf mich lenken würde. Ich wollte nicht über das nachdenken, was in mir vorging. In dem Spiegel, den er mir vorhielt, erkannte ich Dinge, die ich lieber ganz tief in mir vergraben hätte.

»Hör mal«, begann er und schien plötzlich so verlegen zu sein wie vorhin, als ich ihm die Tür geöffnet hatte. »Wir haben uns gefragt ... das heißt, meine Tante, mein Onkel, mein Cousin und ich haben uns gefragt, ob du und deine Eltern nicht vielleicht am Wochenende nach Dartmoor kommen und uns besuchen wollt. Sie würden dich wirklich gern kennenlernen – ich meine, richtig kennenlernen, jetzt, wo du älter bist.«

Deshalb war er also hier. Mit den Hausaufgaben hatte das gar nichts zu tun. »Ich glaube, das geht nicht«, erwiderte ich schnell und konnte den Abscheu in meiner Stimme kaum verbergen. *Ich habe ihn hereingelassen, ich habe ihm eine Chance gegeben, und schon drängt er sich mir auf!*

Er sah mich an, als wären meine Narben soeben knallgrün angelaufen. »Was soll das heißen?«

»Meine Eltern haben einen sehr stressigen Job. Sie brauchen die Wochenenden, um sich zu erholen.«

»Sie können sich doch bei uns erholen.«

»Das geht nicht«, gab ich schnippisch zurück und trat dann rasch ans Waschbecken, um mich mit irgendetwas zu beschäftigen. Dabei starrte ich aus dem Fenster. Sogar im Glas sah ich die Reflexion seiner Augen, so leuchtend blau, als wollten sie seine erlesene Abstammung demonstrieren.

Blaues Blut. Königliches Blut. Warum wissen sie, was mit

meiner Großmutter geschehen ist, obwohl ich es nicht weiß? Und wie kann er mir oder meinen Eltern mit diesem Wissen auch nur in die Augen sehen?

Und wie konnte es sein, dass ich sie trotzdem *bewunderte*?

»Dann kommst eben nur du.«

»Nein!«

»Hör zu, ihr seid die hochrangigste Familie Englands, ihr gehört zum mächtigsten Adel. Es ist eure Pflicht, uns willkommen zu heißen.«

Punkt für ihn. Es war tatsächlich meine Pflicht, die ich seit seiner Ankunft vollkommen ignoriert hatte. Die Königsfamilie jedoch offen zu brüskieren ging einfach zu weit, und wir beide wussten das. Aber so leicht würde ich es ihm nicht machen. Ich drehte mich zu ihm um und schlug die Zeitung auf, um Violet Lees Gesicht auf der Titelseite nicht mehr sehen zu müssen.

»Ich arbeite an den Wochenenden.«

»Dann sag dort ab. Du brauchst keinen Job.«

»Das kann ich nicht.«

»Du musst keine Angst haben. Mein Onkel und meine Tante sind echt nett.«

»Ich habe keine Angst.«

»Dann …«

Der dumpfe Knall der ins Schloss fallenden Haustür unterbrach ihn. Erschrocken schaute er mich an. Ich hielt seinen Blick einen Moment und sah dann zur Uhr. Sie waren wirklich früh dran. Mir blieb keine Gelegenheit mehr, ihnen irgendein Wort der Warnung zuzurufen, schon standen sie in der Tür.

Meine Mutter kam als Erste, und ihr Erstaunen war ihr deutlich ins Gesicht geschrieben. Dicht hinter ihr folgte mein Vater, der einen winzigen Schritt zurück machte, als er zwei und zwei zusammenzählte.

Der Prinz rutschte von seinem Hocker und streckte meinem Vater die Hand entgegen. »Sir.« Er wirkte vollkommen verunsichert, und sein Ton wurde äußerst formell. Mein Vater nahm die ausgestreckte Hand nicht. Und er verbeugte sich auch nicht. Langsam ließ der Prinz den Arm wieder sinken und begegnete dem vernichtenden Blick meiner Mutter. »Ich habe Autumn nur die Hausaufgaben gebracht.« Er deutete vage in Richtung der Papiere auf der Arbeitsplatte.

»Dann warst du heute also schon wieder nicht in der Schule?«, fragte meine Mutter und ignorierte den Prinzen vollkommen. Meine schuldbewusste Miene verriet mich. »Autumn, allmählich wird das lächerlich!« Ich wollte lieber gar nicht wissen, was sie sagen würde, wenn sie wüsste, wie oft ich tatsächlich die Schule schwänzte. »Ist dir deine Ausbildung denn vollkommen egal geworden? Es sieht nämlich inzwischen ganz danach aus …«

»Marie.«

Erschrocken sah ich meinen Vater an. Während der ganzen Zeit, die ich nun schon bei meinen Eltern wohnte, hatte ich nie erlebt, dass er sie unterbrach. Eigentlich war sie der dominante Charakter in ihrer Beziehung. Aber sie war ein Mensch. Sie hatte keine Ahnung, was hier vor sich ging. Auch mein Vater war zwar als Mensch geboren, doch er war aufgewachsen wie ein Sage. Und genau wie mir kroch ihm nun die Schamesröte in die Wangen, und wir teilten einen seltenen Augenblick des Einverständnisses.

»Dann gehe ich jetzt wohl lieber«, sagte der Prinz und steuerte die Küchentür an, als könnte er gar nicht schnell genug entkommen. Auf der Schwelle wandte er sich noch einmal um. »Denk über meine Einladung nach, Autumn.« Kurz sah er auch noch einmal meine Eltern an. »Sir. Ma'am.«

Meine Mutter wartete, bis die Tür ins Schloss gefallen war, bevor sie mich ins Verhör nahm. »Welche Einladung?«

»Er möchte, dass wir das Wochenende bei ihnen verbringen.«

Mein Vater wirkte entsetzt.

Meine Mutter war schneller mit Worten bei der Sache. »Auf keinen Fall. Ich werde mich ihrer Verachtung nicht auch noch freiwillig aussetzen. Es reicht schon, dass ich einen von ihnen in meiner Küche vorfinden musste.«

Das kam mir doch ein bisschen harsch vor. Er hatte sich überaus höflich benommen. »Ich habe uns bereits entschuldigt.«

Mein Vater wirkte erleichtert, setzte den Teekessel auf und griff nach der Zeitung. »Ich glaube, du solltest trotzdem gehen, Autumn.«

»Vinny!«, keuchte meine Mutter. »Wie kannst du das sagen, nachdem sie dich so behandelt haben?«

»Das waren nicht nur die Atheneas, Marie.« Er sah mich aufmerksam an. Sein prüfender Blick beunruhigte mich, und ich betrachtete stur den gefliesten Küchenboden. »Es könnte eine gute Gelegenheit für dich sein.«

»Aber sie darf ihre Arbeit nicht absagen, von dem ganzen Schulstoff, den sie nachholen muss, ganz zu schweigen.«

Eine Weile lang erwiderte er nichts. »Nein, das hier ist wichtiger«, erklärte er dann leise, und ich fragte mich, ob diese Worte meiner Mutter oder seinen eigenen Zweifeln galten.

»Vincent! Aber was ist mit …?«

»Hör auf. Hör einfach auf damit.« Mit diesen Worten goss er sich kochendes Wasser in eine Tasse und verschwand damit im Flur. Ich blinzelte ein paarmal überrascht und fragte mich, was wohl in ihn gefahren war. So hatte ich ihn noch nie erlebt, und noch nie hatte er gegen sie für mich Partei ergriffen.

Meine Mutter sah mich nicht an, als auch ich die Küche verließ. Rasch lief ich die Treppe hinauf in mein Zimmer, wobei ich mich mal wieder fragte, was mein Vater bloß jemals in ihr gesehen hatte. Je älter ich wurde, desto häufiger hatte mich dieser Gedanke beschäftigt – sobald ich begriffen hatte, dass meine Eltern nicht so waren wie die der anderen Kinder.

Dein Vater ist schwach. Gute Nerven waren noch nie seine Stärke.

Aber er hat doch einen so stressigen Job.

Ich zog ein Bein an und ließ mich auf meinen Fenstersitz sinken. Ich hörte das Knirschen von Kies, und als ich in den Garten hinuntersah, erkannte ich meinen Vater, der mit einem Schinkensandwich den Gartenweg zum Auto entlanglief und einige Akten herausholte, sie sich unter den Arm klemmte und sich – offenbar in Gedanken versunken – wieder auf den Rückweg machte. Ich lächelte.

Im Umgang mit Menschen sind seine Nerven ja auch ganz in Ordnung. Und er hat einen Menschenjob.

Aber was hat das mit meiner Mutter zu tun?

Sie ist diejenige, die das Sagen hat. Und er war froh, so keine eigenen Entscheidungen treffen zu müssen. Deshalb hat er sie geheiratet.

Welche Entscheidungen, Großmutter?

Die Entscheidung, sich von der Gesellschaft der Sage fernzuhalten und nicht bei Hofe zu erscheinen.

Mir war klar, dass ich früher oder später wieder hinuntergehen und meine Hausaufgaben einsammeln musste, aber ich hatte es nicht eilig damit. Auf keinen Fall würde ich meine Schicht bei der Arbeit so kurzfristig absagen, nur um die Einladung des Prinzen annehmen zu können – meine Chefin hatte mir nach meinem Fehlen am Donnerstag ohnehin schon alle Abendschichten gestrichen –, also würde ich meine Schulaufgaben auch noch am Sonntag erledigen können. Stattdessen ging ich zum Laptop hinüber und machte mich daran, die Flut von Mails zu beantworten, mit der mich Jo eingedeckt hatte.

»Großmutter, hast du meine Mutter denn trotzdem lieb?«

Die ältere Frau beugte sich vor, befreite die hinter die Ohren gesteckten Ringellocken ihrer Enkelin und legte ihr eine Hand auf die narbige Wange. »Natürlich habe ich das, mein Kind. Ohne sie hätte ich dich nicht.«

Kapitel 15 Autumn

»Du willst einfach nicht sterben, nicht wahr, Violet Lee?«

Ich fühlte meine Handflächen brennen bei diesen Worten und wusste, dass ich schrie, doch ich hörte nur das Geräusch zerreißenden Fleisches, das Schlürfen, mit dem Blut aus Eingeweiden gesaugt wurde. Weißer Kies färbte sich rot, und Knochen fielen klappernd zu Boden, wieder und wieder, bis der Rhythmus zum Ticken einer Uhr wurde.

Ein kleines Mädchen rannte mit flatterndem Kleidchen über den Kies, eine würgende junge Frau hinter sich lassend. Die Kleine kniete neben der Leiche eines Dienstmädchens, und es sah aus, als wollte sie ihr die Hand küssen … stattdessen senkten sich winzige Fangzähne in die tote Haut.

Ich konnte keine Gesichter erkennen, weil sie tief in den Eingeweiden weiterer Leichen vergraben waren. Sie fraßen. Ich wusste, was sie waren. Vampire. Vampire, die andere Vampire fraßen.

Und Violet Lee stand dabei, taumelnd und schwankend. Sie schrie: »Stopp! Stopp!«, doch niemand hörte sie, dann brach sie auf dem Boden zusammen.

Sie lag in einer Lache aus Erbrochenem, aber der Vampirprinz – mit blutverschmiertem Hemd und fleckigen Ärmeln, mit denen er sich das Gesicht abgewischt hatte – hob sie so zärtlich auf wie ein Liebender. Er strich ihr die Haare aus den Augen und trug sie davon, wobei er sie so fest an sich drückte, als fürchtete er, sie könnte ihm entgleiten und für immer verschwinden.

Ich wusste selbst nicht genau, was mich dazu brachte, die Einladung des Prinzen einige Zeit später doch anzunehmen. Vielleicht tat ich es nur, um meiner Mutter zu trotzen, oder vielleicht auch, weil die Arbeit ohne Nathan unerträglich geworden war. Er hatte ohne jede Vorankündigung gekündigt. Meine Chefin hatte keine Erklärung dafür.

Vielleicht war es aber auch deswegen, weil mir die ganze Sache inzwischen nicht mehr so furchtbar vorkam. Es war meine Pflicht, ihnen einen Besuch abzustatten, und es fiel mir zunehmend schwerer, mir ständig in Erinnerung zu rufen, dass sie mir Informationen über den Tod meiner Großmutter vorenthielten. Hauptsächlich deswegen, weil mir mittlerweile immer mehr gute Gründe einfielen, warum sie das wohl taten. Alles in allem gingen mir also die Entschuldigungen aus, mich noch länger von ihnen fernzuhalten.

Am Freitag überprüfte ich mein Gepäck ein letztes Mal. Ein paar Bücher, meine Schultasche und eine saubere, zusammengelegte Schuluniform für den kommenden Montag lagen ganz unten. Darauf Unterwäsche, zwei Outfits und sogar Reitkleider, die ich mir nach der Ankündigung des Prinzen, dass wir vielleicht ausreiten würden, extra bestellt hatte. Ich besaß zwar noch ein Reitkostüm von früher, aber ich bezweifelte, dass es noch passte, und außerdem wollte ich nicht mehr Damensattel reiten.

Ich hatte mich beeilt, nach der Schule nach Hause zu kommen; der Prinz hatte zwar noch länger Unterricht als ich, aber mir blieb trotzdem nur eine knappe Stunde, um mich fertig zu machen. Wundersamerweise war ich jedoch pünktlich um zwanzig nach vier geduscht und angezogen. Meine Haare hatte ich seitlich am Kopf zu einem verschlungenen Haarknoten zusammengesteckt, und mein gemusterter Rock war frisch gebügelt. Die rotbraune Strumpfhose war vielleicht ein bisschen gewagt, aber ich hatte die Bluse artig in den Bund gesteckt und trug ein schickes Jackett dazu. Außerdem konnte ich in diesen Kleidern gut knicksen, und das war schließlich das Einzige, worauf es wirklich ankam. Ich schleppte meine Tasche zum Fuß der Treppe und setzte mich dann zum Warten auf die unterste Stufe. Nur ein paar Minuten später hörte ich, wie das Gartentor geöffnet und wieder geschlossen wurde, und sprang auf. Ich war nervös und schreckhaft und konnte mich nur an eine einzige Gelegenheit erinnern, bei der ich schon einmal so aufgeregt gewesen war, nämlich damals, als man mich zum Schuldirektor von St. Sapphire's gerufen hatte. Aber diesmal stand im Gegensatz zu damals wirklich etwas auf dem Spiel.

Es klingelte. Bevor ich die Haustür jedoch erreicht hatte, trat mir mein Vater in den Weg. Er war aus dem Nichts gekommen, und ich blieb zögernd stehen, unsicher, was er wohl von mir wollte. Die unvermeidliche Predigt hatte mir schon meine Mutter gehalten.

Auch er schien zu zögern, doch dann legte er mir beide Hände auf die Wangen und küsste mich auf den Scheitel. »Sei brav. Pass auf dich auf.«

Und damit verschwand er im Wohnzimmer und schloss die Tür hinter sich. Verblüfft starrte ich das Holz an, bis mich ein Klopfen an das Glas der Haustür aus der Erstarrung riss.

Ich öffnete die Tür und der Prinz lächelte mir entgegen. »Fertig?«, fragte er. Ich nickte und ging meine Tasche holen, die er mir abnahm, bevor ich protestieren konnte. Ich blickte nicht zurück, als ich in sein Auto stieg, aus Angst, dass meine Entschlossenheit ins Wanken geraten könnte.

»Du brauchst wirklich nicht nervös zu sein«, sagte der Prinz, als wir losfuhren.

»Ich bin nicht nervös.«

»Du zitterst.« Kurz löste er den Blick von der Straße und richtete ihn nachdrücklich auf meine Hände. Auch ich sah hinab. Er hatte recht, und schnell verschränkte ich die Finger im Schoß.

Wir verbrachten die Fahrt zum Großteil schweigend, und es verging fast eine Stunde, bis wir das Moor erreichten, wo sich seine Familie niedergelassen hatte.

Vor uns wand sich die Straße wie eine graue Narbe durch die Landschaft und schien dort, wo sich der Boden in Mulden absenkte, ganz zu verschwinden. Ich konnte meilenweit sehen, und da war nichts als das Moor. Eine Decke aus Ginster, unterbrochen von ein paar Büscheln Elefantengras, erstickte jede andere Pflanze unter sich. Ab und zu entdeckte ich merkwürdig knorrige Holzgebilde, die früher einmal Bäume gewesen waren. Als Kind hatte ich geglaubt, Dartmoor müsse der einsamste Ort der Welt sein. Hier konnte man stundenlang laufen und doch keiner Menschenseele begegnen.

Wir fuhren über eine Hügelkuppe und tauchten dahinter in dichten Nebel ein, der sich in der Senke gesammelt hatte. Plötzlich erschienen die grauen Umrisse mehrerer riesiger Granitgebäude. Die Wände waren kahl, und es gab kaum Fenster, dafür ragten von den Dächern gleich eine ganze Reihe Kaminschlote auf. Ein Schauer kroch mir über den Rücken. Sie sahen aus wie Schlachthäuser.

»Das Dartmoor-Gefängnis. Man erwartet fast, dass der Hund von Baskerville gleich um die Ecke kommt, was?«

Ich fand es vor allem bemerkenswert, dass die Kleinstadt,

durch die wir jetzt fuhren, tatsächlich den Namen *Princetown* trug, wollte mich aber nicht länger als nötig mit so einem trostlosen Ort beschäftigen.

Allmählich wurde der Untergrund ebener, die Nebelschwaden lichteten sich, und Kiefern säumten die Straße. Unvermittelt bogen wir links ab und tauchten in eine Lücke zwischen den Stämmen, die ich ansonsten völlig übersehen hätte. Die Bäume ragten hoch über uns empor, und wenn sich auch noch Nebel zu dieser Szenerie gesellt hätte, wäre es wohl sehr schwierig geworden, dem Verlauf der Straße, die sich zwischen den Stämmen und unter tief hängenden Ästen hindurchwand, überhaupt noch zu folgen. Aber vor uns wurde es bereits wieder heller, und endlich blieben die Kiefern zurück, und vor mir tauchte eine Koniferenhecke auf, die einen Rundbogen bildete. Das darunterliegende Tor stand weit offen.

Ich schnappte nach Luft.

Wir befanden uns auf einer schmalen Lichtung. Der Boden war mit grünem Rasen bedeckt, und hier und da lugten kleine Farbtupfer daraus hervor. Seitlich verlief sogar ein kleines Aquädukt. Die Auffahrt wand sich mitten durch die Lichtung, in deren Mitte sich wiederum ein kleines, immergrünes Wäldchen erhob, das mir die Sicht versperrte, bis wir es umrundet hatten. Der Anblick, der sich mir dann bot, war jedoch mindestens ebenso pittoresk.

Das Haus war im gregorianischen Stil erbaut, der Hauptflügel war von vier teilweise eingelassenen Säulen eingefasst, und in jede Himmelsrichtung erstreckten sich Seitenflügel. Es war nur zwei Stockwerke hoch und weiß getüncht. Ich atmete erleichtert auf. Es war ein schönes Haus in einer schönen Umgebung. Außerdem war es äußerst bescheiden, wenn man daran dachte, wem es gehörte.

Die Auffahrt erweiterte sich zu einem Kreis, und ein Chauffeur trat aus einer kleinen Tür unter dem erhaben liegenden Erdgeschoss des Hauptgebäudes. Der Prinz schaltete den Motor ab und löste seinen Gurt, stieg jedoch nicht aus. Stattdessen wandte er sich mit einem kleinen Lächeln an mich.

»Willkommen zurück, Mylady.«

Er gab mir keine Gelegenheit, etwas zu erwidern oder zu fragen, was er damit meinte, sondern schnappte sich meine Tasche vom Rücksitz und öffnete die Wagentür. Ich stieg ebenfalls aus. Hinter uns wurde das Auto vom Chauffeur davongefahren. Ich sah ihm nach und wünschte mir inbrünstig, noch immer im Wagen zu sitzen. Aber das tat ich nicht, also würde ich mich dieser Sache jetzt stellen müssen.

Haltung, Kind, Haltung ist alles.

Ich ging auf die Haustür zu, doch der Prinz überholte mich rasch und führte mich die Eingangstreppe hinauf zu der großen Flügeltür, die ebenfalls bereits offen stand. Ich holte tief Luft und verschränkte die Hände vor mir, damit sie nicht zitterten, dann folgte ich ihm über die Schwelle.

Ich hatte kaum Gelegenheit, die Einrichtung zu bewundern, denn mein Blick fiel sofort auf die vier Gestalten, die mich in der Mitte der Eingangshalle erwarteten. Der Prinz blieb direkt vor ihnen stehen. Ich schloss zu ihm auf, und dann tat ich etwas, das ich lange nicht getan hatte und von dem ich geglaubt hatte, es auch noch viele Jahre nicht tun zu müssen: Ich sank in einen tiefen, formvollendeten Knicks.

»Euer Hoheiten«, begrüßte ich den blitzsauberen Boden. Es schien eine ganze Weile zu dauern, bis die Antwort kam.

»Lady Autumn.« Ich richtete mich wieder auf und versuchte mir einzureden, dass der schlimmste Teil bereits vorüber war. »Wie wunderbar, Euch wiederzusehen.«

Prinz Lorent, der Herzog von Victoria, der älteste und vertrauteste Bruder des Königs, stand vor mir und lächelte. Sofort tauchten Erinnerungen an den König in meinem Kopf auf, und ich verglich die beiden Männer miteinander. Der König hatte einen tiefen Eindruck auf mich gemacht, als ich noch ein Mädchen gewesen war, und sein älterer Bruder hatte das gleiche aschblonde Haar und natürlich die gleichen strahlend blauen Augen der Königsfamilie. Obwohl er mehrere Jahrzehnte älter war, wirkte der Mann vor mir viel jünger, als ich seinen Bruder in Erinnerung hatte. Keine grauen Strähnen durchzogen seinen Blondschopf, und die Fältchen in seinem Gesicht konzentrierten sich allein um Mund- und Augenwinkel, sie stammten von häufigem Lachen, nicht von Stress.

»Du erinnerst dich sicher noch an meine Frau und an meinen jüngsten Sohn Alfie.« Es war keine Frage, und ich lächelte jeden der Vorgestellten an. An Prinz Alfie erinnerte ich mich allerdings – er hatte mich damals bei Hofe schließlich permanent aufgezogen –, aber ich war überrascht, wie erwachsen er jetzt wirkte. Er musste so um die einundzwanzig Jahre alt sein. Außerdem verblüffte es mich, wie sehr er und Prinz Fallon einander jetzt ähnelten. Sie hätten auch Brüder sein können statt Cousins. Sogar ihr Lächeln war identisch: gehobene Mundwinkel und ein ansonsten unbewegter Mund. An Lorents Frau konnte ich mich hingegen kaum erinnern, nur ein vages Bild ihres schwarzen Schleiers bei der Beerdigung meiner Großmutter kam mir in den Sinn.

Damit blieb nur noch die junge Frau, die am Rand stand. Sie sah ganz und gar nicht nach einer Athenea aus, aber irgendwie kamen mir ihre Züge doch bekannt vor.

Prinz Alfie trat einen winzigen Schritt vor und ergriff ihre Hand. »Und dies hier ist meine Freundin Lady Elizabeth Bletchem.«

Ich konnte nicht verhindern, dass mir ein unterdrücktes Quietschen entfuhr, das in der Stille nur allzu deutlich zu hören war, und schalt mich dafür, es nicht gleich begriffen zu haben. Dies hier war ebenjene Lady Elizabeth Bletchem, die das vergangene Jahr über mit den Gefühlen eines der menschlichen Prinzen gespielt hatte. Offenbar hatte sie inzwischen jedoch genug von ihm.

Falls sie meine Überraschung bemerkte, tarnte sie es ziemlich gut. Ohne die Hand des Prinzen loszulassen, knickste sie rasch vor mir. »Lady Autumn, es freut mich so, Euch endlich kennenzulernen. Mein Vater kannte die verstorbene Herzogin von England und hat stets voller Hochachtung von ihr gesprochen.«

Ich zwang mich zu einem Lächeln. Ich wusste nie, wie ich sonst reagieren sollte, wenn über meine Großmutter gesprochen wurde. Ich bemerkte, dass mich Prinz Fallon ansah, und fragte mich, wie viel er seiner Familie über mich erzählt hatte.

Lady Elizabeth wartete noch immer auf eine Antwort meinerseits, und als diese ausblieb, ließ sie die Hand ihres Freundes los, beugte sich zu mir herunter – sie war viel größer als ich – und küsste mich zu meiner völligen Verblüffung auf beide Wangen. »Ich hoffe, wir werden gute Freundinnen«, flüsterte sie mir zu.

Ich blieb stocksteif. Es war nicht üblich unter Sage, bei der ersten Begegnung so vertraut miteinander umzugehen, und ich fühlte mich wie damals im Auto, als mir der Prinz eine Hand aufs Knie gelegt hatte. Meine Haut brannte unter den Berührungen, genau wie meine Handflächen während meines letzten Traums gebrannt hatten.

Die Herzogin bewahrte mich davor, mir eine Antwort einfallen zu lassen. »Fallon, warum bringst du unseren Gast nicht hinauf und zeigst ihr ihre Räume? Wir treffen uns danach auf der Terrasse. Ich lasse Tee und Kaffee bringen.«

»Natürlich.«

Wieder sank ich in einen tiefen Knicks, und der Prinz griff nach meiner Tasche und trug sie zur Treppe.

»Fallon, Chatwin kann das doch tragen«, rief ihm die Herzogin noch nach.

Ihr Neffe drehte sich auf dem Absatz um, ging jedoch rückwärts weiter auf die Treppe zu, und ich erkannte, dass er dunkelrot anlief. »Schon gut, Tante.« Es klang, als wollte er damit andeuten, dass es ein ganz und gar dummer Gedanke war, er könne die Tasche nicht selbst tragen.

Von seinem Onkel, der bereits den Rückzug angetreten hatte, kam ein bellendes Lachen, woraufhin der Prinz nur noch heftiger errötete. Sogar seine Augen nahmen einen leichten Rosaton an, was ungewöhnlich war, denn als Sage konnte man die Farbe seiner Augen meist gut genug unter Kontrolle halten, damit sie keine Gefühlszustände verrieten. Als er meinem Blick begegnete, biss er sich auf die Lippe, hob rasch eine Schulter und drehte sich dann wieder zur Treppe um.

Die glänzende Mahagonitreppe, die wir emporstiegen, teilte sich am Scheitelpunkt und führte auf der einen Seite auf eine Galerie hinaus und auf der anderen zu einer Kreuzung aus Korridoren, die in die verschiedenen Gebäudeflügel führten. Der Prinz leitete mich nach rechts. Der Gang war hell und luftig, mit hellgelb gestrichenen Wänden und einem Fenster am Ende. Zu beiden Seiten entdeckte ich jeweils vier große Türen. Vor der rechten ganz hinten blieben wir stehen.

Sie war weiß getäfelt, und die Fugen waren mit etwas ausgekleidet, das ich für Blattgold hielt. Für nähere Betrachtungen blieb mir jedoch keine Zeit, da er die Tür rasch öffnete und in den Raum dahinter trat. Ich folgte ihm.

Der bisher bescheiden gehaltene Anschein des Hauses war offenbar bloße Tarnung gewesen, und das war noch eine

Untertreibung. Ich schaffte es nur deshalb, ein erstauntes Keuchen zu unterdrücken, weil der Prinz neben mir stand.

Wir standen in einer Art Empfangszimmer: Zwei große blassgoldene Sofas standen sich gegenüber, und zwischen ihnen thronte ein Kaffeetischchen aus dem gleichen lackierten Holz, aus dem auch die Treppe bestand. Der riesige himmelblaue Teppich war über und über mit gestickten Goldblumen gesprenkelt. Drei große Fenster an der Rückwand, deren Simse sich etwa auf der Höhe meiner Knie befanden, gaben den Blick auf dieselbe atemberaubende Kulisse frei, die mich schon bei unserer Ankunft verzaubert hatte. Aber es war die Decke, die meine Aufmerksamkeit am meisten fesselte. In die Wölbung war ein blauer Himmel mit weißen Wolken gemalt worden. In der Mitte hing ein prunkvoller Kronleuchter herab, um den sich zarte Pfirsichtöne wie Sonnenstrahlen in das Bild mischten. Ich erkannte sogar einen kleinen Cupido.

»Du hast eine der schönsten Suiten bekommen, sehr friedlich hier«, erklärte der Prinz, und ich riss den Blick von der Decke los, um ihn anzusehen. Er stellte meine Tasche auf einem der Sofas ab. »Wir wohnen alle in einem der anderen Flügel, und Alfie dreht seine Musik schon ordentlich laut auf«, fuhr er fort, als müsste er seine Bemerkung erklären.

Ich schenkte dem nicht viel Beachtung, weil mein Blick gerade auf einen Torbogen und eine Tür in den gegenüberliegenden Zimmerecken gefallen war.

»Ankleidezimmer und Badezimmer«, sagte er.

Ich drehte mich im Raum und erspähte noch eine weitere Tür links vom Eingang. Aus dem Augenwinkel sah ich zum Prinzen hinüber und bat so stumm um seine Erlaubnis. Er lächelte, und mehr Ermutigung brauchte ich nicht. Mit einem Satz war ich durch die Tür.

Ein prachtvolles, riesiges Himmelbett thronte vor mir, die

kunstvoll gerafften Vorhänge waren champagnerfarben, genau wie das Kopfende, das die halbe Wand einzunehmen schien. Es gab sogar ein Schminktischchen – mit Blattgold verziert. Eingelassene Säulen umrahmten die Fenster, die zwei der gegenüberliegenden Wände des Raumes säumten und so viel Licht hereinließen, dass es von den weißen Wänden und der Decke zurückgeworfen wurde und den Holzboden glänzen ließ.

Meine ursprüngliche Empfindung, dass nichts mich auf diese Pracht hätte vorbereiten können, schwand, als mir die Details auffielen: die Farben, die groteske Extravaganz, all dies erinnerte mich sehr an den Palast in Athenea.

Meine Begeisterung verging, und ich rief mir in Erinnerung, was ich wohl im Tausch gegen diesen mir vergönnten Luxus würde ertragen müssen. Widerstrebend trat ich wieder hinaus ins Empfangszimmer.

Der Prinz erwartete mich. »Ich möchte mich für sie entschuldigen.« Er deutete auf den Boden, und ich nahm an, dass er damit seine Familie meinte. »Sie sind sehr …«

»Sehr Haus-von-Athenea-mäßig?«, vollendete ich seinen Satz und hoffte, dass er es nicht als Beleidigung auffasste.

Er ließ den angehaltenen Atem entweichen und lachte kurz auf. »Ja. Genau. Und so gar nicht Haus-von-Al-Summers-mäßig.«

Dieses Mal lächelte ich, ziemlich verlegen.

»Du hast ein schönes Lächeln. Du solltest es öfter zeigen.«

Ebenjenes schöne Lächeln verpuffte, und seine Augen weiteten sich, als er schon wieder so heftig errötete, als hätten ihn seine Worte selbst überrascht. Ich zupfte an einer losen Haarsträhne.

»Vielleicht sollten wir wieder runtergehen«, schlug er schnell vor, während er überallhin sah, nur nicht in mein Gesicht.

Das Dekor im Erdgeschoss ähnelte dem oben sehr: Blattgold, Wandmalereien und hohe, gewölbte Decken, außerdem zahllose Fenster, die alles in Licht badeten. Wieder führte mich der Prinz ganz ans Ende des Ganges, wo eine Glastür auf eine gepflasterte Terrasse hinausführte. An einem schmiedeeisernen Tisch saßen sein Onkel, seine Tante und Lady Elizabeth; Prinz Alfie lümmelte sich zu ihren Füßen auf der obersten Stufe einer Treppe, die in den Garten hinabführte.

»Genau rechtzeitig«, rief Prinz Lorent, als wir uns zu ihnen setzten. Ein Bediensteter im weißen Hemd, mit gestärktem Kragen und einem Jackett, auf dem das Wappen der Atheneas prangte, servierte Tee und Kaffee. In der Mitte des Tisches ruhte bereits eine Tortenplatte mit Scones und Marmelade. Ich bat um einen Tee und beobachtete aus dem Augenwinkel, wie Prinz Fallon löffelweise Zucker in seinen Kaffee gab.

»Alles streng vegan, meine Liebe, nur keine Sorge, in diesem Punkt sind wir sehr strikt«, erklärte seine Tante. »Bitte, nimm dir einen«, forderte sie mich dann auf, während Sojamilch in meinen Tee gegossen wurde. Um höflich zu sein, griff ich nach einem der Scones, obwohl ich wirklich keinen Hunger hatte. Während ich Marmelade auf dem krümeligen Teig verteilte, musterte ich die Herzogin und Lady Elizabeth unter gesenkten Lidern hervor. Die Herzogin war perfekt durchgestylt. Ihr helles Haar war glatt und glänzend, und alles von der Halskette bis zum Lidschatten passte zu ihrem mintgrünen Jäckchen und dem langen Rock. Im Vergleich zu den anderen, die alle bequeme Hosen oder Jeans trugen, wirkte sie fast fehl am Platz.

Lady Elizabeth konnte ich nur als unscheinbar bezeichnen. Sie hatte ihr hellbraunes Haar in der Mitte gescheitelt und zu einem schlichten Pferdeschwanz gebunden. Ihre Augen wirkten etwas zu klein, und sie war sehr groß. Fast so groß wie ihr Freund mit einer fast ebenso knabenhaften Figur. Aber im Gegensatz zu ihm wirkte sie sehr jung, kaum älter als achtzehn Jahre, obwohl sie eher achtundzwanzig sein musste. Darüber hinaus schien sie außerdem einen ganz besonderen Reiz auf Prinzen auszuüben, was aber vielleicht gar nicht so verwunderlich war, wenn man bedachte, dass ihr reicher Vater sämtliche Grafschaften rund um London fest in der Hand hatte.

Prinz Fallons Tante bemerkte meinen prüfenden Blick und lächelte, bevor sie die Tasse zum Mund führte. Rasch sah ich auf meinen Teller hinunter und nahm einen winzigen Bissen von dem Scone, wobei ich wünschte, ihn nicht essen zu müssen. In dem sich ausbreitenden Schweigen war nur das Klingen von Teelöffeln auf Porzellan und das Zwitschern eines Vogels zu hören. Ich war an der Reihe, etwas zu sagen.

»Was für ein wunderschönes Haus, und so abgelegen. Von der Straße aus hätte ich nie vermutet, dass es hier liegt.«

Führe stets eine leichte Unterhaltung, mein Kind. Vermeide Politik und äußere keine persönliche Meinung.

Wieder lächelte die Herzogin und stellte ihre Teetasse ab. »Ja. Dies war einer der Gründe, warum wir es ausgesucht haben. Allerdings befand es sich beim Kauf in einem desolaten Zustand. Wir mussten die ganze Sommerpause in London verbringen und die Reparaturarbeiten überwachen.«

Ich sah zu Lady Elizabeth hinüber und fragte mich, ob sie bei dieser Gelegenheit wohl ihren zweiten Prinzen getroffen hatte. »Ich habe den Sommer auch in London verbracht.«

»Das haben wir gehört, und wir müssen uns dafür entschuldigen, dich nicht eingeladen zu haben. Wir haben versucht, möglichst unauffällig zu bleiben.«

»Natürlich.« Lächelnd versicherte ich ihr, dass ich dies auf keinen Fall als Beleidigung auffasste. In Wahrheit wäre ich wohl Hals über Kopf aus der Hauptstadt geflohen, wenn ich gewusst hätte, dass sie auch dort waren.

Sie schien zufrieden mit meinem Beitrag zum Gespräch und wandte sich an ihren Mann, dessen Miene nichts als höfliches Interesse ausdrückte, während sein Blick auf den frischen Gebäckstückchen ruhte, die der Bedienstete gerade auf die Tortenplatte legte. »Wir müssen allerdings bald wieder nach London zurück. Ich habe noch nicht ein einziges Weihnachtsgeschenk für die Kinder. Von unseren Enkeln ganz zu schweigen.«

»Ja, Liebes«, entgegnete er versonnen, doch sein Sohn hob bei diesen Worten den Kopf.

»Die Geschenke sind doch wirklich kein Problem. Für Nari und ihre Babykugel besorgt ihr einfach einen Jahresvorrat Windeln, für Clar'ea und Richard gibt's ein romantisches Wochenende ...«

»Für Chunky einen Boxsack«, fiel ihm Prinz Fallon grinsend ins Wort.

»Über das Aggressionsproblem deines Bruders macht man keine Scherze, Fallon«, rügte seine Tante, aber Alfie redete schon weiter.

»Einen Ratgeber, wie man Mädchen anspricht, für Henry und *Politik für Dummies* für Onkel Ll'iriad ...«

Da verpasste ihm seine Mutter eine Rüge. »Benimm dich, junger Mann, wir haben Gäste.«

Er streckte seiner Mutter die Zunge heraus und sah auf seiner Treppenstufe aus wie ein gescholtener kleiner Junge. Mir machte es nichts aus. Ich fand es lustig, dass er den König gerade »Onkel Ll'iriad« genannt hatte.

Prinz Lorent hatte soeben ein Cremetörtchen vertilgt und versuchte, mit dem Finger die letzten Krümel von seinem Teller zu picken. »Ich weiß wirklich nicht, was dieser ganze Wirbel um Weihnachten überhaupt soll. Alle behaupten, es wäre das Fest des Friedens und der Liebe, aber irgendwie kommt es mir jedes Mal vor wie das Fest des Chaos und der grauen Haare.«

Seine Frau gab ihm einen spielerischen Klaps aufs Knie. »Ach papperlapapp!«

Er hob eine Braue. »Du bist ja nicht diejenige, die diese kleinen Teufel, die du Enkel nennst, durch die Gegend scheuchen muss.« Kopfschüttelnd wandte er sich an mich und Lady Elizabeth. »Ich kann mich an kein einziges Jahr erinnern, in dem es keinen Kampf ums Essen gegeben und niemand die Dekoration abgefackelt hat.«

Die Wintersaison begann traditionell mit der Herbstsonnenwende und endete an Neujahr. Es war ein einziges großes Spektakel, bei dem sich alle mit Rang und Namen bei den Hoffeierlichkeiten zeigten. Aber Weihnachten selbst war Privatsache, und der Palast gehörte allein der Familie Athenea – die allerdings mindestens hundert Angehörige zählte. Das Chaos war also vorprogrammiert.

Lady Elizabeth lachte überraschend mädchenhaft. Ich hatte irgendwie einen tieferen Klang erwartet. »Bitte mich also lieber nie, dich zur Weihnachtsfeier zu begleiten, Al.«

Er murmelte etwas und küsste ihre Hand, und ich nahm rasch einen weiteren winzigen Bissen Scone und tat so, als hätte ich es nicht gesehen.

Als Nächstes hörte ich, wie die Herzogin das Wort an ihren Neffen richtete.

»Fallon, warum zeigst du Lady Autumn nicht den Garten, bevor es dunkel wird? Wenn ihr zurückkommt, gibt es Abendessen.« Dann wandte sie sich an mich: »Keine Sorge, meine Liebe, es ist eine ganz zwanglose Angelegenheit.«

Der Prinz erhob sich, und ich folgte ihm eilig, wobei ich meinen krümeligen, nur leicht angeknabberten Scone zurückließ.

Ein Kiesweg wand sich ums Haus herum und tauchte schließlich in den Schatten einer mit Efeu überwucherten Felswand ein. Zwischen dieser Wand und dem Haus befand sich der Garten. Die Felswand war genau genommen eine Klippe, die hoch über das Haus emporragte und uns Windschutz bot. Die Beete wirkten noch etwas kahl, mit mehr Spalieren und Rankgittern als Blumen zwischen den jungen Stauden, aber ich konnte mir vorstellen, dass es einmal ein schöner Garten sein würde.

Seite an Seite folgten wir dem Pfad, der wiederum dem Verlauf eines schmalen, gurgelnden Baches folgte und diesen zuweilen auf kleinen, geschwungenen Brücken überquerte.

»Manchmal kommt es mir zwar etwas verrückt vor, aber England gefällt mir ehrlich gesagt besser als Australien«, sagte der Prinz leise.

»Wirklich?« Das überraschte mich. *Wie kann man eine so öde Gegend wie hier einem lebensprühenden Ort voller Sage wie Sydney vorziehen?*

»Bis auf die fehlende Sonne vielleicht.« Er zog die Hände aus den Jeanstaschen und streckte die Arme aus, sodass seine Ärmel ein Stück hochrutschten und ausgeprägte Bräunungsstreifen an seinen Handgelenken freigaben. »Aber das viele Grün gefällt mir, und dieses Friedliche hier.«

»Fehlt dir Australien denn gar nicht?«

»Nein.«

Ich blieb stehen und biss mir auf die Zunge. Er machte noch zwei Schritte, bevor er merkte, dass ich nicht mehr neben ihm war.

»Autumn ...«

»Vermisst du Amanda?«, platzte ich heraus und hätte beim Namen der Exfreundin des Prinzen beinahe gestottert.

Er schluckte schwer, und ich sah, wie sich sein Adamsapfel

hob und senkte. »Nein. Nicht so, wie du vermutlich glaubst.« Damit machte er auf dem Absatz kehrt und stapfte weiter.

Es schien hoffnungslos zu sein, aber ich rief ihm trotzdem hinterher: »Das verstehe ich nicht.«

Er verschwand um eine Ecke, und ich joggte ihm hinterher, umrundete einen großen, dichten Fuchsienbusch und sah ihn am Geländer einer weiteren kleinen Brücke lehnen. Langsam ging ich zu ihm. Er starrte ins Wasser, und es kam mir vor, als sähe er darin Dinge, die mir verborgen blieben.

»Ich habe Amanda nie geliebt.«

Ich umklammerte das Geländer. »Wie bitte?«

Diese etwas harsch geratenen Worte schienen ihn ins Hier und Jetzt zurückzuholen, und im Wasser sah man nichts als den Schatten der Brücke darüber.

»Und sie hat auch mich nie geliebt. Wir waren ... ich weiß nicht, wie ich es erklären soll ... Freunde mit gewissen Vorzügen, nehme ich an.«

»Oh.« Es war kaum mehr als ein Hauchen. »Ich ... ich hätte nicht gedacht, dass du so bist.«

»Nein! Nein, so meine ich das nicht.« Er ließ den Kopf in die Hände sinken und murmelte irgendetwas, das ich aber nicht verstehen konnte, bis er die Hände wieder vom Gesicht nahm und sich stattdessen durchs Haar fuhr. »Es war eine Partnerschaft, von der beide Seiten profitiert haben.«

Seufzend richtete er sich auf, überquerte die Brücke und wandte sich mir halb zu, als wollte er mich auffordern, ihm zu folgen. Ich zögerte.

»Lass es mich erklären«, bat er und fügte dann hinzu: »Bitte, Herzogin.«

Ein reines Bauchgefühl setzte meine Beine in Bewegung, und ich schloss zu ihm auf. Er steckte die Hände wieder in die Hosentaschen und atmete tief aus.

»Vielleicht weißt du nicht richtig, wovon ich rede, wegen dem, was deiner Großmutter in dieser Zeit zugestoßen ist, aber erinnerst du dich noch an dieses Gefühl, wenn man endlich in die Mittelstufe kommt? Wie eilig man es da plötzlich mit dem Erwachsensein hat?«

Seine Frage verwirrte mich in diesem Zusammenhang zwar, aber ich verstand, was er meinte. Mit vierzehn war ich überzeugt davon gewesen, alle notwendige Reife schon erlangt zu haben und eigentlich so gut wie erwachsen zu sein. Wenn mir damals jemand erklärt hätte, dass ich mich in den folgenden achtzehn Monaten so stark weiterentwickeln würde wie zuvor in meinem ganzen Leben nicht, hätte ich ihm wohl kaum geglaubt. Und doch war ich jetzt mit fast sechzehn eine völlig andere Person. »Ja, ich erinnere mich.«

Er schloss kurz die Augen und lachte trocken auf. »Mit vierzehn war ich aufgeblasen und fühlte mich wie die Reife in Person. Ich hatte es satt, mir von meinen Eltern etwas sagen zu lassen, also habe ich beschlossen, in Australien meinen Wächterdienst zu leisten. Ich hatte große Erwartungen an meine Zeit dort. Die Medien allerdings auch.«

Er sah richtig bemitleidenswert aus, wie er da so auf die Felswand starrte, ohne sie zu sehen, die Hände tief in den Taschen vergraben und die Ellbogen durchgestreckt. Ich fragte mich, ob ich auch so aussah, wenn ich in Gedanken verloren war. Ich wollte nicht bemitleidet werden.

»Ich wurde in einem Internat in Sydney als Wächter angenommen, wo es eine ganze Schar von Securityleuten gab. Es war keine besonders große Schule, aber es waren trotzdem noch zehn weitere Sage-Wächter dort, und ich habe mich ziemlich schnell mit ihnen und ein paar Menschen angefreundet.«

So viel wusste ich bereits. Im Alter von neun bis zwölf Jahren hatte auch mich die typische Backfischschwärmerei für

Berühmtheiten erwischt, und ich war pflichtschuldig jedem seiner Schritte gefolgt – allerdings würde ich ihm das natürlich nicht verraten.

»Im ersten Jahr war alles gut. Ich hatte Freunde und war gut in der Schule. Und es gelang mir, Bereiche in meinem Leben auf die Reihe zu kriegen, über die ich bisher keine Kontrolle gehabt hatte. Wie mein Geld zum Beispiel ... aber gegen Ende des ersten Jahres wurde es langsam unangenehm. Ich war fünfzehn und ...«

Er verstummte, und zwischen seinen Augenbrauen erschien eine Falte, als er mich mit schief gelegtem Kopf betrachtete. »Bei den Mächten der Erde, da war ich in deinem Alter ... aber du wirkst viel erwachsener, als ich es jemals war.«

Ich wusste nicht, was ich darauf sagen sollte. Vermutlich sollte das ein Kompliment sein, aber seine Stimme klang so distanziert, dass ich mir da nicht ganz sicher sein konnte. Ich schwieg.

Er schüttelte leicht den Kopf. »Ich wurde älter, und das bedeutete, dass sich die Paparazzi immer mehr für mich interessierten. Es erschienen ständig Artikel über Mädchen, mit denen ich angeblich ausgegangen war oder sogar geschlafen hatte – was nicht stimmte! Aber es fiel ihnen auf, wie nah Amanda und ich uns standen. Wir waren nur gute Freunde, mehr nicht, aber die Presse interpretierte immer mehr in diese Freundschaft hinein. Plötzlich stand ich unter enormem Druck, die nächste königliche Liebesgeschichte zu inszenieren, und auch sie wurde von Journalisten verfolgt. Es war unerträglich.«

Immer wieder schaute er mich an, als wartete er auf irgendeine Reaktion. Ich versuchte, so ausdruckslos wie möglich auszusehen.

»Mandaz ... Amanda war damals schon sehr ehrgeizig. Sie

wollte Karriere am Hof machen, und sie interessierte sich brennend für Politik. Aber ihre Familie gehörte nicht zum Adel, sie hatten sich ihr Vermögen von Grund auf selbst erarbeitet, und Amanda wusste, dass sie mit diesem Hintergrund schlechte Chancen auf eine einflussreiche Position hatte. Aber genau das war ihr Ziel. Und ich … ich musste den Medien irgendwie geben, was sie wollten.«

Das Rauschen von Wasser drang an meine Ohren, als wir unter einem Rosenbaldachin hindurchschritten, und ich überdachte das, was er gesagt hatte und was er damit meiner Meinung nach andeuten wollte.

»Also habt ihr eine Abmachung getroffen.«

Er zuckte leicht zurück. »Wir haben nicht geplant, dass etwas Ernstes daraus werden sollte. Nur ein paar Dates und Fotos, auf denen wir uns küssten. Und es funktionierte: Die Paparazzi drehten ein paar Wochen lang völlig durch und verloren dann nach und nach das Interesse. Ich nahm sie in den Sommerfreien mit nach Athenea, wo sie Kontakte knüpfen konnte. Meine Familie mochte sie, und sie haben ihr geholfen. Aber ich glaube, sie wussten damals schon, was wirklich los war. Sie wussten, dass die Sache nicht lange halten würde.«

»Aber sie hat gehalten.«

Er lachte nervös und fuhr sich über den Hinterkopf, wobei er sein Haar zerzauste. Es war leicht feucht, denn mittlerweile hing ein feiner Nebel in der Luft. »Ich glaube, wir wollten uns einfach nicht dem Tumult einer Trennung stellen. Und wir … wir schliefen damals schon miteinander.«

»Aha. Und du bist dir sicher, dass du nichts für sie empfunden hast?«

Wieder lachte er auf. »Hör bitte auf, so verdammt verständnisvoll dreinzuschauen, ich komme mir ja schon vor wie ein ungezogener Schuljunge.« Ich wusste zwar nicht, was in meiner Miene diese Reaktion bei ihm auslöste, aber ich lächelte und sah verschämt zu Boden. Er erzählte weiter. »Ich gebe zu, dass sie mir wichtig war und dass ich mich jederzeit für sie einsetzen würde, aber da war nie so etwas wie Leidenschaft oder … Sehnsucht zwischen uns. Letztes Jahr haben wir uns im Sommer zwei Monate lang nicht gesehen, aber diese Trennung war nicht schmerzvoll. Wir haben einander nicht gefehlt.«

Wir umrundeten eine Ecke, und ich schnappte nach Luft – was er allerdings über das Donnergetöse des Wassers nicht hören konnte, das von der zehn Meter hohen Klippe stürzte und dann durch ein Loch im Boden sogar noch weiter in die Tiefe fiel. Ich hörte Wasser gegen Fels krachen und wieder emporspritzen. Es klang fast wie damals, als mich der Prinz im Sturm nach Hause gefahren hatte.

»Das hier war früher mal ein Steinbruch!«, rief er mir zu und lehnte sich an ein Geländer, das halbmondförmig um den Sturz herumführte. Er stützte die Ellbogen auf das Metall und wippte auf den Fußballen vor und zurück – er konnte einfach nicht stillstehen. Dann begann er wieder zu sprechen, aber ich konnte nur sehen, wie sich seine Lippen bewegten.

»Was?«, brüllte ich. Er wirkte verwirrt und wiederholte, was er gesagt hatte. Ich lachte, weil ich kein Wort verstand, und versuchte, es ihm mitzuteilen, woraufhin er mich ebenfalls verständnislos anstarrte und auch zu lachen anfing.

Dann beugte er sich über mich, strich mir das Haar hinters Ohr und versuchte es ganz dicht an meinem Gesicht noch einmal. »Würdest du gern die Aussicht bewundern?«, fragte er mit nach wie vor aufgedrehter Stimme.

Bei seiner Berührung erstarrte ich, und mir war deutlich bewusst, dass meine Schulter fast seine Brust berührte. Ich konzentrierte mich auf sein weißes Hemd und die hellbraune Jacke darüber, auf seinen Atem. Dann nickte ich.

Er deutete nach oben und umrundete rückwärtsgehend den Wasserfall, wobei er nur knapp einem Wasserstrahl auswich, der vom Boden abzuprallen schien und sich bogenförmig über das Geländer zu ihm reckte. Bei dieser Zuneigungsbekundung erwachte ich aus meiner Starre und kicherte, scheuchte den Strahl aber fort, als er sich nun auch nach mir ausstreckte.

Plötzlich nahm er Anlauf, sprang und verschwand in dem feinen Nebel. Ich ging noch ein Stück weiter, beugte dann die Knie und katapultierte mich steil nach oben. Als ich durch den Dunstschleier brach, sah ich den Prinzen hinter einem weiteren Geländer am oberen Klippenrand stehen. Ich landete neben ihm.

Ich war froh, dass ich seinem Vorschlag gefolgt war. Der Ausblick war phantastisch. Die Klippe war so hoch, dass man über das Dach des Hauses hinweg auf die Lichtung dahinter sehen konnte. Die Kiefern schienen aus dieser Perspektive einen Trichter zu formen, der sich zur Straße hin verengte. In der Ferne konnte ich eine grüne Fläche ausmachen, die allmählich in Grau auslief und sich schließlich dort, wo Princetown liegen musste, am Horizont verlor.

Ich drehte mich um, und mein Blick folgte dem quirligen Wasserlauf, der in den alten Steinbruch hinabstürzte. Er floss einen sanften Hang hinab durch Moos und Buschland. Dahinter erkannte ich Ginstersträucher und Granitfelsen.

Ich machte eine komplette Drehung, um das ganze Panorama voll aufnehmen zu können. »Seid ihr hier nicht sehr ungeschützt?«

Er ließ sein Lausbubengrinsen aufblitzen, ging in die Hocke und strich mit den Fingern durchs Gras, bis er einen kleinen Stein fand und sich wieder erhob. Aus der Hüfte warf er den Stein auf den nächstgelegenen Felsen, doch mitten in der Luft brach der Flug des Kiesels abrupt ab, und er fiel einfach zu Boden.

Es knisterte unheimlich, und dann erschienen die Umrisse eines gigantischen Kuppelschilds. Dort, wo der Kiesel die Oberfläche getroffen hatte, waren feine Risse entstanden, wie in einer Glasscheibe, die sich in leuchtendem Blau wie die Adern eines Blitzes über die Kuppel zogen. Allmählich wurden die Linien blasser und verschwanden dann, als sich der Schild selbst heilte. Bevor er wieder vollkommen unsichtbar wurde, erkannte ich noch, dass er sich über den gesamten Steinbruch wölbte, und ich staunte über diese Verteidigungsanlage. Es war wie in Athenea. Auch dort gab es diese riesigen Kuppelschilde, durch die nur die Elemente ungehindert hindurchkamen.

Als sich alles wieder beruhigt hatte, lehnte ich mich gegen das Geländer und überlegte, wie ich die Unterhaltung wieder auf Amanda lenken konnte. Diese ganze Geschichte faszinierte mich. Sie hatten eine wirklich gute Show abgeliefert, und sein Geständnis war eine echte Enthüllung für mich. Im Rückblick ergaben seine Worte jedoch durchaus einen Sinn. Eigentlich hatten sie nie besonders turteltäubchenmäßig gewirkt.

»Dann war eure Trennung also gar nicht so ein Riesending, wie es die Medien dargestellt haben?«

Er schien überrascht zu sein, dass ich wieder auf dieses Thema zu sprechen kam. »Im Grunde nicht. Genau genommen war ich es zwar, der Schluss gemacht hat, aber wir wollten es beide so. Sie wusste, dass ich nach England gehen würde, und auch sie war bereit für den nächsten Schritt. Wir sind immer noch gute Freunde. Nur Freunde.« Wieder wurde er dunkelrot, allerdings blieben seine Augen diesmal blau.

Ein Bussard schwebte genau auf unserer Augenhöhe, und

ich bewunderte sein braunes Gefieder, fest entschlossen, meine nächste Frage so beiläufig wie möglich klingen zu lassen. »Warum erzählst du mir das alles?«

Ich hörte ihn ausatmen. »Weißt du noch, dass ich dir gesagt habe, ich würde dich gern wie eine Gleichgestellte behandeln? Ich will einfach nicht, dass du dieselbe Lüge glaubst wie der Rest der Welt.«

Ich war geschmeichelt. Dieses Mal voll und ganz, nicht wie im Auto. Dieses spezielle Kapitel seines Lebens schien ihm unangenehm zu sein, und es war ihm nicht leichtgefallen, mir davon zu erzählen, aber er hatte es trotzdem getan.

»Danke«, murmelte ich, weil ich nicht ausdrücken konnte, wie sehr es mich freute, dass er es mit mir geteilt hatte. Aber ich wollte ihn wissen lassen, dass ich nicht schlecht von ihm dachte. Und dass ich ihm dankbar war.

»Wofür?«

»Einfach nur danke.«

Ein Tropfen landete auf meiner Nase, dann noch einer auf meiner Hand. Als ich den Kopf in den Nacken legte, trafen weitere Tropfen mein Gesicht. »Es fängt an zu regnen«, stellte ich fest. »Sollen wir lieber wieder reingehen?«

»Ja … ja, das sollten wir«, erwiderte er seufzend.

Kapitel 16 *Fallon*

Ich setzte mich in den Sessel, der dem Kamin am nächsten stand, und sah zu, wie mein Onkel ein Glas mit Brandy und Liebstöckel auf den Holztisch neben seinem sehr geraden Stuhl stellte. Er hatte sich das als sein liebstes Getränk in der kühlen Jahreszeit angewöhnt, während er als junger Mann in der Gegend von Devon herumgereist war, und schwor darauf, weil es seinen Magen beruhigte, wie er sagte. Ich dachte, wenn sich Devon selbst einen bestimmten Geschmack zuschreiben könnte, dann wäre es dieser Drink.

Autumn hatte sich kurz zuvor entschuldigt und gesagt, sie müsse noch Hausaufgaben erledigen. Ich wusste, dass ich wahrscheinlich dasselbe tun sollte, aber es fiel mir schwer, mich aufzuraffen. Ihr Engagement erschien seltsam, verglichen mit ihrer Neigung, in der Schule zu fehlen – etwas, das mir und offensichtlich auch ihren Eltern aufgefallen war.

Mein Onkel schlug die Zeitung auf, und wie immer nahmen ein Bild von Violet Lee und eine entsprechende Schlagzeile die Titelseite ein. Der Schock hatte nicht nachgelassen, und ich bezweifelte, dass er es tun würde, bis die ganze Sache geklärt war. Meine Tante, die über seine Schulter mitlas, schnalzte mit der Zunge und murmelte etwas sehr Abfälliges über Vampire.

Ich runzelte die Stirn, und Lisbeth und Alfie sahen fragend auf.

Meine Tante ging um den Sessel ihres Mannes herum und nahm mir gegenüber Platz. »Die Varns haben Nachrichtensperren verhängt. Das Einzige, was die Zeitungen schreiben dürfen, ist, dass sich der Rat der Vampire weiterhin weigert, mit der britischen Regierung zu verhandeln.«

Alfie stand auf, ging zur Hausbar und goss sich ein Glas Portwein ein. »Nachrichtensperren sind wie Unterlassungsverfügungen, oder? Bei den Mächten des Schicksals, warum brauchen die so etwas?«

»Eben«, sagte mein Onkel und faltete die Zeitung zusammen. *»Warum?«*

»Meinst du, es ist etwas passiert?«, fragte Alfie.

»Höchstwahrscheinlich.« Mein Onkel warf die zusammengefaltete Zeitung ins Feuer, das daraufhin aufloderte. Es dauerte nur wenige Sekunden, bis Violet Lees Gesicht zu Asche geworden war. »Ich bin froh, dass wir nicht am Hof sind. Selbst die Ratssitzungen zu verpassen ist ein fairer Tausch dafür, dem Ärger zu entgehen, den dieses ganze Chaos mit sich bringt.«

Er streckte den Arm aus, nahm die Hand meiner Tante und drückte sie, und sein Gesicht wurde augenblicklich friedlich. Weiter hinten, außerhalb des warmen Kreises am Feuer, saßen Alfie und Lisbeth und sprachen leise miteinander. Ich wandte den Blick ab. Ich hatte mich immer noch nicht ganz an ein Leben als Single gewöhnt.

Schließlich ließ meine Tante die Hand ihres Mannes los und beugte sich vor, um ihren Tee zu trinken. »Autumn Rose ist sehr reif und hat sehr gute Manieren.«

Ich wusste, dass sie versuchte, die schwere Stimmung, die in der Luft lag, zu vertreiben, aber ich wusste auch, dass meine

Familie unbedingt über die Herzogin reden wollte – doch wir konnten nicht das besprechen, worüber wir eigentlich reden sollten. Nicht wenn Lisbeth dabei war. Bei so einer heiklen Angelegenheit war es sogar zu riskant, Telepathie zu benutzen.

Mein Onkel nahm ebenfalls einen Schluck von seinem Getränk und sah mich über den Rand des marmorierten Glases mit funkelnden Augen an. »Und genauso schön, wie wir es erwartet haben.«

»Und genauso reich«, meldete sich Alfie.

Lisbeth gab ihm scherzhaft einen Klaps auf den Arm. »Gut zu wissen, was dir bei einer Frau wichtig ist!«

Es war zu dunkel, um seinen Gesichtsausdruck zu sehen, aber er zog seine Freundin von ihrem Stuhl auf seinen Schoß, legte die Arme um sie und flüsterte ihr süße Dinge ins Ohr. Auch wenn ich meinen Cousin nicht so gut gekannt hätte, wäre klar gewesen, dass er völlig vernarrt in sie war – und sie hoffentlich in ihn.

Mein Onkel sah mich immer noch eindringlich an, ein leichtes Lächeln auf den Lippen. Ich tat so, als sähe ich es nicht, bis mich Lisbeth schließlich rettete.

»Ich habe gehört, dass sie ihrer Großmutter sehr ähnlich sieht, es sogar schon als Kind getan hat.«

Mein Onkel reckte den Hals, um in ihre Richtung zu sehen, und stellte sein Glas ab. »O ja. Ich habe einen ziemlichen Schreck bekommen, als sie durch die Tür kam. Der verstorbenen Herzogin wie aus dem Gesicht geschnitten.«

»Aber sie hat beim Abendessen fast nichts gegessen, das arme Ding.« Meine Tante seufzte. »Und ich denke nicht, dass ihre Mutter Veganerin ist, also wird sie auch zu Hause nicht besonders viel essen.« An mich gewandt fragte sie: »Isst sie denn wenigstens in der Schule?«

»Ich glaube nicht.« Wenn ich es mir recht überlegte, hatte

ich sie eigentlich noch nie etwas essen sehen. Sie schien nur Kaffee zu trinken.

»Vielleicht solltest du noch besser auf sie aufpassen«, schlug meine Tante zaghaft vor, so leise, dass es Alfie und vor allem Lisbeth nicht hören konnten. »Nach allem, was du uns erzählt hast …« Sie verstummte und brauchte nicht weiterzureden.

Ich nickte, aber ich fand trotzdem, dass sich Autumn tapferer schlug, als ich je zu hoffen gewagt hatte. Sie redete, lachte sogar, eine große Verbesserung gegenüber den Wochen davor. Ich wünschte jedoch, sie würde mich an sich heranlassen, wenigstens ein bisschen – am besten auch in ihren Geist. Es war ausgesprochen unhöflich, gegen die Mauern um das Bewusstsein einer anderen Person zu drücken. Bei diesem Gedanken konnte ich meinen Geist nicht davon abhalten, auf der Suche nach ihrem nach oben zu wandern. Ich fand sie schnell, wie immer; ihre Witterung schien, wo sie auch hinging, eine Spur von Bürden zu hinterlassen. Ich traf auf Granit.

»Fallon … Fallon? Du meine Güte, Ll'iriads Kinder neigen wirklich dazu abzudriften.«

Ich hob den Blick rasch vom Kaminfeuer und sah meinen Onkel grinsen.

»Wohin um alles in der Welt bist du gerade gedanklich abgeschweift?«

Ich tat so, als wüsste ich nicht, wovon er sprach, und passte meinen Gesichtsausdruck entsprechend an. Er brummte amüsiert und ungläubig vor sich hin, und ich war sicher, er hätte noch einen weiteren Kommentar abgegeben, wenn ihm meine Tante nicht einen strengen Blick zugeworfen hätte.

»Ich denke, ich werde ein bisschen arbeiten«, verkündete ich und stand auf. Der Blick meiner Tante verdüsterte sich, aber sie wünschte mir dennoch eine gute Nacht. Die anderen taten es ihr nach, obwohl ich in den letzten paar Nächten genug Schlaf bekommen hatte und nicht vorhatte, noch mehr zu schlafen.

Als ich durch den linken Flügel ging, war mir vage bewusst, wie schnell ich lief und wie erwartungsvoll das Echo in der Eingangshalle klang, als ich die Treppe hinaufsprang. Ich hatte *durchaus* vor zu arbeiten, bloß nicht allein.

Ich ging in den hinteren Teil des Hauses, obwohl mein Zimmer in der anderen Richtung lag, und rechtfertigte das in Gedanken damit, dass englische Literatur mein schlechtestes Fach war … Ich hatte Hilfe bitter nötig.

Die Diener hatten die Lampen an den Wänden nicht angezündet, denn der Mond war hell genug, um den gesamten Gang durch ein einzelnes Fenster zu beleuchten. Mit jeder Tür, an der ich vorbeikam, wurden meine Schritte leiser und schneller, einmal mehr angetrieben von dem Gefühl, in Autumns Territorium einzudringen. Wenn ich stehen blieb, würde man mich erwischen.

Als ich bei ihrem Zimmer ankam, traute ich mich kaum innezuhalten, um anzuklopfen, und als meine Fingerknöchel das Holz berührten, wippte ich auf und ab, um bloß nicht stillstehen zu müssen. Es kam keine Antwort, und ich klopfte noch einmal und rief leise ihren Namen. Aber auch nach mehrmaligem Klopfen blieb es still, und ich nahm das als Aufforderung einzutreten.

Das Zimmer war leer, weder der Kronleuchter noch die Lampen waren eingeschaltet, und auch hier kam das einzige Licht vom Mond. Die Vorhänge waren noch an den Seiten festgebunden, und ihre Tasche lag auf dem Sofa, wo ich sie hingelegt hatte. Sie war jedoch offen, und ein paar ihrer Kleider hingen heraus. Unwillkürlich ging ich hin und streckte die Hand aus, wie um zu verhindern, dass sie auf den Boden fielen. Genauso unwillkürlich zog ich die Hand zurück, als ich merkte, dass einer ihrer Slips darunter war.

Ich drängte all jene Gedanken an sie, die ich mir nicht erlaubte, zurück, bezweifelte aber, dass sie sehr lange in ihrer verschlossenen Kiste bleiben würden. Ich machte einen großen Bogen um das Sofa und fragte mich, wie es sein konnte, dass sie sich ihrer potenziellen Macht über Männer überhaupt nicht bewusst war. *Vielleicht liegt es an ihrem Alter. Sie ist erst fünfzehn.*

Aber eine andere, beunruhigendere Erklärung, über die ich nicht genauer nachdenken wollte, ging mir durch den Kopf. *Vielleicht liegt es an der Depression.* Das einzugestehen bedeutete, sich der Tatsache zu stellen, dass sie keine anderen Gefühle zulassen oder überhaupt wahrnehmen würde als jene, die der Parasit hervorbrachte, der von ihrem Kummer zehrte.

Es einzugestehen bedeutete auch, dass ich völlig selbstlos sein musste. Angesichts der geschlossenen Tür zu ihrem Schlafzimmer ging ich davon aus, dass sie schlief, also versuchte ich, meine Schritte so gut wie möglich zu dämpfen, als ich zu ihrem Schreibtisch ging. Dort lag ihre Lyriksammlung neben einigen anderen Büchern, darunter auch das über Frauenfeindlichkeit, das ihr Mr. Sylaeia gegeben hatte, und eines über amerikanische Lyrik. Ihr Bleistift steckte zwischen den geschlossenen Seiten, und ich ging hin, um es zu öffnen. Doch der zerdrückte Buchrücken entschied anders, und die Seiten blätterten wieder zu, langsam genug, dass ich sehen konnte, dass fast jedes Gedicht bis zu der Stelle, wo der Bleistift steckte, mit Anmerkungen versehen war. Auf einer der ersten Seiten blieb das Buch schließlich offen liegen. Dort stand eine handschriftliche Widmung.

Für meine liebste Enkelin zu ihrem vierzehnten Geburtstag.

Die Seite war zerlesen, und an einigen Stellen hatte das hauchdünne Papier dunkle Flecken. Verlegen blätterte ich wieder dorthin, wo der Stift lag. Das Gedicht war von James Whitcomb Riley, »Dead Leaves«. Tote Blätter. Es gab keinen leeren Fleck um den Text herum, sie hatte die ganze Seite vollgeschrieben. Viele ihrer Ideen waren unglaublich einsichtsvoll, andere einfach verrückt. Als ich sie las, schien es, als ob die Bedeutung zwischen den Zeilen gedruckt wäre … Es fiel ihr einfach so *leicht*. Es war etwas, worum ich sie beneidete. Ich war eigentlich zu einem Politiker erzogen worden, rational und pragmatisch. Literatur war etwas, womit ich mich schwertat. Aber wenn sie ihre Phantasie – ihre konzentrierte Kreativität – mit Politik verbinden könnte, dann, tja …

Du bist vorschnell, rügte ich mich. *Viel zu vorschnell.*

Ich richtete meine Aufmerksamkeit auf das eigentliche Gedicht und nicht auf ihre Anmerkungen. Aber bei der dritten Zeile des Abschnittes mit der Überschrift »Dämmerung« runzelte ich die Stirn, und ein schmerzhafter Schauder lief mir über den Rücken.

So Autumn, in thy strangeness, thou art here
To read dark fortunes for us from the book of fate …

Nun Herbst, bist du in deiner Fremdheit gekommen,
um uns dunkle Fügungen aus dem Buch des Schicksals zu lesen …

Mein Blick folgte dem Pfeil, der zum Anfang der Seite zeigte, wo sie Assoziationen notiert hatte, die keinem menschlichen Wesen zu diesen Zeilen einfallen würden.

Ich schlug das Buch zu.

Ich atmete schwer, und erst als das Echo verstummte, merkte ich, dass mir der Schweiß ausgebrochen war. Ich strich mir die Haare aus der Stirn und fuhr mir mit der Hand über das Gesicht.

Plötzlich drang ein Wimmern an mein Ohr, und mein Kopf flog herum in Richtung ihres Schlafzimmers. Ein weiteres Wimmern folgte einige Sekunden später. Ohne nachzudenken, war ich bei der Tür, die einen Spalt offen stand. Ich schob sie vorsichtig weit genug auf, um mit eingezogenem Bauch hineinschlüpfen zu können.

Ich machte ein paar langsame Schritte in den Raum. Sie hatte auch in diesem Zimmer die Vorhänge nicht zugezogen, und einige Fenster standen offen. Die Vorhänge blähten sich in ihre Richtung. Es war eiskalt, doch mir war noch immer heiß.

Ich zögerte. Der Mondschein fiel genau auf ihr Bett und erleuchtete alles unter dem Baldachin. Zusammengerollt wie ein Embryo, die Decke bis zu den Knöcheln heruntergestrampelt, lag sie mit noch weniger Kleidern da als an dem Tag, als ich ihr die Hausaufgaben gebracht hatte. Diesmal trug sie keinen Bademantel, und ich konnte die Gänsehaut auf ihrem Bein und über ihrem Tanktop in der Mulde zwischen ihren Brüsten sehen.

Wie kannst du nicht wissen, was du tust, kleine Herzogin?

Ich konnte mich nicht bewegen. Ich wagte nicht, mich zu bewegen. Wenn sie mich hier sehen würde … wenn sie erwachen und erkennen würde, was ich da tat, würden weder sie noch ich selbst mir das verzeihen können.

Aber ich konnte sie nicht so frieren lassen. Ich ließ die Fenster offen – sie würde sonst wissen, dass jemand da gewesen war –, schlich aber vorwärts und zuckte jedes Mal zusammen, wenn die Dielenbretter knarrten. Als ich beim Bett angekommen war, hob ich die Decke hoch und benutzte ein wenig Magie, damit sie ihre Haut nicht streifte. Dann ließ ich sie über ihr wieder herab. Sie rührte sich nicht.

Ich blieb nicht lange stehen, sondern ging so schnell und leise wie möglich wieder zur Tür. Dort drehte ich mich kurz um. Sie wand sich und vergrub den Kopf tiefer im Kissen. Ihre Lippen öffneten sich, und ihre Mundwinkel hoben sich leicht. Es war ein so schwaches Lächeln, dass ich befürchtete, nur hoffnungsfroh zu sein, aber auf ihrem Gesicht lag ein Ausdruck völligen Friedens, ruhiger, als ich es je gesehen hatte, und dadurch bestätigte sich die Hoffnung.

Ich muss mich einfach damit zufriedengeben, dich wenigstens zum Lächeln zu bringen, Autumn Rose.

Ich ließ die Tür angelehnt, wie ich sie vorgefunden hatte, und ging zurück durch das Empfangszimmer. Als ich in den Gang hinaustrat, war er vollkommen dunkel – der Mond war hinter Wolken verschwunden.

»*Conthlorno* – Stalker!«, sagte eine Stimme, und ich machte einen Satz, als mein Cousin aus dem Schatten vor mir sprang.

»Was soll das, du verdammter Möchtegern-Gestaltwandler?! Willst du, dass ich dich von hier bis nach Kanada schieße?«

Alfie verschränkte die Arme vor der Brust und straffte die Schultern.

»Ich finde eigentlich, dass ich ein sehr guter Gestaltwandler wäre. Und überhaupt, die Frage ist doch, was *du* im Zimmer der Herzogin verloren hast, um …« Er verstummte und sah auf eine imaginäre Uhr an seinem Handgelenk. »… elf Uhr abends?«

Ich straffte ebenfalls die Schultern und richtete mich zu meiner vollen Größe auf, bis wir einander auf gleicher Höhe anstarrten. »Ich brauchte Hilfe bei meinen Hausaufgaben. Aber sie hat schon geschlafen.«

Er hob eine Augenbraue.

Aus Prinzip beschimpfte ich ihn auf Englisch statt auf Sagean, das wir gerade sprachen (ich hatte auf jeden Fall ein paar originelle Schimpfwörter in der Schule gelernt, wo wir nur Englisch sprachen), und ließ zögerlich die Schutzmauern um meinen Geist herab. Ich holte die letzte Erinnerung hervor und ließ sie ihn durchsehen. Er hielt bei dem Buch inne und glitt so schnell wie möglich durch das, was im Schlafzimmer passiert war. Er brummte tief in der Brust und holte das Buch wieder hervor.

»Siehst du?«, fragte ich schließlich.

Er schien zufrieden zu sein, ließ die Arme wieder sinken und drohte mir stattdessen mit dem Finger, eine überzeugende Parodie seiner Mutter. Innerhalb der Grenzen meines Bewusstseins zwang er mich, bei dem eingefrorenen Bild zu bleiben, wie ich in ihr Schlafzimmer schlüpfte. »Ts, ts, Fallon: Das ist nichts, was Prinzen von Athenea tun.«

»Halt die Klappe«, stöhnte ich, boxte ihn auf den Arm und wandte mich zum Gehen. Ich merkte, wie meine Augen rosa wurden, konnte aber nichts dagegen tun, die Peinlichkeit war zu groß. Was er gesagt hatte, stimmte. Wir waren nicht prüde – viele Männer in meiner Familie waren das definitiv nicht –, aber es gab unausgesprochene Regeln, an die man sich halten musste, besonders wenn es um Mädchen wie sie ging.

Alfie holte mich ein und legte mir im Laufen die Hand auf die Schulter. *»Hey, mach dir keine Gedanken, da mussten wir alle mal durch«*, beruhigte er mich im Geist als Antwort auf meine Gedanken. *»Wenigstens bin nur ich dir hier auf der Spur und nicht die Paparazzi.«*

Mehr ihr als mir zuliebe war ich darüber sehr froh. Aber

etwas viel Weitreichenderes machte mir zu schaffen. *»Alfie, meinst du, ich tue das Richtige? Angesichts all dessen?«*

Er nahm die Hand von meiner Schulter, als wir beide schnell die Treppe zur Galerie über der Eingangshalle hinabliefen. *»Ich wünschte, ich wäre ein Seher und könnte dir eine Antwort darauf geben. Doch das bin ich nicht, und das kann ich nicht. Aber wenn ich dir meine eigene Meinung sagen soll, dann: Ja, ich denke, das tust du.«*

Ich blieb am Geländer stehen, und er wandte sich zu mir, stützte einen Ellenbogen auf das Holz und beugte sich vor.

»Das bedeutet mir viel«, murmelte ich. Meine Stimme hallte und wurde von der hohen Decke zurückgeworfen.

Er atmete fest durch gespitzte Lippen aus und grinste. Dann gab er mir mit der freien Hand einen Klaps gegen den Kopf. »Ich weiß, Kleiner.«

Bei diesen Worten spürte ich, wie er sich abrupt aus meinem Geist zurückzog. Im selben Moment berührte Lisbeths Bewusstsein auf der Suche nach ihrem Freund das meine. Er runzelte die Stirn, dann kehrte das Grinsen zurück.

»Was hältst du von einer Runde *Mario Kart*? Al und Fal gegen die große Lisbeth?«

Ich schüttelte den Kopf. »Ihr zwei seid süchtig nach diesem Spiel.«

»Das leugne ich nicht. Aber komm schon. Sie schlägt mich sonst.«

Ich zuckte mit den Schultern und machte ein paar Schritte in Richtung des anderen Ganges. »Ich weiß nicht …«

Ich schaffte nur wenige Schritte, bevor er mir in den Weg sprang und mit den Fingern schnipste, sodass vor mir ein paar Funken genau an dem Punkt zwischen meinen Augen entstanden. Ich zuckte zusammen. *Er bettelt wirklich geradezu um einen Gratisflug zurück nach Vancouver.*

»Fallon Athenea, selbst der zweite Anwärter auf den Thron auf seiner ersten diplomatischen Mission darf sich ab und zu gehenlassen! Jetzt komm schon. Keine Ausreden.«

Kapitel 17

Autumn

Als es Sonntagabend wurde, bekam das, was mir Mr. Sylaeia vor mehreren Wochen bereits gesagt hatte, allmählich einen Sinn. »Es wird schon nicht so schlimm werden, wie du glaubst.« Es war wirklich nicht so schlimm. Ich schlief gut, hatte keine bösen Träume und war vollkommen ausgelastet damit, dem Prinzen bei seinen Literaturhausaufgaben zu helfen – wobei ich dem fast ununterbrochenem Schlagabtausch zwischen den beiden Cousins lauschte – und Lady Elizabeths Hofgarderobe zu bewundern. Das Gefühl, dass sich manchmal sogar die Luft gegen mich verschworen hatte, mich niederdrückte und in Müdigkeit und Trägheit abgleiten ließ, wurde schwächer, hob sich wie der Nebel über dem Moor, sodass ich mich schließlich in der Lage sah, mich ernsthaft an Unterhaltungen zu beteiligen oder weiter als einen Tag vorauszudenken. Ich stellte sogar Überlegungen über meine Zukunft an. So gut hatte ich mich seit dem Sommer in London nicht mehr gefühlt.

Das Beste an allem waren aber eindeutig die Ausritte. Das Anwesen wartete mit einem wunderbaren Extra auf: einem Stall mit vierzehn Pferden. Vier davon gehörten den Familienmitgliedern, eines Elizabeth, und der Rest war für Gäste und Bedienstete bestimmt, die sich nach Lust und Laune eines davon aussuchen konnten. Es waren sogar vier Dartmoorponys darunter, die Prinz Lorent nach einer schlecht verlaufenen Auktion vorm Schlachter gerettet hatte. Am Samstag hatten wir auf den Reitwegen die Gegend um die Felsen erkundet, am Sonntag waren wir dann näher am Haus geblieben, dicht gefolgt von den übrigen Pferden; wir waren über die Koppeln geritten und hatten die pittoreske, mit Bächen und Bäumen geschmückte Szenerie bewundert. Dabei wurde mir bewusst, wie sehr ich St. Sapphire's und all die Dinge vermisste, die ich dort hatte tun können.

»Und was hast du nach Kable vor?«, fragte mich Prinz Fallon, während wir nach einem weiteren Stoß erledigter Hausaufgaben den Flur im ersten Stock entlangschlenderten. Eigentlich hatten wir wieder ausreiten wollen, aber inzwischen hatte ein sintflutartiger Regen eingesetzt, was unsere Pläne zunichtemachte. »Ich nehme mal an, du willst nicht bis zum Abschluss bleiben?«

»Nein, sicher nicht. Aber ich muss auf jeden Fall einen höheren Abschluss machen, weil ich gern nach Athenea auf die Universität möchte. Ich wünschte, es gäbe eine Oberstufe in St. Sapphire's, aber so werde ich mich wohl für eine der anderen Schulen in London entscheiden. Oder ich gehe nach Genf.«

»Und was ist mit Athenea?«

»Dafür werden meine Noten wohl kaum reichen.«

»Natürlich werden sie das!«

Verstohlen warf ich ihm einen Seitenblick zu. »Danke für das Kompliment. Aber Kable wird mir kaum ein Empfehlungsschreiben ausstellen, dafür schwänze ich einfach zu oft.«

Er seufzte geschlagen. Dagegen gab es nichts zu sagen. »Tja dann. London kann ich ja verstehen, aber Genf?«

»Ich habe eine Freundin dort. Joan Llo'arrauna. Kennst du sie?«

Er runzelte die Stirn und wiegte den Kopf hin und her. »Wenn sie keinen Titel hat, eher nicht. Nur diese eine Freundin?«

Ich zuckte halbherzig mit den Schultern. »Meine Großmutter hat darauf bestanden, dass ich meine Magie entwickle, da ist mir kaum Zeit für Freunde geblieben ... und sie waren mir auch nie besonders wichtig.«

»Ach so, daran liegt es also.«

Ich hielt am unteren Treppenabsatz inne. »Was meinst du?«

Er schwang sich um das Geländer herum, sodass er mir nun auf der anderen Seite gegenüberstand. Er lehnte sich dagegen und beugte sich zu mir herunter. »Du behauptest immer, keine Freunde zu haben – ich konnte einen Blick in den Aufsatz werfen, den du für Mr. Sylaeia geschrieben hast. Aber du hast ein paar sehr gute Freunde in Kable, denen du wirklich wichtig bist.« Ich wollte etwas sagen, aber er schnitt mir mit einer Handbewegung das Wort ab. »Ich hoffe, dass du eines Tages begreifst, wie wertvoll und mächtig ihre Freundschaft sein kann.«

Gerade als ich erwidern wollte, dass meine Depressionen nicht unbedingt auf rationalen Empfindungen beruhten, kam Prinz Alfie vom Wintergarten her in die Eingangshalle geschlittert. Er war klitschnass und tropfte den ganzen Boden voll.

»Kommt schnell, das müsst ihr euch anschauen!«

Er gab uns keine Gelegenheit, etwas zu sagen, sondern rannte einfach weiter in den Gang zu unserer Linken. Prinz Fallons Gesicht spiegelte deutlich meine Gedanken wider. Was auch immer Alfie dazu brachte, sich so schnell zu bewegen, war unbedingt sehenswert. Wir sausten hinter ihm her, und die Sohlen unserer Schuhe quietschten auf dem nassen Boden.

Auf der Veranda, wo sich Prinz Alfie und Lady Elizabeth bereits über das Geländer beugten, blieben wir schließlich stehen. Neben ihnen prasselten wahre Sturzbäche aus der überlaufenden Regenrinne in die Beete unter uns. Als ich mich neben sie stellte, fragte ich mich, weshalb sie bloß so aufgeregt waren. Es regnete schließlich schon seit Stunden so heftig.

Dann begriff ich. Der Himmel wechselte auf einmal die Farbe und wurde stahlblau – genau wie die Augen der Atheneas. Ein verästelter Blitz zuckte herab und traf den Kuppelschild, der daraufhin ebenso plötzlich sichtbar wurde wie vorgestern, als der Prinz einen Kieselstein darauf geschleudert hatte. Wieder schien der Schild zersplittern zu wollen, und dasselbe unheimliche Knistern erklang. Es war, als stünde man unter einer Starkstromleitung. Dieses Mal wurde alles jedoch noch untermalt von einem tiefen Heulen, wie die Sirene in Brixham, wenn das Rettungsboot zu Wasser gelassen wurde. Es jagte mir eine Gänsehaut über den Rücken, die anhielt, bis der Blitz die gesamte Kuppel umfing, nach Schwachstellen darin suchte und schließlich im Boden versickerte. Es war eine zu rohe Form der Energie, als dass sie die Kuppel hätte durchdringen können wie der Regen und der Wind. Sie glich eher einem festen Gegenstand oder der Magie.

»So habe ich Blitze noch nie gesehen«, sagte Lady Elizabeth. Ihre Stimme klang gedämpft durch das Tosen der Elemente, obwohl sie sehr laut zu sprechen schien.

Prinz Alfies Antwort wurde von dem grollenden Donner verschluckt, den ein weiterer Blitz begleitete. Auch dieser schlug in die Kuppel ein, und er war noch heller, noch verästelter. Ich schrie unwillkürlich auf, wich zurück und stieß gegen Prinz Fallon, der mich rasch an den Schultern festhielt, damit ich nicht stolperte. Mir fiel auf, wie warm sich seine Hände auf meinem durchnässten T-Shirt anfühlten.

Aber lange blieben sie nicht dort, und wir sahen auch keinen dritten Blitz, denn nun hallten ein zorniges Brüllen und ein Schrei – ein richtiger Schrei – durch die Korridore, ließen uns zusammenfahren und rissen mich aus seiner Berührung. Für einen Moment stockte mir der Atem, und mein Herzschlag setzte aus, aber schon stürzten wir los und rannten zurück in die Eingangshalle.

Ich hörte Prinz Alfie nach seinem Vater rufen und folgte ihm in den Salon, wo die Herzogin halb ohnmächtig im Sessel saß, während ihr Ehemann im Zimmer auf und ab tigerte. Ein Mann, der die Uniform der königlichen Abgesandten trug, beobachtete ihn nervös aus einer Ecke.

Prinz Alfie sah zwischen ihnen hin und her. »Was ist passiert?«

Sein Vater wirbelte zu uns herum, und sogar aus dieser Distanz erkannte ich, dass seine Augen schwarz waren. Dann wurden sie auf einmal vollkommen weiß.

»Angegriffen!«

Zögerlich trat Prinz Alfie zu seiner Mutter. »Wer? Vater, von wem sprichst du?«

»Violet Lee«, knurrte er, als fiele es ihm schwer, auch nur ihren Namen auszusprechen. Lady Elizabeth keuchte, und ich spürte Bewegung in der Luft, als Prinz Fallon hinter mir schwankte.

»Schon vor vielen Tagen«, sagte der Mann, den ich für einen Boten hielt. »Beim Ball zum Herbstäquinoktum, aber der Rat der Vampire hat König Ll'iriad erst vor einer Stunde benachrichtigt. Der Täter war der Erbe des Grafen der Walachei, ein gewisser Ilta Crimson. Er hat von ihr getrunken und versucht, sie zu vergewaltigen …«

»Das ist reiner Selbstmord!«, platzte Prinz Alfie heraus. »Sie steht unter dem Schutz des Königs und der Krone!«

»Sie sagt, er hätte versucht, sie umzubringen. Und … und das Verhör seines Vaters hat ergeben, dass er auch ein Motiv dafür hatte. Also, ja, es war ein Himmelfahrtskommando.«

Die vielen auf ihn gerichteten Blicke schienen ihm unangenehm zu sein, und er trat von einem Fuß auf den anderen. Es wurde vollkommen still im Raum, abgesehen von Prinz Lorents Schritten.

»Wie es scheint, war er ein Seher und wusste etwas über die zukünftige Situation des Mädchens. Sie lassen nicht zu, dass sein Vater Kent oder die zweite Dimension verlässt, da auch er über bestimmte Informationen zu verfügen scheint, aber er weigert sich, sie preiszugeben …«

»Dann muss man ihn eben dazu zwingen!«, schnauzte Prinz Alfie, der neben seiner Mutter in die Hocke gegangen war und fest ihre Hand hielt. Sie hatte sich nicht gerührt, seit wir eingetreten waren.

»Können sie nicht«, murmelte Prinz Fallon, und alle Blicke schossen zu ihm. »Die Terra-Verträge verbieten es. Alle Seher und ihre Vertrauten haben das Recht zu schweigen, außer sie werden vor den Interdimensionalen Rat gerufen.«

»Verdammt, hab ich glatt vergessen!«, grollte Prinz Alfie, und sein Fluch entlockte seiner Mutter tatsächlich eine Regung.

»Ich hätte einen Prüfungskurs in Politik belegen sollen«, kommentierte Prinz Fallon sehr leise und sarkastisch. Ich war mir nicht einmal sicher, ob es jemand hatte hören sollen. Dann hob er die Stimme wieder. »Und sie können keinen Rat einberufen, weil das zu viel Aufmerksamkeit erregen und schließlich auch Michael Lee hellhörig machen würde. Und wenn er das herausfindet, dann …« Er sprach nicht weiter. »So ist es doch, oder?«, fragte er den Boten, der düster nickte.

»Deshalb wurde die Nachrichtensperre verhängt«, erklärte

Prinz Lorent. »Diese Informationen dürfen nicht hinausdringen, was auch bedeutet, dass ihr Mädchen niemandem, nicht einmal euren Familien etwas darüber erzählen dürft.« Ich hatte sowieso nicht vorgehabt, meine Eltern darüber in Kenntnis zu setzen. Ich bezweifelte, dass sie es verstehen oder dass es sie überhaupt interessieren würde.

»Und was ist mit Ilta Crimson geschehen?«, fragte jemand. Ich war mir nicht sicher, wer es war, denn das Titelblatt einer der Zeitungen auf dem Tisch lenkte mich ab.

»Er wurde umgebracht.«

Violet Lees Gesicht starrte zur Decke hinauf. Sie verwendeten immer dasselbe Bild von ihr – das Schulfoto. Es war eine so unnatürliche Haltung. Das Foto zeigte ihr Gesicht und ihre Brust mit dem Logo der Schule auf dem Blazer, mehr nicht.

»Von wem?«

Im Geiste zog ich ihr den Blazer aus, schälte ihn in Streifen von ihr herunter, als wäre er tatsächlich nur aus Papier. Ihr Haar lockte sich, und Beine wuchsen aus den Textspalten unter dem Foto heraus. Es waren lange Beine, sie war größer als ich, und ich konnte die weiße Haut schimmern sehen, denn der Rock war ihr hochgezogen worden.

»Prinz Kaspar Varn.«

Ich erbleichte. Dann rannte ich davon.

Ich brauchte nur Sekunden bis in mein Zimmer, wo ich mich keuchend am Schreibtisch abstützte, weil meine Beine nachzugeben drohten.

Das kann nicht wahr sein.

Tränen fielen auf die Papiere, und als meine Knie einknickten, sank ich auf den Boden. Meine Brust krampfte sich zusammen, und ich fiel nach vorn, wobei ich mir fast den Kopf am Schreibtisch angeschlagen hätte. Doch zwei Arme, die sich sanft um meine Taille schlangen, bewahrten mich davor.

»Nein. So schlimm ist es nicht.«

Er zog mich hoch, und ich sank gegen seine Brust, unfähig, aufrecht zu stehen, denn die Last, die sich gerade allmählich von meinen Schultern gehoben hatte, drückte mich nun wieder mit ganzer Macht nieder. »I-ist es doch«, brachte ich zwischen Schluchzern heraus. »Ist es doch!«

Reiß dich zusammen, Mädchen!

»Nein, ist es nicht«, raunte er tröstend auf Sagean in mein zerzaustes, offenes Haar. »Deine Großmutter war eine Seherin. Eine der besten. Und du hast ihre Gabe. Vielleicht bist du ja genauso gut wie sie.«

»Nein! Ich will es nicht sein!« Ich riss mich von ihm los und verfiel unfreiwillig ebenfalls ins Sagean. Zornig funkelte ich ihn an. *Wie könnte er es auch verstehen? Wie kann er solche Dinge sagen, obwohl er* weiß, *warum sie gestorben ist?*

»Wie kann ich eine Seherin sein? Ich bin doch noch nicht einmal ausgewachsen!«

Die Leute verehren uns, Kind.

Ich begann im Zimmer auf und ab zu laufen, während er mich nicht aus den Augen ließ. Quälende Erschöpfung zeichnete sich in seiner Miene ab. Draußen gewitterte es noch immer, und die Blitze malten ein Streifenmuster auf den Boden vor mir.

»Du weißt genau, dass sich die Gabe bei manchen eben früher zeigt.«

Manchmal warten Eltern bis ins hohe Alter ihrer Kinder noch darauf, dass sie Visionen bekommen, die stark genug sind, um sie zu Propheten zu machen. Sie hoffen darauf, dass sie die Klarheit Contanals haben, die Weitsicht Eaglens oder die Präzision Antaes, vielleicht sogar die Macht Chri'doms, des Anführers der Extermino.

»Aber nicht so früh!«

Du bist auch eine große Seherin, Großmutter.

»Aber so jung, dass du deswegen in Panik geraten müsstest, bist du auch nicht mehr!« Er griff nach mir, als ich mich an ihm vorbeischob, aber ich wich ihm aus. Ich wollte nicht, dass er mich anfasste.

Nein, nein, mein Kind! Ich bin eine verfluchte Seherin. Das sind wir alle.

»Autumn Rose, hör einfach auf damit. Bitte!« Wieder machte er einen Satz auf mich zu, und diesmal schaffte er es, mich an den Armen zu packen und festzuhalten. Sein Griff war so unnachgiebig, dass ich seine Fingernägel sogar durch den Stoff meines Cardigans spürte. »Es tut mir leid! Ich will nur nicht, dass du irgendwelche Dummheiten machst!«

In meiner Kehle bildete sich ein Kloß, und das Schluchzen, das mit dem aufkeimenden Ärger versiegt war, kehrte zurück. »Ich will keine Seherin sein! Seher werden immer in die Politik verwickelt, und das bedeutet, dass ich zurück an den Hof muss, und dafür bin ich einfach nicht bereit und …«

Jetzt sah er aus, als würde er am liebsten ebenfalls in Tränen ausbrechen, und offenbar aus einem Impuls heraus zog er mich in eine raue Umarmung und drückte mich so fest, dass meine Füße fast vom Boden abhoben und aller Atem aus meinen Lungen gequetscht wurde. Ich schnappte instinktiv nach Luft, bekam aber nur T-Shirt und Aftershave ab. Hustend befreite ich mich aus der Umklammerung.

»Autumn? Alles in Ordnung? Was ist los?« Ich fühlte eine Hand auf dem Rücken und sah auf seine Schuhe, während ich vornübergebeugt dastand und röchelte. Er führte mich zu einem der Sofas und drückte mich darauf hinunter.

»Dein A-aftershave«, keuchte ich. »Z-zu stark!«

Er errötete. »Das ist Lynx«, murmelte er entschuldigend und drückte seine muskulösen Arme eng an den Körper. Er machte einen kleinen Schritt zurück und stieß prompt mit der

Wade gegen die Kante des Kaffeetischchens, woraufhin er rückwärtsstolpernd und mit den Armen rudernd um Gleichgewicht ringen musste. Als er endlich wieder sicher stand, schimmerten seine Augen rosa, und ich musste mir ein Kichern verkneifen.

Er fuhr sich mit der Hand über den Hinterkopf. »Das … war Absicht.«

Ich prustete los und drückte mir rasch die Handknöchel gegen den Mund, um das Gelächter zu ersticken, grinste jedoch immer noch breit. Er wiegte den Kopf von rechts nach links und musterte mich nachdenklich, bevor er – vorsichtig alle Möbelkanten umschiffend – zum Kaffeetischchen trat und sich mir gegenüber daraufsetzte. Er war mir so nah, dass sich unsere Knie beinahe berührten.

Er streckte die Hand nach mir aus und löste eine Haarsträhne hinter meinem Ohr, sodass sie mir ins Gesicht fiel. Sie lockte sich, nass geworden vom Regen. »Die Locken stehen dir gut.«

Lächelnd zog er die Hand zurück, verschränkte die Finger ineinander und legte die Ellbogen auf die Knie. Ich verspürte einen fast unbändigen Drang, mir die Strähne wieder zurück hinters Ohr zu schieben, widerstand aber.

»Wie geht es dir?«, fragte er .

»Ganz gut. Ich will nur …«

»Was?«

»Ich will nur nicht als Seherin zurück an den Hof. Sie werden alle so viel von mir erwarten, weil meine Großmutter so begabt war. Ihr Schatten ist riesig. Sie hatte eine außergewöhnliche Kontrolle über ihre Visionen … und ich habe bisher nur diese Violet Lee gesehen. Ich werde niemals ähnlich gut sein.« Ich ließ den Kopf hängen und kniff die Augen zusammen, weil schon wieder Tränen drohten.

»Das weißt du doch noch gar nicht. Du wirst erst sechzehn und hast bereits etwas so Bedeutsames wie diesen Angriff gesehen. Damit stellst du schon jetzt eine ganze Reihe von Sehern in den Schatten.«

»Aber die können wenigstens kontrollieren, was sie sehen. Ich habe keine Wahl, ich muss mir diese schrecklichen Dinge anschauen, wie … wie …« Ich musste den Satz nicht vollenden.

»Dinge?«

Endlich sah ich ihn an. Aus der Nähe konnte ich erkennen, dass seine Sonnenbräune allmählich verblasste, dort, wo die Ärmel seines T-Shirts hochgerutscht waren. »Ja, Dinge«, flüsterte ich.

»Kann ich sie sehen?« Er fing meinen Blick und ließ ihn nicht wieder los. Es fiel mir reichlich schwer, ihn abzuweisen. »Bitte?«, setzte er noch einen obendrauf.

Ich hatte schon lange niemanden mehr in meinen Geist gelassen und war ehrlich gesagt verwundert, dass er dieses Thema nicht schon früher angeschnitten hatte. Aber jetzt wollte er sich einige meiner intimsten Erinnerungen ansehen, und obwohl ich den Schutzmauern, die ich während der letzten neun Jahre aufgebaut und beständig verstärkt hatte, vollkommen vertraute, war mir nicht wohl dabei, ihn einzulassen. Und doch … Ich schloss die Augen und schritt die Höhlen und Kammern in meinem Geist ab, überprüfte die Ketten und Schlösser um die Kisten, in denen ich den Großteil meiner Gedanken aufbewahrte. Dann wirbelte ich herum und fegte alle Gefühle in die Ecken, fort, dorthin, wo er nicht herumstöbern würde. Wie Staub erhoben sie sich in einer Wolke und zogen sich nur widerstrebend dorthin zurück, wo ich sie haben wollte. Zufrieden holte ich schließlich die Träume hervor und ordnete sie chronologisch.

Jedes Bewusstsein ist – selbst hinter seinen Schutzmauern – ebenso individuell erkennbar, als würde man der Person, der es gehört, von Angesicht zu Angesicht gegenüberstehen. Jedes hat einen eigenen Duft, eine eigene Melodie oder Ähnliches. Bei ihm war es nicht anders. Sein Bewusstsein tanzte wie ein Farbkreisel vor mir, so schnell, dass die Farben verschwammen und zu einem schillernden Blau wurden.

Allerdings verhindern die Schutzmauern ein tieferes Eindringen. Man kann ein fremdes Bewusstsein zwar wahrnehmen und identifizieren; je nachdem wie vertraut man mit der Person ist, kann man ihr Bewusstsein sogar orten, aber wenn man nicht durch die Schutzwälle dringt, kann man es nur von außen betrachten.

Als ich nun meine Mauern sinken ließ und er in meinen Geist eindrang, fühlte ich meinerseits, wie ich unwillkürlich in sein Bewusstsein gesogen wurde. Es verschlug mir den Atem. Es war, als beträte man eine fremde Welt.

Eine Welt mit sanften Hügeln, die sich wellenförmig bis zu einem Gebirgszug in der Ferne erstreckten. Dichte Wälder, dahinter die Berge, Schluchten, weißgraue, verwitterte Klippen. Und ein Fort aus verblichenen Stämmen. Es wirkte unbewohnt und stillgelegt, aber ich ließ mich nicht täuschen. Von der ganzen Szenerie nicht.

Dies war seine Heimat: Athenea. Jedenfalls im weitesten Sinne, mit nur wenigen kleinen Abwandlungen. Am Fuße der Bäume lagerten Koffer. Einige umgekippt und abgenutzt, andere ordentlich aufgestapelt und gepflegt, viele mit Ketten und Schlössern versehen. Ein paar standen offen, und aus einem direkt neben mir konnte ich den Widerhall unserer Unterhaltung über Amanda vernehmen, in einem anderen erkannte ich Bilder, die das, was er mir erzählt hatte, illustrierten.

Aber auch dieses Chaos war eine Illusion. Es war ein vollkommen abgeriegelter Ort. Von seinen Gedanken und Gefühlen gab es keine Spur, mit nur einer Ausnahme: seine überschwängliche Freude über etwas, das ihm offensichtlich sehr am Herzen lag. Dieses Glücksgefühl war ansteckend und berauschend, und ich sog es in mich auf. Es wärmte mich, erhellte die Schatten meines eigenen Geistes und verscheuchte das Gewicht, das mich zu zerquetschen drohte.

Es konnte nicht andauern. Ich spürte, wie er sich meinen letzten Traum vornahm, fühlte ihn im Hintergrund ablaufen und wusste, dass es an der Zeit war, sich zurückzuziehen. Alles andere wäre sehr unhöflich gewesen.

Als ich die Augen aufschlug, sah ich, dass er vollkommen aufrecht saß und die Kante des Kaffeetischchens umklammerte (ich tat dasselbe mit der Sofakante). Er blinzelte rasch, während sich seine Augen wieder an das Tageslicht gewöhnten.

»Du hast das Londoner Blutbad gesehen«, flüsterte er ungläubig. »Im Rückblick?«

Ich schüttelte leicht den Kopf. »Nein, ein paar Minuten, bevor es passiert ist«, entgegnete ich ebenso leise.

Wieder strich er sich über den Hinterkopf. *»Miarba«*, fluchte er. »Es tut mir so leid! Ich fluche eigentlich nie.« Dann senkte er den Kopf und lachte nervös auf. »Ehrlich«, fügte er noch hinzu und warf mir einen raschen Blick zu.

Vielleicht war ich noch immer beschwipst von seiner Ausgelassenheit, denn ich spürte, wie meine Wangen warm wurden. *Das ist süß. Das ist jetzt echt sehr süß.* »Ich glaub's dir.« Ich hielt inne. »Aber du darfst niemandem von meinen Träumen erzählen.« Meine Stimme klang so kläglich, dass es mich nicht gewundert hätte, wenn er meine »Forderung« einfach abgelehnt hätte.

»Ich werde es versuchen, Herzogin.« Er hob die Hand und

befreite die Haarsträhne, die ich mir inzwischen wieder hinters Ohr geschoben hatte. »Aber du weißt, wenn Violet Lee oder irgend…«

Plötzlich sprang er auf, und ich wirbelte auf dem Sofa herum, als die Tür meines Zimmers ins Schloss fiel. Peinlich berührt erinnerte ich mich daran, dass ich gerade buchstäblich *weggerannt* war. Prinz Alfie stand dort, und Prinz Fallon schien den Gesichtsausdruck seines Cousins sofort richtig zu deuten – genau wie ich. Ihre Mienen waren beinahe identisch.

»Was ist passiert?«

»Noch mehr schlechte Nachrichten, fürchte ich«, entgegnete der Ältere und rieb sich die Stirn. Prinz Fallons Lippen teilten sich, und mir zog sich der Magen zusammen, als zum zweiten Mal in wenigen Minuten eine schwere Last zurück auf meine Schultern sank. »Wieder die Extermino.«

Mir stockte der Atem, als das schwache Gefühl von Sicherheit, das ich seit dem Angriff im Sommer und der Ankunft der Atheneas zum ersten Mal wieder zurückerlangt hatte, verpuffte.

Kapitel 18

Autumn

»Nein. Auf keinen Fall. Ganz sicher nicht.« Die Stimme des Prinzen hallte mir durch den Gang entgegen, als ich aufs Wohnzimmer zusteuerte, wo das Frühstück wartete. *Viertel vor sieben.* Ich war so müde, dass ich kaum geradeaus laufen konnte, und meine Haare lockten sich mal wieder, weil mir einfach die nötige Energie gefehlt hatte, sie mittels Magie zu glätten. Ich brauchte Kaffee. Dringend.

»Du kannst mich nicht dazu zwingen! Ich bin kein Kind mehr, falls es dir noch nicht aufgefallen ist.«

»Genau genommen bist du bis Januar aber noch minderjährig«, hörte ich eine mir unbekannte männliche Stimme mit kanadischem Akzent antworten. Ich blieb wie angewurzelt stehen. Eigentlich war ich nicht besonders erpicht darauf, jemand anderem als der Familie oder Lady Elizabeth zu begegnen. Außerdem machte der ungläubige Tonfall des Mannes klar, dass er kein Bediensteter war.

»Jetzt sei nicht so pedantisch.«

»Lieber pedantisch als tot, meinst du nicht?«

»Und sei auch nicht so melodramatisch.«

»Fallon, dein Vater, dein Onkel, deine Tante, mein Vater und ich glauben alle, dass es zu deiner Sicherheit notwendig ist. Bedeutet dir das denn nichts?«

»Nein! Ich bin immerhin extra hergekommen, um das alles loszuwerden!«

Resigniert schloss ich die Augen und seufzte tonlos. Dann schlich ich weiter den Gang hinunter und spähte durch den Spalt der nur angelehnten Tür. Prinz Fallon stand mit dem Rücken zu mir, und erschrocken stellte ich fest, dass er noch immer ein Schlabber-T-Shirt und Jogginghosen trug, obwohl wir in nicht einmal einer halben Stunde losmussten, wenn wir pünktlich in der Schule sein wollten.

Plötzlich fühlte ich, wie gleich mehrere fremde Bewusstseine gegen das meine brandeten und brutal und unnachgiebig gegen die Schutzmauern anrannten, bis sich die kühle Umarmung von Prinz Fallons Geist schützend um mich legte. Daraufhin zogen sich die Eindringlinge langsam zurück, und ich spürte verstört, wie viel Energie mich ihr Angriff gekostet hatte.

Jetzt gab es kaum noch einen Zweifel an der Identität der Besucher.

»Autumn«, rief der Prinz laut. Zögerlich trat ich in den Raum. Ich brauchte nicht erst so zu tun, als hätte ich nicht schon draußen direkt vor der Tür gestanden.

Ich blieb hinter dem Prinzen stehen, so nah wie möglich am Frühstückstisch mit der großen Kaffeekanne darauf. An der gegenüberliegenden Wand standen drei Männer und lehnten gegen das Sims, das sich über die komplette Länge des riesigen Fensters erstreckte. Ein vierter Mann stand vollkommen aufrecht zwischen den großen Blumenvasen, die neben seiner riesigen Gestalt fast winzig wirkten. Als ich hinter dem Prinzen hervortrat, machte er einen Schritt auf mich zu und verbeugte sich, und die drei Männer am Fenster folgten seinem Beispiel.

»Mylady«, grüßte er mich warm, und zu meiner vollkommenen Überraschung nahm er meine linke Hand und küsste sie dort, wo man einen Ring tragen würde. »Wie schön Ihr geworden seid.« Als er sich wieder aufrichtete, errötete ich, weniger wegen des Kompliments als wegen der Tatsache, dass ich keine Ahnung hatte, wer er war.

Aber dafür wusste ich, was er war; was sie alle waren. Die Athan Cu'die. Die königliche Leibwache.

Sie sind alles, was die Atheneas brauchen. Sie agieren ebenso im Vorder- wie im Hintergrund. Sie kommen mit all dem Prunk und Trubel zurecht, verhalten sich aber ebenso unauffällig wie jedes beliebige Mitglied des Personals. Alle Wachen und das gesamte Militär, vom Boten bis zum Großadmiral, unterstehen ihrem Befehl und dem Befehl ihres Anführers Adalwin. Die meisten von ihnen sind von Geburt an für diese Aufgabe bestimmt, und sie werden Seite an Seite mit den königlichen Nachkommen ausgebildet, um das Band zwischen ihnen zu stärken. Sie würden für ihre Schutzbefohlenen sterben, wenn man es von ihnen verlangte.

Der Prinz ersparte mir die Peinlichkeit einer Antwort, indem er zu mir herumfuhr. »Autumn, du bist doch sicher meiner Meinung. Eine Leibwache dabei zu haben ist bescheuert, oder?«

Innerlich wand ich mich, aber ich würde mich nicht mit den Athan Cu'die anlegen. »Ich glaube«, begann ich und wählte meine nächsten Worte sorgfältig, wobei ich anerkennen musste, dass der Prinz einen guten Hundewelpenblick draufhatte. »Ich glaube, dass die Sicherheit Eurer Hoheit wichtiger ist als alles andere.«

Geschickt gelöst, Großmutter.

Der Prinz verengte die Augen zu Schlitzen und formte mit den Lippen stumm das Wort »Verräterin«. Aber ich meinte es tatsächlich ernst. Die Berichte über das Auftauchen der Extermino in der benachbarten Grafschaft Somerset hatten die Neuigkeiten über Violet Lee – die ja dank des Vampirkönigs und seines Rats eigentlich keine Neuigkeiten mehr waren – vollkommen in den Hintergrund gedrängt. Deshalb war ich fest entschlossen, mich auf das drängendere Problem zu konzentrieren und meinen eigenen Schrecken über das, was meine Träume bedeuteten, erst einmal beiseitezuschieben.

Der Mann, der mir die Hand geküsst hatte, schmunzelte. »Nur nicht so bescheiden, Herzogin. Wir sind auch wegen Euch hier.«

»W-wegen mir?«

»Genau. Was bedeutet, Fallon, wenn du dich weigerst, uns hierzubehalten, setzt du damit auch die Sicherheit unserer holden Dame und Herzogin von England aufs Spiel.« Er betrachtete eingehend die Blumen, bevor er sich mit einem schadenfrohen Funkeln in den Augen und einem schiefen Grinsen wieder an den Prinzen wandte. »Ich nehme an, damit ist die Sache erledigt, hm?«

Prinz Fallon widersprach nicht, als die vier Athan das Zimmer verließen, sah ihnen aber mit finsterem, strafendem Blick nach. Das Licht war zu hell, um es mit Gewissheit sagen zu können, aber ich hatte den Eindruck, dass seine Pupillen auf einmal blass und farblos wurden.

Oh, du wirst die Dinge geschickt lösen müssen, wenn du es mit den Atheneas zu tun hast. Denn wenn das geschieht, werden die Athan zu deinen Schatten werden.

Mit einem schweren Seufzer und gerunzelter Stirn stellte er sich neben mich an den Tisch. Ich schlang schützend die Arme um mich, da mir klar war, dass ich ihm die Athan sozusagen persönlich aufgedrängt hatte.

»Bedien dich«, sagte er und griff nach dem Zucker. Der Tisch bog sich unter der Last jedes nur erdenklichen Frühstückswunsches. Und alles vegan. Ich stürzte mich auf den Kaffee und trank ihn schwarz aus einer zierlichen Teetasse.

»Du hast ihn nicht erkannt, oder?«, fragte er und trank ebenfalls einen Schluck. Er sah nicht einmal auf, als ich den Kopf schüttelte. »Das war Adalwins Sohn Edmund.«

Rasch stellte ich die Tasse wieder auf den Tisch, da sie auf ihrem Unterteller geklappert und so das leichte Zittern meiner Hand verraten hatte. Jetzt wusste ich, wer er war. »Ist das dein Ernst?«

»Jep«, sagte er nachdrücklich und trank seinen Kaffee aus. »Wie es aussieht, bin ich gerade das gefährdetste Mitglied der Königsfamilie außerhalb der Mauern Atheneas, also haben sie mir den Besten geschickt – ich Glückspilz«, erklärte er lässig, aber das leichte Kopfschütteln am Ende des Satzes verriet, dass ihm die Sache weit mehr zu schaffen machte, als er zugeben wollte. Genau wie mir. »Sie lungern natürlich schon seit Wochen im Hintergrund herum … Es wäre zu gefährlich, mich ganz allein herumlaufen zu lassen, aber es ist einfach schrecklich, wenn sie die ganze Zeit um dich herumschwirren wie Schatten. Den ganzen Tag. Die ganze Nacht.«

»Tut mir leid«, murmelte ich und starrte auf den Boden. Ein paar Strähnchen fielen mir ins Gesicht.

»Das muss es nicht. Edmund war auch in Australien schon bei mir, und er weiß genau, wie er mich kleinkriegt.« Seine Füße bewegten sich, und ich sah auf, gerade als er sich eine Orange vom Tisch nahm. »Sorry«, sagte er und biss ungeniert in die Frucht, riss ein Stück Schale mit den Zähnen ab und spuckte es aus. Dann schälte er die Orange mit den Händen weiter. »Willst du gar nichts essen?«

»Ich habe keinen Hunger.«

»Weißt du«, brachte er zwischen zwei Orangenbissen hervor, während sein Blick auf meinen Haarsträhnen ruhte. »Eigentlich bist du ja eine ziemlich gute Lügnerin, aber jetzt kann ich deinen Magen bis hierher knurren hören.«

Ich zuckte zusammen, als mein Magen tatsächlich just in diesem Moment vernehmlich protestierte. Er schluckte einen weiteren Bissen, griff nach einem Apfel und hielt ihn mir hin. Ich schüttelte den Kopf. Ich hatte wirklich keinen Hunger.

»Okay … dann vielleicht ein Schokocroissant? Alle Mädchen lieben Schokolade!«

Ich zuckte nur mit den Schultern.

»Ach, komm schon. Du solltest dich mit veganem Essen vollstopfen, solange du noch kannst. Blaubeermuffin? Nein? Dann einen Toast?«

Ich schnitt eine Grimasse, nickte aber resigniert. Er musste meinen Blick in Richtung *Marmite* bemerkt haben – ich mochte diesen Brotaufstrich wirklich – und griff nach dem Glas. Er drehte es um und las die Zutatenliste, rümpfte die Nase, schüttelte befremdet den Kopf und murmelte etwas über *Vegemite*, die australische Version dieser Paste. Dann bestrich er mir einen Toast – viel zu dick, für meinen Geschmack – und hielt ihn mir auffordernd vor die Nase, als wollte er mich füttern. Verdattert öffnete ich den Mund und klemmte mir den Toast zwischen die Zähne, woraufhin ein leichter Rosaton über meine Wangen flog.

»Das … das steht dir, weißt du … das Rotwerden, meine ich«, murmelte er und streckte zaghaft die Hand nach meiner Wange aus. Doch dann erstarrte er mitten in der Bewegung, schnitt eine Grimasse, machte auf dem Absatz kehrt und stürmte hinaus, bevor ich ihm für den Toast danken konnte.

Als ich das Haus umrundete, standen die Garagentore offen. Ich hatte mir noch schnell meinen Schulpullover und meine Tasche geschnappt und mein Gepäck per Magie zurück nach

Hause geschickt. Die Erscheinung des Prinzen dagegen war vollkommen verändert. Er hatte sich umgezogen und steckte nun in dunkelroten Jeans – passend zu seinen Narben – und schwarzen Militärstiefeln. Dazu trug er sein übliches Shirt, heute mal in Off-White. Er ging den ganzen Weg vor mir her, und erst als wir die Auffahrt erreichten, bemerkte ich, dass ich ihn angestarrt hatte. Zum Glück war er jedoch abgelenkt von einer Gruppe Männer und Frauen in eng anliegenden Kleidern mit Gürteln, an denen ein ganzes Sammelsurium Messer, Dolche und Feuerwaffen hing. Mein eigenes Messer, das ich unter meinem Rock verborgen trug, wirkte dagegen fast armselig. Der Prinz schien von diesem Arsenal jedoch kein bisschen beeindruckt und schloss die Männer und auch eine der Frauen in eine herzliche, kumpelhafte Umarmung, so eine mit kräftigem Zusammenstoßen und viel Rückengeklopfe.

Edmund hatte eindeutig das Sagen. Als er auf die Uhr sah, lösten sich zwei der Männer, die ich von vorhin wiedererkannte, aus der Gruppe und stiegen in einen der schlanken, viertürigen schwarzen Sportschlitten, während Edmund und der Vierte der Morgentruppe auf einen bis auf das Nummernschild vollkommen identischen Wagen zusteuerten.

Prinz Alfie und Lady Elizabeth, die sich ein »lauschiges« Plätzchen in der Nähe von Dartmoor suchen wollten, hatten angeboten, uns mit zur Schule zu nehmen, und warteten bereits in Alfies armseligem Abklatsch eines Geländewagens auf uns. Es war ein tiefergelegtes Jeep-Cabrio, und selbst durch geschlossene Türen und Fenster konnte ich Lady Elizabeth hören, die es gerade einen Mädchenschlitten nannte, woraufhin ihr Freund seine »Jemima« entschieden verteidigte.

Nachdem wir hinten eingestiegen waren, startete Alfie den Wagen nicht sofort und musterte stattdessen die Autos der Leibwächter rechts und links von uns und die Gruppe, die noch immer in der Einfahrt stand und die ich für die Verstärkung für den Notfall hielt.

Zischend sog er durch zusammengebissene Zähne Luft ein. »Wow, die Securityabteilung muss uns wirklich lieben«, sagte er mit einer Art ehrfürchtigem Keuchen.

Prinz Fallon schnallte sich an und ließ die Stirn gegen die Kopfstütze seines Cousins sinken. »Das ist so übertrieben. Die größte Gefahr in Kable besteht darin, dass Edmund von einer Schar Mädchen überrannt wird.«

Ich zwang mich zu einem Lächeln, aber da stimmte ich ihm nicht zu. Ich hätte es zwar nie und nimmer zugegeben, aber in Wahrheit war ich froh, dass die Athan bei uns waren. Die dunklen Wesen, die hier im Südwesten lebten, konnte man an zwei Händen abzählen; was bedeutete, dass die Extermino eigentlich keinen Grund hatten, hier zu sein. Außer sie wussten von der Gegenwart des Prinzen.

Das Dröhnen der Motoren in der Garage war ohrenbetäubend, und ich war froh, als wir hinter Edmunds Auto ins Freie fuhren, dicht gefolgt vom zweiten Wagen der Leibwächter. Als ich mich auf dem Sitz umdrehte, um durch das Rückfenster einen letzten Blick auf Burrator, das Herrenhaus, zu werfen, fiel mir auf, dass die Verstärkungstruppe nicht mehr in der Auffahrt stand. Es wunderte mich nicht.

Während sich nun die Szenerie in umgekehrter Reihenfolge vor mir entfaltete wie bei unserer Ankunft – vom weißen Herrenhaus fort, um das Wäldchen herum, die Allee entlang –, verspürte ich einen Anflug von Heimweh, wie damals, wenn ich die majestätischen Türme von St. Sapphire's hinter mir lassen musste, um meine Eltern zu besuchen. Es war ein fröhlicher Ort. Ein Ort voller Magie und Energie, die mein lethargischer Geist geradezu aufgesogen hatte. Trotzdem war es ein bittersüßes Gefühl, denn mir kam der unangenehme

Verdacht, dass ich meine Zuneigung für dieses Haus vielleicht mit der Zuneigung für seine Bewohner verwechselte. Und das käme mir wie Verrat an dem Andenken meiner Großmutter vor. Denn sie *wussten* es. Diejenigen zu mögen, die mich absichtlich im Dunkeln ließen, verwirrte mich.

Der Prinz beobachtete mich, und als ich seinen Blick erwiderte, hob er einen Mundwinkel. »Es gibt immer ein nächstes Wochenende.«

Ich lächelte schwach. Auf keinen Fall konnte ich noch eine Schicht im Café verpassen, aber es war mir peinlich, das vor den anderen beiden laut zu sagen. Genauso wenig wollte ich ihm jedoch wieder meinen Geist öffnen. Ich spürte seine Gegenwart vor meinen Schutzmauern, und ich glaubte, er verstand es trotzdem, denn sein Lächeln verblasste, und er sah mit düsterer Miene aus dem Fenster.

So oder so, ich prägte mir dieses imposante Puppenhaus fest ein. Es war der Ort, an dem ich das mächtige Erbe meiner Großmutter an mich erkannt hatte: die Macht, die Zukunft vorherzusagen. Und ob es mir nun gefiel oder nicht, keine hübsche Lichtung und kein Prinz würden mich von diesem Schatten befreien.

Die Fahrt nach Kable kam mir länger vor als der Weg nach Burrator am Freitag, obwohl Dartmouth näher an der Schule lag als Brixham. Vielleicht lag es daran, dass ich mich ein wenig vor unserer Ankunft fürchtete, weil ich keine Ahnung hatte, was uns in der Schule erwarten würde. Ein Cabrio, vier Sage und eine protzige Eskorte – von den übrigen Athan ganz zu schweigen, die gelegentlich an unserer Seite auftauchten und eine Weile neben uns herfuhren. Nicht gerade unauffällig. Aber wenigstens wirkte es beeindruckend.

Zu meiner Überraschung öffnete Alfie das Verdeck, sobald wir den Nebel über dem Moor hinter uns gelassen hatten. Die

Straßen waren so früh morgens noch leer, aber ich erwartete trotzdem, dass Edmund oder einer der anderen ihn anweisen würden, es wieder zu schließen, aber das taten sie nicht, und jetzt wusste ich auch, warum sich Lady Elizabeth heute ein Tuch um den Kopf gebunden hatte.

Als wir den Kreisverkehr am Stadtrand hinter uns gelassen hatten, versuchte ich, mein Haar wenigstens ein bisschen glatt zu streichen, aber es hatte keinen Sinn. Ich war nervös wegen meines Aufzugs. Ich war noch nie mit meinen Naturlocken in der Schule aufgetaucht, außer an meinem allerersten Tag, als ich mir nur schnell einen Pferdeschwanz gebunden hatte. Dasselbe galt für mein Make-up. Ohne fühlte ich mich nackt.

Edmund wusste eindeutig, wo es langging, denn bei der Milton Lane setzte er den Blinker. Alle drei Autos bremsten vor den Bodenschwellen ab, und angesichts der Schüler am Straßenrand, die uns allesamt anstarrten, wirkte Prinz Fallon, als wäre er am liebsten unsichtbar. Mein Bauch zog sich direkt unter dem Bund meines Rocks schmerzhaft zusammen, als die Schule vor uns auftauchte. Zwei Doppeldeckerbusse standen davor und entließen Scharen von Schülern auf den Gehweg, während bereits ein dritter in die Straße einbog. Autos und Minibusse hielten am Straßenrand, und überall wimmelte es von blau-weißen Schuluniformen. Wir hätten uns keinen schlechteren Augenblick für unsere Ankunft aussuchen können.

Der zweite Leibwächterwagen blieb stehen, folgte uns aber nicht, als wir auf den Schulparkplatz einbogen. Wahrscheinlich wollten sie hier auf Prinz Alfie und Lady Elizabeth warten. Edmund dagegen steuerte sein Auto rückwärts in eine der wenigen freien Parklücken, während Prinz Alfie direkt vor dem gepflasterten Haupteingang hielt.

Prinz Fallon wandte sich an mich, und ich erkannte, dass

sich seine Miene vollkommen verändert hatte. Keine Spur mehr von Verlegenheit. Stattdessen hatte er sein übliches selbstbewusstes Grinsen aufgesetzt, das seine Augen jedoch nicht erreichte. Allmählich fühlte ich mich wirklich schuldig, weil ich ihm am Morgen so in den Rücken gefallen war. Dies hier setzte ihm eindeutig zu.

Von der anderen Seite des Parkplatzes her schien die gesamte Schülerschar auf uns zuzurollen, und der Prinz sprang rasch aus dem Cabrio, ohne sich die Mühe zu machen, erst die Tür zu öffnen. Im Bruchteil einer Sekunde hatte er es umrundet und streckte mir die Hand entgegen. Auch meine Tür blieb geschlossen, als er mich hochzog. Ich stellte einen Fuß auf den Autorahmen und sprang hinaus, wobei ich meinen Rock mit der Hand festhielt, damit er nicht hochflog. Dann schnappte ich mir meine Schultasche, aber bevor ich mich verabschieden oder abwenden konnte, kam mir Lady Elizabeth zuvor.

»Es war echt toll, dich kennenzulernen. Am Dienstag fahre ich zurück nach Hause, aber in ein paar Wochen bin ich wieder hier, also komm bald wieder nach Burrator, okay? Ich brauche ein bisschen weibliche Gesellschaft dort, und außerdem muss ich dich irgendwie noch dazu kriegen, mich Lisbeth zu nennen.« Sie zwinkerte mir zu, und ich lächelte zaghaft und starrte verlegen zu Boden. »Und du siehst sehr hübsch aus, Autumn. Keine Sorge.«

Ich fragte mich, ob sie meine vergeblichen Versuche, mein Haar zu glätten, beobachtet hatte, aber bevor ich nachfragen konnte, zog mich Prinz Fallon auch schon am Arm davon. Die Schülertraube teilte sich wie eine Ameisenschar vor dem kleinen Kreisverkehr und verteilte sich dann gleichmäßig auf die verschiedenen Eingänge zur Schule. Edmund und sein Amtskollege stiegen ebenfalls aus, und Ersterer warf seine Fahrerhandschuhe zurück ins Auto und knöpfte sein mit dem königlichen Wappen versehenes Jackett zu. Dann schlenderten sie zu uns herüber, wobei sie der Menschenmenge, die sie vollkommen einzuhüllen drohte, kaum Beachtung schenkten. Aber ich ließ mich nicht täuschen.

»Viel Spaß in der Schule, Kinder!«, rief uns Prinz Alfie über das Aufjaulen des Motors zu, in dem Tonfall, den er für an seinen Cousin gerichtete Sticheleien reserviert hatte.

»Alle gaffen uns an«, murmelte ich leise, als das Cabrio davonfuhr.

»Das tun sie immer, tu einfach so, als wäre nichts«, wies mich der Prinz an, legte mir eine Hand an die Taille und steuerte schnell zum Eingang. Sogar die Lehrer, die als Gruppe vor dem Lehrerzimmer standen, starrten zu uns herüber. Unter ihnen erkannte ich auch den schmunzelnden Mr. Sylaeia.

»Das werden sie uns aber kaum abkaufen, immerhin bin ich gerade mit dir aus dem Auto gestiegen«, zischte ich, wobei ich mich noch näher zu ihm beugen musste, damit er mich über den Lärm aus Fußgetrappel, Geschnatter und sogar anzüglichen Pfiffen überhaupt verstehen konnte.

»Und die *Men in Black* machen die Sache auch nicht besser«, fügte er hinzu und warf einen kurzen Blick über die Schulter.

Wir traten aus dem Eingangsbereich hinaus in den überdachten Teil des Innenhofes, der den viereckigen Schulhof umgab. Vor einer Säule machte ich einen Schritt nach rechts, während er links herumging. Er ließ mich los, und seine Hand kehrte nicht an meine Taille zurück.

Auf den Bänken fläzten die Schüler, die heute früh dran gewesen waren, doch als wir die Stufen zum Hof erklommen, reckten sie die Hälse, um die uns flankierenden Athan neugierig zu betrachten.

»Weißt du, ich hab mal einen Film gesehen, in dem die Hauptpersonen genauso angestarrt wurden …«

»Ja, ich hab diese Funkelvampirbücher auch gelesen«, fiel er mir ins Wort, und ich schalt mich dafür, so nachlässig mit den Schutzmauern um meinen Geist gewesen zu sein. Er wusste genau, von welchem Film ich sprach.

»Du hast sie echt gelesen …«

»Natürlich«, unterbrach er mich schon wieder, diesmal mit noch leiserer Stimme. Jetzt spürte ich auch seine Hand wieder am Rücken, und er schob mich sacht Richtung Englischtrakt, während hinter uns der Hauptteil der Schülerschar donnernd das Gebäude flutete. »Ich dachte, sie liefern mir vielleicht ein paar gute Ideen, um Kaspar Varn zu beleidigen.«

»Und haben sie das?«

»Ja, ein paar. Aber ich wünschte wirklich, die Varns wären ebenso zahm wie die Vampire in diesen Büchern.« Er ließ seine Tasche auf unseren Tisch in Mr. Sylaeias Klassenzimmer fallen. »Das Leben könnte so schön sein.«

Statt sich wie sonst immer auf den Platz mir gegenüber zu setzen, ließ er sich auf den Stuhl neben mir fallen, der eigentlich Tammy gehörte. Ich wusste nicht genau warum, aber das machte die drohende Ankunft der anderen irgendwie erträglicher.

Gerade als sich Edmund und sein Kollege an dem freien Tisch an der Wand niedergelassen hatten, kam Mr. Sylaeia hereingeschlendert, die Laptoptasche über der Schulter und von einem Ohr zum anderen grinsend.

»Guten Morgen«, rief er fröhlich. »Extermino?«, fragte er dann an die Athan gewandt, so munter, als würde er sich nach dem Wetter erkundigen. Ihre Gegenwart schien ihn weder zu überraschen noch zu verstören, obwohl sie seinen Geist mit Sicherheit heftig unter Beschuss genommen hatten, sobald er diesen Gebäudeteil betreten hatte.

Edmund runzelte die Stirn, aber der Prinz kam ihm zuvor. »Woher wissen Sie das?«

»Von meiner Mutter. Sie ist die Vorsitzende der Klatschtantenvereinigung in London, und sie hat mich mitten in der Nacht angerufen, um mich anzuflehen, zu meiner eigenen Sicherheit zu ihr in die Hauptstadt zu kommen.« Bei dem Wort »Sicherheit« malte er mit den Fingern Anführungszeichen in die Luft. »Was übersetzt heißt, dass sie eine Truppe heiratsfähiger Frauen vor mir aufmarschieren lassen möchte, damit ich mir endlich eine aussuche, bevor auch der Anteil an Sage-Blut in meinen Adern nicht mehr verhindern kann, dass ich wie dreißig aussehe, obwohl ich doch erst sechs Jahre älter bin. Der reine Horror!« Er beendete seine Schimpfkanonade, rollte mit den Augen und brachte dann endlich zum Vorschein, wonach er schon die ganze Zeit in seiner Tasche gekramt hatte. Es waren mehrere mit geschwungener Handschrift bedeckte Blätter Papier, mit denen er an unseren Tisch trat. Die oberen waren mit blauer Tinte beschrieben, die unteren mit schwarzer – das waren meine. Er ließ sie vor uns auf die Tischplatte segeln. »Besser. Viel besser. Alle beide. Vielleicht sollte ich euch öfter zusammen nachsitzen lassen.« Er schmunzelte. »Und deine Haare sehen hübsch aus, Autumn«, fügte er dann noch hinzu, und ich fühlte meine Wangen heiß werden, brachte ein schwaches Lächeln zustande und tat so, als würde ich seine Kommentare am Seitenrand meines Aufsatzes lesen.

Wieder an seinem Pult angekommen, fischte er eine Krawatte aus seiner Laptoptasche und band sie sich mit einem lässigen Knoten um den Hals. Er wirkte so vollkommen anders als die anderen erwachsenen Sage im Raum mit ihren frischen, gestärkten Hemden und den glänzenden Manschettenknöpfen. An denen war überhaupt nichts lässig. »Übrigens, halten Sie sich von dem Tee im Lehrerzimmer lieber fern –

keine Sojamilch«, riet Sylaeia den Athan, gerade als die ersten Schüler hereinkamen. Dann verschwand das Grinsen von seinem Gesicht, und er tat einfach so, als wären unsere Besucher gar nicht da, wofür ich ihm sehr dankbar war.

Jedem einzelnen der Hereinkommenden schien dieselbe Frage auf den Lippen zu liegen, aber erst Gwen, die hereinstürmte, sich dem Prinzen gegenüber auf einen Stuhl fallen ließ und unverhohlen auf die beiden Neuankömmlinge deutete, hatte den Mut, ihrer Neugierde Ausdruck zu verleihen.

»Wer sind die?«, fragte sie.

»Meine Stalker«, antwortete der Prinz beiläufig hinter seinem Aufsatz hervor, den er zu lesen vorgab.

»Ich weiß es«, erklärte Christy stolz und zog sich einen vierten Stuhl heran, während Tammy und Tee nach Stuhl Nummer fünf und sechs angelten. Plötzlich richteten sich alle gespannt auf. »Sie gehören zur königlichen Leibgarde. Man sieht sie auf *allen* Fotos von deiner Familie.« Mit diesen Worten zog sie die neueste Ausgabe der *Quaintrelle* hervor, schlug sie in der Mitte auf und deutete auf eine Aufnahme von Prinz Fallons älterem Bruder, dem Thronerben. Er schien im Achterheck einer Jacht zu faulenzen, umgeben von Bikinischönheiten, die er jedoch gar nicht wahrzunehmen schien, weil er viel zu vertieft in sein Buch war. Und tatsächlich, zwischen den Frauen erkannte ich auch einige der Athan.

Der Prinz beugte sich über mich, um das Foto kurz in Augenschein zu nehmen, dann rollte er mit den Augen und wandte sich wieder seinem Aufsatz zu. Mit einem triumphierenden Schwung ihres Pferdeschwanzes begann Christy die Bildunterschrift zu lesen.

Gwen dagegen fing meinen Blick auf und wedelte mit dem Zeigefinger in Richtung Edmund, genauer gesagt in Richtung seines welligen Haares, das er sich aus der Stirn gestrichen hatte.

Sie legte sich eine Hand an den Mund, damit ihr niemand die nächsten Worte von den Lippen ablesen konnte, und flüsterte mir – nicht besonders leise – zu: »Der ist aber *ganz schön* durchtrainiert!«

Ich stützte die Ellbogen auf den Tisch, beugte mich zu ihr vor und verflocht bedächtig die Finger ineinander. »Und außerdem ist er fünfhundert Jahre alt.«

Der andere Athan schnaubte belustigt und versuchte prompt, es als Räuspern zu tarnen. Gwen zog enttäuscht einen Schmollmund. Der arme Edmund starrte mit steinerner Miene geradeaus.

»Du schuldest mir fünfzig Dollar, Richard«, konstatierte der Prinz hinter seinem Aufsatz hervor mit gelangweilter Stimme, aber als ich mich ein Stück zurücklehnte, konnte ich ihn grinsen sehen.

Er hat darauf gewettet, dass jemand Edmund angräbt? Der Gedanke brachte mich zum Lächeln.

Vielleicht fiel mein Grinsen ein wenig zu breit aus, denn als ich wieder aufsah, starrten mich Christy, Gwen und Tammy allesamt neugierig an, und Gwens Zeigefinger wedelte nun zwischen mir und dem Prinzen hin und her.

»Ihr beide?«, formte Christy stumm mit den Lippen, hob die Augenbrauen und ließ ihren Pferdeschwanz wieder schwingen.

Ich sah sie alle finster an und schüttelte den Kopf.

Tammy tat enttäuscht und versuchte es dann noch einmal. »Warum sind sie hier?«, flüsterte sie und ruckte mit dem Kopf in Richtung Edmund und Richard. Wieder schüttelte ich den Kopf. Darauf würde ich nicht antworten. Es würde ihnen nur Angst machen.

Gwen, begeistert von dieser Wendung der Ereignisse und den Klatschmöglichkeiten, die sich damit auftaten, machte mal wieder eine sehr rüde Geste mit den Händen, weshalb Christy, entweder aus Mitgefühl oder aus Anstand, ihre Zeitschrift zusammenrollte und Gwen auf die Finger schlug. Verstimmt schnappte sich Gwen das Heft und warf es auf Christy, woraufhin es aufgeschlagen vor ihr landete.

Bevor ich erkennen konnte, was das Foto auf der offenen Seite zeigte, hatte sich der Prinz das Magazin geschnappt und strich es auf dem Tisch glatt. Als ich die Überschrift las, musste ich ein Keuchen unterdrücken. Es ging um Violet Lee und den Vampirball zum Herbstäquinoktum.

Er überflog die linke Seite, also nahm ich mir die rechte vor. Ich wusste genau, wonach er suchte, und ich konnte kaum atmen, bis ich alle drei Spalten gelesen hatte. Es wurde ausführlich beschrieben, welches Kleid Violet Lee getragen und mit wem sie getanzt hatte, außerdem gab es reichlich angebliche Insiderinformationen über ihren Charakter, aber nichts über die Familie Crimson oder darüber, was man ihr angetan hatte. Die Nachrichtensperre schien bei den Varns ebenso gut zu funktionieren wie bei den Atheneas.

»Uäh, warum liest du so was?«, fragte Valerie Danvers vom Nebentisch mit gerümpfter Nase. Sie sah den Prinzen unverwandt an – seit unserem kleinen Zwischenfall war sie dazu übergegangen, mich vollkommen zu ignorieren. »Ihr Sage kümmert euch doch nicht um Menschen wie Violet Lee, ihr lasst die Menschen einfach sterben, wie *sie* es getan hat«, höhnte Valerie und schnippte mit dem Finger in meine Richtung. *Zu früh gefreut. Offenbar existiere ich wieder.*

Ein Kloß formte sich in meiner Kehle, als sich alle auf ihren Stühlen nach ihr umdrehten und der Prinz die Zeitschrift langsam zurück über den Tisch schob.

»Entschuldige, Valerie, aber du bist auch nicht gerade ein Ausbund an Mitgefühl und Anteilnahme, oder?«, fragte Prinz

Fallon so laut, dass es die ganze Klasse hörte. Grausames Gelächter war die Antwort, und Mr. Sylaeia, der die Tür bereits halb geöffnet hatte – wohl, um Valerie hinauszubitten –, schloss sie wieder.

»Wie auch immer«, fauchte sie, schnappte sich tatsächlich ein Buch und verbarg das Gesicht dahinter. Ich sah den Prinzen an, der seinen stechenden Blick nicht von ihr löste.

Als sich Mr. Sylaeia wieder abgewandt hatte, beugte sich der Prinz über die Lücke zwischen den Tischen zu Valerie vor. »Wenn du sie noch einmal beleidigst, vergesse ich, dass ich euch Menschen eigentlich beschützen soll«, sagte er sehr leise. Valerie sah aus, als würde sie ihm am liebsten ins Gesicht spucken, aber dann versteckte sie sich mit einem wütenden Schnauben wieder hinter ihrem Buch.

Als alle sich beruhigt hatten, kam Christy wieder auf die *Quaintrelle* zu sprechen und schien sich sogar über interdimensionale Politik unterhalten zu wollen – ein Thema, das auf einmal eine Menge Schülerinnen in Kable zu faszinieren schien. Nach einer Weile kehrte die Unterhaltung unweigerlich zu Violet Lee zurück.

»Ich weiß ehrlich nicht, warum sie dieses ganze Mitleid verdient haben soll«, bemerkte Christy und fuhr mit dem Finger eine Skizze von Violets Kleid nach. »Ich verstehe ja, dass es schlimm ist, wenn man sehen muss, wie dreißig Männer abgeschlachtet werden. Besonders wenn man vorher nichts von der Existenz der dunklen Wesen gewusst hat. Aber wir Menschen in den anderen Dimensionen sind immerhin auch darüber hinweggekommen. Und außerdem waren die Typen Slayer, also, wen kümmert's? Ist schon ein bisschen selbstsüchtig, hier ewig einen auf Jungfrau in Nöten zu machen. Lass dich einfach verwandeln, und Schluss.«

Ich sah weg. Bis gestern wäre ich im Großen und Ganzen

Christys Meinung gewesen. Die Sache wurde wirklich etwas zu sehr breitgetreten, und allmählich wollte es niemand mehr hören. Die furchtbare Wahrheit war, dass es vermutlich sogar besser war, wenn die Menschen der Geisel der Varns gegenüber nur Gleichgültigkeit empfanden. Eine vereinte Menschenfront, die sich für Violet erhob, war tatsächlich das Letzte, was wir brauchen konnten.

Aber jetzt... jetzt, da ich wusste, dass ich Violet Lees Scham und Wut in meinen Träumen geteilt hatte, konnte ich mich nicht zu einer Antwort durchringen. Sie brauchte nicht noch mehr Anteilnahme, sie war auch so schon bemitleidenswert genug.

Ich fühlte einen leichten Druck am Ellbogen unter dem Tisch und musste nicht erst hinunterschauen, um zu wissen, wer es war. Ich ließ zu, dass er seine Hand dortbehielt. Als die Glocke schellte, überkam mich dasselbe merkwürdige Gefühl der Enttäuschung wie am Morgen, als wir Burrator verlassen hatten.

Nachdem der Prinz seine Tasche gepackt hatte, war ich überrascht zu sehen, dass nicht Edmund, sondern Richard aufstand und sich zum Gehen bereit machte. Der Prinz stellte es jedoch nicht infrage, und mir stand es sicher nicht zu, vor den anderen eine Bemerkung darüber zu machen.

Ich holte gerade meine Sachen für den Prüfungskurs in Englisch heraus – mit anderen Worten: Mr. Sylaeias Buch über Frauenfeindlichkeit, das ich heute zu Ende lesen wollte, denn ich war dem Rest der Klasse weit voraus –, als der Prinz vor mich trat und mir eine Hand auf die Schulter legte. Er setzte eine viel breitere und strahlendere Version seines üblichen Lausbubenlächelns auf, das Grübchen in seine Wangen zauberte. Dann sagte er etwas auf Sagean zu mir, zwinkerte und schlenderte hinaus.

Christy verrenkte sich den Hals, um ihm nachzusehen, und pfiff leise und anerkennend. Auch ich blickte ihm hinterher und hätte noch eine ganze Weile auf den leeren Türrahmen gestarrt, wenn nicht plötzlich ein Gesicht vor mir aufgetaucht wäre. Eine Tasche wurde auf den Tisch vor dem jetzt freien Platz geknallt, aber ich sah nicht einmal hin.

»Du hast mit ihm geschlafen, stimmt's?«, knurrte Gwen und stützte ein Knie auf die Tischplatte.

Überrumpelt rückte ich auf dem Stuhl zurück. »Was? Nein!«

Sie schlug mit der Hand auf den Tisch, und wenn ich die Hände nicht fest zu Fäusten geballt hätte, wären ihre langen, glänzenden Haare wahrscheinlich in Flammen aufgegangen, denn vor Schreck tanzten Funken auf meinen Fingerspitzen.

»Verdammt! Ich wollte doch wissen, wie er im Bett ist.« Mit verschränkten Armen ließ sie sich auf den Stuhl plumpsen. »Sag's mir, sobald du es weißt, ja? Ich denke mal, du hast hier von uns allen die besten Chancen, es herauszufinden.«

»Hör auf, Gwen, so blöd ist Autumn nicht«, kam mir Tammy zu Hilfe. Dankbar hob ich einen Mundwinkel.

»Aber komm schon, Autumn, spann uns nicht länger auf die Folter!«, warf Christy ein. »Wie kommt es dann, dass du heute Morgen mit Prinz Fallon aus dem Auto gestiegen bist? Aus einem Auto, dessen Fahrer ganz nach Prinz Alfie aussah.« Sie betonte die Namen der beiden Prinzen überdeutlich.

Ich sah Edmund an, um mich zu vergewissern, dass ich diese Fragen beantworten durfte. Seine Miene wirkte schon nicht mehr ganz so gefasst. Um seine Mundwinkel zuckte es, während er ein Lächeln niederzuringen versuchte. Wie er sich überhaupt derartig zusammenreißen konnte, während er so einer Unterhaltung lauschen musste, war mir ein Rätsel. Er fing meinen Blick auf und nickte leicht.

»Prinz Fallon lebt bei dem Herzog und der Herzogin von Victoria, weil sie hier ein Haus gekauft haben. Und weil ich die hochrangigste Adlige dieses Landes bin, war es meine Pflicht, sie willkommen zu heißen. Also haben sie mich übers Wochenende eingeladen.«

Gwen kreischte auf und sprang hoch, dann fluchte sie so vernehmlich, dass sich alle Köpfe in der Klasse uns zuwandten. Mr. Sylaeia tat nichts, um die Ordnung wiederherzustellen, womit er mir vermutlich zu verstehen geben wollte, dass er es ja gleich gesagt hatte. »Du warst bei ihm zu Hause? Das *ganze* Wochenende?«

»Ja.«

»Und du hattest ihn ganz für dich allein. Ich bin ja so, so neidisch!« Seufzend ließ sie sich zurück auf den Stuhl fallen. »Er ist einfach umwerfend und reich und ...«

»Die berühmteste Person der Welt ...«

»Und intelligent ...«

»Ich kann es immer noch nicht fassen, dass wir jeden Tag eine ganze Viertelstunde mit ihm verbringen!«

»Und ein echter Gentleman ...«

»In Australien hat er gesurft ...«

»Und reich und berühmt ...«

»Und diese heiße Braut Amanda hing jahrelang an seinem Arm ...«

»Ich wette, sein Schwanz ist mindestens zwanzig Zentimeter lang ...«

»Wenn ihr damit fertig seid, all die Vorzüge seiner Königlichen Hoheit aufzuzählen, glaube ich, dass unsere Herzogin gern wieder im Glanz ihrer bewundernswerten Würde weilen möchte«, unterbrach Edmund das Geplapper, und sein stählerner Tonfall brachte die Klasse sofort zum Schweigen. Ein paar schnappten sogar nach Luft. Andere sanken auf ihren

Stühlen in sich zusammen. Gwen und Christy bissen sich auf die Lippen, um ihr Kichern zu ersticken, während Tammy blass wurde. Sogar Mr. Sylaeia sah Edmund mit erhobenen Brauen an. Allerdings ließ er sich ansonsten nicht aus der Ruhe bringen, griff nach seinem Stift und wippte auf den Fußballen auf und ab, wie immer wenn uns ein besonders langweiliges Thema bevorstand.

»Beeindruckend«, lobte er und nickte Edmund zu. »Wenn Sie es einmal leid sind, atheneafeindlichen Bösewichten in den Hintern zu treten, sollten Sie vielleicht eine Karriere als Lehrer in Betracht ziehen.«

Die ganze Klasse lachte, und sogar Edmund gestattete sich ein ganz schwaches Lächeln.

Als das letzte Kichern wieder verstummt war, begann die Stunde endlich richtig, und ich schlug das Buch auf und fand meine Seite im letzten Kapitel. Da ich hoffte, das Buch heute noch zurückgeben zu können, überflog ich die übrigen Seiten rasch und machte mir knappe Notizen über alles, was bei der Abschlussprüfung vielleicht hilfreich sein könnte.

Dann heulte plötzlich der Feueralarm los. Über das beständige laute Schrillen hinweg hörte ich ein paar Schüler jubeln. Mr. Sylaeia runzelte die Stirn und öffnete seinen Lehrerkalender. Seine Miene verfinsterte sich, dann begann er streng Anweisungen zu rufen.

Ich verstand nicht, was er sagte, denn schon stand Edmund an meiner Seite und zog mich hoch. Ich wollte meine Bücher und meine Tasche mitnehmen, aber er befahl mir, alles liegen zu lassen. Ein Blick in sein Gesicht genügte mir, um ihm zu gehorchen.

Das hier war keine Übung.

Kapitel 19 *Autumn*

»Edmund! Edmund, was soll das denn?« Ich stemmte die Fersen in den Boden, um ihn aufzuhalten, aber es klappte nicht. Er hielt mich eisern fest, und ich erreichte nur, dass ich über meine eigenen Füße stolperte. »Edmund, ich muss mich melden!«

Die Sirene schrillte noch immer und übertönte jedes andere Geräusch. Der Schulhof war wie ausgestorben. Der Rest der Klasse war um das Gebäude herum in Richtung der Tennisplätze gegangen, wo sich in einem solchen Fall alle versammeln sollten, damit festgestellt werden konnte, ob jemand fehlte.

»Nein, das müsst Ihr nicht. Die Sache hier gefällt mir gar nicht. Wir verschwinden.«

Da war ich anderer Meinung. Ich hakte das Bein um eine Picknickbank, an der er mich gerade vorbeizerren wollte, und es gelang mir tatsächlich, mich aus seinem Griff zu befreien. Woraufhin ich allerdings fast der Länge nach hingeschlagen wäre, wenn er mich nicht wieder aufgefangen hätte. Rasch riss ich mich zum zweiten Mal los.

»Wenn ich mich nicht melde, werden sie einen Suchtrupp losschicken, und dann wird vielleicht noch jemand verletzt!«

Er starrte mich finster an. »Als ich Euch ›holde Dame‹

nannte, meinte ich damit nicht, dass Ihr Euch um eine Heiligsprechung bemühen sollt! Und jetzt etwas weniger Nächstenliebe und dafür mehr Bewegung, wenn ich bitten darf.«

Prompt setzte ich mich tatsächlich in Bewegung, allerdings in die entgegengesetzte Richtung, direkt auf die Böschung zu, die uns von den Tennisplätzen trennte.

»Mylady, Ihr könnt jetzt nicht gehen!«

Ich streckte eine Hand aus und machte eine abwehrende Geste. »O doch, das kann ich. Mein Nachname ist nämlich nicht Haus von Athenea.« Als ich die abgenutzten, provisorischen Stufen hinaufeilte, die Generationen von Schülerfüßen über die Jahre ausgetreten hatten, hörte ich jedoch Schritte hinter mir.

»Man hat mir erzählt, Ihr wärt während Eurer Abwesenheit milder geworden, und ich wollte es schon glauben, aber Ihr seid immer noch genauso stur, wie ich Euch in Erinnerung hatte. Eine wahre Al-Summers.«

Seine Stimme jagte mir nach, aber ich stapfte mit verschränkten Armen weiter, bis mir einfiel, was ich darauf antworten sollte. »Ich erinnere mich nicht an dich.« Eigentlich hatte ich nicht vorgehabt, das zu sagen, und es hatte ganz sicher nicht so harsch klingen sollen.

Er antwortete nicht, und kurz darauf traten wir auf einen von hohen Zäunen umgebenen Platz, wo vollkommenes Chaos herrschte. Die Schüler taten sich schwer, ihre jeweiligen Gruppen zu finden, und der Art nach zu urteilen, wie Tammy, Tee, Gwen und Christy beieinanderstanden, gaben sie sich dabei auch nicht besonders viel Mühe.

Neben Richards riesiger Gestalt war der Prinz allerdings leicht auszumachen. »Dann hast du Edmund also auch hergeschleift, was?«

Ich nickte. »Was geht hier vor?«

»Alle sagen, jemand hätte das Glas eines Feuermelders eingeschlagen und den Knopf gedrückt. Ich spüre kein Feuer, und es ist mein bestes Element, deshalb glaube ich, dass sie damit wohl recht haben.«

Er zuckte mit den Schultern und schritt dann an die Spitze der Reihe von Schülern, die sich auf Mr. Sylaeias Anweisung hin alphabetisch aufgestellt hatten. Ich ordnete mich vor ihm ein. Richard und Edmund wirkten trotz der offensichtlichen Abwesenheit von Feuer noch immer beunruhigt.

Mr. Sylaeia ging die Reihe entlang und hakte die Namen der Anwesenden auf seiner Liste ab, dann reichte er sie an den Sekretär weiter, der von einem Klassenlehrer zum nächsten ging und die Listen einsammelte. Am Kopfende des Platzes kämpfte der Schuldirektor mit einem Megafon, bis es endlich kreischend zum Leben erwachte.

Sobald ich begriff, dass er uns wieder eine Predigt darüber halten wollte, wie unverantwortlich und unakzeptabel es war, den Feueralarm grundlos auszulösen, hörte ich nicht mehr zu. So etwas war im letzten Jahr öfter vorgekommen, als ich zählen konnte, was mehr als deutlich machte, wie wirkungslos seine Worte waren. Der Rest der Schüler schien derselben Meinung zu sein, und das leise Gemurmel schwoll zu einem Crescendo an, das ihn einfach übertönte, während alle darüber spekulierten, wer wohl der Schuldige war.

Eine Brise erhob sich und wehte mir die Haare ins Gesicht. Aber sie kam nicht vom Fluss oder vom Meer her. Sie strich von den sanften Hügeln heran und drang zwischen den Bäumen auf der Böschung hindurch.

»Wenn hier kein Feuer ist, was ist dann das da?«, flüsterte ich.

Der Prinz sah auf. »Bei den Mächten der Erde!«, keuchte er.

Jetzt bemerkten es auch die anderen, und das Geschnatter verstummte allmählich.

Etwas, das aussah wie die dichten Nebelschleier über dem Meer, kam auf uns zugewabert, aber die Wolke trug Blätter und kleine Zweige mit sich. Sie kroch über den Boden dahin, erhob sich kaum fünf Meter hoch. Und mit dem Wind, der die Wolke herantrieb, kam auch die Magie. Kalte, feuchte Magie.

Ich sah den Prinzen an, und er erwiderte meinen Blick. Edmund starrte uns beide an. Bevor irgendjemand noch ein Wort sagen konnte, schlang Edmund einen Arm um meine Schultern und führte mich zum Ausgang. Ich versuchte, ihn abzuschütteln, aber dieses Mal war Edmund darauf vorbereitet und hielt mich fest. Der Prinz dagegen ging folgsam neben Richard her.

Ich warf meinen Geist gegen die Schutzmauern um sein Bewusstsein, und er ließ mich ohne Zögern ein. Dieses Mal gab es hier keine malerischen Hügel, nur Dunkelheit voller Kisten. Ich konzentrierte mich darauf, unsere Verständigung so abzuschotten, dass sie die Athan nicht hören konnten, dann explodierte ich förmlich.

»Du willst mich wohl verarschen, was? Du willst einfach abhauen und alle hier schutzlos zurücklassen?«

»Was können wir schon tun? Das da ist Magie, und keiner von uns wirkt sie. Sie sind hier, Autumn! Wir sind nicht sicher.«

»Euer Hoheit, ich bin ein Wächter dieser Schule. Ihr nicht?«

Ich verrenkte mir fast den Hals, um ihn um Edmund herum anzusehen. Er bedachte mich mit einem seiner vielsagenden Blicke, neigte dann jedoch schicksalsergeben den Kopf.

»Okay, okay, hab's kapiert. Aber bitte mach keine Dummheiten.«

Das wollte ich lieber nicht versprechen. *»Auf drei.«*

Als ich bei zwei war, ließ ich mich fallen und duckte mich unter Edmunds Arm hindurch. Er versuchte, mich zu packen, aber ich war schneller, und seine Hände griffen ins Leere.

Vereinzelt drangen nun Schreie aus der Schülerschar, und ich tauchte zwischen sie, um die Athan daran zu hindern, mir einen Zauber nachzuschicken. Der Prinz tat dasselbe, und wir erreichten den Zaun. Wir sprangen, zogen uns hinüber und ließen uns auf der anderen Seite zu Boden fallen. Alle Türen des Zauns waren zugeschlagen – Edmunds Versuch, uns wenigstens ein bisschen aufzuhalten.

Bis jetzt hatte sich die Wolke nur so schnell bewegt, wie sie der Wind trug, und darauf hatte ich gebaut, um sie umrunden zu können. Auf keinen Fall wollte ich, dass ich selbst oder der Prinz in diesen Nebel gerieten. Ich hatte keine Ahnung, was wir da vor uns hatten oder welche Magie es erschaffen hatte. Was mir aber wirklich Sorgen machte, war, was sich darin verbarg. Als wir jedoch auf die Wiese hinaustraten, raste die Wolke heran, und bevor ich schreien oder zurückstolpern konnte, verschluckte sie uns.

Ich fühlte, wie Haut meine Hand streifte, und hörte jemanden meinen Namen rufen, aber das war alles. Dann spürte ich nur noch Feuchtigkeit, und vor meinen Augen war alles weiß. Ich drehte mich um und sah hinter mich. Eigentlich mussten nur ein kleines Stück weiter die Tennisplätze liegen, und ich lief ein paar Schritte in die Richtung, die ich für die richtige hielt. Nach zwanzig Schritten wurde mir klar, dass ich mich geirrt hatte. Ich lief nach links. Dann nach rechts. Dann versuchte ich es geradeaus, überzeugt, dass sich dort die Schule oder die Böschungen befinden mussten, oder wenigstens irgendetwas, das mich erkennen ließ, wo ich war. Aber da war nichts. Unaufhaltsam stieg Panik in meiner Brust auf. Ich rannte los, wirbelte damit aber nur den Nebel um meine Füße auf, woraufhin ich nicht mehr erkennen konnte, ob ich noch auf Gras trat oder nicht. Als ich in die Hocke ging, um es herauszufinden, wurde mir schwindlig, und ich begriff nicht, warum ich unter meiner Hand keinen Boden fühlte.

Ich konnte kein Bewusstsein um mich herum spüren, nicht einmal die Anwesenheit der vielen Menschen, und irgendwo weit draußen im Nebel bildete sich der Gedanke, dass der Prinz diese Dimension vielleicht verlassen hatte. Oder dass er womöglich tot war, denn kein Bewusstsein verschwand so plötzlich. Es verpuffte nicht einfach, sondern wurde langsam schwächer.

»Euer Hoheit?«, flüsterte ich. Es klang vollkommen verloren. »Edmund?« Ich wirbelte herum, packte eine Handvoll feuchter Luft. »Fallon?« Noch immer kam keine Antwort.

»Fallon!«, schrie ich verzweifelt und schloss die Augen, denn selbst die Dunkelheit war besser als diese weiße Leere. »Fallon!«

Endlich hörte ich etwas. Aber es war kein Sagean. Ich konnte nicht einmal einen kanadischen Akzent heraushören. Es klang verkümmert und künstlich, und das Blut gefror mir in den Adern.

»Sie ist hier. Findet sie!«

Flammen züngelten in meinen Handflächen auf, und ich zog einen Schild um mich hoch, ließ ihn jedoch sofort wieder vergehen, als sich der Nebel um mich herum dampfend in der Hitze auflöste. Plötzlich klärten sich meine dumpfen Gedanken, und mein Herzschlag beruhigte sich, als vor und hinter mir wieder Gras zum Vorschein kam. Ich ließ das Feuer verlöschen und versuchte nicht noch einmal, einen Schild um mich zu errichten, erschrocken über meine Dummheit, die mich fast verraten hätte. Genauso gut hätte ich gleich ein Leuchtfeuer entzünden können.

»Und wie sollen wir das deiner Meinung nach tun? Dein

verdammter Fluch hat auch uns verwünscht!« Es klang nach dem Akzent dieser Gegend, der Sprecher stammte aus dem Südwesten Englands. Ich versuchte zu ergründen, aus welcher Richtung die Stimmen kamen, aber sie schienen von überall her zu erklingen.

Keine Antwort. Ich fragte mich, ob sie fort waren, stand aber trotzdem stocksteif da und wagte nicht, mich zu rühren, aus Angst, ein Geräusch zu verursachen. Dabei versuchte ich, die Benommenheit abzuschütteln und mich an etwas, irgendetwas von dem zu erinnern, was ich über Flüche gelernt hatte. Ich wusste, was diese Wolke war, ich konnte sie nur nicht benennen, konnte mich nicht gegen sie wehren, weil meine Gedanken zu träge waren.

»Giles!«

»Abria?«

»Giles, wo bist du?«

»Ich weiß nicht. Ich bin verletzt, die Athan sind hier!«

Die Akzente mischten sich nun, aber ich glaubte, irgendetwas Osteuropäisches herauszuhören. Es spielte keine Rolle. Ich konnte nicht mehr denken. Der Nebel zog sich allmählich wieder um mich zusammen, sickerte in die Luft, die ich einsog. Obwohl ich nur flach atmete, begann mein Herz wieder zu rasen, und meine Augen fielen zu.

»Fallon, wo bist du?«, rief ich, ohne es zu wollen. Mein Mund handelte unabhängig von meinem Verstand. Der Nebel hatte für mich gesprochen, denn er wollte sie zu mir locken.

»Autumn! Bist du verletzt?«

»Fallon! Es sind die Extermino! Sie sind mir ganz nah!«

»Autumn? Bist du da? Sag etwas!«

Er konnte mich nicht hören, aber ich vernahm seine Rufe nach mir, nach Edmund und nach Richard. Niemand antwortete ihm.

»Galdur! Ich höre das Mädchen. Sie muss hier ganz in der Nähe sein. Galdur?«

»Edmund!« Das war eine weibliche Stimme mit kanadischem Akzent, und sie brachte Hoffnung. Endlich öffnete ich wieder die Augen.

»Alya, wir können es nicht bekämpfen! Alya, hast du verstanden? Kämpf nicht dagegen!«

Das war Edmund, er sprach Sagean, und das gab mir die Kraft, ein Feuer in meiner Hand aufzüngeln zu lassen, gerade mal so groß wie ein Streichholzflämmchen. Ich hielt es mir vor Mund und Nase, ließ es ein paar Sekunden lang brennen, holte tief Luft und ließ es dann wieder verlöschen.

»Edmund, ich kann dich nicht verstehen!«, rief die Frau, woraufhin Richards Stimme erklang. Ebenso ruhig wie Edmund wiederholte er dessen Anweisungen. Irgendwie mussten die Athan sich verständigen können, denn noch bevor ich erneut Atem holte, erschollen mehrere Schreie.

»Galdur ist tot!«, brüllte der Mann mit dem hiesigen Akzent. »Sif, Tomas, helft mir hier raus! Abria, bleib bei Giles!«

Rasch entzündete ich die nächste Flamme und sog einen weiteren Atemzug frischer Luft ein. Ich war nicht in der Lage zu beurteilen, von wo die Stimmen kamen, aber der aufgewirbelte Nebel vor mir beunruhigte mich. Ich wusste nicht warum, denn ich konnte mich weder auf meine Sinne noch auf die Elemente oder die Magie verlassen, aber ich spürte, dass mir jemand nah war – sehr nah.

Auch jetzt wagte ich es nicht, einen Schild zu errichten, und vertraute absurderweise darauf, dass ausgerechnet der Nebel mich schützte, denn es war klar, dass die Extermino ebenso darin gefangen waren wie wir. Meine Hand schloss sich um den Dolch unter meinem Rock.

Er kam aus dem Nichts, war so plötzlich da, wie ich es

nicht für möglich gehalten hätte. Den Bruchteil einer Sekunde lang blickte ich in seine verdutzte Miene, als er mir auf den Fuß trat. Mir blieb keine Zeit für lange Überlegungen, also wählte ich den Fluch, der am wirkungsvollsten sein würde.

»Mortalitis Sev!« Stirb bereitwillig!

Die Magie brach hervor, sobald ich die erste Silbe geäußert hatte, und noch bevor meine Worte vergingen, hatten sie ihre Wirkung getan. Er stürzte nach vorn, genau auf mich zu. Ich riss den Dolch hoch und grub ihn mit einer Drehung des Handgelenks tief in seinen Bauch. Ich schob ihn von mir, hielt ihn jedoch noch so lange aufrecht, wie ich konnte, damit das Messer seine Arbeit tun konnte. Noch nie hatte ich einen Todesfluch ausgesprochen, und niemand hatte mir beigebracht, wie es genau ging, mein Wissen darüber war also rein theoretisch. Ich konnte nicht sicher sein, dass er auch funktioniert hatte. Aber ich wollte ihn tot sehen. Als Rache für den unschuldigen Mann, dessen Leben die Extermino vor ein paar Wochen im Hafen ausgelöscht hatten.

Als er vor mir lag, schloss ich ihm die Lider, bat das Schicksal, ihn auf seinem weiteren Pfad zu führen – welcher auch immer dies war –, und betrachtete ihn dann. Die rotbraunen Narben meiner Großmutter hatten im Tod umso strahlender geleuchtet, und lange hatte ich geglaubt, sie würde nur schlafen. Auf dem Boden des Salons, dann in ihrem gläsernen Sarg, in dem sie aufgebahrt lag, und auch bei der Beisetzung in der Kathedrale in Athenea. Wer auch immer sie umgebracht hatte, war offenbar gründlich im Todesfluch unterrichtet worden. Er hatte seine Sache gut gemacht. Ich hatte es verpfuscht. Die grauen Narben des Extermino vor mir verdorrten, als das Blut in Strömen aus seiner Bauchwunde floss.

Wieder näherte sich mir jemand, und ich machte mich bereit. *Dieses Mal mache ich es besser. Ich werde dich stolz machen,*

Großmutter. Aber ich wiederholte den Fluch nicht, denn als ich sah, wer da vor mir auftauchte, wusste ich, dass ich ihn nicht töten konnte.

Auch seine Narben waren grau. Er war ein Sage, ein Extermino. Daran gab es keinen Zweifel. Aber sein zerzaustes Haar, der schwere Devonshire-Akzent, der Ausdruck auf seinem Gesicht, derselbe wie damals, als er mich gefragt hatte, was denn so schlimm daran war, in einem Café zu arbeiten … Dies alles war eindeutig menschlich. Sehr, sehr menschlich.

»Nathan?«, keuchte ich.

Er sah nicht auf, gab durch nichts zu verstehen, dass er mich erkannte. Stattdessen bückte er sich, nahm den Toten auf die Arme und hob ihn hoch. Dabei behielt er scharf meinen Dolch im Auge, obwohl er nicht sonderlich beunruhigt schien.

Erst als er wieder aufrecht stand, sah er mir in die Augen. Nur kurz und ohne ein Wort zu sagen, doch es war trotzdem eine Antwort. Es war ein trauriger Augenblick, der jedoch nichts mit dem Leichnam in seinen Armen zu tun hatte. Er zeigte kein Anzeichen von Zuneigung seinem toten Kameraden gegenüber.

Nathan ist ein Extermino.

Ich fühlte den Sog roher Energie und machte unwillkürlich einen Schritt nach vorn, als die Magie in meinem Blut darauf reagierte. Die Grenze zwischen den Dimensionen hatte sich geöffnet, und Nathan würde sie jeden Augenblick überschreiten. Er ergab sich dem Sog, und die beiden Gestalten verschwanden. Sie würden fast gleichzeitig in einer anderen Dimension wieder auftauchen und dann wieder zurück in diese springen, allerdings irgendwo nach Island oder wo auch immer sie ihr Basislager hatten. Dimensionsspringen. Zwar nicht wirklich verboten, aber dennoch nicht gern gesehen. Die dünnen Energieschleier, die alle Dimensionen voneinander trennten, litten schon genug unter jenen, die sie durchquerten, ohne sie auch noch als Transportmittel zu anderen Orten zu benutzen.

Diese Gedanken konnte ich deutlich formulieren, sie waren ganz klar in meinem Kopf. Was jedoch nicht für das galt, was ich gerade gesehen hatte. Der Gedanke daran, was es zu bedeuten hatte, kümmerte mich nicht einmal. Vielleicht lag es am Nebel.

Ich kann nicht denken. Ich will nicht denken.

Derselbe Instinkt, der mich vor der Anwesenheit der beiden Männer gewarnt hatte, verriet mir nun, dass ich jetzt sicher war – bis ich ein Brennen spürte, das immer heißer aufloderte. Ich wusste, was das war und was ich zu tun hatte. Rasch ließ ich wieder ein Flämmchen in meiner Hand aufflackern und verbrannte den Nebel um mich herum, errichtete mir ein schützendes Luftkissen, kurz bevor eine Feuersbrunst den Fluch fortriss. Alles andere blieb von dem Brand unversehrt.

Dann war die Feuerwand auch schon über mich hinweg, das Brüllen der Flammen ließ wieder nach, und ich erkannte Edmund, der den Gegenfluch mit ausgestreckter Hand über das Feld lenkte. Ich blinzelte ein paarmal. Die Szene, die sich nun zeigte, war anders, als ich erwartet hatte. Edmund, dessen Stimme so scharf und klar geklungen hatte, stand weit entfernt vor mir, direkt bei den Tennisplätzen, so als hätte er sich kaum bewegt. Der Prinz dagegen, der mir so weit fort erschienen war, stand nur etwa fünf Meter neben mir. Die anderen Athan waren verschwunden. Ich stand halb auf einer der Böschungen. Als ich auf meine Füße hinabsah, wurde mir plötzlich schwindlig, und ich sank in den Schneidersitz. Dann wartete ich darauf, dass mich jemand einsammelte, denn zu mehr war ich nicht in der Lage.

Sobald Edmund seine Aufgabe vollendet hatte, rannte er zu uns herüber. Er ließ ein verschließbares Einmachglas in seiner Hand erscheinen und fing darin den letzten Rest des Nebels ein, den das Feuer übrig gelassen hatte. Dann versiegelte er das Glas.

»Was war *das*?«, fragte der Prinz, kam etwas wacklig auf den Beinen zu mir gelaufen und ließ sich ein Stück unter mir am Fuß der Böschung ins Gras fallen. Er wirkte erschöpft und ebenso desorientiert wie ich.

»In euren Sageschulen haben sie euch doch sicher beigebracht, was Blockadeflüche sind, oder?«, fragte Edmund. Wir nickten. »Tja, das eben war einer, kombiniert mit irgendeinem Luft-und-Wasser-Fluch. Aber für so etwas sind wir ausgebildet, eigentlich hätte uns das keine ernsthaften Probleme machen sollen. Irgendetwas daran war anders, das war etwas Neues. Und wir müssen herausfinden, was.«

Der Prinz ließ den Kopf in die Hände sinken. »Wir stecken echt in Schwierigkeiten, was?«

Edmund, dessen Blick nicht auf seinem königlichen Schützling, sondern auf mir ruhte, verengte die Augen zu Schlitzen. »Sobald wir das Terrain gesichert haben, werdet ihr euch wünschen, nie geboren worden zu sein.«

Ich zuckte mit den Schultern und ließ mich langsam die Böschung hinunterrutschen. »Junges menschliches Leben zu schützen, ist einer der Hauptaspekte der Terra-Verträge, also glaube ich kaum … *Miarba!*«

Ich umklammerte die Unterseite meines Oberschenkels, wo mir irgendetwas knapp oberhalb des Knies die Haut aufgerissen hatte. Es fühlte sich an, als hätte mich ein sehr, sehr langer Dorn erwischt. Als ich suchend den Boden betrachtete, erkannte ich, dass diese Vermutung gar nicht so verkehrt war, denn dort, zwischen Grasbüscheln verborgen, lag ein Pflock.

Es war ein gedrungenes Ding, kaum dreißig Zentimeter lang. Das eine Ende war in etwa so dick wie meine Faust, die Spitze jedoch so dünn, dass sie fast zerbrechlich wirkte. Was sie aber nicht war, wie mein heftig blutendes Bein bewies.

Im selben Augenblick, in dem ich vor Schmerz nach Luft schnappte, stand Edmund schon an meiner Seite. Auch der Prinz war aufgesprungen und zu mir gerannt. Beide fluchten, als sie sahen, was mich da verletzt hatte.

»Ein Slayer-Pflock? Das ... das hat uns gerade noch gefehlt. Na, ganz toll.« Die Zusammenfassung des Prinzen fiel ziemlich trocken aus. »Die Slayer haben sich also mit den Extermino verbündet. Heute ist echt ein Scheißtag!« Frustriert hob er die Arme.

Der praktisch denkende Edmund ging in die Hocke, um die Waffe zu begutachten. Er ließ einen Zauber darüber gleiten. »Fallon, wenn du damit fertig bist, hier einen auf Dramaqueen zu machen, könntest du vielleicht mal nach der Herzogin sehen. Sie blutet.« Er sah mich an. »Die Spitze ist weder vergiftet noch verflucht. Ihr hattet Glück. Den hat wohl einfach einer von ihnen bei seiner Flucht verloren, er wurde nicht als Falle aufgestellt.«

Der Prinz wirkte verlegen, half mir hoch und bot mir an, mich auf seiner Schulter abzustützen. Sobald ich stand, ließ der Schmerz allerdings merklich nach, und ich erklärte ihnen, dass ich allein laufen konnte. Edmund hatte es eilig, das offene Feld zu verlassen und uns in das relativ sichere Schulgebäude zu bringen, und auf eigenen Beinen zu laufen ging schneller, als auf eine Schulter gestützt vorwärtszuhüpfen.

Als wir mit Edmunds Geleit die Treppe zum Innenhof hinunterliefen, hätte ich am liebsten laut aufgestöhnt. Die gesamte Schule schien sich bereits im Hof versammelt zu haben. Der Schuldirektor hantierte schon wieder mit seinem Megafon herum und versuchte, die Schüler zu beruhigen, von denen viele sehr blass aussahen.

Als sich alle zu uns umdrehten, machte ich rasch einen Schritt nach rechts, um mich hinter Edmunds breitem Rücken zu verbergen. Der Prinz machte einen Schritt nach links. Edmund bahnte sich einen schnurgeraden Weg durch die Menschenmenge und blieb auch nicht stehen, als ich bei Tammy und den anderen innehielt, die mich unverhohlen anstarrten. Da wurde mir klar, dass ich vollkommen mit Blut verschmiert sein musste – und nicht alles davon stammte von mir. Nicht gerade ein beruhigender Anblick.

Edmund marschierte auf den Gebäudekomplex zu, in dem Englisch unterrichtet wurde, doch vor der Tür (die nach dem Sturm immer noch nicht repariert worden war) trat ihm ein Feuerwehrmann in den Weg. Es lag eindeutig nicht in der Natur der Athan, sich von so etwas aufhalten zu lassen, denn Edmund machte Anstalten, dem Mann einfach auszuweichen. Der ließ sich jedoch nicht beirren und trat ihm wieder in den Weg.

»Sir, Sie können hier gerade nicht rein.«

»Ach, wirklich nicht?«

»Nein.«

»Okay«, willigte Edmund ungewöhnlich friedfertig ein. »Dann eben hier draußen.« Er machte auf dem Absatz kehrt, klatschte in die Hände und marschierte auf eine der Bänke zu. Kurz bevor er sie erreicht hatte, machte er eine rasche Bewegung aus dem Handgelenk, und von der Tür erklang ein Schmerzensschrei. Ich funkelte ihn zornig an, als er sich zu mir umdrehte, denn er musste dem Feuerwehrmann irgendeinen Fluch auf den Hals gejagt haben.

»Strumpfhose runter!«

Ich schloss kurz die Augen. *Der Prinz hat recht. Heute ist echt ein Scheißtag. Noch peinlicher kann's kaum werden.* Obwohl ich ihm erst heute Morgen begegnet war – wenn auch anscheinend nicht zum ersten Mal –, war mir klar, dass Edmunds Laune tatsächlich so mörderisch war, wie er versprochen hatte. Also schlurfte ich widerwillig zur Bank.

»Ent-entschuldigung?«, stotterte der Direktor und stieß gegen sein Megafon, das ein durchdringendes Kreischen von sich gab. Mr. Sylaeia neben ihm deutete jedoch nur vielsagend auf mein Bein. Obwohl meine Strumpfhose blickdicht war, zeichneten sich dunkle Flecken auf meinem linken Bein ab.

Ich zog sie aus, indem ich unterhalb der Wunde und dem Riss im Stoff daran zog. Das war zwar schmerzhaft, weil das getrocknete Blut das Gewebe der Strumpfhose mit meiner Haut verklebt hatte, aber so war es immer noch am würdevollsten.

Mr. Sylaeia holte zischend Luft, als er die Wunde sah. »Wie ist das passiert?«

»Das hier war's«, erklärte der Prinz und trat vor, den Pflock in der Hand. Mr. Sylaeia blickte entsetzt, aber er winkte den Prinzen heran und nahm ihm die Waffe ab. Dann legte er sie auf einen der Tische im Hof, um sie zu untersuchen, während Edmund auffordernd auf die Bank vor mir klopfte. Folgsam kletterte ich hinauf, setzte mich auf die Lehne und stellte die Füße auf der Sitzfläche ab.

»Ich kann das schon selbst heilen«, murrte ich trotzig.

Alle Augen waren auf Mr. Sylaeia, den Prinzen und den Pflock gerichtet, den sie nun untersuchten, während Edmund die Wunde reinigte. »Ich glaube, für heute habt Ihr genug anspruchsvolle Magie gewirkt, junge Dame«, erwiderte er so leise, dass nur ich es hören konnte. Kurz sah er auf und begegnete meinem Blick. Scharf holte ich Luft. Dann beugte er sich wieder über mein verletztes Bein.

Woher weiß er das? Er stand doch auf der anderen Seite der Wiese!

Er beließ es dabei, und ich musste mich damit begnügen, still zu sitzen und die Zähne zusammenzubeißen, während er die Wunde versorgte, die leider kein so sauberer Schnitt war, wie ich gedacht hatte. Es tat weh, als er sie mit einem Zauber nähte, und ich spürte jeden Stich seiner Magie in der Haut, aber noch schlimmer war der Gedanke daran, dass seine Hände für jeden sichtbar so weit oben an meinem Schenkel lagen. Ich wünschte wirklich, er würde mich das selbst tun lassen. Oder den Prinzen.

»Der gehört einem Mitglied des Pierre-Clans«, informierte mich Mr. Sylaeia auf Sagean, was ich für eine kluge Entscheidung hielt. »Ich hatte Vampirgeschichte allerdings nur im Nebenfach«, fügte er dann entschuldigend hinzu, als wollte er seine Schlussfolgerung selbst anzweifeln. »Und außerdem ist das schon eine Weile her, sicher kann ich es also erst sagen, wenn ich das Emblem auf dem Griff nachgeschlagen habe.«

Edmund nickte. »Es ist auf jeden Fall rumänischer Stil, also will ich Ihnen gern glauben.«

Ich riss den Blick von den drei Männern los und sah auf meine Knie hinab. *Der Pierre-Clan.* Ebenjener Clan, der die Königin der Vampire ermordet hatte und an dem Kaspar Varn und seine Freunde so grausame Rache genommen hatten in der Nacht des Londoner Blutbads. Es überraschte mich nicht, dass sie Kontakt mit den Extermino hatten. Die Extermino konnten den Slayern dabei helfen, die Grenzen zwischen den Dimensionen zu überschreiten. Ich hatte nicht vergessen, was der Prinz in meiner Küche zu mir gesagt hatte. Violet Lees Vater war mit dem Pierre-Clan verbündet. Menschen, ob nun Slayer oder nicht, konnten dem Vampirkönigreich kaum wirklich gefährlich werden. Aber andere dunkle Wesen? Das war schlimm. Das war sehr schlimm.

Mitten aus dem Nichts tauchte plötzlich eine Frau auf. Sie sprang vom Dach der Schule und landete direkt neben Edmund. »Im Umkreis eines Kilometers ist alles sauber. Offenbar haben sie alle die Grenze überschritten.«

»Gut, zieht einen Kuppelschild hoch«, wies sie Edmund an, ohne den Blick von meinem Bein zu lösen. »Nichts kommt rein, nichts geht raus, nicht einmal Luft.«

»Was ist mit den Menschen?«, fragte ich.

»Nicht mein Problem. Meine Aufgabe ist, Euch zu beschützen. Die anderen sind mir egal.«

Der Befehl wurde prompt ausgeführt, und ich spürte eine starke Welle der Magie durch mich hindurchströmen. Alle Köpfe hoben sich zum Himmel – der allerdings nicht mehr zu sehen war. Stattdessen wölbte sich eine Kuppel aus verwaschenem Grau und Stahlblau über uns, und dasselbe unheimliche tiefe Heulen ertönte, das ich schon während des Gewitters auf Burrator gehört hatte. Aber diesmal verstummte es nicht wieder.

Jetzt setzte die Angst unter den Schülern ein, noch heftiger als beim Auftauchen des Nebels. Menschen schrien und weinten. Das Licht schillerte künstlich blau, und die Luft war dick vor Energie und schwer zu atmen. Irgendwann würde uns der Sauerstoff ausgehen.

Diesmal war es Richard, der vom Dach sprang, und neben ihm landete eine weitere Frau, die wesentlich jünger wirkte als der Rest von ihnen. Als sie auf uns zukam, wurde Edmunds Miene zum ersten Mal seit dem Vorfall mit dem Feuerwehrmann wieder etwas weicher.

»Geht es dir gut?«, fragte er sie gedämpft, obwohl es kaum nötig war, denn das Heulen des Schildes übertönte ohnehin alles, was nicht im näheren Umkreis gesprochen wurde.

»Nur ein bisschen gebeutelt«, antwortete sie.

Er lächelte leicht und strich mit dem Finger über mein jetzt nahezu heiles Bein, um die rote Linie und die letzten Blutergüsse verschwinden zu lassen. »Ich habe dir ja gesagt, bei den Prinzen wird es immer spannend.«

Sie wirkte überhaupt nicht gebeutelt und wollte wissen, ob er etwas von dem Nebel aufbewahrt hatte. Ihrer Ausdrucksweise nach zu urteilen war sie vermutlich eine Alchimistin. Jetzt, da die Kuppel errichtet war, schienen alle Athan merklich entspannter zu sein. Schließlich ging sie mit dem Glas in der Hand davon, um den Nebel zu untersuchen.

»Meine Schwester«, erklärte Edmund und sah ihr nach. »Ihr seid fertig. Versucht mal, das Bein zu belasten.« Ich glitt von der Bank und lehnte mich probeweise nach links. Es tat nicht weh, allerdings fühlte sich mein Oberschenkel taub an. Ich sagte es ihm, aber das schien ihn nicht weiter zu beunruhigen.

Auch das Schicksal der Menschen hier oder die Tatsache, dass es ihnen nicht besonders gefiel, in einem riesigen Goldfischglas gefangen zu sein, schienen ihm keine Sorgen zu machen. Wenigstens der Prinz hatte irgendetwas unternommen. Er stand beim Direktor und versuchte, ihn zu beruhigen, denn dem gefiel es offenbar nicht besonders, dass die Athan auf seiner Schule herumsprangen und auch noch einen Schild darum hochgezogen hatten. Mr. Sylaeia scharte währenddessen die anderen Lehrer um sich. Die Schüler dagegen konnten nichts anders tun, als, nun ja, uns anzuglotzen.

»Edmund, ihr könnt den Schild nicht den ganzen Tag aufrechterhalten – wir ersticken«, murmelte ich ihm zu, nur für den Fall, dass er das vor lauter Sicherheitsbestreben vergessen hatte.

»Wir werden ihn auch nicht den ganzen Tag aufrechterhalten. Wir gehen.«

»Wohin?«

»Zurück nach Burrator.«

»Ich auch?«

»Natürlich.«

»Das kann ich nicht.«

Er war mit dem Pflock beschäftigt und sah mich nicht an, weshalb ihm die Bedeutung meiner Worte wohl entging. »Natürlich könnt Ihr. Euer Bein ist wieder in Ordnung.«

»Ich werde aber nicht gehen.«

Sein Kopf ruckte hoch, und er ging langsam auf mich zu. Ich verlor ein wenig die Nerven und wich zurück, bis ich gegen die Bank stieß. »Mylady, wir können die Schule ohne Schild nicht sichern, und wie Ihr bereits sehr richtig festgestellt habt, kann der Schild nicht auf Dauer bleiben«, erklärte er so langsam und deutlich, dass ich mich fast fühlte wie ein dummes kleines Kind. »Wenn Ihr Euch um die Menschen sorgt, dann schickt sie heim.«

»Ich will nach Hause«, sagte ich rasch. Es klang gar nicht so, als ob ich das wirklich wollte. »Ich lasse meine Eltern nicht allein, wenn die Extermino in der Nähe sind.«

»Am Wochenende hast du mir doch erzählt, dass deine Eltern bis Donnerstag in London sind«, rief der Prinz hinter dem Baum hervor, wo sich die Lehrer versammelt hatten. Er sagte es laut und auf Englisch, wofür ich ihm von Herzen gern einen Fluch auf den Hals gejagt hätte. Dann stand er plötzlich vor mir, und die Kirschblütenblätter rieselten in einem Halbkreis um meine Hände, mit denen ich Halt suchend den Tisch neben der Bank umklammert hielt. Ich lehnte mich zurück, fort von den beiden. »Warum lügst du?«

Er wirkte verletzt, aber ich fühlte mich in die Enge getrieben und konnte den Blick nicht von meinen Fußspitzen heben. »Ich will doch nur nach Hause.«

»Aber du kamst mir in den letzten Tagen so fröhlich vor.« Sogar seine Stimme klang verletzt.

»Ich will nach Hause.« *War das denn so schwer zu verstehen?*

»Mylady, vielleicht habt Ihr es noch nicht begriffen, aber die Dinge haben sich geändert«, führte Edmund aus. »Ihr könnt nicht mehr einfach tun, was Ihr möchtet. Dies ist nicht länger Eure Entscheidung.« Er war wirklich *sehr* groß und *sehr* einschüchternd.

»O doch, das ist es!« Ich drückte mich an der Bank entlang, nur raus aus dieser Belagerung, aber der Prinz war schneller. Rasch streckte er einen Arm aus, und ich saß in der Falle.

»Das dritte der *Fas*. Treue zu Athenea. Ich befehle dir, mit uns zurückzukommen.«

Meine Lippen teilten sich. »Meinst du das ernst?«

»Todernst«, raunte er, und vielleicht in einer unbewussten Nachahmung teilten sich auch seine Lippen. Er war mir so nah, dass mir der Hauch seines Atems ein paar Härchen ins Gesicht blies. Ich wollte sie fortwischen, aber zwischen uns war nicht genug Platz, ich konnte die Hand nicht heben. Stattdessen tat er es für mich. Er senkte den Arm, mit dem er mir den Weg versperrt hatte, und strich mir die Härchen aus der Stirn, steckte sie mir jedoch nicht hinters Ohr, wie ich es immer tat. »Ich will nicht, dass du in Gefahr gerätst.«

»Wirklich?«

»Wirklich«, sagte er noch immer so leise, dass es kaum mehr als ein Flüstern war. Einen weiteren Augenblick starrte ich noch wie gebannt auf seinen Mund, dann riss ich mich los, wich flink nach links aus und hastete an dem Kirschbaum und der Gedenktafel für Kurt Holden vorbei. Eilig teilte sich die Menge vor mir.

»Okay, die Show ist vorbei, Leute, rein mit euch. Jetzt müssen wir zusehen, wie wir euch nach Hause kriegen.« Ich sah mich um, aber Mr. Sylaeias Anweisungen wurden von den Schülern schlichtweg ignoriert. Sie standen stocksteif da und sahen mir und dem Prinzen nach, der mir hinterhereilte.

»Autumn! Jetzt sei doch nicht so.«

Ich stolperte die Stufen hinunter und durchquerte den überdachten Eingangsbereich, durch den wir die Schule vor kaum mehr als einer Stunde betreten hatten. »Wie denn genau, Euer Hoheit?«

»Was weiß ich … Du machst hier einen Aufstand wie ein verwöhntes Balg.«

Das verschlug mir glatt die Sprache, und ich warf wortlos einen Blick über die Schulter zurück. Er war mir noch immer dicht auf den Fersen, und auch Edmund folgte mir, wenn auch in einigem Abstand. »Das … das ist doch reine Heuchelei, und das ausgerechnet von dem Typen, der ohne mit der Wimper zu zucken das fünfte der *Fas* gebrochen hätte.« Ich hielt fünf Finger hoch, während ich frustriert den Parkplatz überquerte. »Strikte Einhaltung der Terra-Verträge, in denen der Schutz der menschlichen Jugend eine bedeutende Rolle spielt!«

»Ganz so einfach ist das für mich nicht, und das weißt du genau! Und das sollte es für dich auch nicht sein. Du hast nicht einmal nachgedacht, bevor du dich für ein paar Menschen den Extermino in die Arme geworfen hast!«

Ich wirbelte herum und stemmte die Hände in die Hüften. »Ach, dann ist unser Leben also mehr wert als ihres, ja?«

Er hielt abrupt an und kam direkt vor mir zum Stehen. »So habe ich das nicht gemeint.« Seufzend fuhr er sich über den Hinterkopf. Ich wartete darauf, dass er mir erklärte, *wie* er es denn dann gemeint hatte. »Ich verstehe dich einfach nicht«, stellte er schließlich fest und legte den Kopf schief. »Vor Kurzem wolltest du Valerie Danvers noch einen Fluch verpassen, der sie locker bis nach Vancouver geschleudert hätte, und heute setzt du ohne zu zögern dein Leben für sie aufs Spiel.«

»Ich habe es nicht nur für sie getan«, murmelte ich.

»Sei jetzt nicht pedantisch.«

»Sei jetzt nicht so unverbesserlich.«

Er lachte auf. »Du bist echt süß, wenn du sauer wirst.«

Mir blieb der Mund offen stehen. Dann stöhnte ich entnervt auf, machte auf dem Absatz kehrt und stürmte zur Bushaltestelle davon.

»Herzogin«, rief er mir vergnügt hinterher. »Wo wollt Ihr denn hin? Wir sitzen hier unter einer riesigen Kuppel fest, und Ihr habt Eure Schultasche vergessen.«

Ich sah mich nach ihm um und erkannte, dass er sich auf die Unterlippe beißen musste, um nicht loszulachen. Die Hände hatte er tief in den Taschen seiner Jeans vergraben, und er hüpfte fast beim Gehen.

Jetzt reicht's! Ich nahm Anlauf und schwang mich in die Luft. Durch den Schild konnte ich zwar wirklich nicht entkommen, aber er erstreckte sich bis weit über die Schule hinaus, und das bedeutete, dass ich trotzdem einiges an Distanz zwischen uns bringen konnte.

»Nein, nein, nein, tu das nicht!«, brüllte er jetzt. Ich fühlte, wie ihn seine Magie ebenfalls hochhob, und hörte Edmund fluchen.

Es erschien mir logisch, in Richtung des Flusses zu fliegen, aber der Schild reichte nur bis zur Straße an diesem Ufer. Weit würde ich da nicht kommen. Stattdessen folgte ich der Straße nach Dartmouth, die wir heute Morgen in umgekehrter Richtung zur Schule genommen hatten. Leider war der Prinz viel trainierter als ich und holte bereits auf. Einen absurden Augenblick lang überlegte ich, ob ich mich einfach fallen lassen und in einer der Damenumkleidekabinen des Sportzentrums verstecken sollte, dem letzten großen Gebäude, das die Kuppel einschloss. So oder so, ich würde bald landen müssen.

Ich überflog den Kreisverkehr und suchte nach einer Stelle, wo ich landen konnte, ohne dabei das Tempo wesentlich verringern zu müssen, als mich ein kräftiger Fluch in den Rücken traf. Er warf mich aus der Bahn, und ich hätte aufgeschrien, wenn er mir nicht alle Luft aus den Lungen gesogen hätte. Es reichte zwar nicht, um mich abstürzen zu lassen, aber wie ich kurz darauf feststellte, war es genug, um den Prinzen aufholen und heftig mit mir zusammenstoßen zu lassen. Eisern schlangen sich seine Arme um mich, während uns sein Schwung über die Straße und die angrenzende Hecke hinweg bis über das Fußballfeld des Sportzentrums trug. Dann kappte er den Zustrom der Magie, und wir stürzten ungebremst ab. Trotz des Schmerzes um meine Rippen gelang es mir zu schreien, bis wir weich auf einem Luftkissen landeten. Obwohl er die Lage offensichtlich im Griff hatte, funkelte ich ihn zornig an, als wir endlich nicht mehr fielen und so nah über dem Boden schwebten, dass mein Haar das Gras unter uns streifte. Er achtete jedoch gar nicht darauf, sondern legte stattdessen eine Hand um meinen Hinterkopf, damit ich mich nicht am Boden stieß, als er uns die letzten Zentimeter aufs Spielfeld sinken ließ. Sanft kam ich auf dem Gras zum Liegen, flach auf dem Rücken, während er rittlings auf meinem Bauch saß.

Als ich begriff, dass er durchaus nicht vorhatte, sich da wegzubewegen, versuchte ich, mich herumzurollen und ihn abzuwerfen. Er hatte in diesem Punkt jedoch eine andere Meinung, packte meine Handgelenke und hielt sie über meinem Kopf fest.

»Euer Hoheit, ich verlange, dass Ihr mich loslasst!«

»Du … verlangst?«, fragte er langsam, hob eine Braue und

legte den Kopf schief. Sein Lausbubenlächeln blitzte auf, so breit, dass seine Grübchen erschienen.

»Ja, das tue ich«, entgegnete ich unbeirrt. »Dies hier verstößt gegen die Terra-Verträge!«

»Stimmt, aber ich lasse dich erst los, sobald ich sicher sein kann, dass du mit uns kommst und dich nicht in Gefahr bringst«, schoss er zurück und beugte sich über mich, was mir eine unfreiwillige Nahaufnahme seiner Brust bescherte. Ich sah, wie sich seine Narben unter dem Shirt abzeichneten, die Linie seiner Rippen und wie der Stoff seine Brustmuskeln noch betonte – richtige Muckis, sagte Gwen immer.

Hastig schloss ich die Augen und atmete tief durch. Sein Aftershave roch anders. Nach Schokolade.

Da setzte er sich jedoch schon wieder auf, und ich kreischte empört, als ich erkannte, was er getan hatte. Meine Hände waren immer noch über meinem Kopf gefesselt, jetzt allerdings mit Stricken, die in dem Augenblick, in dem ich meine Magie rufen und sie fortzaubern wollte, auch um meine Fußgelenke erschienen. Nichts geschah. Ich fühlte keine Hitze in den Adern, und der Spruch wollte sich einfach nicht formen lassen.

»Wie kannst du es wagen? Das ist fortgeschrittene Magie!«

Er warf den Kopf zurück und lachte. Dann stützte er sich neben meinen Schultern ab und sah auf mich herunter, wobei er immer noch leise lachte.

»Was?! Ich finde das überhaupt nicht lustig!«

»Das ist es auch nicht, wirklich!«, versicherte er und setzte eine nüchterne Miene auf, um mich zu beschwichtigen. »Aber das ist jetzt wieder die Autumn Rose, die ich von früher kenne. Schön, sie wiederzusehen …«

»Gerade hast du noch gesagt, ich soll nicht so einen Aufstand machen! Willst du etwa andeuten, dass ich früher ein verwöhntes Balg war?«

Er wirkte überrumpelt und fing an zu stottern. »Ich … oh … na ja … du warst eben sehr … eigenständig.« Er nickte, wie um sich selbst zu versichern, dass dies die taktvollste Antwort war.

Ich wollte gerade etwas Bissiges zurückgeben, als ich ein Räuspern neben uns hörte.

Der Prinz grinste verlegen. »Hi, Edmund!« Dann kletterte er endlich von mir herunter und stand auf.

Edmund deutete auf mich. »Ihr … seid …« Aber er konnte offenbar keine Worte dafür finden, was ich war. »In zwei Minuten sind die Autos hier. Und Ihr bleibt auf Burrator, bis alles wieder sicher ist. Keine Widerrede.«

Ich versuchte, mich mit den gefesselten Händen und Füßen irgendwie aufzurichten, was mir aber nicht gelang. »Nun, in diesem Fall müssen wir aber vorher bei mir zu Hause haltmachen, weil ich ein paar Kleider packen muss. Keine Widerrede.«

Der Prinz schluckte mühsam ein Lachen herunter.

Edmund wirkte dagegen weniger amüsiert. »Zaubert Euch einfach her, was Ihr braucht.«

»Geht nicht. Ich weiß nicht, wo meine zweite Schuluniform liegt, und die brauche ich ganz eindeutig.«

Er knurrte nur irgendetwas, was ich als Zustimmung auffasste. Selbst mit meinem eingeschränkten Gesichtsfeld fiel mir auf, dass wir allmählich eine ganze Schar von Zuschauern hatten. Die Angestellten des Sportcenters sammelten sich am Eingang des Fußballfeldes und starrten hinauf zur Kuppel des Schildes.

»Und jetzt hilf mir wenigstens hoch«, fauchte ich den Prinzen an. Er tat es, ergriff meine Hände und zog mich hoch, bis ich saß. Offenbar traute er mir jedoch nicht genug, um mich aufstehen zu lassen, und setzte sich stattdessen hinter mich, sodass ich meinen Rücken gegen seinen lehnen und so relativ bequem sitzen konnte. Ich winkelte die Knie an und legte die Hände darauf.

»Hey, Herzogin«, sagte er nach einer Weile.

»Was?«

»Nennst du mich dann ab jetzt Fallon?«

Ich schloss die Augen und seufzte leise. Er hatte meinen Ausrutscher im Nebel also mitbekommen. »Vielleicht.«

Wieder lachte er. *Wie kann er nach allem, was am Wochenende und gerade eben passiert ist, nur so gut gelaunt sein? Und warum bin* ich selbst *eigentlich so gelassen?*

Ganz wie Edmund gesagt hatte, ertönte kurz darauf das Dröhnen der Motoren, und man erwies mir immerhin die Gnade, meine Fußfesseln zu lösen, damit ich selbst laufen konnte. Sobald die Autotür hinter mir zugefallen war, verschwanden auch meine Handfesseln, und die Kuppel draußen verblasste und verging. Dann setzte der Regen ein. Harter, unerbittlicher Regen.

Kapitel 20 Autumn

Jemand hatte sich offensichtlich in den Englischtrakt durchgekämpft, denn meine Tasche lag im Fußraum des Autos. Ich suchte nach meinem Handy und musste ein frustriertes Stöhnen unterdrücken, als ich sah, dass die Batterie leer war. Als wir vor meinem Haus hielten, sprang ich aus dem Wagen, bevor Edmund seine Aufforderung, ich solle mich beeilen, beenden konnte. Er folgte mir ins Haus, während der Fahrer das Auto wendete.

»Ich weiß, es ist klein«, sagte ich sofort, als wir durch die Tür traten und ich meine Schuhe auszog. Edmunds umherschweifender Blick traf kurz meinen und untersuchte dann wieder jeden Winkel. Ich nahm es ihm nicht übel, weil ich wusste, dass es nun mal sein Job war, Dinge zu untersuchen.

Oben steckte ich mein Handy an das Aufladegerät, warf meinen feuchten Pullover in die Wäsche und leerte meine Wochenendtasche auf dem Bett aus. Dann fing ich an, frische Kleider und Unterwäsche hineinzuschmeißen. Als ich von der Suche nach meiner zweiten Schuluniform zurückkam, vibrierte mein Handy schon ununterbrochen. Es waren allein vier SMS von Tammy, drei von Tee und je eine von Gwen und Christy eingegangen. Jo hatte zwei kurze, ernste E-Mails geschickt und wollte wissen, warum ich auf ihren Roman von einer

SMS nicht geantwortet hatte. Ich schickte schnell versöhnliche Nachrichten an Tee und Tammy und ließ sie wissen, dass ich zurück zum Haus des Prinzen – *Fallon* – fahren würde. Dann schrieb ich fast dasselbe an meinen Vater. Die Extermino erwähnte ich nicht. Meine Mutter würde zweifellos verärgert über »meine« Entscheidung sein, aber ich musste es ihnen sagen, damit sie nicht versuchten, mich auf dem Festnetz anzurufen.

Als ich fertig war, holte ich tief Luft und ließ mich aufs Bett fallen. Ich kniff die Augen zu und öffnete dann die Facebook-App. Sobald mein Newsfeed erschien, ging ich direkt auf meine Freundesliste und tippte »Nathan Rile« ein. Die drei Balken, die den Ladevorgang anzeigten, blinkten – an und aus, an und aus, an und aus, und mit jeder Pause umklammerte meine Hand das Handy fester.

Keine Übereinstimmung gefunden.

»Was?« flüsterte ich und starrte auf das Handy. *Vielleicht hat er seinen Profilnamen geändert.* Ich probierte Nate und Nathaniel. Ich versuchte, seinen zweiten Vornamen zu erraten. Ich ging die ganze Liste durch und suchte alle Nachnamen, die mit *R* anfingen. Ich versuchte eine normale Suche, für den Fall, dass er mich gelöscht hatte. Nichts. Aber erst als ich mein Profil aufrief und bis Juli hinunterscrollte (ich wusste, dass er eine Nachricht geschrieben und mir einen schönen Sommer in London gewünscht hatte), verstand ich, was passiert war. Die Nachricht war verschwunden. Und er auch.

»Mylady, wäre es möglich, dass wir irgendwann in den nächsten Tagen losfahren?«, blaffte Edmund die Treppe hinauf.

»Ich komme!«, rief ich zurück und sah ein letztes Mal auf die Zeile zwischen den Einträgen, wo Nathans Nachricht hätte sein sollen. Dann stopfte ich mein Handy und das Aufladegerät in meine Schultasche und ein paar Bücher und Toilettenartikel in die größere Tasche. Ich würde mich umziehen müssen, wenn ich dort war.

Ich rannte nach unten, ließ die größere Tasche verschwinden und zauberte meine Schultasche mit den Schlüsseln darin in mein Zimmer in Burrator. Als ich wieder ins Auto stieg, war der Prinz – *Fallon* – dabei, mit seinem eigenen Handy herumzuspielen, obwohl ich bezweifelte, dass er gerade auf Facebook war. Die Mitglieder der Königsfamilie hatten keine persönlichen Profile, wie meine Freunde aus Kable herausgefunden hatten, als sie versuchten, ihn auf Facebook zu finden.

Er merkte, dass ich ihn ansah, und gab mir das Handy. Auf dem Display war ein Artikel aus *Arn Etas* mit der Überschrift: »Mutmaßlicher Pakt zwischen Lee und Pierre immer noch nicht durch Interdimensionalen Rat bestätigt; menschliche Fraktion verweigert weiterhin Unterstützung für die britische Regierung in der zweiten Dimension.«

Ich überflog den Artikel, während wir auf Edmund warteten, der draußen mit Richard und seiner Schwester redete. Es war immer das Gleiche mit den Menschen. In jedem einzelnen Land, in jeder einzelnen Dimension wurden Mitglieder für den Interdimensionalen Rat gewählt, die ein einzelnes, repräsentatives Gremium für dieses Land bildeten, unabhängig von der Dimension, und alle Abgeordneten bildeten die menschliche Fraktion. Sie hatte dasselbe Stimmgewicht wie jede der Fraktionen der Königreiche der dunklen Wesen, obwohl sie größer war. Aber wenn die menschliche Fraktion beschloss, sich mit Michael Lee zusammenzutun, einem der wenigen seiner Dimension, die von unserer Existenz wussten (und das nur wegen seiner Stellung, denn die unwissenden Menschen in seiner Dimension wählten nicht), dann würden wir Schwierigkeiten bekommen. Glücklicherweise hatte jedoch keiner der menschlichen Abgeordneten, nicht einmal einer der britischen, das bisher getan. Der Grund dafür waren Lees Verbindungen zu zweifelhaften Gruppen wie den Slayern und, dem Artikel nach, abtrünnigen Vampiren.

»*Wann sind die Gerüchte über Pierre und Lee bekannt geworden?*«, fragte ich Fallon.

»*Keine Ahnung, jetzt ist es ohnehin Schnee von gestern*«, antwortete er in meinem Geist. »*Wir könnten einen Pierre-Extermino-Pakt am Hals haben.*«

»*Vielleicht war das heute nur eine einmalige Sache*«, schlug ich ungewohnt optimistisch vor. Er sah mich an, als wären meine Narben hellblau geworden. Ich zog eine Grimasse und gab ihm sein Handy zurück. Als er die App schloss, konnte ich sehen, dass auf dem Display stand: FALLON-PRIVAT (GESICHERT). Mir fiel plötzlich seine Erklärung ein, warum er hierhergekommen war: das ruhige Leben.

Ich sah zu, wie er das Handy wieder in die Tasche steckte. Edmund stieg in den Wagen. Fallon konnte dem, was er war, nicht wirklich entfliehen.

Ich seufzte, schnallte mich an und lehnte den Kopf an die Scheibe. Fallon hatte sich zurückgezogen, und ich ließ Nathan in meinem Geist aus seiner Kiste heraus. *Vergiss den Pakt. Was ist, wenn die Extermino Menschen verwandeln?* Geschichten von Menschen, die zu Sage wurden, waren so selten … Es war gefährlich. Es war absurd.

Ich wusste, dass ich ihnen irgendwann davon erzählen musste, aber im Moment versuchte ich noch, ein zwingendes Argument zu finden, das sie von der Wahrheit meiner Geschichte überzeugte – ich würde mir ja selbst nicht glauben, wenn ich es nicht mit eigenen Augen gesehen hätte.

Jetzt schloss ich ebendiese Augen, und Nathans Gesicht erschien. Als ich es betrachtete, krochen Ranken über seine

Haut und legten sich wie Krallen auf seine Wangen. Es waren keine Kunstwerke wie die Narben eines echten Sage – es war Giftefeu. Er war befleckt worden. Grau befleckt.

Ich konnte dieses Bild nicht zur Seite schieben, und selbst als ich einschlief, ließ es mich nicht los.

Ich erwachte, als mich Arme unter den Knien und Schultern fassten und ich ein paar Regentropfen in meinem Haar spürte. Kurz öffnete ich die Augen und schloss sie gleich wieder, als ich einen Blick auf ein schmutzig weißes Hemd und rostrote Narben erhaschte. Ich verbrachte den Großteil des Weges damit, so zu tun, als schliefe ich – und damit, herauszufinden, warum ich dagegen ankämpfen musste, dass meine Augen rosa wurden.

»Was ist los? Alfie und Lisbeth sind früher zurückgekommen, sie haben etwas von Extermino gesagt … Du meine Güte, was ist mit Autumn passiert?«

»Beruhige dich, Tante, sie schläft nur«, sagte Fallon. Mein Kopf lehnte an seiner Schulter, in der Kuhle unterhalb seines Kinns, und als er sprach, spürte ich, wie sich die Spannung in seinem Hals veränderte. Es verursachte ein Brennen in meiner Brust.

»Du musst sie wecken, ihr müsst uns erzählen, was passiert ist«, hörte ich Prinz Lorent sagen.

»Dann warte einen Augenblick. Und lass Kamillentee bringen. Glaub mir, wir brauchen ihn.« Die Schritte wurden leiser, und ich hörte, wie sich eine Tür öffnete und schloss. Dann wurde ich auf einen Sessel gelegt. Fallon sank neben mir auf die Polster.

»Autumn, tut mir leid, aber es ist Zeit zum Aufwachen.«

Dann nimm mich von deiner Schulter weg, dachte ich. Trotzdem bewegte ich mich ein wenig, öffnete die Augen, setzte mich langsam auf und ließ die Umgebung auf mich wirken. Wir saßen auf dem Sofa im leeren Wohnzimmer. Im Kamin brannte kein Feuer, und der Raum war still und kalt. Das sanfte Trommeln des Regens an den Fenstern, deren Simse fast auf Bodenhöhe angebracht waren, half auch nicht, den Raum warm wirken zu lassen.

»Na, du?«, sagte Fallon und legte mir die Hand auf die Schulter. Ich sah ihn verschlafen an. »Süße Träume gehabt?«

»Nein. Eher nicht.«

Er zog die Hand zurück. »Hattest du eine Vision?«

Ich schüttelte den Kopf und strich die blutverschmierten Falten meines Rocks glatt. Zum Glück war kein Blut oberhalb des Saums meiner Bluse. Deshalb hatte sich niemand gefragt, wie es dorthin gekommen war. Es sah einfach aus, als stammte es von meinem Bein.

»Du kannst dich umziehen, sobald wir erzählt haben, was passiert ist. Mein Vater …« Er wedelte mit der Hand. »Ich meine, der König muss es erfahren.«

Ich nickte. Er lehnte sich auf dem Sofa zurück, schloss die Augen und ignorierte das geschäftige Treiben, als Dienstmädchen und Diener hereinkamen, das Feuer anzündeten und Tee einschenkten. Als Chatwin mit dem Tee zu uns kam, dankte ich ihm, vermied aber jeden Augenkontakt, denn ich wusste, dass er immer wieder auf meinen blutbefleckten Rock schaute. Als er weg war, inspizierte ich die Flüssigkeit in der Tasse misstrauisch. Sie war golden und sah aus wie etwas, das ich nie trinken würde.

»Es beruhigt«, versicherte mir Fallon. Er schien ganz gern große Schlucke davon zu nehmen, und es war kein Zucker darin, also probierte ich es. Ich war ohnehin unruhig. Alles, was mir helfen würde, die Sache mit Nathan zu erklären, musste gut sein. Es schmeckte fruchtig und erinnerte mich an die Kräutergetränke, die meine Großmutter gegen meine Kopfschmerzen gebraut hatte, als ich ein Kind war.

Edmund kam herein und setzte sich in einen der geraden Sessel in der Nähe des Feuers. Mit einer Arroganz, von der ich allmählich begriff, dass sie typisch für ihn war, winkte er Chatwin herbei. Auch er nahm von dem Tee, trank ihn aus und seufzte dann in die leere Tasse. Dann trank er noch eine weitere.

Als der Herzog und die Herzogin hereinkamen, gefolgt von Alfie und Lisbeth, wurde seine Arroganz in den Hintergrund gedrängt, und er sprang auf und verbeugte sich. Ich versuchte, dasselbe zu tun, aber Fallon hielt mich fest, als ich meine Hände auf die Kissen stützte, um mich hochzudrücken. Edmund setzte sich wieder, aber die anderen schienen lieber stehen zu wollen.

»Nun?«, fragte Prinz Lorent an Edmund gewandt. Er war gereizt und sprach im gleichen Tonfall wie damals, als die Neuigkeiten über Violet Lee eingetroffen waren.

»Sie haben eine Mischung aus Blockadeflüchen und Elementarzaubern benutzt, um sich zu verstecken. Wir haben es nicht kommen sehen, bis der Nebel auftauchte. Als wir diesen Dunst erst einmal eingeatmet hatten …« Er sah mich an, und alle folgten seinem Blick. »Wir hatten so gut wie keine Chance mehr. Glücklicherweise ging es ihnen ähnlich. Was auch immer es war, es war neu und extrem wirksam.«

Er betonte den letzten Satz, offensichtlich in der Defensive, denn was passiert war, hatte seinen professionellen Stolz verletzt.

»Konntest du eine Probe nehmen?«

Jetzt sah Edmund etwas zufriedener mit sich aus. »Alya ist schon unterwegs, um sie zu testen.«

»Wie viele waren es?«

»Fünf«, antwortete Fallon.

»Sechs«, sagte ich.

»Acht«, korrigierte uns Edmund. Ich ließ den Kopf wieder sinken und starrte auf meinen Schoß. *Wenn ich gewusst hätte, dass es so viele sind, wäre ich nie in die Nähe dieses Nebels gegangen.* »Zwei Tote und ein Verletzter auf ihrer Seite.« Ich sah wieder auf und bettelte Edmund geradezu mit den Augen an, das nicht näher auszuführen. Sie durften auf keinen Fall wissen, was ich getan hatte. »Aber zwei waren menschlich.« Ich atmete erleichtert auf. »Und es sieht so aus, als wären es nicht irgendwelche Menschen, sondern Slayer gewesen. Giles und Abria vom Pierre-Clan. Richard versucht gerade, ein Profil von ihnen zu erstellen.«

Alfie blieb der Mund offen stehen. »Slayer. Der Pierre-Clan … mit Michael Lee … Slayer?«

Seine Mutter war direkter. »Wie um alles in der Welt kommst du darauf?«

»Wegen dem hier«, sagte Edmund und ließ den Pflock in seiner Hand erscheinen. Alle schnappten nach Luft. »Autumn hat ihn sozusagen gefunden. Er schnitt ihr ins Bein, nachdem sie die Grenze überquert hatten. Daher das Blut.« Er zeigte auf mich, und ich nickte.

Er brachte den Pflock zum Tisch, und alle untersuchten ihn abwechselnd. Meine Beine begannen nervös auf und ab zu wippen. Der Tee hatte nicht geholfen.

Prinz Lorent fuhr sich über das Gesicht und wandte sich an seine Frau. »Ich glaube nicht, dass wir damit warten können, wir müssen sofort mit Ll'iriad reden.«

»Also auf nach Athenea.« Sie seufzte und nahm den Pflock. »Bleib in der Nähe, Edmund, vielleicht will er auch dich sprechen.«

Edmund verbeugte sich, und Fallon stand ebenfalls auf.

Ich holte tief Luft. Dann atmete ich mit einem Wortschwall wieder aus. »Da ist noch etwas!«

»Ach?« Prinz Lorent neigte den Kopf. Edmund fing meinen Blick auf und schüttelte leicht den Kopf. Ich ignorierte ihn. Ich wollte nicht das sagen, was er dachte.

Ich schloss die Augen. »Es klingt verrückt, aber ich glaube, ich kannte einen der Extermino.«

»Du kanntest einen?« Als ich die Augen wieder öffnete, kam Fallons Onkel auf mich zu, und ich stemmte die Füße gegen den Boden und drückte mich ganz nach hinten gegen die Sessellehne.

»Ja. Ich … Als er noch ein Mensch war.«

»Ein Mensch?«, wiederholte er und blieb stehen. »Was willst du damit andeuten?« Sein Tonfall war so anklagend, dass ich ihn nicht direkt ansehen konnte.

»Ich kannte ihn von der Arbeit, er war Koch und …« Ich verstummte und kniff die Augen fest zu, als mir klar wurde, dass …

»Ich glaube, ich habe, äh … vergessen, deinen Job zu erwähnen«, warf Fallon ein. Er biss sich auf die Unterlippe und fuhr sich mit der Hand über den Hinterkopf.

»Das ist unerheblich, sag einfach, was du zu sagen hast«, erwiderte seine Tante ungeduldig.

Natürlich ist es nicht unerheblich. Es kränkt eure Ehre mehr als meine. Trotzdem sprach ich weiter. »Etwa eine Woche nachdem ihr in Kable angekommen seid, ist er nicht mehr zur Arbeit gekommen.« Ich sah Fallon an. »Und dann war er weg, ohne zu kündigen. Ich habe mir nichts dabei gedacht, aber dann tauchte er im Nebel vor mir auf und hatte überall ihre grauen Narben. Er war mir so nah, dass ich ihn hätte berühren können. Und er hat mich nicht angegriffen.«

»Herzogin, Ihr wart völlig wehrlos gegen den Blockadefluch, Ihr könntet auch einfach durcheinander gewesen sein«, spielte Edmund den Advokat des Teufels. Aber ich sah ihm an, dass er mir glaubte und dass er wirklich besorgt war.

»Nein, ich bin mir sicher!«, beharrte ich. »Ich habe gerade sein Facebook-Profil überprüft. Er hat es gelöscht. Und er hat eine wirklich markante Stimme. Habt ihr nicht auch im Nebel einen starken Devonshire-Akzent gehört?«

»Ja, ich schon«, sagte Fallon, und Edmund nickte.

»Wenn die Extermino angefangen haben, Menschen zu verwandeln, dann wird auf höchster Ebene eine vollständige Untersuchung in Gang gesetzt werden«, sagte Fallons Onkel. »Bist du dir absolut sicher?«

Das war ich beinahe. »Ja, bin ich.«

»Wie lautet sein vollständiger Name, und wann habt Ihr ihn zum letzten Mal definitiv als Mensch gesehen?«

Ich drehte mich zu Edmund um. »Nathaniel Rile. Am ersten Samstag im September.«

Der nächste Anführer der Athan sah mich stirnrunzelnd an. »Ich nehme an, ihr wart Freunde auf Facebook. Kanntet ihr euch gut?«

Ich blinzelte ein paarmal erschrocken. »Nein. Wir haben nur zusammen gearbeitet. Ich habe ihn über den Sommer kaum gesehen.«

Er schüttelte den Kopf und schloss die Augen. »Herzogin, es tut mir leid, dass ich das fragen muss, aber hat er je Interesse an Euch gezeigt? Hat er vielleicht geflirtet?«

Ich wurde knallrot und spürte, dass meine Lippen wie von selbst ein kleines O formten. »Keine Ahnung.«

»Hat er je etwas gesagt oder getan, das Euch unangenehm war oder Euch misstrauisch werden ließ?«

Ich rieb mir nervös die Hände im Schoß. Es lief viel schlimmer, als ich gedacht hatte. »Er hatte herausgefunden, dass eine andere Sage-Familie in die Gegend gezogen war. Eine von hohem Rang.« Ich hatte nicht vor zu erwähnen, dass ich ihm das praktisch erzählt hatte. »Und man könnte wohl sagen, dass er im Internet meinen Titel herausgefunden hat.« Ich sah auf. »Ich habe niemandem gesagt, dass ich eine Herzogin bin, bis Fallon herkam. Aber das hast du auch vergessen zu erwähnen, nicht wahr?« Ich sah den Prinzen an, der neben mir saß, und verzog das Gesicht. Er schnitt ebenfalls eine Grimasse.

Mein zum Vernehmungsbeamten mutierter Leibwächter brummte als Antwort und fing dann an, mit den Fingern auf die Lehne des Sessels zu trommeln, in dem er zuvor gesessen hatte.

»Edmund?«

Er drehte sich zu Fallons Tante um. »Die Extermino haben absichtlich jemanden in der Nähe der Herzogin ausgewählt. Wenn sie tatsächlich recht hat und dieser Nathaniel verwandelt worden ist, dann würde daraus logisch folgen, dass er ein Motiv hatte, ein Sage werden zu wollen. Es ist undenkbar, dass ein Mensch eine Verwandlung in einen Sage überlebt, wenn er nicht wirklich den Willen dazu hat. Er wurde nicht gezwungen, so viel steht fest.«

Fallon und Alfie starrten mich an. »Du glaubst, die Herzogin war sein Motiv?«, fragte Fallon.

»Es ist eine Möglichkeit.«

»Und das Motiv der Extermino, ihn zu verwandeln?«

Edmund sah die zwei jungen Prinzen vielsagend an, und die Erwachsenen im Raum runzelten besorgt die Stirn.

Ich konnte der Unterhaltung wegen dieses unklaren Wortwechsels nicht mehr folgen und sah erst Alfie und dann Fallon fragend an. »Aber sie wussten doch sicher, dass sie an euch herankommen können, wenn sie jemanden in meiner Nähe auswählen, oder? Es tut mir so leid. Ich weiß, ihr habt versucht, alldem zu entkommen.« Wieder sank ich in mich zusammen.

»Du hattest damit nichts zu tun, und das Leben ist nichts wert ohne ein bisschen Aufregung«, tröstete mich Fallons Onkel, obwohl er selbst erschöpft klang. »Edmund, ich möchte trotzdem, dass das Haus der Herzogin gesichert wird. Bis das geschehen ist, wird sie bei uns bleiben.«

Ich sah abrupt auf, aber ich hütete mich, Prinz Lorent zu widersprechen. Edmund hatte wieder den stechenden Blick, den ich stets bei ihm auszulösen schien, aber Fallon versuchte, ein Grinsen zu unterdrücken. Ich ignorierte es und tat mein Bestes, das Gefühl seiner Nähe auszublenden, weil es die Farbe meiner Augen gefährdete.

Nun wurden die Einzelheiten der Vorfälle besprochen und Ideen darüber ausgetauscht, welche Art von Schutz wir jetzt brauchten. Dann wurde es langsam still.

»Wir können es nicht länger aufschieben«, deutete die Herzogin an ihren Mann gewandt an. Er nahm seine Teetasse, trank sie aus und nickte dann.

»Wir werden einen Gesandten schicken, sobald der König bereit ist, dich zu empfangen, Edmund. Fallon, du kommst mit uns.« Der Prinz neigte den Kopf, und ich hörte einen leisen Seufzer. Nachdem das geklärt war, richtete sich sein Onkel schließlich an alle anderen im Raum und forderte uns auf, etwas zu essen.

Diesmal schaffte ich es, aufzustehen und einen Knicks zu machen, weil Fallon bereits zu seiner Tante und seinem Onkel getreten war. Lisbeth und Alfie verschwanden rasch nach oben. Ich wusste nicht, was ich tun sollte. Nach allem, was passiert war, hatte ich das Gefühl, nichts tun zu können. Deshalb blieb ich draußen vor der offenen Zimmertür stehen und überlegte.

»Na, junger Prinz, was hast du uns sonst noch nicht über sie erzählt?«

Ich zuckte zusammen. Das Geräusch meiner praktisch kaputten Schuhe auf den Fliesen hallte in der leeren Eingangshalle, und ich schlug die Hand vor den Mund, um ein erschrecktes Geräusch zu unterdrücken. Sie sprachen über *mich.* Ich wusste, dass es nicht echt gewesen war, als sie die Tatsache, dass ich einen Job hatte, heruntergespielt hatten. Aber das war noch belanglos im Vergleich zu den anderen Dingen, die Fallon wusste. Er würde ihnen von den Visionen erzählen – wenn er das nicht schon getan hatte. Er hatte nur versprochen, er würde *versuchen*, nichts zu sagen. Ich hatte nichts dagegen, dass sie es wussten. Meine Visionen konnten hilfreich sein. Ich hatte mehr Angst davor, zu einer Waffe zu werden. Denn das war es, was mit Sehern passierte. Besonders mit Sehern, die große Ereignisse voraussehen konnten (oder sich, wie ich, nicht dagegen wehren konnten, sie vorauszusehen). Das würde bedeuten, an den Hof zurückzukehren und meinen Platz im Rat einzunehmen, sobald ich sechzehn war. Nur dem Namen nach eine Herzogin zu sein würde nicht mehr genügen, wenn die Atheneas beschlossen, meine Gabe zu nutzen.

Nein, nein, Kind! Ich bin eine verfluchte Seherin. Das sind wir alle. Das hatte sie immer gesagt.

Der Klang von Prinz Lorents Vorwurf hatte mich erstarren lassen. Das Geräusch der Tür, die von jemandem mit einer von nachtblauen Narben überzogenen Hand – Edmund – zugeschlagen wurde, weckte mich wieder auf.

Ach, sie sind also ganz zufrieden damit, mir ihre Gesellschaft und ihre Sicherheitsmaßnahmen aufzuzwingen. Sie sind ganz zufrieden damit, bei mir nach Informationen zu graben. Aber zu nah darf ich ihnen nicht sein. Ich war schließlich kein geschätztes Mitglied der Königsfamilie.

Dieser Gedanke tat weh. Vor Wochen hätte ich das nie für möglich gehalten. Ich verstand immer noch nicht, woran es lag. Ich wollte zu Hause sein. Ich wollte wirklich zu Hause sein. Aber nach einem Wochenende hier hatte ich mich einbezogen gefühlt. Als Teil von etwas. Seit St. Sapphire's hatte ich mich nicht mehr so gefühlt.

Aber in diesem Augenblick wollte ich einfach nur weg, und meine Füße gehorchten. Sie trugen mich in Richtung Veranda, so schnell, dass daraus beinahe ein Sprint wurde. Ich konnte hören, wie stark der Regen wurde, aber das schreckte mich nicht ab. Die Tische und Stühle lockten, und ich setzte mich außer Sichtweite der Terrassentür. Ich legte die Arme auf den Tisch, schob die Finger zwischen die eisernen Verzierungen und hatte so ein Kissen für meinen Kopf, von dem aus ich dem Regen zusehen konnte. Die Tränen kamen von ganz allein.

Warum hört dieser schreckliche Regen nicht auf? Hat es den Sommer über nicht genug geregnet? Es hätte mich nicht gestört, wenn das Wasser nicht vom Rand der erhöhten Terrasse hochgespritzt und direkt in meine Schuhe gelaufen wäre. Das Innenfutter löste sich unter meinen Fußballen auf. Meine Mutter hatte mich gewarnt, dass das bei Schuhen, die nicht aus Leder waren, passieren würde. Aber ich wollte kein Leder tragen, und sie konnte das nicht verstehen.

Ein bisschen Sonne würde mir absolut guttun. In der Sonne gingen die blöden kleinen Hubbel unter meiner Haut weg, die beim kleinsten Anzeichen von Stress zu Pickeln zu werden drohten, und die braunen Strähnen in meinem Haar wurden heller, sodass es blonder aussah. Es war so viel einfacher, positiv zu sein, wenn die Sonne schien.

»Warum hast du das getan, Nathan?!«, fragte ich in den Regen. Dann legte ich frustriert den Kopf wieder auf die Arme.

Was haben sie dir erzählt, um dich dazu zu bringen? Wie überzeugend waren ihre Lügen, dass du dein Zuhause, deine Familie und deinen Job zurückgelassen hast? Was hat dich dazu gebracht, dein Leben zu riskieren? Weißt du denn gar nichts über die Extermino? Überhaupt nichts?!

Der Regen antwortete nicht.

Die Terra-Verträge hatten viele schmutzige Dinge für illegal erklärt. Ganz oben auf der Liste stand, Menschen in Sage zu verwandeln oder eigentlich in jedes dunkle Wesen, das Magie benutzen konnte. Es war gefährlich. Sehr, sehr gefährlich. Magie wirkte in unserem Blut, sie konnte die Menschen überwältigen und sie töten, wenn sie ihr ausgesetzt waren. Jemand mit außergewöhnlicher Macht war notwendig, um eine Verwandlung zu steuern, und ein Mensch mit ebensolcher Kraft, um sie zu überleben. Es war ein unangenehmer Gedanke, aber mir fiel nur eine Person unter den Extermino ein, die dazu in der Lage war.

Violet Lee hatte Glück gehabt. Eine Vampirverwandlung war vergleichsweise sicher, denn die Magie der Vampire war ruhend und nur für ihre körperlichen Fähigkeiten und ihren Durst verantwortlich. Diese Form der Verwandlung war am wenigsten schmerzhaft, wurde am häufigsten vollzogen und war allgemein akzeptiert. Sie würde ein Mündel der königlichen Familie werden, und es würde ihr an nichts mangeln. Sie durfte eine Wahl treffen, weil ihre Entführer Vampire waren.

Aber Nathan hatte überlebt.

Ein Geräusch hinter mir riss mich aus meinen Gedanken, und schnell wischte ich mir die Augen ab. Ich hoffte kurz, es wäre der Prinz, erinnerte mich jedoch sofort daran, dass er wahrscheinlich schon nach Athenea gereist war, um seinem Vater die Neuigkeiten über die Extermino zu überbringen. Als ich mich umdrehte, sah ich Edmund, der an einem der Verandapfosten lehnte. Das Wasser aus der Regenrinne durchnässte seine Haare, aber es schien ihn nicht zu stören, obwohl er bald auf den König treffen würde. Die Stirnfransen, die er normalerweise sorgfältig nach hinten kämmte, fielen ihm jetzt ins Gesicht, und die sonnengebleichten Locken bedeckten beinahe vollständig seine dunklen, dicken Narben.

Ich legte den Kopf wieder auf die Arme und sah dem Regen zu. Die bevorstehende Standpauke interessierte mich nicht. Ich kannte die Terra-Verträge in- und auswendig, und ich wusste, dass ich vor dem Gesetz praktisch eine Heldin war wegen dem, was ich getan hatte. Meine Gelehrsamkeit und mein Interesse an allen Dingen, die andere ermüdend fanden, zahlten sich aus. Das hatten sie immer getan.

»Im Alter von fünfzehn Jahren einen Extermino mit einem Todesfluch zu töten … beeindruckend – und idiotisch«, sinnierte er, und ich konnte beinahe hören, wie er die Arme verschränkte. »Aber beeindruckend.«

Ich schloss die Augen, denn der Regen fiel nun nicht mehr senkrecht auf den Boden, sondern fegte in Böen durch den Garten.

»Genau genommen …« Ein Stuhl schrammte über den Boden. »Wenn du keine Adlige mit einer sicherlich glanzvollen politischen Karriere in Aussicht wärst, würde ich dich auf der Stelle rekrutieren.«

»Woher weißt du, dass ich einen von ihnen getötet habe?«, fragte ich meinen Arm, ohne mich weiter darum zu kümmern, dass er mich plötzlich duzte.

Er lachte. »Es ist mein Job, das zu wissen.«

Ich hob schließlich doch den Kopf und blinzelte, weil meine Sicht verschwommen war. Sein Umriss wurde nach und nach klarer, und ich konnte wieder scharf sehen. »Du hast es ihnen nicht gesagt.«

»Ich denke nicht, dass deine Fähigkeit, diesen Fluch anzuwenden, hinausposaunt werden sollte, vor allem nicht den Atheneas gegenüber. Stärke macht den Leuten Angst. Wenn du nicht in Gefahr wärst, würde ich dir raten, das alles schnell zu vergessen.« Er hielt kurz inne. »Aber du bist in Gefahr«, schloss er leise murmelnd und trommelte mit den Fingern auf das lackierte Metall des Tisches vor ihm. Er starrte auf einen Punkt über meiner rechten Schulter. »Sie werden sich für das, was du getan hast, an dir rächen wollen«, sagte er nüchtern und erwachte aus seiner Trance. »Und doch hast du keine Angst. Du bist gleichgültig gegenüber der Tatsache, dass du einen anderen Sage getötet hast. Das Blut an deinen Händen ist nicht der Grund für deine Unüberlegtheiten heute. Warum ist das so?«

Er lehnte sich nach vorn und verschränkte die Finger. Es war eine rhetorische Frage, und ich hielt seinem ernsten Blick so ruhig wie möglich stand, weil ich spürte, dass er die Herausforderung genoss. Er klatschte in die Hände, so wie in dem Moment, als ihn der Feuerwehrmann abgewiesen hatte.

»Verstehe. Du glaubst, dass die Extermino deine Großmutter getötet haben, oder?«

Ich kniff die Augen zusammen. »Verschwinde aus meinem Geist.«

»Du weißt ganz genau, dass ich nicht in deinem Geist bin, Mylady. Es war nur eine scharfsinnige Vermutung. Und deine Reaktion hat mir gezeigt, dass ich richtigliege.«

Ich schnaubte wütend, drehte mich auf dem Stuhl um, sodass mein ganzer Körper dem Regen ausgesetzt war, und zeigte ihm den Rücken. »Aber so ist es, oder? Es waren die Extermino. Du weißt auch warum. Alle wissen es.« Ich deutete unbeholfen in Richtung Tür, was mir ein schmerzhaftes Knacksen in der Schulter einbrachte.

Er antwortete nicht, und ich konnte hören, wie der Stuhl knarrte, als er hin und her rutschte.

»Du sagst es mir auch nicht«, sagte ich wütend, schlang die Arme um die Stuhllehne und umklammerte sie fest, suchte Halt, um die Tränen zurückzudrängen.

»Ist das der Grund, warum du heute weggerannt bist? Warum du Fallon wegstößt? Du fühlst dich betrogen.« Seine Stimme war weich geworden, und das Höhnische darin war verschwunden. Er klang so, wie ich es mir immer von meinem Vater gewünscht hatte. *Besorgt.* »Das ist verständlich.«

Ich riss den Kopf herum. »Ist es das?«, flüsterte ich.

»Ja. Mir würde es an deiner Stelle genauso gehen.«

Ich sah wieder in den durchnässten Garten und heftete den Blick auf den Rasen, wo sich das Wasser in Pfützen sammelte, weil der Boden es nicht mehr aufnehmen konnte. »Warum sagst du oder irgendjemand anders mir dann nicht die Wahrheit?«

»Würdest du mir glauben, wenn ich sage, dass es zu deinem eigenen Besten ist?«

Ich schüttelte heftig den Kopf, enttäuscht, dass ich dieses Argument heute schon zum zweiten Mal hören musste. Ich schlang die Arme noch fester um den Stuhl. Die Stäbe drückten in die Falte zwischen meinen Achselhöhlen und meinen Brüsten, aber der dumpfe Schmerz war das einzige Mittel gegen die drohenden Tränen. Und ich würde *nicht* vor einem Mann weinen, den ich erst seit einem Tag wirklich kannte.

Er brummte noch einmal voller Unmut, und der Stuhl knarrte wieder. »Mylady, was ich und die Atheneas über den Tod deiner Großmutter wissen, wird dir nicht helfen, damit abzuschließen, wenn es das ist, was du willst.« Der ernste, rügende Tonfall war wieder da, und ich fühlte mich, als wäre ich auf den Status eines Kindes reduziert worden – die väterliche Sorge war verschwunden.

Sei nicht so dumm, Kind! So leichtsinnig zu denken, du wärest erwachsen genug, um alle meine Geheimnisse zu tragen, wenn sie dich doch nur erdrücken würden.

Großmutter, du bist diejenige, die mich unterdrückt. Ich wünschte, du würdest gehen, weg sein! Dann könnte ich wirklich wachsen!

»Und ich bin nicht reif genug zu entscheiden, ob es mir helfen würde?«, fragte ich.

Seine Hand schlug auf den Tisch, und ich zuckte zusammen. »Autumn Rose Al-Summers, in deinem Zustand bist du nicht in der Lage, auch nur die kleinste Entscheidung selbst zu treffen, denn du bist besessen von einer Toten. Niemand außer dir selbst kann damit abschließen, und wenn du die Toten nicht ruhen lässt, dann wirst du mit deiner Großmutter verwesen, bis du kaum mehr bist als Haut und Knochen. Und da du nichts fühlst, noch nicht mal ein bisschen Reue angesichts dessen, dass du einen Mann getötet hast, der zweifellos eine Familie hatte und kein Verbrechen begangen hat, außer zum falschen Lager zu gehören, ist es vielleicht schon zu spät für dich!«

Ich saß benommen und stumm da, während mich jedes einzelne Wort, das mit steigender Lautstärke und Geschwindigkeit ausgesprochen wurde, schmerzhaft traf. Es dauerte eine Minute, bis ich meine Stimme wiederfand, und selbst dann brachte ich nur ein ungläubiges Aufstöhnen zustande. »Wie kannst du es wagen? Wie kannst du es wagen, so mit mir zu sprechen?«

Er stand abrupt auf. »Ich wage es, weil jemand den schwarzen Schleier vor deinem Gesicht wegreißen musste.«

»Und was fällt dir ein, mir einen Vortrag über Moral zu halten? Du bist nur ein Angestellter.«

Zu meiner völligen Überraschung lachte er. Ein echtes Lachen, das tief aus seiner Brust kam und keine angemessene Reaktion auf meine giftigen Worte war. »Ich glaube, du hast viel zu viel Zeit mit Fallon verbracht. Und ich bin mehr als nur ein Angestellter für dich, Herzogin.«

Wieder schnaubte ich, enttäuscht von seiner Antwort. Sie hatte die Wut, die ich verspürte, nicht verringert. »Nun, soweit ich weiß, sind wir nicht verwandt.«

Sein Lachen verebbte langsam. »Ich möchte dir etwas zeigen. Das bedeutet, du musst dich umdrehen und mich anschauen, Mylady.« Der spöttische Ton war wieder da.

Langsam nahm ich die Arme von der Stuhllehne und rutschte herum, um ihn anzusehen, die Augen zu Schlitzen verengt. Er wartete mit verschränkten Armen, auf dem Stuhl zurückgelehnt. Sobald meine Knie wieder unter dem Tisch waren, knöpfte er sein Jackett auf und griff in eine der Innentaschen. Ich sah kurz Metall aufblitzen und dachte, es könnte eine Waffe sein, aber dann war das Jackett wieder zugeknöpft, und er hatte eine Brieftasche in der Hand. Er zog ein Stück gefaltetes Papier aus einem durchsichtigen Umschlag, der sicher in einem Fach verstaut gewesen war, und steckte die Brieftasche wieder ein.

»Sag mir, wer diese Leute sind.« Er legte ein Schwarz-Weiß-Foto auf den Tisch, das zerknittert und durch Überbelichtung an den Rändern ein wenig verblasst war.

Er hatte es auf den trockenen Teil des Tisches gelegt, den der Regen nicht erreichte, und ich lehnte mich hinüber, um es mir anzusehen, während ich mir mein klatschnasses Haar hinter die Ohren und aus den Augen strich. Ich erkannte die Frau in der Mitte der Aufnahme sofort. Zu Hause hatte ich viele Alben mit Fotos, auf denen sie das Motiv war, und ich hatte etliche Porträts von ihr in den Herrenhäusern der Herzogin von England gesehen. Nicht, dass ich die gebraucht hätte, denn es war, als würde ich ein Foto von mir selbst betrachten: das gleiche helle, dicht gelockte Haar, die gleichen spiralförmigen Narben, die gleiche kurvenreiche Figur, die durch ihre kleine Gestalt noch betont wurde.

»Das ist meine Großmutter.« Auf dem Foto wirkte sie nicht einmal wie Ende zwanzig. Selbst als ich sie gekannt hatte, war sie jugendlich gewesen. Ihre Magie war ihrer Eitelkeit sehr zugutegekommen. Ich legte meinen Finger auf die rechte Seite der Aufnahme, wo ein älterer Mann stand. »Das ist Eaglen. Und das …« Stirnrunzelnd betrachtete ich die dritte Person und zog das Foto noch näher heran, um mich zu vergewissern. »Ist das dein Vater?«

Edmund nickte sehr langsam. »Ein ungleiches Trio. Aber sie waren die besten Freunde.«

Mein Blick schnellte nach oben, und ich atmete hörbar aus. Ich hatte von Eaglen gewusst, aber Adalwin Mortheno? *Der Anführer der Athan?* Ich sah wieder das Foto an. Es war offensichtlich, dass das, was Edmund sagte, stimmte. Alle drei lachten, und keiner sah direkt in die Kamera. Eaglen schaute meine Großmutter an und zeigte auf etwas außerhalb des Bildes, die anderen beiden blickten in diese Richtung. Die Hand meiner Großmutter umschloss den Ärmel von Adalwins Pullover, als wollte sie ihn zu sich ziehen. Sie standen vor einem runden Teich, und nach dem Stil ihrer Kleider zu urteilen war das Foto noch vor der Geburt meines Vaters aufgenommen worden.

Edmund trommelte wieder mit den Fingern. »Was weißt du über das Leben deiner Großmutter vor deiner Zeit?« Ich schüttelte den Kopf. »Nicht viel?« Er brummte, diesmal eher nachdenklich. »Du weißt sicher, dass dein Großvater starb, als dein Vater zwölf war, oder? Und du weißt, dass sich meine

Mutter und mein Vater ein paar Jahre davor scheiden ließen?« Von der Scheidung hatte ich nicht gewusst, aber ich nickte trotzdem. »Was ist mit den Fruchtbarkeitsproblemen in deiner Familie?«

Ich senkte den Blick. *Ja, davon weiß ich allerdings.* Sie waren der Grund, warum ich die letzte Sage in der Familie war. Die meisten Familienmitglieder konnten keine Kinder bekommen oder hatten nur ein oder zwei gehabt, und Generation für Generation war das Haus der Al-Summers verkümmert und stand nun kurz davor auszusterben.

»Schau nicht so niedergeschlagen«, beruhigte er mich. »Bis es so weit ist, dass du Kinder bekommst – wenn du das denn willst –, wird alles besser sein.« Ich brachte ein kleines Lächeln zustande. Ich würde Kinder haben *müssen* oder einen Erben ernennen, damit das Herzogtum nicht ausstarb.

Er nahm das Foto, strich abwesend die Knicke glatt und lächelte. »Was du nicht weißt, ist, dass deine Großmutter nach ihrer Trauerzeit sehr ernsthaft in Betracht zog, meinen Vater zu heiraten.«

Ich verschluckte mich, als ich einatmete. »Was?!« Ich schüttelte den Kopf. »Ich meine, wie bitte?«

Sein Lächeln wurde breiter, und mir fiel auf, dass er wieder nicht mich ansah, sondern einen Punkt über meiner rechten Schulter. »Alles rein platonisch, bevor du auf dumme Gedanken kommst. Sie sehnten sich beide nach Gesellschaft, und deine Großmutter wollte außerdem ihren Familiennamen sichern. Es war offensichtlich, dass sie keine weiteren Kinder haben konnte, und dass ihr einziger Erbe als Mensch geboren wurde, war ein ziemlich schwerer Schlag, das kann ich dir sagen.«

Ich wusste nicht, worauf ich meinen Blick richten sollte, aber ich konnte ihn nicht ansehen, weil ich einen leichten

Groll empfand, während ich zu verstehen versuchte, was er sagte. »Deine Familie hat keinen Titel. Ihr hättet also den Namen der Al-Summers angenommen, und deine Familie wäre Erbe *meines* Herzogtums!« Ich starrte anklagend nach unten, was offensichtlich keine Wirkung auf ihn hatte, denn er lachte.

»Deine Großmutter war nicht so töricht wie du. Als sie den Heiratsvertrag aufsetzte, stellte sie sicher, dass ihr Titel, ihre Ländereien und ihr Vermögen im Falle ihres Todes auf deinen Vater übergehen würden. Und im Falle seines Todes auf sein Kind, wenn sein Erbe ein Mensch wäre – oder direkt von ihr auf ihr Enkelkind, wenn das Kind als Sage geboren würde. Wenn dieses Kind erben würde, solange es noch minderjährig wäre, würde Vincent Al-Summers seine Finanzen bis zu seiner Volljährigkeit überwachen. Und bis zum sechzehnten Geburtstag dieses Kindes würden die Atheneas seine Stellvertreter im Rat sein.«

»Aber das ist ja genau die Abmachung, die wir schon mit den Atheneas haben. Was wäre also der Vorteil einer Heirat …«

Er brachte mich mit einer Geste zum Schweigen. »Ein feiner Unterschied. Eine einzelne Klausel.« Er betrachtete mich aus zusammengekniffenen Augen, wartete, bis ich mehrere Atemzüge gemacht hatte und mit jedem Heben meiner Brust auf meinem Stuhl nach vorn gerutscht war. Eins musste ich ihm lassen: Er war ein guter Geschichtenerzähler.

»Wenn sie geheiratet hätten, hätten mein Vater und meine ganze Familie den Namen Mortheno behalten, außer in einem besonderen Fall. Wenn du als Mensch zur Welt gekommen wärst und entweder keinen oder einen menschlichen Erben geboren hättest, dann wäre das Herzogtum von England gänzlich auf meinen Vater übergegangen, und ich wäre der nächste Anwärter gewesen.«

Kein Wunder, dass er mir gegenüber so kurz angebunden ist. Er muss mich hassen! Ich habe die Aufstiegschancen seiner Familie zerstört! »Ihr … Ihr wolltet also nur meinen Titel!« Das war nicht das, was ich hatte sagen wollen, aber es fasste meine Gedanken mehr oder weniger zusammen.

Er schloss die Augen und schüttelte den Kopf. Ich ergriff die Gelegenheit, auf einen Stuhl näher bei ihm zu rutschen und ihm das Foto aus der Hand zu reißen. Eine Schrecksekunde lang dachte ich, ich hätte es zerrissen. Hatte ich nicht.

Er wich überrascht zurück. Dann wurde sein Gesichtsausdruck wieder milder. »Nein. Niemand von uns wollte deinen Titel. Es hätte bedeutet, Athenea und Kanada verlassen zu müssen – unsere Heimat – und damit aufzuhören, atheneafeindlichen Bösewichten in den Hintern zu treten, wie es dein Lehrer so treffend formuliert hat. Wir sind alle ziemlich alt. Wir mögen keine Veränderung. Aber es war deiner Großmutter wichtig, dass eines der mächtigsten unabhängigen Herzogtümer in allen Dimensionen, eines der wenigen, das nicht von der Königsfamilie unterwandert ist, nicht den Atheneas in die Hände fällt, und wir waren bereit, ihr dabei zu helfen.« Ein Grinsen lag auf seinen Lippen. »Wenn auch nur vorübergehend, bis das Herzogtum zurückgegeben werden und sich eine junge Erbin unter ihren eigenen Bedingungen mit Athenea zusammenschließen könnte, zum Beispiel durch …« Er zuckte beiläufig die Achseln und ließ seinen Blick herausfordernd über die Veranda schweifen. »… die Heirat mit einem jungen, attraktiven Prinzen von Athenea.«

Ich warf das Foto wieder hin und verschränkte die Arme. »Halt die Klappe, Edmund! Ich bin erst fünfzehn.« Alle Sorgen verschwanden, als ich rot wurde. Die Morthenos schienen nicht die Art Leute zu sein, die adlig werden wollten, und außerdem war die Heirat ja nie zustande gekommen. Warum nicht, war meine nächste Frage.

Er verzog den Mund zu einem grimmigen Lächeln. »Ja. Es war ungefähr zu der Zeit, als dein Vater anfing, schwierig zu werden. Er wollte an eine Universität der Menschen, Banker werden und was weiß ich nicht alles. Deine Großmutter hatte das Gefühl, dass es die Situation nur verschärfen würde, wenn sie einen anderen Sage heiratete, und nahm sich Zeit, um ihn zur Rückkehr zu überreden. Als er dann eine Menschenfrau heiratete, wollten wir die Vereinbarung zwischen meinem Vater und deiner Großmutter erneuern. Aber sie wollte nicht aufgeben und blieb bei deinen Eltern, während Jahren der Fruchtbarkeitsbehandlungen und schließlich künstlicher Befruchtung. Du kannst dir die Erleichterung meiner Familie und des ganzen Königreichs bei deiner Geburt nicht vorstellen. Wirklich nicht.« Er fuhr sich mit der Hand übers Gesicht, auf noch dramatischere Art und Weise als Fallon das immer tat, wenn er gestresst oder erschrocken war.

Ich sank gegen die Lehne des Stuhls zurück und ließ sacken, was er mir erzählt hatte. Er wartete geduldig und bewegte sich nur, als er das Foto festhalten musste, weil es der Wind forttragen wollte.

»Also vorhin, als du gesagt hast, du erinnerst dich an mich …«, bohrte ich nach.

Er nickte einmal langsam. »Du warst vier, als du das erste Mal an den Hof kamst, und du und deine Großmutter wohnten nicht in ihrer Wohnung im Palast oder in einer von euren Villen in Athenea, sondern bei uns. Du hast die erste Woche hauptsächlich damit verbracht zu schreien, dass du nach Hause willst, und uns alle wach zu halten. Es brachte unseren Schichtdienst völlig durcheinander.«

Ich wusste nicht, was ich sagen sollte, und ein reuevolles

Lächeln erschien auf meinen Lippen. Das klang ganz nach meinem jüngeren Ich – nicht, dass ich mich an diese Ereignisse erinnern konnte. Ich hatte Mühe, mich an irgendetwas aus der Zeit zu erinnern, in der ich bei meinen Eltern gelebt hatte, bevor ich um meinen sechsten Geburtstag herum in St. Sapphire's anfing. Offenbar war ich mit Christy und Tammy in die Vorschule gegangen, bevor ich von wütenden Eltern vertrieben worden war, aber wenn ich versuchte, mich an ihre Gesichter zu erinnern, fand ich nichts als Leere. Diese Offenbarung war nur ein weiterer Stein in einem grauen Mosaik.

»Ich meine mich zu erinnern, dass du später, als du mit acht und zehn am Hof warst, oft weggelaufen bist und dich mit den Athenea-Kindern versteckt hast, damit dich deine Großmutter nicht wieder mit nach Hause nehmen konnte. Einmal fand die Königin dich, Fallon und Chucky in einem Schrank. Offenbar hattest du die beiden bei einem Kussjagd-Spiel zum Abschied in die Enge getrieben.«

Die Röte meiner Wangen war an sich schon peinlich. Ich schlug die Hände vors Gesicht und vergrub die Wangenknochen in meinen Handflächen. Er lachte.

»Aber warum erinnere ich mich dann nicht an dich?«, stöhnte ich zwischen meinen Fingern hindurch, um ihn abzulenken. Es funktionierte.

»Hauptsächlich, weil es immer wichtiger wurde, dich in die Gesellschaft einzuführen, je älter du wurdest. Und wir arbeiten im Hintergrund. Das bedeutete, dass wir zunehmend weniger von euch beiden sahen.«

»Und die Atheneas? Wissen sie von unserer Verbindung?«

Ich sah ihn zwischen meinen Fingern hindurch an. Er runzelte ein wenig die Stirn.

»Die ältere Generation sicherlich. Ich nehme an, Fallon nicht. Aber als wir letzte Woche planten hierherzukommen, kamen keine Bedenken auf, dass Alya und ich durch deine Anwesenheit …« Er verstummte und runzelte die Stirn noch mehr. »… emotional beeinträchtigt sein könnten.« Nach einer Pause richtete er den Blick auf den Tisch. »Also kann ich nur annehmen, dass jene, die es wissen, es entweder vergessen haben oder es für nicht relevant halten.«

»Emotional beeinträchtigt?«

»Ja. Um deine vorherige Aussage zu korrigieren: Ich bin nicht nur ein Angestellter. Ich wäre fast dein Stiefonkel geworden.«

Wenn er es so sagte, bekam die ganze Geschichte eine völlig andere Bedeutung. Er war nicht nur ein Beinahe-Erbe. Er war fast Teil der Familie. Im Hinterkopf machte ich mir eine Notiz, die Bibliothek von Burrator zu durchsuchen, um zu sehen, ob sie Heiratsakten aufbewahrten, und um zu überprüfen, was er gesagt hatte. Denn wenn es wirklich alles stimmte, dann hatte ich in ihm einen *Verbündeten*.

Sein Blick flackerte, und er drehte den Kopf in Richtung Tür.

»Du musst gehen.« Ich schob das Foto zögerlich wieder zu ihm.

»Behalte es.« Er richtete sich zu voller Größe auf und steuerte die Tür an. Dann änderte er seine Meinung und kam noch einmal zu mir. »Du bist übrigens keine Ausgestoßene. Es gibt einige am Hof, die dich gern wieder dort sehen würden, besonders sobald du alt genug bist, um im Rat zu sitzen.« Dann beugte er sich zu meiner Verwunderung zu mir herunter und küsste mich auf den Scheitel. Dabei legte er mir die rechte Hand auf die Wange, auf der nasse Haarsträhnen klebten. »Also lass los und lerne, Entscheidungen zu treffen, kleine Beinahe-Nichte.« Dann drohte er mir mit dem Finger. »Aber jetzt gehst du erst einmal rein und ziehst dich um, bevor du dir eine Erkältung holst.«

Und dann war er verschwunden. Als ich auf die offene Tür starrte, huschte mir ein Lächeln über das Gesicht, und ich fing leise an zu lachen. Als man mich nach dem Tod meiner Großmutter das erste Mal nach Devon brachte, hatte ich mir still gewünscht, dass ein unbekannter, vergessener, weit entfernter Verwandter auftauchen würde, ein Sage, der mir mein Leben zurückgeben und meine Trauer vertreiben würde … nur um die unendliche Einsamkeit zu beenden. Jetzt, wo ich älter war, wusste ich, was für eine alberne Vorstellung das gewesen war, aber das hier … das war das Zweitbeste.

Und dann … dann fühlte ich mich glücklich. Ich hatte mit den Ereignissen des Tages meinen Frieden gemacht. Denn ohne sie hätte ich nichts erklären müssen, hätte nicht weglaufen müssen, und Edmund wäre mir nie gefolgt.

Aber ich weigerte mich, Mitleid für den Mann zu empfinden, den ich getötet hatte. Dieses Gefühl war nur Nathan und dem Schicksal, das er sich ausgesucht hatte, vorbehalten. Sein trauriger Gesichtsausdruck, seine stumme Antwort auf meine eigene, ungläubige Miene: Das ließ mich nicht los. Es blieb hängen. Deshalb wusste ich, dass Edmund falschlag, dass es für mich nicht zu spät war und ich noch genug Blut und Substanz hatte, um weiterzumachen.

Ich hatte Mitleid mit Nathaniel Rile, denn seine unschuldige Menschlichkeit war verunstaltet worden.

Kapitel 21 Autumn

Danach veränderte sich so einiges.

Ich blieb in Burrator, bis meine Eltern am Donnerstag wieder nach Hause kamen. In der Zwischenzeit war mein Haus gesichert worden, und Edmund übernahm es persönlich und heldenhaft, sich mit meinen Eltern zu treffen und ihnen zu erklären, warum ein Schild um unser Grundstück errichtet worden war, der »unbefugtes Betreten« aufstöbern sollte, und warum mehrere Mitglieder der Athan Cu'die – die sich normalerweise ausschließlich um die Atheneas und ihre Liebsten kümmerten – in unmittelbarer Nähe postiert waren. Meine Mutter regte sich ziemlich auf, und ich bewunderte Edmunds Mut, als er ihr geradeheraus sagte, dass die Schutzmaßnahmen nach seinem Willen sogar noch umfassender ausgefallen wären. Falls mein Vater diesen Riesen von einem Mann oder seinen Nachnamen erkannte, ließ er es sich jedenfalls nicht anmerken.

Ich gewöhnte mich rasch an mein neues, durchaus bequemes Leben. Unter der Woche blieb ich bei Fallon, bis meine Eltern donnerstags aus London zurückkamen. Dann fuhr ich für eine »Familienauszeit« nach Hause. Das Wochenende verbrachte ich dann wieder in Burrator. Das bedeutete zwar, dass ich nicht mehr ins Café konnte, aber die Arbeit dort war ohnehin unerträglich geworden, und außerdem hatte es sich mein Vater zur Gewohnheit gemacht, mir Geld zuzustecken, wenn meine Mutter nicht hinsah. Da ich immer mit Fallon und Edmund im Auto fuhr, brauchte ich es nicht für den Bus, und eines schönen Tages flog ich in die Stadt und kaufte mir ein neues Paar Schuhe für die Schule. Sie waren allerdings ein bisschen anders als meine üblichen Treter: Schnürschuhe mit Absatz, damit ich mir ein bisschen größer vorkam. Ich stolzierte in meinem Zimmer auf und ab und übte, darin zu gehen, zog die Schnürsenkel fester und probierte sie mit verschiedenen Outfits an, da sie mir nur für die Schule fast zu schade waren. Als ich sie zum ersten Mal in Kable trug, war ich ziemlich nervös, obwohl ich früher bei Hof schon öfter hochhackige Schuhe getragen hatte. Fallon gefielen sie.

Nach und nach gewöhnten sich unsere Mitschüler sogar an Edmund und Richard, und das anfängliche Interesse, das Gwen und ein paar andere an ihnen gezeigt hatten, verwandelte sich geradezu in Heiligenanbetung. Sogar Valerie benahm sich und äußerte nicht mal eine geflüsterte Beleidigung gegen mich oder Fallon. Jedenfalls nicht wenn wir es hören konnten.

Violet Lee verschwand zum ersten Mal seit August aus den Sechs-Uhr-Nachrichten und erschien nicht mehr auf den Titelseiten der Zeitungen. Sogar die Oktoberausgabe der *Quaintrelle* enthielt kaum Vampirklatsch. In ihrer Abwesenheit verschwanden auch meine Visionen, wofür ich dankbar war.

Nach zwei Wochen bemerkte ich schließlich, was da gerade geschah. Plötzlich fiel mir auf, dass ich zwei volle Mahlzeiten am Tag herunterbrachte, nicht wie in letzter Zeit höchstens eine. Ich schlief jede Nacht acht Stunden, was dazu führte, dass ich manchmal lange aufblieb und einmal sogar durchmachte und mit Fallon und Alfie einen Filmmarathon genoss. Am nächsten Tag fühlte ich mich nicht weniger energiegeladen als sonst. Es war, als würde ich die Welt allmählich wieder einholen, die bisher im Schnellvorlauf an mir vorbeigerast zu sein schien. Jetzt erkannte ich, dass dies jedoch nur an der alles verschluckenden Trägheit gelegen hatte, der ich vollkommen erlegen war.

Die unvermeidliche nächste Vision von Violet Lee traf mich allerdings wie ein Faustschlag.

Ich stellte fest, dass ich, obwohl ich seit dem letzten Mal ein gutes Stück gewachsen war, auch jetzt noch bequem in die von vier Ästen geformte Sitzkuhle des Baumes in unserem Garten passte. Mein geheimer Zufluchtsort, an dem ich nach der Vision Trost suchte ... Hier konnte ich wenigstens nicht abstürzen und mich verletzen, falls ich wieder ohnmächtig wurde.

Das war es gewesen, was mich am meisten erschreckt hatte. Ich war zusammengebrochen. Umgefallen wie ein Brett, direkt auf den gefliesten Küchenboden. Noch schlimmer, ich hatte dabei sogar ein Messer in der Hand gehabt, weil ich mir gerade mein Abendessen machen wollte. Wie ich es geschafft hatte, mir nicht den Kopf aufzuschlagen oder mich selbst zu verstümmeln, war mir ein Rätsel.

Die einzige Vorwarnung war ein kurzer, aber heftiger Schmerz in meinem Kopf gewesen. Um die Schläfen herum pochte es immer noch unangenehm.

Und was ich gesehen hatte, konnte nicht warten.

Ich fühlte, wie ihnen die Magie vorauseilte, und sprang mit einem Satz vom Baum herunter auf den Gartenweg, gerade als die drei Männer landeten. Stirnrunzelnd sah ich Fallon entgegen. »Seid ihr etwa den ganzen Weg geflogen?«

Er tat es mit einem Schulterzucken ab, aber er schwitzte und strich sich das zerzauste, feuchte Haar aus dem Gesicht.

Der Prinz trat auf mich zu und legte mir eine Hand auf die Wange. »Du siehst aus wie der Tod auf zwei Beinen.«

Ich ging einen Schritt zurück und rümpfte die Nase. »Ich sag's ja nicht gern, aber du stinkst.«

Mit einem leisen Ächzen wandte er sich ab und fuhr sich mit der Hand übers Gesicht. Ich hätte schwören können, ihn »Ruhig, Fallon, ruhig« flüstern zu hören. Edmund verkniff sich nur mit Mühe ein Grinsen. Dann drehte sich der Prinz wieder zu mir um. »Kann ich mal in euer Badezimmer?«

Ich deutete nach oben und ging zurück in die Küche. Wenn ich heute noch etwas zu Abend essen wollte – und mein Appetit kehrte gerade mit aller Macht zurück –, musste ich meine Pizza eben in ihrer Anwesenheit fertig machen.

Edmund trat ein, als ich mir gerade wieder meine angeschnittene Paprikaschote vornahm. Ich sah auf. Er musste im Flur buchstäblich im Gehen die Kleider gewechselt haben, denn das Jackett, das er immer trug, war verschwunden, und sein weißes Hemd hatte er gegen ein graues Poloshirt getauscht.

Er schloss die Tür hinter sich. »Es war eine Vision, stimmt's?«

Ich nickte und wandte mich wieder meiner Arbeit zu. Es überraschte mich nicht im Geringsten, dass er davon wusste. Er war gut informiert, um es vorsichtig auszudrücken.

»Du weißt doch, dass er alles, was du ihm erzählst, an seine Tante und seinen Onkel weitergibt, die es wiederum dem König berichten?«

Ich hielt mit dem Schneiden inne und schloss die Augen. »Ich weiß. Solange Fallon als mein Mittelsmann fungiert, ist das schon in Ordnung.«

»Wenn sich noch weitere deiner Visionen als zutreffend erweisen, könnten sie anfangen, Reglementierungen um das, was du siehst, zu entwickeln«, beharrte er.

»Ich weiß«, schoss ich zu schnell zurück und verfehlte mit dem Messer nur um Haaresbreite meinen Finger, als ich mir das letzte Stück Paprika vornahm. Ich atmete einmal tief durch. »*Ich weiß*, Edmund. Aber was habe ich denn für eine Wahl? Es geht um Violet Lee, um Ll'iriads willen!«

Er lehnte sich gegen die Wand zwischen Flur und der Tür zum Wohnzimmer. »In Fallons Gegenwart würde ich mir solche Flüche lieber verkneifen, junge Dame.«

Ich versetzte ihm einen zu meinen Worten passenden Blick und grummelte leise vor mich hin. Seit er beschlossen hatte, mein Ersatzonkel zu sein, korrigierte er jedes noch so kleine Fehlverhalten meinerseits, von meiner Wortwahl bis zu meinen Essgewohnheiten. Um meine neuen Fünf-Zentimeter-Absätze für die Schule war ein harter Kampf entbrannt, weil er mich für zu jung hielt, um im Alltag High Heels zu tragen. Ich hatte die Diskussion schließlich mit dem Argument gewonnen, dass sie Fallon gefielen.

»Wie kommt ihr denn wieder zurück?«, fragte ich nach einer Weile, griff nach einer Zwiebel und fragte mich, ob ich vielleicht noch eine zweite brauchen würde. »Ihr fliegt doch nicht wieder, oder?«

Edmund schüttelte den Kopf und setzte sich zu mir an den Tresen. »Um halb neun kommen die Autos.« Ich biss mir auf die Lippe und sah auf die Uhr. Es war kurz vor sechs, genug Zeit also, um ihnen alles zu erzählen. Aber gegen halb neun würden auch meine Eltern kommen, und ein zweites Zusammentreffen zwischen ihnen und dem Prinzen stand nicht gerade ganz oben auf meiner Prioritätenliste. Edmund schien meine Besorgnis gar nicht zu bemerken, er angelte sich seelenruhig eines der Paprikastückchen von meinem Schneidebrett. »Wenn du uns erlauben würdest, weitere Sicherheitsmaßnahmen zu ergreifen, *wie ich dir dringend empfehlen würde*, dann könnte Fallon natürlich auch einfach …« Er verstummte, steckte sich die Paprika in den Mund, kaute gründlich und schluckte. »… hier übernachten.«

»Edmund!« Meine Augen brannten von der Zwiebel, und ich rieb sie gerade mit meinem Handrücken, sodass ich seine Miene nicht sehen konnte, aber ich wusste, dass er in seinen Stichelnder-älterer-Bruder-Modus gewechselt hatte.

»Ich möchte damit natürlich nichts anderes andeuten, Mylady, als dass du dir das Angebot eines mächtigeren Schildes noch einmal überlegen solltest.«

Ich schüttelte den Kopf, den Ärmel meines Pullis noch immer vor die Augen gedrückt. »Meine Eltern wollen das nicht, das weißt du genau!«

»Ja, deine Mutter hat so etwas angedeutet.«

Ich ließ den Arm wieder sinken, stellte mich erneut der Zwiebel und entschied, dass eine genug war, auch wenn ich mehr Leute als nur mich selbst satt bekommen musste. Edmund schlenderte ins Wohnzimmer hinüber und schloss die Tür hinter sich. Ich schimpfte gedämpft vor mich hin, teilweise aus Wut auf die Zwiebel, teilweise weil Edmund einem wirklich auf den Geist gehen konnte.

Ich ließ allen Frust an dem Gemüse aus, bis sich zwei Arme von hinten um meine Taille legten und mir eine viel größere Hand als meine das Messer abnahm und beiseitelegte. Dann zogen mich diese Arme vom Tresen zurück, und alle Energie, die ich mittlerweile zurückgewonnen hatte, floss einfach aus mir heraus. Ich fühlte mich vollkommen erschöpft und ließ mich mit vollem Gewicht gegen Fallons Brust sinken.

Ich lehnte den Kopf an die tröstliche Kuhle zwischen seiner Schulter und seinem Hals und rührte mich eine ganze Weile nicht, bis ich mich erholt genug fühlte, um wieder aus eigener Kraft stehen zu können.

Ich war dankbar, als er vorschlug, wir sollten uns hinsetzen, und wählte einen der Hocker am Tresen. Er drehte mich zu sich um, sodass sich unsere Knie berührten.

»Diesmal war ich wach. Jedenfalls bis ich ohnmächtig geworden bin.«

»Du bist ohnmächtig geworden?« Er umfasste meine Handgelenke, als hätte er Angst, ich könnte gleich wieder umkippen. Sein Blick suchte mich offenkundig nach Verletzungen ab.

Ich ersparte ihm die Mühe. »Es geht mir gut. Mal abgesehen von dem Kopfweh und dem furchtbaren Schmerz kurz vor der Vision. Aber das ist egal. Wichtig ist nur, was ich gesehen habe.« Er ließ meine Handgelenke auch dann nicht los, als ich die Ellbogen auf die Oberschenkel stützte und meinen Kopf umfasste. Er wartete einfach, bis ich die richtigen Worte gefunden hatte. Es fiel mir sogar noch schwerer, sie auszusprechen, als ich gedacht hatte. »Es ist ein bisschen peinlich.«

»Warum peinlich?«

»Weil ich gesehen habe, wie Violet Lee und Kaspar Varn … miteinander geschlafen haben.«

Wie eine aufschnappende Falle löste sich sein Griff, und ich verbarg den Kopf noch tiefer in den Händen.

»Violet Lee?«, murmelte er. »Wie das? Sie ist doch erst vor ein paar Wochen fast vergewaltigt worden. Bist du sicher, dass sie es war?«

»Ja. Ich war so nah dran, dass ich mich kaum geirrt haben kann.«

Meine Augen begannen wieder zu brennen, und ich kniff sie fest zu, riss eine Kiste aus den Schatten meines Geistes hervor und versuchte, die Bilder der beiden darin zu verbannen. Es hatte keinen Sinn. Es war voyeuristisch, krank, pervers und pornografisch genau gewesen, und ich war wütend, weil mir das Schicksal ausgerechnet diese Szene einmal vollkommen klar und kein bisschen abstrakt vorgeführt hatte. Ich hatte *alles* miterlebt. Ich hatte einen Männerkörper gesehen, den ich nicht kannte. Und auch ihren Körper. Ich hatte jedes Wort gehört. Jedes Stöhnen. Ich hatte Blut und Schweiß und noch etwas anderes auf ihrer Haut geschmeckt. Ich war dort gewesen, bei ihnen, bis sie aufgeschrien und das Bewusstsein verloren hatte, bis er zusammengesackt war und sie mit einem Knurren, von dem ich nur hoffen konnte, dass es typisch für Vampire und nicht für Männer im Allgemeinen war, fast zerdrückt hatte.

Dann war ich wieder zu mir gekommen. Hatte mir die Hände gewaschen und den Mund mit einem Glas Salzwasser ausgespült, aber nichts hatte geholfen. Nicht wirklich. Ich fühlte mich, als hätten mich fremde Hände berührt und als würde ich unter diesen Berührungen zu Asche. Meine Handflächen brannten.

Ich ließ mich nach vorn sinken und hörte, wie der Hocker klappernd auf den Keramikfliesen landete. Jemand legte die Arme um mich und stützte mich. Edmunds Stimme erhob sich über das Klingeln in meinen Ohren, aber Fallons war noch näher. Ich fand wieder die Kuhle an seinem Hals und ließ den Kopf dagegensinken.

»Du weinst ja«, raunte er und ließ mich sanft zu Boden gleiten. Mein schmerzender Kopf ruhte tröstlich an seiner Schulter, und mit dem Daumen strich er mir über die nassen Wangen.

»Das sind nur die Zwiebeln«, murmelte ich und war froh, die Augen geschlossen halten zu können, während meine Schläfen pochten.

Er lachte leise und spannte kurz die Arme und Schultern an, sodass ich seine Brustmuskeln fühlen konnte.

Dann hörte ich, wie der Wasserhahn aufgedreht wurde, was mich erschreckt hätte, wenn mir dazu genug Energie geblieben wäre. Stattdessen zwang ich mich, die Lider zu heben, und sah Edmund, der vor mir kniete und mir ein Glas Wasser entgegenstreckte.

»Trink«, sagte er, aber ich konnte die Arme nicht heben. Da hob er mir das Glas an die Lippen, und Fallon neigte leicht meinen Kopf, sodass ich daran nippen konnte. Das Wasser half tatsächlich. Es war kühl und linderte die brennende Scham und das Glühen in meinem Körper. Allmählich klärte sich mein Verstand, und ich stützte mich mit den Händen am Boden ab, bis ich genug Kraft gesammelt hatte, um wieder aufstehen zu können. Als ich es jedoch versuchte, legten mir beide Männer nachdrücklich eine Hand auf die Schulter und hielten mich davon ab.

»Ich bin kein hilfloses kleines Mädchen«, grummelte ich irritiert, während ich sie abschüttelte und den Tresen als Stütze benutzte.

»Bewahre!«, kommentierte Edmund.

So wie die beiden sich aufführten und um mich herumscharwenzelten, fühlte ich mich wie ein Kleinkind, das seine ersten Schritte tat. Edmund rückte mir sogar einen der Barhocker zurecht. Dabei schienen sie einander gar nicht wahrzunehmen, und einen kurzen Augenblick glaubte ich sogar, einen Hauch von Grün in Fallons Augen aufflackern zu sehen, als er seinem Leibwächter – oder besser, meinem Leibwächter – einen raschen Blick zuwarf. Trotzdem gelang es ihnen schließlich irgendwie, mich mit vereinten Kräften auf dem Hocker zu platzieren, mir noch ein Glas Wasser zu bringen und sich darauf zu einigen, dass mir Fallon mit der Pizza helfen sollte, da ich unbedingt etwas in den Magen bekommen müsse. Edmund wirkte in diesem Punkt allerdings skeptisch, auch wenn ich nicht recht verstand warum. Schließlich schnappte er sich eine Zeitung und zog sich damit wieder ins Wohnzimmer zurück.

Ich blieb noch ein paar Minuten sitzen, während Fallon wartend neben mir stand. Als ich mich schließlich erhob und mir die Tomaten vornahm, blieb er jedoch – offenbar ratlos – dort stehen, wo er war. Seufzend holte ich die Schüssel mit dem Teig und stellte sie gegenüber auf die Arbeitsfläche der Kücheninsel.

»Roll den mal aus. Und wenn Richard auch etwas möchte, dann mach lieber zwei Pizzen daraus. Das Nudelholz liegt hinter dir in der Schublade.«

Er fand es tatsächlich und hob dann, so vorsichtig, als müsste er eine Bombe entschärfen, das Geschirrtuch von der Schüssel. Eine Weile starrte er verwirrt hinein und ging sich dann die Hände waschen. Als er den Teig endlich (mit sichtlicher Mühe) aus der Schüssel geholt und auf den Tresen gelegt hatte, war ich mit den Tomaten fertig, hatte bereits den veganen Käse in der Hand und wollte gerade die Reibe holen. Sobald ich ihm den Rücken zugewandt hatte, begann er den Teig auszurollen, und als ich sah, was er da tat, hätte ich fast den Käse fallen lassen.

»Warte! Du musst Mehl dazu nehmen!« Rasch trat ich neben ihn, verscheuchte die letzten Reste des Schwindelgefühls und nahm ihm das Nudelholz ab. Natürlich klebte der Teig mittlerweile sowohl am Holz als auch auf der Arbeitsfläche und zog dicke Fäden dazwischen.

»Ach, mach dir nichts draus«, rief Edmund aus dem Nebenzimmer. »Er ist total nutzlos. Bis er fünfzehn war, konnte er sich nicht einmal selbst die Schuhe binden.«

Fallons Augen nahmen einen deutlichen Rosaton an, und er hielt den Blick stur auf einen Punkt irgendwo hinter mir gerichtet, während ich mich schnell zwischen ihn und die Arbeitsfläche schob, damit er nicht noch mehr Schaden anrichten konnte.

»Edmund, du bist gefeuert«, grummelte er.

Die Zeitung raschelte so laut, dass man ihn fast nicht verstand, aber Edmund rief fröhlich: »Schön zu wissen, dass Ihr unsere Freundschaft ebenso hoch schätzt wie ich, Euer Hoheit.«

Mit einem entnervten Stöhnen und einem geschlagenen Ausdruck wandte sich der Prinz ab, woraus ich schloss, dass ihm Edmund genauso zusetzen konnte wie mir. Der Mann wusste eindeutig, wie man mit adligen Teenagern umgehen musste.

Ich vermied sorgsam jeden Augenkontakt mit Fallon, da seine Iris noch immer leuchteten wie blühende Fuchsien – ich wollte ihn nicht noch mehr in Verlegenheit bringen. Also beschäftigte ich mich stattdessen damit, seine Sauerei in Ordnung zu bringen und so viel Teig wie möglich vom Tresen zu schaben. Er half mir, indem er sich das Nudelholz vornahm. Als wir wieder zwei Teigkugeln vor uns liegen hatten, öffnete ich die bereitstehende Mehlpackung, die prompt zerriss und eine weiße Pulverfontäne ausspuckte – direkt in Fallons Gesicht. Es dauerte einen Augenblick, bis sich die Wolke wieder gesetzt hatte und das Ergebnis sichtbar wurde. Erst als der Prinz zu husten begann, klärte sich die Luft vor mir so weit, dass ich ihn erkennen konnte. Er sah aus wie ein recht armseliger Halloweengeist. Seine Haut war weiß gepudert, sein Haar grau, und seine Augen schienen auf Stielen zu stecken, da das Mehl dicke Ränder darum malte.

»Das tut … mir so leid«, flüsterte ich und fühlte mich hin- und hergerissen zwischen einem drohenden Lachkrampf und einem merkwürdig surrealen Empfinden. Mehlgepuderte Prinzen in meiner Küche waren einfach nicht mehr normal.

Ich schnappte mir das Geschirrtuch, tupfte ihm die Augen ab und rieb ihm dann kräftig über die Wangen. Er ließ es wortlos über sich ergehen und blickte mit gerunzelter Stirn zu Boden, wo sich unsere Fußabdrücke im Mehl abzeichneten. Nervös wippte ich auf den Ballen auf und ab, als er nachlässig mit der Hand winkte, als wollte er meine wiederholt gestotterten Entschuldigungen abtun. Doch dann fühlte ich, wie die Fliesen warm wurden, und erkannte, dass er gerade die ganze Küche sauber gemacht hatte.

Verblüfft betrachtete ich die glänzenden Arbeitsflächen, auf denen jetzt nur noch unsere Zutaten standen. »Ich … wie … aber du kannst doch gar nicht kochen, oder?«

»Im Schülerwohnheim in Sydney gab es eine Kochnische. Und zum Teufel damit!« Er machte eine knappe Geste in Richtung des Teigs auf dem Tresen. Kurz darauf lagen dort zwei perfekt geformte, dick belegte, vor Soße triefende und mit Käse bedeckte Pizzen.

»Das Essen schmeckt aber einfach nicht so gut, wenn man es mit Magie zubereitet«, beschwerte ich mich zum Dank und sah die Pizzen skeptisch an, bis sie sich in die Luft erhoben und ich unter jede ein mit Backpapier belegtes Blech schieben konnte.

»Ich habe Hunger.«

Er sagte es ziemlich nachdrücklich, und es klang wie »Ende der Diskussion«, also hielt ich jetzt lieber den Mund, schob die Pizzen in den vorgeheizten Ofen und wartete, bis er sich die Hände gewaschen hatte. Dann ließ er sich auf einen der Barhocker fallen und murmelte ein paar Worte, woraufhin sich eine wahre Flut cremeweißer Briefumschläge auf die Arbeitsplatte vor uns ergoss.

»Ich dachte, wir könnten ja mal die Antworten auf die Einladungen durchgehen«, erklärte er. »Du weißt schon, für die Party, die ich für die Kableschüler gebe. Wenn das für dich okay ist?«

Ächzend setzte ich mich neben ihn. »Du hast echt Einladungen verschickt? Richtige, adressierte Einladungen aus Papier?« Ganz zu schweigen von der Silberprägung und dem wächsernen Atheneasiegel auf den Umschlägen. Es schienen Hunderte zu sein.

»Natürlich.« Ein Brieföffner tauchte aus dem Nichts in seiner Hand auf, und er griff nach einem der Briefe. »Ich schicke doch keine SMS herum – nicht einmal von meinem Diensthandy –, solange die Gefahr besteht, dass Gwendolen Daniels dann meine Nummer speichert.«

Er erschauderte, und ich musste mir ein Lachen verbeißen. Was mir allerdings nicht mehr schwerfiel, als ich einen Blick auf die ausgepackte Rückantwort warf.

»Du hast mein Wappen benutzt!«, schimpfte ich und schnappte ihm die Karte weg, um sie mir näher anzusehen. Links waren die eindrucksvollen Herrschaftsinsignien der Atheneas abgebildet: ein stilisiertes A mit drei schmalen Flügeln auf jeder Seite, darüber ein himmelwärts deutendes Schwert mit einem kunstvoll ausgearbeiteten Schild, von dem ich als Kind geglaubt hatte, er stelle einen Adler dar. Heute wusste ich, dass er sowohl die Todeshauchrose als auch das kanadische Ahornblatt symbolisierte. Auf der rechten Seite der Karte erkannte ich jedoch das Schild der Herzogin von England, umgeben von mit Wahlsprüchen beschriebenen Bannern und gekrönt von drei Rosen. Wenn das Wappen farbig gedruckt wäre, hätte man erkennen können, dass die erste Rose golden, die zweite schwarz und die dritte weißrot war: eine im Herbst welkende Rose, eine Todeshauch und eine Tudorrose.

Ich sah wieder zu Fallon auf und konnte nicht verhindern, dass meine Augen eine Spur dunkler wurden.

»Es ist ja auch deine Party …«

»Es ist nicht meine Party!«, protestierte ich und zerknüllte die Karte unwillkürlich in der Hand. »Ich habe alldem nur zugestimmt, weil du versprochen hast, dann kein großes Tamtam um meinen Geburtstag zu machen.«

Mein zorniger Blick schien zu funktionieren, denn er wich gegen die Lehne des Hockers zurück und griff rasch nach dem nächsten Umschlag. »Dein Name steht ja auch nicht mit drauf und ich habe niemandem in der Schule gesagt, es wäre deine Party – zufrieden?«, beschwichtigte er mich und sah mich von der Seite an, seine Miene teils missbilligend, teils amüsiert, was seine Grübchen wieder zum Vorschein brachte.

»Nein, du hast nämlich auch Valerie Danvers eingeladen«, gab ich schnippisch zurück und wedelte mit der Einladung vor seinem Gesicht herum.

Er warf mir erneut diesen Seitenblick zu, aber diesmal wirkte er eindeutig vorwurfsvoll. »Glaubst du denn, wenn ich sie ausgeschlossen hätte, wäre sie danach besser auf dich zu sprechen gewesen?«

Ohne diesen Tadel gebührend zur Kenntnis zu nehmen, machte ich mich daran, weitere Antworten zu öffnen, wobei ich viele der Namen auf den Einladungen nicht einmal kannte. Aber jeder Einzelne hatte zugesagt. »Wie viele Leute hast du denn eingeladen?«, fragte ich schließlich nach dem zehnten Umschlag.

Er kramte ein bisschen in dem Stapel und betrachtete die Adressen. »Deinen kompletten Jahrgang, fast meinen kompletten Jahrgang und noch ein paar Schüler aus der Zwölften. Außerdem noch Tammys Cousine. Insgesamt also etwa achtzig.« Er sortierte den Stapel und schob alle Einladungen an meine Freunde zu mir herüber. »Aber es können bestimmt nicht alle kommen, auch wenn ich vorsorglich schon mit der

Haushälterin abgesprochen habe, dass wir notfalls wirklich die zwanzig unterbringen können, die wir über Nacht eingeladen haben. Und es stehen genug Autos bereit, um die übrigen alle nach Hause zu bringen.«

Er schien die Sache im Griff zu haben, und es fiel mir schwer, ihn zu desillusionieren, indem ich ihm erzählte, dass definitiv *alle*, die eingeladen waren, auch kommen würden, selbst wenn sie sich dafür in Unterwäsche durchs Torfmoor kämpfen müssten. Ich wusste bereits, dass Gwen während der Ferien bei Christy bleiben und auf den Spanienurlaub mit ihren Eltern verzichten würde, nur um dabei zu sein. Christy selbst hatte ihren Kellnerjob geschmissen, als sich ihr Chef geweigert hatte, ihr für diesen Abend freizugeben, und Tammy hatte für sich und Tee irgendeine ausgefeilte Lüge über einen Wochenend-Ballettworkshop erfunden, um ihren überfürsorglichen Eltern zu entkommen. Das war aber alles natürlich streng geheim und nicht für den allgemeinen Klatsch freigegeben, da die gesamte Schülerschar in Kable fest entschlossen zu sein schien, der größten und exklusivsten Hausparty, die Devon je gesehen hatte, mit makellos cooler Fassade entgegenzublicken. In Wahrheit hatte die Outfitfrage jedoch schon hysterische Zusammenbrüche auf den Mädchentoiletten verursacht, und die Jungs … na ja, jedenfalls ging das Gerücht, dass der Schulkrankenschwester die kostenlosen Kondome ausgegangen waren.

Seufzend drehte ich mich auf meinem Barhocker zu ihm, sodass sich unsere Knie berührten, genau wie vorhin, als ich ihm von meiner neuesten Vision erzählt hatte. Er hielt mitten im Aufschlitzen eines weiteren Umschlags inne.

»Fallon, dir ist doch klar, wer du bist, oder? Nämlich ein interdimensional bekannter, königlicher Promi, der eine Party im eigenen Herrenhaus schmeißt. Alle werden kommen.«

Er stützte einen Ellbogen auf den Tresen und legte den Kopf in die Hand. »Tja, wenn du es so ausdrückst …« Sein Spitzbubenlächeln wurde zu einem blendenden Strahlen, womit er meine Aussage nachdrücklich unterstrich. »Meine Geschwister haben auch schon Partys gegeben. Ich weiß, wie so was ist und wie es werden kann, aber ich bin auf alles vorbereitet«, erklärte er, richtete sich gerade auf und legte die Hände auf die Umschläge. »Deine Party wird reibungslos verlaufen.«

Kapitel 22

Fallon

Ich war voller Elan, als ich zurück nach Burrator kam. Dank Edmunds Erklärung für seine Nähe zu Autumn konnte ich endlich das hässliche, grünäugige Monster in mir verbannen. Die Vorbereitungen für das Fest liefen gut. Und Autumn war glücklich. Noch nicht einmal ihre Visionen konnten ihrer wachsenden Kraft etwas anhaben.

Ich klopfte an Alfies Tür und rechnete damit, dass er mir sagen würde, ich solle zurück nach Athenea verschwinden. Daher war ich angenehm überrascht, als er und Lisbeth mich hereinbaten. Beide faulenzten im Empfangszimmer. Lisbeth lag eingewickelt in eine Decke auf dem Sofa, mit den Füßen auf Alfies Schoß. Er lackierte ihr die Zehennägel.

Kurz sah er auf und taxierte mein Grinsen. »Autumn? Lass mich nur noch den kleinen Zeh machen, und dann kannst du loslegen.«

Lisbeth schüttelte lächelnd den Kopf, stoppte den Film auf dem riesigen Plasmabildschirm und bot mir von der Schokolade an, die überall herumlag. Ich blieb stehen und beobachtete die häusliche Szene mit Interesse und Neid. Dass Alfie beim Verschönern half, war nicht neu, denn er hatte eine ruhige Hand – sein Nebenfach war Kunst gewesen –, aber zu sehen, dass er es so bereitwillig und liebevoll tat, bestätigte mir noch einmal, wie wichtig sie ihm war. Es war auch seltsam, Lisbeth so weiblich zu sehen, mit offenen Haaren und einem sanften Lächeln. Sie war auf eine einfache Art hübsch. Auf eine zugängliche, rotwangige Art. Ganz anders als Autumns majestätische, jenseitige, unerreichbare Schönheit, die die meisten Leute abschreckte.

Alfie war fertig und ging mit dem Nagellackentferner für seine Hände ins Bad. Lisbeth machte Platz, damit ich mich setzen konnte.

»Liebeskrank«, stellte sie mit einem wissenden Lächeln fest, als ich mich neben sie fallen ließ und das Gesicht in den Händen vergrub.

Das war alles, was sie tun musste, um die Schleusentore für eine Tirade zu öffnen.

»Ich stehe so sehr auf sie, und ich glaube nicht, dass sie es überhaupt merkt«, fing ich an und redete viel schneller, als es dem Verständnis zuträglich war. »Es ist so stark, ich denke nur an sie, und nicht alle meine Gedanken sind brav«, gab ich mit zusammengebissenen Zähnen zu und konnte sehen, dass sich Lisbeth zwang, ruhig zu nicken, obwohl sie wahrscheinlich einfach nur laut lachen wollte wie Alfie im Badezimmer.

»And they called it puppy love ...«, sang er mit dröhnender Baritonstimme zwischen schallenden Lachsalven und kam wieder heraus, um den Couchtisch freizuräumen.

Ich starrte ihn wütend an, und wenn er nicht so ein netter Cousin gewesen wäre, hätte ich ihn darauf hingewiesen, dass er auch nicht besser gewesen war, als er Lisbeth zum ersten Mal getroffen hatte. Stattdessen schüttete ich weiter mein Herz aus. »Und trotzdem weiß ich nicht, wie ich entsprechend handeln soll. Was ich zu ihr sagen soll, was ich tun soll, wie ich zumindest versuchen soll, in ihrer Gegenwart nicht tollpatschig zu sein ...«

»Gib's auf«, antwortete Alfie, ließ sich auf dem perfekten Chillsofa nieder und streckte die Arme auf der weichen Lehne aus. »Du bist von Natur aus tollpatschig. Das ist unheilbar.«

Lisbeth knüllte mehrere Schokoladenpapiere zu einer Kugel zusammen und warf damit nach Alfie. »Du solltest du selbst sein, Fal. Und wenn das beinhaltet, tollpatschig zu sein, dann sei tollpatschig. Sie kann dich nur als dich selbst lieben.«

»Ja, aber ich zu sein, heißt, ein Prinz zu sein! Und dir muss aufgefallen sein, wie feindlich gesinnt sie gegenüber allem ist, was mit dem Haus von Athenea zu tun hat.« Ich ließ den Kopf wieder in die Hände sinken. »Sie muss das einzige Mädchen in dieser Dimension sein, das so empfindet, und ich verliebe mich ausgerechnet in sie.«

Lisbeth legte mir eine Hand auf die Schulter und rieb mir langsam mit kreisförmigen Bewegungen den Rücken. Es war tröstlich, und obwohl ich mir wünschte, es wäre die Hand einer anderen, half es mir, wieder in den Zustand zurückzukommen, in dem ich den Raum betreten hatte.

»Wenigstens weißt du, dass sie nicht nur mit dir befreundet ist, weil du ein Mitglied der Königsfamilie bist.« Sie seufzte. »Ich denke, du solltest ihr sagen, was du empfindest.«

Ich hob entsetzt den Kopf, und Alfie fing sofort meinen Blick auf. Er schüttelte diskret den Kopf, während Lisbeth weitersprach.

»Es würde diesem Schwebezustand ein Ende bereiten. Natürlich besteht die Gefahr, dass sie deine Gefühle nicht erwidert, aber ich halte das nicht für sehr wahrscheinlich. Selbst wenn sie es jetzt noch nicht tut, könnte sie Gefühle für dich entwickeln, sobald sie es weiß. So ging es mir, als mir Alfie im Sommer seine unsterbliche Liebe gestanden hat.«

Sie beugte sich über die Sofalehne, sodass sie Alfie ansehen konnte, und drehte sich dann stirnrunzelnd um. »Oh, oh! Diesen Blick kenne ich. Zeit für Prinzen unter sich.« Sie tippte auf ihre Zehennägel, stand zufrieden auf und küsste meinen Cousin. »Wir sehen uns morgen früh.«

»Das Bett wird heute Nacht kalt und einsam sein«, sang Alfie mit halbherziger Stimme und sah ihr nach, als sie mit der Decke und der Schokolade unterm Arm die Tür hinter sich schloss.

Ich fand, dass ich mich entschuldigen sollte, und öffnete den Mund, aber Alfie stand auf und holte zwei Bierflaschen aus seinem Minikühlschrank. Er wirkte einen schnellen Zauber, sodass die Kronkorken wegflogen, und nahm wieder seinen Platz auf dem anderen Sofa ein.

»Du wirst noch zum Alkoholiker.« Ich lachte, aber keinem von uns beiden entging das Unbehagen, mit dem ich abrupt wieder aufhörte. Ich nahm das andere Bier und umfasste die Flasche fest. *Jeder bewältigt es auf andere Weise.*

»Was Lisbeth darüber gesagt hat, du selbst zu sein, war gut, aber du solltest ihr nicht zeigen, was du fühlst, wenn du dir nicht absolut sicher bist, dass sie das Gleiche empfindet. Es steht zu viel auf dem Spiel, du darfst es nicht versauen …«

»Ich weiß.«

»Wir brauchen sie. Wir sind echt im Arsch, wenn sie nicht auf unserer Seite ist.«

Er knallte die Flasche auf den Glastisch. Seine Augen waren milchig weiß.

»Ich habe Angst, Al«, platzte ich heraus, bevor ich meine Worte zügeln konnte. Ich fühlte mich wie ein Idiot und fügte hinzu: »Nicht nur davor, es Autumn zu sagen. Vor allem.«

Er seufzte, nahm die Flasche wieder in die Hand und setzte sich neben mich. Er stützte die Ellbogen auf den Knien ab und starrte ausdruckslos auf unsere Spiegelbilder im Glas. Wir hätten Brüder sein können. Sogar unsere besorgten Augen stimmten überein.

»Wir haben gewusst, worauf wir uns einlassen, als wir hierherkamen.« Er seufzte.

»Ich hatte keine Wahl. Vater hat mich dazu gezwungen.«

»Fal, wenn es bis Weihnachten nicht vorwärtsgeht mit Autumn, ziehe ich in das Stadthaus in London. Mit Lisbeth.«

Ich nahm ein paar Schlucke von dem Bier. Es schmeckte scheußlich.

»Dieses Drecksloch nimmt mir jegliche Energie, und es ist nicht fair, dass sie jede Woche von Herefordshire hierherkommen muss.«

Ich nahm noch ein paar Schlucke.

»Ich bin nicht so stark wie du. Ich will kein Spielball des Schicksals sein. Ich habe dieses Schachspiel satt. Und ich werde Lisbeth auch nicht mit hineinziehen.«

Ich leerte die Flasche in zwei Zügen. »Ich bin nur stark, weil ich bei ihr sein muss. Ich habe keine Wahl.«

»Das ist die richtige Einstellung«, lachte er und holte mir noch ein Bier.

»Al, sie hatte eine Vision davon, dass Kaspar Varn und Violet Lee miteinander geschlafen haben.«

Er hatte mir den Rücken zugewandt und antwortete nur mit einem sehr leisen Murren, was allerdings auch eine Reaktion darauf hätte sein können, dass ihn ein Kronkorken an der Stirn traf.

Dann legte er sich aufs Sofa, den Kopf abgestützt und die Beine über der Lehne baumelnd. Er hob seine Flasche. »Auf die englischen Mädchen!«

Ich nahm die andere Flasche, die er auf den Tisch gestellt hatte. »Auf die englischen Mädchen!«

Kapitel 23 *Autumn*

Die Vorbereitung der Party verlief nicht reibungslos, denn leider gab es ja noch diese unbedeutenden politischen Unruhen. Zum ersten Mal seit dem Tod der Vampirkönigin Carmen rief Varnley den Interdimensionalen Rat zusammen.

Und zum ersten Mal seit dem Tod meiner Großmutter ertappte ich mich bei dem Wunsch, bereits sechzehn zu sein und meinen Platz einnehmen zu können.

Aber Partys organisieren sich nun mal nicht von allein, tröstete ich mich, während ich der Küche einen weiteren Besuch abstattete, um die Vorbereitungen zu überwachen.

Fallon, Alfie, der Herzog und die Herzogin waren allesamt bei der Versammlung, und Lisbeth würde erst am Nachmittag aus London zurückkehren, also trug ich jetzt die Verantwortung.

Was bedeutete, dass ich den ganzen Tag umherrannte wie ein aufgescheuchtes Huhn und ständig mit Chatwin zusammenstieß, seine unzähligen Fragen knapp mit ja oder nein beantwortete, nur um zehn Minuten später wieder in sein völlig verunsichertes Gesicht zu blicken und dieselben Fragen noch einmal gestellt zu bekommen, während er sich stur an seinem mit Champagnerflöten beladenen Silbertablett festhielt.

Wenn ich gewusst hätte, wie stressig eine Atheneaparty ist, hätte ich Fallon schon früher meine Hilfe angeboten.

Auf dem Weg aus dem Untergeschoss zurück in die Küche hörte ich die Standuhr im Arbeitszimmer des Herzogs schlagen. Sie ging halbwegs richtig, demnach musste es ungefähr ein Uhr sein. Mir entfuhr ein entnervtes Seufzen, als mir klar wurde, dass ich nun schon seit sechsunddreißig Stunden auf den Beinen war. Anfangs hatte ich geglaubt, die Tatsache, dass ich inzwischen wieder wie jeder normale Sage mit halb so viel Schlaf auskam wie die Menschen, wäre die wunderbarste Neuerung in meinem Leben, seit Fallon den mit Ahornsirup gesüßten Kaffee erfunden hatte. Inzwischen war ich mir da allerdings nicht mehr so sicher, denn seit dem Londoner Blutbad war der Vampirstyle total aus der Mode gekommen.

»Du meine Güte, hier blitzt und blinkt ja alles!«, hörte ich die Herzogin aus der Eingangshalle rufen.

Ich blickte entsetzt auf die Schürze, die ich trug, riss sie mir herunter und warf sie dem nächstbesten Bediensteten zu. Dann rannte ich fast zur Eingangshallte, strich mir dabei das Haar glatt und nahm vage wahr, dass ich Chatwin, der gerade wieder mit seinem Silbertablett auftauchte, irgendetwas sehr Autoritäres wie »Mir nach!« zurief.

Schlitternd hielt ich an und sank gleichzeitig in einen Knicks, nur um zu erkennen, dass abgesehen von der höflichen Bemerkung der Herzogin offenbar niemand auch nur Notiz von meinen Anstrengungen nahm. Und wer kam da gerade die Stufen heraufgeeilt und machte nicht einmal Anstalten, stehen zu bleiben, um seine leichte braune Jacke auszuziehen, die sich irgendwie nicht mit der königlichen Uniform darunter vertrug? Es war Fallon. Er kam geradewegs auf mich zu und zog mich hinter sich her in den rückwärtigen Teil des Hauses. Edmund folgte schweigend.

»Letzte Nacht haben Kaspar Varn und Violet Lee miteinander geschlafen«, knurrte Fallon, woraus ich schloss, dass auch er in dieser Nacht nicht zur Ruhe gekommen war.

Das erklärte jedenfalls die angespannten Mienen der älteren Atheneas, aber mir fiel es noch immer schwer, das wirklich zu glauben. Und das trotz der Tatsache, dass ich dieses Ereignis mittlerweile nicht weniger als dreimal selbst gesehen hatte – die letzte Vision hatte ich erst vor wenigen Stunden gehabt, bei vollem Bewusstsein und gefolgt von einer so heftigen Kopfschmerzattacke, dass mir Chatwin sofort alle möglichen magischen Heiltränke hatte bringen lassen. Offenbar war dies also eine Liveübertragung gewesen.

»Letzte Nacht? Ich dachte, da hätte der Interdimensionale Rat in Varnley getagt? Sie haben doch sicher nicht … direkt unter der Nase von … na ja … *allen?*«

»Die Versammlung wurde abends nach Athenea verlegt, denn die menschlichen Abgeordneten haben sich geweigert, nach Varnley zu kommen, und offenbar wollte König Vladimir auch nicht, dass Violet Lee *allzu* spät zurückkehrt«, mischte sich Edmund hinter mir in einem trockenen Tonfall ein, der seine Missbilligung klar zum Ausdruck brachte.

»Sie haben sie aus Varnley fortgebracht?«

»Der Inter hat beschlossen, dass sie nicht eingeweiht werden soll, schon vergessen?«, gab Fallon zurück. »Und daran hat sich nichts geändert. Das war so ziemlich der einzige Punkt, in dem sie sich einig waren.«

Er lehnte sich schwer gegen einen der Korbsessel im Wintergarten, und ich folgte ihm, wohl wissend, wie sehr er diese Entscheidung des Interdimensionalen Rats verachtete. In dieser Sache stimmte ich ihm zu. *Von unserer Existenz zu erfahren ist das Mindeste, was Violet Lee verdient. Außerdem könnte es ihre Entscheidung, ein Vampir zu werden, positiv beeinflussen.*

Ich suchte mir eine bequeme Kuhle auf dem Sofa und beobachtete die beiden Männer. Sie waren eindeutig erschöpft.

»Schau's dir einfach an ...« Mit diesen Worten öffnete Fallon seinen Geist und flutete ihn mit Bildern. Diesmal machte er sich nicht die Mühe, irgendeine malerische Landschaft zu entwerfen. Langsam arbeitete ich mich durch die Eindrücke. Es dauerte geschlagene fünfzehn Minuten, aber es gab auch eine ganze Menge zu sehen. Wie Fallon die berüchtigte Violet Lee kennengelernt und ihre Stärke bewundert hatte; wie er ihren Hals berührt hatte. Mit einem mentalen Kopfschütteln, um ungebeten aufwallende Gefühle zu verscheuchen, wandte ich mich dem nächsten Bild zu. Wie der gesamte Inter Zeuge von Kaspar Varns Wutausbruch geworden war, das Zorngebrüll seines Vaters, als er von der jüngsten Eroberung seines Sohnes erfahren und wie er den beiden schließlich verboten hatte, einander je wieder zu berühren. Wie er seinen Sohn nach Rumänien geschickt und beschlossen hatte, Violet Lee zu bestrafen, indem er sie zum Opfer ihres jährlichen Ad-Infinitum-Balls machte.

Nach diesem Bild zog ich mich zurück. Das war keine gute Entwicklung.

Ich hatte gesehen, was die ganze Welt bald wissen würde, aber was ich beobachtet hatte, war auch ein Grund zur Hoffnung: Violet Lee zeigte Zuneigung für einen Vampir. Er hatte sie nicht einfach verführt, sie hatte es ebenso gewollt wie er, da war ich mir sicher, und das bedeutete, dass sie vielleicht wirklich bereit war, sich verwandeln zu lassen.

Ich erklärte Fallon und Edmund, was ich dachte.

Fallon schien unbeeindruckt. »Ich glaube nicht, dass wir genug Zeit haben, einfach zu warten, bis sie sich in ihn verliebt.«

Ich richtete mich ein wenig höher auf. »Warum nicht?«

Edmund trat vom Teich zurück und sah den Prinzen unverwandt an. Der schüttelte den Kopf. »Sie hat doch schon alles gesehen.« Ich verschränkte die Arme. »Der Rat wurde einberufen, weil die Vampire glauben, dass Michael Lee inzwischen seinen Vorwand hat, um im Namen seiner Tochter einen Angriff gegen die Vampire zu führen.«

Deshalb also dieser mitternächtliche Ruf zur Ratsversammlung, die nur Stunden später begonnen hatte. Das musste Varnley entsetzt haben. Ich hob eine Braue. »Und dieser Vorwand ist …?«

»Eine Prophezeiung. Eine der unseren, um genau zu sein.«

»Welche?«

Fallon hob entnervt die Arme und Schultern, plötzlich wieder ebenso aufgebracht wie vorhin, als er mich hinter sich hergezogen hatte. »Genau das wollten sie eigentlich von uns wissen.«

»Es hat Gerüchte über die Prophezeiung der Dunklen Heldinnen gegeben«, bemerkte ich, weil mir sonst nichts Besseres dazu einfiel.

Erneutes Schulterzucken von Fallons Seite.

»Und es kommt sogar noch schlimmer«, seufzte Edmund.

Fallon wirkte völlig verblüfft, als wäre die Vorstellung, die Dinge könnten sogar noch schlimmer werden, ebenso aberwitzig wie die Tatsache, dass Violet Lee von Kreaturen gefangen gehalten wurde, die sie zuvor nur aus dem Märchen gekannt hatte.

»Ich habe mich heute Morgen mit dem Anführer der Wachen in Varnley unterhalten. Kaspar Varn und Violet Lee wurden auf dem Weg zurück nach Varnley von zwei Slayern verfolgt. Und es gibt guten Grund zu der Annahme, dass es sich bei den beiden um Giles Randa und Abria Pierre gehandelt hat.«

Aufgeschreckt lehnte ich mich vor. Die Slayer, die bei den Extermino im Nebel gewesen waren! Ein Blick auf Edmunds Miene verriet mir, dass ich recht hatte.

Aber Fallon dachte noch einen Schritt weiter. »*Pierre?*«, sagte er mit so viel Abscheu, dass ich mich lieber wieder zurück gegen die Sofalehne sinken ließ.

»Ja. Abria Pierre ist die fünfzehnjährige Tochter von John Pierre und seit dem Tod von Claude Pierre beim Londoner Blutbad auch die nächste Anführerin des Clans. Sie will zweifellos Rache für den Tod ihres Bruders.« Edmund holte tief Luft, um mit seiner wie immer sehr ausführlichen Erklärung fortzufahren. »Noch wichtiger, dies ist ein deutliches Zeichen dafür, dass der Vorfall in Kable kein Zufall war. Das waren keine rebellischen Slayer, die sich willkürlich den Extermino angeschlossen haben. Sie gehören zum Pierre-Clan, und sie unterstützen Lee dabei, seine Tochter zurückzuholen. Anscheinend hören sie inzwischen nicht mehr nur auf einen Anführer.«

»Dann ist das also so etwas wie …« Ich suchte nach einem Begriff, der zusammenfasste, was ich gerade dachte. »Eine interdimensionale Fraktionsverschwörung?«

Edmund hob eine Augenbraue. »Griffig. Genau das ist es. Pierre, Chri'dom, Lee, die abtrünnigen Vampire und wahrscheinlich auch diese dubiose Crimsonfamilie haben sich zusammengetan. Sie haben sich verbündet, während wir schwach und uneinig sind und uns wegen Violet Lee in einer Krise befinden.«

Ich hätte ihm gern gesagt, dass er als großer, beschützender Ersatzonkel gerade einen echt miesen Job hinlegte. Mir all diese besorgniserregenden Theorien nahezubringen war keine besonders produktive Art, mich bei den Partyvorbereitungen zu unterstützen. Nur dass es längst schon keine Theorien mehr waren. Irgendjemand in diesen Randgruppen hatte eindeutig die Maxime »Der Feind meines Feindes ist mein Freund« für sich entdeckt und handelte nun danach.

Edmund, dem vielleicht gerade klar geworden war, dass er seine minderjährigen Schützlinge soeben zu Tode erschreckt hatte, fügte rasch hinzu: »Aber ich könnte mir in dieser Situation keinen fähigeren Mann vorstellen als deinen Vater, Fallon. Er und deine Mutter haben uns immerhin durch zwei Weltkriege geschifft, und das allein im vergangenen Jahrhundert.«

Dass er unsere Situation jetzt auch noch mit den Weltkriegen in Zusammenhang brachte, war ebenfalls nicht besonders hilfreich, und Fallon wählte genau diesen Moment, um sich zu entschuldigen, weil er dringend ein paar Stunden Schlaf brauchte.

Edmund rührte sich nicht. Er verlagerte nur das Gewicht auf einen Fuß, verschränkte die Arme und starrte mich an.

»Du bist zu jung für das, was hier passiert. Du wirst nicht damit fertig werden, was mit dir geschieht – mit uns.«

Bevor ich diese Worte verarbeiten konnte, war er verschwunden, eilte den langen, mit Türen zu den Gesindekammern gesäumten Korridor hinunter zurück in die Eingangshalle.

»Edmund, komm zurück!«, schrie ich ihm nach. »Ich verlange, dass du mir erklärst, was du damit meinst!« Wahrscheinlich bekam es das gesamte Personal mit, aber ich dachte gar nicht daran, meine Wut zu zügeln. »Wenn du damit meine Visionen meinst, dann …«

Es hatte keinen Sinn. Er war fort. Ich wirbelte herum und stürmte zurück in den Wintergarten. Kaum hatte ich die Schwelle übertreten, fing das Blatt einer weißen Lilie, die so groß und schwer war, dass sich der Stiel unter ihrem Gewicht zu Boden neigte, Feuer. Es war ein überraschend guter Zunder, und schon bald verschlangen die Flammen das ganze Blatt. Auch die Lilie überlebte nicht. Ich ließ das Aschehäufchen einfach liegen.

»Verdammt noch mal, warum erklärt mir hier nie jemand irgendwas?!«, fauchte ich.

Kapitel 24

Autumn

Nachdem sie den Reißverschluss der Plastikhülle geöffnet hatte, umarmte ich Lisbeth. Sie hätte nichts Perfekteres aussuchen können. Als ich das Kleid dann angezogen hatte, begann ich allerdings zu zweifeln.

»Es ist ziemlich kurz«, klagte ich und zog an dem gestuften Saum, der ab den Hüften ein wenig ausgestellt war, während sich der Unterrock darunter eng um meine Oberschenkel schmiegte – nur ein bisschen zu weit oben.

»Auch nicht kürzer als das, was die anderen Mädchen tragen werden«, erinnerte mich Lisbeth von ihrem Frisiertisch aus, wo ihre Magie das Make-up für sie vollendete. Dem widersprach ich nicht. Mein Handy hatte den ganzen Nachmittag über ständig vibriert, weil mehrere Mädchen Bestätigung für ihre Kleiderwahl brauchten. »Und du hast mich gebeten, etwas für heute Abend zu finden. Ich finde, es steht dir super.«

Sie hatte recht. Das Mieder des Kleides war verstärkt wie ein Korsett. Es schnürte meine Taille ein, sodass niemand daran zweifeln konnte, dass ich sogar in meinem Alter schon eine äußerst weibliche Figur hatte. Das Kleid war komplett schwarz und mit feiner Spitze besetzt, auf der Rosen aufgenäht waren, die das trägerlose Oberteil ein wenig überlagerten, sodass ich mir auch über diesen Teil keine Sorgen machen musste.

»Und es wird alle beeindrucken. Du siehst wunderschön aus!«

Ich stieg wieder in meine schwarzen Stöckelschuhe – deren hohe Absätze Edmund sehr ärgerlich machen würden – und erwiderte ihren Blick, bis sie wegsah. Ich kannte ihr Spielchen, denn sie spielte es schon seit zwei Wochen. Sie meinte, dass es vor allem Fallon beeindrucken würde.

Allerdings war ich mir da nicht so sicher. Ich hatte meine Haare offen und lockig gelassen, hatte aber eine Seite straff mit einer winzigen, mit einer Rose verzierten Spange zurückgesteckt, sodass ein Ohr frei lag, was er nicht mochte. Wenn ich die Locken aber herunterließe, würden sie mich den ganzen Abend lang nerven.

»Hör auf, mit deinen Haaren zu spielen.« Lisbeth kam zu mir, nahm meine Hand und zog sie sachte fort. Zusammen verließen wir das Zimmer und gingen nach unten.

Am Fuß der Treppe warteten die beiden Prinzen (der Herzog und die Herzogin waren zu einem »Date« ausgegangen) und sahen nach ihrem entspannten Nachmittag so erfrischt aus, als wären der Tag und die Nacht davor nie passiert. Das war es, was wir alle wollten. Einen Abend lang vergessen, was geschah.

Alfie, locker wie immer, hatte sich für ein offenes Jackett und ein Hemd ohne Krawatte entschieden, obwohl er ein tiefblaues Taschentuch in die Brusttasche gesteckt hatte, das zu Lisbeths Kleid passte, als wäre es aus der gleichen Seide gemacht. Er trat vor, nahm ihre Hände in seine und legte sie dann auf die Kleiderbahnen auf ihren Hüften, die auf wundersame Weise kurvig geworden waren.

»Du siehst toll aus«, sagte er zu ihr, sah ihr in die Augen und ließ ihren Blick nicht los, bis ich auf dem Weg zu Fallon, der weiter hinten stand, durch den Rand seines Blickfeldes lief. »Du auch, Autumn«, fügte er hastig hinzu.

Ich schenkte ihm ein kleines Lächeln und richtete meine Aufmerksamkeit dann wieder auf Fallon. Dem Aussehen nach war er seinem Cousin sehr ähnlich, aber ihr Stil hätte unterschiedlicher nicht sein können. Seine schwarzen Slipper glänzten frisch poliert, und seine schwarze Hose und sein Jackett waren so sauber und frisch, dass sie in dem sanften Kerzenlicht der Laternen, die über uns in der Luft hingen, aussahen wie Seide. Ich hätte das Material am liebsten berührt, um es nachzuprüfen, aber als ich näher kam, sah ich, dass es Baumwolle war. Zwischen den Jackenaufschlägen lugte eine schwarzgraue Weste hervor, und um den Hals trug er eine Fliege.

Ich nahm diese Details in Sekunden auf und überlegte schnell, was ich sagen sollte, denn als ich bei seinen Haaren angekommen war, mit denen er nichts gemacht hatte, wurde mir sehr bewusst, dass auch er meine Erscheinung auf sich wirken ließ. »Ganz der Gastgeber«, sagte ich schließlich, lächelte und breitete leicht die Hände aus. Was ich eigentlich sagen wollte, war: *Du siehst umwerfend aus.*

»Du siehst …« Er schüttelte leicht den Kopf, und dann legte er ihn auf die Seite. »Mir fehlen die Worte.«

Ich lächelte und starrte auf seine Schuhe.

»Das gefällt mir«, murmelte er, streckte die Hand aus und berührte die Spange in meinem Haar. Er zog die Hand zurück und strich dabei eine Strähne glatt. »Ich mag deine Haare so, Herzogin.«

Das war's. Ein Kokon in meinem Bauch platzte auf, und Schmetterlinge flogen daraus hervor, die sich im Nu in meinem ganzen Körper ausbreiteten. Hätte ich in diesem Moment meine Magie benutzt, hätte ich sicher versehentlich das Haus abgefackelt.

Stattdessen wollte ich dann aber lieber Alfie an einen Pfahl binden und verbrennen, als er sich prustend räusperte und den Augenblick komplett zerstörte. Lisbeth stieß ihn in die Rippen. Er zuckte nicht einmal zusammen.

Es war ohnehin egal. Ich spürte, wie sich Wärme näherte, und es war eine Wärme, die nur Menschen produzieren konnten. Bevor ich meinen Geist vor dem bevorstehenden Geschwätz verschließen konnte, hatte sich Edmund hereingezwängt.

»Autumn, deine Freunde sind am Südtor.« Ich nickte, obwohl er mich nicht sehen konnte. Das bedeutete, dass sie im Pförtnerhaus beim Besuchertor waren und sich den Sicherheitschecks unterzogen. *»Mach dich auf etwas gefasst. Ich glaube, diese Gwen hat schon vorgeglüht.«*

Fallon zog eine Grimasse, und Alfie lachte. »Ich freue mich drauf.«

In der nächsten Stunde war die Hölle los. Tammy und Co waren die ersten, die ankamen. Sie wirkten überwältigt, aber ich hatte kaum für mehr Zeit, als ihnen ermunternd zuzunicken und sie in den Ballsaal zu schieben. Es kamen immer mehr Gäste, und weil ich unter die Gastgeber geraten war, merkte ich, wie ich wiederholt erklärte, dass der prachtvolle, verspiegelte Ballsaal in Anlehnung an einen Saal im Schloss Versailles entstanden und der neueste Anbau der Atheneas war. Die meisten hatten eine kindliche Freude an der Pracht.

Es war fast neun Uhr, als ich endlich meine Freunde traf. Sie standen eng beieinander, zu ängstlich, auf einen der Jungen zuzugehen, und noch eingeschüchterter, als Alfie und Lisbeth kamen, um sich vorzustellen. Aber als wir dann allein waren, wurden sie ziemlich gesprächig und sehr aufgeregt. Edmunds Vermutung, dass Gwen vorgeglüht hatte, war ganz richtig gewesen. Sie tranken auch jetzt – Champagnercocktails – und kicherten über einen Kellner, der ihnen Kanapees anbot (noch etwas, was sie faszinierte). Fallon hatte natürlich Personal von außerhalb engagiert, *aus Athenea* …

Er hatte sich ein paar Minuten zuvor entschuldigt, um die letzten Gäste zu begrüßen, und Gwens angeregte Beschreibung, was sie gern mit dem armen Kellner anstellen würde (der noch in Hörweite war), begann mich gerade zu langweilen, als sie plötzlich verstummte.

Jemand hinter mir räusperte sich. »*Sarlane, rafiki.*« Hallo, Freundin.

Ich war so schockiert, meine Sprache mit diesem Akzent zu hören, dass ich mehrere Sekunden brauchte, um mich umzudrehen.

»Jo?«

Wir fielen einander ohne weitere Worte in die Arme und sprangen quietschend auf und ab, bis mich ein erneutes Räuspern wieder auf den Boden brachte.

Tatsächlich, da stand er.

»*So'yea ar en manta t'ea rarn!*«, sagte ich zum Prinzen. Ich versuchte, mit ihm zu schimpfen, klang aber eher belustigt als wütend.

Er hielt sein Lächeln zurück und sah angemessen gerügt aus. Als ich die Arme in die Hüften stemmte, hob er gehorsam die Hände.

»Ich hole euch was zu trinken und lasse euch erzählen.« Er lachte und zog sich rasch zurück.

Sobald er außer Hörweite war, verzog sich Jos Mund zu einem tonlosen Kreischen. »Wow«, flüsterte sie, »wow, wow, wow, *die Atheneas*, du bist bei den Atheneas! Ich bin bei den Atheneas!«

»Ist mir auch schon aufgefallen.«

»Ja, aber es ist einfach unglaublich. Weißt du, Prinz Fallon hat eine spezielle Erlaubnis fürs Dimensionenspringen für mich bekommen. Er muss dich wirklich mögen! Mann, das ist die beste Art zu reisen, viel besser als ein Flugzeug.«

Man konnte mit ihr gerade nicht vernünftig sprechen, also ließ ich sie weiterplappern und fragte mich, wie ich es so lange ohne ihre positive Ausstrahlung ausgehalten hatte.

»Ich habe dir so viel zu erzählen! Kannst du dich an James Funnel aus der Schule erinnern? Er hat seine Unschuld an ein …« Sie senkte die Stimme und sah sich um. »… *Menschenmädchen* verloren. Und diese Raine benimmt sich gerade einfach schrecklich, und sie ist in diese Gruppe geraten, in der es alle cool finden zu rauchen und, stell dir vor, *Blut zu trinken*, weil es sie high macht! Anscheinend ist das ein neuer Hype, der nach Violet Lees Entführung angefangen hat …«

Dann sackte Jo auf einmal zusammen. Mit großen Augen sah ich sie herabsinken, bis sie auf einem Knie ihr Gleichgewicht wiederfand, eine Form der Ehrerbietung, die man auch ohne Ballkleid machen konnte. Zögernd sanken auch meine menschlichen Freundinnen (die ich völlig vergessen hatte) in einen leichten Knicks.

»Prinz Alfred«, stieß Jo hervor. Ihre Stimme zitterte.

Alfie legte den Kopf auf die Seite und zwinkerte mir zu. Nur wir beide standen aufrecht. »Wie ich sehe, hat dir Fallon seine Überraschung zukommen lassen. Aber ich denke, es wäre besser, wenn sie aufstehen und den Champagner probieren würde. Er knallt ziemlich.«

Jo lachte nervös und erhob sich schwankend, den fließenden Saum ihres burgunderfarbenen Kleides fest im Griff und tiefrot im Gesicht. Ich nahm mir vor, sie zu fragen, ob sie in ihrem Sommer am Hof eigentlich einem der Atheneas begegnet war. Es hatte nicht den Anschein.

»Ich bin so dankbar, dass Ihr mich in Euer Haus eingeladen habt, Euer Hoheit. Besonders angesichts der … äh …

Umstände.« Jo warf mir einen Blick zu, und dieser eine Blick sagte alles: Sie wusste, in was für einem Netz wir hingen.

»›Umstände‹ könnte gut unser Familienname sein«, sagte Fallon und tauchte hinter mir auf, allgegenwärtig wie immer. »Mach dir darüber keine Gedanken.«

Warum es dann überhaupt erwähnen? Außer es war eine Drohung. Ein subtiles Enthüllen, wie tief und gefährlich ihre königliche Welt war.

Sobald ich konnte, zog ich Jo abrupt zu einer Damentoilette hinter dem Ballsaal. Ich setzte mich auf den Waschtisch neben dem Waschbecken, um meine schmerzenden Füße zu entlasten.

»Ach, Jo«, flüsterte ich und nahm ihre Hände zwischen meine. »Ich wünschte, wir wären wieder Kinder!«

Sie starrte auf den Boden. »Ich dachte, ein Wiedersehen könnte bei dir vielleicht Erinnerungen an Frau Professor wachrufen. An deine Großmutter, meine ich.«

Ich rutschte vom Tisch und drehte mich zum Spiegel um. Ich fuhr mit dem Finger unter beiden Augen entlang, um verschmiertes Make-up wegzuwischen. »Meine Großmutter ist tot, Jo. Ich weiß das.« Aber sie war nicht tot. Sie sah mir aus dem Spiegel entgegen. Sie war in meinem Haar, meinen Narben und meinen Brüsten … sie war in meinem Schatten. Sie *war* mein Schatten. Mein ständig drohender Schatten. »Ich werde nicht mehr wütend, nur weil jemand irgendwie mit ihr in Verbindung stand. Noch nicht einmal mehr auf die Atheneas. Mir geht es jetzt gut.«

»Aber du hast Angst. Und die Atheneas auch. Ich habe es gemerkt, als wir eingelassen wurden. Die ganzen Sicherheitsmaßnahmen! Und warum hast du aufgehört, mir in deinen Mails zu erzählen, was los ist? Hast du herausgefunden, ob die Atheneas wissen, wer sie getötet hat?«

Wieder einmal war ich erstaunt, wie genau sie den Nagel auf den Kopf traf. *Ist es so offensichtlich? Ist es für die äußere Welt so klar, dass wir die Lage nicht im Griff haben? Dass uns Violet Lee auseinandertreiben könnte, in Stücke reißen und uns dem Tode weihen?*

Ich dachte nicht laut über diese Fragen nach. Ich fühlte mich verpflichtet, Jo zu beruhigen, genau wie ich es getan hatte, als wir noch Kinder waren – denn bei unseren Spielen war ich immer die Mutter gewesen und sie meine Tochter. Ich war die Ärztin und sie meine Patientin, ich war die Königin und sie meine Untertanin.

»Sie wissen es, aber das ist im Augenblick nicht wichtig. Am Hof gibt es zurzeit so viele andere Sorgen. Das weißt du. Wir sind auch nicht immun dagegen. Aber das ist es nicht wert, dass es unsere Zeit miteinander verdirbt.«

Jo stellte sich ein Stück hinter mich. Sie versuchte, im Spiegel meinen Blick einzufangen, aber ich ließ es nicht zu. »Du hast recht, Autumn. Aber jetzt, wo du den Atheneas verziehen hast, dass sie dir nichts über deine Großmutter erzählt haben …«

»Ich habe ihnen nicht verziehen, ich habe es nur akzeptiert.«

»Jetzt, wo du ihnen so nah bist, werden du und Prinz Fallon zusammenkommen?«

Ich presste die Lippen aufeinander. »Ziemlich gewagt, Jo.«

»Was ist gewagt?« Das aufgeregte Quietschen von Gwen unterbrach mich, und ich schloss den Mund. Christy, Tammy und Tee folgten ihr in die Toilette, alle ganz fasziniert. Ich sah ihre Spiegelbilder an.

»Nun?«

»Dass seine Hoheit und Autumn zusammen sind«, erklärte Jo und wandte sich aufgeregt an meine menschlichen Freundinnen. Sie schnappten allesamt verblüfft nach Luft. »Seit wann?«, fragte Gwen und stemmte die Hände links neben mir auf den Tisch.

»Nein, ich meinte, sie *sollten* zusammen sein!«, korrigierte sich Jo, erschrocken über Gwens energisches Wesen. »Es wäre perfekt, findet ihr nicht? Wie im Märchen! Denkt nur daran, in wie vielen Zeitschriften sie stehen würden!«

Ganz toll, dachte ich, zauberte mein Make-up aus meinem Zimmer zu mir herunter und ließ meine Magie arbeiten. *Hat sie überhaupt mitbekommen, was ich in meinen Mails an sie schreibe? Wir wollen keine Aufmerksamkeit!*

Als das Gekicher abgeebbt war, nahm Gwen die Rolle der Fürprecherin ein. »Aber ernsthaft, du hast viel bessere Chancen als irgendjemand anders. Also verabrede dich mit ihm, geh ihm an die Boxershorts und erzähl uns, ob die Beule echt ist oder nur eine Banane, okay?«

»Gwen, du Idiotin, Autumn wüsste auch dann nicht, was sie mit einem Schwanz anfangen soll, wenn sie ihn direkt vor der Nase hätte.« Die Tür schlug zu, und davor standen Valerie Danvers und ihre beiden Kumpaninnen. Ich drehte mich auf dem Absatz um und sah sie an. Dabei verteidigte ich das Waschbecken in der riesigen Toilette, als wäre es mein Kind.

»Hau ab, Valerie«, kam Tees mutige Antwort. Ich verspürte einen Anflug von Stolz im Herzen. Es war Valerie, vor der ich Tee gerettet hatte, und ich wusste, dass dieses kleine, schüchterne, zwölfjährige Mädchen doppelt so viel Angst vor dieser Tyrannin hatte wie ich.

»Und sei nicht so eklig«, fügte Tammy hinzu.

»Nur weil du eine Schlampe bist, heißt das nicht, dass wir auch welche sind«, fauchte Gwen und machte drei Schritte nach vorn, sodass sie und Valerie Nase an Nase standen.

Im Spiegel rechts von mir sah ich Valerie höhnisch den

Mund verziehen und eine Augenbraue heben. »Das sagt die Richtige. Wir wissen doch alle, dass du jeden Sage-Abschaum vögeln würdest, wenn du die Gelegenheit hättest.«

Gwen schaute spöttisch, zog sich aber schuldbewusst zurück, gerade als Jo, deren Blick von einem Mädchen zum anderen flog, ruhig aufstand und meine Hand nahm. Christy kam dazu und nahm die andere.

Valerie schien ihren bevorstehenden Sieg zu spüren und kam auf uns zu, bis sie plötzlich von Tees kleiner Gestalt aufgehalten wurde – zu jung für dieses Duell und für die Party, aber trotzdem standhaft an der Seite ihrer Cousine –, die sich zu ihrer vollen Größe von einem Meter fünfzig aufrichtete und Valerie finster ansah. »Hör auf zu fluchen, Valerie, und hör auf, so fies zu sein. Niemanden interessiert, was du denkst, also lass uns in Ruhe!«

Ihre Worte schafften es, das ältere Mädchen volle zehn Sekunden ruhigzustellen. Dann ging Valerie in die Hocke, runzelte die Stirn, und ihr Kleid rutschte hoch, sodass wir alle den Schatten ihres Schritts sehen konnten.

»Und mir ist egal, was du sagst, du kleine Neg …«

»Wag es bloß nicht«, zischte ich, und auf meiner erhobenen Handfläche sprang eine rote Energiekugel auf und ab. Mein Blut war heiß, aber es war kein roter Nebel da. Ich hatte die Kontrolle, und solange das so war, würde ich nicht zulassen, dass jemand Tee wehtat. »Damentoilette. Diesmal kein Prinz, der dich beschützt.«

Sie verstand den Hinweis und floh, aber ich hatte nicht vor, es dabei zu belassen. Ich war ihr dicht auf den Fersen, und über die Schulter spuckte sie mir Beleidigungen über meine Aufgeblasenheit, meine Großmutter und meinen Titel entgegen, aber ich nahm keine Notiz davon. Ich verfolgte sie bis zurück in den Ballsaal, wo sie stehen blieb und ihren Rock herunterzog.

»Ich hasse dich!«, verkündete sie und schwankte auf ihren Stöckelschuhen.

Ich umrundete ein Grüppchen, bis ich ihr Gesicht sehen konnte, ihr wutverzerrtes, verquollenes, rotes Gesicht. Ich merkte, dass ich grinste, erfreut, dass ich eine solche Emotion in einem Menschen wecken konnte. *Wie dumm sie in diesem Augenblick aussieht …*

»Geht mir ebenso.« Ein schneller Knicks, eine Drehung auf dem rechten Absatz, und ich war weg.

Von ehrfurchtsvollen Blicken begleitet, schlängelte ich mich durch die Menge. Meine Füße hatten ein bestimmtes Ziel, aber ich wusste nicht, welches. Als das Ende des Raumes in Sicht kam, blieb ich stehen. Ein Fuß stellte sich hinter die Ferse des anderen. Meine Knie beugten sich. Ich ließ mich hinabsinken.

»Euer Hoheit.«

»Möchtest du, dass ich Valerie rausschmeiße?«, fragte er.

Ich schüttelte den Kopf und lächelte zu ihm hinauf. »Ich hab's im Griff.«

Er sah verwundert aus. Aber er lächelte. Er lächelte und nahm meine Hand in seine. Wir schlossen die Distanz zwischen uns, und ich sah die pulsierende Ader an seinem Hals.

»Tanz mit mir«, sagte er.

Die Musik veränderte sich. Der hämmernde Bass wich perlenden Klaviertönen und dem verträumten Gurren einer Frauenstimme.

»Ich weiß nicht mehr, wie.«

»Doch, das tust du.« Seine Lippen waren an meinem Ohr. Ich lächelte ein wenig und schüttelte den Kopf, aber er bedeutete mir, still zu sein, nicht mit Worten, nicht mit den Händen, sondern mit seinem Blick. »Lass dich einfach führen. Keine

Sorgen. Keine Ängste. Nicht jetzt. Nicht in diesem Augenblick. Tanz mit mir, Autumn.«

Und dann bewegten wir uns durch die geteilte Menge, und ich nahm vage Alfie und Lisbeth wahr, aber sie waren wie verschwommene Gestalten hinter einer beschlagenen Linse. Ich sah nur Fallon wirklich, ich fühlte die Wärme und den Schweiß zwischen unseren verschränkten Fingern, und ich spürte die Erschütterungen seiner Schritte unter den Fußsohlen. Er sagte etwas zu der gesichtslosen Menge, aber ich verstand es nicht.

Wir stellten uns voreinander, ich knickste, trat bereitwillig und erwartungsvoll zu ihm, und er führte mich in einen langsamen Walzer, den ich so gut kannte, dass ich mich ganz auf den leichten Druck seiner narbenfreien Wange auf meiner konzentrieren und die Augen vor der gesichtslosen Menge außerhalb des Goldfischglases verschließen konnte.

»Ich will etwas sagen, kann aber nicht. Es ist, als würdest du zerbrechen, wenn ich es sage.« Seine Stimme klang rau, als er die Hand auf meiner Hüfte meinen Rücken hinaufgleiten ließ und mich fest an seine Brust zog.

»Dann sag es nicht«, seufzte ich und legte die Wange auf seine Schulter. »Bitte, erspar mir den Schmerz.«

»Immer, kleine Herzogin. Immer.«

Ich spürte, wie er sich aufrichtete, sich straffte und den Kopf hob, sodass sich die Haut dort, wo mein Kopf lag, spannte.

Ich wusste, dass ich zufrieden sein sollte. Aber so war es nicht. Es war, als würden wir verfolgt – von was, wusste ich nicht – und ich wäre mitten in einen See getrieben worden und ertränke. Die Musik schwoll an, flaute ab und drang in langsamen, verzerrten Wellen an mein Ohr. Meine Füße spürten den Boden nicht, und ich wiegte mich in seinen Armen mit der Strömung. Ich öffnete die Augen. Die Leute waren jetzt Figuren aus Wasserfarben und erstreckten sich bis weit in die Tiefe der Spiegel.

Und ich wusste, es würde immer so sein, wenn ich in seinen Armen blieb. Ich wusste, ich würde immer in einem Goldfischglas leben, und der einzige Weg, dem Schmerz zu entgehen, war, in Täuschung zu versinken, mich selbst zu belügen und mit dieser Lüge zu sterben.

Es war mir egal.

Und dann gingen wir auseinander, und ich wusste, dass es immer so sein würde. Er sprach zu den Gästen, dankte ihnen für ihr Kommen, die Musik hörte auf, und die Lampen wurden heller. Die Leute machten sich bereit zum Aufbruch, die Diener fingen an, sie zu dirigieren, und ich verschwand in der Menge. Plötzlich war ich erschöpft und wollte nichts lieber als in mein Bett. Aber da ergriff jemand meine Hand. Es war Fallon.

»Gute Nacht, Herzogin.«

Er ließ mich los, und ich fühlte mich auf einmal verloren. »Gute Nacht, Euer Hoheit.«

Er sah zu Boden und dann rasch wieder nach oben, als könnte er es nicht ertragen wegzuschauen. Als sich unsere Blicke wieder trafen, hoben sich seine Mundwinkel. Er fasste nach meiner linken Hand, hielt sie kurz, beugte sich dann darüber und küsste den Finger, an dem man einen Ring tragen würde. Schließlich richtete er sich wieder auf, nickte einmal und ging davon, die Hände auf dem Rücken, als wäre auch er verloren.

Benommen sah ich ihm nach, mein Herz explodierte, und innerlich schrie ich laut auf wegen dem, was gerade geschehen war. Etwas, was ich in Athenea so oft gesehen hatte, als die Teenager wie Erwachsene wirkten und die Erwachsenen wie Riesen.

Er hat mich hofiert!

Zwei Arme schlangen sich um meine Schultern und schüttelten mich. »Ist das gerade passiert?«, rief Jo. »Ist das gerade wirklich passiert? Du gehst ihm hinterher, oder?« Sie stieß mich in Richtung Tür.

»Meinst du, das sollte ich?«

»Ja!«

Zögerlich ging ich los und sah über die Schulter zu Jo, die aufmunternd nickte. Aber draußen konnte ich ihn nirgends entdecken, und als ich schüchtern an seine Zimmertür klopfte und mich dabei nervös umsah, ob mich jemand beobachtete, wie ich versuchte, in sein Zimmer zu gehen, kam keine Antwort. Unten auf der Galerie begegnete ich Tee und einem Diener, der sie zu einem der Zimmer führte, weil sie über Nacht blieb.

»Hast du Prinz Fallon gesehen?«, fragte ich.

»Er ist diesen Gang hinuntergegangen.« Tee zeigte nach unten und lächelte wissend. Ich wurde rot.

»Er wollte allein sein, Mylady«, erklärte der Diener gereizt und ging davon, wobei er vergaß, sich zu verbeugen.

Ich starrte auf Tees Rücken. »Das glaube ich gern.« Ich machte auf meinem hohen Absatz kehrt und lief die Treppe wieder hinunter. Ich war zurück im Goldfischglas, und die Gäste, die noch geblieben waren, starrten mich an. Es war mir egal. Eigentlich gefiel es mir sogar, genauso wie es mir gefallen hatte, Valerie zu quälen. Ich straffte die Schultern und hob den Kopf.

In diesem Moment konnte mir niemand wehtun.

Es war eine mondlose Nacht, und das einzige Licht und die einzige Wärme kamen vom Kamin, in dem ein Feuer prasselte und an einem frisch aufgelegten, großen Stapel Holzscheite leckte. Auf dem Couchtisch aus Eichenholz standen eine Karaffe und zwei Gläser.

Er stand im Schatten, halb verborgen hinter den großen Topfpflanzen mit den riesigen, wächsernen Blättern. Ich wartete im Türrahmen auf ihn. Er drehte den Kopf, sah über die Schulter, und nach einer kurzen Pause drehte er sich ganz um und kam mit besitzergreifenden Schritten auf mich zu, sehr bedacht, sehr langsam. Er näherte sich mir, als wäre ich ein wildes Tier, das sich erschrecken könnte.

Etwa zwei Meter vor mir blieb er stehen. »Du verstehst, was ich damit sagen wollte.«

Es war keine Frage, eher ein Befehl zu antworten.

Zitternd ließ ich mich so anmutig wie möglich zu Boden sinken und verharrte in einer Verbeugung, ein Knie aufgestellt und mein Gewicht auf dem anderen ruhend. Ich spürte, wie mein Kleid meine Oberschenkel hochrutschte.

»Ich habe Euch noch nicht gedankt, Euer Hoheit, dass Ihr Jo nach Burrator eingeladen habt. Sie fühlte sich geehrt, Euch kennenzulernen.«

Seine Augen hatten einen warmen Ton, den ich noch nie gesehen hatte, und ohne seinen Blick von mir zu wenden, nahm er einen langen Schluck aus dem Glas in seiner Hand, in dem anscheinend Brandy war.

Unvermittelt wandte er sich dann ab und ging zu der Anrichte zu meiner Rechten. Ich hörte, wie er das Glas abstellte, und riskierte es, ihn anzusehen. Er umklammerte den Rand des Möbels und hielt den Kopf gebeugt, dem rauschenden Wasserfall hinter der Scheibe zugeneigt.

»Ich habe deine Freundin nicht wegen ihres sozialen Status eingeladen.« Es klang verärgert. Ich blieb stumm. Das Knie, das den Boden berührte, wurde allmählich taub. Nach ein paar Sekunden Stille sah er mich an. Ich hörte, wie er angestrengt Atem holte.

»Nimm das Knie runter.«

Ich rührte mich nicht.

»Nimm das Knie runter, Autumn!«

Ich tat wie befohlen. Aufrecht kniend und um mein Gleichgewicht kämpfend, als meine Beine bebten, fühlte ich mich wie ein Idiot. Es fühlte sich nicht an, als würde ich mich vor meinem Prinzen verbeugen.

»Fallon?«, flüsterte ich über das Prasseln des Feuers hinweg. »Du machst mir Angst.«

Langsam löste er die Hände vom Holz und schluckte mühsam. Dann richtete er sich auf und drehte sich wieder zu mir. Mit einem Atemzug war er vor mir, seine Hand umschloss meinen Hinterkopf, seine Finger griffen in mein Haar, und meine Stirn lag an seinem Oberschenkel, fast auf Höhe seines Schritts. Mein Blick flog nach rechts. Mir schnürte es den Hals zu.

»Du kannst mir keine Antwort geben, oder?«, fragte er. Seine Stimme war eiskalt und ruhig.

»Ich …«

Ich brachte nichts heraus.

Seine Hand ballte sich in meinen Haaren. Er holte ein paarmal tief Luft und sprach dann. »Komm und setz dich zu mir.«

Er nahm meine Hand und half mir auf, während ich mit der anderen Hand den Saum des Kleides, so weit es ging, nach unten zog. *Ach, Lisbeth, warum dieses Kleid?*

Er setzte sich in die Sofaecke vor dem Kaminfeuer, und ich sank ihm gegenüber in die Kissen, die Knie fest zusammengepresst. Er sah mich an, ein Bein über dem anderen, die Hände auf der Sofalehne, der freie Fuß baumelnd, locker, als wäre die Spannung in seinen Armen von vorher durch seine Hand auf mich übergegangen, als ich vor ihm gekniet hatte.

Ich war starr, konnte nur ins Feuer sehen.

»Ich habe es versucht«, sagte er. »Ich habe versucht, selbstlos zu sein. Ich weiß, dass deine Wunden heilen müssen, bevor du mir geben kannst, was ich will, und ich werde dir helfen. Aber ich bin immer noch ein Mann, und dich heute Abend so zu sehen ... dich so wunderschön, so selbstbewusst zu sehen ... ich musste es einfach wissen. Ich musste wissen, ob es Hoffnung gibt.«

Ich sah ihn nicht an. *Wie könnte ich auch? Er hat recht.* Aber sein ruhiges Hinnehmen ... es zerriss mich. Ich fand seinen Blick. Sein Kiefer spannte sich, er beugte sich vor und nahm die Karaffe.

»Herrgott, du bist noch nicht mal mündig«, flüsterte er, trocken, humorlos, seine Hand und seine Stimme bebten, als er zwei Gläser Wasser einschenkte.

Ich hörte auf, nervös die Hände aneinanderzureiben. »In zwei Wochen schon«, sagte ich langsam, mein Blick huschte nach rechts.

»Versprich nichts, von dem du weißt, dass du es mir nicht geben kannst. Vor allem nicht dein Herz.«

Er reichte mir ein Glas und trank dann selbst einen Schluck. Dabei lehnte er sich zurück, und der Feuerschein verjagte die Schatten aus seinem Gesicht. Erst jetzt begriff ich, was mir so viel Angst machte und warum seine Augen so warm wirkten: Die Iris waren dunkelrot.

Warum macht mir das Angst? Genau darüber hatten wir doch gerade gesprochen, über diese Art von Gefühlen; ich konnte sehen, dass er schwitzte, und ich war nicht naiv: ich wusste, warum er die Beine übereinandergeschlagen hatte.

»Ist dir die Wirkung, die du auf Männer hast, überhaupt bewusst? Hast du eine Ahnung, wie dich die Leute sehen, dich verehren?«

Ich schüttelte den Kopf.

Seine Hand kehrte zur Sofalehne zurück, und er erwiderte meinen Blick. »Du bist wunderschön, das weißt du. Aber du bist zu unschuldig, die Macht zu erkennen, die du ausübst. Ich bezweifle, dass ich der Erste bin, und ich werde definitiv nicht der Letzte sein, der dein Herz und noch mehr will. Und ich wünschte, ich wäre stark genug, nur mit deiner Gesellschaft zufrieden zu sein. Aber ich brauche mehr an meiner Seite als nur ein unantastbares Schmuckstück aus Glas. Meine Familie, deine Familie, der Hof … sie brauchen mehr als das.«

Ich bewegte mich, stellte mein Glas ab und bewunderte seine Zerbrechlichkeit. »Aber ich bin kein Schmuckstück, oder?«

Er stellte ebenfalls sein inzwischen leeres Glas ab. Seine Augen waren wieder blau wie immer. »Doch, das bist du. Du bist eine Gottheit. Du solltest sicher in einer Vitrine aufbewahrt werden, rein und vor allen Schmerzen geschützt.«

In einem plötzlichen Anflug von Wagemut legte ich die Hand auf sein oberes Bein und zog es vom anderen herunter, bis seine Füße parallel auf dem gefliesten Boden standen. Und dann erfasste mich eine Woge eines vollkommen neuen Gefühls, eines Gefühls, das sich anfühlte wie Magie, aber etwas anderes war. Als es mir in Brust, Rücken, Bauch und Hals rauschte, setzte ich mich rittlings auf seinen Schoß und legte ihm die Hände auf die Schultern.

»Autumn … was … was machst du da?« Er musste zwischen jedem Wort Luft holen, und seine Augen waren sofort wieder rot.

»Warum? Warum muss ich rein bleiben?«

Seine Hände legten sich sacht auf meine Hüften, wo sie schon so oft gelegen hatten, wenn er mich umarmte. Sie hatten auch dort gelegen, als wir vorhin getanzt hatten. Diesmal war es anders.

»Das musst du nicht. Aber du bist zu wichtig, um verletzt zu werden, um den Verstand zu verlieren. Deshalb habe ich Angst, dich zu zerbrechen. Wir brauchen dich.«

Ich rutschte ein Stück nach vorn. »Weil ich eine Seherin bin?«, beharrte ich.

Er nickte und schluckte so mühsam, dass ich es hören konnte. »Autumn«, brachte er erstickt heraus. »Autumn, du musst von meinem Schoß runter.«

Er hätte mir genauso gut eine Nadel direkt ins Herz rammen können. Ich wich zurück, meine Arme fielen von seinen Schultern, und ich schlang sie stattdessen um meinen Bauch und starrte auf die Sofalehne.

»Hey«, flüsterte er und zupfte ein paar Haarsträhnen hinter meinen Ohren hervor. »Das ist ein Kompliment. Ich mag dich einfach viel zu sehr, um die Tatsache zu ignorieren, dass du auf meinem Schoß sitzt.«

»Tut mir leid«, murmelte ich, verlegen und beschämt wegen dem, was ich getan hatte, weil ich es nicht geschafft hatte … nun, was? Was hatte ich erreichen wollen? *So will ich nicht mit ihm zusammen sein, also warum habe ich es getan?* Mit Gefühlen zu spielen, die so stark waren, dass ich sie mit aller Kraft zurückwies … das war gefährlich. Es war dumm. Es war genau die Art von Klatsch, nach der es die Presse verlangte. Bei dem Gedanken bekam ich Gänsehaut.

»Du frierst«, murmelte er, und mit einem Wink seines Zeigefingers schwebte eine Patchworkdecke, die auf einem Sessel lag, herüber und legte sich über meine Schultern. Er zog sie fest um mich, beugte sich dann hinunter und streifte mir die Schuhe ab.

Als er sicher war, dass ich es bequem hatte – ich saß inzwischen fast im Schneidersitz auf seinem Schoß –, lehnte er sich ein wenig vor, sodass sich unsere Gesichter beinahe berührten.

»Ich kann nicht so tun, als sähe ich dich nur als Freundin oder als Adelige, jetzt nicht mehr. Ich will einfach nur hören, dass du mich brauchst, so sehr brauchst, wie ich dich brauche, selbst wenn du keine Beziehung willst.«

Ich legte die Hände um seinen Nacken und zog ihn zitternd zu mir, bis meine Stirn an seiner lag. »Ich brauche dich. Als du herkamst, wurde erst alles schlimmer, du hast alle meine Mauern eingerissen …«

»Es tut mir so leid …«

»Aber jetzt machst du es besser, ich bin jetzt so viel glücklicher – und doch tut es immer noch weh, es tut zu sehr weh, und ich kann es nicht loslassen, ich kann es einfach nicht. Bitte versteh das, bitte.«

Ich konnte die Tränen nicht länger zurückhalten, und er zog meinen Kopf an seine Schulter.

»Ich werde warten«, sagte er. »Und wir werden dafür sorgen, dass es dir besser geht. Ich werde warten.«

Ich hörte ihn nicht richtig, weil mir in diesem Augenblick plötzlich ein stechender Schmerz durch die Schläfen fuhr, als hätte man mir einen Pfeil durch den Kopf geschossen.

Keuchend stieß ich die Luft aus und hob den Kopf ein Stück von seiner Schulter. Er wollte mich beruhigen, aber ein weiterer, noch heftigerer Stich durchbohrte meine Stirn, und mit einem unterdrückten Schrei erkannte ich den Schmerz.

»Mein Kopf tut weh. Mein Kopf tut so weh. Ich glaube, es ist eine Vision.« Meine Nägel gruben sich durch sein Jackett in seinen Arm, und er zog mich fest an sich. »Ja, es ist eine Vision!« Ich schluchzte auf, verkrampfte mich, packte ihn fest, als der Schmerz immer stärker wurde und von meinen Schläfen in meine Augen schoss. Schwärze lauerte am äußeren Rand meines Blickfelds. »Bitte bleib, bitte bleib, geh nicht weg!«

Er strich mir übers Haar. »Ich bin da«, murmelte er sanft. »Ich gehe nicht weg.«

»Das Personal ... sie ... sie werden tratschen ...«

»Das macht nichts. Das macht alles nichts.«

»Es tut weh! Es tut so weh!«

»Ich weiß, Herzogin.«

»Lass nicht los. Lass mich nicht los.«

»Ich lass dich nicht los. Ich halte dich.«

»Ich brauche dich. Ich brauche dich, Fallon Athenea.«

Dunkelheit.

Es ist also wahr. Athenea hatte die ganze Zeit recht.

Violet Lee warf sich in jener Nacht in ihrem Bett hin und her. Ihr T-Shirt war schweißnass, und ihre Füße, von denen man nur die Zehen sah, waren in die Laken verwickelt.

»Hast du die Prophezeiung der Heldinnen gehört?«

Das Bild von ihr rutschte unstet durch mein Blickfeld, immer wieder schoben sich verschwommene Umrisse von Männern in Umhängen auf einer Lichtung davor.

»Es ist ein Haufen Schicksalsblödsinn, den sich Athenea ausgedacht hat. Für uns völlig uninteressant.«

Ich spürte Violets brennende Neugierde als ein ständiges Ziehen, aber ich war definitiv im Geist eines anderen. Doch noch während ich herauszufinden versuchte, wessen Geist das war, drehte sich die Szene, und ich sah eine Gestalt in den Baumwipfeln, die auf eine Gruppe von Slayern und Abtrünnigen hinabschaute.

Es war eine beunruhigende Szene, jeder schien bereit, dem anderen die Kehle aufzuschlitzen. Sie schleuderten sich Beschimpfungen entgegen, und die Bäume litten, als der Abtrünnige die Rinde mit den Nägeln bearbeitete. Die Äste der Bäume trugen stumm das Gewicht des rätselhaften Zuschauers.

Träumt sie diese Szene?, fragte ich mich, als der Raum, der vermutlich Violets Schlafzimmer war, wieder ins Zentrum meines Blickes rückte. Und wenn sie das tat, war es dann real oder nicht?

»Sie haben das Sage-Mädchen aus der ersten Strophe gefunden. Die Prophezeiung ist wahr.«

Wessen Herz blieb einen Moment lang stehen? Meines oder ihres?

»Sie haben die erste ›Dark Heroine‹ – die erste Dunkle Heldin – gefunden. Aber schließlich glaubst du ja nicht daran, also bemüh dich nicht. Wir werden es Lee wissen lassen, bevor Ad Infinitum vorbei ist.«

Das war es. Die Prophezeiung, von der der Rat der Vampire glaubte, dass sie Lee als Vorwand benutzen würde. Das erste Mädchen zu finden … das war tatsächlich sein Vorwand.

Violet Lee kam in ihrem Bett endlich zur Ruhe, aber sogar in meinem bewusstlosen Zustand konnte ich spüren, wie schwer mein Körper an dem des Prinzen lehnte.

Ich würde erleben, wie sich die Prophezeiung der Heldinnen endlich, nach so vielen Jahrtausenden, erfüllte … und wie – hoffentlich – die Gefahr und die Angst, die uns umgaben, endeten und der Krieg, den so viele Propheten hatten kommen sehen, vorbei war.

Kapitel 25 Autumn

»Fallon! Hier geht es um die *Prophezeiung! Das ist es, worauf wir alle gewartet haben! Was alles wieder in Ordnung bringen könnte! Warum freut dich das nicht?«*

In seinem Geist strahlte der übliche blaue Himmel, aber jede einzelne der Truhen um mich herum war verschlossen, und ein mentales Schulterzucken war seine einzige Antwort.

»›Sie‹? Damit kann doch nur deine Familie gemeint sein, oder? Sie *werden die erste Heldin finden! Hast du denn noch nichts davon gehört?«*

Ich konnte ihn nicht sehen, weil er damit beschäftigt war, sein Pferd zu striegeln, eine junge, elegante Rappstute, die er liebevoll Black Beauty nannte.

»Etwas so Wichtiges würden sie mir nicht anvertrauen, dafür bin ich zu jung, das weißt du doch genau, Autumn.«

»Hoffentlich war es nicht nur ein Traum von Violet Lee. Hoffentlich ist es wahr.«

»Du wirst es bald genug erfahren. Meine Tante hat sich sofort auf den Weg zu Vater gemacht.«

Ich sattelte das Pferd, das ich immer ritt, wenn ich hier war, eine Apfelschimmelstute namens Infanta. Dann ließ ich sie trinken, griff nach meinen Reithandschuhen und ging die

Reihe der Boxen entlang, bis ich Fallon fand. Nervös legte ich die behandschuhten Finger um die Türkante.

»Wegen letzter Nacht …«

Auch er streife sich Handschuhe über und sah mir dann in die Augen. Er seufzte. *»Ich habe dir gesagt, dass ich warten werde.«*

»Aber ist das genug?«

Er trat zu mir und legte mir eine Hand auf die Wange. Ich schloss kurz die Augen und fühlte die Wärme. Er sagte nichts, aber das musste er auch nicht. Dann nahm er seine Stute am Zügel und führte sie aus der Privatsphäre der Stallungen hinaus ins Freie, wo unsere Freunde schon auf uns warteten.

Bei Jo, Alfie und Lisbeth hatten sich alle Menschen, die nicht reiten konnten und Alfies Crashkurs in Sachen Pferde nicht recht trauten, mit je einem erfahrenen Reiter zusammengetan. Ich würde die kleine Tee zu mir aufs Pferd nehmen. Sobald ich im Sattel saß, hob Fallon sie zu mir hoch, wofür er kaum beide Arme brauchte, so zierlich war sie. Ein paar beruhigende Worte auf Sagean für Infanta, und schon trabten wir auf das Nordtor des Herrensitzes zu. Die stets präsenten Athan eilten voraus und verschwanden in der Ferne.

Meine Großmutter hatte mir immer nahegelegt, ich solle darauf achten, wie ein Mann seine Tiere behandelte. Wenn er freundlich zu ihnen war, dann musste er ihrer Meinung nach ein guter Mann sein. Als ich jetzt die Haare über die Schulter warf und zu Fallon zurückblickte, sah ich, wie alle Spannung aus ihm wich und sich ein leichtes Lächeln auf sein Gesicht legte, während er seiner Stute den Hals tätschelte. Er trieb sie in einen entspannten Galopp und holte rasch zu uns auf.

Ein Brummen erfüllte die Luft, und unter meiner dicken Reitjacke stellten sich die Härchen auf meinen Armen auf. Wir näherten uns dem Kuppelschild. Tee vor mir erschauerte.

»Spürst du das?«, flüsterte ich in ihr Ohr, das sich auf gleicher Höhe mit meiner Schulter befand. Sie nickte, und ich runzelte nachdenklich die Stirn. Ich hatte keine Ahnung gehabt, dass Menschen diese Art der Magie fühlen konnten.

Falls das Wetter hielt, wollten wir mit unseren Gästen – Jo, meinen Freundinnen aus Kable und ein paar Klassenkameraden von Fallon – bis zum Hochmoor hinausreiten. Die Aussicht dort war atemberaubend, und wir konnten so der allgemeinen Besorgnis, die meine letzte Vision hervorgerufen hatte, eine Weile entkommen. Also führte uns Fallon in Erwartung eines friedlichen Nachmittags von den Ländereien des Anwesens durch den Kuppelschild auf den Reitweg, der sich bis weit in die Täler zwischen den Felsen schlängelte. Dies hier war Buschland, ein fremder Planet in Granitgrau, verwittertem Grün und Brauntönen. Die Wasserläufe sammelten sich in Tümpeln zwischen Büscheln von Elefantengras, und Modergeruch lag in der Luft. Ich ritt mit Fallon an der Spitze und konnte es kaum erwarten, die höheren und lebendigeren Landstriche zu erreichen.

Der Weg führte bergauf, bis wir eine Hochebene erreichten, die an einer Seite von Bergklippen begrenzt wurde, in deren Schatten ein See lag. Er hieß *Crazy Pool* und war eines der beliebten Ziele unserer Ausritte. Er war so tief, dass sein Wasser fast schwarz aussah, und der starke Wind trieb seichte Wellen ans Ufer. Sobald der See in Sicht kam, stieg ich ab und führte Infanta an der Trense, während Tee die Zügel so fest umklammert hielt, als ginge es um ihr Leben. Das Wasser wirkte beruhigend auf die Stute. Sie misstraute dem Moorland und weigerte sich, durch die Rinnsale dort zu waten. Ich schauderte. Mir ging es nicht anders.

Wir tränkten die Pferde, und meine Menschenfreundinnen, für die alles immer noch wie im Märchen war, lieferten sich trotz des schneidenden Windes, der von den Hängen herabwehte, eine Wasserschlacht. Ich hätte mich ihnen nur allzu gern angeschlossen, wenn da nicht Alfies und Fallons finstere Mienen gewesen wären. Der Ausritt hatte sie zwar ein wenig aufgeheitert, aber sie wirkten trotzdem, als trügen sie die Last der Welt auf den Schultern. Ich schluckte. Ich wusste zwar nicht, was sie so sehr beunruhigte, aber ich fühlte mich irgendwie schuldig, weil ich die Überbringerin der Neuigkeiten gewesen war.

Aber das ist doch etwas Gutes, oder? Ich konnte verstehen, dass sie sich Sorgen wegen Michael Lee machten, der nun offenbar seinen Vorwand zum Angriff bekommen hatte, aber was war das schon, *was war das schon*, im Vergleich zu der gewaltigen Macht einer Dunklen Heldin? Einer Heldin, über die in einer meiner Visionen gesprochen worden war! Die größten aller Seher hatten es schon lange vor mir gewusst – daher auch die Gerüchte, die bereits seit Monaten kursierten –, aber ich empfand meine Erfahrung trotzdem als großes Privileg. Endlich erkannte ich einen persönlichen Nutzen in der Gabe des Sehens.

Lisbeth war besorgt um Alfie und schlug vor weiterzureiten. Infanta war unruhig. Sie riss den Kopf hin und her und wich tänzelnd vor der Gruppe zurück, als wir aufsteigen wollten. Tee schien eingeschüchtert, und obwohl ich keine Bedenken hatte, dass ich die Stute in den Griff bekommen würde, wollte ich dem Mädchen nicht unnötig Angst machen, also beschloss ich, noch eine Weile zu warten, bis beide sich wieder beruhigt hatten. Edmund stimmte mir zu.

Tee setzte sich auf einen der Felsbrocken, und ich versuchte, Infanta zu besänftigen. Aber weder Streicheln noch ein Stück Brot und gutes Zureden auf Sagean halfen. Die Stute weigerte sich, der Gruppe zu folgen. Ich sah mich nach Edmund um und merkte, wie auch in mir langsam Unbehagen aufstieg. Normalerweise hatte ich einen guten Draht zu Tieren, und das Pferd war bestens ausgebildet und sonst sehr zahm. Aber Edmund war nicht da. Er stand hoch oben am Rand der Klippen und blickte auf die Ebene dahinter hinaus, die ich von hier unten nicht sehen konnte. Noch bevor ich seinen Geist erreichte, fühlte ich ihn schon in meinem.

»Autumn, Blockadeflüche! Verschwinde hier!«

Infanta wieherte, und ich ließ sie los, denn ich wagte es nicht, mit Tee zusammen aufzusteigen. Panisch stob sie davon – sie würde den Weg nach Hause auch allein finden. Tee war aufgesprungen und stand leicht vorgebeugt da, bereit zur Flucht, obwohl sie nicht ahnen konnte, was hier vorging. Ich packte ihr Handgelenk und rannte los. Vielleicht war sie ja leicht genug, dass ich sie tragen und mir ihr davonfliegen konnte. Aber als ich über die Schulter zurückblickte, erkannte ich, dass wir keine Chance hatten.

Das hinter mir war kein Dunstschleier, sondern eine gewaltige Nebelbank, die bis in den Himmel emporragte. Eine graue Wand aus Wasser und Luft. Richard und Alya standen inzwischen bei Edmund, und sie versuchten gemeinsam, den Blockadefluch mit einer Mauer aus Feuer aufzuhalten, aber der Nebel schien sich nur noch weiter auszudehnen.

Tee war wie paralysiert, ihr Mund war aufgerissen und in einem stummen Angstschrei erstarrt.

»Autumn, lass das Mädchen los und verschwinde hier!«

Aber ich konnte Tee nicht zurücklassen. Ich zerrte sie hinter mir her, runter vom Weg auf den moosigen Grund zwischen den Ginsterbüschen, in gerader Linie fort von dem Fluch. Ich hörte Edmund rufen und sah, dass sich die Nebelbank verformt hatte, einen Bogen um die Athan herum beschrieb und sich nun wie eine Klaue nach uns ausstreckte. Ich steckte die Ginsterbüsche hinter uns in Brand, aber es war zwecklos. Dieser Zauber überstieg sogar die Fähigkeiten der Athan. Plötzlich verschwand der Weg unter unseren Füßen, wir stürzten in Torf und Schlamm, und schon verschluckte uns das stille Grauen.

»Tee«, flüsterte ich und kämpfte mich vollkommen schlammverschmiert wieder auf die Füße. »Lass meine Hand nicht los und bleib ganz still.« Ich half ihr hoch und drückte sie fest an mich, schlang beide Arme um ihre Schulter und hielt ihre Hand ganz fest. Den menschlichen Slayern hatte dieser Nebel schlimm zugesetzt, und bei Tee würde es nicht anders sein.

Genau für diese Situation hatte mir Edmund eine Reihe diskreter Schutzzauber beigebracht. Eins nach dem anderen flackerten winzige Flämmchen rund um uns auf wie Glühwürmchen. Sie waren kaum zu erkennen, hielten den Nebel aber dennoch von uns fern, sodass wir saubere Luft atmen konnten. Licht war Schutz.

Und dann warteten wir, warteten auf unsere Retter oder darauf, dass wir gefunden wurden … von dem, was sich dort draußen im grauen Nebel verbarg.

Wir hörten nichts als unser eigenes Atmen. Der Fluch konnte uns zwar nicht in die Lungen dringen, aber diese vollkommene Stille reichte aus, um jeden in den Wahnsinn zu treiben …

»Ein Katerina-Kreis. Ziemlich hohe Magie.«

Ich wirbelte herum und schob Tee rasch hinter mich. »Nathan?«

Die Katerina-Lichter um uns herum brannten heller und schwollen zur Größe von Teelichtern an. Davor, außerhalb des Kreises, den er nicht betreten konnte, stand jener Extermino, der einst ein Mensch gewesen war.

»Was willst du? Wer ist bei dir?«

Er sah bemerkenswert gut und gelassen aus, wenn man bedachte, dass er erst vor wenigen Wochen verwandelt worden war. Seine Hände steckten in den Hosentaschen, und seine Narben waren glatt und schimmerten, wenn auch in einer furchterregenden Farbe. Sogar seine Kleidung wirkte ausgesprochen gepflegt. Hemd und Hose waren gebügelt, und sein Cordjackett musste sehr teuer gewesen sein.

»Ich bin hier, um mit Euch zu sprechen, Mylady, und niemand ist bei mir. Aber mit deiner kleinen Freundin kann ich es bestimmt auch allein aufnehmen.«

Sein Akzent war weniger ausgeprägt, und seine Ausdrucksweise deutlich gehoben. Damit nicht genug, sank er in eine elegante, fast spöttische Verbeugung.

Der Fluch, den ich auf ihn abfeuerte, sobald er den Blick gesenkt hatte, richtete nichts aus. Er prallte an dem Schild ab, den Nathan um seinen Körper geschaffen hatte. Schmunzelnd richtete er sich wieder auf.

»Seid nett, Herzogin. Immerhin sind wir Freunde.«

»Wir sind keine Freunde. Das waren wir nie.« Verstohlen machte ich einen Schritt zurück. »Wer ist bei dir?«, fragte ich noch einmal.

»Ich habe doch gesagt, dass ich allein bin.«

»Nein, das bist du nicht. Niemand kann einen so mächtigen Fluch allein aufrechterhalten.« Ich versuchte, Zeit zu gewinnen, redete weiter, Sekunde um Sekunde, bis uns die Athan finden würden.

»Ich kann es, und ich kann noch ganz andere Dinge. Chri'dom ist ein außergewöhnlicher Lehrmeister.«

Er strich sich das Haar zurück, das noch immer sehr lockig, aber ordentlich aus der Stirn gekämmt war, sodass man die Narben in seinem Gesicht ungehindert erkennen konnte.

Ihre Farbe war merkwürdig, eher stahlblau als einfach grau. Sie waren extrem fein und sogar noch verschlungener als meine eigenen. Er wirkte so vollkommen anders, als ich es von einem erst vor so kurzer Zeit verwandelten Menschen erwartet hätte: gesund, mächtig, ruhig, attraktiv.

»Dann bist du jetzt also eine seiner Marionetten?«

»Ich bin sein Protegé.«

»Ist es das, was sie dir weisgemacht haben, damit du dich verwandeln lässt?«

»Was bist du doch für ein ignorantes, starrsinniges Mädchen. Das solltest du dir lieber abgewöhnen. Ich habe mich in vollem Bewusstsein der Folgen damit einverstanden erklärt, mich verwandeln zu lassen. Ich wusste über die Risiken Bescheid und kannte die Werte und Überzeugungen der Extermino. Also spar dir deine Predigt für euren korrupten Hof.«

Er versuchte, mir direkt in die Augen zu sehen, aber ich wich seinem Blick aus. »Die Extermino haben keine Werte. Sie bringen einfach nur Leute um. In Brixham hast du es selbst gesehen! Du hast gesehen, wie sie diesen Mann getötet …«

Ich stolperte über meine eigenen Worte, als er den Kopf in den Nacken warf und lachte. Ich sah seinen Gaumen und die Reihe plötzlich so ebenmäßiger weißer Zähne. »Natürlich habe ich es gesehen. Dieses Schauspiel galt schließlich mir.«

»Was soll das heißen?«

»Es war ein Test. Chri'dom wollte sehen, ob ich mit dem Tod umgehen kann und ob ich loyal genug bin, dir wegen dieser Sache ein schlechtes Gewissen zu machen.«

Tee wimmerte, und es klang eher nach einem Tier als nach einem Menschen. Ich drückte hinter meinem Rücken ihre Hand.

»Du meinst … du warst damals schon mit ihnen verbündet?« Ich senkte den Blick und überlegte fieberhaft, bis ich plötzlich begriff. »Island?«

Er nickte und klatschte in die Hände. »Gut erkannt. Hat ja auch lange genug gedauert. Auf meiner Reise dort habe ich zugestimmt, mich verwandeln zu lassen … und genau deshalb bin ich hier. Um dir zu erklären, warum ich das getan habe.«

Ungeduldig machte ich ihm ein Zeichen fortzufahren. *Er ist den ganzen Weg von Island hierhergekommen, nur um mir das zu sagen?* Ich wusste nicht, ob ich erleichtert oder misstrauisch sein sollte. Sagte er das nur, um mich in falscher Sicherheit zu wiegen? »Dann sag mir, was du zu sagen hast, und verschwinde wieder, Nathan.«

»Ich habe mich verwandeln lassen, weil die Extermino durchaus Werte und Überzeugungen haben, sehr gute sogar …«

Ich lachte kalt und abfällig auf.

»Werte und Überzeugungen, die dir und den Deinen helfen könnten, Autumn. Sie könnten die Beziehungen mit den Menschen verbessern, damit ihr nicht mehr unter dem Hass und der Diskriminierung von Menschen wie Valerie Danvers und der da leiden müsst.« Er deutete auf Tee.

»Tee ist meine Freundin, sie hat nie etwas getan …«

»Und ich bewundere deinen unerschütterlichen Atheneaglauben daran, dass die Prophezeiungen und das Schicksal schon alles wieder in Ordnung bringen werden, aber was da geschehen soll, ist widernatürlich. Du solltest das Leid, das auf dich zukommt, nicht ertragen müssen. Es gibt andere Wege, die zum selben Ziel führen.«

Die Katerina-Lichter flackerten, als Wut und Frustration die Magie in meinen Adern in Aufruhr versetzten. »So ein Unsinn! Sie benutzen dich nur, um an mich und dadurch auch an Athenea heranzukommen. Der einzige Widernatürliche in dieser Geschichte ist Chri'dom! Er ist wahnsinnig!«

Nathan zuckte nur mit den Schultern. »Es würde mich interessieren, ob du das immer noch glaubst, wenn du uns erst einmal besucht und ihn kennengelernt hast.«

»Ich werde mich den Extermino niemals anschließen!«

Er trat einen Schritt vor und berührte das ihm nächste Katerina-Licht mit dem Zeigefinger. Es erlosch. »Du wirst sogar aus eigenem, freiem Willen zu uns kommen. Es ist ein reines Wartespiel, Autumn. Und wir werden warten, egal wie lange es dauert, auch wenn ich nicht glaube, dass es lange sein wird.«

Er berührte ein weiteres Licht, dann noch eines, und ich begann vor ihm zurückzuweichen. *Wie kann er die Macht haben, einen Katerina-Kreis auszulöschen? Er ist doch wie ein neugeborenes Kind!* Ich holte mehrmals tief Luft, sog sie ein, solange sie noch rein war, bevor unweigerlich der Wahnsinn einsetzte.

»Das Blut vieler Toter wird an deinen Händen kleben, Autumn Rose, und mit jedem Tag werden sie blutiger sein. Wie lange, glaubst du, hältst du das aus? Ein Jahr? Zwei Jahre? Denn wir können es stoppen.«

»Du bist wahnsinnig, Nathan!«

»Sag mir das in einem Monat noch einmal.«

Und dann war er verschwunden, und die Luft um uns explodierte und ging in Flammen auf. Tee schrie, und ich fuhr herum und schloss sie schützend in die Arme, betete darum, dass unser Luftkissen, das der Katerina-Kreis um uns errichtet hatte, noch groß genug war, um uns zu schützen. Es war heiß, sengend heiß. Der Schlamm an unseren Schuhen trocknete und bröckelte ab, und Schweiß rann mir übers Gesicht und tropfte in Tees Haare. Ich wusste nicht, wie lange wir in diesem Feuersturm ausharrten. Es fühlte sich an wie eine Ewigkeit, aber es konnte nur wenige Sekunden gedauert haben, denn als die Flammen schließlich erstarben, waren wir noch immer unversehrt. Wir rangen keuchend nach Luft, waren jedoch nicht verletzt. Noch nie war ich so froh gewesen, die öde Moorlandschaft wiederzusehen.

Ich hörte, wie jemand meinen Namen rief, und tastete mit meinem Geist umher, bis ich Edmund und Fallon fand. Dann führte ich sie zu der Senke, in der wir standen. Fallon erreichte uns zuerst und wollte mich an sich ziehen, aber ich schob ihm stattdessen Tee in die Arme. Als er merkte, wie schwach sie war, hob er sie hoch und trug sie hinaus aus der Mulde. Ich folgte ihm.

Überall um uns herum waren Athan – ungefähr zwanzig von ihnen –, und die anderen warteten ein Stück vom See entfernt auf dem Weg.

»Es war Nathan«, berichtete ich Edmund, als er uns erreichte. »Er hat gesagt, er sei allein.«

»Das ist er nicht«, korrigierte er mich und suchte mich rasch nach Verletzungen ab, bevor er sich Tee zuwandte. »Sie steht unter Schock.«

Er wickelte Tee in seine Jacke und führte uns zu den anderen zurück. Tammy kam angerannt und blieb schluchzend neben ihrer Cousine stehen. »Wir müssen sie zurückbringen. Autumn und die Prinzen auch. Wir fliegen«, sagte er bestimmend.

»Was ist mit Dimensionsspringen?«, fragte ich, erschrocken darüber, wie rasch sich Tees Zustand verschlechterte. Sie zitterte so heftig, dass sie nur mit Tammys Hilfe aufrecht stehen konnte.

»Burrator ist abgeriegelt«, erklärte Alya und versuchte, Tee aus Tammys Umklammerung zu lösen; die wollte ihre kleine Cousine jedoch nicht loslassen.

»Wir nehmen auch Lisbeth mit!«, protestierte Alfie, schwang sich aus dem Sattel und ergriff die Zügel des Pferdes seiner Freundin.

Edmund fuhr zu ihm herum. »Hinter ihr sind sie nicht her. Ihr droht keine Gefahr.«

»Wir wissen doch gar nicht, was da draußen ist!« Alfies Stimme wurde immer lauter, während er heftig in Richtung des offenen Moors hinter dem Kreis aus Athan gestikulierte. »Ich bleibe bei ihr.«

»Dann setzt du damit ihr Leben und das der Menschen aufs Spiel!«, knurrte Edmund, packte Alfie am Arm und riss ihn von den Tieren fort.

Lisbeths Pferd scheute, und Alfie fluchte, aber gegen Edmund hatte er keine Chance.

»Al, er hat recht«, stimmte Lisbeth zu. »Ich kann nicht so schnell fliegen wie ihr. Ich würde euch nur aufhalten. Wenn wir zusammenbleiben, bringen wir die anderen in Gefahr. Geh. Ich passe auf die Menschen hier auf.«

Plötzlich schossen fünf der Athan los, um den Weg zu sichern. Die übrigen schlossen den Kreis rasch wieder und zogen ihn enger um uns zusammen. Richard und Alya, die Tee in den Armen hielt, machten sich bereit.

»Fliegt schnell und tief«, wies uns Edmund an, die Hand noch immer an Alfies Arm, denn der Prinz versuchte ein letztes Mal, sich loszureißen. »Bleibt immer dicht über dem Boden. So sind wir schwieriger aufzuspüren.«

Rasch schob ich mich an Lisbeth vorbei zu Jo. Ich hoffte, sie konnte in meinem Blick lesen, wie leid es mir tat, sie in solche Gefahr gebracht zu haben. In eine vollkommen neue Gefahr, hinter der purer Wahnsinn stecken musste.

Sie setzte eine tapfere Miene auf und streckte mir vom Pferd herab ihre Hand entgegen. Ich ergriff sie und fühlte ihren beruhigenden Druck.

»Reite wie eine Walküre, *Rafiki*«, sagte ich, und der Klang ihres früheren Spitznamens entlockte ihr ein Lächeln.

»Und du flieg wie der Wind«, erwiderte sie.

Dann schwangen wir uns in die Luft, nach vorn statt nach oben, und flogen in einer dichten Formation. Ich hielt mich neben Fallon. Alfie und Alya, die noch immer Tee trug, sowie einige weitere Athan kreisten uns ein. Edmund hatte es ernst gemeint, als er sagte, wir würden tief fliegen. Nur ein knapper Meter trennte uns vom Boden, und als er einmal unerwartet anstieg, streiften meine Füße über nasses Gras und Moos. Der Wind drang durch jede Öffnung meines Mantels, sogar durch die Knopflöcher, und der Schweißfilm, der seit dem Feuer meinen Körper bedeckte, wurde eiskalt. Meine Magie, die mich sowohl warm halten als auch antreiben musste, bis ich so schnell flog wie noch niemals zuvor in meinem Leben, schwand, als würde ich sie durch einen Strohhalm schlürfen.

Und dann war da dieses Gefühl, dass gerade außerhalb der Felsklippen, die das Tal umschlossen, etwas lauerte. Obwohl ich wusste, dass mehrere Athan vorausgeflogen waren, um unseren Weg zu sichern, erwartete ich doch, jeden Moment mit einem wartenden Nathan zusammenzustoßen.

Aber Nathan tauchte nicht mehr auf und auch kein anderer Extermino. Es war, als wären sie niemals hier gewesen. Gerade als vor Erschöpfung Sterne in meinem Sichtfeld zu tanzen begannen, schossen wir durch das Doppelflügeltor des Anwesens, und meine Füße trafen wieder auf festen Boden.

Edmund wirkte ungeheuer erleichtert, uns wieder in Sicherheit zu wissen, aber er gönnte sich keine Pause. »Schließt die Tore«, brüllte er, aber die Wachen brauchten diese Aufforderung gar nicht. Wir waren bereits eingeschlossen.

»Was ist mit Lisbeth?«, fragte Alfie drohend.

Edmund hatte mich am Handgelenk gepackt und zog mich im Eiltempo in Richtung Haus, wobei er irgendetwas davon murmelte, dass wir mich so schnell wie möglich zu Prinz Lorent bringen müssten. »Es wird noch eine ganze Weile dauern, bis sie zurück sind«, rief er dann, ohne sich auch nur umzusehen. Dafür tat ich es. Alfie stand noch immer beim Tor, hatte die Hände an den Kopf gepresst und rieb sich immer wieder über Haare und Wangen.

»Wir wissen nicht, was da draußen ist!«, wiederholte er seine Worte von vorhin und eilte uns schließlich nach. Ich versuchte, ihm mit Blicken zu vermitteln, wie leid es mir tat, aber seine Augen waren fest auf Edmunds Rücken gerichtet. Fallon wollte seinem Cousin eine Hand auf die Schulter legen, zuckte aber zurück, als Alfie einen Magiestoß in seine Richtung sandte.

»Meine Kollegen sind bei ihnen. Es wird ihnen nichts geschehen.«

»Was könnt ihr denn schon gegen sie ausrichten? Sie erschaffen Flüche, gegen die eure Magie so wirkungslos ist wie die der Vampire!«

Abrupt blieb Edmund stehen, und ich wurde im Kreis gewirbelt, als er zu Alfie herumfuhr. Nase an Nase standen sie sich gegenüber. »Pass auf, was du sagst, junger Prinz. Ich bin keineswegs verpflichtet, auch deine hübsche englische Rose von einer Freundin zu beschützen, vergiss das nicht.«

Rote Sprenkel tanzten in Alfies Augen. »Drohst du mir etwa?«, zischte er. »Dafür könnte ich dich verbannen lassen!«

Ich wollte das nicht sehen. Ich hatte Alfie noch nie zornig

erlebt und Edmund noch nie so grausam … Ich verstand es einfach nicht. Fallon wirkte ebenso verunsichert wie ich.

»Und du glaubst, irgendjemand schert sich um dich, bei allem, was gerade geschieht? Sei nicht so narzisstisch.«

Alfie verzog angewidert den Mund und wollte etwas erwidern, aber Edmund schnitt ihm das Wort ab.

»Jetzt leben wir in einer ganz anderen Welt als noch vor sechs Monaten. In dieser Welt gibt es diejenigen, die wichtig, und diejenigen, die es nicht sind.«

Wie ein Hund an einer Leine wurde ich zurück ins Herrenhaus geführt, wo mir Edmund befahl, mit Fallon in der Eingangshalle zu warten, während er den Hausherren holte. Seltsam unbeteiligt betrachtete ich das Chaos um mich herum, als wäre es nur ein Schauspiel, das mich zwar fesselte, aber eigentlich nichts anging. Edmund eilte davon, Dienstboten hetzten mit Decken und heißen Getränken umher, die für Tee bestimmt sein mussten. Alya hatte sie fortgebracht. Alfies Wutgeschrei drang herein, lange bevor er selbst die Flügeltür aufstieß und hereinstürmte. Er verlangte nach seinem Vater und nach Chatwin und schleuderte Edmund Verwünschungen hinterher.

»Ich gehe!«, brüllte er und fuhr zu Fallon herum. »Auf keinen Fall bleibe ich bis Weihnachten hier. Ich werde sie nicht in solche Gefahr bringen! Auch für Familie und Pflicht nicht!«

Ich bemerkte, wie schwer mein Atem ging. *Alfie geht fort?* Ich sah Fallon an, der nur kaum wahrnehmbar nickte und den Wutausbruch seines Cousins ansonsten ebenso starr über sich ergehen ließ wie ich. *Was gibt es da auch noch zu sagen? Wer weiß schon, wie lange wir selbst hier noch durchhalten?*

»Ich hasse dieses Drecksloch! Ich hasse diesen gottverdammten Ort, ich hasse diese gottverdammte Situation!« Alfie atmete rau und schwer, dann senkte er den Blick. Geschlagen.

Ein paar Tropfen fielen auf den Marmorboden. »Ihr darf nichts zustoßen«, keuchte er und rang zwischen den gequälten Worten nach Atem. »Das darf nicht geschehen!«

Diese letzten Worte sprach er wie ein Gebet, wandte sich ab und ging wie willkürlich in Richtung des Arbeitszimmers seines Vaters. Die ganze Entschlossenheit und Gewalt seines Wutausbruchs löste sich in diesen Worten auf, die er fortwährend wiederholte und die ihn trotz ihrer Zerbrechlichkeit so sehr niederdrückten, dass er auf einmal gebeugt ging. Der Uhr zufolge dauerte es nur eine halbe Stunde, bis ich dem Bruder des Königs alles berichtet hatte, was zwischen Nathan und mir vorgefallen war, aber es kam mir so viel länger vor, denn wir warteten auf die anderen. Als ich nach Jos Geist tastete, konnte ich sie nicht finden. Edmund versicherte mir, das liege nur an dem Schild.

Gerade als ich meinen Bericht beendet hatte, kam Edmund von einem kurzen Kontrollgang hereingestürmt. »Sie sind direkt auf der anderen Seite des Hügels.«

Ich sah Alfie hinausstürzen, packte Fallons Hand und rannte ihm hinterher. Es war ein langer Spurt bis zum Nordtor, und ich war schon vorher vollkommen erschöpft gewesen. Bald lief Fallon vor mir und musste mich hinter sich herziehen. Dann spürte ich einen sehr willkommenen Energiestoß durch meine Hand in meinen Körper fließen, und Fallon sah sich zu mir um und lächelte knapp. Wir krachten gegen das innere Tor, packten die Gitterstäbe und sahen keuchend zu, wie das äußere Tor langsam und vorsichtig geöffnet wurde.

Die Wachmänner reihten sich auf und riefen etwas davon, dass Extermino gesichtet worden waren. Wir warteten, während die Sekunden verstrichen. Dann fühlte ich es: Magie. Starke Magie, Schildzauber und Flüche, die sich rasch näherten. Wessen Zauber es waren – ob die der Athan oder der Extermino –, war unmöglich zu sagen.

Ich hörte das Donnern von Hufen über Heidekraut und das panische Wiehern der Pferde – ich spürte die Angst, die wie eine Flutwelle auf uns zurauschte und jede andere Empfindung mit sich fortriss. Dann erschienen sie auf der Hügelkuppe und galoppierten den Hang hinab.

Sie wurden verfolgt. Gehetzt von menschlichen Jagdhunden, groß, schlank und schnell. Sie waren ihnen dicht auf den Fersen, ihre Flüche schienen nach den Fesseln der Pferde zu schnappen. Zum Glück war es für die Athan ein Leichtes, die Angriffe mit Schilden abzuwehren, aber sie konnten ihre Verfolger nicht abschütteln, und während ich ihnen starr vor Schreck entgegenblickte, wurde mir allmählich bewusst, wie nah ihnen die Extermino schon waren. Den Wachen würde kaum Zeit bleiben, das äußere Tor zwischen den beiden Gruppen zu schließen … und wenn es den Angreifern gelang hindurchzukommen, würden unsere Freunde vor dem inneren Tor in eine tödliche Falle geraten.

Hilflos mussten wir hinter dem Kuppelschild gefangen zusehen, wie die Wachen eine Reihe von schwarzen und grauen Flüchen auf die Extermino abfeuerten, die diese jedoch so leicht abwehrten, als wäre das alles nur ein Kinderspiel.

Ich stemmte mich gegen das Gittertor, lehnte mich so weit vor, wie es nur ging, als wollte ich die Reiter vorwärtsdrängen, meine Knöchel streiften fast den Kuppelschild, die Trennlinie zwischen Sicherheit und Gefahr. Sie waren jetzt so nah, dass ich Jo sehen konnte. Sie hielt den Blick fest auf mein Gesicht gerichtet und trieb ihr Pferd erbarmungslos an.

Und dann waren sie durch das Tor, und es schwang hinter ihnen zu. Noch bevor sich die Flügeltüren berührten, schloss sich der äußere Schild, und sie waren gerettet. Ich stieß einen lange angehaltenen Atemzug aus und ging ein paar Schritte zurück, damit auch das innere Tor geöffnet werden konnte.

Aber noch waren die Extermino nicht geschlagen. Langsam kamen sie vor dem Schild zum Stehen. Es waren fünf, und sie alle lächelten, zufrieden wie Hunde nach der Jagd. Vollkommene Stille senkte sich auf das Niemandsland zwischen den Toren hinab. Die Guten und die Bösen, nur getrennt von einem einzigen Schild und ein paar Eisenstäben.

Bis einer der ranghöchsten Wachmänner vortrat und mit dröhnender Stimme die Verbrechen aufzählte, die unsere Angreifer gegen das Königreich begangen hatten. Seine pompösen Worte ertranken jedoch wirkungslos in ihrem spöttischen Johlen.

»Eure *Fas* binden uns nicht, ebenso wenig wie die Terra-Verträge, und wir erkennen weder die Autorität Atheneas noch die Gesetze und Verordnungen des Inters an«, rief Nathan zurück. »Wie wollt ihr uns aufhalten?«, höhnte er, und seine Gefolgsleute lachten.

»Und was ist es, das ihr anerkennt, ihr Abschaum?«, brüllte Fallon zurück. Er warf sich gegen die Gitterstäbe, und sein Gesicht war dunkelrot vor Zorn.

Ich spürte, wie Nathans Blick mich fand. Ich spürte, wie er die Distanz zwischen den Toren zerschnitt, Wachen, Pferde und Menschen durchdrang und sich auf mich richtete, als wäre ich das einzige lebende Wesen hier.

»Vergiss meine Worte nicht, Autumn.«

Und dann, zu meiner vollkommenen Verblüffung, sank er zum zweiten Mal in eine Verbeugung. Sie alle verbeugten sich, die Arme ausgestreckt, die Schultern leicht zur Seite geneigt, die Köpfe gesenkt – verwundbar. Und sie alle verbeugten sich vor mir.

»Mylady«, sagte Nathan respektvoll und vervollständigte so diese Ehrerbietung.

Ich sah von Fallon zu Edmund zu Jo, und jedes einzelne Augenpaar hier war auf mich gerichtet. Unbehaglich schlang ich die Arme um mich. Was ging hier vor?

Dann verschwanden die Extermino. Sie hatten in eine andere Dimension gewechselt. Aber sie gingen nicht stumm. Plötzlich explodierte der Himmel über der Kuppel und nahm ein elektrisches Blau an. Blitze zuckten herab, trafen den Schild und rasten daran hinunter zur Erde, genau wie an jenem Tag, als wir von dem Angriff auf Violet Lee erfahren hatten. Es knisterte und zischte, und dieses sirenengleiche Heulen füllte meine Ohren.

Menschen schrien, und Pferde scheuten, einige gingen durch.

Ich legte den Kopf in den Nacken, sah zum Himmel empor und ließ mich von dem Chaos um mich herum verschlucken. Ich stand einfach da, unter diesem unnatürlichen Schauspiel, und fühlte schließlich, wie die ersten Regentropfen meine Stirn trafen.

Kapitel 26

Autumn

»Wie lange, glaubst du, dauert es noch, bis sie uns hier wegbringen?«

»Mein Onkel will, dass spätestens an Weihnachten das ganze Anwesen eingemottet und der komplette Haushalt wieder in Athenea ist. Aber wir? Zwei Wochen vielleicht, wenn wir Glück haben.«

Ich spürte, wie mir unvermeidlich die Panik vom Magen in die Brust kroch. Das letzte Mal war ich bei der Beerdigung meiner Großmutter in Athenea gewesen, und noch nie hatte ich den Hof als Herzogin besucht.

Morgen war mein sechzehnter Geburtstag, und mit diesem Tag würde ich das Recht gewinnen, meinen Platz sowohl bei der Ratsversammlung Atheneas als auch im Interdimensionalen Rat einzunehmen. Selbst wenn mein Vater weiterhin die Vollmacht über meine Finanzen besaß, bis ich nach britischem Recht volljährig war, würde ich morgen im Großen und Ganzen doch meine Kindheit hinter mir lassen.

Fallon legte mir einen Arm um die Schultern. »Wir passen schon auf dich auf. Das wird lustig. Und außerdem hat dich Vater von allen weiteren Wächterpflichten entbunden, das heißt: nie wieder Menschen für dich!« Er rüttelte mich leicht, und ich brachte irgendwie sogar ein Lächeln zustande.

»Wenigstens scheint in Athenea immer die Sonne«, lenkte ich ein und rückte noch etwas näher an den vor uns schwebenden Feuerball heran, den Fallon heraufbeschworen hatte. Ich nahm seine Hand und zog ihn ein wenig näher zu mir, sodass ich mich an ihn lehnen konnte.

Wir saßen im Kies eines kleinen Strandes im Schutz einer Höhle, nur einen kurzen Flug über den Hügel von meinem Haus entfernt. Es war ein schroffes und steiniges Meeresufer, von so zerklüfteten Hügeln umgeben, dass man sie kaum zu Fuß erklimmen konnte. Dazwischen wand sich eine verwitterte Straße hindurch, die in die Stadt führte. Das Beeindruckendste hier waren jedoch der See hinter uns und der Fluss, der sich über den Strand schlängelte und schließlich im Meer mündete. Heftige Windböen trieben Wellen mit weißen Schaumkronen über Sand und Kieselsteine.

Meine Eltern hatten darauf bestanden, dass ich an meinem Geburtstag heimkam, und Edmund, der entschlossen war, uns so viele Verteidigungszauber wie möglich beizubringen, hatte uns beide losgeeist und an den entlegensten Ort gebracht, den er hatte finden können – *Mansands Cove.*

Seit dem Angriff in Burrator waren erst wenige Tage vergangen, aber die Sicherheitsmaßnahmen waren bereits verdoppelt worden. Mittlerweile begleiteten uns zehn Athan, und viele weitere waren bei mir zu Hause stationiert worden – was bedeutete, dass die Privatsphäre, nach der Fallon und ich uns so sehr sehnten, kaum noch vorhanden war.

»Und deine Eltern? Ist es für sie ein Problem wegzugehen?«

Ich zuckte mit den Schultern. »Sie weigern sich, nach Manderley zu ziehen. Dad hasst den ganzen Prunk und sie verdienen auch nicht schlecht daran, dass sie das Gut der Öffentlichkeit zugänglich machen … Sie bleiben einfach in London. Sie kommen nicht mit nach Athenea.«

Er zog meinen Kopf an seine Schulter und schob eine Hand in mein Haar, strich mir durch die zerzausten und verknoteten Locken. »Ich passe auf dich auf. Immer.«

Ein Teil von mir wusste natürlich, dass er dieses Versprechen niemals würde halten können, aber ein weit größerer Teil – inklusive meines Herzens – sog diese Worte in sich auf und schwelgte darin, nur allzu bereit, die Lüge mitzutragen. Ich schmiegte mich in seine Armbeuge und sah zu, wie der letzte Streifen Orange am Horizont über dem Meer verblasste und das Blau des Himmels allmählich erst rosa, dann violett wurde.

»Steh auf«, sagte er schließlich und erhob sich dabei selbst. Von meiner bequemen Sitzkuhle in den Kieseln sah ich verwundert zu ihm hoch. Auffordernd wedelte er mit den Händen.

Nicht gerade elegant kam ich auf die Beine und rang um mein Gleichgewicht, als die Steinchen unter meinen Füßen ins Rutschen gerieten. Er hielt mich stützend am Ellbogen fest, strich mir dann den Arm hinauf, bis seine Hand in meinem Nacken lag. Dann zog er mich zu sich und legte sanft die Stirn an meine.

»Morgen bist du sechzehn«, stellte er fest. Seine Augenlider senkten sich, und ich fühlte, wie er meine Atemluft einsog.

»Ja«, flüsterte ich, es klang unsicher, als wüsste ich nicht einmal das genau. Aber dann schlang ich die Arme um seine Taille, und dasselbe Mädchen, das sich bei der Party auf seinen Schoß gesetzt hatte, erwachte und schlich aus dem dunklen Winkel hervor, in dem sie angekettet war. Hinter den Gitterstäben meines Geistes hervor sah sie mich an, dann richtete sich ihr Blick an mir vorbei auf ihn. »Dann bin ich mündig«, fügte ich schon ein wenig selbstbewusster hinzu.

Er schlug die Augen auf. »Lass das«, knurrte er und zog mich am Nacken fort wie ein ungezogenes Kätzchen.

»Warum?«, fragte ich fordernd und krallte die Nägel in seine Schulter, damit er mich nicht ganz loswurde.

»Nicht bevor du dir sicher bist.«

»Ich bin sicher!«

»Dann beweis es«, forderte er mich heraus, ließ mich los und breitete die Arme aus. »Ich gehöre ganz dir.« Er legte den Kopf zur Seite und schenkte mir ein schiefes Lächeln.

Ich stolperte über meine eigenen Worte. *Ich hab das doch nur gesagt, weil ich stur bleiben wollte!* Aber da stand er, ein Prinz von Athenea, der Mädchenschwarm der gesamten Dimension, und bot sich mir auf einem Silbertablett an. Und er war atemberaubend … *Was hält mich also noch? Wovor fürchte ich mich? Mit meiner Depression ist es viel besser geworden; ich habe keine Angst mehr davor, nach Athenea zu gehen; ich kann endlich mit dem Rampenlicht umgehen.*

Mir wurde bewusst, wie rasch sich meine Brust hob und senkte, ein harscher Kontrast zu seiner ruhigen Gelassenheit. »Meine Augen«, begann ich zögernd. »Welche Farbe haben sie?«

Er verschlang mich mit seinem Blick, er musste es nicht erst überprüfen. Er kannte die Antwort bereits. »Rot, Autumn. Sie sind rot.«

Ja, ja, sie lodern, warm und erwartungsvoll.

Unvermittelt ließ er die Arme sinken und nestelte stattdessen am obersten Knopf seines Hemds herum; nachdem er offen war, nahm er sich den zweiten vor. Meine Augen weiteten sich, und mir war vage bewusst, dass Edmund von seinem etwas entfernten Posten ebenfalls den Prinzen anstarrte.

Fallon nahm den dritten Knopf in Angriff. »Lass mich eines klarstellen, Herzogin. Als ich zehn Jahre alt war, hast du mich zu einer Kussjagd gezwungen.« Vierter Knopf. Fünfter Knopf. »Und nachdem du mich im Thronsaal vor meiner Familie und dem versammelten Rat abgeknutscht hast, warst du der festen Meinung, gewonnen zu haben.« Sein Hemd stand jetzt offen, und er balancierte auf einem Bein, um sich Schuh und Strumpf auszuziehen, bevor er beides achtlos beiseitewarf. Dann folgten der zweite Schuh und der andere Strumpf, während er fortfuhr. Verschwommen drang mir ins Bewusstsein, dass ich dringend weiteratmen sollte. »Alle haben gelacht und festgestellt, was für ein schönes Paar wir einmal abgeben würden.« Er hob einen Finger und deutete auf mich, bevor er seine Manschettenknöpfe löste und in die Tasche steckte. »Und seitdem ist kein Tag vergangen, an dem ich mich nicht gefragt habe, wie es wohl wäre, dich richtig zu küssen. Das ist jetzt fast acht Jahre her, und ich weigere mich, auch nur noch eine einzige Minute länger zu warten. Zum Teufel mit deiner Mündigkeit und mit ihm.« Er winkte abfällig in Edmunds Richtung. »Wenn du mich noch weiter hinhältst, gehst du jetzt baden.«

Er verstummte. Sein offenes Hemd umrahmte die Ansätze eines Waschbrettbauchs, die Ärmel hingen lose um seine Handgelenke, und zwischen seinen Zehen steckten winzige Kiesel.

»Das ist Erpressung!«, beschuldigte ich ihn, schürzte die Lippen und versuchte, nicht rot zu werden.

»Mein Vater würde es Diplomatie nennen.«

Ich sprang vor, legte ihm beide Hände auf die Wangen und drückte meinen Mund auf seinen. Seine Augen schlossen sich, und die Spannung wich aus seinem Körper. Ich fühlte sein Lächeln an meinen Lippen. Nach ein paar Sekunden löste ich mich von ihm.

»Ich bin nicht besonders gut im Verhandeln«, murmelte ich entschuldigend, während er zufrieden grinste. Dann sickerte langsam die Erkenntnis in mein Bewusstsein, dass ich soeben meinen ersten richtigen Kuss erlebt hatte. »Hab ich's richtig gemacht?«

Langsam öffnete er die Augen, und sein Lächeln wurde weich. »Nicht ganz.« Bevor ich vor Scham im Boden versinken konnte, legte er einen Finger unter mein Kinn und hob es an. Das genügte, um einen warmen Schauer von Magie und Glück durch meinen Körper rieseln zu lassen, prickelnd breitete sich Gänsehaut auf meinen Armen aus. Er küsste mich viel sanfter als ich ihn zuvor, teilte jedoch mit der Zunge meine Lippen. Ich riss die Augen auf, ließ es aber geschehen.

Als er sich von mir löste, nahm er meine Unterlippe zwischen die Zähne und zog sacht daran, bevor er sie mit einem leisen Ploppen losließ. Wärme sammelte sich dort, wo seine Zähne über die zarte Haut gestrichen hatten.

»Wie war das als eine einige Stunden zu frühe Einführung ins Erwachsensein?«, fragte er und sah grinsend auf die Uhr.

»Meine Großmutter würde sich freuen zu hören, dass ich Unterricht bei einem Prinzen nehme«, sagte ich ebenfalls breit grinsend, schob die Arme unter sein Hemd und legte ihm beide Hände auf den Rücken. »Außerdem liegt mir Jo jetzt nicht mehr ständig damit in den Ohren, dass ich endlich mit dir zusammenkommen soll.«

Er küsste mich auf die Stirn. »Ich gebe dir nur allzu gern Unterricht im Küssen und in allem anderen, wenn du so weit bist.« Er legte das Kinn auf meinen Scheitel und drückte mich eng an sich, während ich den Kopf in meine Lieblingskuhle an seiner Schulter schmiegte. »Und wir laden Jo an den Hof ein, sobald Ferien sind, damit du in Athenea eine Freundin bei dir hast.«

Er strich über die Spitzenärmel meines Oberteils und streichelte durch die Löcher im Stoff meine Haut. Ich zitterte. Es war kalt, denn das Feuer war erloschen und keiner von uns beiden war dem kühlen Novemberwind entsprechend angezogen.

»Und meine Schwester wird sich sicher auch mit dir anfreunden. Sie ist zwar ein bisschen jünger, aber sie hat dich immer schon bewundert …«

Er redete weiter, aber ich wusste nicht worüber, denn ich hörte nicht mehr zu. Ein ungutes Gefühl kroch allmählich meine Beine hinauf, langsam, aber unweigerlich auf mein Herz zu.

Meine Großmutter …

Meine Hände fielen herab, und ich machte einen Schritt von ihm weg.

Was hält mich noch?

»Aber du verschweigst es mir noch immer.«

»Autumn?«

»Du weißt, warum meine Großmutter ermordet wurde. Alle wissen es, nur ich nicht.«

Er atmete tief durch, fasste mich an den Oberarmen und sah mir direkt in die Augen.

»So viel weißt du bereits, und dies ist der wahre Grund, warum meine Familie und ich hier sind. Die Geschichte, dass wir der Presse entkommen wollten, war eine Lüge.«

Erwartungsvoll hielt ich die Luft an. *Erfahre ich jetzt endlich die Wahrheit? Die ganze Wahrheit?* Ich legte ihm die Hände auf die Brust, fühlte seine Narben, seine Wärme und wie sich sein rasender Herzschlag allmählich beruhigte. Es gab so vieles, was ich an ihm mochte: sein Aussehen, seine Aufrichtigkeit und seinen Humor; die Art, wie er mich wollte und wie er mich aufheiterte … seine Ehrlichkeit …

»Ich wurde wegen der Angriffe der Extermino hergeschickt. Wir sind hier, um dich zu beschützen.«

Ich schüttelte den Kopf. »Aber das ist doch Selbstmord. Du bist ein Prinz, warum solltet ihr …«

»Es hat mit deiner Großmutter zu tun. Aber ich kann dir nicht sagen, warum sie ermordet wurde. Noch nicht.«

Ich ging noch weiter zurück. »Warum nicht?«

»Es geht einfach nicht.«

Ich erschrak selbst darüber, wie heftig ich ihn mit beiden Händen vor die Brust schlug. Er taumelte ein paar Schritte, und rote Abdrücke erschienen auf seiner Haut, streiften seine Narben und färbten sie dort lila.

»Sthlancleen!«, schrie ich, und ihm blieb vor Schreck und Entsetzen der Mund offen stehen, als ich ihm dieses schlimmste aller Schimpfwörter entgegenschleuderte. »Und ich dachte, Beziehungen sollten auf Ehrlichkeit basieren!« Er stand nur knapp zwei Meter vor mir, aber ich brüllte ihn an, so laut ich konnte. Edmund kam über den Strand auf uns zugerannt.

Fallon schien den letzten Satz jedoch gar nicht mehr gehört zu haben. Für ihn zählte nur der Fluch. »Wag es ja nicht, dich selbst mit diesem Wort derart zu erniedrigen! Es ist nur zu deinem Besten, dass wir es dir nicht sagen dürfen.«

Edmund kam angestampft, und bevor ich begriff, was geschah, hatte er mich schon von hinten gepackt, seine breiten Arme um mich gelegt und seinen Mund ganz nah an mein Ohr gebracht.

»Wasch dir den Mund aus, junge Dame, und fang an, dich wie die Freundin eines Prinzen zu benehmen«, knurrte er leise, aber es reichte, um mir vor Schreck das Blut in den Adern stocken zu lassen. »Ich schlage vor, du gehst jetzt heim und denkst darüber nach, was du da gesagt und was du Seiner Hoheit vorgeworfen hast. Wenn du bereit bist, die Dinge zu akzeptieren, wie sie nun mal sind, kannst du zurückkommen.«

Dann stieß er mich zur Seite, und ich rutschte auf den Kieseln aus und kämpfte darum, nicht hinzufallen. Als ich zu ihm herumfuhr, verlor ich jede Kontrolle, fauchte vor Zorn, während meine Magie in ihrer ursprünglichsten Form aufloderte. Wieder setzte ich zu einer Reihe Beleidigungen und Flüche an, aber Edmund schnitt mir das Wort ab.

»Geh«, befahl er, und mit einem letzten, gemurmelten Schimpfwort stürmte ich davon und warf mich in die Luft. Mehrere Athan folgten mir.

»Nein, lass sie schmoren«, hörte ich Edmund noch sagen. »Sie muss sich erst austoben und dann wieder in den Griff kriegen.« Ich schrie vor Wut so laut auf, dass keine Chance bestand, sie könnten es nicht gehört haben.

Die kalte Luft und die physische Anstrengung des Fliegens linderten meinen Zorn kein bisschen, und als ich vor unserem Haus landete und die langwierigen Sicherheitschecks über mich ergehen lassen musste, die man uns aufzwang, wippte ich ungeduldig mit dem Fuß und tat alles, um mich möglichst wenig kooperativ zu zeigen. Als man mich endlich vorbeiließ, stieß ich das Gartentor auf und versetzte der Haustür einen so heftigen Magiestoß, dass sie aufflog, gegen die Wand dahinter knallte und eine Delle darin hinterließ.

Ich stürmte die Treppe hinauf und sah dabei flüchtig, wie Alya ins Wohnzimmer eilte.

Gut, soll sie es doch meinen Eltern erklären.

Ich warf mich mit dem Gesicht voran aufs Bett und schrie in die Kissen, vollkommen unfähig, meine Wut, für die ich als Kind berüchtigt gewesen war, zu zügeln. Dass ich es bisher irgendwie geschafft hatte, niemanden in Brand zu stecken, war der einzige Hinweis darauf, dass ich morgen praktisch erwachsen sein würde.

Blöde Befehle. Blöde Atheneas. Sie hatten kein Recht, mir Informationen über meine eigene Großmutter vorzuenthalten!

Es musste etwas damit zu tun haben, dass ich eine Seherin war. Ich war ein unantastbares Schmuckstück aus Glas, wie es Fallon ausgedrückt hatte. War es möglich, dass sie damals schon etwas über all das hier gewusst hatte? Sie musste es gewusst haben. Sie wusste alles … vielleicht würde ich das ja irgendwann auch.

Niemand störte mich, und so kochte ich auch um Mitternacht noch vor Zorn.

Es klang hohl und leer, als ich mir schließlich selbst »Happy Birthday« vorsang.

Kapitel 27

Autumn

Ich erwachte eingehüllt in den Duft des Gartens meiner Großmutter. Unter der Decke rollte ich mich auf den Rücken und sog die frische, ein wenig feuchte Luft ein. Es war wunderbar. Heller, belebender Sonnenschein fiel auf die weiße Bettwäsche …

Erst nach drei weiteren Atemzügen kam mir der Gedanke, dass mein Zimmer normalerweise nicht wie ein Frühlingstag duftete, und als ich mich aufsetzte und die Augen aufschlug, schnappte ich vor Überraschung nach Luft. Jede freie Fläche meines Zimmers war mit Geschenken und Blumen vollgestellt, und in der Mitte thronte ein riesiger Strauß roter Rosen.

Ich sah auf den Wecker auf meinem Nachttisch – dazu musste ich allerdings erst eine Vase mit Tulpen beiseiteschieben – und erkannte, dass es bereits kurz vor zehn war. Und wirklich, aus der Küche drang das Klappern von Pfannen herauf, und im Zimmer meiner Eltern föhnte sich jemand die Haare. Draußen unterhielten sich die Athan auf Sagean.

Ich schlug die Decke zurück und tappte im Nachthemd zu dem Rosenstrauß hinüber. Über den Rand der Vase hingen zwei Karten. Die erste war mit Ballons und einem Geburtstagskuchen verziert, und auf der Rückseite stand etwas geschrieben:

Hoffentlich nimmst du mir diesen kleinen Bestechungsversuch nicht übel. ;)
Happy Birthday und alles Liebe
Fallon

Mistkerl! Wenn er glaubte, dass ich ihm nur wegen eines Blumenstraußes jemals vergeben würde … Ich klappte die zweite Karte auf, las sie und verbrannte sie dann wütend zu Asche.

Beleidige mich nie wieder so. Das hat wehgetan. Wenn es nach mir ginge, hätte ich dir schon vor Wochen alles gesagt. Aber das tut es nicht.
S. K. H. Prinz Fallon

Und wie sehr mir seine Lügen wehtaten, war egal, oder wie? Er behandelte mich wie ein kleines Kind!

Ich wandte mich dem zweiten Strauß zu, einer Mischung aus Rosen und Nelken in gedämpften Gold- und Gelbtönen, eingebettet in ein Nest aus Farn. Diese Blumen waren von Edmund, und eine prunkvolle Geburtstagskarte stand daneben inmitten von Geschenken, darunter auch eine mit einer Schleife versehene hölzerne Schuhkiste. Darin fand ich ein Paar mit Glasperlen verzierter Seidenschuhe, die perfekt zu einem Ballkleid passen würden. Als ich sah, dass sie keine Absätze hatten, musste ich trotz allem lachen.

Daneben stand ein Übertopf voller weißer Blumen mit gelbem Kern, die aussahen wie winzige Grammofone. Sie hingen an rankenden Stielen, die über den Rand meines Schreibtisches hinabbaumelten. Ich kniete mich davor, fand die Karte und las, dass sie von der gesamten Mortheno-Familie stammten und dass die Blumen sogenannte Winden waren und Demut und Ausdauer symbolisierten. Ich hob mir eine

Handvoll der leicht klebrigen Pflanzen an die Nase, roch daran und bewunderte die ineinander verschlungenen, zarten Stiele.

Dann ging ich zu den hellsten der Blumen, langstielige gelbe Rosen in einer Glasvase, die von der Herzogin von Viktoria stammten. Neben der Vase stand ein Geschenkkorb mit frischen Früchten, Schokolade und in lavendelfarbenes Papier eingeschlagenen Goldstoffen, die mit etwas bestickt waren, das ich für mein Wappen hielt. Da ich die kunstvolle Origamikreation nicht beschädigen wollte, faltete ich die Stoffe allerdings erst mal nicht auseinander, um nachzusehen. Außerdem entdeckte ich noch einen Stapel Handtücher mit meinen Initialen darauf.

Der mit Abstand größte Strauß war ein Gesteck, dessen Blumen so arrangiert worden waren, dass sie die Insignien meines Herzogtums darstellten. Rote und goldene Rosen, die man von Zauberhand hatte verwittern lassen, und falsche schwarze Todeshauch – ein sehr aufmerksamer Gedanke in Anbetracht der Menschen in diesem Haus, für die diese Blume giftig war. Ohne die Hilfe meiner Magie konnte ich das schwere Gesteck nicht hochheben und musste mich daher ein wenig verrenken, bis ich die dazugehörige Karte gefunden hatte. Der Umschlag war versiegelt, und auf dem Siegel prangte das Wappen Atheneas. Der Brief darin war mit der Hand geschrieben worden und enthielt Glückwünsche sowie eine informelle Einladung, meinen Platz im Rat einzunehmen. Ich nahm an, die Blumen stammten von der gesamten Königsfamilie, aber als ich die Unterschrift prüfte, erkannte ich, dass sie vom König persönlich war.

»Bei den Mächten der Erde«, murmelte ich schließlich und trat einen Schritt zurück. Ich kannte zwar die Tradition der Sage, ein Mädchen an seinem sechzehnten Geburtstag mit

Blumen zu überschütten, aber trotzdem erschreckte mich die schiere Anzahl der Absender. Nach und nach arbeitete ich mich an den Vasen entlang und fragte mich, woher wohl die Herzöge und Herzoginnen von Mailand und der Bretagne oder der Viscount von Bayern gewusst hatten, wohin sie die Blumen schicken mussten, und wie sie die Sträuße an den Sicherheitsschleusen vorbeibekommen hatten, die mich neuerdings umgaben. Als ich schließlich die Orchidee mit der erklärenden Karte der Sage-Botschaft in London fand, hatte ich meine Antwort. Aber es gab noch viel mehr: Blumen der Schulleiterin von St. Sapphire's und einiger Lehrer dort sowie von ehemaligen und noch nicht ganz ehemaligen Schulfreunden; eine Kette und eine gläserne rosa Rose von Jo und ein ganzer Haufen eher menschlicher Geschenke wie billige Make-up-Sets und Glückwunschkarten. Außerdem fand ich sogar einige Briefe voller guter Wünsche für die »süße Sechzehn« von Onkeln und Tanten mütterlicherseits, von deren Existenz ich bisher nicht einmal gewusst hatte.

Mit einem langen Seufzer ließ ich mich schließlich aufs Bett fallen und wusste nicht, wie ich mich fühlen sollte. Ich war immer noch wütend und aufgewühlt, aber auch enttäuscht … Er hatte mich angelogen. Warum hatte er mir nicht einfach gesagt, dass er wegen der Extermino hier war? Es ergab zwar keinen Sinn, und abgesehen von meinem Verdacht, dass die rebellische Fraktion hinter dem Mord an meiner Großmutter steckte, wusste ich nicht, was das alles mit ihr zu tun hatte, aber die Wahrheit wäre trotzdem besser gewesen als eine Lüge.

Da fiel mein Blick auf die pinken Tulpen auf dem Nachttischchen. Die weiße Vase, in der sie standen, war mit einer knallrosa Schleife versehen, und darunter lag ein Umschlag, auf dem sich ein feuchter Ring von der Vase gebildet hatte.

Ich zog ihn hervor und riss ihn auf. Als ich die Zeile »*Für unsere Tochter …*« auf der Vorderseite las, sank mir das Herz. Die Glückwünsche waren in der Handschrift meines Vaters verfasst und von beiden Elternteilen unterschrieben worden.

Ich warf die Karte auf mein Kissen und ließ den aufgerissenen Umschlag in zwei Teilen zu Boden flattern.

Mit etwas Magie war ich binnen zehn Minuten geduscht und vorzeigbar und folgte meiner Nase hinunter in die Küche, wo ich meinen Vater antraf, der gerade zwei Teller mit Rühreiern belud. Auf einem dritten wartete bereits eine Kreation aus Tomaten und weiteren veganen, nicht näher definierbaren Zutaten auf mich. Ganz anders als in meinem Zimmer, das ganz in Chintz und mit floralen Mustern eingerichtet war, wirkte die Flut von frisch geschnittenen Blumen in der so modernen Küche irgendwie merkwürdig. Allerdings sah man sie kaum noch unter dem Blütenmeer. Mein Vater musste in unserem Garten jede einzelne Blume gepflückt haben, die dem Novemberwetter noch getrotzt hatte. Der Duft, der sich mit den Kochgerüchen mischte, war himmlisch, und das sagte ich ihm auch.

Er drehte den Kopf ruckartig zu mir herum, während er die Pfanne vom Herd nahm, eindeutig überrascht, dass ich soeben ein Gespräch eröffnet hatte.

»Herzlichen Glückwunsch zum Geburtstag«, sagte er ein wenig verlegen und wandte sich dann wieder dem Herd zu. »Deine Mutter ist noch nicht ganz fertig. Sollen wir vielleicht ein paar Geschenke auspacken, bis sie herunterkommt?«

»Klar«, antwortete ich langsam und begann zu essen. Ich betrachtete ihn. Er war gelinde gesagt ein nervöser Mann, aber normalerweise besaß er die angenehme Angewohnheit, seinem Gegenüber beim Sprechen in die Augen zu sehen.

»Also … dieses Mortheno-Mädchen hat mir erzählt, dass

der Prinz und du gestern Abend eine kleine Auseinandersetzung hattet.«

Ach so, darauf will er hinaus. Ich war noch nie besonders für persönliche Gespräche von Vater zu Tochter zu haben gewesen, und jetzt, wo ich meinem elterlichen Heim schon fast entkommen war, würde ich bestimmt nicht damit anfangen. »Nur ein Missverständnis. Wir kommen schon klar. Ich folge dem Ruf nach Athenea trotzdem.«

»Dann ist also alles in Ordnung? Kein Bedarf an Eiscremepackungen und Mädchenfilmen?«

»Alles bestens«, log ich. »Warum?«

Er zuckte vage mit den Schultern und legte Würstchen in die Pfanne. Ich saß da, die Gabel auf halbem Weg zum Mund erstarrt, und wartete auf seine Antwort. Als sie endlich kam, fiel das Besteck klappernd auf meinen Teller.

»Der Prinz hat heute Morgen vorbeigeschaut.«

»Was?!«

Er drehte die Temperatur unter der Pfanne herunter, kam zum Tisch und setzte sich rittlings auf einen der Stühle vor mir. So nah war ich ihm nicht oft, außer während der seltenen Umarmungen dann und wann, aber dabei konnte ich ihm nicht in die Augen sehen. Mir war noch nie aufgefallen, wie sehr sie meinen glichen.

»Zuerst hat er mich gebeten, dir das hier zu geben.« Er zog ein kleines Schmuckkästchen aus der Tasche, eines von denen, die normalerweise einen Ring enthielten. Mein Herz setzte für einen Schlag aus, als ich es entgegennahm. Nach einem ermutigenden Nicken meines Vaters öffnete ich das Kästchen.

Darin lag ein robustes Goldarmband, an dem große, edelsteinbesetzte Perlen und winzige Anhänger baumelten. Ich hielt es ins Licht und erkannte, dass auf die verschiedenfarbigen Juwelen in den Perlen unterschiedliche Wappen eingraviert worden waren, darunter auch mein eigenes und das des Hauses Athenea. Selbst wenn der Goldschmied diese kleinen Kunstwerke mit Hilfe von Magie erschaffen hatte, war es noch immer eine außergewöhnliche Arbeit. Das konnte nicht billig gewesen sein. Im Kontrast dazu waren die Anhänger – eine Big-Ben-Miniatur, ein winziges blau-weiß gestreiftes Surfboard, ein Ahornblatt, ein Dartmoorpony aus Plastik und eine Devonflagge aus Gummi – die Sorte kitschiger Plunder, den man in Touristenläden bekam. Allerdings waren sie in emotionaler Hinsicht weit kostbarer, als es die Juwelen je sein könnten. Besonders das große goldene A fesselte meine Aufmerksamkeit, denn auf der Rückseite waren in winziger Schrift mein Name und Titel eingraviert. Es war ein Bettelarmband. Ein Bettelarmband extra für mich.

»Wow!« Mehr brachte ich nicht heraus, als mir mein Vater half, es anzulegen. Es passte perfekt, und ich streckte den Arm aus, um es zu bewundern.

»Außerdem …«, fuhr mein Vater fort und holte mich damit in die Wirklichkeit zurück. »… hat er mich um meine Erlaubnis gebeten, dir, naja, wie er es ausdrückte, den Hof machen zu dürfen.«

Meine Augen wurden quietschrosa, und mein Gesicht musste den Tomaten auf meinem Teller Konkurrenz machen. »Ach wirklich?«

»Und ich habe es erlaubt. Er ist eindeutig verrückt nach dir und du nach ihm, nach deiner plötzlichen Umgänglichkeit zu urteilen. Dies hier ist das einundzwanzigste Jahrhundert, und du bist jetzt sechzehn, eine selbstständige Frau und Herzogin. Du kannst deine eigenen Entscheidungen treffen und deinen Kurs selbst bestimmen. Dazu hat dich deine Großmutter schließlich erzogen.«

Die raue Klarheit seiner Worte überraschte mich. *Keine elterliche Predigt über Jungs? Keine Warnung vor den Gefahren der Erwachsenenwelt?*

Ich schüttelte leicht den Kopf und hob ein wenig ratlos die Schultern.

»Aber deine Mutter und ich haben uns unterhalten, und wir haben beide Angst, dass dies unser Familienschicksal endgültig besiegelt. Du gehst nach Athenea, wirst eine Herzogin, und wir … wir werden ausgegrenzt.«

Seine Unterlippe bebte leicht, und ich wollte überall hinsehen, nur nicht zu ihm, konnte den Blick aber nicht abwenden. Er wirkte wie ein verlorener kleiner Junge, der mich mit großen, runden, flehenden Augen ansah.

»Ihr könnt mich doch besuchen kommen«, sagte ich zaghaft.

»Nein«, kam die harsche Antwort hinter mir, als meine Mutter die Küche betrat. »Das wirst du deinem Vater nicht zumuten. Du wirst uns besuchen, wenn in Athenea die politische Saison endet und du dort nicht gebraucht wirst.«

Ich wollte protestieren. Ich wollte ins Feld führen, dass ich auch an meine schulische Ausbildung denken musste, an all die Sicherheitsmaßnahmen und den Presserummel, der mich begleiten würde, wenn die Beziehung zwischen Fallon und mir erst an die Öffentlichkeit kam. Aber nach einem weiteren Blick auf meinen Vater wusste ich, dass ich ihn nicht zwingen konnte, in die Heimat meines Volkes zu kommen. Denn in Wahrheit gehörte er einfach nicht zu uns.

»Ich werde es versuchen«, entgegnete ich kühl und widmete mich wieder meinem Frühstück.

»Wir dachten, dieses Jahr wären praktische Geschenke am besten«, fuhr meine Mutter genauso kühl fort. »Also haben wir eine Reihe von Kleidern in Auftrag gegeben, die du in

Athenea brauchen wirst. Maßgeschneidert. Die übrigen Geschenke, die wir für dich haben, können warten.«

»Ja«, erklärte mein Vater leise und schien nicht einmal zu bemerken, dass sich allmählich der Geruch von verbranntem Fleisch in der Küche ausbreitete. »Ich wusste nicht mehr genau, was eine Lady Sage in der Wintersaison so alles braucht, aber wir dachten an Ballkleider, Handschuhe, Pantoffeln und Tageskleider ... Korsetts und Schuhe und natürlich auch Reitkleider. Und sonst noch so einiges, und auf deinem Konto ist genug Geld für die ganze Saison.«

»Danke«, sagte ich ebenso leise. Ich musste herausfinden, bei wem sie die Kleider in Auftrag gegeben hatten. Vielleicht das Einzige, was ich mit meiner Mutter gemeinsam hatte, war unser unfehlbares Stilbewusstsein. Nur war mein Stil ein anderer als ihrer, und ich misstraute ihren Fähigkeiten, passende Dinge für die Gesellschaft der Sage auszuwählen.

»Und da wäre auch noch dies hier«, fuhr meine Mutter fort und zog einen Briefumschlag aus dem Stapel der Geburtstagskarten auf der Kücheninsel. »Der ist von deiner Großmutter. Sie hat uns gebeten, ihn dir an deinem sechzehnten Geburtstag zu geben.«

Mit zitternder Hand nahm ich ihn entgegen. Es war ein ganz gewöhnlicher brauner Umschlag aus Hanfpapier, aber als ich ihn umdrehte, erkannte ich die längliche, geschwungene Handschrift meiner Großmutter. Tinte statt Kugelschreiber.

Ich machte eine Handbewegung zur Tür hin und bat so schweigend um Erlaubnis, den Brief allein öffnen zu dürfen. Mein Vater nickte, wurde aber von den scharfen Worten meiner Mutter unterbrochen.

»Das hier ist wahrscheinlich der letzte Geburtstag, den wir zusammen verbringen.«

Ich hielt an der Tür inne, in der Erwartung, dass sie noch

mehr sagen würde, aber das schien alles zu sein. Ich sah sie an. Diese Feststellung weckte kein Bedauern in mir. Es war einfach eine Tatsache.

»Ich komme zum Mittagessen runter«, sagte ich nur.

Dann eilte ich die Treppe hinauf und ließ mich auf meinem Fenstersitz nieder. Meine Hände zitterten noch immer, als ich den Brief öffnete. Der Umschlag war fest verklebt, aber der Brief darin fühlte sich dünn und fragil an, als ich ihn herauszog. Das Erste, was ich sah, war das Datum oben auf der Seite. Kein Wunder, dass das Papier so dünn war – der Brief war immerhin schon sechzehn Jahre alt. Er war am Tag meiner Geburt geschrieben worden.

Eine unerklärliche Angst überfiel mich. Es war kein besonders tröstlicher Gedanke, dass sie aus dem Grab zu mir sprach. Aber ich musste es lesen.

Hüterin meines Blutes,
heute kamst du zur Welt, und das altehrwürdige Königreich, in das du geboren wurdest, feierte deine Ankunft. Die herzogliche Familie, deren Haupt du einmal sein wirst, versammelt sich, und alle weinen vor Freude, denn du bist das Wunder, um das wir das Schicksal angefleht haben. Willkommen, Lady Autumn Rose, in dieser Welt. Ich schwöre feierlich, dich so gut und so lange ich es vermag wohlbehalten durch ihre Gefahren zu führen, damit du eines Tages bereit sein wirst, jenes Los, das für dich vorgesehen ist, anzunehmen.
Wenn du älter bist, wirst du verstehen, warum du in dieser Familie etwas so Besonderes bist, und auch wenn du vielleicht nicht immer begreifst, was um dich herum vorgeht, vertraue stets darauf, dass du von Freunden, Verwandten und dem ganzen Königreich geliebt wirst.

Wenn du älter bist, wirst du auch verstehen, dass du mir in so vielen Dingen gleichst; manche davon sind gut, andere nicht. Du wirst erfahren, dass ich eine Seherin bin, und du wirst erfahren, dass auch du diese Gabe hast und dass dieser Fluch, den wir teilen, der Schlüssel zu unser beider Schicksal ist. Meine Visionen haben mir gezeigt, dass der Druck, dem ich deine Eltern ausgesetzt habe, um einen Erben zu bekommen, mehr war als nur eine selbstsüchtige Laune. Tatsächlich zeigt sich die Vorsehung hier in ihrer subtilsten Gestalt. Deine Visionen werden schlicht und einfach eine bessere Zukunft ermöglichen, jedenfalls für jene, die lange genug leben.

Es ist eine unleugbare Tatsache, dass sowohl ich als auch Eaglen, ein anderer Seher und Freund von mir, wiederholt meinen drohenden Tod als Unschuldige durch die Hand der Extermino gesehen haben. Du magst mein Los vielleicht ungerecht finden, aber du musst verstehen, dass ich sterben muss, damit du leben und im Heim deiner Eltern unter Menschen leiden kannst, denn dies wird dich befähigen, dich den Herausforderungen zu stellen, die unserem Volk drohen. Es wird dich stärker und weiser machen. Ich habe es gesehen. So ist es.

Mein Schicksal ist nun erfüllt, und deines wird sich früher oder später auf deine Schultern senken. Ich habe die wohlüberlegte Entscheidung getroffen, mich in den Lauf der Dinge einzumischen – etwas, was man nur mit größter Vorsicht tun sollte –, indem ich dir dies alles jetzt sage, damit du dich auf deine unbekannte Zukunft vorbereiten kannst.

Ich kann dir nicht viel Rat geben, denn ich sehe keine Ereignisse über meinen Tod hinaus. Meine einzige Anordnung ist, dass du dich unverzüglich an die Atheneas

wendest sollst, denn sie werden dich beschützen – und vielleicht erwarten sie dich sogar schon. Alles andere ist reine Vermutung. Eaglen ist dein Verbündeter im Königreich der Vampire, wo du rasch deine Schicksalsschwester suchen und finden musst. Atae ist ein herausragender Wissenschaftler und ein noch größerer Seher, und er hat deine Geburt auf den Tag genau vorhergesagt. Die Morthenos werden deine Hüter sein. Halte dich vom kleinkarierten Adel fern, und bei den Mächten der Erde, distanziere dich von den Menschen im Interdimensionalen Rat, denn ihr Gezänk bringt nur Schaden.
Ich fühle mich geehrt, für die Frau zu sterben, die alles verändern wird. Nur dass ich nicht miterleben werde, wie du erwachsen wirst und eigene Kinder bekommst, bedauere ich. Doch es ist ein Segen, dich großziehen zu dürfen, im Wissen, dass du die Letzte unserer Linie und dazu bestimmt bist, die Neun zu erwecken.

Geschrieben ist's in Stein,
Der erste Thron soll ihrer sein.
Die Letzte ihrer Linie, ein Symbol in ihr versteckt;
die Letzte, wenn die andern fallen, eine Königin über allen.
Ihre Liebe, ihre Lüge, ihre Lehre,
ein einsamer Tod ist des ersten Unschuldigen Ehre,
für das Mädchen, dass die Neun erweckt.

Du bist die erste der Heldinnen aus Contanals Prophezeiung, mein Kind. Du bist die Hoffnung unseres Volkes, und du musst den Krieg, den er und so viele andere kommen gesehen haben, aufhalten.

Mein Kind, Lady Heroine, schare deine Verbündeten rasch um dich und finde deine Schwestern mit gleicher Eile. Die Zeit ist dein Feind.

Im Leben wie im Tod
Prof. R. Al-Summers
Herzogin von England

Nein. Nein!

Sie ist als eine der Unschuldigen gestorben. Sie ist meinetwegen gestorben! Das war es, was mir die Atheneas so lange vorenthalten hatten. Darum war sie gestorben …

Die Wucht der Schuld zwang mich zu Boden, und ich ergab mich ihr und sank in eine tiefe Bewusstlosigkeit.

Irgendwo tief in meinem Herzen hoffte ich, dass ich nie wieder erwachen würde.

Kapitel 28

Autumn

Lady Heroine Autumn Rose, Herzogin von England.

Das Schicksal meines Königreichs interessierte mich nicht. Was mich interessierte, war er. Und ich hasste ihn. Was mich interessierte, war, dass ich die Schuld am Tod meiner Großmutter trug. Und ich hasste, dass sie mir gesagt hatte, was ich war. Über ihn und sie hinaus fühlte ich nichts, und das machte mir mehr Angst als alles andere auf der Welt, denn wenn ich nichts fühlte … dann glitt mein Geist davon in die Dunkelheit …

»Autumn, alles in Ordnung?«, flüsterte eine Stimme an meinem Ohr. Es war Tee, die meine Hand nahm und sie drückte. »Du siehst traurig aus. Wenn du willst, kann ich dich zur Beratungslehrerin bringen. Sie ist wirklich gut. Sie hat mir geholfen, als mich Valerie schikaniert hat.«

Was für ein starkes Kind. Sie hat dem Tod ins Auge gesehen und ist völlig heil davongekommen.

»Mir geht's gut, aber danke.«

Redest du von mir, Großmutter?

Als ich mich umdrehte und Tee anlächelte, fiel mir etwas am anderen Ende des Spielfelds ins Auge. Es gab dort einen Tumult, eine kleine Gruppe sammelte sich um einen marineblauen Haufen am Boden. Mein Bauchgefühl sagte mir, dass dort ein Mensch lag, und ich hatte recht. Es war Valerie Danvers, sie war zusammengebrochen, und eine ihrer Freundinnen von der Party schüttelte sie wie verrückt an den Schultern. Leute holten ihre Handys hervor, manche machten Videos, andere waren vernünftiger und drückten sie sich ans Ohr. Während ich zusah, löste sich eine Gestalt aus der Gruppe und rannte zurück zum Hauptgebäude der Schule. Ich sah noch einen Herzschlag lang zu, einen Herzschlag, während dem Valerie reglos blieb.

Dann stand ich auf und rannte – schneller, als es ein Mensch konnte – über das Feld.

Fallon war mir dicht auf den Fersen, aber ich kam zuerst an. Die Menge um Valerie teilte sich vor uns, und ich fiel auf die Knie und wandte mich sofort an ihre Freundin.

»Was ist passiert?«

Tränen liefen ihr übers Gesicht, aber sie unterdrückte klugerweise ihr Schluchzen. »Wir haben einfach geredet, und auf einmal ist sie zusammengebrochen. Ich habe ihren Namen gerufen und sie geschüttelt, aber ich glaube nicht, dass sie atmet!«

Vorsichtig legte ich ihren Kopf in den Nacken, für den Fall, dass sie sich am Hals verletzt hatte, und sah nach, ob etwas ihre Atemwege blockierte. Da war nichts. Ich drehte meine Wange zu ihr, sodass sie fast auf ihren offenen Lippen lag, und wartete auf ihren Atem auf meiner Haut. Und wartete. Und wartete.

»Nein, das tut sie nicht«, antwortete ich so ruhig ich konnte und betete, dass die Athan gleich hier sein würden. Fallon kniete auf Valeries anderer Seite. Ich hob kurz den Blick. Es lag nichts als Entschlossenheit und Sorge darin. »Die Atemwege sind frei, aber sie atmet nicht. Kannst du reanimieren? Dann leg los!« Ich wies ihn dazu an, weil ich genau wusste, dass er, wie jeder andere Sage, grundlegende Erste Hilfe beherrschte. Magie hatte die üble Angewohnheit schiefzugehen, und heilende Magie zu benutzen, ohne den Grund des Notfalls zu kennen, konnte mehr schaden als nutzen.

»Hat jemand einen Krankenwagen gerufen?«, fragte ich und war erleichtert, als jemand mit einem festen Ja antwortete. Ich winkte Valeries Freundin näher heran. Sie sah mich flehend an, und für den Bruchteil einer Sekunde war es, als wären die letzten Monate nie gewesen. Ich schüttelte den Kopf, um ihn freizubekommen. »Hat sie irgendwelche gesundheitlichen Probleme, von denen du weißt? Atemprobleme?«

Ihre Freundin schluchzte laut auf. »Sie raucht manchmal, und sie hat gesagt, dass es ihr schon das ganze Wochenende über nicht gut ging.«

Ich nickte und begann sofort, ihren Körper nach medizinischen Hinweisen abzusuchen. Ich zog ihre Ärmel hoch, für den Fall, dass sie ein Armband trug.

Was ich fand, ließ mir das Blut in den Adern gefrieren.

Fallon hielt einen Moment lang inne, als er einen flüchtigen Blick auf das erhaschte, was ich gefunden hatte. An der Unterseite ihres Handgelenks und knapp unter den ersten durchscheinenden Hautschichten waren mehrere lange tiefschwarze Male. Sie folgten genau dem Verlauf ihrer Adern, als hätte ihr jemand einen Tintenfüller in den Arm gerammt und ihr den Inhalt injiziert.

»Blutmagie«, flüsterte ich dem Prinzen auf Sagean zu, besorgt, dass die Menge in Panik geraten würde, wenn ich englisch sprach. Eine Menge, die angewachsen war und jetzt aus den meisten Schülern der kleinen Schule und einigen hilflosen Lehrern bestand, die versuchten, alle zur Ruhe zu rufen, als diejenigen in der vordersten Reihe des Kreises bereits Valeries Arm sahen.

Fallon wich zurück und hörte mit der Herzdruckmassage auf, denn mit jedem Druck seiner Hände auf ihre Rippen floss das Gift – denn danach sah es aus – ein paar Millimeter höher.

»Mach einfach Mund-zu-Mund-Beatmung«, wies ich ihn leise an und suchte an ihrem anderen Handgelenk nach den Zeichen der dunklen Magie. Ich tat es mit kaltem Herzen, denn mir wurde bewusst, dass ich den allerersten Schritt bei Erster Hilfe vergessen hatte: die Umgebung sichern.

Blutmagie kam nicht einfach aus dem Nichts. Es gab immer eine Quelle.

»Aus dem Weg! Aus dem Weg, habe ich gesagt! Seid ihr taub?!«

Ich seufzte erleichtert auf, als ich Edmunds lautes Rufen über die Köpfe der Menge hörte, und begann sofort, ihm über unsere geistige Verbindung alle ihre Symptome aufzulisten. Er drängte sich nach vorn, und ich drehte den Kopf, um ihn anzusehen. Ich hielt noch immer Valeries Handgelenk, sodass es alle sehen konnten. Ich wünschte, ich hätte ihn nicht angesehen.

Sein Mund formte ein O, und seine Stimme brachte denselben Laut hervor. Er kam langsam auf uns zu und kniete sich neben mich. In einer seiner Hände erschien ein langes, sehr dünnes und unangenehm scharfes Metallinstrument und in der anderen eine kleine gläserne Petrischale, über die er einen Zauber sprach. Was auch immer er tat, es ging weit über meinen Horizont, und ich sah einfach zu, runzelte die Stirn und spürte, wie Valeries Haut kälter und kälter wurde.

Er nahm ihr Handgelenk, fand die größte schwarze Ader und durchstach die Haut mit der vergrößerten Nadel. Als er sie wieder herauszog, sah ich, dass es eigentlich eine Art Pipette war, denn in der Spitze war ein Tropfen Flüssigkeit, den er in die Schale fallen ließ. Er sprach einen weiteren Zauber über der Schale und ihrem Inhalt und wartete.

Die langwierige Prozedur machte mich allmählich ungeduldig, denn was auch immer man ihr angetan hatte, sie atmete nicht, und Valerie Danvers war kein Vampir.

Der Inhalt der Schale begann langsam zu wirbeln und veränderte die Farbe. Während das geschah, untersuchte Edmund die Stichwunde, die er verursacht hatte. Sie war winzig, aber selbst mit meinen rudimentären medizinischen Kenntnissen wusste ich, dass sie eigentlich bluten müsste. Das tat sie nicht, und erst als Edmund ihr Handgelenk massierte, konnte er ein Tröpfchen Blut hervorpressen.

Aber es blieb nicht dort. Sobald Edmund den Druck wegnahm, wurde es direkt wieder in die Wunde gesaugt.

»Charnt«, murmelte Edmund, und sein nächstes Wort war noch sehr viel derber, als er die Schale hochnahm und die Farbe untersuchte.

»Edmund, beeil dich«, forderte ich ihn auf.

»Sie ist nicht tot«, sagte er schließlich. »Noch nicht. Sie liegt in einer Art Koma, sie hängt über dem Abgrund.«

»Was können wir tun?«

Edmunds Mund zuckte, und er neigte den Kopf zur Seite. Dann legte er Valeries Handgelenk vorsichtig auf den Boden. Mein Blick flog zu Fallon, der mit dem Beatmen aufgehört hatte. *Das kann nicht ihr Ernst sein.* Wir waren doch Wächter! Es war unsere Pflicht, die Menschen zu beschützen, sie zu heilen, wenn etwas schiefging. Wie konnten sie das so ungeniert ignorieren?

»Das hier ist sehr dunkle Blutmagie. Derjenige, der den Fluch gewirkt hat, ist irgendwie mit ihr in Kontakt gekommen und hat sowohl ihr Blut als auch sein eigenes verwendet. Er entzieht ihr alle Energie. Wenn wir den Ursprung nicht finden, können wir nichts tun.«

Mr. Sylaeia war aus der Menge herausgetreten und tröstete

Valeries aufgelöste Freundin, die jedes englische Wort von Edmund gehört hatte. »Wir können dafür sorgen, dass sie keine Schmerzen hat«, murmelte der Lehrer. »Es gibt Dinge, die wir tun können …«

»Es müssen Extermino gewesen sein«, sprach ich auf Sagean weiter. *Wer sonst würde so etwas tun?* Sie wollten damit etwas sagen. Sie wollten, dass noch mehr Blut an meinen Händen klebte … Sie wollten Schuldgefühle wecken und waren zu Mördern geworden. Und ich fühlte mich tatsächlich schuldig. Ich fühlte mich schrecklich. Trotz der unzähligen grausamen, höhnischen Bemerkungen hatte Valerie das hier nicht verdient. Mit einem seltsamen, brennenden Gefühl in der Kehle erinnerte ich mich daran, wie ich Nathan von Valerie erzählt hatte, als er noch im Café gearbeitet hatte …

»Und sie sind mit Sicherheit schon lange weg«, ergänzte Edmund. Fallon strich Valerie übers Haar und wischte es aus ihrem ausdruckslosen Gesicht. Sie war blass und wurde immer blasser, ihre Lippen bekamen eine auffallend dunkle, violette Farbe.

Ich musste etwas tun. Ich konnte nicht einfach hier knien und zusehen, wie sie vor all ihren Freunden und Kollegen und Feinden starb. Ich war eine Dunkle Heldin, es musste einen Grund geben, warum das Schicksal mich ausgewählt hatte. Etwas tief in meiner Magie, was ihr helfen konnte. Ich zerbrach mir den Kopf, was ich über Blutmagie wusste. Unsortierte Truhen voll Wissen schoben sich in den Vordergrund meines Geistes, alte Lektionen aus St. Sapphire's und von meiner Großmutter, an die zu erinnern ich mich nie bemüht hatte. Sage benutzten selten Blutmagie – warum auch, wenn sie doch unglaubliche Kräfte mit einer einzigen Handbewegung heraufbeschwören oder ihre Energie einfach mit dem auffrischen konnten, was sich in der Natur finden ließ. Es blieb den Verdammten vorbehalten, sich im Streben nach Macht jener roten Flüssigkeit zu bedienen … Eine Macht, die nur durch die Stärke und den Wagemut des Ausübenden in Schach gehalten wurde. Diese Art der Magie war sehr dunkel und sehr gefährlich, und Flüche wie dieser waren illegal.

»Das Gesetz der Gegensätze und das Gesetz von der Erhaltung der Energie«, platzte ich plötzlich heraus und spürte einen Funken Hoffnung. »Die Elementarmagie der Sage liegt der Blutmagie auf dem Rad genau gegenüber, oder? Und Energie, die durch Magie genutzt oder aufgenommen wird, muss immer durch eine andere Quelle ersetzt werden, weil man Energie nicht schaffen oder zerstören kann. Sie muss konstant bleiben.«

»Autumn, das ist Erstklässlerwissen, das hilft uns nicht«, murmelte Edmund und versuchte sanft, mich von Valerie wegzuziehen.

Ich redete einfach weiter, ohne ihn zu beachten. »Todesflüche wirken, indem sie einer Person die gesamte magische Energie entziehen, richtig? Den Teil, der uns alle am Leben erhält, sogar die Menschen, und ohne den wir nicht mehr sind als ein Haufen Biomasse. Warum können wir uns nicht einfach an die Physik halten und die Energie erneuern, die verloren gegangen ist? Und außerdem ist unsere Magie besonders wirksam gegen Blutmagie und wird den Fluch aufheben!«

Edmund sah jetzt ernsthaft besorgt aus und starrte mich mit großen Augen an, als wäre ich verrückt geworden. *Vielleicht bin ich das ja auch. Vielleicht hat es mir den Rest gegeben, zu erfahren, dass ich eine Heldin bin …*

»Ethik, zweite Klasse, Autumn! Du kannst nicht einfach die Toten wiederauferstehen lassen! Es widerspricht den Naturgesetzen!« Diesmal zog er fester an mir, aber ich riss meinen Arm los.

»Du kannst nicht zerstören, was schon zerstört ist. Sie ist nicht tot, es ist noch Zeit.«

»Und du meinst, ein kleiner Stoß Magie wird etwas bringen? Sie ist nur noch so weit vom Tod entfernt.« Er hielt Daumen und Zeigefinger hoch, zwischen denen praktisch keine Lücke mehr war. »Man bräuchte reine Lebenskraft, um sie zurückzubringen. Nicht nur irgendeine Form der Energie oder vermischte Energien verschiedener Personen, sondern starke Magie. Mächtige und so pure Magie, dass sie stark genug ist, ihr Leben zu geben und dem Fluch entgegenzuwirken.« Er zog mich mit einer Hand unter meinem Arm hoch. Alles Mitleid, das er vielleicht mit Valerie gehabt hatte, war im Ruf der Pflicht verschwunden.

Die Athan werden deine Schatten werden.

»Manche Wunder sollen nicht bewirkt werden. Es ist unnatürlich. So mächtige Sage existieren nicht!«

Du bist eine Gottheit.

Warum? Warum soll ich rein bleiben?

Wir brauchen dich. Ich brauche dich.

»Wirklich nicht?«

Fallon merkte zu spät, was ich vorhatte. Er stürzte sich auf mich, aber ich hatte es schon getan. Ich hatte jeden Funken meiner Energie in Valerie Danvers fließen lassen. Es war nicht schwierig, nicht schwieriger, als einen Finger zu bewegen, und eine Sekunde später riss sie die Augen auf und holte tief Luft.

Fallon krachte gegen mich, und die Wucht seines Aufpralls schleuderte uns nach hinten. Hastig wichen die Menschen zurück. Ich landete auf dem Rücken, richtete mich jedoch sofort wieder auf die Ellbogen auf und starrte zu ihm hoch. Seine Miene war hart, tiefe Furchen des Schocks und der Sorge zeichneten sein Gesicht, aber sie wurden weicher, als er auf mich herabsah. Hinter uns stand Edmund, hin- und hergerissen zwischen Valerie und mir, und wusste nicht, um wen er sich kümmern sollte. Ich lächelte ihm beruhigend zu.

»Ich weiß, was ich bin«, flüsterte ich. *Und was ich nicht mehr lange sein werde.* »Meine Großmutter hat mir einen Brief hinterlassen.«

»D-du hättest das nicht tun sollen.« Er kam ein Stück näher, vorsichtig, als wäre ich ein wildes Tier. Langsam streckte er die Hand aus und strich mir eine Haarsträhne aus der Stirn. »Du hättest sterben können, wenn du all deine Energie verbraucht hättest.«

Im Hintergrund spuckte und hustete Valerie. Als sie ihren tiefschwarzen Arm entdeckte, der allmählich wieder normal wurde, kreischte sie auf. Ihre Freundin half ihr, sich aufzurichten, und bedeutete ihr, still zu sein.

»Ich habe all meine Energie verbraucht, Fallon«, murmelte ich und sah ihm wieder in die Augen. Sie waren milchig. Nach einem tiefen Atemzug, der sich nicht anfühlte, als würde er meine Lungen auch nur streifen oder sie gar füllen, hob ich eine Hand. Die Hand war in Ordnung. Das Gras darunter jedoch nicht. Es war schwarz geworden. Und als eine sanfte Brise darüberstrich, wurden die wenigen übrig gebliebenen schwarzen Halme zu Asche und flogen mit dem Wind davon. Unwillkürlich entzog mein Körper dem Boden unter mir die Energie, die er brauchte, um am Leben zu bleiben. Es war das Einzige, was ihn am Leben erhielt.

Plötzlich gaben meine Ellbogen nach, und mein Kopf schlug hart auf den Boden, sodass Sterne vor meinen Augen tanzten. Ich blinzelte und starrte hinauf in den Himmel. Ich fühlte mich seltsam beschwingt. Die Last auf meinen Schultern war verschwunden, und ich fühlte mich frei. Frei, mich in das Gefühl von Fallons haltenden Armen fallen zu lassen, die prickelnde Wärme zwischen unserer Haut zu genießen …

»Fallon, es wird nicht funktionieren«, sagte ich rau. »Du hast gehört, was Edmund gesagt hat, nichts kann mich jetzt noch retten.«

»Du bist dem Tod nicht so nah, wie es Valerie war. Und du bist auch nicht verflucht.«

Er hielt mich fest und übertrug seine eigene Magie auf mich, ließ sie durch meine Haut sickern. Seine Gliedmaßen zitterten leicht, er gab zu viel, und ich wollte ihn nicht mit in die Dunkelheit ziehen.

»Ich will sterben, Fallon, ich will keine Heldin sein«, flüsterte ich, und sogar das fühlte sich an, als würden Nadeln in meinen Hals gestochen. Und darin lag die Krux dessen, was ich getan hatte. Es wirkte wahrscheinlich ungeheuer selbstlos, dass ich mein Leben für Valeries aufs Spiel gesetzt hatte, aber das war es nicht. Es war der egoistischste Akt, den ich je begangen hatte, und ich war manchmal ein wirklich niederträchtiges Kind gewesen. Ich floh vor Schmerz und Schicksal und ließ mein Königreich und mein Volk im Stich. Und doch sah der Junge – fast schon ein Mann – über mir auf mich herab, als wäre ich die sterbende Sonne selbst.

»Ich hasse dich«, krächzte ich. »Weil du nicht die Wahrheit darüber gesagt hast, warum du hier bist. Weil du es mir nicht gesagt hast. Ich hasse dich.«

Noch während ich es sagte, seufzte mein Herz: *Lügnerin.*

»Es tut mir leid«, flüsterte er. »Es tut mir so leid. Bitte hasse mich nicht. Ich wollte dir sagen, dass deine Großmutter eine der Unschuldigen war. Ich wollte dir sagen, dass es Chri'dom getan hat. Ich wollte es wirklich, aber ich wusste, dass es dich umbringen würde. Es bringt dich um!«

Er sah auf, als die Sonne von einer gebeugten Gestalt verdeckt wurde. Mein Gesichtsfeld verschwamm, aber ich erkannte an der Stimme, dass es Edmund war.

»Nein, noch ist es nicht zu spät. Wag es nicht, auf die andere Seite hinüberzugehen, kleine Herzogin, sonst komme ich dir nach, um dich für deine Dummheit zu ohrfeigen!«

Seine Worte waren erbittert, aber die Stimme dahinter brach. Bald spürte ich, wie auch seine Magie in mich strömte. Ich schwebte darauf, warm und angenehm, leichter und glücklicher, als ich es in den letzten Jahren gewesen war. Es gab nichts, worüber ich mir Sorgen machen musste. Ich würde nicht weiter ohne meine Großmutter in der Dunkelheit kämpfen müssen. Kein folgenschweres Schicksal würde auf meinen Schultern lasten. Kein Hof, keine Politik … keine Schuldgefühle, weil ich etwas für Fallon empfand …

Fallon …

Es war dunkel, aber ich konnte mich nicht daran erinnern, die Augen geschlossen zu haben. Noch mehr Hände lagen auf meiner nackten Haut, und mehr Magie floss in meinen Körper, aber sie brachte mich nicht zurück.

»Autumn, bitte mach die Augen auf. Wir werden dich retten. Halt einfach durch.«

Ich wurde sanft gewiegt, und mein Kopf lag nicht mehr auf dem Boden. Es fühlte sich an, als ruhte ich in einem Schoß. Es war wirklich ziemlich bequem.

»Komm schon, Kleines, Selbstmord ist keine Lösung.«

Glauben sie, dass ich ihnen entgleite? Vielleicht tue ich das ja.

»Autumn, ich bin's, Valerie. Es tut mir so leid, was ich getan und gesagt habe. Bitte halte durch!«

Jetzt ist es ein bisschen spät für Entschuldigungen.

Mir fiel auf, wie ungewöhnlich still es war. Abgesehen von den Stimmen an meinem Ohr konnte ich nichts hören, weder den Wind in den Bäumen noch das Rufen der Menge oder die Sirene des Krankenwagens, der eingetroffen war, als ich Valerie gerettet hatte. Es gab auch nicht viel zu fühlen: Die Hände auf meiner Haut wirkten nicht mehr warm, aber der Boden war weich, als würde ich tatsächlich schweben. Losgelöst und leicht und ausnahmsweise einmal nicht ertrinkend.

Dann fühlte ich doch noch etwas, Atem und Lippen an meinem Ohr.

»Ich liebe dich, Autumn Rose Al-Summers, das habe ich immer getan. Das ist der Grund, warum ich hergekommen bin. Deshalb habe ich alles geheim gehalten. Nicht wegen der Befehle oder wegen des Schicksals. Sondern weil ich dich beschützen wollte. Und so verspreche ich dir, auf dich aufzupassen, im Leben wie im Tod. Wenn du lebst, werde ich nie von deiner Seite weichen. Und wenn du stirbst, werden wir dem, was hinter dem Schicksal liegt, gemeinsam gegenübertreten. Du wirst nie wieder allein sein.«

Ich wusste nicht, ob ich an die wahre Liebe glaubte, aber in diesem Augenblick glaubte ich an eine Liebe, die den Tod überwindet.

Ich verzeihe dir …

Mein Mund öffnete sich, und ich holte keuchend Luft. Geräusche und Wärme strömten in einer Flutwelle zurück. Es war überwältigend und verwirrend, vor allem weil ich keine Kontrolle über meine starren Glieder hatte. Ich war hilflos wie ein neugeborenes Kind. Ich wusste nur, dass ich nicht sterben konnte, weil Fallon leben musste.

Inmitten der Verwirrung versuchte ich, mich auf die Magie zu konzentrieren, die in mich hineinfloss, und sie dorthin zu schicken, wo sie gebraucht wurde. Es war, als versuchte man, in einem Sturm der Windstärke fünf zu meditieren.

»Macht Platz!«, brüllte Edmund plötzlich, und ich hörte das Trampeln von Hunderten zurückweichenden Füßen und das leiser werdende Raunen der Menge.

»Ihr Puls wird schneller«, bellte jemand. »Sie kommt zu uns zurück.«

»Bei den Mächten der Erde«, hörte ich Fallon flüstern, noch immer ganz nah an meinem Ohr. Seine Stimme klang ehrfürchtig, und mit großer Anstrengung öffnete ich die Augen. Aber er sah nicht mich an. Er starrte durch die Lücke zwischen den Athan um mich herum auf die Bäume.

Oder auf das, was noch von den Bäumen übrig war.

Sie sahen aus, als wären sie verbrannt, die letzten herbstlichen Blätter schwebten als Feuerbälle zu Boden. Das Gras war kein Gras mehr, nur ein Stück ausgedörrter Boden, der sengend heiß zu sein schien. Die Menge war zurückgewichen, weg von der Hitze.

Ich verursachte das. Ich entzog den Pflanzen ihre Energie und erhielt so genug Kraft, um die Augen zu öffnen und zu sprechen. Aber die Natur funktionierte nicht so wie Menschen. Die Natur starb nicht einfach. Die Natur wollte ihre Energie zurückhaben.

»Ich will nicht sterben«, flüsterte ich. Meine Augen schlossen sich wieder, und ich sank zurück gegen den Prinzen. Die Magie, die ich aufgesogen hatte, floss ebenso schnell wieder ab, und ich konnte nichts tun, um die Schleusentore zu schließen. Es war ein An- und Abschwellen jenseits meiner Kontrolle.

Der Magiestrom von den Sage um mich herum wurde schwächer. Mein Herz schlug langsamer, und schwarze Punkte tanzten vor meinen Augen. Aber mein Körper suchte weiter nach Energie. Ein fremder, unbekannter Teil von mir glitt über das Gras dahin, grub sich hungrig durch die trockene Erde zu einer neuen Lebensquelle.

Ich sog die Kraft gierig auf. Es war wunderbar, ich ertrank darin, so viel war davon vorhanden, und meine Sinne empfingen wieder etwas, unscharf, wie bei einem kaputten Radio.

Es war jetzt sehr laut. Husten, Spucken und seltsam ersticktes Keuchen.

»Autumn, hör auf! Du holst dir die Kraft von den Menschen!«

Was?! Mit einer weiteren übermenschlichen Anstrengung schlug ich die Augen auf und sah meine menschlichen Freunde, die sich den Hals hielten und gurgelnde Geräusche ausstießen, einige waren ohnmächtig geworden. *Was kann ich tun? Wie kann ich damit aufhören?* Ich sah mich flehend um, mein Herz schlug nun sehr schnell, und ich war panisch.

»Vertrau uns einfach, Autumn, vertrau uns, wir können dich am Leben halten«, sagte Edmund und tauchte in meinem eingeschränkten Blickfeld auf. Ich spürte auf seiner Seite ein sanftes Streicheln an meinem Arm. »Du brauchst ihre Energie nicht. Lass los und vertrau uns.«

Ich schloss die Augen, diesmal bewusst und nicht aus Notwendigkeit, und ging wieder dazu über, im Sturm zu meditieren. *Vertrauen.* Das war es, womit ich mich schwertat. Ich konnte jemanden wieder zum Leben erwecken, aber ich konnte ihnen nicht vertrauen. Die Atheneas hatten Dinge vor mir geheim gehalten, mich angelogen, hatten die ganze Zeit eine Täuschung aufrechterhalten. Sie hatten gewusst, was ich war, hatten es mir aber nicht gesagt. Nathan war nett zu mir gewesen, war sogar ein Freund gewesen, aber jetzt war er mein verhasster Feind. Selbst Valerie war nicht mehr verlässlich. Ich hatte sie gerettet, und jetzt entschuldigte sie sich für Dinge, die ihr unmöglich leidtun konnten, weil sie nicht verstand, was sie für eine Wirkung auf mich gehabt hatten …

Aber Edmund war fast mit mir verwandt, und er hatte das Geheimnis bewahrt, dass ich den Extermino getötet hatte. Er konnte auch niemandem etwas von meinem Ausbruch auf der Veranda an jenem Tag erzählt haben. Fallon hatte versprochen, auf mich aufzupassen, und er war hier und zehrte von seiner eigenen Lebenskraft, um bei mir zu sein. Sie hatten mich getäuscht, mir Dinge verheimlicht und mich belogen … aber sie hatten es getan, um das schrecklichste aller Geheimnisse vor mir zu verbergen.

Wenn ich ihnen nicht vertrauen kann, wem dann?

Ich ließ los, genauso leicht wie ich mein Leben für Valerie losgelassen hatte. Mein Energielevel sackte ab, und ich war kurz versucht, wieder auszuholen, aber ich tat es nicht. Ich ruhte in ihrer lebensrettenden Wiege und bemerkte allmählich den Schmerz in meinen Schläfen. Tränen fielen auf mein Gesicht, und ich wünschte, ich könnte Fallons Hand drücken. Ich wünschte, ich könnte ihm sagen, dass alles gut werden würde, auch wenn das nicht sicher war.

»Fallon, du musst sie jetzt loslassen«, sagte eine neue Stimme. Ich erkannte sie. Es war Prinz Lorent!

In meinen schwebenden, vertrauensvollen Zustand mischte sich Angst, und der Schmerz in meinem Kopf wurde stärker. *Warum loslassen? Geben sie mich auf?* Aber dann spürte ich neue Hände, und die anderen verschwanden, nur Fallons blieben stets da.

»Fallon, lass los. Wenn du es nicht tust, wird sie dich töten.«

»Komm schon, Fal. Wir haben sie. Fal …«

Das war Alfie, und ich konnte auch Lisbeth hören und andere Stimmen … die Atheneas aus Burrator.

Ich spürte eine neue und sehr starke Welle der Energie, frische Energie, aber ich fühlte mich kein bisschen lebendiger. Mein Kopf tat weh und füllte sich mit Bildern, Bildern von einer anämisch aussehenden Dunkelhaarigen, groß, aber nicht sehr groß, mit einem schmalen Nasenrücken und Augen, die tief in den Höhlen lagen, wo sich Schatten und Müdigkeit sammelten. Sie war eher attraktiv als atemberaubend, hübsch, aber nicht bildschön. Man konnte sie in einer Menschenmenge übersehen. Nur ich zufälligerweise nicht. Es war Violet Lee.

Und ich fühlte mich völlig idiotisch, als mir endlich die Erkenntnis kam. Sie war die zweite Dunkle Heldin.

»Fallon, bring mich nicht dazu, es dir zu befehlen.«

Die Erkenntnis wurde zu Mitgefühl. *Armes Mädchen. Nach allem, was sie durchgemacht hat, kommt jetzt auch noch das auf sie zu?!*

Der Schmerz in meinem Kopf war fast unerträglich. Ich wollte die Fäuste heben und auf meine Schläfen pressen, um den Druck zu lindern, aber ich konnte mich nicht rühren. Das Einzige, was ich tun konnte, war schreien, und es klang wie: »Violet!«

»*Miarba!* Ich glaube, sie hat eine Vision!«

»Bei Ll'iriad, was kann uns das Schicksal denn noch antun?!«

Ich habe eine Vision? Wieder wollte ich schreien, kreischen, damit sie dafür sorgten, dass es aufhörte, aber es funktionierte nicht. Alles, was über meine Lippen kam, war ihr Name, wieder und wieder.

»Sie gibt es alles preis. Tut etwas!«

»Tut was?«

»Beruhigt euch, alle miteinander. Ihr müsst sie festhalten, während ich einen Zauber wirke.« Es war die Stimme von Prinz Lorent, und er klang entschieden.

»Einen Zauber, zu dem man ein Messer braucht?«, hörte ich Fallon knurren. »Onkel, was zum Teufel machst du da?«

»Blutmagie. Es wird sie ins Koma versetzen. Es ist die Hölle auf Erden, aber wir haben keine Wahl. Sie hat eine Vision. Sie wird offenbaren, wer Violet ist. Wir können das nicht zulassen! Wir haben keine Wahl!«

In meinem Kopf schrie und schrie und schrie ich vor Entsetzen. Aus meinem Mund purzelten Geheimnisse. Ich hatte keine Kontrolle über meinen Körper und sollte gleich zum Schweigen gebracht werden. Ich hatte keine Ahnung, ob ich je wieder aufwachen würde.

Ich spürte, wie das Blut auf meine Haut tropfte, und den Schnitt einer Klinge an meinem Handgelenk. Fremdartige Worte wurden gemurmelt, und ich fiel von einer Klippe in die Hölle.

Es war ein kleines Stück Papier, nicht größer als eine Postkarte. Dickes, schweres, teures Papier. Schlicht. Sie wollten ja nicht unbedingt eine Visitenkarte hinterlassen.

»Du musst es schreiben. Sie könnten meine Handschrift erkennen. Ich schicke Blumen zu Beerdigungen und dergleichen.«

Er nahm einen Füllfederhalter und blies auf die Spitze. Es war kalt in Island, selbst mit dem prasselnden Feuer in der Mitte des Raumes, und die Tinte wurde zu Eisbrei.

»Schreib ... schreib ... ›Michael Lee hat die Hunter für den Mord an Carmen bezahlt. Das Lee-Mädchen weiß Bescheid. Pierre wird es bestätigen.‹ Kurz und auf den Punkt ist besser. Unser Freund mit den Fangzähnen ist nicht für seine Geduld bekannt.«

Rasch notierte er die diktierte Nachricht.

»Und Ihr seid sicher, dass dieses Lee-Mädchen die zweite Heldin ist? Wenn sie von den Vampiren getötet wird, könnte dies eine internationale Affäre nach sich ziehen. Wir könnten unsere Verbündeten unter den Slayern und Abtrünnigen verlieren. Sie versuchen schließlich, das Mädchen sicher wieder zu ihrem Vater zu bringen.«

Er sah seinen Mentor an, der aus dem Fenster starrte, den Rücken zu ihm, und konnte in der Stille fast die Räder in seinem unglaublichen Gehirn arbeiten hören. Der Mann war ein wahres Genie, daran bestand kein Zweifel.

»Wie immer, Nathaniel, ist dein Verständnis für die Situation beeindruckend.« Der Sarkasmus troff aus den Worten wie das Wasser, das an den Eiszapfen vor dem Fenster entlanglief. *»Das alles sind nur Kollateralschäden. Diese Allianz wurde geschlossen, bevor ich Visionen davon hatte, dass dieses Lee-Mädchen die zweite Heldin wird. Wie auch immer. Wir haben wertvolle Informationen über die Rolle ihres Vaters bei Carmens Tod erhalten. Es wird einen Krieg geben, wenn sie als Mensch stirbt. Und es wird auch einen Krieg geben, wenn wir die Prophezeiung der Heldinnen stoppen! Es ist ungemein praktisch.«*

Er nahm die Nachricht und brachte sie zum Fenster. Doch er reichte sie dem anderen nicht. *»Ganz sicher?«*

Sein Mentor warf den Kopf zurück und lachte. Dieses Lachen hörte man oft im Speisesaal und bei den Privatpartys seines Lehrmeisters. Er war ein Mann des herzhaften Gelächters, der Witze und Streiche, der angenehmen Gesellschaft, besonders der weiblichen. Es war schwierig für einen jungen Mann, sich davon nicht angezogen zu fühlen.

»Ich bin Chri'dom, der Nachfahr Contanals. Ich bin der größte lebende Seher, und meine Visionen sind nie falsch. Die Herzogin von England hat selbst Visionen von Violet Lee.« Er riss dem anderen das Papier aus der Hand. *»Und vor allem will ich diese kleine Nekromantin von einer Heldin tot sehen, bevor sie herausfindet, was sie für Kräfte hat.«* Er wedelte einmal mit der Hand über das Papier, und es verschwand, um Violet Lees Tod zu besiegeln. Chri'dom nahm mit der freien Hand sein Brandyglas, das ihm Nathan selbst eingeschenkt hatte – es gab keine Diener in Contanalsdóttir. *»Fröhliches Ad Infinitum!«*

Kapitel 29

Fallon

Drei Tage und drei Nächte wachten wir still am Bett der Herzogin. Es waren immer mindestens zwei Leute da, die sich um sie kümmerten, ständig Hautkontakt hielten und ihr Magie einflößten wie bei einer Bluttransfusion. Sie bewegte sich kein einziges Mal, wie aufgebahrt lag sie auf dem Rücken auf drei Lagen weicher Federkissen, das cremefarbene Nachthemd bis zum Hals geschlossen und die Haare auf dem weißen Leinen ausgebreitet. Sie sah aus wie ein Engel. Ein toter Engel.

Aber ihr Herzschlag war stark und regelmäßig. Manchmal beschleunigte er sich ein wenig, und mein Onkel vermutete, dass sie in diesen Momenten ihre Visionen hatte. Von Zeit zu Zeit brach ihr der Schweiß aus. Nach dem ersten Tag kamen Bedienstete herein und wuschen sie, während Lisbeth und meine Tante weiterwachten. Es war das erste Mal, dass ich zögernd mein provisorisches Bett aus Kissen und einer Decke auf dem Boden verließ. Ich hatte Angst, sie allein zu lassen, falls es ihre letzten Minuten waren, Angst zu gehen, falls sie aufwachte und ich nicht da war.

Spät am ersten Abend kam Eaglen. Die gesamte Hausgemeinschaft, darunter sogar viele Bedienstete, versammelte sich in Autumns Schlafzimmer und stand um sie herum wie Trauergäste. Edmund war der Einzige, der sie vielleicht ebenso lange kannte wie der alte Vampir, und als Eaglen den schwach erleuchteten Raum betrat, öffneten sich seine gesprungenen Lippen und ein leises »Oh!« entfuhr ihm. Er streichelte ihre Stirn so liebevoll wie der Ersatzgroßvater, der er offenbar für sie gewesen war.

Diese Szene drückte am besten meine eigenen Gefühle aus: hilflos, voller Mitleid, sprachlos.

Es war Eaglen gewesen, der sie hatte kommen sehen, Eaglen, der uns vorigen Juni gewarnt hatte, dass sie eine Heldin war, und der uns den Sommer über mit wachsender Dringlichkeit dazu gedrängt hatte, seinen Visionen entsprechend zu handeln. Ich denke, jetzt wussten wir warum. Die zweite Heldin war aufgetaucht, aber Eaglen war zu alt und zu weise, dem Schicksal hineinzufunken, das behauptete er zumindest, und hatte uns daher nicht vor Violet Lee gewarnt. Als ich ihn bei Autumn sitzen sah, so liebevoll und ernst, war ich mir sicher, dass er uns nur deshalb von ihr erzählt hatte, weil sie ihm so viel bedeutete.

Wir setzten ihn über das wenige, was er nicht bereits wusste, ins Bild und baten ihn im Gegenzug wiederzukommen, wenn sie aufwachte. Seine Kenntnisse über Violet Lees Zeit bei den Vampiren würden unbezahlbar sein, wenn wir unseren nächsten Schachzug planten.

Ich dachte über all das nach, während ich an ihrem Bett saß und an der Reihe war, ihr meine Magie zuzuführen. Es war der Morgen des dritten Tages ihres Komas, und ich teilte mir die Aufgabe mit Edmund. Er hatte ein dickes Buch zum Lesen mitgebracht, dem Aufkleber auf dem Cover nach aus der engeren Auswahl für den Booker Prize, aber er legte es immer wieder weg.

»Nicht gut?«, fragte ich schließlich, nachdem er es das vierte Mal getan hatte. Ich versuchte, einen freundlichen Plauderton anzuschlagen, aber ein plötzlicher Anflug von Panik ließ es eher wie ein Schluchzen klingen.

Er schüttelte den Kopf und zuckte halbherzig die Achseln. »Es ist großartig. Ich kann mich nur einfach nicht … konzentrieren.« Ihm schienen die Worte zu fehlen.

Ich brummte bestätigend. Mir war eigentlich nicht nach Reden. Es war verrückt, denn er hatte mir von seiner Verbindung zu ihr erzählt, aber ich hatte nicht das Gefühl, dass seine Sorge aufrichtig war. Er war fast so schlimm wie ich. Er verließ fast nie ihr Zimmer – ich hatte ihn spät in der Nacht schlafend auf einem der Sofas gefunden – und sprach nur mit den Bediensteten, um sie um Essen zu bitten, oder mit seiner Schwester Alya, die als Einzige in der Lage zu sein schien, ihn nach draußen zu locken. Am Abend zuvor hatte ich sie zu meiner Tante etwas von »Edmunds Schuldgefühl« sagen hören.

Er soll sich auch schuldig fühlen!, sagte eine gemeine kleine Stimme in meinem Hinterkopf. *Er hat es nicht geschafft, sie zu beschützen! Er hätte uns vor den Extermino schützen müssen! Er sollte entlassen werden!*

Aber ich hörte nicht auf die gemeine Stimme, denn ich wusste, dass da nur meine Eifersucht sprach. Etwas an der Art, wie er nach ihrem Fluch am Strand mit ihr umgegangen war, hatte etwas sehr Tiefes und Bleibendes in mir hinterlassen. Ich konnte noch immer sehen, wie er seinen Arm um sie legte, nur knapp oberhalb ihrer Brust. Wie er ihr ins Ohr flüsterte, als würde er es küssen, und wie sie als Reaktion darauf den Rücken durchgedrückt und ihren Hintern gegen seine Leiste gedrängt hatte … Diese Wildheit, als sie ihre glatte Fassade fallen gelassen, vor Wut geschäumt und ihn angefaucht hatte, ihre Augen rot vor Zorn …

Ich wollte sie so haben.

»Sie wollte sterben«, murmelte Edmund schließlich. »Ich habe zugesehen, wie ein Kind vor meinen Augen versucht hat, sich umzubringen. Das macht etwas mit einem. Es tötet etwas in einem.«

»Es hat mich umgebracht«, sagte ich schlicht. »Ich wäre mit ihr gestorben.«

»Sag das nicht«, knurrte er wütend, wandte den Blick das erste Mal von ihr ab und sah mich an. »Du weißt nicht, was du da sagst.«

»Doch, das tue ich«, gab ich zurück und hielt seinem Blick stand. »Ich weiß, dass ich sie genug liebe, um ein Leben ohne sie nicht lebenswert zu finden.«

Zu meiner Überraschung lachte er. »Ihr müsst noch viel über Frauen lernen, Euer Hoheit. Wenn du erst einmal auf der Couch schlafen musstest, wochenlang keinen Sex hattest und von einer gereizten Angehörigen des schöneren Geschlechts herumkommandiert wurdest, dann wirst du wissen, ob du sie genug liebst oder nicht. Komm wieder, wenn ihr euren ersten Streit hattet. Dann wird sich das schon etwas anders anhören.«

Stirnrunzelnd sah ich ihn an und spürte, wie mir heiß wurde. Ich würde mich nicht von einem Angestellten verspotten lassen, Freund hin oder her. »Ich liebe sie!«

Er lehnte sich auf seinem Stuhl zurück. »Ich weiß, und ich kann mir keinen Mann vorstellen, der ihrer würdiger ist. Geh die Beziehung einfach nicht mit einer rosaroten Brille auf den Augen an. Damit tust du niemandem einen Gefallen.«

Ich schreckte vor dem unerwarteten Lob zurück. »Ja, nun …«

Ich sah sie wieder an. *Ich liebe dich. Mehr, als belanglose Alltagsstreitereien zerstören können.* Ich drückte ihre Hand. *Mehr, als Edmund denkt. Es ist mir egal, dass wir jung sind …*

Sie erwiderte den Druck. Ich sprang fast auf vor Schreck, und Edmunds Kopf schnellte hoch.

»Sie hat meine Hand gedrückt!« Ich umschloss ihre Hand noch etwas fester. Und tatsächlich, auch der Druck auf meine Finger wurde stärker.

Edmund musste dasselbe getan haben, denn er stand auf, trat seinen Stuhl nach hinten und schob behutsam ihre Augenlider hoch. »Ja … ja, ich glaube, sie wacht auf«, stellte er entschieden flüsternd fest. In diesem Augenblick kamen zwei der Mediziner herein, die im Haus waren, um sich um sie zu kümmern, und entfachten einen Riesenwirbel, um alle möglichen Tests durchzuführen.

»Lasst sie los«, blaffte einer der beiden plötzlich und meinte mich und Edmund. Meine Augen weiteten sich vor Schreck. Edmund riss ebenfalls die Augen auf, und gemeinsam lösten wir ihre Finger von unseren, ohne den Arzt aus den Augen zu lassen.

Meine Hand schwebte einen Zentimeter über ihrer Haut, nur für alle Fälle, während ihr der Arzt ein Stethoskop auf die Brust drückte – sie benutzten keine elektronischen Apparate, weil sie die Magie, die wir in sie hineinpumpten, jedes Mal verrücktspielen ließen. Wir warteten eine halbe Ewigkeit.

»Ihr Puls ist unverändert kräftig. Sie hat für eine Weile genug Spenden bekommen, denke ich. Aber der Fluch hebt sich gerade erst. Jetzt warten wir darauf, dass sie wieder zu Bewusstsein kommt.«

Ich rief im Geist nach meiner Familie, wurde aber abgeblockt. Edmund löste das Problem, indem er zur Tür stürzte und in den Gang hinausbrüllte.

»Bei den Mächten der Erde, nicht so laut! Ich habe Kopfschmerzen.«

Die Stimme hinter mir klang krächzend und gepresst, aber

ich hätte sie überall erkannt. Ich stürzte zu ihr und vergrub das Gesicht in ihren goldenen Locken, die schlaff und schmutzig waren, aber immer noch glänzten. Langsam umschlossen mich ihre Arme.

»Es tut mir leid«, sagte dieselbe schwache Stimme. Ich schüttelte nur den Kopf, bevor ich am Hemd zurückgezogen wurde.

»Lass sie trinken, Fallon«, sagte Edmund, und sie bekam ein Glas Wasser, das sie in einem Zug leerte.

»Wieso lebe ich noch?«, fragte sie, nahm ein weiteres Glas Wasser und leerte es ebenfalls.

»Wir haben Euch ununterbrochen Magie eingeflößt, wie bei einer Bluttransfusion«, erklärte der Arzt stolz. »Nie in meiner ganzen Karriere habe ich einen Zustand wie den Euren erlebt. Wir mussten viel improvisieren.«

In ihren Augen lag ein entschiedener Ausdruck, den ich noch nie gesehen hatte. Sie hob den Blick und richtete sich in den Kissen auf, bis sie saß.

»Gut gemacht«, sagte sie, als nach und nach die ganze Familie den Raum betrat. Es klang, als würde sie ein Kind loben. »Wir haben keine Zeit für Höflichkeiten«, fuhr sie in einem Ton fort, der verdammt nach Befehl klang, als sich einige der Bediensteten verneigen wollten. »Ich war in der Hölle und bin zurück, und die Hölle ist die Zukunft. Es sieht nicht gut aus.«

Mein Onkel ließ sich seine Erleichterung nicht anmerken. »Lasst Eaglen holen. Während wir warten, kannst du essen. Dann wirst du es uns erzählen.«

»Er hat die Mitteilung verschickt. Es war der Tag nach *Ad Infinitum*. Eine Uhr mit Datum stand auf dem Kaminsims. Ich hatte diesen Traum ein paarmal, bevor ein neuer kam. Darin hat sie einen Brief gelesen, in dem es darum ging, dass sie als Heldin gebunden ist, und dann veränderte sich wieder alles, und sie hatte ein Messer an der Kehle, und der König der Vampire drohte, sie zu töten. Aber jedes Mal, wenn sich Prinz Kaspar Varn abwendete, um sie sterben zu lassen, endete der Traum. Ich hatte diese drei Visionen immer wieder, ohne zu wissen, ob sie stirbt oder nicht. Es war die Hölle.«

»Und Chri'dom hat sie eine Nekromantin genannt? Bist du dir da ganz sicher?«

»Völlig.« So wirkte sie auch.

»Eaglen?«, fragte mein Onkel schließlich nach seinem langen Verhör.

Der alte Vampir stand von seinem Stuhl auf und hinkte zum Bett. Im Vergleich zum letzten Mal, als ich ihn gesehen hatte, war er definitiv gealtert. Aber auch wenn sein Körper vergreiste, sein Geist tat es nicht. Er setzte sich aufs Bett und federte ein paarmal auf und ab. Seine kurzen Beine hoben dabei jedes Mal vom Boden ab.

»Oh, es quietscht«, bemerkte er und grinste wie ein alter Mann, der einen schmutzigen Witz macht. Dann räusperte er sich. »Ich denke, Chri'dom könnte durchaus recht haben. Als ich ihren Geist durchsucht habe, konnte ich schon sehen, dass sie nekromantische Träume von der Gegenwart hat. Es würde mich nicht überraschen, wenn sie bald vergangene Ereignisse und vielleicht auch Tote sehen kann.«

»Ich habe einige dieser Träume in meinen eigenen Visionen von ihr gesehen«, sagte Autumn.

»Aber was soll diese Sache mit dem Gebundensein?«, fragte ich und fühlte mich, als wäre ich der Einzige im Raum, den diese Aussage verwirrte.

»Du hast doch sicher von Contanals letzter Prophezeiung gehört? Von der Bindung der zweiten Heldin an einen anderen? Er hat behauptet, dass dies nicht nur die zweite Heldin betrifft, aber wer weiß …« Eaglen verstummte.

Als seine Augen zwischen Autumn und mir hin und her wanderten, stieg ihr die Röte ins Gesicht.

»Es scheint, als wären Violet Lee und Kaspar Varn aneinandergefesselt. Sie teilen auch eine telepathische Verbindung in Form einer inneren Stimme mit der Persönlichkeit des jeweils anderen …«

Ich klinkte mich aus und beobachtete Autumns aufmerksamen, entschlossenen Gesichtsausdruck. Sie nahm jede noch so kleine Information auf und speicherte sie ab, und mit jedem Bruchstück wurde ihr Geist – geschützt, aber voller Emotionen – immer selbstsicherer. *Sie ist für das hier geboren. Sie wurde für das hier erzogen.* Ich hoffte, dass der Druck und die Macht ihrer neuen Rolle irgendwie das riesige Loch in ihrem Herzen füllen konnten. Denn ganz offensichtlich konnte ich allein es nicht.

»Also, um es zusammenzufassen, es sieht so aus, als hätten wir eine gebundene junge Nekromantin am Hals, die Chri'dom anscheinend umbringen will, indem er eine Botschaft an meinen König schickt und ihm mitteilt, dass ihr Vater den Tod unserer lieben Carmen eingefädelt hat«, erklärte Eaglen.

Ich konnte sehen, was Autumn mit »es sieht nicht gut aus« meinte. Ich drückte fest ihre Hand, und sie erwiderte den Druck.

»Bei allem Respekt, Eaglen, aber wir müssen ihr sagen, dass sie eine Heldin ist, und sie aus der zweiten Dimension herausholen, und zwar schnell, bevor etwas passiert«, forderte Autumn mit derselben Autorität wie zuvor. Sie sprach etwas tiefer und langsamer als sonst und klang dadurch noch britischer.

Eaglen wirkte kaum merklich brüskiert. Obwohl er keinen offiziellen Rang hatte – Titel waren erst eingeführt worden, als er im mittleren Alter war –, verlangten sein Alter und seine Macht doch einigen Respekt. Er mochte keine Befehle, so viel konnte man aus seinem leicht geöffneten Mund schließen.

»Aber, Mylady Heroine, wir können es uns nicht leisten, zu sehr in das Schicksal einzugreifen. Ich fürchte, das haben wir bereits getan, und wir wollen nicht riskieren, die Prophezeiung dadurch zu zerstören, dass wir zu sehr vom Weg abweichen.«

»Aber sie könnte sterben!«

»Es ist besser für sie, wenn sie auf die Weise herausfindet, dass sie gebunden ist, wie du es gesehen hast. Wenn wir zu überstürzt handeln, könnten wir außerdem einen Keil zwischen Violet Lee und Kaspar Varn treiben, denn wie ich vorhin erklärt habe, sind sie zurzeit getrennt. Wir brauchen sie zusammen, so wie es Contanal prophezeit hat!«

»Also ... was tun wir?«, fragte mein Onkel schließlich nach einer Pause.

Es blieb still im Raum, und ich spürte, wie die Meinungen auseinandergingen, während die Blicke nach rechts und links sprangen. Ich war derselben Ansicht wie Autumn: Wir konnten es uns nicht leisten, Violet zu gefährden. Aber ich wusste, dass die älteren Anwesenden auf Eaglens Seite sein würden. Sie waren in ihren Gewohnheiten festgefahren und hatten Angst vor dem Schicksal.

Eaglen ergriff das Wort. »Wir warten. Aber nicht lange. Am Wochenende nach den Ad-Infinitum-Feierlichkeiten werden die Kinder der Varns auf die Jagd gehen. Dieses Jahr wollen sie Violet mitnehmen. Ich werde euch Zugang bei den Wachen verschaffen, wir werden sagen, dass ihr mich besucht. Angesichts unserer Verbindung ist das völlig legitim. Bleibt in ihrer und in seiner Nähe. Stellt sicher, dass sie eine Bindung eingehen, und stupst sie ein wenig, wenn sie es nicht tun. Überprüft, ob sie die Prophezeiung kennt und versteht, und wenn nicht, dann sprecht davon. Wenn sie allein ist, sagt ihr, was sie ist. Aber Kaspar darf es nicht wissen …«

»Warum nicht?«, fragte Autumn. Sie sah mich an, und überrascht sah ich einen schwachen schwarzen Ring um ihre Iris.

Eaglen stand auf und ging um das Bett herum, sodass die Pfosten des Himmelbetts und eine Truhe zwischen ihm und Autumn lagen. »Weil Violet den Brief meiner verstorbenen Königin finden und fast sterben muss. Und weil sich Kaspar von ihr abwenden muss, weil ein Mann manchmal erst merkt, was er hat, wenn er alles zu verlieren droht. Verstehst du? Ihr verlasst die Dimension, euer König wird seine Männer so spät schicken, wie wir es nur wagen, und voilà! Wir haben so wenig wie möglich in das Schicksal eingegriffen. So habe ich es gesehen.«

»Du hast das alles gesehen?«, schrie meine Tante fast. »Dann wusstest du ja schon vorher über Autumns Visionen Bescheid! Warum hast du das nicht gesagt? Bei den Mächten der Erde, Seher!«

Eaglen zuckte mit den Schultern. »Ähm, dramatischer Effekt, denke ich. Ich werde meine Macht genießen, bis mich dieser kleine Grünschnabel hier überflügelt.« Er machte eine Geste in Autumns Richtung und lachte amüsiert. »Nun, auch die besten Pläne können nicht mit leerem Magen ausgeführt werden, also entschuldigt mich, wenn ich jetzt auf einen Schluck AB negativ in meine Heimatdimension zurückkehre.«

Er wollte den Raum voller sprachloser Sage verlassen, aber Autumn rief ihm hinterher.

»Du kannst mich nicht herumkommandieren, jetzt nicht mehr.«

Ohne sich zu uns umzudrehen, blieb er stehen. »Nein, aber das Schicksal kann es.« Und damit hinkte er davon.

Es vergingen noch mehrere Stunden, bevor meine Familie und die Ärzte bereit waren, mich und Autumn allein zu lassen. Ein Hausmädchen blieb da und richtete und ordnete die vielen Blumen und Geschenke, die von Autumns Zuhause nach Burrator gebracht worden waren. Wir hatten vorgehabt, auch ihre Eltern herzubringen, aber sie hatten abgelehnt. Noch nicht einmal die Tatsache, dass ihre Tochter im Koma lag, konnte sie dazu bringen, den Atheneas gegenüberzutreten.

»Die Blumen sehen schön aus in diesem Zimmer, mit dem ganzen Licht«, bemerkte Autumn und strich mit den Händen über die Laken, um sie zu glätten. »Sieh zu, dass sie genug Wasser bekommen«, rief sie dem Hausmädchen zu. »Ich würde sie gern nach Athenea mitnehmen.«

Ich wagte nicht, ihr zu sagen, dass ihr Zimmer das einzige war, was jetzt noch schön aussah. Der Rest des Hauses war voll mit Kisten und Abdecktüchern, und die Möbel wurden mit Zaubersprüchen eingelagert.

Als das Hausmädchen einen Knicks machte und sich zurückzog, rückte ich meinen Stuhl näher ans Bett. »Es scheint dir gut zu gehen«, begann ich zaghaft.

Sie sah mich nicht an. »Natürlich tut es das. Warum sollte es mir nicht gutgehen?«

»Du bist eine Heldin und du hast vor drei Tagen versucht, dich umzubringen«, sagte ich langsam und fragte mich eine kurze Schrecksekunde lang, ob sie sich überhaupt daran erinnerte.

»Ein Fehler«, gab sie zurück.

»Ein F-fehler?«, brachte ich erstickt heraus, schwang mich aufs Bett und setzte mich rittlings auf ihre ausgestreckten Beine unter der Decke. »Leute für Dinge anzuklagen, die außerhalb ihrer Kontrolle liegen, ist ein Fehler. Jemanden zu verfluchen ist ein Fehler. Absichtlich alle Magie in jemanden zu leiten, nachdem einem gesagt worden ist, dass das Selbstmord ist? Das ist kein Fehler. Da kannst du nicht einfach sagen, dass es dir leidtut.«

Sie verschränkte die Arme. »Tja, es tut mir aber leid.«

Ich vergrub das Gesicht in den Händen. »Du bist so unglaublich stur!«

»Und du bist rechthaberisch. Was ist schlimmer?«

»Egal. Sobald wir zu Hause sind, gehst du in Therapie.«

»Ha!« Sie zog mir die Hände vom Gesicht weg. »Siehst du? Rechthaberisch! Immer musst du mich ausschimpfen, immer dies oder das vorschlagen. Vielleicht will ich das ja gar nicht.«

Ich stützte die Arme neben ihrem Kopf auf das Kopfkissen. »Aber du willst mich. Deine Augen verraten dich.«

»Ich will keinen Kontrollfreak.«

»Du bist jetzt eine Heldin, und bald werden es alle wissen«, sagte ich. »Alles wird sich verändern, ich bin ja nicht blöd«, räumte ich dann traurig ein. »Ich mache mir Sorgen um dich. Wie du mit der Veränderung zurechtkommen wirst. Und ich komme damit klar, indem ich sehr detaillierte Vorgaben mache. Ein Minikönig, wenn du so willst.« Ich lachte hohl, und auch sie lächelte. Es war kein Geheimnis, dass der Apfel nicht weit vom Stamm gefallen war, als ich auf die Welt kam.

Sie legte mir die Hände auf die Wangen. Ihr Daumen zeichnete meine Narben nach. Sie musterte mein Gesicht und suchte nach etwas, was ich nicht ergründen konnte. »Wir sind jetzt in den Händen des Schicksals.« Sie beugte sich vor und drückte sacht die Lippen auf meinen Mund. Sie waren rissig und schmeckten nach dem Butternusskürbis, den sie vorhin verschlungen hatte.

Es war ein kurzer, unschuldiger Kuss, aber das Verlangen durchfuhr mich dennoch. Ein bisschen zu heftig, ein bisschen zu lustvoll. Es war verstörend, zu erkennen, dass ich sie anketten würde, sie kontrollieren, sie als Schmuckstück in einer Vitrine aufbewahren würde, nur um sie zu besitzen. *Ich sollte das nicht empfinden! Ich sollte sie nicht so sehen!*

Ihr Mund öffnete sich leicht, und ihre Zunge strich über meine Lippen, aber ich zog mich abrupt zurück, lachte und war beinahe froh, dass etwas so Banales den Bann gebrochen hatte. »Ich sage es dir nur ungern, aber du hast dir seit drei Tagen nicht die Zähne geputzt und riechst wie ein abtrünniger Elf auf Vampirdiät.«

Mit einem übellaunigen Murren presste sie die Hände auf den Mund, dann zog sie ein Knie hoch und schleuderte mich mit einer magischen Explosion vom Bett. »Dann schmeckt der Boden ja sicher besser«, sagte sie und grinste auf mich herab. »In der Zwischenzeit werde ich baden.«

Sie wedelte flüchtig mit der Hand in Richtung Badezimmer, und ich hörte dort Wasser laufen. Dann schob sie die schwere Decke von ihren Beinen und rollte sich auf den Bauch. Sie stützte das Kinn auf die Hände und lugte über die Bettkante.

»Wie ist es auf dem Boden, mein treu ergebener Untertan?«

Ich setzte mich auf. »Viel besser, jetzt, da ich Euch ansehen kann, Mylady Heroine.« Sie runzelte die Stirn. »Soll ich mich verbeugen, Mylady? Vor Euch auf die Knie fallen? Euch die Füße massieren?«

»Hör auf damit«, sagte sie knapp, aber ihr Mundwinkel

zuckte. »Es steht dir nicht. Du bist hier der geborene Herrscher.«

Ich zögerte kurz. *Hoppla … gefährlich.* Niemand spielte auf die Abneigung meines älteren Bruders gegenüber seiner Stellung als Thronfolger an, es war wie eine unausgesprochene Regel. Dann fiel mir wieder ein, wer sie war.

»Ganz recht«, stimmte ich ihr zu, kniete mich vor sie, ganz dicht, und sah ihr in die Augen. Sie wich ein wenig zurück. »Na, wolltest du nicht baden?«

Sie nickte und stand auf. Ich beobachtete jede ihrer Bewegungen genau. Sie stützte die Hand in den Rücken, aber davon abgesehen wirkte sie kräftig und schwankte nicht, also ging ich an ihr vorbei und ins Badezimmer. Es war warm darin, und an den Spiegeln lief bereits Kondenswasser herab. Die Badewanne war etwa halb voll Wasser und Seifenschaum.

»Tut dir etwas weh?«, rief ich über die Schulter.

»Mein Rücken ein bisschen, ist etwas steif«, antwortete sie mit gequälter Stimme, die mehr als Steifheit verriet. *Warum muss sie alles verstecken?*, dachte ich, während sie die nagelneue Zahnbürste benutzte.

Ich nahm ein paar von den Aromatherapieölen vom Regal. Statt normaler Wasserhähne ragte eine große Holzkonsole über den Wannenrand, aus dem sich, je nachdem an welchem Rädchen man drehte, heißes oder kaltes Wasser ergoss. Das Plätschern wie von Regen verursachte mir Gänsehaut.

Ich öffnete die Aromafläschchen und goss das Öl in den Wasserschwall. Als ich mit der Mischung zufrieden war, wirkte ich einen kleinen Heilzauber, bis das Badewasser anfing zu gurgeln und zu wirbeln.

Sie wartete hinter mir, den Arm fest um sich geschlungen. Ich trat zu ihr, löste ihre Umklammerung, nahm sie in die Arme und zog sie an mich. Selbst als ich nur vorsichtig ihre

Wirbelsäule entlangfuhr, konnte ich die Verspannungen rechts und links davon spüren. Ich sah sie an.

»Tu mir das nie wieder an, verstanden?« Ich schüttelte sie leicht, und sie ließ sich durchrütteln wie eine Stoffpuppe, die großen Augen in stillem Schuldbewusstsein gesenkt. »Ich schwöre, ich lasse dich einsperren, wenn ich auch nur den leisesten Verdacht habe, dass du es wieder tun könntest. Ich *brauche* dich. Es ist meine Pflicht, auf dich aufzupassen.« Noch immer schüttelte ich sie.

Ihre Augen wurden schmal, all der Schalk von vorher war daraus verschwunden. »Du kannst mich nicht herumkommandieren. Jetzt nicht mehr.«

»Dann pass mal gut auf«, sagte ich und legte ihr die Hände auf die Wangen, um sie zu küssen. Sie stieß mich fort, sodass ich ein paar Schritte zurückstolperte, und umfasste den Saum ihres cremefarbenen Nachthemds, das ihr bis zu den Knien ging. Dann hob sie ihn hoch. Ich fror mitten in der Bewegung ein. Mein Blick klebte an dem bestickten Saum, der sich immer weiter hinaufbewegte, die spiralförmigen Narben auf ihrem rechten Oberschenkel entblößte, dann einen weißen Slip, und dann plötzlich über ihren Kopf gezogen wurde.

Ihr Gesichtsausdruck, der so eindeutig gesagt hatte: »Jetzt pass *du* mal auf«, wurde zu einem unsicheren Suchen nach Zustimmung. Sie stand nur in Unterwäsche da und trug eine Art traditionelles Sage-Top. Die Körbchen, die ihre Brüste umschlossen, waren aus Spitze. Das Oberteil wurde von geschnürten Bändern gehalten, die sich locker um ihre Taille wanden und am oberen Rand ihres Slips endeten. Es überließ nichts der Phantasie.

»O Scheiße«, stöhnte ich. *Wo waren in den zwei Jahren diese Kurven hergekommen?* Sie war perfekt. Absolut, vollkommen perfekt.

Sie verschränkte die Arme vor der Brust und wurde knallrot. Bei meinem Fluch teilten sich ihre Lippen. »Ich sollte …« Sie drehte sich und deutete mit der Schulter in Richtung Badewanne. »Ich kann dich jetzt herumkommandieren – raus!«, sagte sie und zuckte mit der anderen Schulter in Richtung Tür.

Ich brauchte ein paar Sekunden, um meinen Blick von ihren Brüsten loszureißen. »Dann sind wir also nicht gleich?«, fragte ich mit gespieltem Schreck und meinte es als Scherz. Sie spitzte die Lippen, und ich zog mich langsam zurück, ging durch die Tür und fiel auf das Sofa im Empfangszimmer.

»Nein«, hörte ich sie murmeln. »Definitiv nicht.«

Kapitel 30

Autumn

Wir statteten Varnley, dem Königshof des Vampirreichs, einen Besuch ab. Ich wurde Zeugin der Liebe zwischen Kaspar und Violet und litt mit ihnen, weil sie einander nicht berühren durften. Und hoch oben auf Varns Point, einer der Hügelkuppen in den umliegenden Wäldern Varnleys, erzählte ich Violet Lee von ihrem Schicksal.

Diese Erinnerungen waren die einzigen, die das plötzlich aufsteigende Grauen nicht auslöschen konnte, als ich nun die heiligen Hallen Atheneas betrat. Sie und der Ausdruck auf Violet Lees Gesicht, als ich mich aus unserer Abschiedsumarmung gelöst hatte.

Vollkommene Schutzlosigkeit.

Bei einem Mädchen, das in Kürze seinem drohenden Tod ins Auge blicken musste, wollte man eine solche Schwäche nicht sehen. Bei einem Mädchen, das dazu bestimmt war, unserem Volk den Frieden zu bringen, wollte man eine solche Schwäche nicht sehen. Und auch nicht bei einem Mädchen, dessen große Liebe sich abwenden und zulassen würde, dass man sie zu ihrer Hinrichtung schleifte.

Ich wünschte mir, sie wäre stärker und besser auf die kommenden Ereignisse vorbereitet, aber gleichzeitig wusste ich, dass auch ich eine solche Stärke nicht besaß.

Athenea … Athenea ist das schönste Land der Erde. Ein Ort für die Welt, für die Bewohner der Welt. Es ist ein Hafen, ein Name, eine Familie, ein Wertesystem, das in meinem und in deinem Blut fließt, mein Kind. Smaragdgrüne Hügel und schneebedeckte Berge, Salzwasser und Süßwasser, Wälder und Täler, Paläste, Herrenhäuser, Schulen und Industrie. Es ist kaum mehr als ein Punkt auf der Karte, aber wenn du die Maerdohealle, *den großen Thronsaal, betrittst, dann sind alle Wesen deine Freunde und gleichzeitig deine Feinde. Und doch ist Athenea … Athenea ist der reine Frieden.*

Wir verließen die zweite Dimension in einem Wirbel aus Umhängen, umgeben vom Brüllen der Vampire, die zu spät erkannt hatten, dass sie getäuscht worden waren. Noch nie hatte ich die Grenze ohne Eskorte übertreten – ohne jemanden, der mich im wahrsten Sinne des Wortes hinübertrug –, doch nur Augenblicke später landete ich wohlbehalten in der ersten Dimension, direkt neben Fallon.

Er musterte mich rasch und begann dann die Straße entlangzujoggen, auf der wir aufgetaucht waren. Ich wusste, dass es nicht mehr weit war bis zu unserem Ziel, denn vor uns erhob sich bereits die fünfzehn Meter hohe, blassgelbe Mauer, die Oberfläche vollkommen glatt und undurchdringlich. Es war der innere Schutzwall Atheneas – die letzte Verteidigungslinie vor dem heiligen Herzen des Reiches. Dort erhoben sich der Königspalast und die führende Universität unseres Volkes, dort lebten die hochrangigsten Adligen.

Die Straße war imposant und geradlinig, und weit und breit gab es kein Verkehrsschild – das war auch nicht nötig, denn ab dem äußeren Schutzwall waren keine Autos mehr erlaubt. An ihrem Ende thronte ein riesiges schmiedeeisernes Tor, ebenso erhaben wie einschüchternd. Das verschlungene Metall bildete das Wappen Atheneas, aber auch Bäume, Blumen und Ahornblätter. Zwischen den Stäben drang ein bläuliches Leuchten heraus: der innere Kuppelschild.

Und auf diese beeindruckende Kulisse rannten wir jetzt zu. Knapp davor bog Fallon jedoch nach links ab und betrat ein lang gestrecktes, niedriges Gebäude. Ich schluckte schwer.

Wird schon schiefgehen.

Von innen wirkte der Bau viel größer als von außen, er war in mehrere Sektionen und mit Glaswänden abgetrennte Büros unterteilt. Direkt hinter dem Eingang standen einige Schalter und Sicherheitsscanner, sowohl für eventuelles Gepäck als auch für die Besucher selbst. Auf einem Schild über den Schaltern stand groß und deutlich auf Sagean, Englisch, Französisch, Rumänisch und noch in einigen anderen Sprachen der dunklen Wesen: KONTROLLPUNKT A – ZUTRITT NUR NACH SICHERHEITSÜBERPRÜFUNG.

Das nervöse Flattern in meinem Bauch wurde noch schlimmer. *Ich habe weder meinen Ausweis noch irgendwelche anderen Papiere dabei!* Niemand hatte mir gesagt, dass ich sie brauchen würde. *Ich dachte, in diesem ganzen Chaos würden sie uns einfach reinlassen!*

Genau in diesem Moment trat Edmund aus einem der Korridore. Der Schalterbeamte sah auf, machte große Augen und versuchte, gleichzeitig aufzustehen und sich zu verbeugen. Sein Bürostuhl rollte davon und rumste gegen die Glaswand hinter ihm.

Edmund eilte wortlos auf uns zu, schlug die Kapuzen unserer Umhänge zurück und zog uns beide gleichzeitig in eine Knochenbrecherumarmung. Noch immer stumm ließ er uns dann wieder los, half uns aus den Umhängen und reichte uns unsere Ausweise.

In dem Augenblick, als ich den Umhang abnahm, legte sich Totenstille über den Raum voller Grenzer, Athan, Mauerwächter und Militärs. Eine endlose Sekunde lang dachte ich schon, es läge an meinem Outfit: dicke, aber zerrissene Strumpfhosen, Shorts und ein Tanktop. Es waren die einzigen meiner verbliebenen Kleider gewesen, die ich in Varnley guten Gewissens hatte ruinieren können. Nachdem sie mich alle ausreichend angestarrt hatten, warfen sie sich gegenseitig vielsagende Blicke zu und sanken dann in zögerliche Knickse und Verbeugungen. Da begriff ich endlich.

»Oh, ich … oh«, stammelte ich. *Das ist jetzt krass. Richtig krass.*

Edmund kam an meine Seite. »Keine Zeit. Wir müssen die beiden so schnell wie möglich durch die Sicherheitskontrolle kriegen, der König möchte sie sehen, und zwar pronto.«

Der König? Jetzt? Das gab mir den Rest.

Mir blieb jedoch keine Zeit, drüber nachzugrübeln, da nun sowohl mein britischer als auch mein Sage-Ausweis geprüft und anschließend meine Fingerabdrücke genommen wurden. Dann musste ich meine Taschen leeren und etliche Formulare ausfüllen. Eine der Fragen darauf lautete: »Wie lange planen Sie, in Athenea zu bleiben?« Ich antwortete mit n. a.

Edmund und Fallon wurden nach einem kurzen Blick auf ihre Ausweise und einem Netzhautscan rasch durchgewunken, ein Privileg, das auch mir so schnell wie möglich zugesichert wurde. Endlich durfte ich ebenfalls über die Grenze und stellte mich zu ihnen. Ich erhielt meine Ausweise zurück, zusammen mit einem Visum. Ich las den ersten Paragrafen.

»Dieses Dokument bescheinigt der Eigentümerin, der Lady Heroine Autumn Rose, Herzogin von England, eine befristete Genehmigung zum Aufenthalt, eine Unbedenklichkeitseinstufung höchsten Grades, Straffreiheit und ungehinderte Bewegungsfreiheit im gesamten Königreich Athenea, solange es Seine Majestät König Ll'iriad gestattet.«

In einer Art ehrwürdigem Staunen starrte ich auf das Papier in meinen Händen. *Athenea. Ich bin wirklich wieder in Athenea.*

»Willkommen zu Hause, Mylady«, sagte einer der Grenzwächter lächelnd. Edmund neben mir nickte in stummem Einverständnis.

Fallon, der schlammverschmiert war, mit Kiefernnadeln verklebte Stiefel trug und nach einer Mischung aus beidem roch, streckte mir seine Hand entgegen.

»Jetzt müssen wir nur noch meinen Vater begrüßen.«

Wir erhoben uns in die Luft und überflogen Atheneas Randbezirke. Edmund führte uns rasch fort von der Straße über die Wälder – eine nicht ganz so pittoreske Route zum Palast. Als dieser plötzlich vor uns auftauchte, war ich ein wenig enttäuscht, weil wir uns von der Seite näherten; der Anblick wurde der Schönheit und Pracht des Gebäudes nicht gerecht, das der gesamten Königsfamilie und Tausenden ihrer Untertanen ein Heim war. Stattdessen sah ich zu meiner Linken die Klippe, aus deren Gestein der Palast geboren worden war, und, etwa auf Höhe des dritten Stockwerks, den Balkon der *Maerdohealle*.

Nachdem wir auf der riesigen Rasenfläche gelandet waren, die den Wald von den goldenen Felsen trennte, rannten wir mit kaum verminderter Geschwindigkeit weiter. Ich traute mich zwar nicht, mich zurückfallen zu lassen, fragte mich aber, ob Fallons Beine wohl ebenso schmerzten wie meine und ob mich Edmund vielleicht tragen würde, wenn ich jetzt so tat, als würde ich stolpern und hinfallen. Ich beschloss, es nicht darauf ankommen zu lassen.

Wir erreichten eine kleine Tür nah den Klippen und schlüpften ungehindert hindurch. Der Korridor dahinter wirkte schmucklos und zweckmäßig. Stapel von Obst- und Gemüsekisten reihten sich an einer Seite.

»Dienstboteneingang«, erklärte Edmund und beantwortete so meine unausgesprochene Frage. »Vor dem Haupteingang lauern Journalisten und eine klatschwütige Menge.«

Der Gang wand sich abwechselnd nach links und rechts, immer wieder bogen wir abrupt ab und erklommen steile Treppen. Das vage Bild eines Labyrinths trat mir vor Augen. Die Wände des schmalen Korridors schienen mich einzuengen, ich spürte einen Druck auf der Brust, und mein Atem ging immer flacher, bis ich am Kopf einer weiteren Treppe schließlich zusammengekrümmt nach Luft rang.

»Wohin … gehen wir eigentlich?«, brachte ich heraus.

»Zur *Maerdohealle*. Der König wünscht, euch sofort zu sehen.«

»In diesem Aufzug?«, keuchte ich, bevor mich ein heftiger Hustenanfall überwältigte. »Wir stinken!«, wollte ich protestieren, aber es klang eher nach »W'inken!«.

Edmund verstand es trotzdem. »Zum Umziehen bleibt keine Zeit. Komm schon!«

Aber bevor er mich hinter sich herziehen konnte, packte ich das Treppengeländer und hielt mich daran fest. »Nein. Ich kann nicht. Ich kann einfach nicht. Ich bin noch nicht bereit. Ich kann dem König nicht gegenübertreten. Ich weiß doch gar nicht, was ich sagen soll …«

Mein Atem machte sich selbstständig. Hektisch schnappte ich nach Luft, immer schneller, aber sie schien nicht bis zu meinem rasenden Herzen und meinem panischen Hirn vorzudringen. Meine Glieder waren bleischwer, und ich musste mich nicht einmal aktiv gegen Edmund wehren, der an meiner Hand zog, ich konnte mich ohnehin nicht rühren.

»Gib uns nur einen Moment, Edmund, bitte«, sagte jemand knapp und drückte mich auf die oberste Treppenstufe hinunter. Mein Sichtfeld verengte sich allmählich, aber ich konnte Fallon noch erkennen, der vor mir kniete.

»Nein. Keine Panikattacke heute. Dafür hast du dich dieses Wochenende einfach zu gut geschlagen.«

Ich rang die verschwitzten Hände und stöhnte zwischen den Luftschnappern, weil meine Brust schmerzte. »Der König! Ich kann nicht, ich will nicht, ihr könnt mich nicht zwingen, ich werde …«

»Ruhig«, sagte er leise und besänftigend. »Und jetzt atme, aus dem Bauch heraus, hier.« Er legte mir eine Hand unter den Rippenbogen. »Zwei Sekunden lang einatmen und fünf Sekunden ausatmen. Fühl einfach, wie sich meine Hand hebt, ich zähle mit …«

Und das tat er auch. Zwei Sekunden einatmen, fünf Sekunden ausatmen, wieder und wieder, Dutzende Male, bis mein Zwerchfell vor Anstrengung schmerzte. Aber mein Verstand klärte sich, und mein Puls wurde langsamer. Der Schmerz verebbte.

»Und jetzt gehen wir da rein, *zusammen*, und wir begrüßen meinen *Vater*, nicht den König, *zusammen.*« Er nahm die Hand von meinem Bauch und legte sie mir an die Wange. »Kannst du das für mich tun?«

Ich nickte.

»Und was deine Klamotten angeht … du bist eine Heldin und du kannst tragen, was immer dir gefällt. Punkt. Alles klar?«

Ich nickte noch einmal.

»Braves Mädchen«, raunte er, ergriff meine Hand und zog mich auf die Füße und an Edmund vorbei, der uns anstarrte, als hätten unsere Narben die Farbe gewechselt.

Ich schaffe das, ich schaffe das …

Meine Füße wurden ein wenig schwer, als wir hinter einem

Wandteppich hervortraten, der so angebracht war, dass man ihn bequem passieren konnte. Jetzt befanden wir uns im Hauptteil des Palastes, in einem Korridor im dritten Stock, der den vorderen Kreuzgang umrundete, am Schnittpunkt von Ost- und Westflügel, wo sich die *Maerdohealle* befand. Ich spähte durch einen bogenförmigen Durchbruch hinaus in den Kreuzgang. Die beiden über und unter uns gelegenen Flure waren von Sage bevölkert: Diener in ihrer schwarz-goldenen Tracht, Schüler und Studenten in Dunkelblau sowie Adlige, andere Angehörige der Oberschicht und Ratsmitglieder in ihren feinsten, ausgefallensten Gewändern.

Edmund führte uns um den Kreuzgang herum zu einer großen Piazza am anderen Ende, wo sich eine imposante weiß-goldene Flügeltür erhob. Zwei Bedienstete flankierten sie auf jeder Seite, und bewaffnete Wachen waren daneben postiert. Genau genommen standen überall Wachen, mehr, als ich meiner Erinnerung nach jemals hier gesehen hatte. Erwartungsvoll betrachteten sie mich im matten Licht und nahmen, begleitet von leisem, metallischem Klingen, Haltung an, als Edmund und Fallon an ihnen vorbeigingen.

Einer der Bediensteten, der aussah, als wäre er noch nicht einmal volljährig, strich sich nervös übers Revers und lächelte Fallon und mir schüchtern zu. Der Gedanke, dass hier anscheinend jemand noch mehr Angst hatte als ich, war irgendwie beruhigend.

»Ist der König bereit?«, fragte ihn Edmund.

»Jawohl, Sir«, antwortete der Junge, und der Mann neben ihm drehte sich zur Tür um und legte die Hand auf die Klinke.

»Bist du bereit?«, wiederholte Edmund, diesmal an mich gewandt. Ich strich mir durchs Haar, um es wenigstens ein bisschen zu bändigen, und nahm dann Fallons ausgestreckte Hand.

»Ja.«

Gemeinsam mit Edmund, der uns den Rücken deckte, warteten wir, während die Türen vor uns nach innen aufschwangen.

Die schiere Größe der *Maerdohealle* reichte aus, einem den Atem zu verschlagen. Mein eigenes Herrenhaus Manderley Manison hätte bequem hineingepasst, und die Schornsteine hätten die gewölbte, kathedralenhafte Decke des Thronsaals dabei nicht einmal gestreift. Die höchsten Fenster meines Anwesens wären allenfalls auf gleicher Höhe mit dem zweistufigen Balkon gewesen, der die Halle als Fortführung der Kreuzgangkorridore säumte. Die linke Wand war eigentlich keine Wand, denn unterhalb des Balkons führten mehrere Torbögen hinaus auf den terrassenförmigen Außenbalkon, von dem aus man auf die Ländereien blickte, die wir gerade überflogen hatten. Vor uns schwang sich eine Treppe hinab, die sich an ihrem Fuß weitete, und auf der gegenüberliegenden Seite führte eine weitere Treppe vom untersten der Balkone hinab, teilte sich in ihrem Verlauf in zwei und schuf so eine Bucht, in der sich ein Podest erhob. Und dort stand der Thron. Groß genug für zwei. Und tatsächlich saßen auch zwei Sage darauf.

Auf den Balkonen, zwischen den Säulen, unter den Torbögen und im riesigen Zentrum der Halle standen Sage, Reihe um Reihe. Und sie alle starrten zu uns herauf. Es war kaum vorstellbar, dass es in einem so vollen Raum mit einem Schlag totenstill werden könnte, aber genau das geschah jetzt.

Als wir jedoch aus den Schatten heraustraten, waren weder das kollektive Nach-Luft-Schnappen noch das einsetzende Getuschel zu überhören.

Fallon drückte meine Hand, und wir liefen die Stufen hinunter. Unsere Stiefel klackten auf dem geäderten Marmor.

Die Sage unten an der Treppe stolperten fast über ihre eigenen Füße in ihrer Hast, uns Platz zu machen, und wir schritten eilig an ihnen vorbei. Einige von ihnen sanken selbstsicher in Knickse und Verbeugungen, während andere zögerten und sich Hilfe suchend umsahen.

»Das kann sie nicht sein!«

»Wie groß sie geworden ist …«

»Das Ebenbild der verstorbenen Herzogin.«

»Warum hält sie seine Hand?!«

Kind, der Hof ist das reinste Goldfischglas. Nur die schönsten und größten Fische werden beachtet und bestaunt. Aber es ist alles pure Dummheit. Wir sind keine Fische. Wir ertrinken.

Wir gingen weiter durch die riesige Halle, und die Menge teilte sich bereitwillig vor ihrem Prinzen und vor ihrer Heldin. Vor mir. Nachdem wir sie etwa zur Hälfte durchschritten hatten veränderte sich das Benehmen jener um uns herum. Sie standen aufrechter und bewahrten ihr Schweigen. Ich erkannte Botschafter – dunkle Wesen jedes Volkes – und viele vertraute Personen, die ihre Schärpen als Ratsmitglieder auswiesen. Auch andere Politiker und Ratgeber sah ich, und sie alle betrachteten und beurteilten mich mit gefurchter Stirn. Ich konnte es ihnen kaum verübeln. Sie sahen eine kleine Blondine in zerrissenen Strumpfhosen und mit angstgeweiteten Augen, die vom Prinzen geführt werden musste. Nicht gerade der Stoff, aus dem Heldinnen sind.

Mit einem Mal tauchten auch vertrautere Gesichter vor mir auf: Eaglen, der Herzog und die Herzogin von Victoria und die übrigen Mitglieder von Fallons Familie. Ich spürte, wie auch jene unter ihnen, die mich schon lange nicht mehr gesehen hatten, zu starren begannen, aber sie hatten wenigstens so viel Benehmen, dass sie den Blick abwandten, wenn ich in ihre Richtung sah.

Dann war niemand mehr vor uns.

Der König erhob sich mit aller Erhabenheit eines Herrschers von seinem Thron. Dann stockte er jedoch und blieb stumm.

»Euer Majestät«, brachte Fallon heraus, bevor ihn sein Vater in die Arme schloss. Die beiden tauschten ein paar gemurmelte Worte, dann wand sich Fallon aus der Umarmung, tiefrot, mit rosa schimmernden Augen und sich heftig über den Hinterkopf reibend.

»O Mann«, ächzte er. »Nicht du auch noch, Mum«, konnte er gerade noch protestieren, bevor ihm seine Mutter um den Hals fiel.

Während dieser Familienzusammenführung stand ich leicht beschämt daneben. Hinter mir warteten Hunderte von Sage und anderen dunklen Wesen, die Hälfte davon auf den Knien, und hier war ich und scharrte mit den Füßen.

Edmund war hinter mich getreten und legte mir nun die Hand auf die Schulter. Der gleichmäßige Druck seines Griffs beruhigte mich, und erst nachdem sowohl der König als auch die Königin ihren inzwischen tomatenfarbenen Sohn ausreichend geherzt hatten, ließ er mich wieder los.

»Geh schon«, flüsterte er mir zu und schob mich vor. Ich näherte mich dem Königspaar, als wären sie meine Henker.

O heiliges Schicksal, bitte mach, dass mich meine jahrelange Ausbildung in Etikette nicht ausgerechnet jetzt im Stich lässt.

»Ähm … hi«, murmelte ich, als ich endlich vor ihnen stand. In meinem Kopf tobte und wetterte meine Großmutter, und meine Iris wurden knallpink.

Aber auch das Königspaar schien starr vor Schreck zu sein. Sie wirkten beide blass, und erst mein leises Gestammel riss sie aus ihrer Versteinerung.

»Vergebt mir, Mylady, eine solche Ähnlichkeit … Einen Augenblick glaubte ich schon, einen Geist zu sehen.« Dann schüttelte der König den Kopf und nahm meine schweißnasse Hand zwischen seine Hände.

Ich ließ mich auf ein Knie sinken – ein Knicks hätte in Shorts merkwürdig ausgesehen. »Euer Hoheit.«

Doch der König ahmte meine Bewegung nach, und als ich überrascht aufsah, lächelte er und ein Netz aus zarten Fältchen erschien um seine Augen.

»Nein, junge Heldin. Du verbeugst dich weder vor uns noch vor irgendeinem anderen. Nie wieder.« Dann schob er mir eine stützende Hand unter den Arm und half mir hoch. »Komm, ich will es kurz machen.«

Er drehte mich um, sodass ich nun neben ihm stand, und legte mir einen Arm um die Schultern. Ich fragte mich, ob er vielleicht Angst hatte, ich könnte sonst davonlaufen. Aber da hätte er sich wirklich keine Sorgen machen müssen. Ich war starr vor Schreck.

»Heute ist die goldene Rose unseres Reiches zu uns zurückgekehrt. Da sich Gerüchte an diesem Hof rasch verbreiten, haben einige von euch vielleicht sogar in der knappen Zeit, die vergangen ist, seit ich ihre Stellung verkündete, schon von den Wundertaten dieser beeindruckenden jungen Seherin gehört. Sie hat nicht nur bereits die Heldin der Vampire gefunden …«

Bei diesen Worten erhob sich Getuschel, so laut, als fegte ein Sturm durch die Halle. *Dann wissen sie also noch nichts von Violet Lee?*

Der König verstummte und wartete, bis sich das Erstaunen gelegt hatte. »Nicht nur das, vor nur wenigen Tagen hat diese Rose außerdem ihr Leben aufs Spiel gesetzt und beinahe verloren, um ein Menschenmädchen zu retten, als dessen Wächterin sie berufen wurde. Ein Menschenmädchen an der Schwelle des Todes.«

So war es nicht, es war vollkommen egoistisch!, wollte ich rufen, aber nach einem Blick in das Gesicht des Königs begriff ich, was er da tat. Er schaute jedem der dunklen Wesen in den ersten Reihen in die Augen – den Botschaftern, den Adligen, seinen Ratgebern, all den Mächtigen der Reiche –, und sein Blick war so hart, dass ich fast erwartete, jene, die ihm begegneten, müssten zu Stein werden. *Es ist eine Drohung! Er droht ihnen mit meiner Macht!* Ob er nun die Wahrheit über meine Taten kannte oder nicht, er nutzte sie zu seinen Gunsten.

»Eure Heldin war bereit, für die Einhaltung der Terra-Verträge das höchste Opfer zu bringen, und sie zeigte ein Mitgefühl für die Menschen, das uns in diesen schwierigen Zeiten als Beispiel dienen sollte. Das Schicksal hat gut gewählt. Und so, Ladys und Gentlemen, fordere ich euch dazu auf, die Lady Heroine Autumn Rose mit mir zu ehren und willkommen zu heißen.«

Und dann tat er etwas Außergewöhnliches: Er ließ sich auf ein Knie sinken und beugte den Kopf vor mir. Zu meiner anderen Seite sank die Königin in einen tiefen Knicks. Einer nach dem anderen taten es ihnen ihre Kinder nach. Fallon schmunzelte und nickte zustimmend angesichts der Szene um ihn. Eine Welle lief durch den Saal, als sich die dunklen Wesen Reihe um Reihe vor mir verneigten.

Nur ich stand noch aufrecht.

In einer einzigen Woche kann ein Mädchen aber nun mal nur eine bestimmte Menge an lebensverändernden Ereignissen vertragen.

Leider schlug ich auf dem Boden auf, bevor ich das Bewusstsein vollends verlor. Und es tat *weh*.

Bequem hier. Seidig, weich. Jemand strich mir übers Haar und entwirrte dabei vorsichtig die verknoteten Strähnen. Mein Kopf ruhte auf einem Schoß, aber es war nicht Fallons. Diese Person trug einen Rock.

»Fallon, ich glaube, sie wacht auf.«

Jemand drückte sanft meine Finger, und an dem Muster der Narben erkannte ich, dass es diesmal Fallons Hand war. Ich regte mich und tauchte langsam aus den fremden Tiefen auf, in denen ich geweilt hatte. Ich öffnete die Augen und schaute auf den schlanken, langen, mit edlen Juwelen geschmückten Hals der Königin. Sie lächelte sanft zu mir herab und legte mir eine Hand auf den Arm, um mich daran zu hindern, erschrocken hochzufahren.

»Nein, bleib liegen. Du musst dich ausruhen.«

Ich schob sie von mir. »Wie lange war ich bewusstlos? Violet Lee? Was ist passiert? Geht es ihr gut?«

Fallon drückte mich wieder hinab auf den Schoß seiner Mutter. »Sie ist in Ordnung. Kaspar Varn lässt nicht zu, dass sie die Dimension ohne ihn verlässt, deshalb ist sie noch dort, aber es geht ihr gut.«

»König Vladimir hält genau in diesem Augenblick eine Ratsversammlung ab«, ergänzte die Königin.

Ich war verwirrt. Meine Vision hatte mir deutlich gezeigt, wie sich Kaspar Varn abgewandt und Violet dem Tod überlassen hatte. Und dennoch widersetzte er sich meinem ausdrücklichen Befehl, sie herzubringen. Zeigte sich hier die Stärke des Bandes zwischen ihnen?

Eine so gewichtige Frage konnte ich gerade allerdings nicht beantworten, dazu waren meine Augenlider noch zu schwer.

Da klopfte es energisch an eine der vielen Türen des Zimmers. Nachdem man es hereingerufen hatte, betrat eines der

Ratsmitglieder, erkennbar an seiner Schärpe, den Raum. »Ma'am, ich bringe Neuigkeiten aus der zweiten Dimension.«

Mir klopfte das Herz bis zum Hals.

»Violet Lee kommt nicht allein, Euer Majestät. Der gesamte Hof der Vampire wird die Wintersaison in Athenea verbringen.«

Kapitel 31 *Autumn*

Die nächsten beiden Wochen waren das reinste Chaos, wofür ich in vielerlei Hinsicht jedoch dankbar war, denn es hielt mich beschäftigt. Zuerst einmal mussten die Gemächer der Al-Summers renoviert werden. Sie waren zwar schön – und eine genaue Imitation meiner Zimmer auf Burrator –, aber ich wollte die persönliche Note meiner Großmutter so gut es ging daraus verbannen. Die Bettbezüge ersetzte ich durch jene, die ich zum Geburtstag bekommen hatte; die schweren beigen Vorhänge wurden gegen weiße ausgetauscht, und das beinahe alles bedeckende und bereits leicht ins Bräunliche tendierende Blattgold an den Wänden wurde entfernt.

Dann beauftragte man mich damit, auch Violet Lees Zimmer einzurichten, das direkt neben meinem lag. Die jüngeren Vampire würde man ebenfalls in diesem Flügel des Palastes unterbringen, dankenswerterweise allerdings im hinteren Teil. Warum man glaubte, ich wüsste, was einem achtzehnjährigen, frisch in einen Vampir verwandelten ehemaligen Menschenmädchen gefiel, war mir ein Rätsel.

Dann folgte der Besuch des Arztes, der sich zum demütigendsten Ereignis meines Lebens entwickelte. Erst fragte er mich über meine Migräneschübe aus, und ich dachte schon, er wolle mir nur etwas gegen die furchtbaren Kopfschmerzen verschreiben, von denen meine Visionen begleitet wurden. Aber nein. Stattdessen implantierten sie mir ein Verhütungsstäbchen in den Arm.

Und die Ratstreffen? Ich fühlte mich wie ein Reh in einem Wolfsrudel. Die ersten beiden Treffen, bei denen ich zugegen war, drehten sich einzig und allein darum, vor welcher Gefahr genau ich die Welt denn nun retten sollte. Das war eher beunruhigend, weil ich ja nicht einmal genau wusste, was ich eigentlich zu tun hatte.

Die Gesprächstherapie, die ich in Athenea begann, war gewöhnungsbedürftig. Meine Therapeutin war eine Sage, die nicht aufhören konnte, von den Vorlesungen Sigmund Freuds zu schwärmen, die sie besucht hatte, und mich unablässig nach meiner Kindheit ausfragte. Ich dagegen wollte eigentlich nur über die drohende Gefahr für das Königreich sprechen und eine Strategie entwickeln, wie ich meine Visionen besser kontrollieren konnte.

Und Fallon … Fallon verbrachte viel Zeit in meinen Gemächern.

Meine Füße schmerzten in den Pumps, die mir meine Zofen aufgezwungen hatten. Das ganze Martyrium des Ausstaffiert- und Frisiertwerdens hatte mir in Erinnerung gerufen, wie mich meine Großmutter früher angezogen hatte – allerdings war ich damals sechs gewesen. Unbequeme, spießige Klamotten, die Haare zu Zöpfen geflochten und mit Unmengen pikender Haarnadeln festgesteckt – *was ist denn bitte so falsch an Magie?*

Und alles nur für einen Vampirkönig, der fast meine Schwesterheldin ermordet hätte.

Allerdings war ich nicht die Einzige in der zum Bersten vollen Eingangshalle, die mit der Situation unzufrieden war.

Ratsmitglieder zupften an ihren Schärpen herum; Kinder, die wie kleine Zinnsoldaten vor ihren Eltern aufgereiht standen, schubsten einander und beschwerten sich bei ihren Müttern. Und Atheneas stets diensteifriger Thronerbe hatte sich sogar dazu durchgerungen, sein allzeit gegenwärtiges Buch sinken zu lassen, damit jeder seine finstere Miene sehen konnte.

»Gute PR-Arbeit ist nicht gerade eine der Stärken der Vampire, was?«, murmelte mir Fallon zu, der an meiner Seite stand, während er den Blick mit sorgsam perfektionierter neutraler Miene durch den Raum schweifen ließ. An diesem Gesichtsausdruck musste ich definitiv noch arbeiten. Das hatte meine gestrige Unterrichtseinheit über den Umgang mit Medien immerhin gezeigt.

»Wenigstens starren die Leute zur Abwechslung heute mal nicht uns an«, flüsterte ich zurück, jedoch ohne meinen Freund dabei anzusehen.

»Yippie, keine Paparazzi, die über unser Sexleben spekulieren, dafür aber eine Vampirhorde, die bei uns einfällt! Ganz toll! Sie waren seit Jahrzehnten nicht mehr in Athenea, warum müssen sie dann ausgerechnet *jetzt* hier auftauchen?«

Wegen Violet Lee natürlich. Die Bitterkeit in seiner Stimme war kaum zu überhören. Vielleicht war ich den ganzen Pressetrubel nur deswegen noch nicht so leid, weil ich erst seit Kurzem im Rampenlicht stand. Fallon dagegen murmelte düster irgendetwas vor sich hin, aus dem ich den Namen Amanda heraushörte.

»Am Wochenende neulich bist du mit den Vampiren doch ganz gut klargekommen«, stellte ich fest.

»Da waren sie aber auch nur zu acht, und es war ihr Gebiet. Dieses Mal haben wir Hunderte von ihnen in unserem Zuhause!«

»Wenigstens wissen wir, dass Violet Lee kein so arrogantes Stück ist wie die meisten anderen.«

Noch immer sah ich stur geradeaus, konnte Fallons finsteren Blick aber trotzdem auf mir spüren. »Wir haben keine Ahnung, wie sehr sie die Verwandlung verändert hat. Immerhin ist sie an den größten Arsch der Nation gefesselt.«

Ich prustete los, konnte das Lachen aber gerade noch mit einem Hüsteln tarnen – das häufige Zusammensein mit Fallons älteren Geschwistern hatte definitiv einen schlechten Einfluss auf mich.

Fallon sah mich kurz verwirrt an und rollte dann mit den Augen. »Oh, bei der Macht des Schicksals, dieses Bild kriege ich jetzt nie mehr aus dem Kopf …«

Dafür blieb ihm allerdings auch keine Zeit, denn in diesem Moment ließ einer der Dienstboten die Spitze seines Stabes auf den Boden krachen und verkündete: »Seine Majestät König Vladimir der zweiten Dimension und die Lady Heroine Violet Lee.«

Und alle anderen.

Seit ich ein kleines Mädchen gewesen war, hatte ich den Vampirkönig nicht mehr gesehen. Damals hatte ich schreckliche Angst vor ihm gehabt, und jetzt erschien er mir nicht weniger groß und furchteinflößend. Sein Haar wurde grau, und seine Augen, die ich hell und stechend in Erinnerung hatte, waren sehr dunkel und ruhten tief in den von Falten umgebenen Höhlen. Seine Entourage flutete hinter ihm in die Halle, in der alle – ausgenommen ich selbst, Violet Lee und die beiden Könige – in eine tiefe Verbeugung sanken.

Die Monarchen gingen aufeinander zu, und Violet trottete hinter ihrem Herrscher her, während ihr Blick unruhig nach links und rechts, nach oben und unten und zwischen den Königen und mir hin und her glitt. Ich sah nur noch diese Augen, umgeben von dunklen Schatten. Ich war erschrocken: Das war nicht einfach das für Vampire typische ein wenig schaurige und gelblich blasse Erscheinungsbild. So sah nur jemand aus, der sehr krank war.

Dennoch trat ich an Ll'iriads Seite vor und schüttelte dem Vampirkönig mit einem so strahlenden Lächeln die Hand, als wäre heute ein wahrer Freudentag. Violet Lees rissige Lippen blieben unbewegt. Sie schien nicht einmal wahrzunehmen, dass Ll'iriad keine zwei Schritte vor ihr stand.

»Autumn«, krächzte sie, so leise, dass es kaum ein Flüstern war. Sie starrte mich mit weit aufgerissenen Augen an, als hätte sie einen Geist gesehen.

»Violet«, sagte ich sanft. Ich wollte schreien. Ich wollte wegrennen. Sie kam schlurfend näher, und der Rock ihres Kleides schwang ihr um die knochigen Knie. *In Jeans hat sie besser ausgesehen.* Sie entgegnete nichts, schob sich nur den dichten Pony aus der Stirn.

Neben ihr, leicht geduckt, als lauerte er, stand Kaspar Varn. Er wirkte sprungbereit, als rechnete er damit, sie jeden Augenblick zurückreißen oder auffangen zu müssen. Seine Augen waren schwarz und zornig, egal auf wen sich ihr Blick richtete.

Plötzlich wurde es im rückwärtigen Teil der Halle unruhig, und zwei Gestalten erschienen unter der Traufe des Torbogens. Zischen und Fauchen erhoben sich, als beträte der Schurke aus dem Märchen die Bühne.

Es war wie ein kalter Luftzug, der die warme, vibrierende Luft voller Magie durchschnitt. Sie waren Menschen, einer von ihnen ein Mann mittleren Alters in Anzug und Krawatte. *Michael Lee.* Neben ihm stand ein Mädchen, etwas jünger als ich, so ausgezehrt wie Violet, aber mit einem pinken, gemusterten Schal um den Kopf.

Sie funkelte mich zornig an. »Hexe!«, schrie sie. »Schau dir an, was du aus meiner Schwester gemacht hast!«

Kaspar setzte sich sofort in Bewegung und schob sich zwischen Violet und das Mädchen. »Lilian Lee«, murmelte er mir entschuldigend zu. »Wir sollten besser gehen, wenn …«

Lilian Lee? Niemand hat mir gesagt, dass sie ihren Vater und *ihre Schwester mitbringen!*

»Natürlich. Wir haben ein paar Erfrischungen für euch …«

Violet wirbelte zu mir herum, schneller, als man es bei ihrer zerbrechlichen Gestalt erwartet hätte. »Nein! Ich meine … ich bin nicht durstig – ich meine, hungrig. Ich würde mich nur gern etwas ausruhen.«

In dem Tumult, den Lilians Ausbruch verursacht hatte, und der nun folgenden Aufbruchstimmung schien uns beiden niemand Beachtung zu schenken. Aber Ll'iriad tat es, und als ich ihn ansah, nickte er mir leicht zu. Ich kannte einen schmalen Gang, der von der Eingangshalle abzweigte, also nahm ich Violets Arm und steuerte sie durch die Menge hindurch darauf zu.

Zuerst dachte ich, unsere Berührung hätte mir nur einen statisch verursachten elektrischen Schlag versetzt, aber der Impuls verebbte nicht und schoss meinen Arm hinauf bis in meine Schulter. Ich wollte sie loslassen, aber ich konnte es nicht. Meine Hand schien an ihrem Arm festzukleben, und auf einmal brachen meine eigentlich absolut sicheren mentalen Schutzwälle einfach in sich zusammen. Nichts blieb mehr von ihnen als rauchende Trümmer. Auch in ihrem Kopf gab es keinen Winkel, den ich nicht erforschen konnte, keine Kiste, die nicht aufsprang, sobald ich nur den Blick darauf richtete. Es war eine Flut von Bildern und Informationen. Dinge, die ich nicht sehen wollte – persönliche Dinge –, brachen über mich herein. Das Gefühl eines Handgelenks an meinen Lippen, der salzige Geschmack von Blut und ein plötzliches Gefühl widerwilliger Abneigung, wenn der Name Fabian Ariani an die Oberfläche trieb. Das häufigste Bild jedoch war das von Kaspar Varn. Kaspar Varn und sie, zusammen. Wie sie sich küssten. Umarmten. Vögelten. Das war ihr Wort. Nicht meines. Es war *ihr* Wort in meinem Kopf.

Wir beide erstarrten in der Menge, bis Violets Hand langsam an meinem Arm hinabstrich, sich um meine Finger schloss und sie mich an sich zog. Sie war größer als ich, aber sie beugte sich zu mir herab, sodass ihr Mund direkt an meinem Ohr lag.

»Die tote Vampirkönigin steht hinter dir« flüsterte sie. »Sie sagt, wir sind verbunden. Sie sagt, du kannst durch mich mit ihr sprechen.« Ihre Stimme bebte, und als ich ein Stück zurückwich, erkannte ich, dass ihr Blick fest auf einen Punkt hinter mir gerichtet war. Ich wandte den Kopf. Da war nichts.

Durch meine Augen konnte ich nichts sehen, aber in meinem Kopf flackerte das Bild der inzwischen leeren Eingangshalle auf, in der außer Violet und mir nur noch eine weitere Person stand. Sie war wunderschön, eine Frau in einem smaragdgrünen Kleid: die verstorbene Königin der Vampire und Kaspars Mutter … und eine der Unschuldigen, die für Violet hatten sterben müssen.

Ich dachte: *»Euer Majestät«*, und gleichzeitig sprach Violet die Worte aus.

»Lady Heroine«, erwiderte die Gestalt. »Violet wird mich nicht lange sehen können. Ich bitte Euch, helft ihr. Sie schwindet … Ihr kennt die Dunkelheit des Geistes. Rettet sie. Ohne Eure Hilfe kann sie mein Volk nicht vor dem Krieg schützen.«

Ich kann mich doch nicht einmal selbst retten! Ich kann nicht einmal den Krieg hier verhindern! Ich weiß ja kaum, welchem Feind wir uns stellen müssen …

»Mylady, Ihr und Violet seid ein und dieselbe. Ihr beide habt den Tod gesehen und wart ihm sehr nah. Ihr habt den

Hass zwischen Menschen und dunklen Wesen erlebt. Ihr beide verfügt über bisher ungekannte Macht. Denkt, *denkt* daran, wie sehr ihr euch ähnelt. Mylady, Ihr werdet mit jedem Tag stärker, und sie kann es auch werden.«

Die Gestalt begann zu verblassen, und obwohl mich Violet noch immer an sich drückte, schien auch unsere Verbindung schwächer zu werden.

»Fallon«, rief ich stumm und fühlte, wie er und Kaspar näher kamen. *»Da sind doch noch immer verschlossene Kisten in meinem Geist, richtig? Er ist nicht völlig ungeschützt, oder?«*

»Natürlich nicht. Was ist denn passiert? Du siehst ja aus, als hättest du einen Geist gesehen.«

»Ich erklär's dir später.«

Es war ein langer Weg durch den Palast bis zum Ende des Westflügels, wo unsere Gemächer lagen. Abgesehen von ein paar gemurmelten Kommentaren von Violet über die Größe des Palastes gingen wir schweigend nebeneinanderher. Zwischen uns sprangen Nervosität und Unbehagen angesichts dieser merkwürdigen Situation hin und her.

Was zum Teufel war das? Ihre Nekromantie? Aber wie konnte ich es dann sehen? Und wo ist Eaglen, wenn man ihn mal braucht?!

Ich öffnete die Tür zu Violets Empfangszimmer, das meinem eigenen sehr ähnlich war, nur dass die Farben hier intensiver leuchteten. Die Fenster wiesen nach Osten, nicht nach Süden wie meine, und enthüllten einen Ausblick auf Landschaftsgärten, während meine zu meiner großen Freude Berge und Seen zeigten.

Drei Zofen und die Hauswirtschafterin des Palastes erwarteten uns. Sie sanken in tiefe Knickse, und die Hauswirtschafterin stellte sich vor. »Und dies hier sind meine Zofen, die Euren Hofdamen zur Hand gehen werden – falls Ihr es wünscht, natürlich«, erklärte sie.

Die arme Violet wurde blass und sah mich Hilfe suchend an, während die Hauswirtschafterin mit ihrem Vortrag fortfuhr und nun die Annehmlichkeiten des Gemachs aufzählte.

»Ist ja wie in einem Scheißhotel hier«, hörte ich Kaspar knurren.

»Ich glaube, unsere Gäste wollen sich erst einmal einrichten«, unterbrach ich den Monolog und entließ das Empfangskomitee damit unmissverständlich. Die Hauswirtschafterin war zu professionell, um sich aus der Ruhe bringen zu lassen, und scheuchte eilig ihre Mädchen hinaus.

Kaspar ging zu einem großen Tisch hinüber, der vor dem Erkerfenster stand, und füllte zwei Gläser mit Blut aus der bereitstehenden geschliffenen Glaskaraffe. Mit grimmiger Miene brachte er eines davon zu Violet.

»Hast du Mutter wieder gesehen?«, fragte er fordernd. »Was hat sie gesagt?«

Violet nickte. »Nichts Wichtiges«, versicherte sie ihm beschwichtigend. Es kostete mich Überwindung, sie nicht anzusehen, als ihr Entschluss, ihn anzulügen, in meinen Geist floss, als hätte ich ihn selbst gefasst.

»Ich habe keinen Durst«, krächzte sie, als er ihr das Glas hinhielt.

Vampire wären tot, wenn nicht Magie durch ihre Adern fließen und wenn sie sich nicht an der Lebenskraft anderer nähren würden. Ihre Herzen schlugen nicht. Sie atmeten nicht. Wenn sie Luft holten, dann aus emotionalen Gründen, als sagte ihnen irgendein angeborener Instinkt, dass Sauerstoff helfen könnte. Aber für Vampire war es ein reiner Placeboeffekt. Jedes Kind wusste das. Und als ich nun hörte, wie Violets Atem immer schneller ging, jagte es mir eine Gänsehaut über die Arme.

Kaspars Miene verdüsterte sich noch weiter. Seine Augen

konnten jedoch nicht noch schwärzer werden. »Violet«, knurrte er.

Fallon, der gerade eintreten wollte, blieb im Türrahmen stehen.

»Trink«, sagte Kaspar knapp und packte sie an der Schulter. Sie stieß einen erstickten Schrei aus und versuchte zurückzuweichen, aber er hielt sie eisern fest. Sie schüttelte schwach den Kopf und presste die Lippen aufeinander, wie ein Kleinkind, das nicht essen will.

Obwohl sie gut einen Kopf größer war als ich, wirkte sie so zart und zerbrechlich, dass ich sie am liebsten aus seinem Griff befreit hätte. Als er ihr das Glas an die Lippen hob, erkannte ich jedoch, dass es das Blut war, vor dem sie sich so fürchtete, nicht der gequält wirkende Vampir, an den sie gefesselt war.

Ekel rauschte durch die Verbindung zwischen uns. Eigentlich hatte ich kein Problem damit, dass Vampire Blut tranken, aber in diesem Moment wollte ich nichts lieber, als ihm das Glas zu entreißen und es aus dem Fenster zu werfen oder seinen Inhalt in den Ausguss zu schütten. *Ich werde mich krank machen, wenn ich es muss. Normale Nahrung zu mir nehmen …*

Mit einem abgewürgten Schrei schluckte sie ein wenig Flüssigkeit, hustete das meiste jedoch wieder aus. Kaspar wischte ihr mit dem Ärmel den Mund ab. »So geht das nicht weiter, Kleine«, sagte er leise.

Ich zuckte innerlich zurück. *Kleine? Wie herablassend …*

Aber dieser Gedanke wurde von einem Flattern in meiner Brust erstickt, das nicht zu mir gehörte. Die Angst verging, jedenfalls fürs Erste, aber ich spürte sie noch immer in der Ferne, wie beim Kommen und Gehen der Gezeiten.

»Was willst du denn noch hier?«

Kaspars barscher Ton riss mich aus meinen – *Violets* – Gedanken, und ich blinzelte ein paarmal verwirrt zu ihm hoch.

Er war ein gutes Stück größer als ich und sah mich drohend an, eine Hand noch immer auf Violets Schulter, in der anderen das halb volle Glas.

»Sprich nicht so mit ihr«, erwiderte eine ebenso drohende Stimme. Und schon stand Fallon, der sich genauso schnell bewegen konnte wie die Vampire, an meiner Seite und schlang mir den Arm um die Taille. »Sie ist eine Heldin, keiner deiner bemitleidenswerten Untertanen.«

Ganz langsam und nachdrücklich stellte Kaspar das Glas auf dem Kaffeetischchen ab und machte einen Schritt auf Fallon zu. »Hast du ein Problem damit, wie ich mein künftiges Königreich regiere, du kleiner *Mearc'stapa*?«

Obwohl Fallon kleiner war als sein vampirischer Gegenspieler, ließ er sich nicht einschüchtern und trat ebenfalls einen Schritt vor. »Ihr seid hier nicht in Varnley, Euer Hoheit«, knurrte er. »Wir halten uns hier an die Regeln, weil wir uns nicht wie ihr hinter Geheimnistuereien verstecken können. Hier habt ihr keine Geheimnisse mehr. Vergesst das nicht, wenn ihr Euch in der Gegenwart der wenigen Freunde befindet, die Euch in dieser verfluchten Lage noch bleiben!«

Kaspar stieß die Luft zwischen zusammengebissenen Zähnen hervor und brummte anerkennend. »Siehst du? Genau das ist es, was ich hier nicht ausstehen kann. Alles voller Scheißteenager, die einen auf Moral machen.«

Violets Lippen verzogen sich zum ersten Lächeln, das ich seit ihrer Ankunft bei ihr gesehen hatte. »Gut zu wissen, wie hoch du meine moralischen Vorsätze schätzt«, höhnte sie und stürmte mit verschränkten Armen ins Schlafzimmer hinüber. Hinter ihr knallte die Tür so heftig zu, dass der Boden vibrierte.

»Na, ihr seid ja wirklich tolle Freunde, so ausgesprochen *hilfreich*«, zischte Kaspar, nicht weniger sarkastisch als seine Freundin, und folgte ihr aus dem Zimmer.

»Willkommen in Athenea, Blutsauger«, grollte Fallon und stampfte hinaus auf den Korridor.

Perplex blieb ich mitten im Empfangsraum stehen. Ich hörte die erhobenen Stimmen nebenan und spürte Violets Ärger, aber nun, da sie nicht mehr in meiner unmittelbaren Nähe war, fiel es mir leichter, sie auszublenden, auch wenn ich die Verbindung jederzeit wieder voll wachrufen konnte.

Ich schätze mal, hier nimmt es das Schicksal mit meiner Rolle als Friedenswächterin etwas zu genau …

Plötzlich begann sich der Raum zu drehen, und ich musste mich an der Sofalehne abstützen, um nicht hinzufallen. Schmerz schoss mir durch den Kopf in meine Augen und zwang meine Lider zu. Ich schaffte es gerade noch, mich auf das Sofa sinken zu lassen, bevor ich davongerissen wurde.

Chri'dom schritt unablässig mit sich selbst sprechend im Zimmer auf und ab. Seit Stunden tat er dies nun schon.

Auf einmal hob er die Stimme und wirbelte auf dem Absatz zu Nathan herum, der auf dem Sofa saß. »Wie kann Violet Lee noch leben? Wie kann sie in Athenea sein? Wie kann es sein, dass die Dinge sich nicht so entwickelt haben, wie ich es gesehen habe?«

Nathan sah seinem Herrn zu, der nun wieder in seinen ausdauernden Gang verfiel. »Ihr habt doch selbst gesagt, dass Autumn Rose' Gabe als Seherin die Eure bald ausstechen würde. Vielleicht ist es bereits so weit, und sie hat Euren Plan gesehen und konnte Euch so überlisten.«

Der junge Mann erstarrte, als Chri'dom direkt auf ihn zukam. »Das weiß ich selbst. Ich hatte zwei Wochen Zeit, um zu dieser Schlussfolgerung zu gelangen.« Nathan lehnte sich so weit es ging zurück und erinnerte sich zu spät daran, dass man in Gegenwart dieses Mannes besser immer einen Schild um sich haben sollte. »Und genau deswegen brauche ich Autumn Rose. Sie ist mächtig genug, um das Schicksal aufzuhalten und den Krieg zu verhindern, aber wir brauchen sie lebend, weil sie die Einzige ist, die Athenea zu Fall bringen kann. Warum sonst hätte ich ihre Großmutter ermorden sollen, wenn nicht um die Macht ihrer Enkelin zu wecken?«

Nathan entspannte sich, als sich Chri'dom neben ihn setzte, einen Drink aus dem Dekanter vor ihnen einschenkte und ihn seinem Protegé anbot. »Aber ich dachte, Ihr seid dagegen, sich in die Wege des Schicksals einzumischen? Ist nicht genau das der Grund, aus dem Ihr die Heldinnen aufhalten wollt? Weil Ihr glaubt, dass dieser Krieg geschehen muss, um einen Neuanfang zu ermöglichen?«

Der Seher betrachtete den jungen Mann vor sich, staunte über die Naivität seiner Aussage und fragte sich, wie lange sich sein Protegé seine kindliche Sicht auf die Welt wohl noch bewahren würde … und wie er selbst sie zerrütten konnte. »Was habe ich dir über den Tod von Menschen gesagt? Kollateralschäden. So ist es auch mit der Prophezeiung meines Ahnen Contanal. Sie muss zerstört werden.«

Chri'dom sprang wieder auf und stellte sich an seinen bevorzugten Platz am Fenster. Von hier aus konnte man über eine Schlucht sehen, die eine Plattengrenze darstellte. Dort öffnete sich die Erde und spuckte heißen Dampf, der ihre stetig wachsende Gemeinschaft in Wolken hüllte.

»Aber es *war* Schicksal, dass du hierhergekommen bist. Es kann kein Zufall sein, dass ein Mensch, der meine politischen Überzeugungen teilt und unserer Lady Heroine so nahesteht, meinen Weg kreuzt. Es *ist* vorherbestimmt, dass du sie zu mir bringst.«

Nathan erhob sich und stellte sich zu ihm, kaum in der Lage, die Wärme zu bändigen, die sich in seiner Brust ausbreitete, entzündet von der Flamme, die ihm seine Verwandlung in einen Extermino geschenkt hatte.

»Ich werde nicht versagen. Ich habe gesehen, was ihr das derzeitige Herrschaftssystem angetan hat, wie schlecht es ihr ging … Die Dinge müssen sich ändern.«

Als ich die Augen aufschlug, stand Violet Lee über mir, ein Glas Wasser in der Hand. Aber ihr Blick war so verschwommen, als schaute sie durch die im Glas leicht hin und her schwappende Flüssigkeit.

Langsam schien ihr bewusst zu werden, dass ich wieder zu mir kam, und sie schüttelte benommen den Kopf. Ich spürte ihre Besorgnis. Instinktiv dachte ich die folgenden Wort nur: *»Das war eine Vision. Hast du sie gesehen?«*

Ihre Hand begann leicht zu zittern. *»Sie kommen dich holen.«*

Kapitel 32

Autumn

»Jo, such dieses Buch. Leih es unter deinem eigenen Namen aus. Ich will damit nicht in Verbindung gebracht werden.«

Ich gab ihr die Katalognummer, die ich auf ein Post-it gekritzelt hatte, und sie las stirnrunzelnd den Titel.

»Nekromantie?«

»Oberste Hofdamen stellen keine Fragen – besonders die, bei denen ich eine spezielle Genehmigung brauchte, um sie so schnell hierher zu holen«, blaffte ich, und sie knickste und eilte, immer wieder zurückblickend, davon. Während ich darauf wartete, dass sie außer Sichtweite war, atmete ich die verbrauchte Luft ein. Diese Luft hing seit Jahrhunderten zwischen den Bibliothekswänden, und sie war schwer von Staub und Moschus, die durch die stille Arbeit von Hunderten von Studenten, Akademikern und Räten vom Boden zur gewölbten Decke gewirbelt wurden. Hinter uns, beim Eingang zu den weitläufigen unterirdischen Archiven des Palastes, hallte das gleichmäßige Piepen der sich öffnenden und schließenden Sicherheitsschleusen. Vor uns standen Regale, die sich meilenweit in die Tiefen der Katakomben erstreckten, wo früher die Toten gelegen hatten.

»Wo ist er?«, murmelte ich an Edmund gewandt, der nickte und schnellen Schrittes zu dem Hauptdurchgang zwischen den Gängen vorausging. Hinter uns wurde die Stille zu einem Murmeln, als die Studenten die Köpfe hoben und glotzten. Ich gab mir Mühe, geradeaus zu schauen und mich nicht einschüchtern zu lassen. *Es steht mir zu, hier zu sein.*

Wir wandten uns abrupt nach links, und eine Reihe von geräumigen Nischen kam in Sicht. In eine davon war ein Eichentisch eingebaut, und dort saß Eaglen.

Als er uns kommen sah, schloss er das Buch, das er las, legte es auf einen der vielen Stapel vor sich und lächelte höflich.

Ich zog einen Stuhl über den Steinboden und setzte mich neben ihn.

»Im Namen des Schicksals, warum hast du uns nicht gesagt, dass sie kein Blut trinkt?«, zischte ich.

Er lächelte unbeirrt weiter. »Es kommt bei verwandelten Vampiren häufig vor, dass sie sich nicht sofort an unsere Kost gewöhnen.«

»Sie ist vor drei Wochen verwandelt worden! Sie schwindet dahin! Sie hasst es, ein Vampir zu sein, ich kann es spüren. Sie fühlt sich schuldig, weil sie die Menschheit verraten hat.« Noch während ich es sagte, konnte ich spüren, wie meine Erinnerungen und Gefühle in ihren Geist troffen. Ich hatte keinen Beweis, aber manchmal hatte ich das Gefühl, dass sie sich an mir nährte. *Ich* war ihre Nahrung.

»Abgesehen davon, sie festzubinden und zwangsernähren zu lassen, können wir kaum etwas tun. Dies ist der Weg, den sie gewählt hat.«

Ich schaute ihn verächtlich an. »Sie hat keine Wahl. Sie wird sterben, wenn wir nichts tun! Ich habe schon jemanden sterben sehen, ich werde nicht zulassen, dass es ihr genauso geht. Und ich habe ihre Visionen von den Toten gesehen, sie können uns helfen. Es gibt einen Grund, warum wir verbunden sind. Ich schaffe das nicht ohne sie!« Ich wiederholte die

Worte der Vampirkönigin, bevor ich überhaupt begriff, dass ich sie von ihr hatte. »Willst du einen Krieg? Denn das ist es, was passieren wird, wenn eine von uns stirbt.«

Eaglen reagierte nicht. Er faltete die Hände und legte sie auf den Eichentisch. Dann neigte er bestätigend den Kopf.

»Bist du mit dieser Verbindung irgendwie weitergekommen?«, fragte Edmund, der mir gegenübersaß und uns beide mit undurchschaubarer Miene ansah.

Eaglen schüttelte den Kopf. »Ich bezweifle, dass diese Bibliothek irgendetwas enthält, was das betrifft. Ich habe noch nie von etwas gehört, das dem ähnelt, was du beschreibst. Ich habe noch nie von Visionen gehört, die so unkontrollierbar sind wie deine, Lady Heroine. Und ich habe noch nie eine Nekromantin mit so vielen unterschiedlichen Fähigkeiten wie jene von Violet getroffen. Manche Dinge lassen sich nicht erklären.«

Edmund knurrte. »Sehr hilfreich.«

Ich ließ mich gegen die gewölbte Lehne des Stuhls sinken. Hinter der Abgeschiedenheit der Nische wichen neugierige, von Lampen beschienene Gesichter in die Schatten zurück, sobald mein Blick auf sie fiel – alle außer einem. Sie starrte mit einer Miene zurück, die ich nicht einordnen konnte. Es war kein Hass, aber es gehörte zur selben Kategorie. Es war schmerzhaft anzusehen, und mein Blick wanderte von der unglücklichen Blondine zu Edmund, der sie weiterhin beobachtete. Sie wandte sich wieder ihrem Buch zu und nestelte an den Blättern neben sich.

»Wer ist das?«, fragte Edmund in meinem und Eaglens Geist. *»Ich kenne noch nicht alle der Vampire.«*

»Charity Faunder«, antwortete Eaglen bedrückt. *»Das Mädchen, das von Violet Lee aus dem Bett des jungen Prinzen verdrängt wurde.«*

»Die Hofschlampe? Was macht die denn in der Bibliothek?« Ich hatte die Worte geflüstert, bevor ich meine Zunge im Zaum halten konnte. Ein Buch knallte vor meinen Füßen auf den Boden, als Edmund herumfuhr. Ich erschrak, ebenso wie alle Lesenden in Sichtweite, und Charity Faunder wurde knallrot.

Nach dieser plötzlichen Bewegung beugte er sich sehr langsam und bedächtig herab, um das Buch aufzuheben. Als er sich wieder aufrichtete, sah er mir in die Augen. »Verzeihung, Mylady. Ich wusste nicht, dass sich Spaß am Sex nicht mit akademischen Interessen vereinen lässt. *Mein Fehler.*« Seine Augen waren rot, richtig rot.

»Ich habe noch keine Schlampe getroffen, die beides unter einen Hut bekommen hat«, zischte ich zurück, ebenso eisig. Ich konnte Edmunds Vorhaltungen nicht ausstehen.

»Hier ist eine.«

»Du verlierst zu schnell die Beherrschung, Mortheno, sie ist noch jung«, warf Eaglen ein, und Edmund senkte den Blick.

»Zu jung.«

»Aber hier.« Ich stand unvermittelt auf, und die beiden Männer taten es mir nach. »Wenn Violet in den nächsten vierundzwanzig Stunden nicht anfängt, Blut zu trinken, lasst sie festbinden und füttert sie. Und ich will noch diese Woche Antworten zu dieser Verbindung.«

Damit ging ich und lief an Charity Faunders Pult vorbei, ohne sie noch einmal anzusehen. Hinter mir konnte ich Edmunds schwere Schritte hören und sein gemurmeltes »zu jung«, das mir wie ein Echo folgte.

Kapitel 33

Autumn

Nekromantie. *Das Heraufbeschwören verstorbener Wesen, in der Absicht, die Zukunft vorherzusagen oder zu verändern.*
Nekromanten können grob in zwei Kategorien unterteilt werden: die passiven und die aktiven. Letztere sind nach allgemeiner Überzeugung üblicher, speziell unter dunklen Wesen mit der Fähigkeit, Magie zu gebrauchen, da das aktive Heraufbeschwören von Geistererscheinungen einst einen konformen Zweig der Wissenschaft darstellte und zu den Universitätslehren zählte. Mit der Unterzeichnung der Terra-Verträge im Jahr 1812 wurden diese Praktiken jedoch untersagt, und infolgedessen nahmen Berichte über Geistererscheinungen seither stetig ab …

Ungeduldig fuhr ich mit dem Finger über die wohl hundertste Seite eines Buches, das sich vermutlich als nutzlos herausstellen würde. Die Lampe über mir flackerte und brachte mich wieder in dieses Zimmer mit der tickenden Standuhr in einer Ecke zurück. Es war bereits nach Mitternacht, aber ich war entschlossen, wach zu bleiben, also nippte ich an meinem bitteren Koffeingebräu und las weiter, wobei ich versuchte, den Gefühlsrausch zu verdrängen, in dem sich Violet offenbar gerade befand und mit dem sie mich allmählich in den Wahnsinn trieb.

Passive Nekromanten sind seltener, und die letzte umfassende Studie zu dieser Fähigkeit aus dem Jahr 1950 deutet darauf hin, dass bis zum Erreichen des Erwachsenenalters (N B in Übereinstimmung mit den damals geltenden Menschengesetzen legte man den Eintritt in das Erwachsenenalter bei einundzwanzig Jahren fest) nur eines unter zehntausend Sage-Kindern diese Gabe besaß. Noch bevor das Volk der Verdammten der Großen Säuberung zum Opfer fiel, brachte eine Erhebung im Jahr 1891 das Ergebnis, dass ein Kind unter Tausend noch vor Erreichen der Volljährigkeit die passive Form dieser Fähigkeit besaß; im Jahr 1950 wurden nur zweitausend Kinder getestet, und nur ein (sterilisiertes) Kind zeigte Ansätze von Beschwörungsfähigkeiten. Unter anderen dunklen Wesen gilt die Gabe als erloschen.
Die Fähigkeiten passiver Nekromanten variieren. Der Studie aus dem Jahr 1950 folgend kann man jedoch drei Konstanten ausmachen: die Fähigkeit, willentlich Geistererscheinungen heraufzubeschwören; mindestens ein Erlebnis mit dem Abbild eines Verstorbenen, das Kommunikation beinhaltet, und eine darauf folgende, nicht zufällige Veränderung.

»Unter anderen dunklen Wesen gilt die Gabe als erloschen«, wiederholte ich leise und fuhr die Zeile mit dem Finger nach. Aber Chri'dom hat eindeutig gesagt, dass sie eine Nekromantin sei, und ich hatte mir ganz sicher nicht eingebildet, was bei Violets Ankunft geschehen war. Es war die verstorbene Vampirkönigin gewesen in ihrem Geist – in meinem Geist, die da mit mir gesprochen hatte! *Und die Träume. Was in aller Welt haben ihre Träume von dem Verhüllten damit zu tun?*

Nachdem ich den Paragrafen noch ein paar Minuten lang wieder und wieder gelesen hatte, in der vagen Hoffnung, er würde vielleicht doch noch irgendwelche verborgenen Informationen preisgeben, klappte ich das Buch schließlich zu. Aber meine Ungeduld ebbte nicht ab, während mir pausenlos die Worte meiner Großmutter durch den Kopf gingen: *Die Zeit ist dein Feind.*

Rasch hob ich das dicke Buch auf und schlich leise aus dem Raum, um Fallon nicht zu wecken, der im Schlafzimmer schlief. Der Korridor draußen, bei Tag hell und luftig, war nun dunkel und ausgestorben. Die Doppeltür am Eingang zum Westflügel wurde bewacht, und niemand außer jenen, die hier wohnten, passierte die Tür zu dieser Zeit, mitten in der Nacht.

Ich durchquerte den grünen Salon, in dem es nur grüne Möbel gab und dessen Wände vom Boden bis zur Decke mit Gemälden bedeckt waren. Im Augenblick saßen mehrere von Kaspar Varns Freunden dort beisammen. Dann erreichte ich endlich die Tür zu Violets Gemächern. Sie war unverschlossen, und ich betrat das kleine Vorzimmer. Eine der Türen zu den angrenzenden Räumen stand einen Spalt offen, und gerade hatte ich die Hand gehoben, um zu klopfen, als ich ein Stöhnen hörte. Es war ein leises, samtenes »Nein«. Obwohl ich auf einmal am liebsten davongelaufen wäre, konnte ich mich nicht rühren und stand wie angewurzelt da. Durch den Spalt erhaschte ich einen Blick auf Violets Körper in Kaspar Varns Armen. Er presste sie gegen die Wand, und sie hing dort wie von Haken gehalten.

Der erschrockene Laut, der aus meinem Mund drang, wurde von einem Krachen übertönt, als etwas Schweres zu Boden fiel. Dem folgten ein frustriertes Grollen und dann das rhythmische dumpfe Geräusch eines Körpers, der wieder und wieder gegen die Wand schlug.

Sie waren beide nackt. Ihr Kopf ruhte an der hellen Tapete, aber ihr Rücken wölbte sich bei jedem Stöhnen vor, und ihre Lider flatterten ... Ich fuhr zurück, während meine Füße jedoch immer noch am Boden zu kleben schienen. Es kam mir vor, als ruhte ihr Blick einen Moment zu lange auf dem Türspalt. Ein Lächeln erschien auf ihrem Mund, dann teilten sich ihre Lippen, formten ein O, und sie sank an der Wand hinab, gehalten von Kaspar Varn. Doch die Verbindung zwischen uns schien seinen Körper merkwürdig durchsichtig zu machen, ich konnte durch ihn hindurchsehen. Dann stürzte ich tief in ihren Strudel der Zufriedenheit. Es war wie der erste Atemzug in frischer Luft nach Wochen unterirdischer Gefangenschaft in den dunkelsten Tiefen ihres und meines Geistes.

»Wunderschön, nicht wahr, Herzogin?«

Ich hätte geschrien, wäre da nicht die schwere Hand auf meiner Schulter gewesen, die mich hinabdrückte. Mein erster Impuls war die Flucht, aber als ich einen Schritt zurück machte, stieß mein Fuß gegen ein Bein.

»Nun, was bringt ein so süßes Ding wie Euch dazu, zur Spannerin zu werden? So hätte ich Euch gar nicht eingeschätzt.«

»Lass mich los, Felix«, fauchte ich, aber es wurde nur ein kraftloses Flüstern, und es gelang mir auch nicht, seine Hand abzuschütteln. »Und nenn mich nicht süß.«

Er drückte meine Schulter noch fester, und mir wurde mulmig. Felix war einer von Kaspar Varns Freunden, und ihm eilte der Ruf eines adligen Lüstlings voraus ... außerdem gehörte er zu jenen, die am Londoner Blutbad beteiligt gewesen waren.

»Oh, aber ich glaube, genau das seid Ihr. Vielleicht lässt mich Euer Prinz ja mal kosten.«

Er würde es nicht wagen, von mir zu trinken. Oder etwa doch? Sein schmieriger Tonfall und die Art, wie er mich zu sich herumdrehte, gefielen mir ganz und gar nicht. Ich versuchte, seine Hand wegzuschieben, aber er hatte die Finger tief in meine Haut gekrallt.

»Bei uns in Varnley gibt es ein Spiel, Lady Heroine, das wir alle sehr mögen. Ich frage mich, ob Ihr wohl schon einmal davon gehört habt. Es nennt sich Kundig-Linguist.«

Ich schüttelte den Kopf, während ich im Geist alle möglichen Zauber durchging, mit denen ich ihn lange genug würde ablenken können, um nach einer der Wachen zu rufen. Davon gab es Hunderte, aber mein Hirn war leer, und ich konnte nur an den Spalt in der Tür denken und an Violet, die im Nebenzimmer auf dem Boden lag.

»Nein? Dann sollten wir es Euch wirklich beibringen. Ihr werdet es lieben.«

Ein grüner Lichtblitz flammte auf, sprang zwischen den Wänden hin und her und blendete mich, aber der erfreulich laute Plumps, mit dem der Vampir vor mir zusammensackte, verriet mir, dass mein Fesselzauber gewirkt hatte. Das Buch wie eine Rüstung an die Brust gedrückt, stieg ich über den zuckenden, sich windenden Körper hinweg und eilte den Korridor hinunter. Doch dann folgte mir ein wütender Ruf, und ich fuhr herum. Dort stand ein vollständig bekleideter Kaspar Varn, und als ich mich wieder nach vorn drehte, war da Fallon. Er trug nur seine Pyjamahose, schien aber bereit, jemanden umzubringen. Dann stürmte er an mir vorbei, und als ich ihn am Arm packen wollte, blockte er mich mit einem Schild ab, woraufhin ich rückwärtsstolperte und in einen Stuhl fiel. Ich sprang wieder auf, ließ das Buch achtlos zu Boden fallen und rannte ihm hinterher, während er bereits im Vorzimmer über Felix stand und ihn hochriss. Die grünen Fesseln um Arme und Beine des Vampirs verschwanden, und er sackte in Fallons Griff zusammen. Der Prinz schleuderte ihn gegen die nächste Wand und hielt ihn am Kragen gepackt.

»Was hast du ihr getan? *Was hast du getan?*«

Felix bewegte die Lippen, aber es drang nur ein merkwürdiges Gebrabbel heraus, gefolgt von einem Quieken, als Kaspar den Prinzen zurückriss und wie wahnsinnig auf den papierdünnen Schild um Fallons Haut einzuprügeln begann. Beide Männer keuchten vor Anstrengung. Violet, die nur ein langes Hemd trug, stürzte aus dem Schlafzimmer und versuchte, ihren Freund fortzuziehen, doch es hatte keinen Sinn. Ich konnte nichts anderes tun, als entsetzt die Hände vor den Mund zu schlagen, als weitere Vampire erschienen und die beiden zu trennen versuchten.

»Kaspar, Kaspar, hör auf!«

Ich hörte, dass ich »Fallon!« schrie, aber niemand schien meine Rufe zu bemerken. Sie waren bloß ein angstvoller Sopran inmitten eines Durcheinanders aus Ächzen, Knurren, panischen Rufen, Wimmern und dem leisen Lachen von Felix, der auf dem Boden zusammengesackt war.

Violets Tränen tropften auf den Teppich.

»Stopp!«

Nur dieses eine Wort, so scharf gesprochen, dass der Tumult augenblicklich einfror. Der Gefühlsaufruhr in mir verstummte schlagartig, als die zwei Könige das Schlafzimmer betraten, in das wir mittlerweile gestolpert waren. Die Gesichter der anderen zeigten starres Entsetzen.

Kaspar, so groß, so stark, wurde von seinem Vater auf das Bett geschleudert, als wöge er nicht mehr als seine kleine Schwester, die hinter König Vladimir eingetreten war. Der andere Monarch packte seinen Sohn bei den Haaren und zog ihn hoch, sodass er vornübergebeugt dastand, in einer Art merkwürdig verdrehter Verbeugung.

Ich konnte sie nur mit weit aufgerissenen Augen anstarren, die Hände an den Kopf gepresst.

»Angesichts deines politischen Unverstands mag es dich vielleicht überraschen, Kaspar, aber einen Prinzen der Sage zu töten könnte negative Folgen nach sich ziehen.«

Kaspar zischte wütend, aber gleichzeitig einlenkend. Fallon sagte nichts. Auch alle anderen im Raum schwiegen, und die unheimliche Stille betonte die in der Luft liegende Spannung noch. Nur Violet zeigte Haltung. Ihre Miene war wieder ausdruckslos, ihre Iris so grau wie immer seit ihrer Ankunft hier.

»Worte. Worte sind etwas Wunderbares. Worte wenden Kriege ab. Worte schließen Freundschaften. Worte verhindern Kämpfe. Ihr solltet sie benutzen.« Ll'iriad Athenea ließ seinen Sohn los und verließ den Raum. Er hatte die Stimme nicht ein Mal erhoben, aber es war ihm anzuhören gewesen, wie viel Anstrengung ihn das gekostet hatte. Seine Gestalt schien leicht zu beben, als er hinausging.

Der Vampirkönig knurrte etwas in einer Sprache, die ich nicht verstand, ignorierte Violet vollkommen und bedeutete Fallon und mir, das Zimmer zu verlassen. Er folgte uns hinaus, und als er auch die Tür des Vorzimmers hinter uns geschlossen hatte, seufzte er und fuhr sich mit der Hand übers Gesicht.

»Sie sind brutal«, sagte er sachlich. »Haltet euch von ihnen fern.«

Dann machte er auf dem Absatz kehrt und ging davon. Meine Lippen teilten sich überrascht, und mein Herz hämmerte noch immer wie wild, denn ich war überzeugt gewesen, dass uns eine Zurechtweisung erwartete.

Fallon umfasste mein Handgelenk, und wir eilten in meine Gemächer. Das Buch über Nekromantie blieb vergessen auf dem Boden liegen. Fallons Griff war fest, seine Muskeln wirkten verkrampft, und ich wagte nicht, ihn zu fragen, ob alles in Ordnung war – er sah aus, als würde er jemanden abfackeln, wenn ich es tat.

Er ließ mich nicht los, zerrte mich durch den Empfangsraum in mein Schlafzimmer, ließ sich aufs Bett sinken und zog mich mit hinab. Ich legte mich vor ihn, den Rücken an seine Brust geschmiegt.

So blieben wir, bis sich unsere Atemzüge einander anpassten und er sich allmählich beruhigte. Erst nachdem mindestens fünf Minuten vergangen waren, sprach er.

»Hat er dir wehgetan?«

»Nein«, sagte ich leise. »Er hat nur ein paar komische Dinge gesagt.«

Er verstärkte den Druck seines Arms um mich, schmiegte seine Knie in die Kuhle hinter meinen und zog mich noch enger an sich. »Was für komische Dinge?«

»Er hat gesagt, ich würde bestimmt süß schmecken und dass er gern mal Kundig-Linguist mit mir spielen würde.«

Er hob leicht den Kopf. »Wie bitte?«

»Kundig-Linguist. Weißt du vielleicht, was das für ein Spiel sein soll?«

Er stützte sich auf den Ellbogen. »Das heißt Cunnilingus, Autumn.« Seine Brust bebte leicht, und er presste die Lippen fest aufeinander, um nicht zu lachen. Dann wurde seine Miene wieder ernst, als er mich betrachtete.

Nein, das hat er definitiv nicht gesagt. »Warum lachst du? Was ist das? Sag schon.«

Er strich mir übers Haar, noch immer ein leichtes Lächeln auf den Lippen. »Ich zeige es dir lieber.«

Ich zog die Brauen zusammen. »Warum? Erklär's mir doch einfach.«

Er drückte mich sanft auf die Matratze hinab, stützte sich mit einer Hand neben meinem Kopf ab und beugte sich über mich. »Vertraust du mir?«

In seine himmelblauen Augen mischte sich eine Spur von

Rot, und unter der Intensität seines Blicks stieg mir Hitze in die Wangen. »Ja«, brachte ich ein wenig atemlos heraus.

Langsam rollte er sich herum, bis er über mir kniete. Er stützte sich mit beiden Armen ab und beugte sich zu mir herab, bis sein Gesicht dem meinen ganz nah war.

»Sag mir, falls jemand – mich eingeschlossen – irgendetwas tut, bei dem du dich unwohl fühlst, okay?«

Ich nickte, und er presste seinen Mund auf meinen. Mein Puls wurde schneller, und meine Lippen teilten sich, als das, was als flüchtiger Kuss begonnen hatte, allmählich verlangender und leidenschaftlicher wurde. Ich legte ihm die Arme um den Hals und schlang ein Bein um seine Taille. Seine Hand fuhr unter meine Kniekehle.

»Autumn, deine Augen sind rot.«

Plötzlich spürte ich, wie Flammen zischend und fauchend wie an einer Zündschnur die Verbindung zwischen Violet und mir entlangkrochen. Ihr Geist lag wie ein aufgeschlagenes Buch vor mir, durch dessen Seiten der Wind strich. Sie war wieder lebendig, sehr lebendig, und als ich blinzelte, schob sich ihr Bild vor meine geschlossenen Lider, wie sie mit halb aufgeknöpftem Hemd unter Kaspar Varn lag. Es fühlte sich an, als stürzte ich in ihren Geist, ihr Verlangen hüllte mich ein, und ich badete in ihrer absonderlichen Liebe für diesen Mann und in dem Gefühl der Sicherheit, das jenes Band zwischen ihnen ihr gab. Fallons Gewicht senkte sich schwerer auf mich herab, und kurz war ich sicher, dass es kein blonder Prinz sein würde, den ich sah, wenn ich die Augen öffnete.

Dann war es doch Fallon, den ich erblickte, und mir wurde klar, dass es für den Buchteil eines Augenblicks keine Grenze mehr zwischen Violet und mir gegeben hatte. Wir waren keine getrennten Wesen mehr, wir waren ein und dieselbe gewesen. Aber warum? *Schicksal, warum gibst du uns diese Fähigkeiten, aber keine Antworten?*

Einer nach dem anderen öffneten sich die Knöpfe meiner Bluse. Fallons warme Finger und die kühle Luft jagten mir einen Gänsehautschauer über den Körper, und ich schloss die Augen.

Er küsste mein Schlüsselbein. Dann glitt sein Mund tiefer. Und tiefer.

Aus weiter Ferne drang ein Wispern an mein Ohr. »Süß, Kleine. So süß.«

Kapitel 34

Autumn

Die Schwelle zum Sitzungssaal des Interdimensionalen Rates zu übertreten war, als durchschritte man den Gang zu seiner eigenen Trauungszeremonie.

Am Abend zuvor war die Nachrichtensperre aufgehoben worden, und nachdem die Beziehung zwischen Fallon und mir erstmals offiziell verkündet worden war, überschlugen sich die Medien fast, um Bilder von uns beiden zu veröffentlichen.

Vor dem halbmondförmigen Gebäude hatte man einen himmelblauen Teppich ausgelegt, der von der Straße, auf der die Ratsmitglieder von ihren Pferden stiegen, bis zu den hölzernen Eingangstüren verlief. Und den ganzen Weg entlang rangen Journalisten um die die besten Plätze hinter den Absperrungen, lehnten sich über die magischen Zäune und streckten jedem, der an ihnen vorüberging, Kameras und Mikrofone entgegen.

»Lady Heroine! Hier drüben! Für *Arn Etas*!«

»Lady Heroine, stimmen die Gerüchte, dass Prinz Fallon heimlich nach Devon gezogen ist, um in Eurer Nähe zu sein?«

»Lady Heroine, dies ist Euer erster offizieller Auftritt seit dem Begräbnis Eurer Großmutter. Wie kommt Ihr mit ihrem Vermächtnis zurecht?«

Ich lächelte und schmollte auf Kommando, drehte und

wandte mich, schüttelte Hände und benahm mich ganz so, als wäre der Teppich, auf dem ich ging, rot statt blau. Es war atemberaubend, es war glamourös. Kamerablitze flammten auf, wurden von dem blassgoldenen Stein des Ratsgebäudes zurückgeworfen und fingen sich in meinem ebenfalls blassgoldenen Kleid. Aber es war und blieb ein Goldfischglas.

Irgendwann entließen sie mich schließlich, und ich betrat das Gebäude, flankiert von Edmund und Jo. Als ich die kupferne Türschwelle überschritt, stimmte mein Herz einen Trommelwirbel an, und plötzlich hatte ich Angst. Dies war die größte Ratsversammlung, der ich jemals beigewohnt hatte, der gesamte Interdimensionale Rat war zusammengerufen worden, und es ging dabei um Violet Lee. Um die dahinwelkende, schwindende Violet Lee.

Warum muss ich hier sein? Warum?!

Wir passierten Saaldiener mit langen goldenen Stangen, an denen Banner hingen. Es waren elf: eines für jede Dimension, eines für die Menschen und ein weiteres für mich. Nur Violets Banner fehlte. Eine Brise strich durch die offenen Türen herein, ließ die Flaggen wehen und fuhr unter dem Goldgerüsttunnel hindurch, den wir durchschritten. Der Wind fing sich in den losen Haarsträhnen in meinem Nacken und zerrte an meiner Frisur, bis die Haarnadeln nachzugeben drohten.

Edmund ahnte mein Zögern bereits, bevor ich beschließen konnte, stehen zu bleiben. Er nahm mich beim Ellbogen und sorgte nachdrücklich dafür, dass ich weiterging, statt auf dem Absatz kehrtzumachen.

»Ich kann das nicht«, wisperte ich. »Ich kann nicht.«

»Du hast keine Wahl.«

Er bugsierte mich in den Ratssaal, und Jo folgte uns pflichtschuldig.

Ich unterdrückte ein Keuchen. Einen Raum wie diesen hatte ich noch nie gesehen.

Der Mittelgang war lang und wurde von Bankreihen gesäumt. Die Polsterbezüge waren ebenso hellblau wie der Teppich draußen. Die Armlehnen waren vergoldet, und vor jeder Reihe befand sich ein schmaler Tisch, gerade breit genug, um ein Buch darauflegen zu können. Die Reihen stiegen stufenförmig nach hinten auf, und an den Wänden entlang verlief eine Galerie mit weiteren Sitzplätzen. Die Decke war so bemalt, dass sie wie der Himmel an einem klaren Tag aussah, und helles Licht fiel durch die Buntglasfenster herein.

Entlang der gerundeten Wände erhoben sich über den Sitzreihen etwa dreißig hölzerne Stühle mit hohen Lehnen und dicken Kissen. Diese waren für die Staatsoberhäupter der Dimensionen bestimmt: für die Monarchen, königlich und abgeschottet; für die Präsidenten und ihre Berater, die gerade dabei waren, ihre Notizen zu ordnen und ihre Plätze einzunehmen; sogar einen kompletten kleinen Rat der dritten Dimension erkannte ich. Die Königsfamilien, Ratsmitglieder, Premierminister, religiösen Führer und Gelehrten gruppierten sich um die erhabenen Stühle herum. Die unteren Reihen wurden von den übrigen Fraktionsmitgliedern besetzt.

Ich blieb neben einem Ständer stehen, auf dem eine geschlossene Ausgabe der Terra-Verträge ruhte, und legte meinen Eid ab. Dann schritt ich die Reihe der erhabenen Sitze ab, bis ich meinen an der Seite des Königs von Athenea fand. Jo nahm ihren Platz auf der Bank direkt unter mir ein, neben Alfie und Fallon, der den Arm hob, damit ich seine Hand nehmen konnte.

Er drückte ermutigend meine Finger. Im selben Augenblick schwenkten alle Kameras im Saal, die hoch über uns von der Decke hingen, zu uns herum und fuhren herab, bis sie unangenehm nah waren. Und schon wurde diese kurze, zärtliche Berührung auf Millionen von Bildschirmen übertragen.

Edmund neben mir knurrte vernehmlich, und die Kameras wichen zurück wie erschrockene Tiere.

Die Bankreihen waren beinahe voll besetzt, und gerade nahm eine letzte Gruppe Menschen ihre Plätze in der Mitte ein. Ein Mikrofon sirrte aus luftiger Höhe herab und blieb vor König Ll'iriad hängen.

Seine Begrüßung und die Einführung waren lang, die Vorrede sogar noch ausholender, also ließ ich die Gedanken schweifen.

Es war ein unglaublich guter Aussichtspunkt. Ich konnte sie alle erkennen: von den Atheneas unter mir bis zu Lisbeth auf einer der Sage-Bänke. Sie gehörte nun zu meinen Hofdamen, saß jedoch bei ihren Eltern und lauschte dem König mit leicht gerunzelter Stirn. Direkt gegenüber saßen die Vampire: der Feind, der schon bald ins Kreuzfeuer geraten würde. *Denn wer sonst könnte schuld an Violets Zustand sein? Wo sonst sollte die Wurzel dieses Übels liegen?* Nicht bei mir. Niemand würde mir die Schuld geben, der Überbringerin schlechter Nachrichten. Der Erweckerin. Der *Ilaea.*

Ich versuchte, mich daran zu erinnern, wie es war, wenn der eigene Geisteszustand nicht gleich der ganzen Welt preisgegeben wurde. Wenn Vertraulichkeit etwas Intimes war, und nicht *du und ich und die komplette Ratsversammlung*. Wie es wohl wäre, wenn ich mich einfach nach vorn beugen, die Arme um Fallons Schultern legen und seinen frischen Duft einatmen könnte, ohne dass dieses Bild morgen die Titelseiten schmückte? Es schien lachhaft.

Dies ging mir durch den Kopf, als der König die Liste von Violets Gebrechen durchging. Ich begriff nicht, wie jemand auf den Gedanken kam, ein so öffentliches Forum könne dabei helfen, auch nur eines davon zu heilen.

Schließlich erhob sich Eaglen etwas wacklig, und ich zwang mich, wieder ins Hier und Jetzt zurückzukehren. Er schob ein paar Papiere vor sich hin und her, und als er aufsah, wirkte er wie jemand, der ein Todesurteil zu verkünden hatte.

»Als ergebenem Diener meines Königs und Seher der Zukunft wurde mir die wenig dankbare Aufgabe zugeteilt, die Mächte unserer jungen Heldinnen zu klassifizieren. Allerdings konnte ich nur wenige Schlüsse ziehen und kann hier daher lediglich die Fakten und einige Hypothesen darlegen. Erstens kann ich, nachdem ich Zeuge wurde, wie sie sowohl Königin Carmen als auch ihren verstorbenen Bruder gesehen hat, bestätigen, dass Violet Lee alle Merkmale einer Nekromantin zeigt.«

Im bisher vollkommen stillen Saal brach ein Tumult los, und die Kameras summten eifrig, um den Schrecken der Versammelten einzufangen.

Mir fuhr ein eisiger Stich durch Herz und Bauch. Langsam sah ich vom Boden zu Eaglen auf, der meinen Blick mit geweiteten Augen erwiderte, als wollte er mich stumm um Verzeihung bitten.

»Zweitens soll bekannt gegeben werden, dass zwischen den beiden Heldinnen eine Verbindung besteht, die über bloße Telepathie hinausgeht, was bedeutet, dass sie auch Gefühle, Erinnerungen und Erfahrungen teilen, ohne ein dafür notwendiges bewusstes Lockern ihrer geistigen Schutzbarrieren.«

Meine Wangen brannten, als mir die Röte ins Gesicht schoss. Es fühlte sich an, als hätte jemand ein Feuer in meiner Brust entzündet. Ich beugte mich vor, um die Könige der ersten und zweiten Dimension anzusehen und in ihren Mienen nach Zeichen von Überraschung oder Schuldbewusstsein zu suchen. Doch beide weigerten sich, meinem Blick zu begegnen, und sahen resolut auf ihre Gefolgsleute hinab. *Wie konnten sie es wagen? Wie konnten sie nur? Dieses Wissen war gefährlich!*

»Zu guter Letzt soll gesagt werden, dass Lady Heroine Autumn Rose meiner Meinung nach sowohl die Fähigkeiten einer Seherin entwickelt als auch eine Gabe, die es ihr ermöglicht, die Heldinnen zu erwecken. Die Gründe für eine solche Anhäufung außergewöhnlicher Mächte sind jedoch noch immer unklar, und ich empfehle, dass wir diese Entwicklung ihren natürlichen Gang nehmen lassen. Mehr kann ich nicht tun. So ist es.« Er beendete seine Ansprache mit der traditionellen Schlussformel, und seine Stimme erstarb. Geschlagen ließ er sich wieder auf seinen Platz fallen.

Es bedurfte fest geballter Fäuste meinerseits und eines scharfen Wortes von Edmund, um mich auf meinem Stuhl zu halten. Ich hatte von den Hinterhältigkeiten des Rates gehört, aber *das hier*? Unsere Mächte der ganzen Welt preiszugeben! Das war dumm.

Durch zu Schlitzen verengte Augen betrachtete ich den König von Athenea, als er sich erhob. *Und ich dachte, du wärst mein Verbündeter.* »Danke, Eaglen. Nun hat Violet Lees Leibarzt das Wort …«

Es war unerträglich. Ein endlos langer Vortrag darüber, dass sie kein Blut trank, wenn man sie nicht gewaltsam dazu zwang. Und dann begannen die gegenseitigen Schuldzuweisungen.

»Gewiss liegt es doch nun in der Verantwortlichkeit Atheneas, für die Gesundheit und Sicherheit dieser jungen Heldin zu sorgen und sicherzustellen, dass sie sich von diesem Anflug des Wahnsinns erholt?« Der Sprecher war selbst ein Sage, ein Ratsmitglied, das ich noch nie zuvor gesehen hatte.

Der Vampirkönig zuckte nicht mit der Wimper, gab jedoch eine scharfe Antwort.

»So talentiert Eure Heiler auch sein mögen, sie trinken kein Blut. Dies könnte sich als problematisch erweisen, wenn es darum geht, die Nuancen des Geistes eines frisch verwandelten Vampirs zu ergründen.«

»Nuancen, auf die Ihr selbst eindeutig nicht genügend eingegangen seid, Euer Majestät«, schoss die neue Gemahlin des Königs der Gestaltwandler zurück. »Ihr habt sie gequält und unterworfen!«

Unruhe kam in den Reihen der Vampire auf, und die Athan und Wachen, die entlang der Wände postiert waren, spannten sich an und sahen sich wachsam um.

Plötzlich erklang eine Stimme von den Bänken direkt unter mir.

»Ich habe dazu etwas zu sagen, wenn es Euer Majestät gestattet.«

Es war Prinzessin Joanna, Fallons ältere Schwester, die zu jenen Sage gehörte, die zu Violets Rettung geeilt waren, nachdem die Vampire von Michael Lees Taten erfahren hatten. Sie war aufgestanden und wartete geduldig auf Ll'iriads Erlaubnis. Trotz dieses erlauchten und wankelmütigen Publikums wirkte sie ruhig und entspannt. Der König nickte.

»Als eine Botschafterin meines Königreiches habe ich zwei Wochen in der zweiten Dimension verbracht, sowohl vor als auch nach der Verwandlung. Was ich dort gesehen habe, schmerzte mich, und ich weigere mich, darüber zu schweigen. Lady Heroine Violet Lee war Opfer schwerwiegender seelischer und physischer Misshandlungen, von denen sie sich wohl kaum jemals erholen wird, denn diese Misshandlungen wurden ihr ausgerechnet von jenen zugefügt, die behaupten, sich um sie zu sorgen, seien es nun Menschen oder Vampire.

Von den Mitgliedern eines Königreiches, die wir derzeit bei uns beherbergen!« Die Prinzessin wandte sich halb ihrem Vater zu: »*So* ist es.«

Michael Lee sprang auf. »Ihr beschuldigt mich, meine eigene Tochter misshandelt zu haben!« Ich hatte diesen Mann noch nie von Nahem gesehen – die Athan ließen ihn nicht an mich heran, und es überraschte mich, dass man ihm gestattet hatte, bei der Ratsversammlung dabei zu sein –, aber seine Augen schienen schwarz, und ihr stechender Blick bohrte sich nun in Joanna, als wollte er ein Loch in sie brennen. Herausfordernd sah sie ihn an.

»Wenn ihr nach einem Schuldigen sucht, dann schaut euch diesen Abschaum dort an.« Er deutete auf Kaspar Varn, der bereits jetzt von einem anderen, gleichaltrigen, aber bemerkenswert sonnengebräunten Vampir mit amerikanischem Akzent gebändigt werden musste. »Meine Tochter leidet unter dem Stockholm-Syndrom. Er quält sie. Das stimmt nicht mit ihr!«

»Natürlich glaubst du das!«, brüllte Kaspar durch den Saal, ohne erst auf ein Mikrofon zu warten. »Du wirst unsere Beziehung niemals akzeptieren!«

Der König von Athenea erhob sich klugerweise rasch. »Dies sind ernsthafte kriminelle Anschuldigungen, doch der Zweck dieser Versammlung ist nicht …«

»Man kann den Mann, der an eine Heldin gebunden ist, nicht beschuldigen, sie zu misshandeln! Das ist grotesk!« Auch der Vampirkönig war aufgestanden, und die beiden Monarchen tauschten einen kurzen Blick, es ging so schnell, dass ich ihre Mienen nicht lesen konnte.

»Natürlich, die Immunität des Prinzen. Ihr ist es schließlich auch zu verdanken, dass er bisher nicht für den Mord an meinem Sohn zur Rechenschaft gezogen wurde!« Ich erkannte den in Rot gekleideten Mann nicht, der sich unvermittelt in die Diskussion eingemischt hatte, aber seine Worte verrieten mir, dass er nur Ilta Crimsons Vater sein konnte.

»Dein Sohn war nicht mehr wert als der Dreck unter den Stiefeln eines Hunters!«, schleuderte ihm Kaspar entgegen. »Er hat seine Sehergabe missbraucht, *er* hat Violet angegriffen, nicht ich! Und was ist mit den anderen? Meine Schwester und Lord Fabian Ariani haben sie bedroht und herumgeschubst, genau wie ihr Ex Joel. Alles, was ich getan habe, geschah mit ihrem Einverständnis …«

»Und ihr solltet hören, wie ihre eigene Schwester mit ihr redet!«, stimmte Kaspars jüngerer Bruder Cain ein.

»Violet Lee wurde absichtlich über das wahre Ausmaß ihrer Situation im Unklaren gelassen! Ihr könnt keine Zustimmung von einem Mädchen erwarten, das keine Ahnung davon hatte, dass ihr Liebesleben einen Konflikt in einem politischen System darstellt, von dessen Existenz sie bisher nicht einmal wusste. Unterrichtet sie, informiert sie, erst *dann* könnt ihr ein gewisses Maß an Selbstbestimmtheit von ihr verlangen!« Antae, der große Seher und Gelehrte, hatte sich von seinem Platz unter den Verdammten erhoben, und seine Stimme hallte über das Gezeter der anderen hinweg. Erst blieb es vollkommen still, dann erscholl ein ohrenbetäubendes Gebrüll aus den Reihen. Das Streiten und Schimpfen echote von der Decke, und niemand scherte sich um die Ordnungsrufe. Die Wachen eilten in die Saalmitte und hielten sich bereit.

Ich stand auf.

Jene in meiner unmittelbaren Nähe verstummten sofort. Dann wurden auch die neben ihnen zum Schweigen gebracht. Und die daneben …

Mikrofone und Kameras schwenkten zu mir herum, wartend.

Auch ich wartete, bis mich alle ansahen.

Dann verließ ich meinen Platz und ging zielstrebig auf die Ausgangstür zu.

Edmund sagte kein Wort, folgte mir nur schweigend die Stufen hinunter, zwischen den Reihen hindurch bis zum Mittelgang. Die Wachen machten uns nervös Platz, ihre Bewegungen verursachten die einzigen Geräusche, abgesehen von unseren Schritten. Von unseren beschämend einsamen Schritten.

Ist es kindisch, einfach zu gehen? Wirke ich dumm und unreif? Ist das hier das Richtige? Ich kann das einfach nicht länger tolerieren!

Und dann erklangen die Schritte eines Dritten im Saal. Ich wusste sofort, dass es Fallon war, ich erkannte seinen schweren, leicht unregelmäßigen Gang. Doch zu meiner Überraschung blieb er nicht lange allein. Weitere Schritte waren zu hören, doch ich wagte nicht, mich umzudrehen, um nachzusehen, wer es war.

Kaspar Varn erschien an meiner Seite, nur ein kleines Stück hinter mir, dann verließ auch Lilian Lee ihre Bankreihe und stellte sich damit auf dieselbe Seite wie er …

Immer mehr gesellten sich zu uns, flankierten uns: Lisbeth, meine Freunde aus Kindertagen James Funnell, Codine und Raine, Eaglens Tochter Arabella, Alya und Adalwin Mortheno und Richard …

»*Autumn?*«, hörte ich Edmund vorsichtig fragen, als wir die Flügeltür erreichten.

Ich hielt den Kopf noch ein wenig höher. »Wenn sie nicht wie Erwachsene miteinander reden können, dann werde ich nicht wie eine Erwachsene unter ihnen sitzen bleiben.«

Die Bannerträger fuhren erschrocken zusammen, als die Flügeltür so unvermittelt aufschwang, und nahmen hastig

Haltung an, während ich bereits unter den Bannern hindurch zum Ausgang schritt, wie ich es schon vor Stunden am liebsten getan hätte. Als ich schließlich in die Eingangshalle hinaustrat, gab ich meiner Neugierde endlich nach und drehte mich um.

»Bei den Mächten der Erde!«, hauchte ich. Ungefähr dreißig waren mir hinausgefolgt und sahen mich nun erwartungsvoll an.

Neben jenen, die ich dabei gesehen hatte, wie sie ihre Bankreihen verließen, standen da noch drei weitere Kinder der Varns – Lyla, Cain und Jag – und die Vampire, die mit uns im Westflügel wohnten: Fabian, Felix, Charlie und Declan und auch der amerikanische Vampir. Nervös stellte sich nun auch Charity Faunder zwischen die anderen und Edmund. Und daneben stand Violets Schwester, Tränen in den Augen.

Außerdem Alfie und Fallon sowie zwei von Fallons jüngeren Geschwistern und drei seiner älteren: Joanna, die sich damit ebenfalls mit Kaspar Varn auf eine Seite stellte, obwohl sie ihn vor wenigen Minuten erst angeklagt hatte; Henry, der auch Botschafter war; und – was am unglaublichsten schien – Sie, der eigenbrötlerische Thronerbe von Athenea. *Ich habe bisher noch nicht einmal ein einziges Wort mit ihm gewechselt!*

»Der Inter wird Violet nicht helfen«, erklärte ich. Genau das hatte ich gedacht, als ich aufgestanden war, und etwas anderes hatte ich nicht zu sagen. *Sie sind mir hinausgefolgt. Sie sind mir … gefolgt!*

Aber jetzt blieb keine Zeit, darüber nachzudenken.

»Sorg dafür, dass sie sich nicht gegenseitig umbringen«, bat ich Fallon, dessen Grinsen verblasste, als ich auf dem Absatz kehrtmachte.

»Was? Wohin gehst du?«

Die Türen flogen auf und enthüllten die davor wartende

Presse, die das Geschehen via Kamera verfolgt haben musste. Ich wusste, dass mir Fallon nachkam, weil sie nun nicht mehr nur meinen, sondern auch seinen Namen riefen.

»Ich habe eine Idee, für Violet.«

»Brauchst du meine Hilfe?«

Ich schüttelte den Kopf und band meinen Hut fest. Infanta, meine wunderschöne Stute, die frisch aus der Quarantäne entlassen worden war, wartete bereits auf mich. »Halt hier für mich die Stellung.«

Als ich mich gerade in den Sattel schwang, kam Kaspar den Teppich entlang auf mich zugerannt. Er ignorierte Fallon vollkommen und sah nur mich an. »Ich wollte sie niemals misshandeln, wenn es das ist, was du denkst«, platzte er heraus und sah mich mit großen Augen an, fast als bäte er um meine … Zustimmung?

Ich erwiderte seinen Blick nur für den Bruchteil einer Sekunde, dann wendete ich Infanta, und wir galoppierten davon. Ich hatte keine Antwort für ihn, ich wusste ja selbst nicht, was ich dachte.

Ich musste Violet vor allem vor sich selbst retten.

An diesem Abend nannten uns die Zeitungen Dissidenten.

Kapitel 35 *Fallon*

Es waren jetzt drei Stunden vergangen, und Autumn war noch immer nicht aus Violets Zimmer zurückgekommen. Draußen war es dunkel, aber ich hatte die Vorhänge in Autumns Wohnzimmer nicht zugezogen. Stattdessen lief ich auf dem Teppich hin und her.

Was hat sie vor? Warum dauert das so lange? Im Vergleich zu ihrem Verschwinden am Nachmittag war das hier die reine Folter. Denn vorhin war ihr Geist noch für mich zugänglich gewesen, und ich hatte gewusst, dass sie in Sicherheit war … ausgerechnet an der Universität von Athenea.

»*Autumn!*«, rief ich sie fordernd im Geist und erwartete Stille. Stattdessen klopfte es zweimal laut an der Tür.

Ich drehte mich zu Richard um, eine stille Statue in einem der Sessel. Sein Blick verriet mir, dass er dasselbe dachte wie ich: *Das ist nicht Autumns Klopfen.*

»Wer ist da?«, knurrte ich und wusste, dass es keine angenehme Gesellschaft sein würde – nicht um Mitternacht.

Es war kurz still. »Casper, das Gespenst. Lass mich einfach rein.«

Mir klappte der Mund auf, und meine Magie regte sich. Richard war aufgestanden und runzelte die Stirn.

»Was willst du?«

»Reden. Ich werde dich schon nicht umbringen, Herrgott noch mal, Vater würde mich vierteilen.«

Selbst durch die Tür war sein Akzent stark.

»Lass ihn rein«, sagte ich zu Richard, bereit, den gleichen Fluch zu benutzen, den Autumn bei Felix angewandt hatte.

»Ganz locker«, knurrte Kaspar, als er durch die Tür kam, die Hände neben dem Kopf erhoben. »Nein, bleibt draußen«, befahl er seinen Wachen, als sie ihm folgen wollten. »Ich hatte eigentlich gehofft, wir könnten allein sein«, sagte er und sah demonstrativ Richard an.

Ich nickte zustimmend – mit einem einzelnen Vampir wurde ich problemlos fertig –, wusste aber, dass Richard vor der Tür stehen bleiben und jedes Wort mithören würde.

Kaspar sah sich im Zimmer um und ließ es auf sich wirken. Seine Augen weiteten sich ein wenig, als er den Flügel sah, der vor Kurzem in die Ecke beim Fenster gestellt worden war. Er ging hinüber, setzte sich auf den Hocker und ließ die Finger über die polierten, glänzenden Tasten gleiten.

»Ich nehme an, du bist nicht nur hergekommen, um dir die Langeweile zu vertreiben«, ermunterte ich ihn, als er keine Anstalten machte, etwas zu sagen.

»Violet und Autumn haben mich aus dem Zimmer geworfen«, erwiderte er und fing an, Tonleitern hinauf und hinunter zu spielen. »Also bin ich hergekommen, um mich zu entschuldigen«, sagte er schlicht, ohne einen Ton auszulassen.

»Entschuldigen?«

»Ja, du weißt schon. Ehrliches Bedauern über eine Tat ausdrücken? Solltest du auch mal versuchen.«

»Für was entschuldigen?«, knurrte ich und wünschte mir ernsthaft, ihn mit einem Schweigezauber knebeln zu können.

Er nahm ganz plötzlich die Hände von den Tasten, und das Zimmer wurde still, nur die letzten Töne hingen noch als gespenstischer Nachhall in der Luft. »Autumn hat mir erzählt, was Felix gesagt hat. Ich habe nicht gewusst, dass er sich wie ein Arschloch benommen hat, als ich dich angegriffen habe.«

Ich zuckte halbherzig mit den Schultern. »Tja … ist nun mal passiert.«

»Ja.«

Er betrachtete mein Spiegelbild in dem glänzenden Holz des Klaviers. Ich steckte die Hände in die Taschen und wartete, in der Hoffnung, dass er einfach gehen würde. Wie er da saß, im Mondlicht, das durchs Fenster schien, leichenblass und regungslos, und auf mein Spiegelbild starrte … Es war, als würde mich ein Toter ansehen.

»Ich werde schnell wütend … seit Mutter gestorben ist«, erklärte er langsam. »Ich verstehe, warum Autumn so in sich gekehrt ist. Man frisst Dinge in sich hinein.«

Meine Arme waren steif wie Holz. *Redet Kaspar Varn da etwa über … Gefühle?*

»Du solltest es mal mit einer Therapie versuchen«, schlug ich vor, weil ich nicht wusste, was ich sonst sagen sollte. »Bei Autumn hat das super funktioniert.«

Er ließ die Hände wieder auf die Tasten fallen und fing an, ein wunderschönes, fließendes Stück zu spielen, das entfernt an einen Walzer erinnerte. »Ich habe sie einfach wie einen Menschen behandelt«, beharrte er, und seine Stimme wurde mit jedem Wort und jedem Akkord lauter. »Wie Beute eben! Ich habe sie nicht missbraucht … oder?«

Seine Stimme verlor sich, Tausende Zweifel flossen in dieses eine Wort. Innerlich geriet ich in Panik. *Was soll ich denn tun? Ich bin kein Psychiater!*

»Ich weiß nicht genug über eure Beziehung, um das beurteilen zu können«, brachte ich schließlich hervor und wurde rot.

»Nein, das tust du nicht«, stimmte er mir zu, und die Musik hob wieder an. »Aber niemandem fällt ein, dass es vielleicht die Verwandlung selbst ist, die sie so gemacht hat. Es war alles zu schnell, zu überstürzt. Sie war nicht bereit … Vielleicht … vielleicht ist sie nicht dafür geschaffen, ein Vampir zu sein. Vielleicht ist sie einfach zu menschlich.«

»Ich …«

»Sie nährt sich von deiner Autumn. Sie erzählt mir immer von Autumns Herzschlag, dass er langsamer wird und dann schneller, wenn sie mit dir zusammen ist, wie eine kaputte Uhr, die nicht im Takt bleibt, sagt sie. Manchmal glaube ich, dass sie so tut, als wäre es ihr Herzschlag, als wäre sie wieder ein Mensch.«

Mein Magen zog sich zusammen. »Verwandeln funktioniert nur in eine Richtung«, sagte ich leise.

Er hörte wieder auf zu spielen und fuhr auf dem Hocker zu mir herum. »Meinst du, das weiß ich nicht?!«

Ich zuckte zusammen, ein bisschen erschrocken über seinen Wutausbruch, aber er beruhigte sich schon wieder und fuhr sich mit der Hand über den Hinterkopf.

»Ich gehe weg, morgen Abend …«

»Du verlässt den Hof und lässt Violet allein?«, fuhr ich ihn an, bevor ich mich beherrschen konnte. Ich hatte ja gewusst, dass der Typ unfähig war, aber einfach *wegzugehen*? Mir war danach, ihm das Hirn mit den Fingernägeln herauszukratzen.

»Ich werde *jagen*«, korrigierte er mich. »Ein paar Tage lang, auf dem Festland. Ich muss den Kopf freibekommen.«

»Und du meinst, sie allein zu lassen wird helfen?«, fragte ich und näherte mich ihm zum ersten Mal. Ich umrundete die Sofas und ging auf das Klavier zu, ganz langsam, für den Fall, dass er wie ein wildes Tier um sich schlüge. »Und sie hat noch immer diese Träume von dir, obwohl sie nicht schläft, hat Autumn gesagt. Glaubst du denn, wenn sie dich jagen sieht, will sie eher Blut trinken?!«

Er stand auf. »Ich muss einfach hier raus! Es macht mich wahnsinnig!«

Ich trat noch einen Schritt auf ihn zu. »Dann bist du egoistisch!«

Sein Mund öffnete und schloss sich stumm. Dann schüttelte er langsam den Kopf und drehte sich weg. Er lehnte sich ans Klavier und vergrub den Kopf in den Händen. »Nein … i-ich weiß einfach nicht, was ich tun soll.«

Ich runzelte die Stirn, als ich die Anspannung in seiner Stimme hörte. »Ist alles … in Ordnung bei dir?« Zögernd und vorsichtig berührte ich seine Schulter. Seine Augen waren trocken, aber seine Lippen bebten. Er sah mich kurz an, seine Iris war grau, dann schlug er meine Hand weg und stürzte zur Tür. Im Türrahmen hielt er noch einmal kurz inne.

»Ich dachte, Verliebtheit würde alle Probleme lösen. Ich lag falsch.«

Und dann war er verschwunden.

Kapitel 36 *Autumn*

»Lass … es dir nur bitte nicht zur Gewohnheit werden, aus Ratssitzungen hinauszumarschieren, so etwas macht nur einmal Eindruck«, sagte der König von Athenea leise und ließ den Blick zwischen mir und seiner Tochter Emily hin und her wandern. Die Kleine spielte zu seinen Füßen, während die rotzfrechen Zwillinge immer wieder versuchten, sie an den Haaren zu ziehen. »Aber was du getan hast, hat funktioniert. Wir stehen in deiner Schuld.«

Er erhob sich von seinem Stuhl, und die drei Kinder hielten inne, um ihren Vater zu beobachten. Sie himmelten ihn an.

Auch ich stand auf. »Sie hat heute Morgen einen halben Liter Blut getrunken. Ich habe nicht erwartet, dass sich die Lage so schnell verändern würde, aber es ist ein Geschenk des Schicksals.«

»Das ist es. Und du, meine Liebe, du strahlst. Es macht meine Familie und mich sehr glücklich, zu sehen, wie du jeden Tag stärker wirst. Ich glaube, wir haben dich wohl in unseren chaotischen Atheneaclan adoptiert.«

»Ich fühle mich hier zu Hause«, gab ich leicht errötend zu.

»Das freut mich. Und jetzt kommt, wir sollten ins Wohnzimmer zurückgehen.« Die drei Kinder begannen artig, ihre Spielsachen einzusammeln, und als sie damit fertig waren, führte der König uns vier hinaus. Mein Herz machte einen Freudensprung, als Emily nach meiner Hand griff und sie so fest drückte, als wäre ich ihre Schwester.

Es war sehr voll im Wohnzimmer – wie immer. Es war eher ein Familienraum, in dem die Kinder von Athenea spielen, ihre Hausaufgaben machen und kostbare Zeit mit ihren vielbeschäftigten Eltern verbringen konnten. Es befand sich im vorderen Teil des Palastes, versteckt hinter der großen Eingangshalle, wo sich alle versammeln konnten, um einen Blick auf den König zu erhaschen, wenn er sich einmal zeigte. Was er selten tat. Alle Privaträume der Familie waren miteinander verbunden, und ich erinnerte mich daran, wie ich als Kind mit Fallon durch die Gänge getobt war und dort nie ein Augenpaar gesehen hatte, das nicht blau war.

Fallon saß mit seiner Tante und seinem Onkel zusammen. Als ich eintrat, sah er auf und lächelte. Obwohl ich nur Jeans und ein Sweatshirt trug, kam es mir vor, als wäre ich die Einzige im ganzen Palast, die schön genug war, dieses Lächeln hervorzurufen. Ich wollte zu ihm rennen, ihm die Arme um den Hals schlingen und mich an ihn klammern wie ein Parasit …

Ich bin glücklich. Ich weiß auch nicht warum, aber ich bin glücklich …

Ich ging jedoch nicht zu ihm, sondern steuerte einen kleinen Tisch in einer anderen Ecke an, um mich zu Violet und Kaspar zu setzen. Sie brütete über einem Hochglanzmagazin, aber ich wusste, dass nicht Klatsch und Tratsch sie so fesselten. Als ich mir einen Stuhl heranzog, sah sie kurz auf und lächelte flüchtig.

»Alles in Ordnung?«, fragte ich, obwohl ich die Antwort bereits kannte, denn Aufregung und freudige Erwartung rauschten durch die Verbindung zwischen uns.

»Es ist perfekt«, antwortete sie und zog einen Zettel aus dem Heft. »Ich habe mit einer Frau von der Vergabestelle gesprochen, und sie sagt, mit meinen Noten komme ich auf jeden Fall rein und ich könnte im Januar schon anfangen! Hier.«

Sie reichte mir den Zettel, und ich las die Notiz darauf – es ging um spirituelle Lebensberatung.

Ich strahlte. »Und du hättest dir kein besseres Hauptfach als Politik aussuchen können. Das kann uns nur helfen.«

Kaspar, der mir gegenübersaß, schnaubte abfällig. »Ja, klar«, brummte er. Violet sah ihn an, und ihr Lächeln flackerte. Ich atmete tief durch. *Ruinier es nicht, Kaspar. Wage nicht, es zu ruinieren.*

»Benimmt sich Kaspar komisch?«, hörte ich Fallon in meinem Kopf.

Ich nickte leicht, da ich annahm, dass er uns zusah.

»Bei mir war er letzte Nacht auch komisch.«

Ich behielt Violet im Auge, um ihre Reaktion abzuschätzen – nichts, was mir jemand im Geist anvertraute, war jetzt noch privat. *»Erzähl es mir später«*, entgegnete ich, um ihm zu verstehen zu geben, dass er diskreter sein musste. Er hatte das volle Ausmaß unserer Verbindung noch immer nicht ganz erfasst.

»Sag schon, was hast du gemacht? Ich habe dich seit gestern kaum gesehen. Violet hat jetzt eine Broschüre von der Universität, aber ich verstehe nicht, was das ändert. Sie ist wie ausgewechselt!«

Ich schmunzelte. *»Sie bewirbt sich dort um einen Studienplatz.«*

»Wirklich?! Wow! Aber was ändert das?«

»Weißt du noch, was ich dir über die Erscheinung der Vampirkönigin erzählt habe? Sie hat mir erklärt, Violet und ich seien einander gleich, also habe ich darüber nachgedacht, was mich

verändert hat: Wissen. Aber ich bin erst darauf gekommen, als Antae gesagt hat, wir sollten sie unterrichten …«

Violet warf mir ein kleines Lächeln zu, offenbar hörte sie jedes Wort.

»Nur weil man ein Vampir ist, muss man deswegen ja nicht gleich alle Zukunftswünsche aufgeben«, schloss ich laut und in meinem Geist, damit es auch Fallon hörte. *»Außerdem gibt es ihr ein Ziel, für das es sich lohnt, zu leben und zu trinken«*, fügte ich dann noch als Nachgedanke hinzu.

Ich war so in die Unterhaltung vertieft, dass ich die Ankunft der Athan erst bemerkte, als König Ll'iriad die Kinder bat, den Raum zu verlassen. Alle Köpfe fuhren herum, und die Jüngeren begannen zu protestieren.

»Geht!«, herrschte sie der König an, und da erkannte ich, dass etwas nicht stimmte. Noch nie hatte ich erlebt, dass er die Kinder anfuhr oder auch nur die Stimme hob. Es passte nicht zu ihm, es passte nicht zu seinem fremdartigen, nicht einzuordnenden Akzent – nicht kanadisch, wie bei so vielen Mitgliedern seiner Familie, sondern warm und variierend. Es war der Akzent eines Mannes, der den Aufstieg und Fall ganzer Kulturen erlebt hatte. Er überzeugte, er brauchte nicht zu brüllen.

Die Kinder schienen ebenso verwirrt wie ich und verließen widerwillig mit Alya das Zimmer.

Edmund trat zu den Sofas in der Zimmermitte, ein offiziell aussehendes Dokument in der Hand, das ich als die Rückseite eines Fotos erkannte. Ich wollte aufstehen, hinübergehen und es mir ansehen, aber ich war wie festgenagelt auf meinem Stuhl und konnte nur die Armlehnen umklammert halten. Etwas war passiert, etwas *wirklich* Schlimmes. Ich wusste es tief in meinem Herzen.

»Autumn, ich habe … schlechte Nachrichten«, verkündete Edmund. Sein schleppender, teilnahmsvoller Tonfall bewirkte, dass ich meine Beine wieder fühlte und zu einem der Sessel neben dem König und der Königin treten konnte. Als ich mich setzte, fühlte es sich an, als wäre nur mein Körper hier, während mein Geist die Szene wie ein Theaterstück von außen betrachtete.

Fallon kam zu mir und ging neben meinem Sessel in die Hocke, bevor er meine Hand nahm. Sein Onkel, seine Tante, Alfie und Lisbeth näherten sich ebenfalls, doch Kaspar und Violet schienen nur noch verschwommene, unbedeutende Gestalten in der Ferne zu sein.

»Vielleicht sollten wir lieber woandershin gehen?«, hörte ich den König sagen.

»Hier ist es gut«, entgegnete ich, doch es klang gar nicht nach mir. Meine Stimme war zu ruhig.

Edmund holte lang und bebend Luft.

»Die Extermino ... Es tut mir leid. Deine menschliche Schule, sie ... sie haben die Schule angegriffen und ...«

Ich senkte den Kopf und richtete den Blick stur auf das geschnitzte Ahornblatt an einem der Tischbeine, versuchte unbeteiligt zu bleiben und die unvermeidliche Schuld und das Grauen zu unterdrücken, die langsam in mir aufstiegen.

»Keine Wächter«, brachte Fallon gequält heraus, womit er meinen Gefühlen und jenem schrecklichen Gedanken Ausdruck verlieh, der auch mir gekommen war. *Keine Wächter, weil wir sie im Stich gelassen haben.*

»Gab es Verletzte?«, hörte ich den Herzog von Victoria fragen.

»Einige der Schüler haben ausgesagt, es seien mindestens zehn Extermino gewesen. Es war Pause, und die meisten waren draußen auf dem Schulhof ... sie hatten keine Chance. Ich ... ich habe eine Liste der Verletzten. Es sind über hundert.« Edmund legte ein Blatt Papier mit einer Reihe Namen auf das

Kaffeetischchen. Tränen drohten mir in die Augen zu steigen, aber ich konnte noch erkennen, dass hinter jedem einzelnen Namen nur die Worte »stabil« oder »kritisch« standen.

»Christy, Tammy, Gwen, Valerie und John Sylaeia stehen alle darauf …«

Er nannte noch ein paar weitere Namen, die mir nichts sagten, Fallon allerdings offenbar schon, denn sein Griff schloss sich fester um meine Hand.

»Sie wurden von Flüchen getroffen, sind aber stabil.«

Ich konnte den Blick nicht von der Namensliste abwenden. Ich wusste, warum sie es getan hatten. Es war ein reiner Akt des Widerstands. Wie Geier hatten sie eine Gelegenheit abgewartet und zugeschlagen. Sie hatten demonstriert, dass sie ihre »Werte« nachdrücklich vertraten, im Gegensatz zu uns. Aber *wie* hatten sie es getan? *Wie kann jemand nur unschuldige Menschenkinder angreifen?*

»Dann wurde also niemand getötet? Dem Schicksal sei Dank.« Der Herzog von Victoria seufzte erleichtert auf.

Edmund schluckte schwer. »Doch. Ein Mädchen.«

Ich riss den Kopf hoch. Edmund trat zum König und reichte ihm das Foto. Er sah mich an, wandte sich jedoch rasch wieder ab. »Thyme. Thyme Carter.«

Mein Herz schien zu explodieren und Löcher in meine Lunge zu reißen, denn als ich einatmete, geschah nichts.

»Wer?«, fragte jemand verwirrt.

»Tee«, flüsterte Fallon neben mir. »Tee.«

Die Welt drehte sich um mich … Tee, meine kleine, süße Tee war tot. Ermordet.

»Das darf nicht an die Medien dringen«, sagte der König mit bebender Stimme, und ich zwang mich, den Kopf zu heben. Er starrte noch immer das Foto an, und sein blasses Gesicht nahm einen leicht grünlichen Farbton an.

»Lasst mich sehen«, verlangte ich, löste die Hand aus Fallons Griff und umklammerte stattdessen die Sessellehne. »Sofort!«

Der König gab das Foto an Edmund zurück, der es fest gegen die Brust drückte und um den Kreis aus Sesseln und Stühlen herum zu mir brachte. Alle Augen waren auf ihn gerichtet.

»Autumn«, flüsterte er. »Nicht.«

Ich hob die zitternde Hand, nahm eine Ecke des Fotos zwischen Daumen und Zeigefinger und zog es langsam zu mir herab, bis es in meinem Schoß lag. Noch immer war mein Blick fest auf Edmunds Gesicht gerichtet. Fallon neben mir keuchte entsetzt auf, schlug die Hände vor den Mund und wandte sich ab.

Ich sah hinab.

Das Foto zeigte einen Rücken. Den Rücken eines Kindes. Über die Schulter verlief ein langer, schwärender Schnitt, aus dem Blut in das dicht gelockte Haar geflossen war und es verklebt hatte. Ihr Arm war nach hinten gebogen, gebrochen, der Knochen ragte durch die Haut, und ein dicker, gleichförmiger Abdruck wand sich um ihr Handgelenk. Er musste von den Fesseln stammen, die zerschnitten neben ihrer Hand lagen.

Und in ihren Rücken hatte man Buchstaben geritzt, glänzend rote Buchstaben auf ihrer dunklen Haut. Sie formten folgende Worte:

Wie lange könnt Ihr noch standhalten, Mylady?
Wir können es beenden, Herzogin.
Wir werden auf dich warten, Autumn.
In Liebe
Nathan xxx

Ich schleuderte das Foto fort von mir, ohne mich darum zu kümmern, wo es landete, und sprang auf. Ich konnte nicht blinzeln. Ich konnte nicht schlucken. Einen Augenblick lang starrte ich nur die Wand an, der Raum wankte, und dann, zum zweiten Mal in vierundzwanzig Stunden, ging ich einfach davon.

Der Boden schlingerte, und ich setzte die Füße sorgsam voreinander, bis die Tür zur Eingangshalle plötzlich vor mir aufschwang und ein Hauch von frischer Luft in meine Nase drang. Immer schneller folgte ich dem Duft.

Hinter mir rief Fallon erstickt meinen Namen. Jemand sagte: »Nicht.«

»Autumn?«, fragte Edmund, der zu mir aufgeholt hatte, aber ich sah ihn nicht an. Ich konnte ihn nicht ansehen. Ich gab *ihm* die Schuld. Ich wollte so weit wie nur irgend möglich von ihm fort sein.

»Infanta … mein Pferd.« Es gelang mir, diesen Gedanken durch den dicken, kranken Nebel in meinem Kopf hinauszuschicken.

In der Eingangshalle versammelten sich einige Sage vor den offenen Türen, doch als sie ihre blasse, erschütterte Heldin auf sich zueilen sahen, wichen sie langsam zurück. Als ich an ihnen vorüberschritt, fühlte ich, wie meine Kleider verschwanden und stattdessen schwarze Stoffe meinen Körper einhüllten und meine Nacktheit verbargen. Schon war ich in voller Trauerkleidung: schwarze Hose, schwarze Bluse, schwarze Handschuhe. Ein Band aus schwarzer Spitze um meinen Hals, das mich an ihr Andenken fesselte. Mein Haar fiel offen herab, um meine Schuld zu verbergen.

Auch die gewaltigen äußeren Flügeltüren schwangen auf, und vor mir lag eine Welt in Flammen. Der Himmel war strahlend orange und gelb hinter der sinkenden Sonne, gekrönt von einem schmalen Streifen Lila. Am Ende der langen, von den Palastflügeln flankierten Prachtstraße erkannte ich Infantas Silhouette, ein Stallbursche hielt sie am Zügel.

Sie begrüßte mich, indem sie den Kopf hochwarf, und ich wusste, dass es mir guttun würde, sie bei mir zu haben. Reiten war besser als fliegen. Sobald ich im Sattel saß, trat Edmund zu mir, während sich der Stallbursche tief verbeugte und davoneilte.

»Es tut mir leid«, flüsterte er. »Wir hätten ein paar Leute zu ihrem Schutz dortlassen sollen. Wir hätten …«

»Lass mich allein«, fauchte ich, drückte die Fersen in Infantas Flanken, und wir stoben davon. Doch Edmund gehorchte mir nicht. Er folgte mir, manchmal rennend, manchmal fliegend, während Infanta über die grasbewachsene Ebene galoppierte und mein Haar wild hinter mir herwirbelte.

Ich fragte mich, wie wir wohl aus der Ferne aussehen mussten. Ein schwarz-grauer Umriss vor dem flammenden Himmel, der aus dem Palast floh, als würde ihn die Sonne verbrennen.

Prachtvoll, Kind. Was immer du tust, wird prachtvoll sein.

Aber so fühle ich mich nicht, Großmutter.

Wenn die Zeit kommt, wirst du es tun. Die Zeit wird dir deine Pracht verleihen.

Irgendwo rannte ich über eine grüne Wiese, schrie ihren Namen in einer Sprache, deren Klang mir ebenso vertraut war wie der dunkle Umriss des vor mir aufragenden grauen Steingebäudes. Tränen liefen mir über die Wangen, während ich mich die Eingangstreppe emporkämpfte und das Stimmengewirr vernahm, das durch die geschlossene Flügeltür drang. Ein monotones Plätschern wie das des Baches, der am Haus vorbeifloss und während der winterlichen Regenfälle anschwoll. Meine polierten, klobigen Schuluniformschuhe gaben ein protestierendes Quietschen von sich, als ich die Türen aufstieß und mich jenem Anblick stellte, den ich schon tausendmal gesehen hatte. Hunderte von Gesichtern wandten sich mir zu. Dann senkte sich Schwärze über alles.

Die Kathedrale von Athenea war ein wunderschönes Gebäude. Von außen sah sie aus wie eine typische gotische Kirche, genau wie jene, die man oft in den Städten Großbritanniens fand, mit einem Friedhof, der sich meilenweit darum erstreckte. Kleine, runde Steine ragten aus der Erde, so weit das Auge sah, und sprenkelten das Gras grau. Glocken läuteten im Abendlicht, und durch das einladend geöffnete Tor konnte ich einen Chor singen hören.

Im Innern war die Kathedrale jedoch alles andere als traditionell. Es gab zwar auch hier Bankreihen, aber der riesige Raum war in mehrere Bereiche unterteilt, die den verschiedenen großen Religionen gewidmet waren, und der Chorgesang drang aus einer kleinen Kapelle zu meiner Linken. Was mich jedoch am meisten beeindruckte, war der uralte Baum, der, von Magie genährt, im Zentrum des Gebäudes emporragte. Es war eine Eiche, deren Zweige bis unter das Kirchendach ragten und die weißen Gedenksteine, die in ihrem Schutz standen, beschatteten.

Eine dieser Grabstätten trug den Namen meiner Großmutter.

Ein paar Sage in braunen Kutten – Mönche, wie ich vermutete – fegten die gefallenen Blätter des Baumes zusammen, aber ansonsten war niemand hier.

Ich ließ mich an ihrem Grab direkt neben dem Baum zu Boden sinken. Ein paar Gaben lagen darauf und welkende Blumen in Vasen, die ich beiseitestellte. Daneben auch frische Blüten und Fotografien, die meine Großmutter, mich und manchmal sogar Manderley Manison zeigten, obwohl sie dieses Anwesen nie gemocht hatte.

Ich zog die Beine an und lehnte die Stirn gegen den kühlen Marmor. Tief atmete ich ein, immer wieder. Unter meiner Hand konnte ich die eingravierten Buchstaben spüren, und ich begann die Worte mit dem Finger nachzuzeichnen.

»Rebecca«, murmelte ich, strich über die Linien ihres Vornamens, ließ ihren Titel jedoch aus. Es war nicht mehr der ihre. »Rebecca ... Al-Summers«, endete ich und folgte dem Schwung des letzten S.

Halb erwartete ich, dass sie mir antworten, den Deckel des Grabes aufschieben und sich aufsetzen würde, um mich wegen meiner zusammengesackten Haltung zu tadeln und mir zu befehlen, ich solle gefälligst mit dem Geschniefe aufhören. Aber ich selbst hatte ihr Grab damals mit einem Zauber versiegelt.

Mehr als Entsetzen oder Trauer fühlte ich Wut in mir. Ich war wütend, weil ich seit meinem Fortgang nie auch nur einen Gedanken an die Menschen in Kable verschwendet hatte; wütend wegen meiner selbstsüchtigen Reaktion auf Valeries Zusammenbruch – wenn ich mich zusammengerissen hätte, wären wir vielleicht noch so lange in der Schule geblieben, bis andere Wächter unseren Platz hätten einnehmen können. Ich war wütend auf die Athan und besonders auf Edmund, weil sie versagt hatten, schon wieder, weil sie nie die Menschen beschützten. Jetzt saß Edmund in der letzten Bankreihe und beobachtete mich.

Ich war wütend auf die Atheneas, auf Violet und Kaspar, weil sie mich so sehr von meinen Freunden abgelenkt hatten und weil sie Vampire waren, die Mädchen wie Tee töteten, ohne sich etwas dabei zu denken.

»Ich verstehe nicht«, flüsterte ich, meine Lippen so nah am Marmor, dass ich den Stein fast küsste. »Warum ich? Ich weiß nicht, was ich tun kann, um die Welt zu ändern … um so etwas Böses aufzuhalten. Ich bin nur ein Kind. Ich stehe immer noch in deinem Schatten.«

Über mir raschelte es, und als ich den Blick hob, sah ich, wie die brauen Herbstblätter der Eiche im Windhauch schwankten und herabfielen. Dann packte sie eine plötzliche kalte Böe und trieb sie über das Grab. Für einen Augenblick wurde meine Welt herbstbraun.

Ich zitterte. Draußen begannen die ersten Schneeflocken zu fallen.

Die eisige Kälte war reinigend, und ich wollte hierbleiben und erstarren – das war besser, als an Tee denken zu müssen. Aber draußen wartete Infanta, und sie mochte die Kälte nicht besonders und war außerdem nass geschwitzt.

Ich hob den Arm und packte den Rand der Grabplatte. »Ich werde Rache nehmen, Großmutter, für dich und auch für Tee. Ich weiß noch nicht, wie … aber ich werde Nathans Blut an meinen Händen haben, das verspreche ich dir. Ich werde dich stolz machen, als Herzogin und als Heroine. Sieh, wie ich aus deinem Schatten trete. Sieh, wie ich wachse.«

Ich erhob mich, vorsichtig, um keine der Blumenvasen umzustoßen, wandte mich ab und ging langsam auf die hintere Bankreihe und Edmund zu. Er lächelte mich an. »Bereit?«

Ich nickte. *Für mehr, als du jemals ahnen könntest.*

Gemeinsam traten wir wieder hinaus in die Dezemberluft.

Kind, eines Tages werde ich tot sein, und du wirst lernen müssen, den Weg allein zu gehen. Der Tag, an dem du es kannst, wird ein besonderer sein. An jenem Tag werde ich aufhören, dich »Kind« zu nennen.

Kapitel 37 *Autumn*

Zurück im Stall, sattelte ich Infanta selbst ab und versorgte sie, froh, so meine Rückkehr in den Palast noch eine Weile hinauszögern zu können. Ich war ruhig. Sehr ruhig. Vielleicht stand ich auch nur unter Schock.

Nachdem ich Infanta in ihre Box geführt hatte, lehnte ich mich gegen einen Pfosten und sah hinaus, bewunderte den merkwürdigen Farbkontrast des noch blassrosa Himmels und des fallenden Schnees. Es war still, und die Landschaft wirkte fast unheimlich leer, bis in der Ferne hinter einem der Palastflügel plötzlich ein paar winzige dunkle Gestalten auftauchten und die Straße entlangrannten, so schnell, dass sie zu verschwimmen schienen. Ich kniff die Augen zusammen und wirkte dann rasch einen Zauber zur Verbesserung der Sicht.

Es waren Kaspar Varn, sein jüngerer Bruder, der Amerikaner, Felix und Charity Faunder, alle dunkel gekleidet und mit kleinen Rucksäcken auf dem Rücken. Sie sprinteten auf das Osttor zu. Keine Wachen begleiteten sie.

Als sie aus meinem Sichtfeld verschwanden, sank mir das Herz, und Verwirrung und Schmerz trafen mich, als Violet Zeugin dessen wurde, was ich sah.

Ich kann mich nicht um dich kümmern, nicht heute Abend, dachte ich. *Meine Freundin ist ermordet worden.*

Sie zog sich nicht zurück – das konnte sie nicht –, aber sie schleuderte einige wütende Gedanken in meine Richtung und verblasste ein wenig.

»Sie gehen jagen«, sagte jemand hinter mir. Es war Fallon.

Ich wandte mich halb zu ihm um, hielt die Arme jedoch weiter fest verschränkt. Ich fühlte mich zu kalt und taub, etwas anderes zu tun.

»Ich dachte mir doch, dass du noch hier draußen steckst«, fuhr er fort und zog mich an sich, sodass meine Wange an seiner warmen Brust ruhte. Dann löste er meine verschränkten Arme.

»Deine Hände sind ja die reinsten Eiszapfen«, murmelte er und zauberte eine Jacke her, die er mir um die Schultern legte. Dann entzündete er eine kleine Flamme, die vor uns in der Luft hing und meine Hände sofort wärmte. »Es ist Dezember, du must dich dicker anziehen«, rügte er sanft und strich mir mein feuchtes, krauses Haar glatt, bis es sich ordentlich in der Mitte scheitelte.

Ein Windstoß fuhr herein. »Ich mag die Kälte«, flüsterte ich und sah ihn an.

Er lachte leise. »Passt zu deinem Namen. Herbst – fühlt sich kalt an, ist aber heiß anzuschauen.«

Ich versuchte ein Lächeln, brachte es aber nicht ganz zustande. »Ich glaube, meine Großmutter hat mir in die Augen geschaut und mein ganzes zukünftiges Leben gesehen, als sie mir diesen Namen gegeben hat. Ich glaube, sie wusste von alldem hier.« Ich schob die Flamme beiseite und schmiegte mich an ihn, lehnte meinen Rücken an seine Brust. Er schlang die Arme um mich und legte das Kinn auf meine Schulter. Ich fühlte mich geborgen.

»Das werden wir wohl niemals wissen«, flüsterte er und drückte mich.

»Vielleicht schon. Violet sieht die tote Vampirkönigin.«

Er erstarrte leicht und hob den Kopf. »Autumn, wir wissen noch nicht genug über ihre Fähigkeiten, um uns solche Hoffnungen zu machen.« Er rieb mir über die Arme. »Tu dir das nicht an. Lass sie gehen.«

»Das habe ich«, versicherte ich ihm, obwohl ich mir da nicht ganz sicher war.

»Gut.«

Der Schnee fiel jetzt dichter, blieb aber noch nicht liegen.

»Ich möchte zu Tees Beerdigung nach Hause fahren«, erklärte ich nach einer Weile. »Das ist das Mindeste, was wir tun können.«

»Ich bin mir nicht sicher, ob wir das durchkriegen, aber ja, lass es uns versuchen.«

»Tammy … Tammy wird uns hassen. W-wir haben das zugelassen.« Ich begann zu stottern, und es fühlte sich an, als könnte ich nun endlich weinen. *Nach allem, was sie für mich getan hat …*

Er drehte mich zu sich um, legte einen Finger unter mein Kinn und hob es an. »Nein, gib dir nicht selbst die Schuld. Die einzig Bösen hier sind die Extermino, und wir werden sie nicht ungestraft davonkommen lassen. Tammy wird das verstehen.«

Er küsste mich auf beide Wangen, direkt unter den Augen, aus denen sich die ersten Tränen lösten. Dann küsste er mich auf den Mund.

Auf einmal rückte er ein Stück von mir ab und griff in seine Tasche. »Ich habe dir noch einen Anhänger für dein Armband besorgt.«

Er öffnete die Hand, und darin lag ein goldener, schwarz durchbrochener Ring, an dem ein kleiner schwarzer Schmetterling hing. Als ich ihn nahm, erkannte ich winzige rote Rosen auf den Schmetterlingsflügeln.

»Danke«, hauchte ich, wie bereits an meinem Geburtstag verzaubert von der kunstvollen Arbeit.

Er nahm mir den Anhänger wieder ab und versuchte, ihn an eines der zierlichen Kettenglieder des Armbands zu hängen, das ich nie ablegte.

»Du hast dich verwandelt, deinen Kokon abgestreift«, erklärte er leise. »Deshalb der Schmetterling. Manchmal kann ich mir gar nicht mehr vorstellen, dass du einmal eine Raupe warst.« Er klippte den Anhänger fest.

Ich hob das Handgelenk und betrachtete das Armband im Licht des Stalls. »Soll das etwa ein Anmachspruch sein?«, fragte ich und bewunderte meinen neuen Anhänger.

»Wenn er bei dir zieht, dann ja«, gab er schmunzelnd zurück. »Aber du bist jetzt erwachsen, das meinte ich.«

Ich ergriff seine Hände und legte sie um meinen Nacken. Er zog mich zu sich. »Kann … kann ich heute Abend wieder zu dir kommen?«

Er verengte die Augen und legte den Kopf schief. »Was hast du vor?«

»Nichts«, flüsterte ich und hob den Kopf, um ihn zu küssen, aber er war schneller und legte mir rasch einen Finger auf die Lippen.

»Du lügst. Lüg mich nicht an.«

Ich nickte, schob seinen Finger beiseite und drückte endlich die Lippen auf seinen Mund. Dann löste ich mich von ihm und trat in den Schnee hinaus. Ich drehte mich um, ging rückwärts auf den Palast zu und sah ihn dabei an.

»Alles, Euer Majestät. Ich will alles.«

Er hob lächelnd einen Mundwinkel, schnippte mit den Fingern, und das Licht im Stall verlosch. Er stieß sich von der

Wand ab, und ich drehte mich wieder um und ging auf den Dienstboteneingang des Palastes zu. Ich streckte die Hände aus, fing die Schneeflocken und wusste, dass mir der Prinz durch die frostige Dezemberluft Atheneas folgte.

Er schlief noch, als ich am nächsten Morgen erwachte. Ich wusste nicht, wie lange ich geschlafen hatte – der Schwere meiner Glieder nach zu urteilen nicht lange genug –, aber Tees blutverschmiertes Gesicht hinter meinen Augenlidern hatte mich geweckt. Sie war fort gewesen gestern Abend, tot und aus meinen Gedanken verbannt; aber nachts, als seine Arme nicht mehr um mich gelegen hatten, war sie zurückgekommen.

Ich strich mir das Haar aus dem Gesicht und betrachtete ihn, wie er ausgestreckt am Rand seines Bettes lag, die Zehen gegen das Geländer am Fußende gedrückt. Die Decke war von seinem nackten Körper gerutscht und lag doppelt auf mir. Er atmete tief und regelmäßig, also stieg ich so leise ich konnte aus dem Bett und zog die Decke mit mir. Ich wickelte sie wie ein Handtuch um mich. Es war zwar nur eine sehr provisorische Bekleidung, aber mir war heiß, und ich schwitzte, ich brauchte kalte, frische Morgenluft.

Ebenso vorsichtig und geräuschlos öffnete ich seine Balkontür und schloss sie hinter mir wieder. Ich stand mit beiden Füßen im Schnee, was schnell schmerzhaft wurde, und hopste über den Steinboden, bis ich eine Stelle gefunden hatte, die einigermaßen trocken war.

Athenea war in Weiß gehüllt. Die Wälder zu meiner Rechten waren erstarrt, der See in der Ferne zugefroren, die Berge waren schneebedeckte Kegel, und die Wiesen waren unter einer so dicken, unberührten Decke verschwunden, dass ich einen wilden Drang verspürte, vom Balkon zu springen und mich hineinsinken zu lassen, nur um herauszufinden, ob sie wirklich so weich war, wie sie aussah.

Es war magisch – in London oder Torbay gab es nie so viel Schnee –, und trotz der Kälte sangen die Vögel ihr Lied. Ich wollte nichts mehr, als mich anzuziehen und spielen zu gehen.

Gerade als ich mich abwenden und wieder hineingehen wollte, flammte etwas in meinem Augenwinkel auf. Es war ein Flackern auf der Spitze des nächstgelegenen Berges, das rasch wieder erstarb, dann jedoch erneut aufleuchtete und wuchs, bis sich ein helles orangerotes Feuer grell vor dem Weiß abhob. Es sah aus, als würde der Gipfel in Flammen stehen.

Es gab keinen Zweifel. Es war ein Signalfeuer, das letzte, das erst entzündet wurde, wenn alle zwölf Signaltürme in den Dimensionen brannten. Sie wurden nur in Zeiten der Not entzündet …

Die Ära der Heldinnen war gekommen, und die Extermino handelten, um einen Keil zwischen uns und die Menschen zu treiben … und Violet und ich waren die einzige Macht, die sie aufhalten konnte.

Ich schluckte schwer und starrte das Leuchten an, als ein allzu vertrautes Stechen in meine Schläfen fuhr. Es war, als hätte ein Pfeil meinen Kopf durchbohrt, und es hörte nicht auf, der Schmerz steigerte sich ins Unerträgliche. Ich versuchte, nach Fallon zu rufen, aber als ich den Kiefer bewegte, jagte der Schmerz meinen Hals hinab und in meine Brust. Ich konnte nicht mehr tun, als das Geländer zu umklammern, während mein Körper zu Boden sank und sich meine Sicht zusammenzog, bis ich nur noch das Signalfeuer sah.

Drinnen schlug eine Uhr.

»Es war eine Vision … von einem Mädchen«, keuchte Chri'dom. Er lag ausgestreckt auf dem Boden, die Scherben eines Glases und die Lache einer roten Flüssigkeit neben seiner Hand. »Holt Crimson und Pierre, schnell!«, befahl er seinen Beratern. Sie eilten hinaus, doch seinen Protegé rief er zurück.

»Ist es getan? Ist eine ihrer Schulfreundinnen tot?«

Der Protegé nickte.

Chri'dom nahm seine Kraft zusammen und ergriff die Hand des Mannes. »Deine Treue zu mir ist mit Blut besiegelt. Das Schicksal hat dich in der Tat gut gewählt. Und nun hilf mir auf, denn heute beginnt die Aufgabe der dritten Heroine, der Heldin der Verdammten. Ich habe sie gesehen, Nathaniel. Ich habe sie gesehen, und sie ist ein Mensch.«

Danksagung

Mein Dank gebührt meinen (immer noch) schwer leidgeprüften Eltern. Meiner vielseitig begabten Mutter dafür, dass sie die Rolle als meine persönliche Assistentin, Steuererklärerin, Hauskäuferin, Innenarchitektin und Social Networking betreibende, Fans vernetzende, Fragen beantwortende Alleskönnerin übernommen hat und auch noch der Prellbock zwischen meinem Studentinnen-Ich und der Welt da draußen war, als die Dinge etwas zu hektisch wurden. Meinem Dad dafür, dass er mich und die Küchenspüle alle acht Wochen zwischen Devon und Oxford hin- und herkutschiert hat, und dafür, dass er es wie ein Einheimischer mit der Botley Road aufnimmt.

Danke an meinen Agenten Scott Mendel, dass er auch dann noch einen Superjob macht, wenn ich die Übersetzungsverträge mal wieder wochenlang hinter *Beowolf* in der Warteschleife des Druckers vergesse.

Danke an meine UK-Lektorin Amy McColluch, dass sie *Autumn Rose* so wunderbar bearbeitet hat, obwohl sie selbst schreibt und ganz nebenbei gleichzeitig ihren Debütroman veröffentlicht hat. (Ich nehme mal an, du hast einen Zeitumkehrer. Kann ich mir den vielleicht mal ausleihen?)

Danke an meine US-Lektorin Erika Tsang und das Team

von William Morrow, nicht nur für die Arbeit an diesem Roman, sondern auch für die begeisterte Veröffentlichung von *The Dark Heroine: Dinner with a Vampire* im März 2013.

An die vielen Verlage auf der ganzen Welt, die mittlerweile an Übersetzungen der Dark-Heroine-Serie arbeiten. Vielen Dank, dass ihr meine Geschichten und Charaktere an Orte und zu Menschen bringt, von denen ich nicht zu hoffen gewagt hätte, dass sie meine Worte erreichen.

TAUSEND Dank an die »Oxonian 'nillas« und gewisse andere wunderbare Menschen an der Uni und in der Stadt: für den mitternächtlichen Kaffee, der mich durch diverse Essaykrisen gerettet hat; für die Schokolade auf Bestellung während des berüchtigten »Fifth Week Blues« in Oxford; für die vielen, vielen Getränke, die ich euch wahrscheinlich schulde; für Wachsspiele bei Kerzenlicht in der Formal Hall und die unzähligen Umarmungen – aber hauptsächlich dafür, dass ihr mir immer versichert habt, ich wäre nicht vollkommen verrückt – sogar als sich der Arzt da schon nicht mehr so sicher war.

Auf einen Blick

Die Dimensionen und die Dunklen Wesen

Neun Parallelwelten, und sie alle werden von Dunklen Wesen und Menschen bevölkert! Hier ein kleiner Leitfaden zu den Dimensionen und ihren Bewohnern.

1. Dimension: Die Welt der Sage und der Extermino

Sage haben von allen Dunklen Wesen die stärksten Kräfte. Sie beziehen sie aus ihrem Blut und können sich zusätzliche Kräfte von der Natur leihen. Sage sehen aus wie Menschen, haben jedoch farbige Narben auf ihrer rechten Körperhälfte. Ihre Augenfarbe ändert sich bei starken Gefühlen. Sage leben nach strengen Grundregeln, den Fas, zu denen unter anderem veganes Essen gehört. Das Königshaus von Athenea regiert das Sage-Volk.

Extermino nennt man eine Gruppe abtrünniger Sage. Sie sind Feinde der Monarchie und des interdimensionalen Rats. Die Narben der Extermino sind im Gegensatz zu denen anderer Sage grau, angeblich wegen ihrer furchtbaren Verbrechen.

2. Dimension: Die Welt der Vampire
Vampire brauchen menschliches Blut, um zu überleben. Bis auf wenige wissen die Menschen der zweiten Dimension nichts von ihrer Existenz. Die Vampire werden vom Königshaus der Varns in England regiert.

3. Dimension: Die Welt der Verdammten
Verdammte sind Magier, die nur durch Blutopfer zaubern können. Wegen ihrer Blutmagie wurden sie lange Zeit von den Menschen verfolgt.

4. Dimension: Die Welt der Gestaltwandler
Gestaltwandler können zwischen ihrer menschlichen und der Form ihres Totemtieres hin und her wechseln.

5. Dimension: Die Welt der Schwingenträger
Die Schwingenträger sind ein nomadisches Naturvolk mit Flügeln.

6. Dimension: Die Welt der Elven Fae
Wie die Schwingenträger sind auch die Elven Fae ein Naturvolk ohne hierarchische Gesellschaftsstruktur.

7. Dimension: Die Welt der Wölfe
Diese Dunklen Wesen können nach Belieben menschenähnliche Gestalt annehmen.

8. Dimension: Die Welt der Maengu
Maengu sind Wasserwesen. Um an Land zu gehen, können sie ihre Gestalt ändern.

9. Dimension: Die Welt der Phönixe
Phönixe können nur alle neun Monate menschliche Gestalt annehmen.

Die Menschen
Menschen leben in allen neun Dimensionen. Mit Ausnahme der zweiten Dimension wissen sie von den Dunklen Wesen und haben einen Platz im Interdimensionalen Rat.

Wichtige Personen

Abria Pierre: Mensch aus der zweiten Dimension. Anführerin des → **Pierre-Clans**, die als Vampirjäger (Slayer) arbeiten. Die 15-Jährige sinnt auf Rache für ihren ermordeten Bruder → **Claude.**

Alfred Athenea: Sage. Prinz Alfie ist der jüngste Sohn von → **Lorent Athenea.**

Athenea: Königshaus der Sage.

Autumn Rose Al-Summers: Sage. Absolviert ihr zweites Jahr als Wächterin am Kable Community College, wo sie auch zur Schule geht. Sie fühlt sich in Kable nicht wohl und kommt mit dem Tod ihrer Großmutter nicht zurecht. Verbirgt ihren Rang als Herzogin von England. Kellnert am Wochenende in einem Café.

Carmen: Ehemalige Vampirkönigin. → **Kaspars** Mutter. Wurde von Slayern ermordet.

Charity Faunder: Vampiradel. Ehemalige Gespielin von → **Kaspar.**

Chri'dom: Anführer der Extermino und Nachfahre → **Contanals.** Mächtiger Magier und Seher.

Christy: Klassenkameradin und Freundin von → **Autumn**.

Claude Pierre: Der Slayer lebt in der zweiten Dimension. Ehemaliger Anführer des → **Pierre-Clans**. Ermordete mit seinen Männern die Vampirkönigin und wurde dafür von → **Kaspar Varn** getötet.

Contanal: Sage-Prophet. Verkündete die Prophezeiung der Dunklen Heldinnen.

Eaglen: Alter Vampir, mächtiger Seher und wichtiges Mitglied des Interdimensionalen Rates.

Edmund Mortheno: Sage und ranghöchster Leibwächter (Athan) auf Burrator. Sohn von Adalwin Mortheno, dem Anführer der Athan. Hat eine Schwester namens Alya.

Elizabeth Bletchem: Freundin von → **Alfred Athenea**.

Fallon Athenea: Seine königliche Hoheit aus dem → **Haus Athenea** (kurz: S.K.H.A.). Der Sage ist zweitältester Sohn des Königspaares und neben → **Autumn** Wächter am Kable Community College.

Gwen: Klassenkameradin und Freundin von → **Autumn**.

Ilta Crimson: Vampir aus der zweiten Dimension. Erbe des Grafen der Walachei. Versuchte → **Violet Lee** zu vergewaltigen. Verfügt über seherische Fähigkeiten.

Jo Llo'arrauna: Sage und → **Autumns** beste Freundin. Lebt in Genf.

John Sylaeia: Halbsage und Lehrer für Englische Literatur am Kable Community College. → **Autumns** und → **Fallons** Ansprechpartner in der Schule.

Ll'iriad Athenea: Sage-König.

Kaspar Varn: Thronerbe des Königshauses der → **Varns**.

Kurt Holden: Schüler am Kable Community College. Starb durch einen Unfall, den der ehemalige Sage-Wächter des Colleges zu verantworten hatte. Seitdem sind Sage auf der Schule nicht gern gesehen.

Lilian Lee: Lebt in der zweiten Dimension. Kleine Schwester von → **Violet Lee.** 13 Jahre alt.

Lorent Athenea: Sage. Prinz Lorent ist Herzog von Victoria und ältester Bruder des Königs. Ihm und seiner Frau gehört das Anwesen Burrator.

Michael Lee: Lebt in der zweiten Dimension. Vater von → **Violet Lee.** Englischer Verteidigungsminister, vampirfeindlich.

Nathaniel Rile: Kollege von → **Autumn.** Interessiert sich für die Welt der Sage.

Pierre-Clan: Slayer-Clan, der die Vampirkönigin → **Carmen** ermordete. Steht unter Verdacht, mit den Extermino zusammenzuarbeiten. Ein Teil des Clans wurde von → **Kaspar Varn** und anderen Vampiren auf dem Londoner Trafalgar Square umgebracht.

Rebecca Al-Summers: → **Autumns** Großmutter und Bezugsperson. Ehemalige Herzogin von England und mächtige Sage. Wurde von den Extermino ermordet.

Sie Athenea: Thronerbe von → **Athenea.**

Tammy: Klassenkameradin und Freundin von → **Autumn.** Cousine von → **Tee.**

Tee: Mitschülerin von → **Autumn,** 12 Jahre alt. Cousine von → **Tammy.**

Valerie Danvers: Mitschülerin von → **Autumn.** Tyrannisiert und demütigt sie.

Varn: Königshaus der Vampire.

Vincent Al-Summers: → **Autumns** Vater. Sage, verfügt aber über keine magischen Kräfte. Schlechte Beziehung zum Königshof. Lebt mit seiner Frau in Kable.

Violett Lee: Lebt in der zweiten Dimension. Nachdem die 18-Jährige Zeugin eines Mordes durch Vampire wurde, wird sie auf dem Anwesen der → **Varns** festgehalten. Die Dunklen Wesen aller Dimensionen verfolgen diesen Vorfall gebannt. Der Frieden zwischen Menschen und Dunklen Wesen steht auf dem Spiel.

Vladimir Varn: Vampirkönig

Begriffe und Orte

Athan Cu'die: Königliche Leibwache der Sage.

Athenea: Kulturelles und politisches Zentrum der Sage und Sitz des Königshauses von Athenea. Liegt im Norden von Vancouver Island in Kanada.

Burrator: Herrenhaus des Herzogs und der Herzogin von Victoria in → **Devon**. Prinz Fallon wohnt dort während seines Aufenthalts in → **Kable**.

Dark Heroine: → **Dunkle Heldin**

Dartmoor: hügelige Moorlandlandschaft in → **Devon**.

Devon: Region im Südwesten Englands, die eine sehr geringe Sage-Population aufweist.

Dimensionen: Parallelwelten, in der Menschen und → **Dunkle Wesen** existieren. Mehr unter: ***Die Dimensionen und die Dunklen Wesen.***

Dunkle Heldin: Vom Schicksal Erwählte. Laut der → **Prophezeiung** Contanals wird es neun Dunkle Heldinnen geben, die einen interdimensionalen Krieg aufhalten können.

Dunkle Wesen: Übernatürliche Geschöpfe. In jeder Dimension lebt eine Art von Dunklen Wesen. Mehr unter: ***Die Dimensionen und die Dunklen Wesen.***

Fas: Die fünf Grundregeln der Sage: Übung im Einsatz der Energien, Schutz der Natur, Treue zu → **Athenea**, Ehrfurcht vor Rang und Stellung sowie strikte Einhaltung der → **Terra-Verträge**.

Interdimensionaler Rat: Wird aus gewählten Mitgliedern aller Länder und → **Dimensionen** gebildet. Er besteht aus den Fraktionen der → **Dunklen Wesen** sowie einer großen menschlichen Fraktion.

Kable: Verschlafene Kleinstadt an der Südküste → **Devons.** Heimat von Autumn Rose und ihrer Familie.

Nekromant: Eine Person, die die Geister von Verstorbenen heraufbeschwören und mit ihnen sprechen kann.

Prophezeiung: Die → **Dunklen Wesen** messen Prophezeiungen große Bedeutung bei. Die Prophezeiung um die → **Dunklen Heldinnen** ist eine der bedeutendsten, da sie besagt, dass in Krisenzeiten neun erwählte Heldinnen einen Krieg aufhalten können. Um die Heldinnen vor Feinden zu schützen, wird der genaue Wortlaut der Prophezeiung möglichst geheim gehalten.

Seher: Können anhand von Visionen in die Zukunft sehen.

Slayer: Vampirjäger der zweiten → **Dimension.** Arbeiten in Gruppen (Clans).

Terra-Verträge: Interdimensionale Friedensabkommen zwischen Menschen und → **Dunklen Wesen.**

Varnley: Königshof des Vampirreichs in England.

Wächter: Ausbildungsstufe der Sage. Zweijähriger Dienst, der im Beschützen der Menschen vor den Extermino besteht.